KB091258

타임 트래블러 II부

타임 트래블러 II

1판 2쇄 찍음 2015년 12월 30일
1판 2쇄 펴냄 2016년 01월 05일

지은이 윤소리
펴낸이 정 필
펴낸곳 (주)뿔미디어

출판등록 2002년 9월 11일 (제1081-1-132호)
주소 경기도 부천시 원미구 소향로 17, 303(두성프라자)
전화 032)651-6513   팩스 032)651-6094
E-mail bbulmedia@hanmail.net
홈페이지 http://bbulmedia.com

ISBN 979-11-315-6915-3 04810
ISBN 979-11-315-6913-9 04810 (SET)

타임 트래블러 ^{II부}

얼굴 없는 미인도 · 윤소리 장편 소설

2권

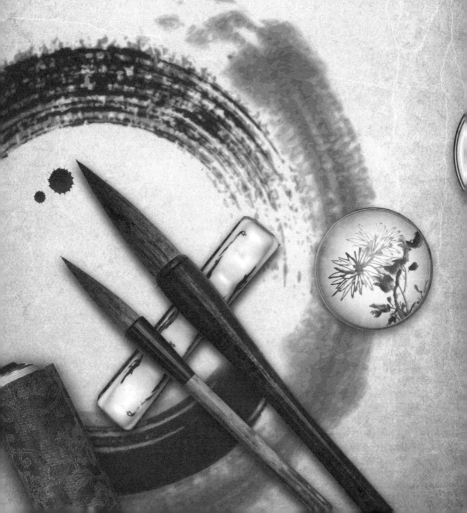

Contents

10
두 명의 니힐리스트

둥당덩 둥당덩 덩기둥당에 둥당덩
둥당에디야 둥당에디야 덩기둥당에 둥당덩

솜버신 솜버신 옥양목에 솜버신 시엄씨 줄려고 해다가 놨더니
어느 년이 다 둘러갔나 덩기둥당에 둥당덩
솜버신 솜버신 옥양목에 솜버신 신을 줄 모르면 남이나 주지
신었다 벗었다 부싯집 맹근다 덩기둥당에 둥당덩

날씨가 좋아서 빨래를 갔더니
모진 놈 만나서 돌베개 베었네 덩기둥당에 둥당덩
날씨가 좋아서 나무 하러 갔더니
모진 년 만나서 무릎만 깨졌네 덩기둥당에 둥당덩

대낮부터 술판이 거나하게 벌어졌다. 물색 고운 기생 서넛이 장구

를 치고 흥겹게 노래판을 벌였다. 푸르스름한 창의를 걸치고 상 한가운데를 차지한 사내가 이 자리의 주인공, 기생집에서 장 오라버니로 통하는 장 화원이었다.

내일부터 장 화원이 주상께서 사용하실 어병(御屛, 왕이 사용하는 병풍)을 그리느라 궁에 꼼짝없이 박혀 있어야 한다는 소식이 전해지자, 친구들과 그를 아끼는 이들이 모여 판을 차려 주었다. 장 화원은 차비대령화원(差備待令畵員)이라 도화서가 아닌 궐내 규장각에 특별히 마련된 작업실에서 일을 해야 하니, 한동안 기생집, 술집에 나올 수 없으리라는 게 그 이유였다. 워낙에 술 좋아하고 놀음 좋아하기로 소문이 자자한 사내였다. 판을 마다할 리가 없다.

아랫목에 양발을 방만하게 뻗은 오늘의 주인공께서 젓가락을 두드리며 노래를 따라 부른다. 굿거리 자진모리장단 변하는 것도 젓가락 두 짝으로 척척 받아 내는 것이 놀음판에서 하루 이틀 굴러먹은 솜씨가 아니다. 어깨가 들썩들썩, 궁둥이가 흔들흔들, 목소리는 뚜렁뚜렁, 밝은 갈색으로 빛나는 눈은 웃음을 머금을 때마다 생기 있게 반짝반짝한다.

"야야 정화야, 모진 놈 이제 고만 찾구, 이 화통하고 잘생긴 오라버니 좀 봐 봐. 이제는 한양 것들처럼 멀끔허니 촌티 땟물 싹 벗지 않았냐?"

"입성만 촌티를 벗으시면 뭐 하십니까요? 말투는 여전히 황해도 산골 떠꺼머리총각인데요?"

"요요, 못된 기지바이 주둥이를 캭! 나 사투리 안 써! 내가 너희들 좋아하는 한양 오라버니 말투 배우느라고 똥꼬가 째지는 줄 알았는데!"

"세상에, 저는 나리께서 한양말 배우시다가 똥꼬가 아니고 앞의 다른 데가 째진 줄 알았네요. 예쁜 꽃들이 앞에서 뒤에서 치마꼬릴 살랑살랑 흔들어도 따 볼 생각 한번 안 하시기에. 어머, 실수!"

재그르르 와자한 웃음이 터졌다. 이제는 친구들이 나설 차례다.

"어허, 저년 말하는 것 고약하네. 이보게 경유, 저거 자네 고자라고 놀리는 소린데?"

"얼러리? 자네 언제부터 기생집에서 엄인 소릴 듣고 살게 되었누? 그동안 기방에 퍼 들인 돈이 아깝네. 한동안 놀 일도 없을 테니 오늘 밤에 저 정화란 년한테 본때를 보여 줘!"

"어머나, 본때를 보여 주신다면야 소녀, 그저 감읍할 따름이옵니다. 그리만 해 주신다면 장 화원 나리께서 엄인이 아니시라고 명예회복에 전심전력하겠사오니, 제발 그놈의 본때 좀 보여 달라 해 주시옵소서."

"저년 저년, 조동이질하는 거 봐라. 으허허허! 세상 예쁜 게 꽃이구, 꽃보다 고운 게 계집이라지만 내 눈에는 돌멩이나 네년들이나 다 똑같다! 세상 제일 예쁜 건 요년이지, 요거 방뎅이 큰 거 봐라. 야~하게도 생겼다. 얼쑤 뽀뽀!"

그가 술병을 들고 불룩한 배 부분에 입을 쭉 맞추자 사람들이 박장하며 웃는다.

"정화야, 한 자락 뽑아라. 몸 좀 풀어 보자."

그는 푸른 창의 소매를 크게 펄럭이며 자리에서 빙글 돌았다. 덩치가 있었지만 몸놀림은 깃털 같았다. 정화라 불린 기생이 웃으며 한 곡조 뽑는다.

고추밭 한 골도 못 매는 잡년이 이마 털 뽑느라 세월이 다 간다
아따 사방님 그런 말 마소
이마 털 뽑는 게 보기가 싫거든 대머리 진 년을 데려다 사소
아하아 아야어야하디야하 내 사랑아.

춤을 추던 사내가 소매를 휘저으며 다음 가사를 받는다.

영감을 데리고 술장사할까 총각을 데리고 뺑소니칠까
영감을 데리고 술장사하자니 밤잠을 못 자서 걱정이고
총각을 데리고 뺑소니치자니 나만한 사람이 실없어지누나
아하아 아야어야하디야하 내 사랑아

얼마나 이 바닥에서 굴러먹었는지, 잡가든 사설이든 줄줄 흘러나
온다. 불리기는 화원 오라버니로 불리되 하는 꼴로는 타고난 광대인
듯, 그가 판을 잡고 일어나기만 하면 두 배는 시끄러워졌다.

"저, 수표교 장 화원 어르신 여기 계십니까?"
아직도 머리꼬랑지를 달랑달랑 매단 중노미가 고개를 비쭉 내밀
고 묻는다. 그는 춤추던 것을 멈추지도 않고 여전히 허리를 들썩이며
묻는다.
"오냐! 내가 요새 한양서 최고로 잘나가는 장 화원 오라버니다. 넌
뭐냐?"
"아이고, 지금 술집마다 다 찾아보느라고 얼마나 고생을 했는뎁
쇼. 관수골 윤 진사님 댁 마님께서 장 화원 어르신을 찾아오신 손님
이 계신다고, 얼른 찾아서 뫼셔 오라고 하셨습니다."
"응? 향이가? 왜 내 손님이 향이한테 갔어? 진사님 집이 내 집인
줄 아나?"
"그야 화원 나리께서 집도 절도 없이 여기저기 떠돌아다니시니 그
러는 거 아닙니까! 윤 진사님 댁으로 알고 계시면 차라리 괜찮게요.
다들 평양루를 화원 나리 댁인 줄 알고 있습니다요."
"아 거, 되게 시끄럽네. 어떤 개뼈다귀들이 또 나를 찾을꼬? 이놈

의 인기를 어쩌면 좋누. 으허허."

"예이, 나리. 나리께선 한양에서 인기가 최고로 많으십니다요. 예. 그러니 얼른 차비하시고 가시죠. 사랑채엔 두 분 역관 나리께서도 함께 와 계시니 화원 나리 보시면 반가워하실 겁니다요."

그의 건주정에 맞장구를 치는 중노미는 소태 한 사발은 실히 마신 얼굴이었다. 하지만 인기 만점의 화원께서는 엉덩이를 뭉기적거리며 발버둥을 친다.

"그런데 싫어. 안 돼. 정홍 행수님한테 떼써서 국화주 한 동이를 간신히 얻어 왔단 말이야. 그런데 아직 열심히 안 마셔서 반 동이밖에 못 마셨어. 그러니까 나 없어. 나 없다고 했다고 전해."

그는 허둥지둥 옆에 앉은 수염쟁이 뒤로 숨었다. 수염쟁이는 이런 일이 익숙한지 도포 소맷자락을 벌려 그를 가려 주기까지 한다. 사람들은 속없는 광대의 어린아이 짓거리를 보면서도 말릴 생각은 않고 없네, 없어, 아니 경유 이 사람이 어딜 갔지? 하며 맞장구를 친다. 결국 말을 매 놓고 중노미 옆까지 쫓아온 진사 댁 머슴이 한숨을 쉰다.

"아이구 진짜. 화원 나리, 손님들이 먼 데서 오신 모양입니다."

"헹, 멀어 봤자 동래? 함흥? 예서 고작 천오백 리 길이지. 까짓 열흘만 붕붕 뛰면 멀지도 않구만. 그나저나 손님이 누구라더냐? 혹시 지난달에 나주에 가서 그림 그려 주고 왔는데 거기서 술 쳐준 기생이라더냐?"

한시바삐 잡아끌고 가야 할 화원 나리는 친구의 도포 자락 사이로 코빼기만 비쭉 내밀고 눈알만 굴린다. 머슴은 가슴을 풍풍 치며 설명을 시작했다.

"입성을 보니 기녀 같지는 않사옵고 키가 아주 큰 아씨가 한 분, 자그마하고 물색 고운 아씨가 한 분, 키가 훤칠하게 큰 선비님 한 분이신데, 두 아씨들께선 파평 윤문이라 하시었고, 선비분께서는 반남 박씨 집안이라 하셨으나 정확히 뉘 댁 자제분인지는 알 수 없었습니다."

"파평 윤이든 반남 박이든 난 몰라. 하여튼 여긴 향이네 집에서 엎어져서 코 닿을 곳이니까, 나 보고 싶으면 이리 와서 같이 놀자고 해."

"마님께서 여기 오시면 진사님께서 펄쩍 뛰실 겁니다요."

"흥, 진사님인지 똥사님인지 안 무서워. 안 가, 안 가. 가기 싫어! 술 다 먹고 갈 테야."

그는 흡사 어린아이처럼 떼를 썼다. 머슴은 결국 마지막 카드를 꺼내 들었다.

"마님께서 화원님이 얼른 와 주시면 새로 담은 술 항아리 따신다고 하셨습니다. 두견이주 화홍주 직접 내리신 소주까지요."

고리눈이 둥그레진다. 얼쑤, 뭉기적거리며 일어나려는 것을 옆에 있던 수염쟁이가 얼른 잡는다.

"아 이봐. 오원 자네, 어병 그리게 됐다고 축하해 주러 왔는데 술 한 동이에 홀랑 넘어갈 건가? 우린 어쩌고?"

"웅! 먹고 가, 놀고 가! 내가 돈은 다 내고 가. 난 향이네 갈 테야. 향이가 술을 기가 막히게 빚지. 물도 안 타서 최고로 맛있어. 야야, 중노미야! 행수님한테 내가 그려 준 그림으로 까라고 해. 웅."

그는 초립을 챙겨 가는 것도 잊고 술병만 옆에 낀 채 경중경중 뛰어나갔다. 가자, 구종 별배야. 앞장을 서라. 조선 최고의 장오원 화원께서 나가신다. 길을 비켜라. 훠이 비켜라. 제 입으로 자화자찬을 하며 물럿거라를 외치는 소리가 조그맣게 멀어진다.

자리에 남은 사람들은 주인공이 나가 버린 빈자리를 어이없다는 듯 쳐다보았다. 그가 빠져나가자 순식간에 흥이 푹 식어 버렸다. 허허허, 사람 참 어린애 같기는. 나이를 나날이 거꾸로 먹는갑소. 장 화원을 기꺼이 숨겨 주었던 수염쟁이가 수염을 어루만지며 웃음을 터뜨렸다.

"자, 갈 사람은 갔고, 남은 사람끼리 술이나 먹고 갑시다."

❀　　❀　　❀

민호는 향이가 내준 옷을 갈아입고는 한숨을 풍풍 쉬었다. 꼬랑지가 하나만 되어도 서바이벌 생존율이 푹 떨어지는데, 꼬랑지가 자그마치 둘이나 붙어 버렸다. 그것도 위험에 빠졌을 때 누구를 먼저 구해야 할지 알 수 없을 정도로 중요한 사람들이다.

일이 꼬이려니까 참.

'민호 씨, 기다려 봐요! 지금 대체 어딜 가려고 이래요! 거기 안 서요?'

어떻게 알았는지 사랑채에서 달려온 사내가 냅다 고함을 질렀다. 진희의 손을 잡고 달걀귀신 초상화를 돌돌 말아 쥐고 월죽도 앞에 서 있던 민호는 화들짝 놀랐다.

그때 그 결벽증 사나이가 맨발로 뛰어오거나 말거나 금방 갔다 올게, 하고 들어갔으면 좋았으련만 어찌나 놀랐는지 들고 있던 족자를 홀랑 놓치고 말았다. 순간 그가 껑충껑충 날듯이 뛰어와 민호의 팔을 잡고 으르렁거렸다.

'지금 이거 얼굴 그려 달라고 가는 거죠! 혼자 가지 말랬잖아요!'

그치만 이완 씨가 오면 서바이벌 생존률이 허발하고 낮아진단 말이야! 하는 말은 그 순간에도 차마 나오지는 못했다. 사나이에게는 지켜 주어야 할 마지막 자존심이라는 게 있는 법이었다.

민호는 머리카락을 길게 땋아 묶은 후, 향이에게 빌린 길고 풍성

한 다리(머리숱이 많아 보이라고 덧넣었던 딴머리)를 진희의 머리에 붙여 주었다. 향이와 체구가 비슷한 진희는 향이의 옷이 퍽 잘 어울렸고, 다리를 붙이고 나니 아까보다도 훨씬 곱고 단아했다. 민호와 달리 한복이 잘 어울리는 듯했다.

옷을 갈아입으러 행랑방에 들어간 이완은 "냄새, 땟물, 찢긴 자국, 담배 구멍, 이런 걸 사람이 어떻게 입어!"라고 시작되는 기나긴 사설을 읊으며 3초에 한 번씩 히익, 으악, 하는 소리를 추임새처럼 뱉고 있었다.

벽에는 정체를 알 수 없는 벌레 죽은 자국, 천장에는 그을음 자국, 아랫목엔 거멓게 탄 자리, 윗목엔 먼지 덩어리, 시큼털털 빨래 더미, 개미가 까맣게 꼬인 반찬 조각에, 비우지 않은 재떨이에, 지린내 진동하는 뚜껑 없는 요강, 100년은 묵었는지 삭고 닳고 때에 겯어 발도 디딜 수 없는 멍석자리까지. 가련한 사나이는 발도 제대로 디디지 못하고, 옷도 갈아입지 못한 채 까치발로 겅중대기만 했다. 머슴이며 안잠이며, 그 방 앞을 지나가는 사람들은 무슨 구경이나 난 것처럼 밖에서 낄낄거렸다.

민호는 그러면 그렇지, 하며 거하게 한숨을 쉬었다. 아아, 정말 저 빌어먹을 결벽증이 한 인간의 생존력을 엄청나게 갉아먹는구나. 결국 민호가 이 집 주인어른이 입는 깨끗하게 빨아 다린 저고리와 두루마기, 망건에 호박관자에 버선에 새 갓까지 싸그리 빌려 깔끔쟁이 사나이의 방에 들이밀고서야 사태가 수습되었다.

향이는 15, 6년 전에 평양루에서 만났던 꺽다리 떠돌이 반빗어치를 한참 만에야 기억해 냈다. 물론 그것뿐이라면 이런 환대는 어림없을 일이었다. 하지만 그들이 노랑눈이 오라버니를 찾는다는 말에, 더욱이 오라버니의 호를 지어 준 사람이라는 말에 대접이 백팔십도로 바뀌었다. 오라버니를 찾아오라며 집에 있는 하인들을 모조리 풀어 밖으로 보내고, 안잠자기를 휘몰아 푸짐한 상을 차려 내었다.

"그림 부탁이라니, 맞춤하게 잘 오셨습니다. 하루만 늦으셨어도 헛걸음하실 뻔했어요. 오라버님께서 내일부터 궁에서 어병을 그리시게 돼서 한동안 뵙기 어려울 거라 하셨거든요."

그사이 두 아들의 엄마가 되었다는 여자는 여전히 앳되고 고운 얼굴이었다.

"그나저나 윤 진사님하고 함께 살고 계실 줄은 몰랐어요. 그때 진사님이 같이 가자 하셨을 때 딱 잘라 거절했었잖아요."

"그러기는 했죠. 그런데 사람 일이 또 그리 고집대로 마음대로 되는 건 아니니까요. 이야기가 깁답니다."

향이는 웃는 얼굴로 이야기를 이었다.

❀　　❀　　❀

행수 정홍은 자신의 방에서 거둬 가며 키운 아기 기생이 감히 자신의 명을 거역한 것에 많이 노여워했다. 이참에 제대로 기생으로 만들어 주겠노라 벼르는 정홍을 보며, 자존심이 상했던 심 별감이 나섰다. 기생이 어떤 건지 배우는 데는 하룻밤이면 충분하지, 그는 코를 실룩이며 입맛을 다셨다.

그것을 암암리에 막아 준 것은 향이의 선배 기생들이었다. 감히 행수 어르신께 대든 후배의 버릇을 톡톡히 가르치겠다며 통나무를 태웠던 것이다.

통나무 타기는 활동 지역을 옮긴 기생의 신참례로 행해지기도 했으나 주로 하극상을 저지른 기생들에게 내려지는 혹독한 체벌이었다. 선배 기생의 손님을 뺏었을 때, 행수기생이나 높으신 손님의 말을 거역했을 때 등, 기방의 위계를 어지럽혔을 때 주로 받게 된다.

통나무를 비스듬하게 세워 놓고, 속옷을 모조리 벗기고 속치마 한 겹만 입힌 기생을 통나무에 말 태우듯 태워서 양쪽에서 손을 잡고 아래로 주르르 끌어 내리게 되어 있다. 아래가 다 헤집혀서 제발 살려 달라 울부짖을 때까지 몇 번이고 되풀이한다.

향이가 괘씸하긴 하지만 그래도 아끼는 아이가 더러운 병에 걸리는 것까지는 원치 않았던 정홍은 선배 기생들의 눈 가리고 아웅 하는 짓을 묵인해 주었다. 그녀는 별감 어르신께 당장에라도 보내 뜨거운 맛을 보게 하고 싶지만 선배들에게 벌을 받았으니 그 정도로 넘어가 주겠노라, 하며 노여움을 거둬들였다. 다만 아랫도리가 다 까지고 헐은 향이는 상처가 다 아물 때까지 손님을 받지 못했다.

문제는 보름 후에 찾아와야 할 달거리가 오지 않았다는 것이다. 상처가 거의 아물 무렵, 향이는 입덧을 시작했다.

선배들은 입덧으로 파리해진 향이에게 오공단이라도 먹겠느냐 가을 지네 말린 거라도 구해 주랴 조심스럽게 물었다. 지네 말린 것은 독성이 강해 임산부가 먹을 경우 유산이 쉽게 되었고, 그중에서도 가을 지네는 독이 바짝 올라 약효가 가장 좋다 했다. 피임법이 거의 없던 시절, 기생들은 몸에 좋지 않은 것을 알면서도 독충을 달여 먹고 유산시키는 경우가 있었다. 하지만 정홍은 그따위 말은 입 밖에도 내지 말라 선배 기생들을 엄하게 단속했다.

그렇게 머리를 얹자마자 개점휴업 상태로 돌입한 향이는 9개월이 지나 평양루에서 아들을 낳았다. 그림을 그리면서부터 쓰임새가 조금 여유로워진 오라버니가 미역 한 줄기와 기저귓감으로 베 한 필을 말아 들고 찾아오기도 했다.

기생의 아이란 누구의 씨인지 따지는 것이 부질없고, 설사 짐작이 간다 한들 그것으로 손님의 발목을 잡지 않는 것이 불문율이었기에, 향이는 아무에게도 아이의 아비를 말하지 않았다.

하지만 삼칠일이 채 지나기도 전, 열댓 명의 장정들과 여자 서넛, 그리고 말을 탄 사내가 평양루에 들이닥쳤다. 이리 오너라 소리도 없이 대문을 박차고 들어온 사내는 신도 벗지 않고 정홍의 방에 뛰어들어갔다. 그는 행수를 내려다보며 무겁게 말했다.

"이 역관 집에 들렀다 알게 되었다. 향이가 아이를 낳았다지."

"진사님."

"뉘 아이냐."

정홍은 놀란 기색도 없이 한참 그를 올려다보다가 길게 한숨을 쉬며 머리를 조아렸다.

"진사님 아들입니다. 향이는 그날 진사님과 합방한 후, 손님을 받지 못했습니다."

"왜 말하지 않았느냐."

"저희 기방의 규례를 진사님께서도 아시리이다. 기생이란 어차피 길가의 버드나무 가지 같은 것, 누구의 손길이 닿았는지 헤아리는 것이 부질없사오니, 손님의 씨를 품었다 해서 뉘 씨인지 분별이 어찌 가능하겠사옵니까. 하여 어림짐작으로 손님의 마음을 어지럽히는 것을 엄한 율로 금하고 있사오니 부디 해량하여 주시옵소서."

"향이는 어디 있지? 아이는?"

평양루의 행랑것들과 몸싸움이 있을까 하여 끌고 온 사내들은 소용없게 되었다. 정홍은 그가 향이와 아들을 데려가는 것에 어떤 방해도 하지 않았다. 정홍은 향이가 머리를 얹은 후 바로 아이를 갖는 바람에 바로 기적에 올리는 것을 잠시 미루어 두고 있었노라 덧붙였으되, 윤 진사는 그녀가 이런 사태를 어느 정도 예견했음을 알게 되었다.

행수와 평양루의 기부(妓夫)인 심 별감 앞으로 나락 150석을 주는 것으로 향이의 속신은 마무리되었다. 정홍은 향이가 천마산에 가는 것이 아닌 수표교 인근의 스물닷 칸 와가를 받게 되리라는 것을 알고 안도의 한숨을 쉬었다. 어차피 종부가 아닌 기첩으로 가는 바에야 그것이 훨씬 나았다.

　하지만 향이를 끌고 가는 것은 녹록지 않았다. 향이는 따라가지 않겠다고 단호하게 거절했다. 이럴 줄 알았다는 듯, 윤 진사는 두 번 묻지도 않고 아이와 어미를 데려오라 지시했다. 아이를 뺏기고 몸부림을 치던 작은 여자는 장정들이 자신의 팔을 붙잡고 끌고 가려는 것에는 발버둥을 치며 완강히 저항했다.

　"여기서 죽겠습니다. 진사님, 이러지 마세요, 진사님! 차라리 여기서 죽겠습니다!"

　몸싸움을 세차게 벌이는 서슬에 여자의 치맛단이 주르르 뜯어지고 고름이 떨어져 나갔다. 머리가 산발이 된 채, 버선 바람으로 끌려온 작은 여자는 마당 가운데 있는 하마석(下馬石)을 끌어안고 억세게 버텼다.

　"향이야. 들어라, 잘 들어라."

　윤 진사는 파들파들 떨며 우는 아이를 꽉 끌어안고 띄엄띄엄 말했다.

　"이 아이가 내 첫아들이다. 그리고 우리 집안의 종손이다. 지금 넌, 내 하나밖에 없는 내 아들이 기방에서 자라는 것을 내버려 두라는 것이냐?"

　"나리, 제발 다시 생각해 주소서. 천한 기생의 아이를 반가의 종손으로 삼으실 수는 없나이다."

　"넌 아직 기적에 오르지 않았다. 누가 너를 기생이라 손가락질을 한다면 내가 그자의 목을 벨 것이다."

"나리."

"부모께서 정해 주신 혼인이 사별로 끝나, 나는 네가 아니라면 더 이상 혼인할 생각 없이 양자를 들여 대를 이을 생각이었다. 하지만 내 아들이 있음을 알게 되었는데 어찌 그리하겠느냐."

"나리, 나리, 정히 그러하시다면 아이는 데려가소서. 아이만 데려가소서. 독한 년이라 할 것은 알지만 보내리이다. 하오나 저는 따라갈 수 없습니다."

"그러면? 아이가 자라서 어미에 대해 물으면 무어라 한단 말이냐? 기방에서 웃음을 팔고 있는 저 여자가 네 어미다, 내 입으로 그리 말해야 한다는 거냐? 대답해 봐라."

"나리, 죽여 주십시오, 무슨 말씀을 하시든지 저는 갈 수 없사옵니다. 차라리 죽은 자라 여기소서."

한참 서 있던 윤 진사는 조용히 물었다.

"아직도 그는 모르느냐?"

향이는 고개를 번쩍 들었다. 윤 진사가 무엇을 묻고 있는지 알았다. 얼른 고개를 저었다.

"모르나이다. 모릅니다."

"그러면 되었다. 앞으로 영원히 모르게 하면 되는 것이지."

그는 잇새로 씹어뱉은 후 뒤를 돌아 큰 소리로 외쳤다.

"무엇들 하느냐, 억지로라도 모셔라! 끌고서라도 가마에 태워!"

향이는 당황해서 어쩔 줄 몰랐다. 어렸을 때부터 봐 온 윤 진사는 학처럼 고고하고 품격이 높은 진짜 선비였다. 목소리를 높이는 법도, 몸을 가볍게 놀리는 법도, 감정을 크게 나타내는 일도 없는 맑은 물 같은 사람. 학식이 높고 견식이 넓어 사람들에게 두루 존경받는 사람. 그런데 지금의 그는 전혀 다른 사람 같았다. 그는 아직도 하마석을 필사적으로 붙잡고 있는 여자의 손을 꽉 잡으며 말했다.

"그에게 언젠간 마음을 고하기를 바랐다손 쳐도 이제는 늦었느니. 모든 일에는 맞는 때가 있느니라."

"제 나이 겨우 열다섯입니다. 어찌 늦었다 하십니까? 다만, 그가 무엇인가에 매이지 않는 사람이라, 제 마음을 고하면 영영 떠날까 그것만 저어했을 뿐이옵니다. 때는 기다리면 올 것입니다. 그도 사람인데, 언젠가는 둥지에 깃들고 싶을 때가 오지 않겠습니까?"

"……."

"조만간 마음을 고할 생각이었습니다. 언제든지 편히 깃들 수 있는 그분의 여인이 되는 것 말고는 아무것도 바라는 게 없습니다. 제가, 제가 여염 여인의 삶을 포기한 이유는 오직 그것뿐이었습니다."

손을 누르고 있는 사내의 얼굴이 참담해졌다.

"네가 마음을 고한다 한들 그의 마음이 네게로 기울어진다 어찌 보장하겠느냐."

"그것까지 제가 알 수는 없습니다. 알 필요도 없습니다! 다만 저는 그를 위해서 있어야 할 곳에 있을 뿐입니다. 저는 윤 진사님 곁에 있어서는 안 되는 몸입니다. 죽어도 갈 수 없나이다. 부디, 부디 양허하여 주옵소서."

한 사내를 사모하는 마음이 어찌 이리 돌 같은지, 작은 여자는 한 걸음도 밀리지 않았다.

"사람의 마음은 알 수 없는 것이다. 네 마음도, 그 사람의 마음도 믿을 바가 못 되는 것이야. 나와 가자. 너를 평생 아끼고 너만 익애할 것이다. 함께 부대끼며 살면 새로운 정이 생기지 않겠느냐. 나는 네 아이의 아비이며 성실한 지아비로 살 것이다. 다른 아낙들이 누리지 못할 것들을 베풀 것이다. 내 모든 것을 걸고 약조하마."

"나리께서 지금 믿을 바가 못 되는 것이 사람 마음이라 하지 않으셨습니까. 하물며 저는 부귀영화를 바라는 것이 아니옵니다."

기생들은 사내들의 마음을 믿지 않는다. 아무리 어린 아기 기생이라도, 기방이라는 곳이 무수한 사내들의 마음이 왔다가 종적 없이 사라지는 곳이라는 걸 안다. 사내들에게 바라야 할 것 이상을 바라면, 또 그것이 영구하기를 바라면, 그 바라는 만큼 비참해지는 여인들. 동기들은 선배 기생들의 그런 아픈 뒷모습을 보고 자란다.

될 일이 아니다. 되어서도 안 된다. 자신의 마음은 너무 오래전부터 한 곳만 향해 있어 돌처럼 굳어 버렸다.

향이는 그 자리에 엎드려 울며 빌었다. 이렇게 좋은 어른을 괴롭게 하는 자신이 미웠고, 도무지 거두어지지 않고 한 사람만을 향해 불타오르는 마음이 미련했다. 그리고 자신을 끝내 포기하지 못하고 추한 꼴도 마다하지 않는 이 사람도 가련하여 견딜 수 없었다.

"왜 천하고 못난 것을 마음에 두고 이 고역을 자초하십니까. 제발 마음을 거두어 주십시오. 몸을 원하시는 거라면 얼마든지 허하겠나이다. 저는 기생이고 제 몸은 이곳에 항상 있습니다. 언제든지 원하시면 취하실 수 있사옵니다."

"나는 아무나 손을 내밀면 꺾을 수 있는 꽃을 원한 것이 아니다! 네 마음을 다오. 아무에게도 주지 않은 마음을!"

그는 허리를 구부리고 피를 토하는 것처럼 외쳤다. 목이 막히는지, 그는 그 말마저 제대로 끝맺지 못했다.

향이는 그 자리에서 그대로 죽고만 싶었다. 윤 진사는 고아하고 점잖은 사람이었다. 보통 제대로 된 양반들은 이목을 꺼려 기방 출입 대신 기생을 집으로 불러 유흥을 즐겼지만 그가 채신없다는 뒷소리를 감수하면서까지 평양루에 드나들었던 것은, 오로지 자신 때문이었다. 그럼에도 그녀가 헤어짐을 고할 때 마음을 접고 그녀의 뜻을 받아 준 것은, 진흙탕처럼 엉긴 감정싸움에 발을 딛기에 너무 맑은 사람이기 때문이었다.

하지만 이제는 아니었다. 그가 아들을 안고 있는 모습을 보며 향이는 알게 되었다. 이제 그는 한 걸음도 물러서지 않을 것이다.

정홍은 하인들을 멀찍이 물린 채 두 사람의 하는 양을 지켜보고만 있었다. 더 이상 저 작은 아이에 대한 분노가 일지 않았다. 한때 그녀도 목숨보다 정을 귀히 여기던 때가 있었다. 다만 그것이 기생의 삶을 얼마나 쉽게 나락으로 떨구는지 다른 기생보다 조금 먼저 깨달았을 뿐이었다.

저 물정 모르는 어린 것이 그 길을 고스란히 밟게 할 생각은 없었다. 게다가 이런 기회는 두세 번씩 오는 것이 아니었다. 기적에 올라간 상태에서 첩으로 들어가게 되면 본가에서 받는 처우는 몇 단계 더 곤두박질하게 될 것이다. 그녀는 치맛자락을 단단하게 말아 쥐었다.

정홍의 단호한 얼굴을 보며, 향이는 행수가 자신을 보낼 것임을 알았다. 행수는 자신을 딸처럼 아꼈고, 자신이 윤 진사를 따라가는 것이 가장 행복할 것이라 믿었다. 버티지 못할 것이다. 그렇다면 아무것도 얻어 내지 못하고 끌려가기 전에 조건이라도 말해 두어야 했다. 나중에 기회가 있을 때 벗어날 수 있는 작은 조건이라도. 향이는 하마석에서 손을 떼고 무릎을 꿇었다.

"나리, 이리 끌고 가신다 한들 제 마음을 가지실 순 없을 것이옵니다. 껍데기만이라도 원하신다면 가겠나이다."

"기다리겠다. 생이 다할 때까지 기다리라 한다 해도, 마음이 닿을 때까지 기다리겠다."

그는 잔뜩 일그러진 얼굴로 대답했다. 향이는 고개를 저었다.

"그런 뜻이 아니옵니다. 후일 그가 날개를 쉴 둥지를 원할 때, 저는 그에게 갈 것입니다. 그래도 좋으십니까?"

헉, 뒤에서 숨을 몰아쉬는 소리가 났다. 그것만큼은 정홍도 생각하지 못했던 말인 듯했다. 하지만 정홍은 끝내 나서지 않고 기다려 주었다.

향이는 엎드린 채 그의 발을 보았다. 차르륵, 합죽선이 펼쳐지는 소리. 잠시 후 깨끗하게 손질된 갖신 위로 물방울이 툭, 툭 떨어지기 시작했다. 시간이 흐를수록 물방울은 걷잡을 수 없이 줄줄 떨어졌다.

향이는 엎드린 채, 끝까지 고개를 들지 못했다.

향이는 고름이 떨어진 저고리를 여미고 치맛단을 수습한 후, 정홍에게 큰절을 올렸다. 어머니, 고맙습니다. 부디 건강하세요. 어머니, 그동안 길러 주신 정을 갚지도 못하고 갑니다. 인사를 하는데도 목이 메어 말이 제대로 나오지 않았다.

"멍텅한 에미나이가 끝까지 못나게 울고 가디. 눈물 많은 기생년 팔자 박하다 하디 않네! 썩 그치라."

행수는 코맹맹이 소리로 쌀쌀맞게 덧붙였다.

"내래 니깟년이 빌디 않아두 환갑 진갑까지 짱짱하이 살 거니끼니 내 걱덩 말구, 꺼지라. 썩 가디 않구 무얼 하네? 나한테 인사하러 올 생각두 말구, 여게는 쳐다도 보디 말라! 멩심하라우, 너는 기생도 되디 못하구, 기적에두 못 오르구 여게서 쫓겨난 기야, 알간?"

윤 진사는 엎드린 채 울고 있는 작은 여자를 홑이불로 폭 감싸 안아 가마에 태웠다. 그의 어깨 너머로 옷고름으로 눈가를 찍고 있는 행수와 뒤에 늘어선 선배 기생들이 보였다.

"네가 그를 잊게 되는 날."

닫힌 가마의 문틈으로 낮은 목소리가 스며들었다.

"정식으로 혼례를 올리고…… 너에게 본가의 안채를 주겠다."

"나리!"

향이는 기겁하여 소리를 질렀다. 있을 수 없는 일이었다. 종중의 반대가 어마어마할 것이다. 그는 종손이고, 세가 큰 그의 문중은 어린 시절을 기생집에서 보낸 근본 없는 여자를 종부로 맞아들이는 것을 결사반대할 것이다. 속삭이는 목소리가 이어졌다.

"내가 너를 사랑할 것이다. 온 마음과 힘을 다해서, 네 마음에 내가 들어갈 때까지 사랑할 것이다. 그리 꾐을 받고서도, 때가 되어 정히 가야겠다면."

"……."

"가려무나."

뒤늦게 대답을 하는 사내의 목소리는 맑고 담담했다. 하지만 향이는 차마 문을 열어 그의 얼굴을 볼 수 없었다. 보지 말아야 할 것을 보게 될 것 같았다.

사랑이 무엇인지, 정이 무엇인지, 나는 왜 그를 놓지 못하며, 이 사람은 왜 나를 놓지 못하는지 향이는 끝내 알지 못했다.

말구종이 이러 이러, 외치며 말을 끌고 오는 소리, 말이 투레질하는 소리가 가까워 온다. 가자, 삼칠일이 지나지 않았으니 흔들리지 않게 편히 모셔라, 하는 조용한 목소리가 멀어진다.

향이는 가마의 옆문을 조금 열고 그의 뒷모습을 바라보았다. 눈물이 하염없이 흘러, 말을 타고 앞장서는 그의 모습이 물에 흠뻑 젖은 것처럼 보였다.

❀   ❀   ❀

큰사랑채에 끌려간 이완은 한쪽 구석에 우거지상으로 앉아 있었다. 깨끗한 옷으로 갈아입은 것까진 좋았는데, 벌레의 핏자국으로 도

배한 행랑채에서 벗어난 것도 좋았는데, 혼자서 사랑채로 가야 하는 것을 깨닫는 순간 웃음이 썩어 들어가기 시작했다.

따라올 때까지만 해도 기사 의식이 충만했었는데, 실전에서는 보호자와 피보호자의 위치가 완전히 달라졌다는 것을 알게 되었다. 다행히 먼저 자리 잡은 손님들끼리 대화가 맹렬해, 한동안 말없이 버틸 수 있었다.

집주인인 윤 진사는 한눈에 알아볼 수 있었다. 들은 대로 키가 몹시 크고 마른 체구에 피부가 희고 눈썹이 옅어 기품 있는 학자처럼 보였다. 집인데도 정자관 두루마기 차림에 반듯한 자세로 앉아 있는 것을 보니 단정하고 빈틈없는 성격인 듯했다.

양태 너른 갓에 호박 갓끈을 늘어뜨린 얼굴이 누른 사내는 변원규라는 역관으로, 통리기무아문의 참사관이었다가 일전에 가평 군수직을 받았다 했다. 한쪽에 앉아 호기 있게 술을 권하는 텁석부리는 이응헌이라는 자였는데, 그 역시 청나라를 자주 드나드는 역관 출신의 관료였다.

이완은 얼떨떨하고 놀라운 기분으로 그들을 지켜보았다. 텍스트 속에서만 존재했던 사람들이 생명을 얻어 눈앞에 앉아 있었다.

오늘 모임은 조촐한 송별연이었다. 조만간 변원규가 무기제조법을 배우기 위한 시찰단을 이끌고 청으로 떠나게 되었다는 것이다. 그제야 이완은 올해가 영선사가 파견된 신사년임을 알아차렸다. 하필이면. 이완은 저도 모르게 눈썹을 찌푸렸다.

당시 조선은 터지기 직전의 거대한 종기와 같았다. 너무 아파서 터뜨리기는 고사하고 만지지도 못한 채 외면하는 사이 종기 속에선 고름과 세균이 들끓게 되었다. 개화와 보수 세력, 먹으려는 자와 저항하는 자, 들어오려는 자들과 밀어내려는 자가 뒤얽혀 극도로 혼란한 시기. 이곳에 있는 사람들은 시대의 격랑을 온몸으로 맞으며 버티고 있는 전사들이었다.

하지만 그들이 모여 있는 사랑방은 그 시대에서 동떨어져 동그마니 나앉은 것처럼 고요하고 정지되어 있었다.

이완은 그 분위기를 이 집의 주인이 만들어 내고 있음을 알았다.

그들은 뒤늦게 끼어든 손님이 반남 박씨라는 말을 듣고 어느 대감 댁의 자제냐 질문을 퍼붓기 시작했다. 이완은 난감했다. 지금 자신의 양부인 박부전의 조상이 조정에서 잘나가고 있는 모양이었다. 그 계보를 고스란히 갖다 붙였다간 큰일이기에 적당히 '동래포 인근에 사는 한미한 서출 집안' 정도로 도망쳐야 했다. 그들은 서출이라는 것에 크게 괘념치 않고 박 선비라는 호칭으로 예를 갖춰 주었다.

윤 진사가 눈을 가늘게 하고 물었다.

"박 선비께서는 혹시 머리카락을 자르신 게요?"

두 역관 역시 기다렸다는 듯 대답도 나오기 전에 질문을 쏟아 낸다.

"어쩐지! 아까부터 상투머리가 비치지 않아 이상하다 하긴 했는데, 더워서 정수리만 친 게 아니고 뒷머리도 다 잘라 내신 거구려! 온, 세상에. 내 벽안의 양 오랑캐들이 뒷머리까지 삭도로 완전히 민 것을 본 바는 있고, 청의 관료나 자제 중에서도 변발을 자른 이를 몇 보았소만, 조선에서 선비가 머리 자른 것은 처음 보오이다!"

"나도 한여름 지날 때마다 해 보고 싶었소만! 내가 신열이 많은 편인데, 삼복더위엔 열이 머리 꼭대기로 푹푹 올라서 죽을 맛이라오. 행랑것들은 그래도 중머리 정도는 썩썩 밀어 버리는데, 원 체면이랍시고 눈치가 보이니."

역관 출신의 두 사내는 새로운 문물을 자주 접하는 사람들답게 실리적이고 새로운 것에 유연했다. 신체발부 수지부모 운운은 고사하고 기회만 있으면 상투부터 쳐 버릴 기세였다.

"왜인 중에서도 머리 자른 이들이 심심찮게 있다 하더이다. 혹 박 선비도 그런 자들을 본 적이 있소? 그래서 따라 한 것이오?"

이완은 머릿속에 저장된 도표를 총동원해서 날짜를 어림했다. 대답 한 마디 한 마디를 하는 데도 지뢰밭을 돌아다니는 기분이다.

대체 이런 상황에서 민호 씨는 어떻게 그렇게 매번 살아남을 수 있었을까? 아까 그녀는 진희의 머리가 단발인 것에 대해, 너무나도 태연하게 쌀이 없어서 머리를 잘라 팔았노라 핑계를 댔다. 머리 나쁘다고 타박을 받는 것이 억울할 정도의 순발력이었다. 하지만 자신은 그런 핑계조차 댈 수 없어, 알고 있는 정보를 총동원해서 이야기를 만들어 내야만 했다.

"명치 천황이 들어선 후로 왜국에도 양인들이 많이 드나들고 있습니다. 을해년의 사건(운요호 사건)과 병자년의 조약(조일통상조약) 이후, 왜에 가서 한동안 머물 기회가 닿았습니다."

교류가 있는 장사치들을 통해 무역차 왜국에 들어온 양인들을 많이 만나게 되었다. 그곳에선 상투를 자르는 것이 흔했고, 단발(斷髮)은 폐도(廢刀, 사무라이들의 칼 소지 금지령)의 칙령과 함께 개화의 표식으로 환영받는 분위기여서 거기에 휩쓸려 얼결에 깎게 된 것뿐이다.

허둥허둥 주워섬기긴 했지만 나름 그럴듯하기도 했다. 일본은 개화의 물결을 타기 시작한 지 오래되었고, 조선에서 수신사를 벌써 두 번이나 파견한 시점이었다. 그 정도는 통할 수 있으리라 믿었다.

천만다행으로 통했다. 너무 잘 통했다. 두 사람은 단번에 눈을 빛내며 '당신이 만난 서양인들과 그들의 나라에 대한 정보를 달라' 채근하기 시작했다. 양인들과 통역을 어찌했느냐, 수신사 대감이 전하께 올린 조선책략 외에도 서적을 별도로 들여온 것이 있느냐, 왜국에는 양인들과 직접 말을 통하는 자들이 많으냐. 특히 이완이 영길리국의 언어를 할 줄 안다는 말에는 세 사람의 눈이 휘둥그레지고 말았다.

맙소사. 이완은 결국 지뢰를 밟았음을 깨달았다. 맞다. 조선엔 아직 영어를 할 줄 아는 사람이 없다. 두 역관이 너무 흥분하는 바람에, 이완은 진땀을 함빡 흘린 끝에 '통역 정도는 어림없다. 안부 인사 정도나 가능하다'라고 발뺌을 할 수밖에 없었다.

두 사람은 아쉬운 듯 물러났지만 윤 진사는 가타부타 말도 없이 눈을 가느스름하게 뜨고 이완을 바라보다가 잠시 후 빙긋 웃으며 묻는다.

"양인들의 언어를 배울 정도로 가까이 지냈다면 그들의 식견을 들을 기회도 많았겠소. 그렇다면 하나만 물으리다."

"예."

"조선이 앞으로 몇 년 정도 버틸 수 있으리라 생각하오?"

대답이 나오기도 전에 옆에 있던 두 역관이 펄쩍 뛰었다.

"아니 이봐! 자네 그게 무슨 말이야? 말이 잘못 나가면 반역으로 멸문하게 될 게야."

"얼마 전 대원위 대감 추종자들이 모의한 반역 사건으로 저자에 효수된 모가지만 벌써 삼십 두가 넘었어. 주상전하께선 형님께 사약까지 내리셨네. 못 들은 걸로 하겠네. 세상에, 할 말이 있지."

두 친구는 얼굴이 시퍼레지는데, 집주인은 부채를 펴 들고 천천히 바람을 일으키며 웃을 뿐이다.

"나라의 녹을 먹는 사람들이 제대로 앞을 못 보면 그것도 큰 죄일세. 앞은 천 길 벼랑인데, 괜찮아, 괜찮아, 껑충 뛰어서 건너편으로 건너가면 돼, 하고 백성들을 모조리 끌고 뛰어내릴 참인가?"

"이 사람 참!"

"다른 이들은 몰라도 자네들은 알아. 지금 조선이 어떤 길로 가고 있는지. 살아날 방법이 거의 남아 있지 않다는 것도 알아."

"이봐, 너무 그렇게 비관적으로 생각할 것도 아냐. 잘하면 기사회생을 할 수도 있을 걸세. 지금이라도 바삐 문물을 받아들이고 힘을 키우면 돼. 그래서 이번에 우리가 특명을 받아 대국으로 가는 것 아닌가."

변원규가 말을 끊었다. 하지만 집주인은 초연한 얼굴로 고개를 젓는다.

"대들보는 썩어 무너지는데, 단청을 덧칠하고 문살을 새로 해 넣는 것이 무슨 의미가 있는가."

친구들은 집주인의 말을 부인하는 대신 길게 한숨을 쉬고는 담뱃대를 끌어 불을 붙인다.

"허당 자네, 그래서 대과를 치르지 않았던 건가?"

"그렇지. 자손들에게도 진사 이상의 벼슬은 하지 말라 일러둘 참이네."

"아니, 그래도 명색 반가의 자제로 태어났는데 어찌 진사시만 보고 끝을 낸단 말인가? 자넨 종손이고, 입신하여 가문의 명예를 올릴 책임도 있으니 일단 대과를 보시게. 조정에 들어와서 우리와 같이 썩어 가는 대들보부터 갈아 올리면 되는 걸세."

"관심 없네. 춘당대의 봄 풍경이 특별히 더 아름답다던가? 대과 시험마다 춘당대는 왈짜들의 패싸움과 부정으로 시장판 개싸움이 따로 없다지? 어사화가 천년만년 썩지 않는 황금 꽃이라던가. 과거 공부가 조선을 지키는 데 티끌만큼이라도 쓸모가 있다면 모르겠네만 난파선에서 제일 먼저 버려야 할 게 그 고랑내 나는 책들일걸? 차라리 과거시험이 내 늙어 죽기 전에 없어질 거라는 데 내기나 걸고 말겠네."

그는 합죽선을 접으며 조용히 웃었다. 이완은 그의 예언대로 과거 제도가 몇 해 가지 않아 사라졌음을 떠올리고 그를 감탄의 눈으로 바라보았다. 물론 그것을 예언한 윤 진사는 몇 해 후 그 예언이 이루어졌다는 것을 알아도 딱히 기뻐할 것 같지는 않다. 그는 담담하게 말을 이었다.

"앞날이 잘 보인다는 건 참 슬픈 일일세. 하지만 그만큼 지금 이 순간을 즐겁게 살아야 한다는 깨달음을 얻게 되니 나쁘지는 않지."

"때를 못 만난 제갈량이 주색에 빠지는 꼴을 보겠구먼."

"와룡은 아마 자신의 노고가 결국 헛된 데로 돌아갈 걸 알았을 거야. 천하삼분을 계획한 자이니, 나뉜 것이 다시 합쳐지는 그 결말까지도 알았겠지. 그래서 공명은 출사 첫날부터 오장원에서 죽는 날까지, 은퇴하고 시골에 들어앉기를 바라지 않았나."

그는 미미하게 웃으며 말을 이었다.

"의지하던 대국은 쇠락해 가고, 서양 오랑캐들은 발이 닿는 곳마다 깃대를 꽂고 샅샅이 발라먹고, 업신여기던 왜는 우리보다 먼저 힘을 키우고 있으니, 만약 이곳에 제갈량이 있다면 조선 천하를 삼분하여 그들에게 공평히 나눠 던질 만하지 않겠는가?"

"사람 참!"

"나는 그 불쌍한 헛똑똑이 사내보다는 조금 더 똑똑하게 살 생각이라서. 아이들에게도 돈이나 많이 벌라고 시킬 참일세. 장사를 하라고 할까, 땅을 사서 축재를 하라 할까. 이래도 한세상 저래도 한세상, 한량처럼 호기롭게 사는 것도 괜찮을 것 같으이."

"원, 이 사람, 기개 높은 선비인 척하더니 장사꾼이 다 되었구먼?"

"장사가 어때서? 조정에 나가는 것이 치욕이 되는 시대가 오면 차라리 장사나 할걸, 소리가 나올 텐데?"

윤 진사의 시선이 이완에게 와 닿았다. 맑고 명민한 눈빛이었으나 한편으로는 나른하고 무심했다. 그의 시선에서는 나라를 위한 근심, 시대의 세파를 헤쳐 가는 격랑의 흐름이 느껴지지 않았다.

이완은 윤 진사라는 사내를 물끄러미 바라보았다. 학과 같은 고고함과 냉철한 지혜 뒤에 남은 것은 거대한 허무뿐이었다. 뜻을 펼칠 시대를 잃은 지식인. 미래를 볼 수 있는 혜안을 가졌으나, 보이는 것이 암담한 좌절뿐일 때 그들은 어떤 길로 빠져들까? 차라리 미래를 보는 혜안이 없었으면 더 좋았을까?

우국충정 보국안민을 부르짖으며 단창을 들고 뛰쳐나가기에 그는 너무나도 냉정하고 객관적이었다. 퇴락한 시대에 입신하였다가 개죽음을 당하거나 욕된 이름을 남기느니, 나와 가족이 누릴 수 있는 것만이라도 지키겠다는 결론을 내린 모양이었다. 난세에 모든 것을 버리고 고향으로 돌아간 도피자 시인처럼, 허무주의자가 되어 버린 사내가 나른하게 웃으며 등을 벽에 기댄다.

"더 늦기 전에 낙향해서 한양 쪽은 보지 않고 살려네. 별당 뒤 장고에는 철철이 새로 담는 술이 있으니 입이 즐겁고, 천마산과 내당에는 새봄마다 고와지는 빛이 있으니 눈이 즐겁지. 아이들은 장성해서 혼례를 치르고 곧 어린 젖먹이들이 햇볕 잘 드는 마당을 돌아다니면서 놀 테지. 마음 맞는 이들과 산에 올라 시원하게 바람 쐬고 계곡에서 세족하고 시라도 읊다가 돌아오는 게 진흙밭에서 의미 없이 뒹구는 것보단 낫지 않겠나. 자네들도 염증이 나거든 언제든지 가산 정리해서 내 있는 쪽으로 오시게. 세상사 눈 감으면 그게 신선이지."

그의 초연한 시선이 이완에게 와 닿았다.

"박 선비 생각은 어떻소? 내 계획이 그럴듯하지 않소?"

입속이 바작바작 마르기 시작했다. 그럴듯하게 에두르긴 했지만 그는 결국 처음 물은 것과 같은 것을 묻고 있었다. 조선은 과연 어찌 되겠나. 미래를 아는 나는 무어라 대답해야 할까. 갈 곳이 없어 도피한 그들이 결국 마주하게 될 지옥에 대해서.

"진사님! 진사님! 제가 왔습니다. 그간 기체일양하시고? 아니 기체후망강? 아이코, 두 분 나리님께서도 계셨군요! 별고 없으셨습니까? 어러러, 못 뵈었던 젊은 선비님께서도 계시는군요. 아, 그림 때문에 오신 선비님이십니까? 처음 뵙겠습니다. 허허허. 차비대령화원인 장승업이라 합니다. 경유라고 불러 주시면 됩니다. 기생년들은 저를 오원 오라버니라고 부릅지요."

갓도 초립도 없이 건상투 바람으로 들어선 사내가 넙죽넙죽 인사를 한다. 걸걸하고 흥이 돋는 커다란 목소리에 방 안의 분위기가 확 바뀌었다.

외양부터 눈에 띄게도 생겼다. 불그레하게 달아오른 얼굴, 철사처럼 억세게 뻗쳐 올라간 수염, 벙긋 웃고 있는 입술, 선량하게 웃는 눈 속에서 빛나는 황갈색 눈동자가 이채로웠다.

그였다. 이국의 외모를 가진 노란 눈의 화원, 오원이었다.

이완은 바짝 긴장해 자리를 고쳐 앉았다. 자신이 소장한 무수한 그림을 그린 화원이 선명한 현재가 되어 맞은편에 서 있다니. 아무리 보아도 실감이 나지 않는다.

사내는 몸을 사리는 것도 없이 털썩 자리에 앉아 이완을 흘끔 살피더니 눈을 둥그렇게 뜬다.

"어허? 이 선비님 머리 좀 보시오? 어이쿠, 어찌 이리 시원하게 잘 랐습니까? 혹시 절밥이라도 자시다가 술 생각 고기 생각에 환속이라도 하신 겁니까?"

그는 단박에 호기심이 발동해 이완이 민망해하는 것도 아랑곳없이 앞으로 갔다 뒤로 갔다 사방 빙빙 돌며 자세히 관찰을 하고는, 넙죽 엎드려 갓 좀 한 번만 벗어 달라 애걸복걸을 한다. 후와, 신기합니다. 시원하겠습니다, 하며 감탄을 하더니 이내 구제불능 제 머리카락에 대한 사설이 늘어놓는다.

"아 선비님, 글쎄 요 몹쓸 머리카락을 좀 보십시오. 꼬부랑꼬부랑 고집만 세 놓으니 잘라 팔지도 못하고, 아무리 종종 끌어당겨 묶어도 아 지랄을 허구 빠져나가서 소인의 머리를 망나니 산발한 꼴로 만들어 놓는다니까요. 요 머리카락만 얌전했으면 한양에서 멋쟁이 오라버니 소리 좀 들었을 텐데요."

"그럼 장 화원, 말 난 김에 장가를 들게. 아침에 마누라한테 동백기름 발라서 반반하게 틀어 달라 하면 되지 않나?"

"아이고 나리. 앓느니 죽지요. 상투 때문에 마누라를 들여앉히느니 차라리 머리를 싹싹 밀고 절간에 가겠습니다. 그러면 공짜 밥은 먹지 않습니까?"

"자네가 공짜 밥이 아쉬워서? 게다가 절간에 가면 술을 못 마실 텐데? 기생집에 가서 치마폭에 그림 한 폭 그려 주면 그것들이 정수리 속도 시원하니 밀어 줄 거고, 술이든 안주든 푸짐하게 내어 줄 텐데?"

윤 진사가 실소하며 끼어들었다. 그는 머리를 긁으며 벌쭉 웃었다.

"그렇죠. 마누라 밥보다는 기생집 술상이 낫고, 애들 찌린내 꼬린내 진동하는 이불보다는 예쁜 기생들이 내주는 향내 나는 금침이 좋지요. 어디든 가서 그림만 그려 주면 술도 주고 밥도 주고 향이 솔솔 나는 이불도 깔아 주니 제 팔자가 천하제일입니다. 으허허허."

"저거 날이 갈수록 저리 속이 없으니 장가를 아직도 못 갔지. 장화원, 자네가 아직 남녀 간의 깊은 정을 몰라 그러네."

"아이고, 저는 그런 거 알고 싶지도 않습니다. 꽃은 그저 꽃일 때가 제일 예쁘지요. 산에서 들에서 살랑살랑 하늘하늘하는 꽃들이 얼마나 곱습니까. 고걸 중동을 분질러서 집에 들이면 고때부터 사달이 생기는 겁니다."

"어허?"

"계집을 들이려면 옷도 주고 집도 주고 이불도 주고 쌍가락지 은비녀도 해 주어야 하는데, 그렇게 해 봐야 깊은 정 고운 정 어쩌고 하면서 베갯머리에서 잉잉 앵앵 훌짝훌짝 울고, 옆에서 앵앵이는 낮이고 밤이고 왕왕 울지 않겠습니까? 그거 골통이 터져서 어찌 삽니까? 그러다가 고 하늘하늘 예쁜 꽃들이 야차 도깨비로 둔갑해서는 딴 년들한테 눈 돌리지 마라 쌀을 내라 돈을 내라 패악을 부리면 저는 무서워서 어찌 삽니까?"

절절한 하소연에 모인 사람들은 껄껄대고 웃었다. 그의 잔주접이 익숙한 모양이었다.

"저는 세상에서 제일 딱한 게 나라님입니다. 여자들을 한둘도 아니고 몇십 명씩 거느리고 사시려니 그 속이 오죽하겠습니까? 모르긴 몰라도 나라님 속은 부엌간 아궁이처럼 새까맣게 탔을 겁니다. 저는 마누라가 없어도 제 팔자가 너무 좋아서 나라님 시켜 줘도 안 할랍니다."

"저, 저 도화서 화원이라는 자가 말하는 것 좀 보시게. 끌려가서 태장을 맞고서야 주상전하를 능멸하는 입을 다물 건가!"

얼굴이 누른 사내의 호령에 텁석부리가 껄껄 웃었다.

"길운(변원규의 호), 그만두시게. 내가 장 화원을 20년 넘게 봐 오고 있지만, 저 말본새 고쳐먹긴 애당초 틀렸고, 마누라 얻기는 더 틀려먹었어. 기생집 술집에 붙어사는 주제에 아직 총각 딱지도 못 떼고 있으니 남녀 간 깊은 정 따윈 알 게 뭔가. 10년 넘게 밥 먹이고 거둔 것이 무색해 죽겠다니까. 그냥 약조한 대로 술이나 내오라 하시게."

화원의 입이 순진하게 벌어진다. 박 선비님, 그림 얘기는 일단 술 한잔하고 해 봅시다. 응, 술맛이 좋으면 내가 기가 막히게 뽑아 주지요. 노란 눈이 짓궂게 찡긋, 찌그러진다. 이완은 목소리를 낮추어 얼른 물었다.

"장 화원, 혹시 미인도를 그리신 적 있습니까?"

장 화원은 고개를 갸웃거리더니 냉큼 엉덩이를 뒤로 물린다.

"없어요, 없어. 혹시 여자 그림 그려 달라 온 겁니까? 나 여자 그림 안 그려요. 그리기 싫어! 말했잖아요, 에미나이란 옆에서 술 따라 줄 때나 예쁘지 까놓고 보면 야차 도깨비라니까!"

아직 미인도를 그리기 전인가? 이완은 혀를 찼다. 물론 미인도를 보여 주자마자 아차, 내가 이걸 빼먹었지, 하며 일필휘지로 완성해 주리라는 쉬운 기대를 했던 건 아니었다.

"다른 거 그립시다, 선비님. 내가 신선도 그리고 산도 바위도 나무도 꽃도 새도, 마당 밖에 나가서 한 바퀴 빙그르르 돌아서 눈에 보이는 거 다 그려 줄 수 있어요. 요새 유행하는 기명절지도는 어때요? 나뭇가지가 깐족깐족 꺾여 자빠진 놈을 하나 끼워 넣어서 비단 한 필에 다 때려 넣으면 되지. 하지만 여자는 싫다고. 혹시 내가 나리님들이 말씀하는 깊은 정이라도 들게 되면 모르겠지만. 그럼 나 장가갈 때까지 기다렸다 받아 가시겠소?"

이완은 그저 웃었다. 이게 무슨 광대놀음도 아니고 애들 사탕 흥정하는 것도 아니고. 하지만 워낙 재미있고 천진해서 전혀 화가 나지 않았다. 이완이 킬킬대고 있노라니 갑자기 밝게 빛나는 갈색 눈이 코

앞으로 들이닥친다.

"박 선비님 근데 혹시 장가가셨습니까?"

"아뇨, 하지만 정혼한 사람은 있습니다."

"정혼이라? 얼른 날 잡아서 혼례 올리면 되지 뭘 미루고 그럽니까?"

"아직 둘 다 준비가 미진해서 미뤄 두고 있지만…… 아, 왜 이러십니까? 장승업 씨, 아, 아니 장 화원, 뒤, 뒤로 좀!"

"왜요! 자고로 남자라면 딸랑딸랑이 두 쪽만 제대로 준비하면 되는 거 아닙니까? 솔직히 말씀해 보세요, 선비님도 나처럼 여자가 귀찮고 무섭지요? 으허, 으허허허! 선비님도 여기저기서 엄인 고자 소리 듣고 사시오?"

그가 너털웃음을 짓는다.

"엄인이라뇨! 그럴 리가 있습니까! 신부 수업, 아니, 음, 정혼자가 배울 것도 있다고 하고 저도 요새 속이 좀 복잡한 일이 있어서……."

"속이 복잡한 거야 술 한 병만 있으면 되는 거고, 여자가 솥에 쌀 넣어 밥하고 된장 넣어 국 끓일 줄 알면 되지 배우긴 뭘 배운단 말입니까. 설마 기생처럼 시문 짓는 법이나 사군자 그리는 법을 배우는 것은 아니겠지요?"

"그렇죠. 당연히 공부는 아니고 그냥 신부 수업을, 그러니까 요리라든가, 바느질이라든가, 몸가짐이나 화장법이라든가……."

얼결에 취조를 당하게 된 이완은 땀을 쫄쫄 흘리며 대답하다 식겁했다. 아 제기랄, 조선 시대 신부 수업에 화장법이 들어갈 리가 없지. 아니나 다를까 화장법이라는 말에 좌우에서 한참 동안 웃어 댄다.

"얼굴 본 적 있습니까? 약혼한 규수하고?"

"당연하…… 예, 있습니다. 꽤 자주 봤습니다."

"오호? 예쁩니까?"

"화원께선 왜 자꾸 쓸데없는 걸 물으십니까?"

"아, 예쁘고 안 예쁘고가 왜 쓸데없어요? 제일 쓸데 있지! 아 글쎄, 예쁘냐고 안 예쁘냐고! 대답만 잘 해 주시면 제가 이 자리에서 미인 도 한 폭 그려 드리지요."

이완은 눈을 둥그렇게 떴다. 뭐 이렇게 기분파 막가파로 흥정을 하나? 역관 두 명이 뒤에서 박장하며 응원하기 시작했고, 윤 진사도 긴 수염을 쓰다듬으며 껄껄 웃었다. 저 불쌍한 총각이 걸려들었구나, 하는 웃음이었다. 이완 역시 속없는 광대가 만들어 내는 분위기에 슬슬 휩쓸리기 시작했다. 그는 얼른 대답했다.

"당연하지 않습니까? 예쁘죠. 세상에서 제일 예쁩니다."

"어디가 제일 예쁩니까?"

"눈이 곱습니다. 봉황의 눈이에요. 아, 물론 코도 오뚝하고 귀도 동글하고 복스럽고 입술도 섹시 아니, 으음, 입술도 붉고 곱습니다."

"어허헛, 선비님두 참말로 음흉하시구. 어떻게 볼 건 용케 다 보셨습니다?"

그가 황갈색 눈을 반짝이며 짓궂게 덧붙인다.

"뽀뽀해 봤습니까?"

"왜 이러십니까? 대령화원이나 되시는 분이 점잖지 못하게."

"그런 거 알 게 뭡니까? 원래 나이 같은 건 입으로 먹고 똥구멍으로 싸는걸. 어쨌든 박 선비님, 해 봤어요, 안 해 봤어요?"

"아 정말, 대답 안 하겠습니다!"

이완이 화를 바락 내며 물러앉자 화가는 벌떡 일어나 손뼉을 치며 엉덩이춤을 추었다. 했네, 했어, 응, 했네. 말도 안 되는 것은 뒤에서 구경하던 세 사람도 했네, 했어, 하며 킬킬대고 따라 웃는 것이었다. 이완은 발칵 소리를 질렀다.

"그러는 화원께서는 해 본 적 있습니까? 기생집에 엄인이라 소문이 파다하시다 하니, 기생들하고 구접이나 해 보셨을지 모르겠군요?"

"어, 왜 이러시오? 해 봤어요! 해 봤고말고. 기생하고 한 것도 아니라고요!"

금빛이 깃든 눈에서 아주 짧은 순간 장난기가 사라졌다.

"원 거짓말 말게. 자네 요령 없는 건 천하가 다 아는데! 대체 언제 해 봤다고!"

텁석부리가 어림없다는 듯 큰소리로 을러대자 그는 머쓱하게 고개를 움츠렸다.

"스물네 살 때였을 겁니다. 주상전하께서 국혼을 치르시던 해였지요."

"아니 자네가 무슨 용쓰는 재주로 여염집 규수하고 구접을 해?"

"그건 아니고, 그림 속 달을 타고 내려온 항아님을 만난 적이 있었지요. 제가 몰래 뽀뽀를 했는데 많이 노여웠는지 그만 잠깐 사이에 다시 달로 돌아가 버렸지요. 그때 뽀뽀하지 말고 조금만 기다릴걸."

"예끼 이 사람, 또 어디서 낮 꿈을 꾸고 실없는 소리야! 저러니 사방 우스운 소릴 듣고 다니지."

그런가요? 그는 다시 씩 웃으며 머리를 긁더니 속없는 광대로 되돌아왔다.

"그럼 그려 봅시다, 미인도. 선비님하고 뽀뽀한 규수님처럼 예쁘게 그리지요. 아, 안 되겠구나. 박 선비님한테는 그 규수가 최고로 예뻐야 할 테니까. 뭐 그러면 규수님보단 조금 덜 예쁘게 그려 드립지요."

맛있는 술 한 잔과 젊은 선비를 골려 먹은 끝에 기분이 좋아진 화가께서 소매를 둥둥 걷어 올렸다.

잠시 후 대청에 술상이 차려졌다. 상 옆으로 먹과 벼루와 연적, 그리고 긴 종이가 놓였다. 큼직한 술병에 담긴 새로 빚은 술을 거푸 마신 사내는 드디어 허리에 찬 쌈지를 풀었다. 쌈지 속에는 담배 말고도 작은 주머니들이 서너 개 들어 있었고, 그 속에는 곱게 갈린 누르고 붉고 푸른 석채분이 담겨 있었다.

그는 따끈하게 데운 아교 물에 석채를 능숙하게 섞더니 술을 담아 온 작은 나무 쟁반에 갓 만든 물감을 휙휙 풀었다. 선명한 색이 소반 위에서 뭉근하게 퍼져 나갔다.

조선 제일의 화원께서 그림을 그린다는 말이 퍼졌는지 행랑아범, 머슴, 안잠자기, 찬모, 침모들이 오르르 몰려 구경을 시작했다. 그때 안채와 연결된 중문이 열리더니 깡똥한 치마를 입은 여자가 날듯이 뛰어나오고 뒤를 이어 체구가 아담한 여자가 조신하게 걸어 나왔다. 아무리 봐도 콘셉트가 '무수리와 아씨'로밖에 안 보이는, 민호와 진희였다.

이완은 긴장해서 그의 붓끝을 쳐다보았다. 과연 얼굴 없는 미인도가 이 자리에서 탄생할 것인가?

그림의 오른쪽으로 굵은 나무가 쭉 뻗기 시작했다. 이완은 짧게 한숨을 쉬었다. 다른 그림이었다.

하늘을 가득 덮은 큼직한 나무 잎사귀로 싱싱하게 여름 물이 오른다. 아담한 집에 둥근 창이 열린다. 창가에 검은 탁자가 놓인다. 별달리 구도를 가늠하지도 않은 상태에서, 그는 고민하는 기색 하나 없이 쉽게 화면을 채워 나갔다.

작은 소품들이 몇 개 보이고, 상 앞에는 둥글고 복스러운 얼굴의 여자가 섰다. 빠르게 만들어 내는 길고 짧은 선, 점 몇 개로 눈꼬리가 가늘게 위로 올라간 눈과 웃음을 머금은 입이 만들어진다. 길쭉하고 둥글게 말린 코, 입술은 붉고 도톰하다.

화장 도구와 세 발 달린 화장함이 보인다. 머리를 틀어 중국풍으로 뒤로 묶은 여자는 소매가 하늘하늘한 저고리를 입었다. 여자는 무얼 하는 걸까? 아하, 거울을 보며 화장을 하고 있다. 손에 든 것이 비녀인지 붓인지 알 수 없었던 이완은 이내 고개를 끄덕였다. 작은 벼루가 보인다. 여자는 붓으로 조심스럽게 눈썹을 그리는 중이었다. 여자는 신경을 곤두세워 화장을 하고 있지만 한편으로는 누구를 만날 생각이라도 하는지 입가에는 웃음이 떠나지 않는다.

연인을 만나기 위해서 화장을 하고 있구나. 이완은 장 화원이 자신을 들볶아서 들은 이야기를 그대로 화폭에 담아 주는 것임을 알았다.

화가는 허리를 둥글게 구부린 채 아무 소리도 들리지 않는 듯, 이제 채색에 열중하고 있다. 청청한 푸른 잎사귀, 붉은 저고리, 연두색 옷깃, 화가의 장담대로 예쁜 미인까지는 아니었지만 복스럽고 정감이 가는 여인의 그림이 순식간에 완성되었다.

……아니, 완성은 되지 못했다. 저고리에 붉은색을 칠하던 화가가 잠시 고개를 든 순간 사람들 사이로 머리가 비쭉 튀어나온 여자를 발견한 것이다. 그의 움직임이 멈췄다.

"웅? 저 기지바이 봐라? 저거, 저거, 전에 평양루 반빗간에서 봤던 그 에미나이 아닌가? 아니 그보다……."

꽤 반가웠는지 갑자기 사투리가 튀어나오다가 갑자기 말이 뚝 끊어졌다. 이완은 고개를 들어 그의 얼굴을 바라보았다. 싱글싱글 장난기 가득하던 사내의 얼굴에서 웃음이 사라졌다.

"항아님이 여게 어드러게……?"

손에서 붓이 툭 떨어졌다.

11
The sweetest Pheromone

눈부시게 빛나는 황금색 토파즈, 눈 속에 깃든 보름달. 진희에게는 그 외에 아무것도 보이지 않았다. 사내의 시선이 얼굴을 사를 듯 핥는 것이 느껴진다. 15년의 세월이 순식간에 지나가는 것 같다.

묵직한 향기가 거대한 파도처럼 일렁일렁 밀려온다. 꿈속에서조차 옭아매고 있던 그 냄새. 느른하고 달큼해 토할 것 같던 그 강렬한 향. 진희는 그를 똑바로 바라보며 속삭였다.

"민호야, 무슨 향기 안 나?"

"무슨 향? 사람들 땀 냄새밖에 안 나는데?"

진희는 이해할 수 없었다. 사람들은 어째서 이 향에 질식하지 않는 걸까? 토할 만큼 달게 느껴지는 이 냄새를 왜 아무도 맡지 못해? 순간, 진희는 그것이 실제 냄새가 아닌 온몸의 열광적인 반응임을 알아차렸다.

코가 아니라 몸 전체가 인식하는 냄새라니, 그런 게 가능한가?

그림을 그리던 그의 손에서 붓이 떨어진다. 붓이 대청마루를 데굴

데굴 구르는 모습이 천천히, 천천히 슬로모션처럼 조각이 나서 움직인다. 그림 속 여인의 붉은 저고리는 결국 온전히 칠해지지 못한 채 옆으로 밀려난다. 그의 입술이 덜썩대는 모습과, 그의 목소리가 따로 분리된 것 같다. 그가 맨발로 뛰어내린다. 그림을 껑충 넘어 댓돌도 밟지 않고, 껑충, 껑충, 공중을 붕, 날듯이 느리게 껑……충.

"항아님! 항아님이 여게 어드러게……!"

다른 소리는 모두 죽어 버린 이상한 공간에서, 그의 목소리만 유난히 크고 강렬하게 고막을 꿴다. 땅바닥이 휘청 솟구친다. 아무래도 이곳은 좀 이상하다. 내가 속한 시간이 아니라 그런가? 민호가 외치는 소리가 웡웡, 여러 겹으로 희미하게 들렸다.

"이야아아! 노랑눈이 아저씨 오랜만이에요. 저 기억하세요? 그런데 진희를 아세요?"

날듯 뛰어내려 바로 앞까지 온 사내는 들들 떨리는 목소리로 말한다.

"알지, 알구말구, 그때 내가 찾던 항아님이다. 항아님, 항아님? 그때, 오래전에 평양루 행랑채에 잠깐 들르지 않았어? 내 월죽도가 있던 방 말이야!"

"……."

"얼굴은 약간 변했지만, 보면 안다. 나는 한번 기억하기로 작정한 건 절대 잊지 않아. 하물며 이 눈……."

그는 진희를 내려다보며 길게 숨을 내쉬었다. 그의 가슴이 크게 오르락내리락한다.

"눈에 파란 물이……."

"……담박하니."

진희는 저도 모르게 고개를 들고 또렷하게 말했다. 툭, 속에서 무언가 터지는 소리가 들렸다.

오래 묵었던 목소리들이 폭포가 되어 몸을 두들긴다.

곱구나, 눈에 파란 물이, 담박하니, 대가리가 말랑말랑한 에미나 이래 이런 덴 와 온 기야, 나이가 어드레 되나, 곱구나, 곱구나, 허, 대가리가 물렁한 줄 알았더니 다 큰 처네였구나, 날래 도망가라우, 딴 눈깔에 띠면 신세 조지디, 또박또박 대답하는 걸 보니끼니 겁은 없구나야, 곱구나, 곱구나, 눈에 파란 물이 담박하니, 너 눈에 물이 들었구나야, 곱구나, 눈에 파란 물이 담박하니, 담박하니.
곱구나, 곱구나.
······곱구나.

"와하하하하하하하하!"
커다란 손이 갑자기 진희의 어깨를 잡아 눌렀다. 와하하하하! 하하하하하하! 그는 광인처럼 웃어 대더니 진희의 손을 잡고 마당에서 한 바퀴 크게 빙글 돌았다.
외간 여자의 손을 함부로 잡는데도 아무도 그를 건드릴 수 없었다. 진희가 비틀비틀하자 화들짝 손을 놓고는 마당에서 펄쩍 뛰어올랐다. 맨발로 거리낌 없이, 높이 더 높이 뛰어오른다. 술에 취한 것 같았지만, 몸놀림은 가붓했다. 줄을 타고 하늘을 나는 광대처럼 펄쩍, 펄쩍펄쩍. 그는 혼자 빙글빙글 돌며 미친 듯이 뛰고 하늘을 향해 광인처럼 웃어 댔다.
진희는 천천히 고개를 돌렸다. 마취에서 갓 깨어난 것처럼 멍했다. 민호와 이완의 놀란 시선이 자신을 향하고 있었다. 진희 역시 자신이 왜 그런 대답을 했는지 알 수 없었다. 조금 전까지 웃으며 환대하던 향이라는 여자의 시선이 갑자기 맵게 와 닿는다. 여자의 웃는 표정은 가면과 비슷했는데 매운 시선과 합쳐지니 섬뜩했다.

"오라버니, 어떻게 알고 계시던 분이세요?"

"알지, 알고말고, 내가 오랫동안 찾던 그 항아님이야! 내가 그린 달에서 나왔다가 되돌아가신 항아님."

"오라버니, 아니라고 몇 번 말씀을 드려요? 평양루 아기 기생 중 하나였을 거라고 했잖아요. 제가 누군지 알아봐 드린다니까 끝까지 아니라고만 하시더니."

"아기 기생 아니야. 분명 이 항아님이 맞다. 알아. 난 알아."

사람들의 시선이 이상해지는 것도 그는 아랑곳하지 않았다. 그는 마당을 빙글빙글 돌며 큰 소리로 웃더니 아예 손발을 휘저으며 춤을 추기 시작했다.

장 화원 나리 그림은 더 안 그리시나? 아이구, 됐네. 붓 던지고 저렇게 춤추기 시작하면 오늘은 파장이야. 또 취하셨구만 뭘. 안 취하면 흥이 없어 안 그리고, 취하면 춤추고 노느라 안 그리고. 어쩌라고? 에구, 그럼 저 그림도 저렇게 끝나는 거야? 저 빨간 저고리 칠하다 만 건 어쩌고? 여기저기 푸슬푸슬 웃는 소리와 혀를 끌끌 차는 소리가 들린다.

❀   ❀   ❀

이완과 민호는 후원의 정자 구석에 찌그러져 진희와 장 화원의 모습을 지켜보았다. 윤 진사는 이완과 두 여자에게 오랜만에 만난(?) 장 화원과 회포라도 풀라며 후원의 정자를 내주었다. 윤 진사는 불학무식의 천재 화원에게 악감은 없는 모양으로, 함께 앉아 거슬려 하는 기색 없이 스스럼없이 이야기하고 너그럽게 웃어 주기도 했다.

하지만 향이와 장 화원이 함께 시간을 보내도록 허락하지는 않았다. 그는 향이를 정자에 오지 못하도록 막았고, 향이가 차와 주안상을 들고 들어오자 그녀를 데리고 내당으로 들어가 버렸다. 향이는 표정과 눈빛을 잘 갈무리했지만 들어가면서 두세 번이나 뒤를 돌아보려 어깨를 움찔거린 것은 어쩔 수 없었다.

진희는 찻잔을 들어 차를 한 모금 마셨다. 미지근한 물이 목구멍을 넘어가는 감각이 평소보다 백배는 예민해진 듯했다. 그뿐 아니라 자신에게 와 닿는 시선, 일렁이는 냄새, 공기의 감촉이 믿을 수 없을 만큼 생생했다. 피부를 생으로 벗겨 낸 후 느껴지는 감각과 비슷할까? 다만 그 감각이 통각은 아니었다. 피부로 느껴지는 것인데도 숨막히게 달았다.

천지사방에서 우스갯짓을 하던 광대, 대청에서 일필휘지로 자신만만하게 그림을 그리던 도화서 화원은 어디로 갔는지 알 수 없다. 여기 처음 와 본 진희는 외려 치마꼬리를 얌전하게 갈무리해서 편히 앉았는데 자칭 '한양 제일의 장 화원 오라버니' 께서는 안절부절 우왕좌왕 머리를 긁고 헛기침을 하고 발가락을 꼼지락대더니 나중엔 손톱까지 물어뜯기 시작했다. 부대로 위문공연을 온 소녀 가수와 일대일로 반짝 데이트를 하게 된 일병도 저러지는 않을 것이다.

그동안 그렇게 열심히 한양 말투를 연습했다면서, 사투리가 아무 데나 끼어들고 존댓말과 반말이 멋대로 튀어나온다. 사투리가 나올 때마다 어이 촌스러워, 에이 촌스러워, 머리를 쥐어박고, 진희의 대답이라도 한마디 들으면 몸을 배배 꼬거나 입을 크게 벌리고 웃는다.

진희가 살짝 웃는 것을 곁눈으로 보기라도 하면 어, 어, 어, 더듬어 대며 엉덩이를 들썩들썩하고, 얼굴을 사정없이 붉히고 만다. 그러고 있노라니 목은 또 어찌나 마른지 앞의 주전자에 담긴 것이 물인지 차인지도 모르고 벌렁벌렁 들이마시다가 어이쿠 술이네, 술이네, 이런 요망한 것이, 하며 크허허 웃는다. 그 서슬에 침이 몇 방울 튀어

날아가자 기겁을 하고 침 자국을 옷고름으로 벅벅 문지르기도 한다.

진희는 그 모습을 보며 입을 가린 채 정신없이 웃었다. 그가 하는 말이나 행동이 왜 이렇게 재미있는지, 허파에 바람 주머니가 든 것처럼 웃음이 계속 샜다.

정자에는 네 사람이 함께 앉아 있는데도 그가 말할 때만 귀가 쫑긋 일어서는 것 같고, 온통 그의 움직임밖에 보이지 않았다. 사포로 긁는 것처럼 느껴지던 그의 목소리가 깊은 향을 가진 된장찌개처럼 구수하고 툽툽하게 들린다. 저런 목소리라면 평생 들어도 질리지 않겠지. 반짝이는 황금색 눈이 갸름하게 굴곡을 그리며 웃을 때마다 심장이 촛농처럼 녹아 흘러내리는 것 같다.

……이건 뭔가 이상해.

진희는 자신의 감각이 조금 비틀려 있다는 것을 알아차렸다.

"이야, 내, 내래 나잇값도 못 하고, 이거 참 낯이 없어. 항아님, 항아님? 웃디 마시라요. 이래 뵈두 조선 최고 화원 소리 듣는 장 화원이야요. 장오원이, 하면 그림 좀 안다 하는 나리님하고 기생들이 홀렁홀렁 넘어간다니까요. 어, 정말! 정말! 내래 지금 도화서도 아니고 나라님 계시는 창덕궁 규장각에서 일하고 있시요! 나잇값 못 하는 건 내래 배냇병신이라 점잖은 걸 영 못 배워서 기레요. 길티만 내가 또 나이를 그리 썩 많이 먹은 건 아니야요. 아직 오라버니 소리 들을 만큼은 덜 먹었시요."

"화원님 나이가 어떻게 되시는데요?"

진희는 웃음기가 잔뜩 묻는 얼굴로 물었다. 학교에서 가르치는 중학생 남학생들을 보는 기분이었다. 아이들은 잘난 척 뻗대고 제멋에 같잖은 허세를 부리지만, 그래도 귀여운 구석들이 있었다. 시답잖게 야한 개그를 주워섬기거나 고개를 탁 튕겨 바가지처럼 내려앉은 앞머리를 올리며 콧방귀를 뀌는 시늉을 해도, 속을 털면 맹탕 순진한 얼굴이 나왔다.

이 사람도 그 남학생들과 비슷했다. 다만 다른 점이 있다면 그 남학생들보다 더 순진하고 속이 더 훤히 보이고 열 배는 더 귀엽고 사랑스럽다는 점이었다.

"내래 계묘년 생이야요. 올해가 신사년이니 서른아홉이나 꼬박 공밥을 먹구 살았지요. 으이구, 그러구 보니 다른 놈들은 몇 해 전부텀 할아바이 소리 심심찮게 듣는데……. 나이를 입으루 처먹구 똥으루 싸니끼니 이 모양이디요. 그래두 마음만은 이팔 성춘향이 이 도령이 부럽디 않아요."

"서른아홉, 좋네요. 그게 뭐가 나이가 많다고 그러세요. 그리고 말씀 낮추세요."

조만간 서른두 살이 될 진희는 자신의 나이는 살짝 잡아넣고 웃기만 했다. 30대에 할아버지가 되는 시대라니. 하긴 먹고사는 것이 하도 힘들어 나이 40이 되기도 전에 죽는 사람이 수두룩하던 때였다. 그래도 사람들은 용케 짬을 내어 사랑을 하고 가정을 만들고 아이들을 낳고 살아갔던 모양이다. 현대의 우리네 삶보다 훨씬 압축되고 치열한 형태였겠지만. 진희는 문득 생각했다.

……사랑도 그렇게 압축되고 치열한 형태였을까?

사랑, 사랑, 사랑. 진희는 입속에서 굴러다니는 그 낱말이 두려웠다. 곱고 예쁜 탈을 쓰고 있지만 실상 인간이 갖고 있는 감정 중 가장 무식하고 자기주장이 강하며 이기적이고 난폭한 감정 아니던가.

저 사람은 나를 고작 두 번 만났어.

그런데 지금 나를 사랑하는 걸까?

그리고 나는?

얼음덩어리가 척추를 타고 주르르 미끄러졌다.

민호와 이완은 어느새 개밥에 도토리가 되었다. 구석에서 찌그러져 있던 두 사람은 눈치도 없느냐 눈을 부라리는 장 화원 덕에 결국 정자에서 쫓겨나고 말았다.

이완과 민호는 정자 주변을 얼쩡거리며 두 사람의 대화에 귀를 기울였다. 프라이버시 따윈 개뿔이다. 아무리 사방 툭 트인 정자라고 해도 천둥벌거숭이 화원 나리하고 같이 있으면 무슨 일이 터질지 알 수 없는 것이다.

게다가 술에 살짝 잠긴 장 화원 나리께서는 또 얼마나 목통이 우렁차신가. 서로 소개팅을 하는 것처럼 나이가 어째요 이름이 어째요 하고 있는 꼬라지를 보며 민호는 이제는 취미가 뭐예요, 좋아하는 영화가 뭐예요, 이번 주말엔 뭐 하세요 나오겠다, 하며 대놓고 웃었고, 이완은 손이 비틀리도록 쥐어짰다.

기생집을 자신의 집 삼아 돌아다니던, 그러면서 15년 전에 만났던 여자에게 저렇게 몸을 배배 꼬고 있는 저 딱한 사나이는, 제가 실토한 대로 나이를 입으로 먹고 똥으로 싼 게 틀림없었다. 그렇지 않고서야 저렇게 사나이 망신을 시키며 앉아 있을 수가 없다. 같은 사나이로서 창피하긴 한데, 한편으로는 딱하고 애잔하기도 해서 눈 뜨고는 못 봐 줄 지경이었다.

"저 봐, 저 봐, 남자가 연애나 소개팅 한 번 못 해 보고 모쏠로 서른아홉까지 묵으면 저렇게 이상하게 쉬어 꼬부라지는 거야. 그러게 남자한텐 여자가 있어야 하는 거지."

"어지간히 웃으세요. 저 화원이 그렇게 만만하게 놀릴 만한 사람은 아니에요. 살아생전에 천재라 칭송받으면서 살았고, 여기저기서 그림 그려 달라고 가마까지 대령해서 모셔 가려는 사람들이 줄을 이었다고요. 저렇게 여자 앞에서 멍청한 짓을 하고 있을 군번은 아닙니다. 민호 씨, 민호 씨?"

하지만 민호는 웃음을 멈추지 못했다. 민호의 눈에는 저 노총각 화원이 5형제 중 셋째로 태어나 남자 중학교, 남자 고등학교, 모 공과대학 토목건축학과에 다니다가 군대에서 첫 휴가를 나와 난생처음 소개팅이란 것을 하고 있는 '군바리 A'로 보였다.

"항아님은 그동안 나이를 어데로 먹고 지금까지 이팔 춘향이처럼 젊고 곱디? 진희, 항아님이 이름도 예쁘다! 이야아, 이름도 예쁘다. 진달래 철쭉 모란화보다 예쁘다. 진희, 진희, 내가 그때 이름자 석 자도 못 듣고 그냥 보내서 천추의 한이 되었었다! 응응! 지금이라도 알았으니 됐어, 응응! 민호 저 에미나이하고 동무? 어째 저렇게 꺽실하고 도둑발인 에미나이하고 친구가 되았서? 거 어지간하면 같이 다니지 마라! 우리 예쁜 항아님이 콩알만큼 작아 보인다. 놀지 말지, 응?"

진희는 얼굴이 작고 동안이었고, 피부가 맑고 깨끗한 편이어서 학교에서도 제 나이보다 훨씬 젊게 보기는 했다. 어쨌든 약간의 과장은 있겠지만 서른 살이 넘은 처자를 이팔 춘향이라고 봐 준다면 그보다 고마운 일은 없다. 물론 민호 같으면 아니라고 내 나이는 서른하나 어쩌고 하면서 정의롭고 바보답게 실토를 했겠지만 진희는 그저 두 손으로 입을 가리고 웃기만 했다.

"민호는 친구 아니고 고모예요. 나이가 같아서 동무처럼 지내요."

"으잉? 항아님을 평양루 행랑방에 갖다 처박구 날래 튀어 버린 몹쓸 에미나가 저년이야? 저, 저 못된 것. 엉덩짝을 되우 쳐 줄 년 같으니! 항아님, 놀지 마라. 조 못된 것하고 동무하지 마라. 나랑 놀자. 나는 안 그런다. 응."

정자 근처에서 얼쩡대고 있던 민호가 발을 퍼덕이며 낄낄 웃는 소리가 들린다. 아이고, 저 아저씨 말하는 거 보래요. 외려 이완이 부아가 났는지 냅다 고함을 지른다.

"민호 씨는 아무 잘못 없어요. 왜 함부로 욕을 하고 그러십니까? 뒤에 누가 따라온 것도 몰랐단 말입니다."

"알 게 뭐요. 내가 알 게 뭐야! 우리 항아님을 달고 와서 버리고 모른 척했단 말이오! 항아님 그때 많이 아팠지? 얼마나 많이 아팠소, 응? 그래, 무사히 나왔소? 내가 그날 항아님한테 꿀물 타 주려고 빌어먹을 안잠 아즈마이한테 손이 발이 되게 빌었지. 그래, 내가 타 준 꿀물은 좀 마셨나?"

"잘 마셨지요. 덕분에 잘 나았어요."

"그렇지. 응응, 그랬을 거야. 내가 꿀물을 타면서 항아님 얼른 나으라고 백 번 치성을 드렸거든."

물론 진희가 정신을 차린 것은 이부프로펜, 아세트아미노펜을 종류대로 때려 부은 결과긴 했지만 저렇게 입에 째져라 벌쭉대는 노총각 앞에서 그따위 진실은 아무래도 좋았다.

예쁘다, 예쁘다, 꽃보다 곱고 꽃보다 예쁘다. 내가 한양의 예쁜 아가씨들을 많이 봤는데 응, 최고로 예쁘다. 나 보러 또 오너라 자주 놀러 오너라. 나는 내일부터 나라님이 쓰실 병풍을 그리러 가는데 일이 끝날 때까지 못 나간다 하더라. 하지만 자주 빠져나올 테니까, 어디 가지 말고 이 집에 꼭 붙어 있어라, 약조해라, 응. 꼭! 아예 신신당부를 한다. 하지만 손가락을 불쑥 내밀어 놓고도 기생 아닌 여염 처자라서 손이 닿으면 안 된다 생각을 했는지 우물쭈물하며 손을 뒤로 감추고 만다.

진희는 앞으로 나왔다가 등 뒤로 들어가기를 반복하는 손을 눈이 아프도록 바라보았다. 머슴이라고 했었다. 어른이 될 때까지 험한 일로만 다져진 손이었다. 그림을 좀 그릴 줄 알게 되어 이제는 험한 일을 하지 않게 된 손은, 여전히 뼈마디가 툭툭 불거지고 억셌다. 낮에 찍히고 베이기라도 했는지 손등과 손가락에는 자상 흔적이 빼곡했다. 손톱은 짧고 납작했고 손가락은 굵고 퉁퉁한 편이었다. 손톱 밑은 물감이 스며들어 거무스레했는데 부분 부분 선명하게 노랗고 빨간 물이 들어 있었다. 투박한 손은 들어가고 나올 때마다 애처롭게 떨렸다. 주인만큼이나 수줍고 속이 없었으나 또한 주인만큼이나 열렬했다.

손의 움직임이 안쓰러웠다. 내가 뭐 그렇게 대단한 사람이라고 항아님, 항아님 해 가면서. 저 손을 잡아 준다면 그것만으로도 뛸 듯이 좋아할 텐데. 아까 나를 발견했을 때처럼 춤을 출지도 모르겠다. 물이 한창 오른 버드나무가 변덕 많은 봄바람에 이리 휩쓸 저리 휩쓸 하듯 가붓가붓 쌀랑쌀랑 허리춤을 흔들 것인데 그 모습이 참으로 익살스럽고 좋아서, 또 보고 싶었다.

귀엽겠지. 분명히 귀여울 것이다. 얼굴을 훌훌 불태우며 억세게 뻗친 수염을 한 손으로 잡아 뜯고 있는 모습조차 이리도 귀여운데.

하지만 진희는 소매 속으로 손가락을 말아 넣고 소매를 치마폭 속에 파묻었다. 물론 이 시대에 어울리는 행동인지 아닌지를 따져서 그런 것은 아니었다. 어차피 이곳에 살 사람이 아니니까. 다만 지금 그랬다가는 걷잡을 수 없는 일이 일어날 것 같아서였다.

나는…… 저 애처로운 손을 잡아 주고 싶다.

저 손은 분명히 따뜻할 것이다. 강한 악력을 가지고 있겠지만 아프지는 않을 것이다. 저 굵고 투박한 손을 잡으면, 손에서도 단맛을 느낄 수 있으리라. 둥, 두둥, 두둥, 심장이 점점 거센 북소리를 낸다. 저 손을 한 번만, 두툼하고 거칠지만 따스하고 힘이 넘치는 저 손을 한 번만, 딱 한 번만.

걷잡을 수 없는 일 따위는 일어나지 않아. 나는 바로 돌아갈 거니까.

진희는 손을 치마폭에서 꺼내 상처투성이 손등을 가만히 덮었다.

그는 얼어붙은 것 같은 모습으로 진희를 쳐다보았다.

그가 두 번 눈을 깜박이는 동안, 진희는 짙은 황금빛의 토파즈, 투명한 보석의 색깔이 눈앞을 필터처럼 가득 채우는 것을 느꼈다. 사내는 한참 동안 딱딱하게 굳어 있었다. 그는 눈만 껌벅이며 자신의 손과 그 손을 덮은 여자의 손, 그리고 여자의 얼굴을 바라보았다.

그가 후드득 몸을 떨며 엉덩이를 한 뼘 물린다. 그러고는 진희의 손길이 닿던 제 손을 천천히, 천천히 자신의 얼굴에 갖다 댄다. 멍한 얼굴로 손등을 더듬더듬 만져 보기도 한다. 진희는 웃음기를 거두고 그가 제 손등을 뺨에 대고 비비는 모습을 지켜보았다.

문득 불안감이 엄습했다.

……선을 넘었다?

멀찍이 지켜보던 이완은 눈썹을 찌푸렸다. 물론 현재를 사는 진희 씨 기준으로 본다면 손 한 번 잡은 것 정도는 별것 아닌 일이지만, 이 시대에서는 있을 수 없는 일이었다. 평민이 아닌 양가의 규수가 함부로 외간 남자 손을 맞잡다니, 파혼 사유가 되고도 남을 만한 일이었다.

저렇게 행동해서는 안 된다는 걸 진희 씨도 잘 알 텐데? 민호 씨 같으면 어느 곳에 가서 마음 내키는 대로 행동해도 큰 탈이 나지 않으리라는 이상한 믿음이 생겨 버렸지만 진희 씨의 행동은 이질적이고 거슬렸다. 고개를 돌려 보니 민호도 눈을 동그랗게 뜨고 두 사람을 바라보고 있었다.

"민호 씨. 우리가 가 봐야 하지 않습니까? 두 사람 그냥 두면 안 될 것 같은데요."

"응. 나도 지금 뭔가 촉이 이상해."

민호는 두말 않고 고개를 끄덕였다. 단순히 느낌이 좋다 안 좋다를 떠나서 저 상황은 위험했다.

"나는 진희하고 같이 안채에서 재워 달라고 할 테니까 이완 씨는 저 노랑눈이 아저씨 데리고 행랑채나 사랑채에 있어 줘."

"……주무시고 가실 겁니까?"

이완은 기대 반 걱정 반으로 물었다.

"달걀귀신 그림은 완성해 가야지. 이렇게 한 큐에 만나는 게 쉬운 건 아니거든. 이따 둘이 있을 때 눈코입 좀 그려 달라고 잘 좀 구워삶 아 봐."

민호와 이완이 정자 안으로 들어서자 입꼬리가 귀밑까지 걸린 사내가 이번엔 개밥에 도토리 사나이를 들볶기 시작했다.

"박 선비, 박 선비? 내가 일 끝내고 얼른 나올 테니, 절대 다른 데 가면 안 돼요! 항아님이랑 멀대 처자랑 이 집에 꼭 붙어 있기예요! 윤 진사님 그렇게 야박하지 않아요. 어차피 사랑채엔 고랑내 나는 영감 님들이 득실거리는데요, 뭘. 부탁만 좀 하면 돼요. 응응?"

"장 화원님. 저희도 할 일이 있지 않습니까? 일단 갔다가 나중에 날짜를 다시 잡고 다시 오면 되지요."

"에이이이, 그러지 말고. 그때 못 만나면 어쩌라고. 내가 이렇게 부탁하는데 나 정말 금방 나올게요. 고자가 아니라면 사나이의 명예 를 걸고 약속! 맹세! 어허, 글쎄 손 좀 내놔 봐요! 손가락 걸게!"

그는 이완의 손을 꽉 잡더니 통사정을 넘어 윽박지르기 시작했다. 이완은 발끈했다.

"아니 장 화원, 어떻게 남의 집에 그리 길게 붙어 있습니까? 윤 진사님은 우리 친척도 친구도 아니고 생판 남인데 어떻게 그렇게 신세를 지느냐 말입니다. 저희는 볼일만 보면 돌아가야 한단 말입 니다."

"볼일 보지 마쇼! 볼일 나중에 봐요! 볼일이 뭔데요!"

이완은 속이 푹푹 터진다.

"말씀드렸잖습니까. 화원님께 그림 좀 그려 받아 가야 할 게 있다고요! 아까 그려 주신 미인도도 감사하지만 사실 저희가 가져온 미완성 그림에 조금만 가필을 해 주시면……."

이완의 대답에 화가는 아예 얼굴을 벌쭉 펴고 웃기 시작했다.

"응, 잘됐어요, 잘됐어. 그럼 절대 안 그려 줘요. 그러면 안 갈 테지. 내가 병풍 다 그리고 다시 나올 때까지 여기 얌전히 있을 테지. 응응."

아, 정말 골치가 지끈지끈하다. 이완이 머리를 쥐어 잡자 진희가 웃으며 살살 달랬다.

"사정 되는 대로 자주 놀러 올 테니까 걱정하지 마세요."

"안 믿어! 절대 안 믿어! 저번처럼 홀랑 꼬리 말고 도망치고 또 나 환갑 돼서 나타날 거지?"

"안 그럴 테니 걱정하지 말고 그림에 가필 조금만 해 주세요. 장화원님이 마무리만 해 주시면 근사한 그림이 될 텐데요."

"응, 사실 그건 그렇지. 내가 손을 대면 누가 그린 거라도 한양에서 최고 비싼 장오원이 그림이 되지. 항아님도 잘 알고 있구나, 그러니까 날 찾아온 거겠지. 으허허허."

하지만 그는 허리에 손을 얹고 고개를 저었다. 눈빛이 진지해졌다.

"그렇지만 진희 항아님, 난 남이 그린 그림엔 손 안 대. 내 그림이 다른 놈 그림으로 소문나는 것도 싫고 따라쟁이 그림들이 내 그림이라고 돌아다니는 것도 싫어. 차라리 기생년 속치마에 미인도를 새로 그려 준다면 모를까. 내가 멀쩡하게 술 잘 먹고 왜 남의 그림에 내 그림을 넣어 주어야 해?"

그는 열띤 목소리로 말을 이었다. 민호가 끼어들었다.

"그치만 노랑눈이 아저씨, 나한테 그림 하나 그려 주기로 한 것 있었잖아요."

"그랬지. 우리 같은, 길 위에서 떠도는 나그네 그림을 그려 주마 했었지. 하지만 너 그날로 튀어서 한 번도 오지 않았으니 알 게 뭐야. 지금이라도 그려 줄까? 아님 아까 그린 미인도라도 대신 받아 갈 테냐?"

"그게 무슨 미인도예요! 뭔 여자가 새우젓 눈깔에 눈꼬리가 쫙 째져 올라가고 얼굴은 찐빵 같더만!"

갑자기 분위기가 싸르르 가라앉았다. 민호 씨! 말 좀! 이완은 민호의 옆구리를 사정없이 꼬집었다. 아니 딱히 거짓말은 아니지만, 지금 저 인간을 살살 꾀고 달래도 모자랄 판에 그런 얘길 하면 어떡합니까. 하지만 의외로 눈앞의 사내는 커다랗게 웃음을 터뜨렸다.

"이야, 너 예전에도 느꼈지만 정말 솔직하고 화통하구나. 내가 그래서 너 맘에 들어 했지. 맞다. 그 에미나이가 썩 잘 그려진 건 아니야."

그러더니 몸을 기울이며 슬쩍 묻는다.

"그런데 대체 뭔 그림인데 여기까지 날 찾아왔지? 얼마나 대단한 그림인데?"

"아, 그게요. 달걀귀신 그림인데 말이죠……."

"자, 잠깐만요. 민호 씨."

이완은 황급히 여자의 말을 가로막았다. 초상화에서 가장 중요한 얼굴이 없다는 사실을 초장부터 미주알고주알 싸 놓으면 곤란하지 않은가. 그는 그림에 대한 설명 대신 오원이 가장 혹할 만한 당근을 살살 들이댔다.

"완성만 해 주신다면 제가 다음에 올 땐 맛있는 술을 가져오겠습니다. 최고로 맛있는 술이요. 아마 장 화원께서 한 번도 맛보지 못한 술일 겁니다. 가필이 별것도 아닙니다. 붓질 몇 번만 해 주시면 됩니다."

물론 그 붓질 몇 번이 그림의 핵심인 가장 중요한 부분이긴 하지만.

"오호? 술이라? 무슨 술? 막걸리 동동주 그런 게요? 흠, 그런데 그딴 건 이제 좀 시시해져서. 진희야, 항아님? 내가 말이야, 저번에 안동에 가서 그림을 그려 줬는데 맛있는 소주를 주더라? 캬아아, 참말 좋더라. 나중에 오면 나랑 안동으로 소주 먹으러 가자. 그런데 박 선비? 안동의 소주 아십니까? 막걸리는 댈 게 아닌데. 햐, 생각만 해도 목이 빠작빠작 타는 것 같다 말이지요."

애주가로 소문난 화원은 아니나 다르랴 회가 동한 얼굴을 한다. 하지만 미끼를 제대로 물어 놓고도 나름 밀당을 해 보는 것을 잊지 않는다.

"아니아니아니! 노랑눈이 아저씨, 완전 맛있는 술이요! 최고로 비싸고 화끈한 거, 아저씨가 한 번도 못 마셔 본 거. 그리고 외국 술에도 화끈한 게 얼마나 많다고요. 들어나 보셨을라나? 코냑, 위스키, 럼! 사나이들의 술이죠, 그럼요! 아, 그리고 아저씨, 되놈들이 마시는 배갈 알아요, 배갈? 고량주! 이햐아아! 얼마나 화끈한지 술에서 막 불이 붙어요, 불이! 내가 술에 불이 파랗게 홀홀 붙는 거 보여 줄게요. 한 잔만 마시면 캬! 정신이 확 날아가! 세상이 돈짝만 해 보인다니까요?"

"뭐? 술에 불이 붙어? 그건 또 뭔 낮도깨비 같은 술인데? 그리고 술 이름이 다 왜 그 모양이야?"

이완은 얼른 말을 받아 시대에 맞는 말로 고쳤다.

"양인들이나 청인, 왜인들이 마시는 술입니다. 지금 청국을 통해서 양인들이 쓰는 물건들이 조금씩 팔리고 있어요. 다른 사람은 맛도 못 보았겠지만 제가 구할 수 있습니다! 청국의 술 말고도, 영길리국 술, 화란, 법랑국, 미리국, 노서아, 왜국의 술, 종류대로 다 갖다 드리겠습니다!"

"아으으으, 제기랄 어쩌지, 응? 어쩐다? 술에서 불이 붙는다는데? 청국 양국의 술인데, 마시고 평양루 가서 밤새워 자랑해야 하는데. 아우우우. 그치만 난 남이 그린 달걀귀신 따위 대신 완성해 주긴 싫단 말이야."

사내는 화원으로서의 신념과 신기한 술에 대한 유혹 사이에서 사정없이 흔들렸다. 아! 옳다. 그렇게 하면 되겠구나! 그가 펄쩍 뛰어 일어나며 손뼉을 쳤다. 그러더니 민호 앞에 쪼그리고 앉아 얼굴을 들이댄다.

"야야, 너 나한테 그림 배워라."

"엥? 뭔 말이래요?"

"내가 너한테 분명 그런 말 했었다! 신통한 호를 지어 줬으니 담에 오면 밥두 사 주구, 그림도 한 장 그려 주고, 제자도 삼아 준다구 하지 않았어? 그럼 담에 올 때 술 한 병 갖고 와서 내 제자 해라. 그리구 눈치껏 후딱 배워서 꺽실이 니가 그리면 되잖냐? 그림 배우는 거 쉽다. 안 어려워! 진짜 금방 배워. 하루, 딱 하루 아니, 밥 먹고 반나절이면 된다. 응응!"

"아오 쉐이에에에! 이 아저씨가 구라를 쳐도 진짜! 반나절 배워 봐야 졸라맨에 뽀샵질이지. 그리고 말했잖아요. 나 그림 배우기 싫다고!"

"조르는 건 뭐고 삽질은 또 뭐에 쓴다? 어쨌든 꺽실이 기지바이야, 너 한번 해 봐라. 신선놀음이 따로 없다니까? 아니 왜 이 재미난 것을 싫어해?"

"아, 사람이 취향을 존중해 주어야지! 내가 왜 멀쩡하게 밥 잘 먹고 아까운 밥심으로 그림을 그려야 하냐고요!"

이완의 손에 힘이 불끈 들어갔다. 아니, 저 여자가 제정신인가? 자그마치 오원에게 그림을 배울 기회인데! 이런 기회를 바로 걷어차다니! 제가 하겠습니다! 민호 씨, 당신이 안 하겠다면 제가요! 지금 취미 취향 따질 땝니까! 이완은 속으로 부르짖었다.

"이런 바보 같은 에미나이를 보았나. 지금 한양에서 내 제자가 되려고 나한테 맨날 술 사 주고 옷 사 주고 새 갓에 갓신에 버선 짚신까지 갖다 주고 번번이 옥돌로 도장까지 파 주는 놈들이 얼마나 많은데! 난 그래도 맘에 안 들면 하나도 안 가르쳐 준단 말이야. 그래도 넌 내 호도 재미나게 지어 주고 호탕하니 죽이 잘 맞는 것 같으니깐 특별히 가르쳐 준다는 건데 이게 아주!"

이완은 초조하게 여자의 입을 쳐다보았다. 민호 씨, 마지막 기회, 세이 예스! 세이 예스! 평소 같으면 고정된 역사를 뒤집느니 마느니 하며 따졌겠지만 저 사람에 대해서라면 사정이 다르다. 나 같으면 당장 술을 궤짝으로 갖다 바치고……. 생각이 멎기도 전에 여자의 째지는 고함이 울렸다.

"아 글쎄, 안 한다니까? 내 삼십 평생에 고스톱 말고는 동양화가 인생에 끼어든 역사가 없다고요!"

"고수동? 그건 또 어데서 굴러먹던 화원이냐?"

당황스러운 동양화 관련 대화는 이내 끝이 났다. 마님께서 혼인도 아니한 과년한 두 처자가 정자에 사내들과 함께 있는 것이 범절에 좋지 않으니 여자는 여자들끼리 안채에서 함께 차나 마시고 주무시라 청한 것이었다.

진희는 가볍게 눈썹을 찌푸렸다. 가시가 느껴진다. 향이는 입으로는 편안한 척, 다정한 척 웃고 있었지만 눈가가 바르르 떨리는 것을 진희는 확실히 보았다. 남편을 곁에 둔 저 여자는 오라비가 반가워하는 여자와 회포를 푸는 것조차 두고 보지 못했다.

눈치가 바닥인 화원 나리는 안채로 들어가는 진희를 졸졸 따라가며 채신이고 나발이고 다 집어치우고 통사정이다.

"나 내일 아침에 일찌감치 궁으로 들어가요. 새벽부터 일어나서 사모관대 하고 목화 신고 바로 가야 한다고. 가기 싫은데 안 가면 나졸이 와서 잡아끌고 갈 거야. 전하께서 노하시면 모가지가 덜렁 잘릴 건데, 모가지만 데굴데굴 굴러올 순 없잖아? 그러니까 항아님 오늘밤에 집에 가면 안 돼. 절대 안 돼. 내일 아침에 나 꼭 보고 가요. 약속 지켜 주면 내가 해 달라는 거 다 해 줄게! 내가 사나이로 약속해. 약속."

진희는 그와 헤어져 안채로 들어서기 전, 중문 앞에서 한참을 망설였다. 들어가기 싫었다. 문을 닫기도 싫었다. 저 천진하게 웃는 얼굴을 밤새 들여다보고 있어도 전혀 질리지 않을 것 같다.

단지 속 끈적한 꿀에 날개가 들러붙은 벌이 이런 기분일까?

아냐, 걱정할 일은 없어. 이 사람과 나는 다른 시대를 사는 사람이잖아. 마음이 조금 술렁이는 것 정도로 특별한 일은 생기지 않아. 내가 그렇게 놔두지도 않을 거고.

……괜찮아.

마음을 정한 진희는 부드럽게 웃으면서 고개를 숙였다.

"그래요. 내일 궁에 들어가시기 전에 일어나서 인사드리겠습니다. 하지만 장 화원님, 그림을 그려 주시지 않으면 저기 있는 고모님이 다시는 저를 여기 데려다주지 않으실 텐데 그건 어쩌죠? 고모님이 아니면 저는 여기에 올 수 없고 갈 수도 없어요."

장 화원의 입이 떡 벌어진다. 그런 복병이 숨어 있을 줄은 몰랐던 모양이다. 화가로서의 자존심과 좋아하는 여자를 다시 보고 싶다는 양 갈래 길에서 그는 당황했다. 하지만 고뇌는 오래가지 않았다.

"응응! 정 그렇다면 좋아, 좋아. 해 줄게. 저 사마귀, 소금쟁이 같은 것들이 부탁하면 죽어도 안 해 줄 테지만 항아님을 다시 볼 수 있다면야. 진희 항아님을 다시 보는 것만큼 중요한 건 없으니까. 내가 그린 그림 전부 다 합친 것보다 항아님이 더 중요해."

그는 우선순위가 확실한 문제에서는 전혀 망설이지 않았다. 이렇게 쉬운 방법을 두고 헛고생을 했었군. 사마귀, 소금쟁이는 뒤에서 헛웃음을 지었다.

❀　　　❀　　　❀

방에 들어와서도 서른아홉 먹은 노총각 화원의 벌어진 입은 다물어질 줄 모른다. 좋다, 좋다, 아이고 좋다. 진희 항아님, 진희 항아야, 응, 그려 주지, 항아님이 특별히 부탁을 했는데, 담번에 다시 만날 수 있게 된다면야 백 개라도 그려 주지, 응! 그는 춤을 둥실둥실 추며 날듯이 작은 방으로 들어와 예의 쌈지를 풀었다.

"박 선비, 얼른 그림 가져오슈. 마음 바뀌기 전에 얼른. 일단 기분 좋게 한 잔만 마시고 그려 주겠어. 다음번엔 절대 안 그려 줘요. 다른 데 가서 남의 그림에 가필해 주었단 얘기도 절대 하면 안 돼. 오늘만, 이번만."

그는 신이 나서 술병을 입에 대고 나발을 불더니 이완을 향해 오금을 땅땅 박는다.

"약속 안 지키면 안 돼요. 다음에 꼭 진희 항아님하고 같이 오는 거요? 사나이 밑천 두 개 다 걸고 약속이요!"

"……알겠습니다. 사나이 명예를 걸고 약속하겠습니다."

"좋아요. 그럼 달걀귀신 그림 내 봐요. 얼른 그리고 자야지. 최고로 무서운 귀신을 만들 테니 놀라지나 마시고."

이완은 일단 안도의 한숨을 쉬며 족자를 묶은 끈을 풀었다. 물론 눈코입이 생긴다고 선녀가 나온다거나 영험해질 턱은 없지만 본래 화원에 의해 이 그림이 완성되고, 재수 좋게 낙관까지 받게 된다면 그 이상 좋을 일이 없었다. 찝찝한 노파의 악담에 신경 쓸 일도 없어지고, 민호 씨도 아마 좋아할 것이다.

두루룩, 소리를 내며 그림이 길게 펼쳐졌다.

"박 선비? 왜……? 뭐 하우?"

이완은 입을 벌리고 그대로 굳어 버렸다. 갑자기 윤민호가 된 것처럼 입술이 달싹대며 욕이 저절로 튀어나오려 한다.

"왜, 왜들 그렇게 땡땡 굳었소? 어디 달걀귀신 그림 좀 보자니까요?"

"아, 아, 아닙니다. 장 화원, 자, 잠시만요."

이완은 황급히 몸을 돌려 화원이 다가오는 것을 막으며, 등 뒤로 돌린 손으로는 족자를 허둥지둥 말았다.

망할. 망할!

들어오기 직전 와일드 레이디께서 그림을 덜렁 떨어뜨리고는, 다시 주워서 들고 온 것이 기억났다. 물론 사람이 놀라면 물건을 떨어뜨릴 수도 있고, 족자 모양이 비슷하면 헷갈릴 수도 있다. 물론 이해는 가는데, 그래도 지금 이 상황에 이 그림이 나타나면 상당히 곤란하지 않나?

눈앞에 펼쳐진 그림은 미인도가 아닌, 여덟 줄의 꼬리가 늘어진 월죽도였다.

"에이이! 됐어요. 웅! 난 분명 해 주기로 했다? 내가 분명 해 주려고 한 거예요! 근데 이건 분명 그림이 없어서 못 해 준 거죠? 박 선비

62

님은 항아님한테 분명히 말해 줘야 해요! 난 진희 항아님 부탁대로 해 주려고 했다고! 난 잘못이 없다고!"

팔짱을 낀 사내가 사정없이 튕긴다. 화가에게 들통 나지 않게 그림을 말아 쥔 이완은 안도의 한숨도 제대로 쉬지 못했다.

"그, 그래도 다음에 그림을 꼭 가져올 테니 그때 그려 주세요. 이왕 허락하신 김에."

"싫소. 난 안 하려우."

"……화원님."

"미인도가 필요하대서 그려 줬더니 그게 아니래. 달걀귀신 완성해 달래서 특별히 그려 준댔더니 그림을 안 가져왔대. 나한테 뭐 어쩌라고."

그는 고개를 돌리고 혼잣말로 투덜거렸다. 입이 열 개라도 할 말이 없다. 그는 석채분이 든 쌈지를 방구석으로 집어 던지며 아주 들으라는 듯 큰 소리로 불평을 해 댄다.

"고 반빗 에미나한테 배워서 직접 그리라고 했더니 그것도 싫대. 조선 제일의 인기 오라버니의 제자가 될 기회가 아무 때나 있는 줄 알고? 흥, 나도 싫다."

내가 민호 씨라면 절대 그런 기회 걷어차지 않는다. 절대로! 이완은 저도 모르게 나섰다.

"그렇다면 장 화원, 제, 제가 대신 제자가 되면 안 될까요?"

갑자기 사방이 조용해졌다. 이완은 눈을 커다랗게 뜨고 고개를 수그렸다. 입이 제멋대로 동동거렸다. 내가 대체 무슨 말을 한 걸까? 등으로 진득하게 땀이 흘렀다. 곱슬머리 건상투 화원은 그를 멀뚱멀뚱 들여다보더니 개구지게 눈을 깜박거린다.

"박 선비가 왜요?"

"아, 저는 그림 배우는 거 좋아합니다. 특히 장 화원님 그림을 좋아합니다."

"아무렴. 그래야지. 으하하하! 사실 내 그림 좋아하는 놈은 한양 조선에 진진 많아요. 솔직히 내 그림 멋지지 않습니까? 힘 좋고! 자세 좋고! 색의 농담 살리는 기술도 조선 팔도 통틀어서 나를 당해 낼 놈이 없어! 다른 어중이떠중이 화원 백 명 합친 것보다 나 혼자가 더 낫지 않아요, 응? 응응?"

그는 낯 하나 붉히지 않고 자화자찬을 하면서 새끼손가락으로 귀를 후볐다.

"예, 멋집니다. 그래서 화원님께 그림 배우고 싶습니다. 그러지 않아도 화원님의 그림을 밤낮 열심히 찾아보러 다녔습니다. 영모도, 기명절지도, 산수화, 괴석화, 초충도, 인물화, 화조화, 가르쳐만 주신다면……."

"허허? 이 선비님 뭔 김칫국을 이렇게 바가지로 퍼 드시나요. 난 저 꺽실이 기지바이한테만 해 주기로 약속한 건데요? 아, 가만있자. 어차피 부부 일심동체이던가? 남편이 제자가 되면 부인도 따라서 제자가 되는 건가?"

"아, 그렇죠. 그럼요. 물론입니다. 그러니까 민호 씨의 정혼자인 제가 대신해서……."

주워섬기던 이완은 멈칫해서 입을 다물었다. 부부 일심동체 좋아한다. 그러기엔 혼례도 안 올렸고, 사실 약혼식 따위도 한 적 없고, 그리고 보면 프러포즈조차 안 했고, 포스트 웨딩 청사진이 너무 암울하여 머리를 쥐어뜯고 있는 상태 아니던가.

하지만 아무래도 시대가 시대인지라, 함께 돌아다니는 정혼자라면 거의 부부처럼 인식이 되는 모양이었다. 하긴 정혼자라는 방어막조차 없었다면, 이렇게 함께 돌아다니기도 쉽지 않았을 것이다.

노란색 눈이 초승달처럼 가늘어졌다. 그는 코를 실룩대며 웃더니 짐짓 근엄한 목소리를 냈다.

"그럼 나도 조건이 하나 있는데."

"조건이라뇨?"

"아까 말한 술 그거 정말 다 사 올 수 있소?"

"아아, 예. 물론입니다."

"제자가 되면 나 찾아올 때마다 술 많이 가져와야 해요. 한 병, 아니 한 말씩 가져와야 간에 기별이라도 가. 나 따라다니는 놈들은 다 그래요. 그치만 아직 불붙는 술 가져온 놈은 하나도 없었어. 나 그거 구경하고 밑의 애들 불러 놓고 자랑해야 하니 꼭 가져와야 해요?"

"······여부가 있겠습니까."

"그리고 다음번 한 번이 아니고 올 때마다 항아님을 데려와야 하고요. 응, 술보다 그게 더 중요해요."

그, 그건 좀. 이완은 진땀을 흘렸다. 그건 내 맘대로 되는 일이 아닌데.

"진희 씨, 아, 아니 항아님이 좋다고만 하면 모시고 오겠습니다."

"항아님이 싫다고 할 리가 없어요. 나는 알아. 그냥, 아주 오래전부터 알고 있었어요. 항아님은 나하고 다시 만날 연이었다고. 지금 항아님도 알고 있어요. 그대로 끊어질 인연은 아니라는 거."

"그걸 어떻게 아십니까?"

"알아. 그냥 알아요. 그건 말로 설명할 수 없는 거, 응응. 처음 봤을 때, 그 눈을 처음 봤을 때 내 몸뚱이 열 손가락 열 발가락 터럭 한 올 한 올까지 바로 이 여자야, 이 여자야! 바로 이 여자라고! 하고 고함을 지르는 걸 느꼈어요. 쫙, 벼락이 대가리에 꽂힌 것 같았지. 그전에는 그 많은 기생들 아가씨들을 만나 봤어도 한 번도 그런 적이 없었어요. 그런 여자는 평생에 딱 한 명이고, 다시는 그런 여자가 없으리라는 것도 알아요."

"처음, 딱 한 번 봤을 때 알았다고요?"

"당연하지. 박 선비는 안 그랬습니까? 그런 사람을 못 만난 게요?"

이완은 고개를 숙인 채 생각에 잠겼다. 민호 씨를 처음 보았을 때 나는 여자를 경멸했고, 두 번째 보았을 때는 사기꾼이라 생각했고, 세 번째 보았을 때는 여자의 더러움과 무식함에 온갖 짜증이 다 났다. 평생에 한 명, 나의 여자, 라는 생각이 든 것은 미운 정 고운 정이 흠뻑 들고 난 뒤였다.

차라리 나도 이 사람처럼 앞뒤 모르고 벼락을 맞은 것처럼 맹목적인 확신이 들었으면 좋았을 것을. 온몸의 세포 하나하나가 저 여자야, 하고 고함을 질러 주었으면 고민 따위도 없었을 것을.

이완은 푸스스 웃으며 고개를 저었다. 그는 본능, 직감, 감정대로 행동하는 사람들을 지금까지 이해하지 못했다. 아니 정확히 말하자면, 예전에는 경멸하는 쪽에 가까웠다. 될 일이 아니었다.

"뭐 어쨌든 그 두 가지만 약속해 주면 좋아요. 그럼 이제부터 내가 박 선비 선생님 하지 뭐. 절해라, 절! 세 번, 아니 아홉 번 해라! 원래 절은 많이 받을수록 기분 좋다!"

서출 집안이지만 그래도 선비랍시고 존대 비슷한 것을 하던 사내는 선생을 하겠다고 하자마자 바로 말꼬리를 잘라먹고 태연하게 절 받을 준비를 한다.

이완은 엉거주춤 일어났다. 이거 애들 장난도 아니고 사제지연 맺는 것이 뭐 이렇게 허술해? 원래 이런 식으로 맺어지는 건가?

하지만 엉터리면 또 어떤가. 황공하기 짝이 없는 일이었다. 이런 기회가 아니면 어디 감히 조선 최고의 화원인 이 사내와 인연을 맺을 수 있겠는가.

이완은 두 발을 쭉 뻗고 반쯤 누워 있는 사내에게 반듯하게 구배(九拜)를 올렸다. 이마를 바닥에 한 번씩 댈 때마다 스승에게선 오냐,

하는 기분 좋은 콧소리가 흘러나왔다.

이완은 절을 하는 내내 오원의 후원자들과 제자들에 대해서 기억을 더듬었다. 아까 사랑채에서 봤던 변원규, 이응헌 두 역관을 제외하고라도, 충정공 민영환, 안중식, 조석진, 역매 오경원과 위창 오세창 부자, 기타 돈 많고 교양이 높았던 구한말 여항문인들의 리스트가 줄줄이 지나갔다.

그들이 이 제멋대로 화가의 제자나 지인, 후원자로서—아니 실상은 빠돌이 팬클럽 회원으로서— 하는 일이라곤 저 인간이 술 먹고 도망치고 사고 치고 다니는 것을 뒷수습해 주는 것뿐이었다. 거기에 오늘부로 반남 박씨 호구 한 명이 추가된 것뿐이다.

그나마 다행인 것은 오원의 제자 중 반남 박씨 성을 가진 사람이 기록에 남지 않았다는 것 정도일 것이다. 이완은 내일 민호 씨와 진희 씨가 어떤 반응을 보일지 차마 상상조차 하지 못하고, 최대한 예의를 갖춰 아홉 번의 배례를 끝냈다. 스승이 된 사내가 상투 속으로 손가락을 집어넣어 정수리를 득득 긁으며 중얼거렸다.

"에이, 벌써 끝났어? 기왕 절 받는 김에 백팔 배를 하라고 할 걸 그랬나? 기럭지가 길어서 등짝 보는 재미가 있었는데. 어, 어 오냐, 으허허허. 여튼 난 누구 붙잡고 진득하니 가르칠 자신 없으니까, 알아서 술 챙기고 알아서 따라다니면서 알아서 배워. 응."

이 인간이 정말.

"근데, 아 참, 박 선비 이름이 뭔가? 명색 제자인데 이름이라도 알아야지."

……이 인간이 정말! 이름도 모르고 제자를 받았단 말인가.

"박이완이라고 합니다. 본관은 반남이고, 옮길 이, 완전할 완 자를 씁니다."

이완은 한숨을 조그맣게 쉬고 공손하게 대답했다.

"한문 설명할 거 없어. 어차피 난 잘 모르고 쓸 일도 없어. 자는 뭐야? 뭐라고 부르면 돼?"

"아직 자를 받지 못했습니다. 그냥 편히 이름 부르십시오."

"에이, 그 집안도 엉터리네. 관례 올리지 않았어? 코흘리개 애놈들도 아닌데 장가갈 때까지 맨이름으로 버틸 거야? 호도 없어? 없으면 나처럼 꺽실이 아가씨한테 지어 달라 하지? 분명 재미있는 게 나올걸?"

이완은 기겁했다. 그 여자에게 호를 지어 달라 했다간 어떤 아스트랄한 것이 나올지 알 수 없었다. 너도원 나도원 우리모두원, 나오는 대로 갖다 붙이는 여자이니 자신에게는 '개똥 같은 결벽증 환자', '소방차 소환자', '락스러브' 따위를 호로 붙여 줄지도 몰랐다. 아니, 틀림없이 그럴 것이었다. 그는 손을 저으며 얼른 둘러 붙였다.

"아, 아닙니다. 호를 쓰게 된다면…… 나중에 택호대로 안락재라 쓸까 생각 중입니다."

"에이, 쓰지 마. 그딴 거 쓰지 마. 그런 재미없는 호를 쓰면 제자 취소야. 그냥 내가 시키는 대로 꺽실이 에미나이한테 부탁하라고."

눈앞이 깜깜했지만 제자 취소라는 말에 찍소리도 못하고 다시 고개를 박았다.

한참 동안 조용하기에 고개를 들어 보니 그가 벽에 등을 기댄 채 가물가물 꼬박꼬박 조는 것이 보였다. 졸면서도 어깨를 들썩이며 히죽히죽 웃는다. 밝은 촛불 아래서 졸면서 웃는 모습이 퍽 천진하고 귀여워 보였다.

"저…… 좀 편히 주무십시오."

"아, 그래그래. 야, 제자야, 박 선비 놈아, 자자. 너도 자!"

그는 눈을 비비고 길게 기지개를 켜더니 창의와 저고리, 바지에 버선까지 훌훌 벗어 던진다. 그러고는 곁에 놓인 이불을 척척 펴고 베개를 놓은 후, 벌렁 드러누워 이완이 기겁할 소리를 내뱉었다.

"야야, 이리 와, 자자! 요기 옆에서 같이 자! 이불 크다."

이완은 자리에서 돌처럼 굳어 버렸다. 난 남하고 같이 못 자는데. 더욱이 남자하고 한 이불을 덮고 자기는 꿈에도 싫었다.

물론 민호 씨와 첫날밤을 보낸 산속의 움막에 대면 5성 호텔급이 겠지만, 그렇다고 잘 수 있을 정도냐 하면 그건 또 아니었다. 잠옷도 없고, 저 이불은 5년은 빨지 않은 것 같다. 이불을 더 갖다 달라고 할 까? 그 이불은 깨끗하다는 보장이 있을까? 하지만 지금 누굴 불러 서? 옛날에는 이렇게 한 이불을 덮고 자는 경우가 흔했나? 책에서는 이따위 이야기까지 기록해 주지 않으니 알 수 없었다.

하긴, 가난한 집에서는 요도 없이 이불 한 장을 온 가족이 우르르 덮고 지내는 경우도 많았을 것이고, 구차한 양반 따라지 손님들과 일 가 푸네기들이 떼로 와서 머무는 대갓집 사랑방에서도 모두 따로따 로 금침을 마련해 주었을 것 같진 않다. 화문석 한 장 위에 몸을 눕히 는 것만으로도 호사라 하던 시절 아니냐. 그래, 같이 자는 게 지금 이 시대에선 별일 아니지, 아니고말고. 레드 썬, 장 화원과 같이 자도 괜 찮아. 할 수 있어. 레드 썬! 레드 썬!

속옷으로 식은땀이 축축하게 밴다. 워낙 얼치기 최면술사에게 배 운 탓인지 레드 썬은 전혀 걸리지 않고 정신은 더욱 말똥말똥 예민해 진다. 이완은 도무지 어떡해야 할지 알 수 없어서 그가 누워 있는 주 변을 뱅뱅 돌았다. 순간 크르릭, 쿠아아, 대포 치는 소리가 들렸다.

아아, 자기는 글러 먹었다.

이완은 발치에서 멀찍이 떨어진 곳으로 물러앉았다. 스승의 그림 자도 밟지 않고 어쩌고가 아니라, 일단 존경해 마지않는 스승님의 코 고는 소리가 공사판 드릴 소리와 비슷했다. 게다가 위대하신 스승의 몸에서는 발 냄새와 술 냄새, 땀 냄새가 너무 심하게 났다. 스승에 대한 팬심이 아무리 막강해도 드릴 소리가 100데시벨인 것은 어쩔 수 없는 사실이고 발 냄새가 향내로 바뀌지도 않는다.

지친 이완은 등을 기대고 앉았다가 잠시 뒤를 돌아보고 화들짝 등을 뗐다. 설상가상. 벽의 여기저기에 벌레 잡은 핏자국 같은 것이 보였다. 이완은 눈을 꼭 감고, 그것이 제발 모기 자국이기만 빌었다.

그는 버선을 벗어서 뒤집어 바닥을 살살이 닦고 확인한 후 맨바닥에서 쪼그리고 누워 잠을 청했다. 누워서도 바닥을 보지 않으려 애를 썼다. 바닥에 벌레들이 기어 다니는 것이 발견되면 그는 발레를 하듯 까치발로 서서 잠을 청해야 할 것이다.

눈을 꼭 감고 중얼거렸다. 다시 오게 되면, 연막살충제와 알코올과 락스를 궤짝으로 가져올 테다. 연막살충제는 하나로는 턱도 없을 테니 세 개는 가져와야지. 적어도 내가 등이라도 붙이고 지낼 공간이라면 이따위 벌레의 자취가 보여서는 안 되는 것이다. 아니, 아예 시간 여행용으로 휴대용 담요 팩이라도 들고 다녀야 할까?

이완은 생각을 멈추고 한숨을 길게 쉬었다. 그가 장담하건대, 안채에 들어간 여자는 이불이 한 장이건 반 장이건, 햇이불이건 100년 묵었건, 벌레 떼가 바닥을 기건 공중을 날건 아무 상관 없이 꿀잠을 자고 있을 것이다. 지저분한 것이 좋다는 것은 아니지만 이럴 때는 그런 무신경이 부러웠다.

어쨌든 여자의 장담대로 바로 그림만 그려서 깔끔하게 하루 안에 돌아오리라는 기대는 애초부터 없었기 때문에 짜증스럽거나 하지는 않았다. 그렇다 해서 이 상황이 더 견디기 수월해진 것도 아니다. 잠은 오지 않고 눈을 뜨고 바닥을 들여다보고 싶은 것을 참느라 용을 쓰는데, 공사판 드릴 소리는 점점 심해진다.

크르럭, 쿠억, 크르럭, 쿠억.

사는 게 뭔지.

이완은 이럴 때 웃어야 할지 울어야 할지 한참 생각하다가 결국 웃는 쪽을 택했다. 다만 자신이 아는 어떤 여자처럼 목젖까지 보이며 가가대소할 용기는 없어 입을 틀어막고 킬킬 웃는 것으로 만족하기로 했다.

내가 오원의 제자라니. 내가.

발끝이 간질간질했다.

❀　　❀　　❀

진희는 불이 꺼진 방에서 석고상처럼 앉아 있었다. "미안한데 민호야, 지금은 아무것도 묻지 말아 줄래?"라고 말한 것이 방에 들어와서부터 지금까지 한 말의 전부였다.

작은 창으로 들어온 희미한 달빛이 얼굴이 하얀 여자의 오목조목한 윤곽을 또렷하게 비췄다. 달빛에 드러난 콧날은 부드럽고 가냘프고, 푸르스름하고 희었다. 작지만 붉고 선명한 입술에 긴 속눈썹과 푸른빛이 살짝 감도는 눈동자의 조화는 여자인 민호가 보기에도 신비로웠다. 민호는 눈을 깜박이며 침을 꼴깍 삼켰다. 짧은 순간이었지만 노랑눈이 아저씨가 진희에게 월궁항아님, 항아님 하며 넋을 빼놓은 것이 이해가 되었다.

"너도 네가 이상한 건 알긴 아냐? 대체 왜 그런 거야?"

"미안. ……오늘 밤만, 아무것도."

투덜대던 민호는 버스럭대는 긴 치마와 뻣뻣한 저고리를 훌렁 벗어 버리고 속적삼과 속속곳만 입고 이불을 뒤집어썼다. 때에 결은 이불에서 먼지가 풀썩 일었다. 진희는 그래도 꼼짝하지 않고 벽에 기댄 채 정물처럼 앉아 있었다.

"민호 네가 뭘 물어볼진 아는데 뭐라 대답해야 할진 모르겠어. 대답할 수 있게 되면 대답할게."

"야야, 네 입으로 말하는 건데, 하고 싶으면 하는 거고 하기 싫으면 마는 거지. 말하고 싶을 때 해."

민호는 베개를 끌어안고 눈을 끔벅거렸다. 하지만 시간은 자꾸 흘러가는데 진희는 끝끝내 말 한 마디 하지 않고 석상처럼 앉아 있기만 했다. 한두 번 들릴락 말락 하는 한숨이 흘러나왔다. 가끔 손을 들어 뺨과 입술을 만지작거리기도 했다. 그사이 민호는 깜박 졸았다.

"……민호야."

퍼뜩 고개를 들어 보니 이미 깜깜한 밤이 되었다. 진희가 고개를 돌리고 민호를 빤히 쳐다보고 있었다. 어스름한 윤곽과 푸르게 빛나는 눈만 보였다. 항상 파도 없이 얼음 호수처럼 잔잔해 보이던 눈에서 이상한 열기가 느껴졌다.

민호는 겁이 더럭 났다. 머리털 나고 지금까지 진희의 저런 얼굴을 본 적이 없었다. 진희는 잔뜩 가라앉은 목소리로 물었다.

"민호야, 예전에 두나 어머님이…… 미인도에 대고 내 대신 소원 빌어 줬던 거 생각나?"

"어? 뭐?"

민호는 열심히 기억을 더듬었다. 그래, 맞다. 추석 즈음이었던가, 미인도를 앞에 두고 소원을 빌었었다. 나는 이완 씨에게 망신살이 되지 않을 소원을 빌었고, 진희의 소원은 그때 분명 보스 여사가 빌어 줬었다. 희미하게 보스 여사의 목소리가 되살아났다.

'우리 진희가 모든 것을 버릴 수 있을 만큼 열렬히 사랑하는 사람을 만나고, 결혼도 해서 오래오래 행복하게 살게 해 주세요.'

'살면서 한 번쯤은 그 바보 같은 2년짜리 페로몬에 푹 빠져 보는 것도 괜찮아. 그래야 제대로 사람이 된다.'

민호는 멍청하게 입을 벌린 채 눈만 껌벅거렸다. 설마…… 설마?

"……그것 때문이라는 거야?"

"아닐까. 그렇다면…… 대체 왜……?"

진희는 차분한 목소리로 중얼거리더니 웃음기 한 자락 없이 민호를 바라보았다. 눈도 깜박이지 않는다. 그렇다는 대답을 간절히 원하는 것 같기도 하고, 아니라는 대답을 간절히 원하는 것 같기도 했다. 민호는 진희가 낮에 했던 얼빠진 짓을 모조리 합친 것보다 그 말을 지금 이 순간 끄집어냈다는 것이 더 경악스러웠다.

민호 자신도 미인도와 소원 따위를 다 믿은 것은 아니었다. 그 얼굴 없는 계집이 정말 소원을 이루어 주는 힘이 있는지 없는지 따위. 그저 물에 빠진 사람이 닥치는 대로 매달려 보는 기분이 더 강했다.

하지만 진희는 그것을 털끝만큼도 믿지 않았다. 민호가 알기로 진희는 이완 씨만큼이나 그런 미신이나 불합리한 믿음에 냉소적이었다. 한참 후, 진희는 차가운 목소리로 씹어뱉었다.

"아줌마는 왜 그따위 소원을 빌었지? 누가 그따위 것을 원한다 했어? 어떻게 내가 그 쓰레기만도 못한 것에 홀릴 거라고 생각할 수 있지? 우리 엄마가 어떻게 살았는지, 내가 무슨 생각을 하는지 알잖아. 내 인생 계획이 어떤지 알잖아. 대체 그 덜떨어진 짓거리를 누가 원한다고. 누가."

"……."

민호는 다시 이불을 끌어 올렸다. 거기다 대고 바로 나야, 하고 말하기가 어쩐지 좀 창피했다. 진희는 입술만 달싹여 차게 오금을 박았다.

"누가 그따위 것을 원하느냔 말이야. 대체 어떤 멍청한 여자가."

서슬이 푸르게 내뱉는 진희의 목소리 끝부분이 잘게 떨리는 것이 느껴진다. 하지만 민호는 이유를 물어보기가 무서웠고, 진희의 얼굴을 보는 것은 더 무서웠다.

잠들기 직전, 이불 속에서 눈만 빠끔 내밀고 본 진희의 모습은 얼음으로 깎아 놓은 조각상 같았다. 그 얼음조각은 높은 벼랑 위에서 한 발로 서 있는 것처럼 보였다.

말 한 마디만 잘못했다간 아래로 뚝 떨어질 것만 같았다.

다음 날 새벽 첫닭 울음소리에 일어난 민호는 진희가 어젯밤에 보았던 자세 그대로, 여전히 눈을 깜박이지도 않고 앉아 있는 것을 발견했다. 하얀 얼굴은 더욱 창백해졌고, 눈자위에는 붉게 핏발이 서 있었다. 하지만 입가에는 어슴푸레한 미소가 걸려 있었다. 아주 가까운 사이가 아니라면 알아보지 못할 정도로 희미한 웃음이었다.

"……하루."

진희는 희미하게 빛이 들어오는 창을 바라보며 갈라진 목소리로 중얼거렸다.

"어차피 돌아갈 거니…… 하루 정도는."

❀　　❀　　❀

새벽부터 푸른 단령에 각대에 사모에 검정 목화까지 갖춘 사내가 중문 앞에서 발을 동동 구른다. 관수동 윤 진사의 집에서 차비대령화원의 작업실인 창덕궁 규장각까지는 수월하게 걸어갈 수 있는 거리였지만, 묘시, 즉 새벽 다섯 시에 출근해야 하니 엄청 부지런을 떨어야 했다. 묘시에서 유시까지 하루 열두 시간 근무이니 제법 노동시간이 길기도 했다.

장 화원은 항아님을 한 번이라도 보고 가려면 빨리 일어나야 한다고 벼락을 맞은 것처럼 성화를 대는데, 찬모나 안잠들이 아침잠이 많은지 수탉이 두 번이나 올 때까지 안채는 여전히 조용하다. 몸이 단 사내는 다시 방으로 뛰어 들어와 애먼 신참 제자만 들들 볶는다.

"왜 안 나와, 왜. 나 가 봐야 하는데. 이봐, 박가야. 박이완이 이놈, 스승이 이렇게 꼬들꼬들 말라 죽는 게 안 보이냐. 꺽실이 좀 불러서 항아님 좀 깨우라고 해. 이거 등짝이 느적느적 바닥에 붙은 꼴 좀 봐! 나이도 나보다 어린 게 궁둥이 두 짝이 맷돌처럼 무거워서는! 걷어찬다, 응!"

이완은 눈을 뜨지도 못하고 몸을 움츠렸다. 이불도 없이 새우처럼 고부리고 잔 데다 혈압이 낮은 편이라 아침에 일찍 일어나는 게 고문당하는 것처럼 힘들었다. 순간 엉덩이에 호된 발길질이 작렬했다. 이완은 기겁하고 일어나 앉았다. 아픈 것은 둘째 치고 걷어차인 것이 기가 막혔다. 하지만 스승이란 작자는 너무 당당하게 눈을 부라리며 화를 내고 있었다.

"으, 으으, 장 화원, 스, 스승님, 잠깐만요, 이, 일어났습니다."

"얼른 무슨 수 좀 내 봐! 안 그러면 나 궁에 확 안 들어갈 테다!"

"안 들어가셨다가 쫓겨나기라도 하면 어쩌시려고요."

"쫓겨나는 게 대순가? 내가 감찰 벼슬 받은 게 일 년이 됐지만 신통방통한 건 하나도 없단 말야. 녹봉도 쥐젖만큼밖에 안 주면서 고알량한 걸 또 덥석덥석 떼어먹어. 그러는 주제에 새벽부터 밤중까지 일만 시킨다고! 벼슬이고 화원이고 다 필요 없어. 에라이 컥! 그러니까 너 빨리 안 나가 보냐고!"

하지만 조선 제일의 화원이 아무리 쪼아 봐야 별수 없었다. 행랑것이나 일가 푸네기가 아닌 사랑방 손님인 이완은 꼭두새벽에 안채로 함부로 들어갈 수 없었다. 별수 없이 손을 모으고 얌전하게 구박을 받을 수밖에 없었다.

안채에 있는 작은 방에서 깜박 불이 켜졌다. 입궁까지 미뤄 둔 화원 나리는 채신이고 나발이고 다 집어치우고 펄쩍펄쩍 뛰었다. 하지만 기척이 한참 이어지고 두런대는 소리가 들리는데도 방에서 사람은 나오지 않고 중문도 열리지 않는다.

이완은 그가 고추장 먹은 닭처럼 마당을 정신없이 빙빙 돌다가 안채를 들여다보려고 관복 자락을 움켜잡고 펄쩍펄쩍 뛰다가 발을 동동 구르다가 다시 정신없이 빙빙 도는 꼴을 지켜보아야 했다. 결국 키가 큰 이완이 스승을 둘러업어 안채를 잘 볼 수 있게 해 준 후에야 그 자발없는 짓거리가 끝이 났다.

내추럴 본 종달새, 나무랄 데 없는 태생적 무수리가 부스스 일어나 뒤란으로 가서 장작을 한 뭉치 이고 돌아 나온다. 생전 처음 와 보는 집인데도 일하는 것이 설지 않고 익숙하다. 어디서 부시를 얻었는지 딱딱 소리를 내며 불을 일으키고 어디서 주워들었는지 사나이로, 태어나서, 군가씩이나 부르며 군불을 넣는데, 중문 뒤에서 볼썽사납게 업혀 안채를 염탐하는 불쌍한 화원은 한 번도 돌아보지 않는다.

뒤이어 문이 열리면서 푸른 치마에 흰 저고리를 입고 머리를 곱게 내린 자그마한 여자가 맷돌 아래로 내려선다. 어스름하게 올라오는 새벽빛을 받아서 붉은 댕기를 내린 여자의 모습이 청초하고 맑아 보였다.

여자는 소리도 나지 않게 사붓사붓 걸어 불을 넣고 있는 민호에게 다가간다. 그러다가 문득 강한 시선을 느끼기라도 했는지 몸을 반쯤 틀어 중문 쪽을 바라보았다.

눈동자가 커진다. 자신을 찾는 사내의 눈길을 바로 잡아챈 듯했다. 여자는 이완의 등에 업힌 사내를 향해 은은하게 웃어 보였다. 맑고 차갑게 빛나는 눈이 초승달처럼 화사한 곡선을 그렸다. 완만한 산의 능선으로 넘어가는 달을 등지고, 정면으로 떠오르는 새벽빛을 받은 푸른 눈의 여자는 신비하고 기이한 생명체처럼 보였다.

사람이 아닌 것 같아. 항아님 등에 날개가 솟아서 하늘로 날아갈 것 같아.

등에 업힌 사내가 손에 힘을 꽉 주며 중얼거렸다.

"꼭 와라, 응응? 와서 기다리고 있어. 내가 윤 진사님께 미리 부탁해 둘게. 나 올 때까지 제발 이 집에서 재워 달라고, 아니면 어디 있는지만이라도 진사님에게 알려 주어, 응?"

"걱정 마세요. 오게 되면 여기 아니라도 어디 있는지 연통을 넣어둘게요."

"약속해라, 약속."

그래도 어제 손은 한 번 잡아 봤다고, 이젠 콩알만큼 대담해진 사내가 새끼손가락을 내밀었다. 진희는 한참 동안 물끄러미 내려다보다가 말없이 손가락을 내밀었다. 동그랗게 고리가 생긴 두 개의 새끼손가락이 마주 걸려 꼭 맞물렸다.

술이 깨어 붉은 기가 가신 사내의 얼굴은 맑은 빛이 돌았다. 흰 뺨 위로 붉은 잉크를 떨어뜨린 듯이 선명한 홍조가 번지기 시작했다. 그는 손가락을 걸고 한참 진땀을 흘리며 서 있었고, 손가락을 풀고는 진희와 맞물렸던 새끼손가락을 꼭 감싸 쥐고 어쩔 줄을 몰라 했다. 진희는 그의 모습을 웃음기 하나 없는 눈으로 물끄러미 바라보기만 했다.

"가셔야죠. 늦으시겠습니다."

이완은 점잖게 채근했다. 하지만 그는 대문을 쳐다보며 안절부절못했다. 진희는 달래듯이 말했다.

"말씀드렸던 그림은 다음에 올 때 꼭 가져올 거니까 그때 잘 부탁드릴게요."

"……안 돼, 안 돼. 내가 어제 이놈한테 분명 말했지만…… 이젠 공짜로 안 된다고."

그는 고개를 외로 틀고 어물어물 다시 튕겨 본다. 하지만 어제 이완에게 큰소리를 친 것과는 달리 맹탕 힘이 빠졌다. 진희는 보일락 말락 웃다가 조용히 물었다.

"공짜로 안 되면 뭘 드리면 되나요?"

그는 얼굴을 빨갛게 물들인 채 한참을 우물거렸다. 속의 말을 다 털어놓던 시끄러운 광대는 까맣게 사라졌다. 그는 주변에서 얼쩡대는 방해꾼인 이완과 민호를 백 번쯤 흘겨보다가, 약속할 때 걸었던 새끼손가락을 한참 꼬물거리며 조그맣게 중얼거렸다.

"나 진희 항아님 소, 손에 뽀뽀 한 번만 하면 안 될……."

하지만 말이 채 끝나기도 전에 거하게 욕설이 터졌다.

"야, 이 샤발 놈의 새꺄, 이 잡놈의 자식아! 진희가 기생인 줄 아냐! 이 인간이 어디서 성추행질이야. 야야야!"

그리고 대차게 날아차기가 작렬했다. 다행히 엉덩이 쪽을 빗맞아서 조선 제일의 화원과 조선 최고의 무수리 모두 흉하게 엉덩방아를 찧는 것으로 그쳤지만, 천하장사 처자는 일어나자마자 팔을 붕붕 휘두르며 다시 달려들었다.

"스승님! 민호 씨. 이러지 마세요!"

질겁한 이완은 얼른 스승의 앞을 가로막았다. 저 망할 싸움닭을 뜯어말리려면 자신이 총알받이가 되는 것이 가장 효과가 좋았다. 저 변태 아저씨가 왜 당신 스승이야! 민호는 시근대며 소리를 빽빽 질렀으나 이완이 가로막자 일단 움직임을 멈췄다. 진희도 황급히 민호를 뒤에서 붙잡아 끌어당겨, 그 이상의 유혈사태를 막을 수 있었다.

딱한 화원도 민호의 말이 맞다 생각했는지 고개를 푹 수그리고 비맞은 중처럼 웅얼웅얼한다. 맞다 맞다, 이 바보가 헛소리를 했다, 항아님은 기생이 아닌데, 아닌데, 이 바보가, 맨날 기생하고 놀다가 이

멍텅구리가, 곤장을 맞아야지, 버릇없는 바보는 맞아야 해. 큼직하고
퉁퉁한 주먹이 사모가 찌그러지도록 제 머리를 쥐어박는다.

　소동이 끝난 후 찌그러진 사모를 고쳐 쓴 사내가 대문을 향해 미적
미적 걷기 시작했다. 푸른 단령의 엉덩이께에 선명하게 남은 흙 자국
을 연신 털어 대며 두 번이나 뒤를 돌아 한숨을 풍풍대고 억지로 걸
음을 옮긴다.

　서서 지켜보던 진희의 등이 움찔한다. 눈썹이 찡그려진다. 손가락
이, 아니 팔과 다리가 앞으로 튀어 나가려는 것처럼 꿈틀거린다. 민
호는 바짝 긴장한 채, 진희의 웃음기 가신 얼굴을 바라보았다.

　갑자기 진희가 뛰기 시작했다. 자그락자그락, 마당에 깔린 돌들이
빠르게 흩어지는 소리를 냈다. 막 대문을 열던 사내가 걸음을 멈추고
되돌아섰다. 그의 눈이 커다랗게 벌어진다. 그가 주춤대는 사이, 그
의 앞까지 따라간 작은 여자가 고개를 들고 사내를 올려다본다. 사내
는 겁먹은 목소리로 물었다.

　"……왜?"

　진희는 말없이 한 손을 내밀었다. 사내의 눈이 훌쩍 더 커진다.

　사방은 조용했다. 모든 것이 정지된 것 같은 시간이 흘렀다. 민호
는 중문 앞에서 이완에게 잡혀 그들의 모습을 멀찍이 지켜보는 수밖
에 없었다.

　사내는 무엇에 홀린 듯, 여자의 얼굴과 손을 내려다본다. 길게 늘
어진 진희의 붉은 댕기가 조금 흔들렸다. 사내는 여자의 손을 두 손
으로 감싸 잡고 천천히 무릎을 접었다.

　그의 얼굴이 여자의 작은 손등 위를 덮고 길게 머물렀다.

　"15년 전부터."

　그의 낮고 무거운 목소리가 일렁인다. 진희는 몸이 덜덜 떨리는

것을 필사적으로 눌렀다. 사내가 고개를 들어 올렸다. 그의 눈동자로 말갛게 갓 떠오르는 햇빛이 들었다. 황금빛을 삼킨 대지의 색깔, 눈이 시도록 아름다운 눈동자였다. 그가 열기가 일렁이는 얼굴로 달뜨게 속삭였다.

"진희야, 내 예쁘고 고운 항아야."

예, 화원님. 진희는 대답하지 않고 덜덜 떨기만 했다. 그는 손등에 얼굴을 대고 한참을 비비더니 울 것 같은 표정을 지었다. 그는 말에 영혼을 박아 넣듯 한 마디 한 마디에 힘을 주어 고백했다.

"15년 전부터, 나는 네 사람이었다. 내 항아님."

새벽빛이 천천히 사위어 가고 있다. 해가 떠서 마당에 서 있는 이들의 그림자를 길게 만들 때까지 그들은 아무 말도 할 수 없었다.

진희는 그가 사라진 대문을 바라보며 망연히 서 있었다. 길길이 뛰려는 민호를 이완이 억지로 안채로 밀어 넣은 후에도 한참 동안 꼼짝하지 않았다. 바람에 푸른 치맛자락과 곱게 내린 홍댕기가 팔락거리지만 않으면 밀랍으로 된 인형처럼 보일 정도였다. 함부로 말을 붙일 수조차 없었다.

"진희 씨."

이완은 조심스럽게 여자를 불렀다. 진희는 그래도 움직이지 않고 그가 사라진 대문만 바라보았다.

"장 화원을 만나러 다시 오실 겁니까?"

"약속했으니까요. 민호가 온다고 하면 한 번 정도는 데려다 달라 부탁할 생각이에요."

어투는 담담하고 차분했지만 이완은 소리 없이 일렁이는 파도를 느꼈다. 소리가 없는 것이 더 두렵고 불길했다.

"저 사람이 누군지 아시지 않습니까. 물론 진희 씨가 알아서 잘 하시리라 믿지만 걱정이 되는 건 사실입니다."

"그가 유명한 사람인가요?"

진희는 그제야 몸을 돌려 물었다. 이완은 진희가 묻는 말에 외려 당황했다.

"민호 씨에게 장 화원의 이름을 듣지 않았습니까?"

"노랑눈이라는 이름으로 불리던 머슴이라 했고, 실장님이 장오원 이라고 하셨다 들었습니다. 설마, 그가 이름이 많이 알려진 사람인가 요?"

이런. 이완은 고개를 저었다.

호와 이름을 섞어 부르는 것은 흔한 일이지만 그것도 호가 유명할 경우나 통하는 일이었다. 고미술을 다루는 사람들 사이에선 그의 호 가 오원이라는 것을 모르는 이가 없고, 그를 장오원이라 부르는 일도 드물지 않지만 민호 씨에게나 진희 씨에게 오원이라는 호는 익숙하 지 않았을지도 모른다.

"오원은 장 화원의 호입니다. 민호 씨가 오래전에 장난스럽게 지 어 준 호였다는 건 저도 얼마 전에 알게 됐습니다만. 기록이 남아 있 느냐고요? 당연하죠. 저 사람은 조선의 3대 화원이라 불리는 천재 화원입니다. 그가 조선 말기 한국화와 현대 한국화에 미친 영향은 헤 아릴 수 없을 정도예요."

회청색의 싸늘한 눈에서 무엇인가 크게 꿈틀거렸다. 이완은 진희 가 그의 본명을 알았으면 행동을 달리했을지도 모른다는 생각이 들 었다. 그는 속으로 혀를 차며 덧붙였다.

"장 화원의 본명은 승업, 이라고 합니다. 오원 장승업."

승업, 장승업. 장……승업. 여자의 입술이 달싹달싹하며 그의 이 름을 되풀이한다.

"이런, 맙소사."

얼음 호수와 같이 잔잔하던 눈이 크게 흔들린다. 눈꺼풀이, 길게 말려 올라간 속눈썹이 바르르 떨리는 것이 보였다. 진희는 두 손을 들어 입을 가렸다.

"……진희 씨."

진희는 고개를 저었다. 더 이상 한 마디도 말하지 말라는 듯이. 그녀의 닫힌 입에서도 어떠한 말도 나오지 않았다.

❀   ❀   ❀

진희는 민호의 침대에 죽은 듯 누워 있었다. 월요일 점심때가 지나가고 있고, 진희는 오늘 결근을 했다.

호되게 두드려 맞은 것처럼 아파서 일어날 수가 없다고 했다. 꾀병은 아닌 것이 실제로 열도 났다. 다만 예전처럼 며칠씩 정신을 잃을 정도로 심한 열은 아니었다. 38.2도. 어중간했다. 걱정이 된 민호는 해열제를 계속 챙겨 먹이고 물수건을 이마에 얹어 주며 돌보았다.

진희는 어제 안락재로 돌아오자마자 민호의 컴퓨터를 빌려 본격 검색을 시작했다. 항상 침착하고 차분하던 얼굴에는 초조한 기색이 엿보였다. 진희는 밤새 컴퓨터에 들러붙어 무엇인가를 찾아 헤맸다. 민호가 가끔 뒤에서 들여다보면 검색창에는 한 사람의 이름밖에 보이지 않았다.

장승업, 장승업, 장승업.

민호는 침대에 누워 스마트폰으로 같은 사람을 검색해 보았다. 그가 남긴 숱한 그림에 대한 설명까지는 일일이 다 찾아볼 수 없었다. 나오는 내용은 비슷비슷했다. 중인 신분으로 추정, 불학무식의 머슴 출신, 술, 기생, 그림, 그림, 술. 그림과 기행 말고는 아무것도 남긴 것이 없는 사람이었다. 자식도, 아내도, 재산도, 벼슬도. 아무것도.

그의 인생에 의미가 있는 여자가 단 한 명도 없었다는 기록을 보며 진희가 무슨 생각을 할지 민호는 걱정스러웠다. 결혼을 했지만 하룻밤 만에 끝을 맺은 이야기는 꽤 유명한가 보았다.

그의 인생에서 이름이 남은 여자는 '박성녀'라는 기생 출신의 여자 한 명뿐이었는데 그 하룻밤의 아내가 박성녀인지 혹은 소실인지조차 제대로 밝혀지지 않았다.

사실 그 여자에게도 마음을 붙이고 살았던 건 아닌 듯했다. 그 집에 다른 사내들이 드나들었다는 기록도 있었던 것이다. 한양 달 밝은 밤에 밤드리 노니다가 집에 들어와 보니 다리가 넷이더라, 하는 지랄 같은 이야기가 남아 있었는데 그 쿨한? 아니 바보 같은 처용이 사촌께서는 신경도 쓰지 않았더라 했다.

그렇다면 박성녀라는 여자와 살림을 차렸다기보다 은근짜 이패 기생이나 아예 삼패 작부였던 박성녀가 집에서 술을 팔며 영업을 했던 곳에 주태백이 화원이 종종 드나들었으리라는 가정도 가능했다.

"박성녀, 박성녀라고……."

컴퓨터 앞에 앉아 있던 진희가 중얼대더니 이마를 손으로 짚고 길게 한숨을 쉰다. 민호는 동그랗게 구부린 진희의 등에서 푸르게 불이 올라오는 것처럼 느껴졌다.

민호는 고개를 젓고 돌아누웠다. 무슨 말을 하든 먹힐 것 같지는 않았다. 그저, 그 노랑눈이 아저씨에 대해 아무리 검색창을 뒤집어 보아야 윤씨 성을 가진 여자가 나오지 않는다는 것을 알았으니 그거면 충분했다. 3년간 연인으로 지낸 남자와 헤어지고도 브라보, 마이 라이프를 외칠 줄 아는 진희였다. 엉뚱한 감정에 휩쓸려 로미오와 줄 리엣을 찍을 가능성 따위는 개미 똥구멍만큼도 없었다. 민호는 크게 걱정하지 않기로 했다.

그래서 새벽 다섯 시에 일어난 민호는 진희가 스탠드를 켜 두고 책상에 엎드려 있는 것을 보고 놀랄 수밖에 없었다. 깨우려고 어깨를 흔들었다가 다시 한 번 기함했다. 진희의 몸이 절절 끓고 있었다.

"아오 씨! 이 잡것이 밤새 뭔 짓을 한 거야! 진희야! 윤진희, 야!"

민호는 진희를 질질 끌어 침대에 눕히고 해열제를 찾았다. 안심하고 있던 내가 바보다. 생각해 보면, 진희로서는 시간 여행 자체가 해외여행이나 우주여행만큼이나 힘든 경험이었을지도 모른다. 열여섯 살에 얼결에 내 뒤를 따라왔다가 호되게 앓아누운 적도 있지 않았나. 누구는 여행을 다녀오면 배가 고프고, 누구는 열이 나면서 앓아눕는 건지도 몰랐다. 게다가 15년 전에 만났던 사람, 자신을 그렇게 공포에 떨게 했던 꿈속의 그 사람을 다시 만났다는데 어떻게 충격을 받지 않았겠나.

물론 이번엔 공포가 요상한 감정으로 바뀌었던 모양이지만.

민호는 아무 생각 없이 꼬리를 두 개나 달고 간 자신에게 욕설을 퍼부었다. 사제지연이건 아삼아삼이건 다 엿이나 먹으란 말이다! 특히 시간 여행자도 아닌 평범한 일반인이 까마득하게 예전에 죽어 버린 사람하고 '요상한 감정'이 생기기라도 하면 사달도 그런 사달이 없다.

민호는 주먹을 불끈 쥐고 필사적으로 레드 썬을 걸기 시작했다. 그래. 걱정도 팔자야. 행여나 윤진희가. 네가 진희를 모르냐. 세기를 뛰어넘는 불멸의 로맨스 유전자 따위는 베토벤 아저씨한테 돈 받고 팔아치울 인간이 바로 윤진희 아니던가. 그래. 장 화원과 요상한 모양새를 연출했던 건 아마 3년간 사귀었던 세영 씨와 헤어져서 마음이 좀 허해서 그랬을 거라고. 생각해 봐, 사람이 이별을 하고 그렇게 말짱할 수는 없잖아. 레에에드 썬!

민호는 진희가 잠든 것을 확인하고 컴퓨터 앞에 앉아 자료를 계속 찾아보았다. 천만다행히, 장 화원에 대한 기록 중에 윤씨 성을 가진 여자는 끝까지 나오지 않았다. 아니, 박성녀 외에는 연관이 있는 여자의 이름조차 없었다.

그렇지. 그거면 됐다. 민호는 안심하고 진희에게 두꺼운 솜이불을 덮어 주었다.

민호가 타락죽을 끓여 방으로 가지고 들어갔을 때 진희는 침대에 누워 눈을 말갛게 뜨고 천장을 보고 있었다. 죽을 탁자 위에 놓고 침대에 걸터앉자 간신히 일어나 앉은 진희는 머리를 다듬으며 피곤한 듯 웃어 보였다. 이마를 짚어 보니 열은 거의 다 떨어졌다.

"괜찮아? 너 어제 많이 놀라긴 했나 보다. 열이 38도가 넘게 절절 끓었어."

"그 정도로 놀라긴 뭘. 아무것도 아니지."

"이게 진짜. 놀랐으면 놀란 척! 아프면 아픈 척! 슬프면 슬픈 척해야 사람인 거지. 애든 어른이든 속의 것을 터뜨리지 못하면 화병 생긴다고."

민호는 환자의 등짝을 야물게 후려갈겼다. 좀 살 만해지자마자 구라 뻥을 치는 것들은 맞아도 싸다.

"하여튼 넌 담엔 가지 마. 내가 다음번에 이완 씨하고 가서 그림 완성해 오지 뭐. 나한테 준다는 나그네 그림도 이참에 받아 와야지. 아니, 박이완 그 인간도 안 되겠다. 내가 정말 이런 말까지 하긴 뭐하지만 하여튼 그 깔끔쟁이는 생존능력이 너무 저질이야. 우리 둘은 그래도 안채에서 잘 잤잖냐. 그 인간은 잠 한숨 못 주무셨단다. 벽에 모기인지 이인지 뭔가 벌레 죽은 핏자국이 있었다나. 아, 벌레 핏자국

85

에서 이나 모기 유령이 나와서 피를 빨아먹는 것도 아닌데 왜? 그 방에서 빈대 냄새도 나더만 그건 몰랐을 거야. 그 인간이 마당에서 멍석 펴 놓고 잘까 봐 차마 빈대 냄새란 말은 못 했다."

"……."

"그러고는 집에 와서 별 생쇼를……. 새벽 두 시까지 전신소독을 하고, 입고 갔던 옷은 모조리 마당에서 태우셨단다. 유난도 그런 유난이 없어. 하여간 다음엔 몰래 나 혼자 갔다 올 테니 따라올 생각 마라?"

"민호야, 난 벌레 같은 건 괜찮아. 다음에도 갈 일 있으면 나도 같이……. 음, 잠깐만."

진희는 말을 끊고 눈썹을 찌푸렸다.

……사실 꼭 같이 갈 필요는 없는데.

나는 그 사람을 15년 전에 잠시 보았고, 어제 다시 만난 것에 불과하다. 물론 인상이 특이해서, 그 사람의 경우 기억력이 워낙 특출해서 서로의 얼굴을 떠올렸으니 그것은 나름 반가운 일일 수도 있다. 하지만 우리 인연이란 길 가다가 초등학교 남자 동창생을 만난 것보다도 못한 정도이고, 그 사람이 아무리 흥분해서 오너라, 꼭 오너라 호들갑을 떨어도 내가 그 장단에 맞춰 줄 이유는 없다.

애초에 민호를 따라가겠다 한 것은 단순한 호기심이었다. 열여섯 살 그때, 내가 누구를 만났었는지, 정말 시간을 넘어가서 머물렀던 게 사실인지, 그리고 내가 어떻게 되돌아왔는지 궁금해서. 그리고 막연하게 그 황금 눈을 가진 사람을 다시 한 번 보고 싶다 생각했던 것뿐이었다.

하지만 지금 가려고 하는 이유는 뭘까?

두나 어머니가 빌어 준 소원대로 그 몹쓸 감정에 결국 홀린 걸까?

진희는 단호하게 고개를 저었다. 홀리는 것은 고작 2년이고, 남은 세월은 60년이다. 사랑 따위를 택하기엔 남은 기간이 너무 길다.

'누가 사랑 때문이래? 누가 너한테 그 사람하고 결혼이라도 하래? 너무 나갔네. 그런 거 아니잖아.'

속에서 누군가가 조곤조곤 달래듯 속삭이는 것 같다.

'약속을 했으니까 가 보라는 거지. 눈 빠지게 기다릴 사람이 딱하지도 않아?'

'미인도를 완성해야지. 네가 가야만 완성해 준다잖아. 진희 네가 안 가면 아마 그 그림은 영원히 미완으로 남게 될걸.'

따져 생각해 보면 제대로 된 약속도 아니고 나는 미인도를 꼭 완성해야 할 이유도 없다. 하지만 이상하게 설득력이 있는 것처럼 느껴진다. 나는 어쩌면 스스로 설득을 당하고 싶은 걸까. 진희는 다시 죽을 한 숟가락 밀어 넣으며 조용히 말했다.

"약속은 약속이니 한 번은 더 가야지. 그림도 완성해야 하고. 그 사람도 궁에서 꼭 빠져나온다고 하지 않았어?"

"야야! 약속은 무슨 개뿔! 며칠 있다 빠져나올 테니 무작정 기다리고 있으라는 게? 야, 됐어 됐어, 가지 마, 너 안 데려가. 이완 씨도 생전 안 하던 바보짓을 하더니 너는 또 왜 그래?"

"이완 씨가…… 바보짓?"

"아홉 번 절하고 술 갖다 준다고 약속하고는 스승님 삼기로 했다잖아? 세상에 고고한 척 점잖은 척은 다 하더니 거기 가서는 대놓고 노랑눈이 아저씨 빠돌이 짓이야. 박 실장님도 내가 갈 때마다 꼭 따라가시겠단다. 이게 말씀이냐 말똥이냐. 야, 진희야, 그 노랑눈이 아저씨가 멋지냐? 응?"

민호는 허리에 손을 얹고 고함을 **빽빽** 질렀다.

"멋진 건 모르겠지만 좀 애처롭고 귀엽고 그렇지 않나?"

민호의 입이 덜커덩 한 발이나 떨어졌다. 민호는 자신이 남자를 보는 눈이 꽤 객관적이고 대중적, 상식적이라 여겼는데 그녀가 본 화원은 이완에 비하면 멋진 구석이 1mg도 없었다. 애처롭? 귀엽? 그게 나이 마흔이 다 되어 가는 아저씨한테 갖다 붙일 소리냐. 민호는 반쯤 득도하는 마음으로 투덜거렸다.

"네가 문제야, 너. 대체 왜 손에 뽀뽀하게 내버려 둔 거야, 엉?"

진희는 아득하게 한숨을 쉬었다. 나야말로 알고 싶다, 민호야. 내가 왜 그랬는지.

'진희야, 내 예쁘고 고운 항아야.'

진희는 물끄러미 손등을 내려다보았다. 그의 입술이 머물렀던 자리. 이상할 정도로 뜨겁고 축축하던 그 감촉, 손등 위에 보이지 않는 인두로 두 번째 도장이 찍힌 것 같다. 울먹이는 듯한 목소리가 희미하게 귓속으로 스며들었다.

'15년 전부터, 나는 네 사람이었다. 내 항아님.'

그의 목소리에도 색깔이 있다면, 아마 그의 눈동자처럼 풍부하고 눈부실 것이다.

……그의 목소리를 혀에 대어 맛을 볼 수 있다면.

진희는 눈을 감은 채 그 맛을 상상했다. 쓰고 시고 단 맛이 한꺼번에 들어 있는 브랜디봉봉 초콜릿과 비슷한 맛일지도 모른다.

그와 관련된 것이면 오감이 이상해진다. 그의 눈을 통해 세상을 본다면 온 세상이 황갈색의 보석이 산란하는 빛으로 가득 차 있을 것 같다. 곱게 내린 연갈색의 투명한 커피에 황금이 녹은 물이 부드럽게 섞여 들어간 황홀한 빛깔. 열기가 일렁이는 거칠고 뜨거운 목소리를 듣고 있으면 세상이 끈적하고 묵직한 단내로 채워지는 것 같다. 진희는 눈을 감은 채 작은 목소리로 말했다.

"그래도 약속했으니 한 번은 갔다 와야지."

아오 씨! 이게 진짜 여우에 홀렸나! 민호가 일어나 으르릉, 하는 순간 진희가 눈을 뜬다. 민호가 뜨끔하며 움직임을 멈추자 진희는 못을 ·박듯 되풀이했다.

"한 번만 더 만나고 오면 다시 갈 일은 없을 거야."

❀　　❀　　❀

윤 진사는 응헌이 가져온 종이쪽을 보고 푸시시 웃었다. 응헌도 텁석나룻을 쓰다듬으며 킁, 킁 반웃음을 웃는다.

글자를 쓸 줄 모르는 장 화원께서는 매일 주변의 누군가를 들볶아 연통을 보내고 있다. 오늘은 퇴궐하는 응헌을 만나서는 냉큼 엎드려 절을 하더니 이것을 윤 진사님 댁에 전해 달라고 신신당부를 하더라는 것이다.

내용이라곤 별것 없었다. 항아님이 가셨느냐, 집에 아직 다시 안 오셨느냐, 오시면 궁으로 꼭 연통을 넣어 달라, 내가 무슨 수를 써서라도 가겠다, 궁궐 담을 넘어서라도. 응헌이 결국 킬킬대며 웃고 만다.

"오원 이 사람, 뻔뻔함도 이 정도면."

"명색 예인이니 뻔뻔함도 예술인 게지."

"무슨 소리, 단원은 같은 도화서 화원이었지만 정갈하고 품행이 바른 천생 선비였다는데? 이 사람은 어째 나이를 먹을수록 장바닥 남사당패일꼬?"

"데리고 있으면서 뭘 가르쳤는지 반성하시게."

윤 진사는 웃으며 편지를 옆으로 밀어 놓았다. 어병은 잘 되어 가고 있다던가? 하는 말에 응헌이 콧방귀를 뀐다.

"장 화원 보아하니 대궐 밥 길게 먹기는 글렀어. 처음에는 한 며칠 제대로 일을 한 모양이더만 술이 없다, 석채가 없다, 나가 봐야 한다, 한 번만 나가게 해 달라 떼를 쓰느라고 아주 도화서 제조인 예판 대감이 진절머리를 내고 있어. 그래도 워낙 조선 팔도 위명이 자자한 화원이고 실력도 제일 좋아서 대놓고 윽박지르지도 못하는가 보던데."

"우승지 영감 말을 들어 보면 주상께서 꽤 신경을 쓰시는 것 같던데."

"그러게 말일세. 작년에 전하께서 장 화원 벼슬 내리는 것까지 직접 챙기신 거잖나. 도화서 실관(實官)에 직부(直付) 해서 자리 나오는 대로 갖다 앉히라고. 그래서 글도 모르는 사람한테 감찰 벼슬에 규장각 차비대령화원에 도화서 교수화원으로 줄줄이 이름을 올린 건데, 나 참. 주상께서 아시게 되면 불벼락 떨어지기 십상일걸."

"광대를 미워할 사람이 있겠나. 미워하는 사람만 실없어지는걸."

윤 진사는 푸슬푸슬 웃고 말았다. 응헌은 코를 실룩이다가 조심스럽게 말했다.

"그나저나 허당 자네도 참 무던해. 장 화원은 아무것도 모른다지만 기분이 좀 그렇지 않나."

"……."

윤 진사의 표정이 굳었다. 에둘러 한 말이지만 눈치 빠른 사람이니 못 알아챌 리 없다.

"지금까지야 장 화원이 여기 자주 올 일이 없었지만 지금 이렇게 연통을 넣어 대는 걸 보면 앞으로 풀방구리 쥐 드나들듯 할 것 같은데. 저번에 왔던 손님들, 여기서 종종 머무르게 할 건가?"

평양루에 꽤나 드나들어 향이도 알고 승업도 오래 데리고 있었던 응헌은 그네들의 사정을 대충은 짐작하고 있었다. 다만 입이 무거운

지라 말을 흘린 적은 없었다. 윤 진사는 내키지 않는 듯 고개를 끄덕였다.

"내 집에 찾아온 손님을 내칠 수야 있나."

"그럼 장 화원도 자주 드나들게 될 텐데."

"당연히 그렇겠지. 앞뒤 보이는 것도 없을 테고. 장 화원, 내내 기생집을 전전하긴 했지만 그 나이 먹도록 제대로 마음 준 여자는 저번에 왔던 진희 낭자가 처음일 게야."

"내당에서 그 꼴을 불편하게 여기지 않겠나?"

"차라리 그랬으면 좋겠지. 그런 모습을 눈앞에서 보면 포기하기가 더 쉽지 않겠나."

윤 진사는 씁쓸하게 웃더니 손을 저어 이야기가 길어지는 것을 막았다. 아무리 속사정을 잘 아는 친우라지만 화제로 삼기에 적절한 내용은 아니었다.

응헌은 입 밖으로 튀어나오려는 말을 얼른 삼켰다. 오랜 역관 생활로 늘어난 것은 눈치밖에 없다.

이 집의 내당 주인이 기방 출신이라는 것을 아는 사람은 많지 않았다. 기적에 오른 적도 없었고, 윤 진사 말고는 손님을 받은 적도 없었으며, 손님에 대한 예절이며 교양이며 본가의 제사나 행사 때마다 뒷수발하는 정성과 범절이 사대부 규수보다 나으면 나았지 못하지는 않았다.

말만 나지 않는다면 충분히 집안 푸네기에게 안방마님의 대우를 받으며 살 수 있을 것이고, 아들까지 낳아 주었으니 윤 진사가 억지로 우긴다면 본가의 안채를 차지하는 것이 아주 불가능하지는 않을 것이었다.

하지만 윤 진사는 여자를 그렇게 아끼면서도 본처 자리는 주지 않았다. 윤 진사의 오랜 지기인 응헌은 그 이유도 짐작은 하고 있었다.

여자는 윤 진사와 혼인할 수 없다 울부짖었고, 이 점잖은 친구는 그런 여자를 납치하듯 끌고 와서 제 여자로 삼았다고 들었다. 평양루 기생들끼리 소곤대는 것을 들은 것이니 거짓은 아닐 것이다. 이런저런 정황을 미루어 짐작하면, 함께 산 지 15년이 넘어가는데도 두 사람 사이에는 여전히 풀어야 할 매듭이 남아 있는 모양이다.

예전에 두 사람 모두 술이 얼근히 올랐을 때, 미친 척하고 물은 적이 있었다. 본디 장 화원과 내당과는 친동기간은 아니라지 않았나. 그런데 이리 집에 자주 드나들게 둔다면 사람들의 이목이 거리끼지 않겠나? 윤 진사는 그때 몹시 불쾌한 내색을 했고, 응헌은 바로 사과했다.

하지만 며칠이 지난 후, 윤 진사는 지나가듯이 말했다.

"장 화원이 올 때만 본디 얼굴이 나오더군."

"……."

"그때가 아니면 진짜 표정을 볼 수가 없어. 아이를 낳을 때도 눈물한 방울 없더니, 장 화원이 도화서 화원이 되었다는 소식엔 기뻐서 눈물을 보였어. 그 본디의 표정을 보고 싶어 십오 년 넘게 기다려 왔건만. 화를 내도 좋고 투기를 해도 좋고 악을 써도 좋을 텐데 나를 위해서는 항상 그린 듯이 반듯하게 웃기만 할 뿐이야."

주체가 없는 말이었으되 응헌은 누구의 이야기인지 바로 알아들었다.

"……나는 지금 벌을 받는 걸까?"

알아는 들었으되 대답할 수 없는 질문이었다. 질문이긴 했으되 대답을 요하는 질문도 아니었다.

응헌은 그 후로 그의 앞에선 어지간하면 장 화원에 대한 이야기를 꺼내지 않았고, 장 화원은 여전히 윤 진사의 집을 제집처럼 드나들며 광대처럼 휘젓고 다녔다. 속없는 광대는 천하를 제집처럼 주유하면서도 누구에게도 미움을 받지 않았다.

"그나저나, 그날 마당에서 봤던 두 낭자나 박 선비는 지금 어디 머무르고 있나? 연통이 왔으면 알려 주어야 하지 않을까?"

응헌의 말에 윤 진사의 얼굴에서 웃음기가 사라진다. 그는 눈을 가늘게 뜨고 합죽선을 천천히 흔들었다.

'나리, 인간이 아닙니다. 그자들은 인간이 아니에요!'

향이의 날카로운 목소리가 귓가에 징, 하고 울린다.

'허깨비처럼 사라졌습니다. 분명 이 방에 세 명이 한꺼번에 있는 것을 보았고, 목소리까지 들었습니다. 그림자가 어른거리는 것도 봤습니다. 분명 오라버님의 첫 번째 그림인 월죽도를 보여 달라 하여, 제 방에 걸려 있으니 들어와서 보시라 하고는 잠시 나와 있었습니다. 그런데 제가 분명 문밖에 서 있었사온데 갑자기 말소리가 들리지 않아……'

푸르게 질린 여자의 얼굴엔 여러 가지 감정이 뒤얽혀 있었다. 오라비의 일이 아니라면 감정을 결코 드러내는 법이 없는 여자였다. 윤 진사는 자리에서 일어나 여자의 손을 잡았다. 항시 한결같은 표정으로 웃기만 하던 여자의 손이 들들 떨리고 있었다.

'빌린 옷가지만 남겨 놓고, 이곳에 올 때 입고 온 옷으로 갈아입고 모조리 사라졌습니다. 허깨비처럼, 연기처럼 사라졌습니다!'

'부인, 진정하세요. 다음에 오면 무슨 일인지 내가 찬찬히 묻겠소.'

'찬찬히 묻다뇨. 말도 섞으시면 아니 되십니다. 사술을 쓰는 자들일 겁니다. 그러잖아도 나라에서 금하는 서양 오랑캐의 사교를 믿는 사람도 많고 사술을 쓰는 자들도 많아 사방 분위기가 살벌하지 않습니까. 그런 사람을 집에 거두면 멸문당하기에 십상입니다. 나리, 그자들이 오면 두말할 것도 없이 고변하여 오라를 지우거나 바로 내치셔야 합니다. 그러잖아도 요새 주변이 얼마나 흉흉한지 아시지 않습니까.'

여자의 눈에서는 푸르게 불이 솟는 것 같았다. 윤 진사는 한참 동안 생각을 더듬다가 무겁게 고개를 저었다.

'부인, 내가 알아서 하리다. 그들이 다시 오면 놀란 기색 하지 말고 내게 데려오시오. 다만, 다른 사람에게 절대로 말이 나가지 않도록 하세요.'

"어디 머무르는지는 잘 모르지만, 때가 되면 도깨비처럼 또 나타나겠지 않겠나."

윤 진사는 표정 한 자락 변함이 없이 담담하게 대답했다.

❀　　❀　　❀

"내가 진작부터 말했잖아. 사람이 아니고 월궁의 항아님이라고! 그림을 타고 온 거고 그림을 타고 돌아간 거라고! 난 알고 있었어."

붉은 철릭에 깃을 꽂은 대나무 초립을 쓴 사내가 엉덩이를 들썩대며 발을 구른다. 입시할 때 입었던 푸른 단령과 사모는 어디로 갖다 팔았는지 붉고 푸르고 알록달록한 옷을 입고 허리를 끈으로 동인 사내는 영락없는 궁의 수문장이다. 하지만 황금색으로 반짝이는 눈이나 큼직한 콧방울이나 가닥가닥 고집 세게 꼬부라진 머리카락이나 손에 들린 백자 술병을 보면 어김없이 장 화원이었다. 그는 가슴을 쿵쿵 치며 애먼 향이만 닦달이다.

"가지 못하게 잡지! 내가 항아님이라 하지 않던! 가면 언제 오시는지 모르는데! 돌아가지 못하게 저 그림을 태워 버릴 걸 그랬구나."

그는 그림 속으로 사람들이 사라졌다는 말에도 전혀 놀라지 않았다. 그때도 느끼고 있었다. 그림을 타고 왔을 것 같았다. 내가 괜히 항아님이라고 불렀던 것 같으냐. 그는 그네들이 다시 온다면 정말 달 속에 살다가 그림을 타고 내려온 건지 전우치처럼 그림을 타고 돌아다니는지 혹은 그림 속에서 사는 사람들인지 꼭 물어봐야겠다고 생각했다. 만약에 항아님이 허락한다면 나도 꼭 데려가 달라고 졸라 볼 참이었다.

그는 현실감각이 아주 없는 사람은 아니었으되 상식에서 벗어난 상상도 수월하게 받아들이는 편이었고, 그런 점에서는 만년 어린아이 같았다. 향이는 씁쓸한 목소리로 물었다.

"지금이라도 태울까요, 오라버니?"

"미쳤네, 에미나이! 고런 짓을 했다간 나한테 캭! 생각을 좀 해 보라. 접때 태웠으면 항아님이 돌아가지 못했겠지만 지금 태워 버리면 항아님이 어드러게 되돌아오시겠나. 아냐! 아냐아냐아냐! 혹시 항아님이 조 안에 살고 있다 생각해 보라! 큰일이다, 아주 큰일이지! 지금은 절대로 안 된다!"

장 화원은 몹시 흥분할 때마다 여전히 사투리가 튀어나왔다. 그는 아무리 둘러봐야 항아님도 안 계시고 소식 한 쪼가리 전해진 것도 없다는 것을 받아들이고 잔뜩 풀이 죽었다. 그래도 언제 올지 연통 정도는 있을 줄 알았는데.

그는 시무룩한 얼굴로 이마에 흐르는 땀을 씻으며 병에 든 것을 꼴랑꼴랑 삼켰다. 듣고만 있던 윤 진사가 그를 사랑으로 불러내 한숨을 쉬며 물었다.

"이보게 장 화원."

"예, 진사님."

"대체 궁에서 어찌 나온 겐가? 어병 작업이 끝났나? 그런 이야기

95

는 못 들었는데."

"빠져나왔습니다."

"……어떻게?"

"처음엔 담을 넘으려고 했는데 담벼락이 조금 높아서 수월하지가 않더만요. 그래 버둥버둥하다가 수문장한테 걸렸지요."

"그래서."

"속은 달아 죽겠는데 어쩝니까. 수문장 놈을 꼬드겼지요."

"그래, 그가 얌전히 말을 듣던가?"

"그럴 리가 있습니까. 으허허허."

그는 멋쩍게 머리를 긁다가 너털웃음을 터뜨렸다.

"그림이 안 그려져서 술을 좀 마시고 오겠다고, 술이 없으니 붓이 한 뼘도 안 나가겠다고 하는데 어쩝니까? 그러면 정말 어병을 금방 완성시킬 수 있을 것 같다고 엎드려서 싹싹 빌었지요."

"지금 도화서 교수화원, 규장각 대령화원씩이나 되는 사람이 수문장 앞에서 엎드려서 빌었다? 이것 참. 이보게, 오원."

"아, 맘이 급해 죽겠는데 어쩝니까요. 오는 길에 한양에서 최고로 맛있는 술을 몇 병 갖다 주마고 했더니 그렇게 사모관대 차림으로 술집에 가면 바로 들통이 날 거고, 그러면 자신도 같이 치도곤을 당할 테니 이 옷을 입고 가서 교대 전까지 들어오기만 하라고 했습니다."

"정말 성실하고 청렴한 이로군그래. 그런데 왜 이 시간에 온 겐가?"

"아 그게 저, 뛰어오면서 목이 컬컬한 겁니다. 그래서 주막에 잠깐 들러서 술을 좀 샀습니다."

"……그랬군. 그런데 잠깐 들렀다면서 왜 지금인가?"

"마시다 보니 한 병으론 감질이 나서 술집이 나오면 그때마다 들러서 술을 채웠지요."

"역시 그렇군. 좋아, 중간중간 술을 채운 것도 좋은데 왜 지금에야 오게 된 건가?"

"그런데 뛰어오면서 마시다 보니 빨리 취했나 봅니다. 그러다가 저쪽에서 순라군 딱따기 소리가 따그락따그락 들려 쌓지 않겠습니까? 그래 잠깐 어느 집 처마 밑에 숨어서 눈 좀 붙이고 온다는 게."

"······."

"아 글쎄, 눈을 뜨니 동이 트고 있는 겁니다. 그래서 뒤도 안 돌아보고 이리로 뛰어온 겁니다."

윤 진사는 머리를 절레절레 저었다.

"늦었으면 바로 궁으로 가야지 이리로 오면 어쩌나."

"항아님 때문에 나온 건데 소식이 왔나 물어는 봐야 하지 않겠습니까."

"알았네, 알았어. 세 사람은 그날 돌아갔고 그다음엔 아직 연통 하나 없어. 그나저나 수문장 교대 시간은 진작 지난 것 같은데 어쩔 참인가."

여자가 소식 한 자락 없다는 말에 그의 어깨가 아래로 축 처진다.

"항아님이 안 계시다니 할 수 없지요. 나중에 또 나와 보지요. 오늘은 나온 김에 술이나 맘껏 마시고 들어갈랍니다. 거기서는 술을 주지도 않고, 줘 봤자 병아리 눈물이죠. 고까짓 걸."

불쌍한 수문장을 까맣게 잊어버린 사내는 또 판소리다. 하지만 그것도 오래가진 못했다. 밖에서 행랑아범의 떨리는 목소리가 들렸다.

"진사님, 화원 나리, 잠시만 밖으로 나와 보시지요."

"무슨 일인가?"

"장오원 화원님을 찾으시는 분들이 와 계십니다."

"응? 나 여기 있는 건 어찌 알았소? 이 아침부터 부지런도 하시지. 그림 그려 달라는 사람인가? 에이구 참, 이놈의 인기란!"

하지만 눈앞에 있는 것은 붉은 철릭과 초립 차림의 궁의 별감들과 오라를 든 사령, 그리고 육모방망이를 움켜잡고 줄줄이 시립한 나졸들이었다.

12
우리, 연애할까요?

앤드류는 이완의 눈치를 할끔할끔 살폈다. 토요일에 여자가 아침부터 전화도 안 받는다고 화를 내며 내려간 실장님께서는 버뮤다 삼각지대에 들어간 것처럼 연락이 두절되었다. 토요일, 일요일, 그리고 오늘. 이틀 동안 전화도 받지 않다가 돌아온 실장님께서는 눈 밑이 시커멓고 다리가 후들후들하는 상태로 갤러리의 문을 열고 들어섰다.

그러면 그렇지. 앤드류는 고개를 끄덕였다. 그놈의 흑기사 사태를 전후하여 몇 주 동안 내내 깨질락 말락 위태위태한 상태 아니었던가. 민호 씨는 내내 어울리지 않게 집에 틀어박혀 땅을 파고 연락도 안 받고 있었고.

그런 상황에 내려간 사나이가 주말 내내 전화도 끊고 안락재에 틀어박혀 있었다? 그리고 3일 후 저렇게 눈이 퀭하고 허리를 부들부들 다리를 휘청휘청하며 출근했다?

무슨 일인지는 안 봐도 뻔하다. 비 온 뒤에 땅이 굳는다고, 두 사람 사이에 대화합의 어떤 역사가 일어난 게 분명했다.

물어보면 안 되겠지? 안 될 거야. 아무리 친구이자 형제 같은 친척 어르신이라 해도 직장의 부하 직원에겐 상사의 사생활을 존중할 의무가 있는 것이다!

앤드류의 추측이 진실과 무관한 안드로메다로 날아가는 동안, 그는 차에서 내린 큼직한 상자를 책상에 올려놓았다. 그러고도 어딘지 멍하고 지친 눈으로 앉아 있다가 앤드류가 얼쩡대는 것을 보고 화들짝 놀라더니 뜬금없이 법인카드를 불쑥 내밀었다.

"양주 좀 사 와. 종류 다르게 해서 대여섯 병 정도."

앤드류는 눈을 동그랗게 떴다. 추측이 확신이 된다. 주말에 뭔 일이 있었던 게 틀림없다!

"오호? 술 좋아하지도 않는 사람이 웬일이야? 주말에 뭔 파란만장한 일이 있어서 월요일 아침부터 술이야? 와인으로 할까? 화이트나 달콤한 로제? 아니면 아예 아이스바인이나 샴페인?"

책 한 권 쓸 만큼은 파란만장했지. 이완은 머리카락을 헤집으며 웅얼거렸다.

"스승님 선물 드릴 거야. 술 좋아하시니까 제일 화끈하고 센 걸로 사 와."

아, 교수님 선물이구나. 김샜다. 앤드류는 심드렁하게 물었다.

"어느 교수님이셔? 선물 용도는? 카드나 포장도 같이 해 올까?"

아, 가만있자. 앤드류는 고개를 갸웃했다. 이완의 학교 은사님들 중 그렇게 화끈한 술을 밝힐 정도의 술고래가 있었던가? 하지만 이완은 어물어물 대답을 삼키고 만다.

그는 책상 위에 얹어 놓은 큰 상자에서 완충재로 둘둘 말린 물건들을 꺼내기 시작했다. 물건을 새로 샀나? 함께 풀어 정리하던 앤드류는 눈을 멀거니 껌벅거렸다. 목이 길고 큼직하지만 어딘가 대칭이 안 맞는 백자, 그림이 엉성한 청화백자, 오지 호리병들이었다. 가만, 저런 형태 저런 그림의 백자라면 조선 후반부라고 했던가? 아무리 눈을 씻고 보아도 상급 물건으로 보이진 않았다.

"이건 대체 어디서 사 온 거야? 조선 시대 거야? 얼마씩 준 거야?"

"……."

"어, 근데 이완. 저기, 난초하고 매화 그림들이 좀 엉성해 보이지 않아?"

"엉성해 보이는 정도가 아니지. 이 정도면 돈 받고 팔지도 못해. 그래도 새지만 않으면 상관없어."

앤드류는 저 인간이 무슨 짓을 한 건지 바로 이해할 수 없었다.

"……왜 그런 물건을 사 와? 안락재나 려 갤러리에 도난대비용 싸구려가 필요해?"

"다 쓸데가 있어. 술이나 사 오라니까. 최하 40도 넘는 것들로."

이완은 불퉁하게 말했다.

주류백화점에서 '비싸고 화끈한 술' 들을 종류별로 사 들고 들어온 앤드류는 이완이 싸구려 백자들을 우유병 닦는 솔과 주방용 세제로 박박 씻고 있는 것을 보고 고개를 설레설레 저었다. 저 인간이 무슨 화합의 장을 벌였는지 모르겠지만 여자에게서 이상한 뇌세포가 옮은 모양이었다.

그뿐이면 말도 안 한다. 조금 후에는 술병 마개용 나뭇조각에 구멍을 내서 노끈으로 고리를 단답시고 한참 끙끙거리더니, 술병 모가지에 노끈을 길게 비끄러매 벨트에 매 보기도 하고, 매달고는 앞뒤로 손을 저으며 걸어 보기도 하고, 손에 말아 쥐어 보기도 하며 별 희한한 생쇼는 다 하고 있다. 그의 표정이 너무 진지해서 앤드류는 감히 한마디도 못 하고 공포에 떨었다.

그는 한참을 고민하다 앤드류가 사 온 술들의 뚜껑을 모조리 열어 코를 들이대고 한참 냄새를 맡더니 그중 두 개를 골라냈다. 앤드류는 멍청하게 서서, 헤네시 엑스트라급 파라디와 끗발 좋은 38광땡 로얄 살루트가 조잡한 백자 속으로 콸콸 쏟아져 들어가는 꼴을 지켜보아야 했다.

앤드류는 그를 비웃을 경황조차 없었다. 이완은 상자 바닥에서 큼직한 자루를 꺼내더니, 어디서 쓸어 모았는지도 모를 엽전들을 탁자 위에 산더미처럼 쏟아 놓았던 것이다. 좌그르르르 짤짤짤. 백만 개의 탬버린을 한꺼번에 귀 옆에서 흔드는 것 같은 소리가 났다. 가운데 사각형 혹은 동그란 구멍이 뚫린 동전들이었다. 이완은 금속 세정제와 수건 뭉치, 면장갑을 던져 주며 말했다.

"이 상평통보들을 세정제로 깨끗이 문질러서 닦아 줘. 막 주조한 새것처럼, 세균 하나 남지 않도록. 그리고 뒤에 써 있는 글자대로 당일전하고 당이전, 당오전을 모조리 분류해서 이 노끈에 꿰어 둬."

그는 멍한 얼굴로 서 있는 앤드류의 맞은편에 앉아 그보다 더 멍한 얼굴로 동전을 만지작거리며 중얼대기 시작했다. 당오전이 언제 나왔더라. 젠장, 2년 더 기다려야 하나? 당분간 금고 속에 잘 보관해 둬야겠어. 쌀이라도 한 가마 사려면 이걸 얼마나 가져가야 하지? 인플레이션이 꽤 심했을 텐데.

그러더니 얼빠진 것처럼 일어나 주르르 놓인 고급 술병들의 뚜껑을 다시 열고 술을 종류별로 한 숟가락씩 따라 라이터로 불을 붙이기 시작했다. 배갈에서 파란 불꽃이 차르르 올라오자 큰 소리로 좋았어! 하고 외치기도 한다. 그는 불이 붙은 65도짜리 배갈을 고동색의 오지 술병에 쏟아부으며 무슨 생각을 하는지 갑자기 히죽히죽 웃기 시작했다. 앤드류는 너무나 무서워서 고개를 푹 숙이고 열심히 동전만

닦았다.

❀　　　❀　　　❀

　함께 가기로 약속을 잡아 둔 토요일, 꼭두새벽부터 안락재로 내려
온 이완을 보고 민호는 아주 기함을 하는 줄 알았다. 어디서 새로 맞
췄는지는 모르겠지만 분홍색 비단 바지저고리에 소매가 너른 흰 도
포에 노란 호박으로 줄줄이 끈을 장식한 넓은 갓에 구름 문양이 수
놓인 가죽신, 길쭉한 합죽선까지 제대로 갖추고 지하주차장에서 올
라왔던 것이다. 짚신이 매달린 큼직한 보퉁이는 애교였다. 그는 우
물쭈물하다가 민호 앞에서 한 바퀴 빙 돌아 보고 멋쩍게 웃으며 물
었다.

　"음…… 좀 어떻습니까? 나름 좀 잘 어울리는 것 같습니까? 사극
드라마 배우 같지 않나요?"

　"박 실장님 뭐야. 광화문에서 차라리 스트립쇼를 해. 대체 이 웃기
지도 않은 꼴은 뭐야?"

　민호는 공포에 질려 이를 딱딱 부딪치며 물었다. 이완은 어쩐지
상처받은 얼굴로 내뱉었다.

　"보면 모르십니까? 한복 아닙니까. 가산이 넉넉한 일반 선비의 복
장입니다."

　"아니 누가 드레스래? 이런 건 쓸데없이 왜 입고 빙빙 돌고 그래!
거기 들어가서 얻어 입으면 되지! 한복도 들어갈 때마다 유행이 다르
단 말이야."

　"글쎄요. 저는 누구하곤 좀 달라서 남의 집 행랑방에서 벼룩 빈대
를 걱정하면서 남의 옷을 갈아입느니 유행에서 살짝 떨어지는 게 낫
겠군요. 그리고 이거, 1800년대 중반의 복장을 제대로 고증해서 맞

춤 제작한 겁니다! 웃기긴 뭐가 웃깁니까? 이 정도 최고급 공단에 수제 자수 한복이면 천석꾼 부자 양반들이나 입던 옷입니다! 머슴이 입던 더러운 옷 주워 입고 무시당하는 것보다는 이게 훨씬 낫지요. 저 그렇게 허술한 사람 아닙니다!"

입을 딱 벌린 민호는 한참 돌처럼 굳어 있다가 그가 들고 있는 하얀색 보퉁이를 잡아챘다. 불길해, 뭔가 쎄 하니 불길해.

아니나 다르랴.

초강력 벌레잡이 연막탄이 세 깡통, 집먼지진드기 방지용 베개 커버, 휴대용 담요, 속옷, 딱성냥, 새 버선 두어 켤레, 한눈에 보아도 무진장 비싸 보이는 붓과 금박글자가 박힌 먹, 줄줄이 꿰인 거대한 엽전 꿰미, 비상금 용도가 분명한, 베수건 두 겹으로 싸인 민무늬 금반지 뭉치, 노리개들, 은비녀, 옥비녀, 정체를 알 수 없는 작은 은 덩어리들, 그리고 가장 압권은 깨지지 않도록 꽁꽁 싸인 백자로 된 술병들이었다. 흔들어 보니 잘그랑잘그랑 파도치는 소리가 들린다. 충격과 공포로 깽깽깽 소리가 절로 난다.

"이거 뭐야!"

민호가 연막 캔을 들고 소리를 지르자 이완은 그것을 얼른 뺏어 다시 보퉁이에 넣으며 퉁명스럽게 말했다.

"벌레가 있단 말입니다! 한두 마리 정도가 아니고 벽에 자국이 가득하더란 말입니다. 행랑채에!"

"이런 거 깜박 놓고 왔다간 아주 엿 같은 일이 벌어진단 말이야! 얘기했잖아!"

"잊어버리지 않고 가져오면 될 것 아닙니까. 제가 누구처럼 덜렁덜렁 물건 막 흘리고 다니는 줄 아십니까? 저도 가서 잠이라도 좀 자야 돌아다닐 것 아닙니까. 민호 씨가 외양간 움막 짚북데기 위에서 잘만 잔다고 남도 다 그런 줄 아십니까?"

"자기는 뭘 자! 홀랄라 수련회 캠프 갔다 오는 줄 알아?"

"누구 때문에 다시 가게 된 건데 그래요?"

"저번엔 실수해서 그림을 바꿔 갔지만 이번엔 갔다가 바로 올 건데? 없으면 바로 오면 되고, 있으면 그림만 그려서 오면 되고."

"아무렴 행여나요. 그러시겠죠. 그 말은 이제 메주로 콩을 쑨대도 믿을 만큼 신뢰가 갑니다."

이완은 사정없이 콧방귀를 뀌었다.

"이번엔 정말이야. 진희도 이번에 가서 인사만 하고는 다음엔 더는 안 간다고 했어."

"아, 그러신가요. 그건 알 바 아니죠. 사건, 사고를 불러일으키는 건 진희 씨가 아니니까."

으아, 저 밴댕이 소갈딱지 사나이가 한복 입은 걸 웃기다고 하는 바람에 사정없이 삐쳤구나! 민호는 심통을 풀어 주기 위해 최대한 살살대는 목소리를 내 보았다.

"아, 근데 왜 자꾸 따라오려고 하는 거야? 나 사고 안 치고 온다니까? 계란귀신 완성하고, 나 그려 준다는 그림까지만 받아 올게, 응? 그거 받아서 박 실장님 줄게! 사실 실장님 와도 별 도움 안 된단 말이야!"

"……누가 뭐랍니까? 저도 여행 가서 걸리적대는 거 아주 자알 압니다."

아이고, 보통 삐친 게 아니구나. 민호의 목소리는 더 쭈그러들었다.

"대체 왜 가려는 건데? 정말 그 화가 아저씨한테 그림이라도 배우게?"

"못 배울 건 뭡니까? 저는 누구하곤 달라서 그림에 아주 관심이 많습니다. 그동안 봐 온 게 있으니까 아마도 배웠다 하면 잭의 콩나무처럼 하룻밤에 일취월장하겠지요."

"고리타분하게 동양화가 뭐야. 머리 뽀그르르 볶은 다음에 빵모자 쓰고 이젤 놓고 붓 쭉 펴 들고 뽀대 나게 쫙쫙 그림 한 폭 뽑아내고 참 쉽죠? 하는 유화도 아니고!"

흥. 이완은 팔짱을 낀 채 쏘아붙이기 시작했다.

"그래요, 뽀대 좋지요. 유화 그리는 사람들이 앞치마 입고 기름 냄새 쩔어 가지고 있으면 정말 섹시하고 멋지겠군요. 한국화 그리는 사람들이 고상하고 우아하고 섹시하다는 생각 해 본 적 없습니까?"

전혀, 네버네버 그런 생각은 해 본 적이 없다. 민호가 생각하는 동양화는 딱 두 종류로, 빨간 바탕의 선명한 48매 한 벌짜리 동양화가 그 하나요, 나머지는 할머니 할아버지들이 문화센터에서 근엄한 얼굴로 그리시는 잡초 그림이 하나였다. 섹시는 무슨 얼어 죽을 섹시란 말인가.

"전통 방식으로 만든 고급 송연묵에는 말입니다, 민호 씨."

이완은 금박이 새겨진 커다란 먹을 보퉁이에서 꺼내 민호의 코앞에 들이댔다.

"세상에서 가장 섹시한 향수가 들어 있지요."

"응? 그게 뭔데?"

"사향입니다. 이 먹은 소나무 태운 그을음과 아교를 섞은 것에 사향을 넣어서 만들지요."

"사향?"

"머스크, 사향노루의 생식기에서 채취한 페로몬 덩어리 말입니다."

"어, 그, 그렇구나!"

"그래서 묵향이 몸에 배 있는 사내들이 섹시한 겁니다. 아시겠습니까?"

이완이 사정없이 이죽대는 것을 보고, 민호는 고개를 갸웃했다.

"아니, 대체 내가 발정 난 꽃사슴도 아닌데, 왜 노루사나이 거시기 냄새에 홀려야 해? 이완 씨는 자기 거시기 냄새에 그렇게 자신이 없는 거야? 어, 인터폰이다. 진희 왔나 보다. 이완 씨, 잠깐만. 진희 데리고 들어올 테니 달걀귀신 그림 좀 챙겨 줘, 진희 들어오면 바로 출발하자고."

이완은 먹을 한 손에 쥔 채 얼빠진 얼굴로 한참 동안 서 있었다. 뭐라 말이 나오지 않는다.

내가 원한 대답은 저따위 것이 아니었는데. 그럼 한국화를 잘 배워서 더 섹시미가 넘치는 남자가 되어 돌아오라거나, 지금도 충분히 섹시하다라거나, 그런 대답을 해 주는 게 정석 아닌가? 한껏 폼 나게 이죽대 놓고 본전도 못 찾은 이완은 잔뜩 부아가 나서 송연묵을 침대에 집어 던졌다.

잠시 후, 경비견으로 기르는 도베르만들이 미친 듯이 짖어 대는 소리가 들리기 시작했다. 이완은 불길한 예감에 눈썹을 찡그리며 일어섰다. 찌르르, 찌르르, 새로 울리는 인터폰 소리가 칼로 고막을 쑤시는 것처럼 느껴진다.

— 실장님! 윤 선생님 손님이 오셨는데 좀 나와 보시는 게 좋겠습니다.

관리인 정 씨의 당황한 목소리 뒤로 악에 받친 쇳소리가 고래고래 찢어진다. 도둑놈, 도둑년, 개새끼, 죽여, 칵 배때지 찔러 죽이라아아! 익숙한 노인의 고함과 악을 쓰는 낯선 여자의 고함이 따라붙었다.

맙소사, 이건 또 무슨 일이야! 이완은 들고 있던 미인도 족자를 보통이에 넣어 옷장방(Walk In Closet) 안에 밀어 넣은 후 황급히 뛰쳐나갔다.

천만다행으로 관리인 정 씨가 민호를 나가지 못하게 붙잡고 실랑이를 하고 있었다. 이완은 가슴을 쓸어내렸다. 여자가 나가게 해서는 안 되었다. 하지만 정 씨는 어차피 오래 붙잡고 있지 못할 것이고 자신이 서둘러 저 인간들을 해결해야 했다. 이완은 여자를 앞질러 서둘러 대문을 열고 나가 얼른 문을 막고 섰다.

하지만 문을 닫는 순간 자신을 보고 입을 딱 벌리는 정 씨와 민호를 보고 무언가 잘못되었다는 것을 알았다.

이완은 문을 등지고 서서 자신의 모습을 내려다보았다. 턱 아래로 길게 늘어진 호박 갓끈과 흰색 도포, 합죽선, 바지저고리, 곱게 수놓인 갓신이 보였다.

손에서 합죽선이 툭 떨어졌다. 모여 있는 사람들의 시선이 한꺼번에 쏟아졌다.

❀　　　❀　　　❀

솟을대문 밖에서는 어느 정도는 예상한, 하지만 예상을 훌쩍 뛰어넘는 풍경이 벌어져 있었다. 김성길 사장이 온 것은 예상대로였고, 그가 조리원에서 몸조리를 하고 있는 여자를 잡아끌고 온 것은 예상 밖이었다.

민호는 빨리 문을 열라고 문가에서 발을 구르고 있었다. 이완은 문고리를 단단히 붙잡고 섰다. 옷 때문에 우스워 보이겠지만 어쩔 수 없었다. 안락재가 한옥이니 조금이라도 덜 우스워 보이기만 바랄 뿐이었다.

성길은 대문 바로 앞에서 보란 듯이 난동을 부리고 있었다. 빨리 담이라도 넘어 들어가서 그림을 찾아와라. 도둑년이 책임지고 찾아와라. 당장! 모조리!

젊은 여자와 늙은 사내의 싸움이었지만 출산한 지 얼마 되지 않은 작은 여자가 사내의 힘을 당하기란 용이치 않은 모양이었다. 여자는 손을 버둥버둥했지만 일방적으로 맞고 있었다. 싸개에 둘둘 싸여 있는 조그만 아기는 흙바닥 위에 놓인 채 얼굴이 빨개지도록 악을 쓰며 울고 있었고, 머리채를 잡힌 여자는 죽이라, 칵 죽이라, 안 그러면 내래 니놈 죽인다, 죽이라, 하며 바닥을 뒹굴었다.

"이년, 한 교수가 초상화 하나에 2억 불렀어. 여기저기서 돈을 미친 듯이 올려서 불러 대고 있어. 더 버티면 10억 20억도 받을 수 있을 거지만, 난 지금 당장 2억이라도 받아야 해. 안 그러면 내가 죽어. 급하니까 당장 찾아오란 말이야!"

"돈 다 받고 판 걸 뭔 재주로 찾아오네? 돈 다 썼다, 종간나야! 네놈 새끼가 내 돈 후려 간 담에 갓난이 낳느라고 지전 한 장 없이 털어 썼다, 도둑놈 가이새끼야!"

"이년아. 누가 애새끼 낳으라던? 지금 내가 갚을 돈이 얼만데. 눈 깜짝할 새에 이자가 몇 백씩 불고 있는데, 이 개쌍년. 남편이랑 같이 잡혀가서 콩팥 따이고 눈깔이 파여서 팔려 봐야 정신 차리겠어?"

"지금 이거 뭐 하는 짓입니까!"

이완은 고함을 버럭 질렀다. 이완을 뒤늦게 알아본 성길은 몸을 털며 일어나 그의 입성을 아래위로 훑어보고 입술을 비틀었다.

"아, 박 실장, 새파랗게 젊은 분인데 만나긴 더럽게도 어렵지. 이건 또 무슨 멋진 옷을 빼입고 오셨나?"

"남의 입성에 관심도 많으십니다. 황송하군요."

"아니 뭐, 시답잖은 소리 할 거 없고, 용건만 말하지. 미인도 다시 팔아. 사기라고 해도 될 만한 금액에 사 간 건 맞잖아. 내가 고소해서 일 시끄러워지기 전에 좋게 좋게 끝내자고. 그림값 500만 원은 바로 마련해서 입금할게. 엉?"

그는 시커멓게 된 이를 드러내며 으르렁거렸다.

"제 그림이 아닙니다. 거래는 끝났고, 팔지 않습니다."

"네 그림이 아니면? 아하. 같이 끼고 사는 여자가 샀다고 했나? 좋아. 그럼 그 여자 좀 나오라고 해."

미쳤나, 너 같은 놈하고 민호 씨를 만나게 해 주게.

저 사람이 민호 씨와 마주치지 않게 하려면 지금 여기서 반드시 막아야 했다. 이완의 손등 위로 힘줄이 돋았다. 주먹으로 저 상판을 한 대 후려치고 싶다. 저 더러운 입에서 그 여자에 대한 말이 한 마디도 나오지 못하도록. 그는 치솟는 살의를 누르기 위해 주먹에 있는 힘껏 힘을 주었다.

"민호 씨하고 만나실 필요 없습니다. 안 팔겠다 확실히 의사를 밝혔으니까요. 지금 당장 돌아가지 않으면 경찰 부르겠습니다. 고소하고 싶으면 경찰 출동한 김에 하시죠."

이완이 정말 전화기를 들고 번호를 누르자 성길은 태도를 확 바꿔 통사정을 시작했다.

"아 그거 참, 젊은 사람이 왜 이렇게 빡빡해. 제발 사람 하나 살려 줘. 내가 정선에서 좀 급한 일이 있어서 돈을 빌렸어. 이봐 박 실장님, 나 좀 살려 줘. 내일까지 갚지 않으면 무슨 변을 당할지 몰라. 내가 토막 살인이라도 당하기를 바라나?"

"3금융권 채권추심이라 해도 신체적인 위해를 가할 수 없게 되어 있습니다. 가족이나 주변인들을 걸고 협박하는 것도 불법이고요. 그렇게 협박하면 경찰에 신고하세요."

"그게 아니라니까. 신고하면 더 위험해서 그래. 그림이 잘 팔리지 않아서 이자를 몇 번 못 냈더니, 그, 그거 독촉하는 게 다른 데로 넘어갔나 봐. 저번에 다른 놈들이 와서 마누라하고 내 앞에서 칼 꽂아 놓고 무슨 각서를 쓰게 했단 말이야. 그래 내가 한 며칠 눈에 안 보이는 데로 계속 도망 다녔는데 어제 놈들이 나 있는 데를 찾아냈어. 저 년만 아니었으면 안 들켰을 건데 쌍, 인생에 도움이 안 되는 년. 죽으려면 저나 죽지 지랄을 하고 슈퍼엔 왜 나가고 나 있는 덴 왜 알려 줘."

"각 뒈지려면 너나 뒈지지 와 나랑 갓난이까지 죽으라 하네? 돈을 그래 내가 빌랬니 갓난이가 빌랬니? 빠찡꼬 내가 했니? 너 숨겨 주자고 내가 길바닥에서 갓난이하고 맞아 뒈져야갔네?"

"야, 이 개 같은 년아! 애새끼가 먼저야, 남편이 먼저야?"

"네놈 새끼 백 명보다 이 갓난이가 먼저디, 세상에 어느 개 같은 남펜이 나 대신 마누라 델꼬 가라 등을 떼미네? 마누라까지 먼 놈의 각서 써 바치게 된 건 미안하지도 않네? 잘됐디, 기회에 칼팁이나 맞고 같이 뒈져 버리자!"

여자가 아기를 안은 채 악다구니를 시작했다. 성길은 여자의 머리채를 잡고 발길질을 시작했다. 여자는 아이를 꽉 안고 등을 둥그렇게 말아 아기에게 향하는 발길질을 막았다. 여기저기서 에그머니 에그머니 혀 차는 소리가 들렸다.

……아주 생쇼를 하고 있다.

이완은 난장에 끼어들지 않고 미간을 접었다. 듣는 것만으로도 신경 줄이 끊어질 것 같다.

저 개차반이 이따위 시위를 하는 이유는 뻔했다. 내 눈앞에서 저따위 짓을 하면 당황해서라도 그림을 들고 튀어나올 줄 알고 저러겠지. 이완은 싸늘하게 내뱉었다.

"아무리 그래 봐야 그림은 팔지 않습니다. 다시 이렇게 행패를 부리시면 정말 경찰 부르겠습니다."

여자의 비명과 사내의 욕설이 다시 터졌으나 이완은 등을 돌려 문을 열고 안으로 들어갔다.

"······민호 씨?"

여자가 시뻘게진 얼굴로 문고리를 잡고 서 있다가 이완이 들어오자마자 뛰쳐나가려 한다. 이완은 얼른 여자의 팔을 낚아챘다.

"놔! 말려야 할 거 아냐! 왜 말리지도 않고 보고만 있어?"

"말리긴 뭘 말려요! 괜히 저런 판에 끼어들면 민호 씨도 다칩니다. 경찰에 신고할 테니 조금만 기다리세요. 그리고 잠시만, 잠시만요. 저 옷이라도 좀 갈아입고요. 민호 씨. 민호 씨?"

"이거 놔, 저 애 엄마가 얻어맞고 있잖아! 애도 있는데! 저러다 사람 크게 다쳐!"

"그림 팔라고 시위하는 거예요! 우리하고 아무 상관 없어요! 넘어가지 마세요!"

민호는 이완의 손을 확 뿌리쳤다. 눈이 이글이글했다.

"왜 상관이 없어? 내가 그림 주인인데! 그리고 저 여자가 불쌍하지도 않아? 저 아기는 대체 무슨 죄야? 그림 까짓 게 뭐라고, 다시 주면 되는 거지. 정말 콩팥이 따이고 눈깔 따이고 그러면 어떡하라고!"

이완은 속이 울컥 끓어올랐다. 저놈의 싸구려 동정심. 바보같이 이렇게 속아 넘어갈 줄 알았다. 왜 이렇게 사람이 단순하고 야물지를 못하나. 내가 오죽하면 다른 부탁 다 집어치우고 위험한 데 머리 들이밀지 말라고 그렇게 신신당부를 했겠나.

"그게 무슨 말입니까. 기껏 좋은 값에 산 그림을 왜 넘겨줘요? 오늘 오원에게 가지고 가서 완성만 시켜 오면, 공재나 단원, 혜원의 대표작들을 능가하는 최고의 그림이 될 겁니다. 빈말이 아니고 정말 국보급 그림이요. 저따위 속임수에 바보처럼 넘어가서 돌려주면 안 된단 말입니다!"

"오원이고 개원이고 국보급이고 그게 다 무슨 상관이야! 누가 속을 수도 있다는 걸 몰라서 이러나? 바보 좀 되면 어떤데! 만에 하나 정말 사람이 죽거나 다치면 어쩔 건데?"

"저 사람이 조폭에게 끌려가 횡사를 하건 칼침을 맞건 자업자득이에요! 경찰에 신고하는 것까지만 해 주면 돼요! 난 당신만 안 다치고, 당신만 손해 안 보면 그만이야! 게다가 당신은 얼굴 완성해서 소원 빌 것도 있다면서!"

"그렇게 싸고돌지 않아도 나 안 다치고 잘 살아왔어. 사람이 상하는 판에 하찮은 소원 따위가 뭐가 그리 중요해? 누가 이완 씨한테 나 대신 그렇게 멋대로 결정하래?"

숨이 턱 막혔다. 이완은 그대로 입을 다물었고, 민호는 그를 밀치고 뛰쳐나갔다.

활짝 열린 대문으로 시끄러운 고함과 욕설이 미어져 들어오기 시작했다. 민호는 아기를 안은 산발한 아기 엄마와 노인 사이에 끼어들었다. 얻어맞는 사람을 보호하기 위해 같이 멱살을 쥐어 잡고 함께 욕설을 퍼붓던 민호는 이내 늙은 사내와 함께 엉겨 바닥에 뒹굴기 시작했다. 이완은 경찰에 바로 신고를 하고는 이를 갈며 밖으로 뛰쳐나갔다.

아기 엄마는 민호 덕에 아이를 안고 옆으로 빠져나왔다. 노인은 끼어들어 욕설을 퍼붓는 여자의 따귀를 때렸고, 여자는 영감의 배를 발로 걷어찼다.

이완은 민호가 얻어맞는 것을 보자 그대로 눈이 뒤집혔다. 그는 앞뒤 생각 없이 난전 속으로 뛰어들었다. 갑자기 눈앞에서 별이 번쩍했다. 뺨을 팔꿈치에 호되게 찍혔던 것이다.

사기꾼 도둑년 날강도 온갖 동물 새끼들이 허공에서 푸짐하게 날아다녔다. 이 개 같은 영감아, 니 마누라 니 자식새끼한테 대체 무슨 짓을 해. 안 팔아. 내가 저 아줌마한테는 오백 받고 다시 팔아도 댁한테는 십억을 줘도 안 팔아. 팔지 마시라요, 내래 일없시요. 다시 받아 두 저 가이새끼한테는 죽어도 주디 않을 기야요.

주변을 지나가던 동네 여자들이 부옇게 모여들어 그들을 둥그렇게 둘러쌌다. 직접 끼어드는 사람은 없었고, 서로 이걸 어째 저걸 어째 전화기만 눌러 대며 값싸게 끌끌대고 있을 뿐이었다. 삼거리 쪽에서 경찰차 사이렌 소리가 가까워지자 그제야 사람들이 달려들어 꼴사납게 엉긴 네 사람을 떼어 냈다.

이완은 진저리를 치며 몸을 일으켰다. 갓끈은 언제 끊어졌는지 노란 호박 알갱이들이 바닥에 산산이 흩어졌고, 팽팽하게 펴져 있던 말총갓은 주먹질 한 번에 볼품없이 찌그러져 바닥에 굴렀다. 도포의 긴 소맷자락은 언제 찢겼는지 너덜너덜했다. 가을비가 지난 후의 습한 땅에 서로 치대고 굴러 네 사람 모두 흙투성이가 되었는데 그중 흰색 도포를 입고 있던 이완의 꼴이 제일 볼만했다.

그는 사방을 빙 둘러보다가 누군가가 황급히 군중 속으로 몸을 감추는 것을 발견했다. 커다란 선글라스에 검은 모자를 푹 눌러쓰고 허름한 점퍼를 입은 사내였다. 이완이 두리번거리자 여자들 뒤로 얼른 숨어드는데, 덩치가 좋아 눈에 안 띌래야 안 띌 수가 없었다.

이완이 잠시 한눈을 파는 사이, 성길과 아기 엄마 두 사람이 몸부림치며 차로 끌려갔다. 산발한 머리에 얼굴을 맞아서 뻘겋게 퉁퉁 부은 아기 엄마가 비틀비틀하자, 민호는 경찰에게 몇 마디를 하고 수세미가 된 여자의 머리와 입성을 다듬어 준 후 부축해 주었다. 경찰은 넋이 빠진 듯 서 있는 이완에게 와서 거수경례를 하더니 서까지 동행

해서 무슨 일인지 설명을 해 달라 청했다.

여자를 부축해 차에 오르려던 민호가 고개를 돌려 이완을 쳐다보았다. 아기 엄마처럼 민호의 머리도 까치집이 되어 있었고, 멱살이 얼마나 세게 잡혔는지 셔츠의 단추가 두 개나 떨어져 나가 속옷이 보일 지경이었다. 특히 얻어맞은 뺨이 빨갛게 부어오른 꼴을 보니 속에서 분이 치밀어 견딜 수가 없었다. 이완은 민호의 옷을 거칠게 아무려 주고는 입술을 비틀고 이죽거렸다.

"생쇼라고 그렇게 말려도 나서다가 얻어맞으니 속 시원하십니까?"

"이완 씨 지금 그걸 말이라고 하는 거야? 생쇼든 뭐든, 산후조리 중인 여자하고 아기가 얻어터지는 걸 그냥 보고 있을 거였어?"

"……뭐가 어째요?"

"정말 이해가 안 돼. 이완 씨는 사람이 어떻게 그래?"

거대한 망치가 머리를 후려친 것 같다. 이완은 구토감을 누르며 입을 꾹 다물고 차에 올랐다.

이완은 민호에게 한마디도 하지 않았다. 너무 분하고 서럽고 기가 막혀 숨도 쉴 수 없었다. 보고 싶지도 않았다. 그 눈에 경멸의 빛이 꽉 차 있는 것마저 보게 되면 더는 견딜 수 없을 것이다. 귀에서 민호가 쏘아붙인 말이 쟁쟁 울렸다.

'사람이 상하는 판에 하찮은 소원 따위가 뭐가 그리 중요해? 누가 이완 씨한테 나 대신 그렇게 멋대로 결정하래?'

내가 저 더러운 인간에게서 당신을 보호하려 발버둥 치는 게 '당신 멋대로'라는 소리를 들을 일인가? 미신 따위 믿지 않는 내가 구태여 미인도 얼굴을 완성하고 싶어 하는 이유는, 박 화백의 아내에게 들었던 재수 없는 말이 백에 하나 천에 하나 우리 사이를 갈라놓는

씨앗이 되지 않게 하려고! 나는 그 정도로 당신과의 관계를 중요하게 생각했어.

하지만 민호 씨, 당신이 말한 그 '하찮은 소원'이 나를 위한 것이었다는 건 기억하고 있나?

'지금 그걸 말이라고 하는 거야? 생쇼든 뭐든, 산후조리 중인 여자하고 아기가 얻어터지는 걸 그냥 보고 있을 거였어?'

나는 당신이 중요해. 민호 씨 당신만 중요해, 당신만 손해 안 보고, 당신만 안 다치면 돼. 당신은 안 그런가? 나만 그런 건가?

'정말 이해가 안 돼. 이완 씨는 사람이 어떻게 그래?'

'이완 씨는 사람이 어떻게 그래?'

'……사람이 어떻게 그래?'

이완은 이마에 손을 짚고 고개를 저었다. 별말 아니다. 정말 아무 말도 아냐. 어차피 아무 생각 없이 튀어나온 말일 터이니. 당신이 하는 말 중에 생각이라는 걸 거쳐서 나오는 게 있긴 하던가. 이완은 부들부들 떨리는 입술을 감추기 위해 고개를 푹 수그렸다.

이완이 경찰서에 도착했을 때, 경찰서 안은 먼저 자리를 차지하고 앉은 이들이 벌이는 소란으로 이미 도떼기시장 같았다.

건너편 책상에서 커다란 꽃무늬 셔츠가 일렁일렁한다. 술을 처마시려면 곱게 마시지 왜 남의 집 담벼락에 오줌을 싸고 지랄이야! 정말 죄송합니다, 청소비 드릴게요. 파마머리 여자에게 고개를 꾸벅꾸벅하며 사과를 하는 것은 두나 씨였다.

정작 당사자인 알로하 영감님은 이리 살아도 한세상 저리 살아도 한세상, 신이 나셨다. 두나야! 나 집에 안 가. 여기 좋다. 황 순경님 왔다봉 최고봉! 응. 다들 이리로 놀러 오라고 해. 하나 두나 세나 이레까지 다 불러와. 진희도 민호도 꼭 오라 해라, 노래방 가서 같이 놀자! 천지사방 어여쁜 꽃타령이 좋구나. 꽃바구니 둘러메고 꽃 팔러 나왔소. 목련꽃 방울꽃 솜다리에 으아리, 좋구나아아! 두나야, 아빠 나으면 에버랜드로 바이킹 타러 가자.

이완은 눈을 꾹 감고 관자놀이를 손가락으로 눌렀다. 벌써부터 머리가 터질 지경이다. 오늘 대체 무슨 날인가? 민호 씨의 주변은 왜 죄다 이 모양이지?

이내 이완의 곁에서 새로운 소란이 벌어졌다. 세 사람은 경찰이 취조하는 대로 대답을 하다가 상대의 대답이 마음에 안 들면 바로 끼어들어 목에 핏대를 세웠다. 담당하는 경찰의 미간이 울근불근했다. 황 순경 거기 조용히 좀 시켜 봐요, 머리 깨지겠어. 김성길 씨, 장근숙 씨, 윤민호 씨도 조용히 하고 묻는 말에만 대답하란 말입니다!

희야아아, 날 좀 바라봐! 야야 이레야, 이런, 두나구나. 아빠가 이 팔청춘 때 노래를 따르르하게 잘했느니라. 이봐요, 아저씨. 희야고 나발이고 다음에 또 우리 집 담벼락에 싸면 그때는 진짜로 콩밥 드실 줄 아세요! 이봐요, 못생긴 아줌마. 내가 왜 오줌을 쌌냐 하면, 아줌마가 음식 쓰레기를 자꾸 우리 집에 버렸잖아! 내가 창문으로 다 봤어. 그래서 쌤쌤으로 오줌을 누기로 한 거라고. 아니, 이 미친 영감이 무슨 거짓말을 하는 거야! 난 그런 짓 안 해! 안 한다고!

이 영감님이 진짜! 사기는 뭔 우라질 놈의 사기야! 아 진짜 가만히 듣고 있자니 기분이 아주 씨발랄하네, 엉? 내가 분명 그림값 제대로 쏴 줬잖아! 통장에 돈 들어갔어, 안 들어갔어? 아, 그럼 누가 마누라가 애 낳으려고 모아 놓은 돈 홀랑 훔쳐서 노름하러 가래? 그림 가격 따위 내가 어떻게 알아? 500만 원이라 하면 그런 줄 알지! 그게 적은 돈이야? 간뎅이가 미어터졌어! 당신 마누라가 길바닥에서 애 낳을 뻔한 거 내가 없는 돈에 그림 사 주고 병원에 데려다 준 건 고맙지도 않아? 엉? 댁은 그때 전화도 꺼 놓고 노름질이나 하고 있지 않았냐고! 아 글쎄, 애를 혼자 만드냐고요, 네? 경찰 아저씨, 이런 남자들은 죄다 붙잡아서 내시 고자로 만들어야 옳지 그게 남자래요?

아빠, 옷 벗고 춤추지 마! 아, 진짜 미치겠네. 엄마, 엄마? 빨리 경찰서로 좀 오세요. 아빠 여기서 스트립쇼한다고!

모여 있던 형사들은 머리를 절레절레 흔들었다. 저 영감님 술버릇 고약타. 놔둬, 저 정도면 아주 양반이야. 취하면 제 이름, 마누라 이름까지 헷갈리는 영감님이여. 어이구, 간덩이도 큰 영감님이었네.

아, 거 경찰 형씨, 나 김성길이 이런 대우 받을 사람 아니라고! 내가 장관 아는 사람이 얼마나 많은데. 이참에 마누라 년도 도둑질했다고 고소할 거고, 안락재의 두 연놈도 고소할 거야. 김성길 씨, 아무 데나 그렇게 소장 써도 되는 줄 아십니까? 아 글쎄, 저 한복 입은 새끼는 그림이 몇 억씩 하는 거 알면서 40만 원에 샀으면 그게 가격이라고 시치미 딱 떼고 있잖아, 저 죽일 새끼가! 아오 쉐쉐! 저 엿 같은 영감이! 이완 씨는 상관없다니까! 귓구멍 메어 터졌어! 그 그림은 내가 내 돈으로 샀다고 귓구멍 째지도록 얘기하고 있잖아! 목소리가 높아지자 옆에서 아기가 왁왁 울음을 터뜨린다. 조서를 쓰던 사내가 결국 주먹으로 책상을 후려치며 고함을 지른다. 김성길 씨, 윤민호 씨! 둘 다 제가 묻는 말에만 대답하시라고요, 좀!

이완은 머리를 짚고 고개를 숙였다. 구토가 날 것 같았다. 진흙투성이가 된 도포 자락과 진흙 더께로 뒤발한 가죽장인의 수제품인 자수 갖신이 보였다.

이제는 다 지긋지긋했다. 이 여자뿐 아니라 여자를 둘러싸고 있는 모든 저급하고 더럽고 구차한 것, 시끄럽고 천박한 것들의 거미줄에 넌더리가 났다.

❀ ❀ ❀

이완은 방에 들어와 침대에 누웠다. 조서 확인 작업까지 마치고 나니 저녁때가 가까워지고 있었다. 오자마자 벗어 버린 한복들이 뱀 허물처럼 침대 곁에 쌓여 있는데 정리할 엄두도 나지 않았다.

아침나절만 해도 그렇게 의기양양, 재미있는 여행이라도 가는 것처럼 신이 났었는데.

배는 고픈데 물 한 모금 들어가지 않는다. 몸이 물 먹은 솜이불처럼 무겁게 늘어졌다. 이완은 침대에 누운 채 손으로 눈을 덮었다.

오늘 하루 동안, 한 달 내내 겪을 일을 모조리 겪은 것 같다. 시끄러운 소리가 아직도 고막 근처에서 왕왕거렸고, 머리가 끔찍하게 아팠다. 여자의 경멸하는 듯한 한마디가 아직도 사금파리가 되어 뱃속을 유영했다. 속이 서걱서걱 베이며 핏방울이 듣는다.

'누가 이완 씨한테 나 대신 그렇게 멋대로 결정하래?'

'그렇게 싸고돌지 않아도 나 안 다치고 잘 살아왔어.'

난 당신을 보호하려 했던 것뿐이다. 당신이 바보처럼 다른 사람에게 번번이 속아 넘어가고 피해를 보는 게 싫었다. 남들이 대체 무슨 상관이라고. 그런 마음조차 몰라주는 건가? 내가 당신을 보호하기 위해서 안간힘을 쓰는 것은 보이지 않고, 내 걱정 따위는 아랑곳없이 우리와 상관도 없는 사람들을 챙기는 것이 더 중요한가?

'사람이 상하는 판에 하찮은 소원 따위가 뭐가 그리 중요해?'

하찮은 소원 따위가…….

하찮은가? 나를 위해 절실히 변하기를 원했던 당신의 소원이 그렇게 하찮았나?

그렇다면 난 당신에게 대체 어떤 존재지?

알 수 없다. 그는 손가락으로 욱신대는 눈두덩을 꾹꾹 눌렀다.

민호 씨, 내 속에서 당신은 어마어마한 비중을 차지하는데 당신 속의 나는 여전히 작은 조각인 것 같아. 그렇다면 내가 당신과 함께 평생을 산다는 약속이 대체 무슨 의미가 있지?

대체 왜 이렇게 난관이 많을까. 대체 얼마나 많은 봉우리를 넘어야 괜찮아지지?

……정말로 괜찮아지기는 하는 걸까?

늘 의아하게 생각했었다. 사람들이 사랑하면서 왜 끝까지 가 보지도 않고 포기하는지.

이제 보니, 그들은 가 보지도 않고 포기한 게 아니었다. 처음엔 함께 손을 잡고 어떻게든 가 보려고 험한 산봉우리를 넘기 시작했을 것이다. 오르다가 넘어지고, 넘다가 또 넘어지고, 넘어지고, 붙잡고 끌어안고 발을 질질 끌면서 가다가 또 함께 넘어져서 진창을 구르다 바닥까지 굴러떨어지고. 그렇게 지치고 지쳐서 결국 만신창이가 되고서야 결별하는 거였다.

적어도 우리만은 거미줄 같은 인연으로, 깨질 수 없는 운명으로 엮였다 믿었다. 우습게도 운명적인 관계 따위를 믿었다니. 이렇게 허망하고 부질없이 부서지는 것을 보면 그 역시 페로몬의 장난질이었던 게지.

사랑은 사람들이 말하듯 달콤하지도 말랑말랑하지도 않았다. 사랑은 빡빡한 운무로 뒤덮인 거대한 산맥이고 끝이 보이지 않을 정도로 높이 치솟은 파도였다. 사람들은 외로워서 사랑을 한다는데, 나는 왜 여전히 폭풍 속 바다를 홀로 표류하는 기분일까.

민호 씨, 당신 지금 어디 있지? 나를 이렇게 비참하게 팽개쳐 놓고, 왜 와 보지도 않아?

사방 둘러봐도 절해고도와 같은 서른 살이 무참할 정도로 공허했다. 앞이 꽉 막히고 숨도 쉴 수 없을 때, 눈물을 보이며 위로와 조언을 구해도 부끄럽지 않을 사람이 하나도, 단 한 명도 없었다. 참고 참고 또 참아 본다고 하는데, 대체 왜 이렇게 지독한 일들이 우리 사이에서 끝도 없이 일어나는 걸까.

이완은 눈을 힘주어 감았다. 귓속으로 음산한 목소리가 일렁거렸다.

'잔소리 말고 당장 가서 태워 버려. 자네 약혼자나 자네 신세 망치고 싶지 않으면.'

'저 그림은 우리 두 사람 사이를 찢은 것도 모자라서 남은 인생까지 아예 작살내 놓았다고……'

'정말 이해가 안 돼. 이완 씨는 사람이 어떻게 그래?'

속에서 무언가 툭, 끊어지는 소리가 들렸다. 오랫동안 풍랑이 일던 속이 드디어 잠잠해졌다.

그는 문을 걸어 잠그고 한 손으로 눈을 가린 채 혼자 울기 시작했다.

❀　　　❀　　　❀

민호는 이완이 혼자 있고 싶다며 방으로 들어가는 것을 보고, 바로 삼거리 집으로 향했다. 오늘 진희와 함께 노랑눈이 아저씨를 만나러 가기로 했다가 못 갔으니 내일이라도 가야 했다. 진희는 월요일에 출근을 해야 하니, 결국 내일 아침 일찍 갔다가 바로 돌아와야 하는 것이다.

하지만 진희는 아버지와 배틀을 뜨려는 두나를 밖으로 끌고 나가는 바람에 집에 없었고, 평소와 달리 허름한 점퍼 차림의 교수님이 나오더니 조금 당황한 얼굴로 얼른 집에 가 보는 게 좋으리라 조언했다. '정의의 소변 사태' 덕에 경찰서까지 출두하신 보스 여사가 영감님의 귀를 잡아끌고 막 들어온 참이며, 그 덕에 집안 분위기가 몹시 좋지 않다는 것이었다.

"그런데 민호 씨는 대관절 왜 그 싸움에 끼어든 겁니까?"

"아기 엄마가 얻어맞고 있는데 그냥 두고 볼 순 없잖아요. 게다가 그 그림 때문에 무시무시한 협박까지 당하고 있다는데."

"하지만 그게 민호 씨 책임은 아니지요. 그리고 추심업체의 협박이 불법인 것도 맞고요."

동벽은 한숨을 쉬며 중얼거렸다.

"민호 씨. 그림을 그쪽에 넘기는 건 아무 소용 없는 짓이에요. 넘겨준다 해서 여자나 아기가 사는 것이 나아지진 않을 겁니다. 차라리 저한테 넘겼으면 가격도 가격이지만 이런 속 시끄러운 일도 없었을 텐데요."

또, 또 저런다. 저 빌어먹을 그림은 대체 왜 이래. 민호는 얼굴을 찡그렸다. 이제는 이 교수님도 썩 믿을 만하지 않다는 느낌이 든다. 이 사람도 김성길처럼 제 욕심 차리기에만 눈이 벌건 사람일지도 모른다.

"그것까진 제가 어떻게 할 수 없는 거고, 돈을 더 많이 주신대도 죄송하지만 이젠 교수님께는 못 팔아요. 사람 구하는 게 우선이니까요."

"민호 씨, 저도 지금은 딱히 살 생각이 없어요. 서화 매매는 가격 문제도 있지만 타이밍도 있거든요."

민호는 고개를 갸웃했다. 분명 그 그림을 절실하게 원한다고 생각했는데? 동벽은 민호의 얼굴을 보더니 헛기침을 하고는 말을 돌렸다.

"그리고 민호 씨, 만에 하나 김성길 사장이 오늘 말한 대로 그놈들에게 얻어맞거나 안 좋은 짓을 당한다면, 정말 안타까운 일이지만, 그건 어쨌든 제가 저지른 짓의 결과예요. 그런데 아무 상관도 없는 민호 씨까지 그렇게 위험한 데 끼어들다 다치면 어쩌려고 그래요."

"물론 저도 그건 잘 알아요. 그리고 그 어깨들이 죽인다 내장 딴다 눈깔 판다 어쩐다 하는 게 겁주려고 그러는 것도 알고, 불법인 것도 다 알아요. 하지만 백 명 중 한 명에게라도 진짜 그런 일이 일어난다면, 그런 일이 벌어지기 전에 최대한 막아 주어야 하는 거잖아요. 또 같이 휩쓸린 저 여자는 무슨 죄고요."

"김성길 사장이 그렇게 큰 손해나 희생을 감수하면서 구해 줄 가치가 있는 사람이라 생각해요?"

민호는 뜨악한 얼굴로 더듬거렸다.

"으으, 교수님. 어떻게 그런 말씀을 해요! 죽어 마땅한 사람은 있을지 몰라도 넌 살 가치가 있어, 없어 하고 말할 수 있는 사람은 아무도 없다고요. 있다고 해도 저는 아니에요."

민호는 얼굴을 찡그리며 엉덩이를 두 번 더 뒤로 물리더니 퉁명스럽게 덧붙였다.

"친구가 그런 말을 했으면 그 친구한테 욕을 대박 해 주었을 거예요."

동벽은 눈썹을 찌푸리더니 내키지 않는 듯 꾸물꾸물 시인했다.

"음, 생각해 보니…… 그렇군요. 내가 말실수를 했네요."

"그리고 그렇게 큰 손해랄 것도 없어요. 어차피 40만 원도 안 주고 산 거라고요."

"수억 원을 호가하는 그림이 될 겁니다. 제대로 완성하거나 화가만 확실히 밝혀지면 말이죠."

"하지만 화가가 밝혀진 것도 아니고 완성된 것도 아니잖아요."

"그런데 민호 씨, 그 그림 뭔가에 쓸데가 있다고 하지 않았어요? 중요한 거라 하지 않았나요?"

"중요한 건 아니었…….."

민호는 말을 끊고 눈을 깜박거렸다. 에그 레이디 프로젝트. 귀신 붙은 미인도의 화가를 찾아가 그림을 완성하고 계란귀신을 소환해서 소원을 비는 것. 물론 알라딘의 램프처럼 황당하고 비현실적인 방법이었지만 소원 자체부터가 로또 당첨처럼 실현 가능성이 없는 것이었다.

그 소원이란 건 자신을 분자 단위로 갈아엎는 것이었고, 그런 소원을 빌게 된 이유는.

……이완 씨.

뒷골이 싸르르 가라앉는다. 방법의 현실성 여부는 둘째 치고라도 소원 자체는 절박한 것이 맞았다. 자그마치 이완 씨와 나의 결혼, 평생의 결혼생활이 걸린 문제였지.

내가 이완 씨에게 뭔가 하지 말아야 할 말을 한 걸까?

"그나저나 집에 안 가 봐도 됩니까? 아마 박 실장도 난데없이 싸움에 휘말려서 정신이 하나도 없었을 텐데 내버려 두실 겁니까?"

"가야죠. 가긴 가는데, 좀 이해가 안 가는 게 있어서 뭐라 말해야 할지 잘 모르겠어요…….."

민호는 눈썹을 찌푸리고 한참 생각을 해 보더니 결국 한숨을 푹 쉬고 조그맣게 물었다.

"어, 이건 정말 이해가 안 가서 그러는데요. 사람이 눈앞에서 그렇게 얻어맞고 있는데 말리지 않는 건 왜 그러는 건가요? 사람이 눈깔이 파이고 허파가 떼인다는데 우리완 아무 상관도 없으니 끼어들지 말라고 말하는 사람들이 많은 편일까요?"

박 실장 얘긴가요? 동벽은 콧방귀를 뀌며 신랄하게 말했다.

"그렇지야 않겠죠. 박 실장이 원래 좀 그렇게 자기하고 자기 주변 밖에 모릅니다."

"예?"

"제가 박 실장을 오래전부터 좀 알고 있었어요. 솔직히 말하자면 모자란 구석이 많은 사람이에요. 그러면서 잘난 척, 똑똑한 척은 다 하고 다니죠. 그러니 실망스러워도 민호 씨가 이해를 해 주시는 수밖에 없어요."

민호는 눈을 동그랗게 뜨고 펄쩍 뛰었다.

"대체 무슨 말씀이세요? 누가 실망했대요? 저보다 모자라긴 뭘 모자라요, 철철 넘쳐서 홍수지! 교수님이 뭔가 잘못 생각하시나 본데요, 그 사람 겉으로 보는 것보다 속이 훨씬 괜찮은 사람이라고요. 진국이란 말이에요. 그냥, 정말로 이해가 안 가서 여쭤 본 건데 왜 뒤에서 까고, 아니 험담을 하고 그래요?"

동벽은 눈썹을 찌푸리더니 한참 후에야 얼굴을 붉히며 내키지 않는 목소리로 중얼거렸다.

"……그렇군요. 제가 좀 잘못 알고 있었나 봅니다."

민호는 마지못해 하는 듯한 사과에 점점 화가 났다. 욕먹는 것은 이완인데 자신이 욕먹는 것보다 열 배쯤 화가 나는 것 같다.

"이완 씨의 뭐가 그렇게 마음에 안 드셨는데 그러세요!"

"민호 씨는 모르겠지만 박 실장 그 사람, 어릴 때부터 창피한 줄도 모르고 걸핏하면 울고 짜고 오만 엄살은 다 떨고 그랬습니다. 그 좁아터진 성격에, 버릇도 없고, 안하무인 잘난 척에 응석까지 많으니 주변 사람들 눈에 얼마나 한심하고 밥맛없게 보였겠습니까? 지금도 속 터지고 화난다고 혼자 박혀서 찔찔대고 있을지 어찌 압니까."

동벽은 무엇인가 기억을 떠올리고는 이마를 확 구겼다. 뭔지는 모르지만 둘 사이에 맺힌 것이 단단히 있는 모양이다.

왈칵 화를 내려던 민호는 문득 움직임을 멈췄다. 나올 때, 그 난리법석을 치르고 와서 분명 방에 혼자 있겠다고 했는데, 분위기가 요상하게 좋지 않았다. 민호는 겁이 더럭 났다.

설마 울어? 지금 이완 씨가 혼자서?

눈앞이 하얘졌다. 민호는 동벽에게 인사도 하는 둥 마는 둥 바로 현관으로 튀어 나가다가 확 뒤를 돌아보며 소리쳤다.

"교수님, 우리 이완 씨 욕하지 마세요! 자꾸 그러면 교수님하고 말도 안 해요! 어릴 때 안 우는 애들이 어딨어요? 이완 씨는 그런 사람 아니에요! 정말이라고요, 아 진짜, 밥맛이 없기는 왜 없어요?"

그러고는 다시 몸을 돌려 허둥지둥 뛰어나간다. 몇 초 지나지 않아 대문이 요란하게 닫히는 소리가 들렸다.

❀　　　❀　　　❀

"민호 씨, 잠깐만 기다리세요. 바로 나갑니다. 들어오지 마세요!"

목이 그새 잠겨 쉰소리가 난다. 노크에도, 자신을 정신없이 부르는 소리에도 계속 대답을 하지 않았더니 어떡해, 어떡해, 무슨 일 난 거 아냐! 하며 동동대는 소리가 들리고 이내 달그락거리는 소리로 바뀌었다.

이완은 내버려 둘까 하다가 자리에서 벌떡 일어났다. 여자가 수장고의 자물쇠를 핀 하나로 열던 것이 기억났다. 제기랄, 이 방문까지 지문인식으로 바꿔야 하나, 이를 부득거리는 동안도 달그락대는 소리는 계속 이어졌다.

무슨 일이 생긴 줄 알고 있으니 머리핀이 안 되면 도끼로 문을 찍어서라도 들어올 것이다. 그는 황급히 책상으로 가 거울을 들여다보았다. 눈이 시뻘겋게 변한 누군가가 흉측한 꼴로 자신을 노려보고 있었다.

민호 씨, 들어오지 말라니까! 외치는 말이 끝나기도 전에 덜컹, 문이 열렸다. 그는 황급히 고개를 반대편 벽 쪽으로 돌리고는 얼굴이 보이지 않게 머리를 박았다.

"들어오지 말라는 말 안 들립니까? 귓구멍 막혔어? 왜 사람 말을 그렇게 안 들어?"

"……."

"하긴, 내 말을 제대로 들어 준 적도 없었죠. 항상 멋대로였지. 내 속이 까맣게 타건 말건 당신 혼자 정의롭고, 당신 혼자 씩씩하고, 당신 혼자 자유롭죠. 나는 까다롭고 성질도 더러운 주제에 잔소리까지 많으니 답답해 죽겠죠? 게다가 사람이 얻어터지고 있는데 끼어들지도 않고 내처 두고 있었으니 사람같이도 안 보이죠? 그래서 내가 뭐라고 떠드는 게 그냥 개가 짖는 것처럼 들리겠지."

"……."

"다 필요 없습니다. 별로 신경 쓰지도 않는 나 때문에 굳이 뭔가를 힘들게 뜯어고칠 필요가 있겠어요? 혈압 좀 확 오르면 내 부탁 따위는 다 팽개치고 뛰어들기부터 하고, 좀 힘들고 싫증 나면 툭 집어치우고 어디론가 튀면 그만인데. 내가 토마스 에디슨 그놈보다 소중하긴 합니까?"

가까워지는 발걸음 소리가 들린다. 나가요, 좀 나가라니까, 하는 애걸이 목에 막혀 더는 나오지 않는다. 이완은 포기하고 고개를 수그리고 중얼거렸다.

"얼굴 보지 마세요. 좀…… 흉해요."

다시 뺨을 타고 눈물이 흘렀다. 흐, 짧은 숨소리가 새 나가서, 한 손으로 입을 틀어막았다.

여자는 부탁대로 얼굴을 보지 않았다. 한참 동안 서 있다가 가만히 등 뒤에서 그를 끌어안아 주었다.

"미안해."

"……흐, 씨……."

"……미안해."

흐, 흐으, 목에서 올라오는 소리가 이젠 걷잡을 수 없다. 그의 허리를 끌어안은 팔에 힘이 지그시 들어간다. 미안해. 정말, 그냥 이해가 안 돼서 그랬어. 미안해. 미안해. 미안해. 조그맣게 사과하는 소리가 등을 타고 온몸으로 퍼졌다.

민호는 그를 끌어안은 채 침대에 앉아 등을 벽에 기댔다. 항상 반듯하게 정돈되어 있던 침대가 흐트러져 있는 것을 보니 이 사람도 울고 싶을 때 이불을 뒤집어쓰는 버릇이 있는 걸까 하는 서글픈 생각이 들었다.

이완은 여자의 가슴에 고개를 묻고 가끔 꽉 막힌 소리를 냈다. 얼굴이 맞닿은 부분이 조금씩 축축해지는 기분이 들었다. 민호는 그를 껴안은 팔에 힘을 꽉 주었다. 키가 크고 제법 억센 뼈를 가진 사내는 넉넉히 끌어안기가 힘들었다. 이완은 여전히 얼굴을 보이지 않은 채 천천히 말했다.

"민호 씨. 사랑해요."

민호는 눈을 둥그렇게 떴다. 이완은 그동안 조심스럽고 다정한 연인이었지만 퍽 수줍기도 해서 사랑한다는 말을 쉽게 해 주는 편은 아니었다. 하지만 그 말을 듣는 순간 갑자기 심장으로 커다란 쇳덩이가 떨어지는 기분이었다.

그의 손이 민호의 허리를 둘러 안는다. 그 손의 온기는 여전히 다정하다. 그러나 쿵, 쿵, 쿵, 심장이 무지막지한 소리를 내며 달리기 시작했다. 무엇인가를 예감한 것처럼.

"민호 씨, 우리 연애할까요?"

"응? 연애하고 있잖아."

자신을 감싼 이완의 손에 더욱 힘이 들어간다.

"……연애만 할까요?"

연애만?

주변을 둘러싼 공기가 갑자기 싸르르 가라앉으며 차가워진다. 흐, 흐, 흐흐흐. 그가 고개를 수그린 채 이상한 소리를 내며 웃기 시작했다.

민호는 천천히 눈을 깜박였다.

그가 무슨 말을 하는지 모를 정도로 멍청하지는 않다. 놀라운 것은, 그런 말을 듣고도 놀라지 않는 자신이었다. 머릿속으로 하얀 페인트가 쏟아진 기분이었으나 이상하게도 놀랍다기보다 막막할 뿐이었다.

내 속의 또 다른 나는 이런 말이 조만간 나올 거라 생각했었나 보다. 내가 이 사람과 너무 어울리지 않는다는 것을 인식했을 때부터. 내가 이 사람의 발목을 잡고 뒤통수를 치는 존재가 될 거라는 것을 깨닫던 순간부터 이미, '그때'가 멀지 않은 시기에 오리라고 짐작을 했던 모양이다.

그의 속에서 울리는 말이 기묘한 웃음소리에 녹아 온몸에 스며든다. 우리 연애해요, 민호 씨. 다른 연인들처럼 재미있고 알콩달콩하게. 다만 서로 발목 잡지 않도록 적당한 거리를 두고, 부딪쳐서 서로를 부서뜨리지 않을 정도의 거리를 두고, 서로에게 무관심해지고 서로의 일에 울 일도 웃을 일도 없어질 때까지, 우리, 연애해요. 인생이 달콤하다 느껴질 만큼만, 딱 그만큼, 연애만 해요.

민호는 고개를 수그리고 엎드린 그의 등에 귀를 댔다. 그가 흐륵 흐르륵, 울음을 삼키는 소리가 들렸다. 방문 밖에서 들었던 낮은 목소리가 이명처럼 귓바퀴 속을 유영했다.

'내가 해. 참아도 내가 참고, 뜯어고쳐도 내 성격을 뜯어고쳐. 나도 만만찮게 더러운 성질이라 억울하지도 않아. 참다가 죽기야 하겠어?'

'민호 씨가, 네가 힘들어한 만큼 행복해하겠냐?'

'그러길 바라.'

'네가 그렇게 힘들어하는데, 민호 씨가 행복하겠냐!'

'모르길 바라.'

'야, 박이완! 넌 불행을 견디기 위해서 결혼하냐?'

민호는 고개를 바짝 들었다.

연애만 하시겠다고? 참 어울리지도 않는 말을 잘도 하신다. 이 사람은 나와 반대로 울타리가 주는 안정감을 가장 갈망하는 사람이다. 좋아하는 사람과 결혼해서 가정을 이루고, 사랑하는 아내와 아이들에게 둘러싸여 매일의 일상을 투닥투닥 되풀이하면서 행복하다고 웃을 수 있는 사람이지, 마음에 동하는 사람과 새로 만나고 헤어지고를 되풀이하며 훌랄라 인생이라고 즐길 만한 그릇이 못 되었다. 남아 있는 미련이 너무 커서 저 미련을 떨고 있는 것이다.

이 사람은 질질 끌지 않고 편하게 보내 주어야 하는 게 맞다. 이럴 때 악역은 나처럼 뻔뻔한 사랑과 정의의 용사가 해 주어야 한다. 원래는 진작 파투가 되었을 일을 이 사람쯤 되니까 미련하게 여기까지 끌고 온 거라고.

울지 말아야지. 나는 뻔뻔하게 울 자격이 없어.

민호는 눈을 깜박거렸다. 눈물이 괴기는 하지만 필사적으로 참아서 다행히 흘러내리지는 않았다.

연애만 할까요. 아니 원래 계획대로 프러포즈를 받아 결혼까지 부득부득 해 볼까요. 어느 쪽이든 그가 원하는 대답이 아니라는 것은 알고 있었다. 민호는 입을 열었다.

이완은 대답을 기다렸다. 기다렸지만 자신이 무슨 대답을 기다리는지도 알 수 없었다. 아서 왕의 기사 가웨인은 무슨 대답을 해야 할지 몰라 난감할 때, 그녀의 아내에게 결정권을 맡겼었다. 하지만 나는 가웨인처럼 여자의 결정권을 존중해서 묻는 것이 아니다.

어느 쪽의 대답이든 다 피하고만 싶어서.

민호 씨, 싫다고 대답해요. 우리 어떻게든 버티고 고쳐서 결혼해서 살아 보자고, 무슨 수가 나올 거라고 나를 좀 설득해 줘요.

아니 민호 씨, 산뜻하게 그러자, 라고 고개를 끄덕여 주세요. 우리 사이가 서로를 밑바닥까지 긁어 대고 상처만 주는 관계가 되기 전에 이쯤에서, 딱 여기까지만 하고 멈추자고 해 주세요. 친구 진희 씨처럼 사는 것도 괜찮을 거라고 말해 주세요. 어차피 긴 인생에서 순간처럼 짧게 느껴질 페로몬의 기간 동안, 결혼 없이 사랑의 단맛만 즐길 수 있는 연애만 하고 지내자, 라고 이야기해 주세요.

이완은 눈을 꾹 감았다. 갈라진 두 개의 길 앞에서 어떤 사람이 갈팡질팡하는 것이 보인다. 두 길의 끝에서 무엇이 기다리고 있는지 알기에, 그는 어느 곳으로도 발을 내딛지 못하고 겁에 질려 걸음을 멈추고 서 있다.

그 멍청한 사내는 더 좋은 길로 가려는 것이 아니라, 조금이라도 덜 끔찍한 길을 고르려고 애처롭게 뒷걸음질하고 있다. 그는 끝까지 결정하지 못한 채, 동전을 던져 앞뒤의 끗으로 인생을 결정해야 할까, 생각한다. 하지만 그는 그나마 동전을 자신의 의지로 던질 용기조차 없다.

이완은 눈은 반쯤 뜨고 여자의 대답을 기다렸다. 무슨 대답이 나오든, 나는 내가 바라는 행복을 만들어 내지 못할 것이다. 나는 사랑하는 여자를 만나, 사랑하고, 결혼하고, 아이를 낳고, 나와 그 여자의 유전자가 들어간 아이들을 많이많이 낳고, 그 속에 파묻혀서 조용하고 따사롭게 살고 싶었다.

따로따로 망망대해를 부유하는 두 개의 통나무 같은 관계가 대체 무슨 의미가 있을까. 그렇다고 매일 이런 전쟁을 치르다 죽어 가는 삶은 또 무슨 의미가 있을까.

'행복한 가정의 모습은 다 비슷비슷하지만, 불행한 가정의 모습은 그 수효만큼이나 다양하더라' 라는 깨달음을 남긴 현자도, 평생의 불행한 가정생활 끝에 아내와 다투고 집을 나와 80이 넘은 나이에 기차역에서 객사했다. 그 비슷비슷한 모습대로 평범이라는 이름을 걸고 두 사람이 함께 살아가는 것은, 낙타가 바늘귀로 들어가는 것만큼이나 어려웠던 것이다. 뺨을 흘러내리는 짠물이 자꾸 근지러웠다.

"싫은데. 난 결혼 안 할 남자하고 연애만 하는 건 별로야. 이완 씨도 그런 거 별로면서 뭘 쓸데없는 말을 하고 그래."

건건한 여자의 목소리가 의외였다. 엉망인 얼굴을 보여 주고 싶지 않았던 이완은 고개를 옆으로 돌린 채 잔뜩 쉰 목소리로 물었다.

"왜요? 연애만 하는 게 왜 별로죠? 진희 씨 봐요. 얼마나 산뜻해요! 결혼으로 인한 남녀 불평등 운운할 이유도 없고, 합리적이지 않나요?"

"난 결혼할 사람 아니면 남녀상열지사 찍고 싶지 않은데 연애만 하면 그게 안 되잖아?"

"아하, 정말 놀라울 정도로 단순명쾌하군요. 당신다워요."

벌겋게 부은 눈이, 눈물이 말라붙고 새로 얼룩져 퉁퉁 부은 사내의 뺨이 보였다. 저런 얼굴로 비아냥대고 있으니 불쌍해서 죽을 지경이었다.

"하긴 내가 좀 단순명쾌하지. 연애만 하고 싶다니, 이완 씨는 나보다 예쁘고 가슴도 크고 욕도 안 하고 성격도 좋은 다른 여자를 찾아보는 게 좋을 것 같아. 아이큐는 180 정도? 그 정도면 딱 어울릴 것 같아. 그렇지?"

그의 눈에서 깜박임이 멈췄다. 머릿속에 꽉 차 있는 말을 내 입으로 덜렁 말해 주니 좀 놀랐으려나?

누가 봐도 안다. 이 사람은 나하고 결혼도 아니고 연애도 아니고 그냥 헤어지는 것이 가장 좋았다. 사실 이 사람에게 가장 편안하고 좋은 길, 그가 이성으로는 가장 바라는 길이 그것이었을 것이다.

다만 제 입으로는, 제 의지로는 그 말을 못 해 주니 나라도 해 주어야 하는 것이다. 이 사람 입에서 직접 그 말이 나올 지경이 되려면 일어날 기운도 없이 만신창이가 된 상태일 것이다. 민호는 자신이 그 모습을 보지 못하리라는 것도 알았다.

좀 뻔뻔하고 못되게 들렸을까? 뒷발을 잡아채기만 하던 여자의 이별 멘트로 이 정도면 적당히 정을 뗄 정도는 되었을까? 아니, 그간 저질렀던 만행을 생각해 본다면 뗄 정이나 남아 있었으려나.

서로 사랑하는 사람끼리 만들어 낸 결과가 왜 이 지경이 되었는지는 여전히 잘 모르겠다. 혼자 살 때는 너무 편안하고 자연스럽던 삶의 양식이 누군가와 사랑이라는 이름으로 얽히는 순간 천하에 없을 만행이 되어 버렸다. 원래 살던 대로 살았다는 자체만으로 큰 죄인이 되어 버린 것, 그 자체만으로 그에게 감당 못 할 큰 상처를 주었다는 것, 그리고 그것을 되물릴 방법조차 보이지 않는다는 것이 민호는 가장 슬펐다.

"그래요, 나도 결혼할 사람이 아니라면 남녀상열지사는 미안하지만 못 찍을 것 같아요. 나중에 후회할 짓은 더는 안 하고 싶어요."

"미안해."

"왜 민호 씨가 사과를 해요? 나는 당신이 미안하다고 하는 게 제일 싫어. 말이야 바른 말이지, 먼저 결혼 못 하겠다 딱지 놓은 건 나라고요. 바보예요? 왜 이유도 모르고 사과를 해요? 호구예요?"

"왜 이래? 갑자기."

"나도 사과하지 않을 거니까 민호 씨도 그러지 마세요. 결별을 고하는 사람이 무조건 사과할 이유도 없는 거고, 민호 씨도 사과할 이유가 없어요. 그냥 서로 좋아했다가 안 맞아 물러서는 건데 왜 미안하다고 해야 해요? 바보처럼 아무렇게나 사과하지 말란 말입니다!"

그는 무슨 말인지도 모를 말로 횡설수설 악을 쓴다. 민호는 천천히 그의 등을 쓰다듬었다. 쓰다듬을수록 가슴이 뻥 뚫리는 것 같다. 그는 민호가 쓰다듬는 것을 짜증 내지 않고 얌전하게 두었고, 손이 오가는 동안 등이 잘게 들썩거렸다. 뺨으로 새로운 눈물이 흐르는 것을, 민호는 손등으로 천천히 문질러 주었다.

"안채 방도 바로 뺄게."

그는 안채를 계속 사용해도 된다는 빨린 말 따위는 하지 않았다. 그래 보았자 서로가 더 힘들 거라는 사실은 잘 알고 있었다.

"그래도 그건 성과급으로 드린 거니까 근처에 집은 구해 드릴게요."

"됐어. 방 하나 구할 돈 정도는 나도 있어."

"좀 받으라면 받아요! 이건 계약이었단 말입니다! 그래야 계산이 맞는 거라고! 왜 이렇게 사람이 어수룩하고 허당 같아?"

그가 고함을 버럭 지르는 바람에 민호는 얼른 고개를 끄덕였다.

"알았어, 알았어. 그럼 월세 없는 방 하나. 그러면 더 주고받을 것도 없는 거지? 그렇지?"

"겨우 방 하나? 제대로 된 집 한 채도 아니고? ……좋아요, 그래요. 그러면 우린 이제 더 주고받을 것도 없는 거예요. 간단해서 좋네요."

그는 아예 흐, 흐으, 흐, 소리를 내며 눈물을 철철 흘리기 시작했다.

응석이 많다더니 응석이 아니라 눈물이 많은 거였을까. 민호는 물끄러미 손을 내려다보았다. 손등과 손바닥이 흠뻑 젖었다. 민호는 소매를 끌어당겨 새로 쏟아지는 눈물을 닦아 주었다. 이럴 때 손수건 한 장 없는 것이 한심하기 짝이 없었지만, 그게 윤민호이니 어쩔 수 없는 일이었다. 그나마 불행 중 다행인 것은 그의 지저분한 역사는 이걸로 끝이라는 점이다.

이런 식으로도 헤어질 수 있는 거구나. 다른 사람들은 어떻게 이별을 고하고 헤어지고 살아왔을까.

"헤어진 후에 친구로 돌아갈 수 있을까요."

그가 들릴락 말락 묻는다. 여전히 가 보지 못한 길에 대한 회한과 미련이 뚝뚝 듣는 목소리. 이 미련 곰퉁이. 민호는 단호하게 대답했다.

"아니. 우린 애초에 친구였던 적은 없었어. 그리고 친구라는 이름으로 칠칠치 못하게 둘이서만 만나는 것들은 결국 사고를 치게 마련이라고."

"그런가요? 그렇군요."

"환갑 칠순 다 넘어서 사고 칠 기운도 빠지면 친구로 맞먹는 거 생각해 보자. 굳이 뭔가로 돌아간다면 이모랑 조카……?"

민호는 갑자기 속에서 뜨거운 무언가가 울컥 치밀어 말을 꿀꺽 삼키고 말았다. 백만 겹으로 얽혀 있다 생각했던 인연. 하지만 막상 끊으려 하고 보니 참 시시하게 끊어지는 그런 인연.

"빌어먹을, 몸까지 섞어 놓고 이모는 무슨."

그는 꽉 막힌 목소리로 중얼거리며 민호의 팔에서 벗어나 멀찍이 떨어진 곳에 등을 비스듬히 기댔다. 알맹이가 빠져나가고 껍데기만 누워 있는 것 같았다. 방구석에 뱀 껍질처럼 널브러져 있는 진흙투성이의 한복 더미처럼. 줄줄이 매달려 있던 노란 보석들은 다 어디로 가고 추레하게 찌그러진 갓처럼.

그는 민호에게 나가라는 말을 하지도 않고 그저 말없이 기대앉아 있었다. 민호는 이제 이 방을 나가게 되면 앞으로 약혼자, 사랑하는 사람의 이름으로 이 방에 들어올 수 없으리라는 것을 알았다. 그는 나와 남의 구별이 정확하고 자기 영역을 확실하게 지키는 사람이다. 이 방에 들어올 수 있던 사람은 앤드류와 자신 둘밖에 없었다. 이제 그중에서 자신은 빠지게 될 것이다.

누워 있는 사내의 손을 가만히 잡았다. 뿌리치고 나가라 쏘아붙여야 당연할 것인데, 그는 그렇게 하지 않았다. 그저 눈을 감고 누운 채 가만히 숨만 쉬었다.

붉게 부었던 얼굴이 천천히 가라앉는다. 호흡이 천천히 깊어지고 느려진다. 민호는 시간이 얼마나 흘렀는지 인식하지 못하고 화석처럼 앉아 있기만 했다. 아무것도 하지 못하고 멍하니 그의 얼굴만 들여다보았다.

많이 보고 가야지. 죽을 때까지 절대 잊어버리지 않을 정도로 질리도록 봐 두어야지. 지금 민호가 할 수 있는 것은 그것밖에 없었다.

아마 앞으로는 이 얼굴을 보지 못할 것이다. 어쩌다 보게 된다 하더라도, 더 이상 나에게만 조곤조곤 다정하게 이야기해 주는 목소리는 듣지 못하게 될 것이다. 처음 보았을 때처럼 쌀쌀맞고, 손을 내밀면 펄쩍 뒤로 뛰어 피하고, 몸이 닿으면 탁탁 털어 내는 그런 사람으로 돌아가게 될 것이다.

나, 견딜 수 있을까? 이 사람이 내가 아닌 다른 여자에게 그 어설프지만 부드러운 웃음을 보여 주는 것을? 말없이 가만히 얼굴을 바라보다가 뜬금없이 이마에 뽀뽀를 해 주고는 눈을 내리깔고 손가락을 꼼지락거리며 예뻐요, 예뻐서 그랬어요, 하는 것을? 서투르게 애정 표현을 해 놓고는 창피해서 볼과 귀까지 발그레 물들이며 아닌 척 딱딱거리는 것을?

나에게 허당이라 화를 내지만 사실 이 인간이 나보다 백배는 더 허당 같았다. 내가 국화차 한 봉지 해 준 것을 그렇게 행복해하면서 온갖 종류의 유리병은 다 사들이고, 오는 사람 가는 사람 다 붙잡고 내 애인이 해 주었다고 속을 질질 흘리면서 자랑했었다. 내가 가끔 주변의 눈치를 보며 몰래 손을 잡아 주면 고작 그 정도만으로도 입이 귀에 걸렸었다. 내가 얼음에 붕 미끄러지면, 양팔로 끌어 올리면서 막 화를 내고, 다친 데가 없는지 빙빙 돌아 가며 열 번씩 확인을 하고는 했었다. 아직도 남아 있는 흉터를 만져 주면 조금 축축해진 눈을 가만히 끔벅거리면서, 이젠 아프지 않습니다, 하고 조용하게 대답했었다.

어둡고 긴 밤, 무수하게 얽힌 시공에서 나를 끝내 찾아냈던 그 절절하던 첼로 연주, 그의 손에서 흘러나왔던, 온 세상을 가득 채우고 있던, 그렇게도 아름다웠던 그의 또 다른 목소리.

이 모든 것을 잃게 된다면……?

그렇다면 나는 남아 있는 긴 시간을 어떻게 견디며 살아야 할까?

민호는 훌쩍이며 웃었다. 희미한 전등 빛으로 보이는 미간의 찡그린 주름, 긴 속눈썹, 거칠게 갈라지고 각질이 일어난 입술, 아직도 붉은 기운이 남아 있는 눈과 뺨, 길게 날숨을 내뿜을 때마다 신음처럼 흘러나오는 숨소리, 간질간질 손가락에 감기는 머리카락마저 숨 막히게 사랑스럽고, 사랑스럽고, 사랑스럽다.

그를 붙잡고 있는 손이 점점 흔들린다. 손가락뿐 아니라 팔이, 다리가, 가슴이, 온몸이 발작처럼 흔들린다. 몸이 박이완이라는 사람을 한 조각이라도 더 기억하기 위해 발버둥을 치는 것이다.

당신을 많이, 더 많이, 더 세세하게, 더 선명하게 기억하고 싶다. 아무리 내가 머리가 나빠도, 아무리 많은 세월이 지나도 바로 오늘 아침 일처럼 생생하게 끄집어내서 떠올릴 수 있을 만큼.

이 사람과 만들었던 추억은 아무리 뒤집어 털어 보아도 딱할 정도로 나오는 것이 적었다. 그래도 의기양양, 천하를 가진 것처럼 자신만만했었다. 우리에겐 남아 있는 시간이 훨씬 길다고 오만하게 믿었다.

"미안해. 이제 나 같은 건 속 시원하게 잊어버려."

민호는 입속으로 중얼거렸다.

"머리가 좋은 사람은 잊어버리는 게 잘 안 되겠지. 그것까진 내가 어떻게 해 줄 수 있는 게 아니라 미안해."

이럴 때 진희처럼 '브라보, 마이 라이프'를 외칠 수 있으면 좋을 텐데. 진희 이 독한 년.

민호는 이별을 고하기 전 그가 마지막으로 고백했던 말을 떠올렸다.

민호 씨 사랑해요. 사랑해요. 사랑해.

박이완, 이 나쁜 인간. 헤어지기 전에 그따위 말을 해 주면 나한테 어쩌라고. 당신은 미련 없이 그런 말을 해 주고 끝을 내면 되지만 그 말도 제대로 못 해 주고 끝내야 하는 나는 어쩌라고.

나도 당신을 사랑해. 사랑해. 이완 씨, 사랑해. 이 말을 진작 배불러 터질 만큼 해 주지 못해서 속이 미어지는데 나한테 어쩌라고. 사랑해. 나 같은 거 그렇게 절절하게 예뻐해 줘서 고마워. 앞으로 나한 테 그런 말을 해 줄 사람은 아마 영영 없을 거야. 고마워. 미안해. 사 랑해.

결국 눈물이 천천히 흘러내렸다. 붙잡힌 손이 잠시 꿈틀거렸지만, 그는 끝까지 눈을 뜨지 않았다.

13
머인의 행방

이완은 한동안 안락재에 내려가지 않고 인사동에 머물렀다. 보지 않으면 마음이 멀어진다는 말은 어쩌면 사실인지도 모른다. 여자를 만나지 않고 있으니 온 세상이 평화로워진 기분이었다. 다만 자꾸 한숨이 나오고, 바람이 뱃속을 뚫고 돌아다니는 것처럼 허전할 뿐이었다.

이성은, 여자와 헤어진 것은 정말 좋은 일이라, 인생의 족쇄가 시원하게 사라진 것이라 말하고 있었다. 그런 생각이 들 때마다 매번 숨이 막혔다.

페로몬이 지배할 때는 머리보다는 심장이 온몸의 지배권을 갖고 있는 모양이었다. 그럴 때마다 이완은 벌을 주듯 가슴을 주먹으로 쿡쿡 쳤다. 텅텅, 속이 빈 소리만 온몸으로 울려 퍼졌다.

하루에도 열 번씩 마음이 뒤집혔다. 내 꼴이 어째 이렇게 됐을까. 지금이라도, 지금이라도. 그는 햇볕이 들어오는 별실에 혼자 앉아 물에 퉁퉁 불은 국화가 해파리처럼 유영하는 유리잔을 바라보며 중얼거렸다. 괜찮아, 괜찮아. 별거 아니야, 이까짓 거. 이번엔 내가 차 버렸어. 최근 했던 짓 중에서 제일 쓸 만했던 짓이야. 잘됐어. 정말 잘됐어. 속이 시원해.

눈물이 전혀 나오지 않는 것이 그나마 다행이었다. 작년처럼 길바닥을 헤매면서 입에 케이크를 욱여넣고 질질 짜는 등신 같은 짓은 평생에 한 번으로 족한 것이고, 이별을 할 때 확보해야 할 눈물 총량의 법칙이라는 게 있다면, 필요충분량은 당일 다 충족된 모양이었다.

드라마에서 보는 것처럼 멍청하게 있다가 툭, 눈물이 터지거나 하는 일은 없었다. 그냥 모든 색깔이 황토색 필터를 낀 것처럼 더럽고 칙칙하게 보이고, 음식이 잘 넘어가지 않고, 어느 곳이든 엉덩이를 대고 앉으면 더 이상 움직이고 싶지 않을 뿐이었다.

시간은 달리의 그림 속 엿가락처럼 늘어진 시계인 양 고요하게 정지된 것 같았고, 자신은 사막 한가운데서 말라비틀어진 미라가 된 기분이었다. 허파와 창자가 모조리 모래로 채워지는 느낌까지 아주 그럴듯했다. 다만 여자를 생각나게 하는 것이 눈에 걸리거나 귀에 들어오면 집채만 한 바윗덩이가 쿵, 쿵 소리를 내며 심장을 후려갈겼다.

혀에 무언가가 느껴지는 건 술뿐이었다. 고문하듯 불타오르는 느낌이 좋다는 것을 처음 알았다. 그는 스승을 위해 사들였던 술병을 따고 종류별로 홀짝홀짝 마셨다. 어차피 일이 이 지경이 되었으니 간신히 사제지연을 맺은 그분을 만나러 갈 방법조차 없었다. 그는 술에 약했고, 술은 그보다는 독했기에 그는 가끔 대취했다.

앤드류는 인사동과 안락재를 오락가락하며 딱히 별다를 것 없는 고택의 일상을 전했다. 여자는 이완이 올라간 다음 날 짐을 트렁크

두 개로 싸서 안채를 비웠으며, 제대로 된 집을 계약할 때까지 두나네 집에서 자취인지 하숙인지를 하고 있는 진희의 방에서 월세를 내고 룸 쉐어를 하게 될 거라 하였다.

"이야기하지 마, 듣기 싫어."

해파리처럼 늘어져 있던 이완은 여자의 이야기가 나오자마자 날카롭게 쏘아붙였다. 해파리 독침에 맞은 것 같아 앤드류는 냉큼 입을 다물었다.

하지만 여자의 이야기를 하는 것은 앤드류뿐만이 아니었다. 관리인 정 씨는 '가끔 맛있는 반찬을 나눠 주며 인생은 홀랄라를 주장하던 안채 아가씨'와 '세상에서 가장 똑똑한 검정 강아지'가 없어져서 난데없는 우울증에 시달리고 있었다. 안채 아가씨가 물을 줄 때마다 예쁘다 잘생겼다 칭찬을 해 가며 키우던 후원의 꽃들도 어째 시들시들한 것 같다며 덩달아 시들시들한 목소리를 냈다. 이완도 모르는 결에 관리인은 여자의 팬이 되어 있었다.

이완은 그때마다 거슬리는 티를 팍팍 내면서 말을 돌렸지만 정 씨는 두 사람이 화해하기를 바라서 그러는 건지 부러 눈치가 없는 척을 하면서 슬쩍슬쩍 여자의 근황을 전했다. 요 앞에 중학교에 다니는 예쁜 한문 선생님하고 배스킨라빈스 아이스크림집에서 커다란 아이스크림을 먹고 있더라, 시내 극장에서 친구들하고 팝콘을 들고 서 있더라, 친구들하고 시장 신발가게에서 5천 원 세일 곰돌이 슬리퍼를 사려고 가게 주인하고 흥정을 하고 있더라.

이완은 이런 이야기가 귀에 들어올 때마다 들여다보던 서류를 집어던지고 의자에 푹 파묻혔다. 내가 백화점에서 뭐라도 사 준다 할 때는 돈 쓰지 말라 아깝다 튕기기나 하더니 친구들하고 시장 바닥에서 싸구려 물건이나 흥정하고 있다고! 다 큰 여자가 곰돌이 좋아하시네. 조오오아 하시네.

짜증은 짜증대로 내면서 안테나는 그쪽으로 잔뜩 곤두서 있는 것이 더 화가 났다. 앤드류가 보기엔 땡볕에 녹은 오징어가 돼먹지도 않게 이빨만 뻗장대는 꼴이었다.

"흥, 좋아, 매우 좋은 일이야. 헤어지고 나니 사는 게 더 재미있나 보네."

"설마……."

"하긴, 무식한 귀신은 부적도 못 알아본다더니 무식한 식욕엔 뇌세포도 작용하지 않나 보지. 남자한테 차인 다음 날부터 아이스크림집에 출근 도장을 찍을 정도로 멘탈이 강력하니 얼마나 살기 좋아? 하룻밤 만에 레드 썬, 깡그리 잊어 먹고 밥 잘 먹고 잠 잘 잘 수 있으니 천년만년 장수할 거야. 생존에 기가 막히게 특화되어 있다니까."

입을 비쭉이며 비아냥대는 꼴을 보니 예전의 까칠한 박이완으로 제대로 돌아온 것 같았다.

여자와 반대로, 그는 제대로 밥을 먹지 못해서 나날이 비쩍비쩍 곯았다. 뜬금없이 김치찌개나 토란국을 먹고 싶다고 해서 시켜 놓으면 한 숟가락도 먹지 못하고 얹힌다 조미료 맛이 난다 짜증을 부렸고, 갑자기 강정이니 약과니 식혜니 송편이니 주절대고 읊다가도 정작 백화점에서 사서 종류별로 늘어놓으면 징그럽게 달기만 하다고 입도 대지 않았다. 이완이 벨트 구멍 두 개만큼 몸무게를 잃는 동안 남은 것을 주워 먹어야 했던 앤드류는 벨트 구멍 하나만큼 살이 쪘다.

국화차가 든 유리병은 하루는 쓰레기통에 있다가 하루는 깨끗하게 소독이 되어 벽장으로 돌아왔다가 다시 쓰레기통으로 갔다가 다시 소독이 되어 돌아가기를 반복했다. 넌더리가 난 앤드류가 망할 놈의 국화차 단지를 안 보이는 곳에 숨겨 놓은 후에야 똥개훈련 짓거리가 끝났다.

스마트폰을 들여다보며 인상을 쓰고 있을 때는 앨범정리를 고민하고 있을 때였다. 앤드류가 알기로 이완은 사진을 많이 찍지 않는 대신, 찍은 기록들을 쉽게 정리하는 성격은 아니었다. 시시때때로 화면을 돌려 보며 인상을 썼지만 결국 거나한 한숨과 함께 화면을 종료시키는 걸 보면 아직 앨범까지 털 관록은 되지 않는 모양이었다.

틈만 나면 부동산 사이트에 들어가 안락재의 안채와 비슷한 넓이의 남향집과 아파트를 검색하는데, 이 집은 화장실이 소화제 캡슐만하고, 저 집은 근린시설이 엿 같고, 저 전원주택은 교통이 황이고, 하며 끝도 없이 투덜거렸다.

앤드류는 이완의 퇴근 코스가 달라진 것을 알고도 아무 말도 하지 않았다. 경춘북로를 타고 바로 집으로 들어가면 되는 것을 굳이 시내로 빙 돌아가는 코스를 잡아 안락재로 가곤 했다. 대형 마트 앞에 차를 대 놓고 잠깐 쉬었다가 장이나 보겠다고 하며 차에 앉아 맞은편에 있는 아이스크림집을 한참 동안 노려보기도 했다. 관리인 정 씨가 앤드류에게도 여자의 소식을 미주알고주알 털고 있다는 것을 전혀 모르는 눈치였다. 앤드류는 차마 아는 척 나설 수가 없어서 그를 내버려 두고 매번 혼자 장을 봐 오곤 했다.

하지만 그것도 오래가진 못했다.

그날도 여전히 혼자 식료품 쇼핑을 마친 앤드류는 즉석요리로 가득한 식량들을 바리바리 들고 차로 오다가 차 근처에서 멍하니 서 있는 키 큰 여자를 발견했다. 민호는 진희, 두나, 이레에게 둘러싸여 있었는데 손에 있는 아이스크림이 줄줄 녹아 땅바닥에 떨어지고 있었다. 아하하, 앤디 오빠 오랜만이에요, 잘 지내시죠? 이레가 먼저 알은체를 하고서야 앤드류도 간신히 인사를 했지만 트렁크에 짐을 모두 실을 때까지 이완은 차 밖으로 한 걸음도 나오지 않았다.

"우연히 만난 거야."

"……아, 누가 물었나."

"왜 칠칠치 못하게 길바닥에서 아이스크림 따위를 먹고 야단이지? 뭐가 예쁘다고. 역시 머리가 나쁜 것이 좋을 때도 있어. 클린 업, 레드 썬이 제대로 걸렸나 본데. 아주 씩씩하게 잘 먹고 친구들하고 재미나게 잘 살고 있군그래."

"……."

"그런데 왜, 제 갈 길 안 가고 바보같이 서서 남의 차는 구경하고 야단이야? 누가 저 보고 싶다고, 엉? 앤디, 그래, 안 그래? 누가 저 보고 싶다더냐고!"

그날 밤 이완의 방에서는 늦게까지 첼로 소리가 흘러나왔다. 하지만 끝까지 연주하지는 못했다. 그는 현을 마구잡이로 긋다가 낮은 목소리로 욕설을 퍼부었다.

"이런 덜떨어진 놈 같으니. 뭐 그렇게 잘 보일 일이 있다고 중뿔나게 밤마다 연습을 했지? 시간이 철철 넘쳐 썩어 나갔나, 제기랄, 제기랄!"

그래도 앤드류는 지금까지 같이 살아온 의리로 문을 살그머니 열고 엉망진창인 연주를 한참 들어 주었다.

"연주하면서 뭐 그렇게 궁시렁궁시렁 시끄러워?"

"글렌 굴드를 닮아 가고 있지."

"그 얘길 들으면 미스터 굴드가 억울해서 지하에서 벌떡 일어나시겠는걸."

"왜, 미스터 굴드가 연주할 때 중얼대면 개성이고 나는 시끄러워? 그 인간도 결벽, 나도 결벽. 그 인간도 강박, 나도 강박. 그 인간도 솔로, 나도 솔로. 똑같은 게 이렇게 많으니 나도 조만간 북미 최고의 바흐 전문가가 될걸."

그는 첼로의 활을 든 채 히죽히죽 웃었다. 머리가 텅 비어 있는 듯한 표정이었다. 최고의 전문가면 뭐해, 그래 봤자 솔로 부대의 엿 같은 졸병들이지. 인생 빌어먹게도 재미없네. 그는 활을 침대로 집어던지고 하품을 했다.

"너 한국 온 다음부터 욕설도 점점 다채로워지고 있다?"

"악화가 양화를 구축하는 거지."

"……무슨 말이야. 같은 말이면 좀 쉽게 해 주면 안 돼?"

"착한 버릇 버리고 못된 버릇 빨리 닮는다고! 농담까지 일일이 설명해 주어야 해? 제기랄."

앤드류는 민호가 겪었을 고충이 조금은 이해가 되었다. 농담을 못 알아듣게 하면 농담이 아니지 않나. 그는 똑같은 말을 해도 쉽게 할 수 있는 말을 어렵게 하는 경우가 있었다. 악의가 있어서 그런 건 아니겠지만 그와 오래 함께 지낸 앤드류조차 가끔 힘들 때가 있었다.

"저기, 관리인 정 씨 아저씨한테 연락이 왔는데. 민호 씨가 물건 놓고 간 게 있다고 이완 씨 방에 들어가도 되느냐 물어봤다기에."

"찾으라고 해, 들어오지 말래도 머리핀으로 따고 들어오는 여잔데, 뭐."

이완은 킬킬대다가 고개를 흔들었다.

"내 방에 뭘 놓고 갔대? 뭘 갖고 가고 싶대? 혹시 박이완을 흘리고 간 것 같아요, 찾으러 왔어요, 하는 웃기는 소리 같은 건 안 해?"

앤드류는 혀를 끌끌 찼다. 저렇게 물러 터진 인간이 잘도 걸어왔다. 두 사람의 사이를 생각해 보면 인연도 그런 인연이 없고, 상극도 그런 상극이 없다. 사귈 때는 걱정이 태산이었는데 정작 헤어졌다는 말을 들으니 이 인간이 또 그렇게 운명처럼 사랑할 여자를 만날 수 있을까, 다른 여자에게 정을 줄 수 있을까 하는 생각이 드는 것이다. 중간에 걱정을 한 아름 늘어놓은 죄가 있어서 앤드류는 이완만큼이나 심란했다.

"민호 씨가 그림을 놓고 갔대."

"……뭐?

이완은 눈을 비비며 자리에서 일어났다. 고개를 갸웃하더니 다시 물었다.

"민호 씨 그림, 집에 남아 있는 건 없는데."

"미인도가 없다고 하던데. 아기 어머니에게 정말 그림을 넘기려는 모양인데 미인도를 안락재에 놓고 온 것 같다고 하더라고. 정 씨 아저씨에게 안채의 방이랑 대청 같은 곳에 혹시 흘리고 왔느냐 물어봤던 모양이야."

"그럼 왜 바로 전화 안 하고?"

"그게 쉽냐? 헤어진 애인한테 무슨 구실 잡아서 다시 전화하는 게 얼마나 구질구질해 보이냐."

"민호 씨가 언제부터 구질구질한 걸 창피하게 생각했는데? 인생 자체가 구질거리는 주제에! 무슨 여자가 툭하면 칠칠치 못하게 그 중요한 그림을 흘리고 다니기나……."

다시 비아냥대던 이완은 입을 딱 벌리고 말았다. 맙소사. 그때 김성길 사장이 집 앞에서 행패를 부리던 날, 내가 그림을 말아서…….

내 보퉁이 안에 넣었었지!

맙소사 맙소사. 그는 황급히 옷장방의 잠금장치를 열고 안으로 들어갔다. 바로 갈 거라 생각해서 분명 그림을 보퉁이에 넣었고, 보퉁이는 옷장방에 넣었던 기억이 난다. 술병을 꺼낼 때 말고는 보퉁이에 손을 댄 적도 없고, 보퉁이는 옷장방 밖으로 나온 적도 없었다.

이완은 얼른 보퉁이를 꺼내어 열었다. 분명 그림은 이 안에 있을 것이다. 보퉁이 안에 있는 짐을 모조리 밖으로 꺼낸 이완은 퍼렇게 질린 얼굴로 고개를 들었다.

미인도가 없어졌다.

❀   ❀   ❀

빨간 지붕 집에서 만난 여자는 헤어질 때와 비슷하게 보였다. 자신처럼 비쩍 흉하게 곯지 않은 걸 보면 소문대로 잘 먹고 잘 자며 지냈던 모양이다. 진희와 두나, 이레들이 볼일이 있는 척 주변에서 힐끔대고 서성이는 것이 부담스러워 죽을 지경이었다. 민호는 눈을 끔벅거리며 멍한 얼굴로 중얼거렸다.

"……그림이…… 없어졌다고?"

"그게, 민호 씨, 제가 분명히 보퉁이 안에 넣어서 옷장방 안에 집어넣은 기억은 나는데, 까맣게 사라졌습니다. 미안합니다."

"정말 없어진 거 맞아? 아기 엄마한테 다시 주는 게 아까워서 그러는 거 아니고?"

"아닙니다. 제가 이제 민호 씨를 말릴 이유가 없지 않습니까. 어제 하루 종일 찾아봤습니다만 정말 없어졌습니다. 미안합니다. 그림값은 지불하겠습니다. 최근 경매에 올라오는 오원의 A급 작품 시세를 기준으로 해서 충분히 보상하겠습니다. 원하시는 금액이 있으면 말씀하세요. 너무 터무니없는 금액만 아니면 원하시는 방향으로 맞춰드리겠습니다."

민호는 어쩔 줄 모르고 고개를 숙여 사과하는 사내를 보고 속이 타들어 가는 것 같았다. 이제 말릴 이유가 없다는 말도 슬펐지만, 생판 남인 동벽 교수님이 말하던 것과 똑같이 시세대로 쳐주겠다는 말을 들으니 서글프기 그지없었다. 무엇보다 제대로 먹지 못하고 시커멓게 곯아 가고 있는 꼴을 보니 등짝을 한 대 때려 주고만 싶었다.

무슨 남자가 이렇게 예민하고 까다로워서 이렇게 힘들 때마다 실실 곯고 그러나. 그럴수록 달달한 것 화끈한 것 종류대로 챙겨 먹고 씩씩하게 살아야 덜 힘들지 대체 저게 뭔가. 내가 옆에 있으면 뭐라도 만들어 꼬약꼬약 먹게 했을 텐데. 그의 앞에 들이대고 싶은 음식들 수십 가지가 머릿속으로 기차처럼 열을 지어 지나간다. 민호는 후드득 고개를 흔들었다. 버스는 오삼 년 전에 떠났는데 대체 뭔 생각을 하는 거야.

"원하시면 안락재에 오셔서 직접 찾아보셔도 됩니다. 경찰에 신고하고 샅샅이 조사를 해 봤지만 나오는 건 없었습니다."

"신고까지 했어? 누가 가져간 게 확실해? 설마 어떤 간 큰 새끼가 담장 꼭대기에 전류가 흐르는 안락재를 털어?"

"누군가 가져간 건 맞습니다. 그것도 그림을 찾는 전문절도범의 소행 같습니다."

이완은 고개를 숙이고 한숨을 쉬었다. 절도범은 어떤 흔적도 남기지 않았다. 한동안 물건이 없어진 것을 알아차리지 못했을 만큼.

보통 시간에 쫓기는 절도범들은 원하는 물건을 뒤져 찾아내고 시간 내에 빠져나가는 과정에서 흔적을 남길 수밖에 없다. 특히 이완처럼 예민한 성격인 경우 방에 있는 물건의 배치가 조금이라도 달라지거나 지저분한 얼룩이 티끌만큼이라도 남아 있었으면 바로 알아차렸을 것이다.

하지만 절도범은 그야말로 유령처럼 흔적 없이 들어왔다. 담장 꼭대기에는 사금파리가 박힌 데다 전류가 흐르고 있어 월장은 어려웠을 터이니, 정 씨가 경찰서로 쫓아가기 전에 신경 써서 이중으로 잠가 둔 대문과 사랑채를 열고, 새로 설치한 침실의 잠금장치를 따고,

금고가 있는 옷장방의 지문 인식 잠금장치까지 해제한 것이다. 그 짧은 시간에. 믿을 수가 없었다.

정말 절도범의 소행인 것을 확인하게 된 것은 CCTV 영상을 확인하고서였다. 사각지대 없이 설치해 둔 CCTV의 메모리가 모조리 새 것으로 바뀌어 있었다. 이완은 그제야 이 일에 전문절도범이 개입했음을 받아들이게 되었다.

물론 이상한 점도 없지는 않았다. 이완은 절도범이 미인도 옆에 놓여 있던 철제 금고를 얌전하게 내버려 둔 것이 이해가 되지 않았다. 금고 속에 든 것들은 정체불명의 미인도보다 훨씬 가격이 높았다. 보석과 장신구가 가득한 어머니의 화각함도 그 안에 있었고, 크고 작은 금괴들과 금거북, 금두꺼비, 금호 따위도 적잖이 들어 있었다. 금은 이완의 현물투자대상이었기 때문이다.

돈이 필요해서 훔치는 거라면 시세도 확실치 않은 그림보다는 금고를 뜯어서 털어 가는 것이 훨씬 수지맞는 장사였을 것이다. 하지만 도둑은 금고를 부수려는 시도조차 하지 않았다.

수장고도 마찬가지였다. 물론 수장고 쪽의 보안이 특별히 더 삼엄하고 보안 업체와 직통으로 연결되어 있기는 하다. 하지만 다섯 개의 잠금장치를 순식간에 무력화시킨 도둑이니 마음만 먹었으면 수장고를 열 수도 있었을 것이다. 그러나 검수 결과 그곳에서도 궐이 난 것은 없었다.

이완은 그런 사실들을 근거로 도둑이 작정하고 '미인도만' 훔치려 했다고 추측했다.

민호는 한숨을 푸짐하게 쉬었다. 그러잖아도 가뜩이나 힘들게 시간을 보내고 있을 건데 그림 때문에 속을 있는 대로 긁었겠구나. 헤어진 여자한테 아쉬운 소리, 미안하다는 소리 하기도 얼마나 어려웠을 거며, 저 깐깐하고 꼬장꼬장한 성격에 얼마나 자신을 들볶았을까.

다른 걸 도둑맞지 않았다는 것만으로도 천만다행이지, 날도둑놈이 금고 자물쇠를 비틀어 따고 누런 떡두꺼비나 황금 돼지라도 덜렁 집어 갔거나 수장고라도 때려 부수고 털어 갔으면 어쩔 뻔했나.

"찾을 만큼 찾았는데 없으면 할 수 없지. 오원 대표작 시세는 뭐고 A급 시세는 또 뭐야. 누구 그림인지 써 있지도 않은 거고 완성도 안 된 건데. 어차피 애초에 에그 레이디 프로젝트 끝나면 미인도 박 실장님 줄 생각이었어."

"왜 비싼 걸 남한테 함부로 막 주고 그럽니까? 아니 그러면, 애초에 저한테 주려고 했던 걸 다른 여자한테 주려고 한 겁니까? 죽는소리 좀 했다고? 그러다가 또 다른 사람이 죽는다 소리 하면 그 사람에게도 줄 생각이었겠지요. 그림이 열 개라도 모자랄 겁니다."

"……."

"하긴, 저야 뭐 민호 씨한테 그 정도밖에 안 되는 사람이었던 거고요. 국화차도 진희 씨나 두나 씨가 해 달라 했으면 또 한 소쿠리 해 줬을 거고, 길 가던 사람이 또 목숨이 위험하면 몸을 날려서 대신 싸워 주고 총도 대신 맞아 줄 거잖아요. 그게 내가 아니라도, 그 누구라도."

"이완 씨. 지금 그걸 말이라고 해?

"……그럼 아닙니까? 애인이나 길 가던 행인 7이나 똑같이 대하셔야 직성이 풀리는 대자대비 공평무사한 윤민호 씨 아니었습니까?"

민호는 쏘아붙이는 사내를 멀거니 바라보았다.

당신에게 주려던 것을 상관도 없는 남에게 주는 것이 당신에겐 언짢은 일이 될 수도 있구나. 물론 이유야 이것저것 댈 수 있지만, 행위 자체로만 보면 '너는 나에게 그 정도의 가치밖에 없어'라는 의미가 될 수도 있는 거였구나.

저 사람 입장에서 조금 더 생각해 봤더라면 그 정도는 짐작할 수 있었을 텐데. 그랬다면 당신 마음을 아프지 않게 할 다른 방법을 한 번 더 찾아보았을 텐데. 사람마다 마음의 거리가 다르듯, 모든 타인은 다 똑같이 중요한 것이 아니니까. 이것은 어느 것이 옳다 그르다의 문제가 아니었다. 그 당연한 것을 헤어지고서야 알게 되다니.

민호가 한참 동안 대답 없이 서 있자 뒤늦게 그가 아차, 싶은 얼굴로 한 걸음 물러섰다. 그는 한숨을 크게 들이쉬더니 조용히 고개를 숙였다.

"미안합니다. 제가 말이 지나쳤습니다."

미안하다는 말이 세상 아팠다. 사과하고, 사과하고 또 사과하는 것이 자꾸 아팠다. 사과하지 않아도 우리가 이런 말다툼조차 할 사이가 아니라는 것 정도는 잘 알고 있다.

"사과하지 마, 난 괜찮아. 난 애초에 그림 좋은 것 잘 모르니까 필요한 사람이 가지면 된다고 생각했던 거야. 그냥 이완 씨 준 셈 치면 되잖아."

"그럴 필요 없습니다. 그래서도 안 되고요. 우리가 원시 공산사회에 살고 있는 것도 아니고."

"그럼 내가 산 돈에서 조금만 더 보태서 줘. 박 실장님한테까지 폭리를 취하고 싶지는 않아."

"줄 때 받으세요. 나중에 땅 치고 후회하고 딴소리하지 말고. 나이 서른이 훌쩍 넘었는데 아직도 그렇게 현실감각과 처세술이 없어서 이 풍진세상을 혼자 어떻게 살아가려고."

다시 잔소리를 쏟아 내다 이완은 멈칫하고 입을 다물었다. 젠장. 이 망할 습관. 잔소리하지 않겠다 마음먹고도 10초도 되지 않아 튀어나오는 못돼 먹은 버릇. 민호는 싱긋 웃으며 어깨를 으쓱한다.

"이야, 내가 미쳤나 보다. 잔소리 들으니 열라 반갑네."

하지만 억지로 웃으려 하던 여자는 결국 고개를 옆으로 돌리고 코를 비죽비죽 찡그리더니 코를 훌쩍한다. 손등으로 콧물을 문지르려던 여자는 이완을 보고 이크! 하며 히죽 웃고는 티슈를 꺼내 콧물을 휑 풀어 버렸다.

이완은 씁쓰레하게 웃었다. 여자가 조금? 아주 조금 달라진 것 같다는 생각이 들었으나 반갑다기보다 가슴이 아팠다.

"그나저나 그 아기 엄마 어떡하지. 그림 팔겠다고 전화번호 줬는데 어쩌지……."

흥, 차라리 잘됐다. 김성길만큼이나 막가파인 그 아기 엄마에게 덜렁 돌려주고 자꾸자꾸 얽히느니, 내가 그림값을 제대로 쳐서 물어 주는 게 나아. 생각하던 이완은 그만 풀풀 실소하고 말았다. 자신의 입장에서만 보면, 그림을 잃어버린 것이 훨씬 손실이 큰데 여전히 저 여자의 입장에서만 생각하고 있는 꼴이 우습고 한심했다.

"그 아기 엄마 만날 때 같이 가겠습니다. 제가 실수로 그림을 분실했다고 이야기를 하겠습니다. 김성길 사장이 자꾸 귀찮게 하면 경찰에 도난신고도 해 두었으니 못 믿으면 확인해 보라고 하겠습니다."

"박 실장님 그러니까 나 손해 안 보게 하려고 일부러 잃어버린 거같잖아. 정말 누가 훔쳐 간 거 맞아? 남을 함부로 의심하면 안 되긴 하지만 혹시 누구 짚이는 사람은 없어?"

"일부러 잃어버리는 게 말이 됩니까? 하여튼, 용의자가 적지는 않습니다."

김성길 사장, 그의 아내인 장근숙, 최정국, 혹은 안락재에 와 보지는 않았지만 갑골의 이명석 사장이나 한승헌 교수도 그림의 소재를 알고 그림을 찾는 사람이었다.

"하지만 김성길 그 영감은 그날 내내 나랑 같이 뒹굴고 싸우다 경찰에 끌려갔고, 안락재엔 들어가지도 못했고."

"최정국 과장은 안락재를 알지만 그 시간에 근무 중이었고, 한 교수님이나 갑골 이명석 사장은 안락재에 와 본 적도 없습니다. 이 집에 와 본 사람이 많지는 않고 그림에 대해 알고 있는 사람도 아주 많은 편은 아닙니다만 저쪽에서 이야기가 어디까지 퍼졌는지 알 수 없군요."

잠시 후 이완은 아, 하며 한마디 덧붙였다.

"그때 안락재에 오셨던 민호 씨 친구들도 미인도의 존재를 알고 있죠. 소원을 한 가지씩 빌었잖습니까."

"아냐, 선정이는 미인도가 뭔지도 모르고, 두나네는 그때 아빠가 경찰에 끌려가서 정신이 하나도 없었을 건데? 알바하는 애들 빼고는 다 경찰서로 뛰어왔고, 진희는 집에 있었고, 한나 언니는 부산 시댁 근처에서 산후조리 중인데."

그랬다. 분명 그때 알로하 영감님이 경찰에 끌려가서 온갖 소란을 다 피우고 있었지.

문득 이완은 경찰차를 타기 직전 보았던 사람을 기억했다. 덩치가 크고 허름한 점퍼를 입고 야구 모자를 쓰고 있던 사람이 자신의 시선을 피해 황급히 몸을 숨겼었다. 그렇다. 가장 유력하고 가능성이 있는 용의자가 있었다. 안락재에 몇 번 드나들어서 안의 위치를 잘 알며 그림에 접근하기 위해 친척을 통해 민호 씨와 적극적으로 선을 댔던 사기꾼.

"박동벽 교수님도 계시죠."

순간 민호는 얼른 손을 저었다.

"아, 교수님 이제 그림 안 구하신다고 그러셨어."

"예? 왜요?"

"그림 사는 건 돈도 돈이지만 타이밍이고 인연이라고 이제 안 사신대."

이건 또 무슨 소린가? 분명 선생이란 사람이 그림이 필요하다 하지 않았나? 아무래도 의심이 풀리지 않는다. 그 사기꾼의 알리바이를 캐 봐야 하나? 경찰의 협조를 받아야 할까? 생각만 해도 머리가 지끈거렸다.

"민호 씨, 윤 진사님 댁에 언제 가실 생각이었습니까?"

"응? 글쎄, 원래는 그림 받는 대로 주말에 바로 갈 생각이었어. 진희 쉬는 날이 주말뿐이라. 하지만 그림 못 찾아도 인사는 한 번 하러 가기로 했어. 진희 부탁도 있고, 만약 영영 안 가면 그 아저씨 완전히 기다리다가 목 빠질 거라, 이제 못 온다고 마지막으로 인사는 하러 가야 해."

"……."

"약속 시간이라도 좀 맞춰 보려고 중간에 잠깐 들르긴 했는데, 윤 진사님도 향이도 집에 없어서 하인들한테 사정을 좀 물어봤지. 그곳은 한 달쯤 지나면 섣달이라, 세화? 병풍? 그거 작업하느라 도화서가 불나게 바쁠 거라데. 세자님이 관례인지 가례인지 치른다고 그쪽 일도 오지게 많은데 병풍 그림도 산더미라 아주 그리기 싫어 죽겠대. 말라비틀어져서 오징어가 될 것 같다고 그랬다는데. 여튼 연통만 주면 꼭 나오겠다고 했다더라고."

"……."

"그림은 정말 신경 쓰지 마. 찾으면 좋지만 못 찾으면 할 수 없는 거야."

어차피 그림을 완성해 빌 간절한 소원도 없어졌으니까, 하는 말은 꼴깍 삼켰다. 하지만 저 눈치 빠른 사내가 못 알아들었을 리 없다. 이완은 씁쓸하게 웃으며 고개를 끄덕였다.

"그렇군요."

이완은 지난번 찾아갔을 때 얼결에 사제지연을 맺게 된 제멋대로 화원을 떠올렸다. 그는 민호가 늘 주장하는 '인생은 훌랄라'를 온 생애에 걸쳐 실현한 사람으로, 어찌 보면 눈앞의 여자와 상당히 비슷하기도 했다.

윤 진사도 이완과 좀 더 깊은 이야기를 나누기 바라는 눈치였다. 모든 것이 무위로 돌아갈 결말을 알면서도 유비를 따라 혼란의 시기에 출사표를 던진 와룡과 반대로, 욕된 이름을 갖게 됨을 부끄러워해서 유유자적 고요히 은거하기를 선택한 허무주의자. 하지만 그 역시 자신에게 묻고 싶은 것이 많았을 것이었다. 현재만을 즐기며 살아가는 제멋대로 화원과 고고한 허무주의자는 한 나무에서 다른 색으로 피어난 두 송이의 꽃처럼 보였다.

그곳에 꼬리를 남겨 두고 온 기분이었다. 윤 진사도 그렇지만 노란 눈의 화원은 얼굴이라도 다시 보고 작별 인사를 하고 싶었다. 들어가면 한 치 앞도 내다볼 수 없는 상황이 이어질 테지만 오원에게 한 약속만큼은 지키고 싶었다. 이완은 가라앉은 목소리로 물었다.

"다음에 가시게 될 때 저도 같이 가면 안 되겠습니까?"

"……왜?"

"저도 장 화원께 앞으로 못 온다는 인사를 제대로 하고 싶어서요. 꼭 오겠다고 사나이 이름을 걸고 약속도 했고, 술도 갖다 드리기로 했고……. 지난번에 코냑이나 위스키, 럼, 배갈 다 사서 백자 병에 넣어 두었거든요."

민호는 그의 얼굴을 물끄러미 바라보았다. 이렇게 거북한 사이가 된 판에 옆에 있어 봐야 속만 아플 텐데. 하지만 시커멓게 곯고 마른 얼굴을 보니 딱 잘라 거절하기도 어려웠다.

하필이면 팬질을 해도 쪽팔리게 구닥다리 냄새 나는 역사 속 인물일까. 그것도 뽀대 하나 안 나는 머슴 출신 화가라니. 하지만 지난번

그답지 않게 흥분하고 좋아하던 생각을 하니 그 역시 뭐라 말할 수 없이 애잔했다.

푸른 단령에 각띠를 매고 사모를 쓴 뻗정 수염 화원을 등에 업고 난감한 얼굴로 서성이던 모습이 생각났다. 등에 업힌 스승이 좀 뛰어 봐, 높이 뛰어 봐, 하고 엉덩이를 들썩이며 채근할 때마다 그는 오만 상을 찌푸리고 풀쩍풀쩍 뛰기도 했다. 그때마다 그의 얼굴이 담벼락 너머로 솟았다 꺼졌다 했었다.

속이 아렸다. 매 맞을 때 용감하다고 덜 아픈 법은 없었다. 특히 추억이란 것은 고약해서, 지나가다 돌멩이 발부리에 걸리듯이 아주 작은 단서가 하나 걸리면 그와 관련된 기억이 줄줄이 끌려 나오는 것이다.

'그 정도는 해 줘야 도리에 맞지. 사제지간이라잖아. 노랑눈이 아저씨도 저 사람 기다린다잖아.'

'야 이 미친, 이 속없는 년아. 정신이 있는 거야, 없는 거야?'

'마지막으로 인사하러 간다잖아! 그 한 번도 못 해 줘? 사람 야박하게?'

머릿속에서는 두 명의 윤민호가 열심히 싸웠다. 한쪽에서는 그와 같이 하루라도 함께 보낼 수 있다고 환호하는 바보 윤민호가 있고 한쪽에서는 이래 봤자 너만 아프고 힘들 거라 회초리를 들고 으르딱딱이는, 조금은 똘똘해진 윤민호가 있었다.

싸움은 맹렬하지만, 항상 힘세고 무식한 놈이 이겼다. 바보 윤민호는 처량한 마음이 드는 것마저 멜랑콜리하고 낭만적이라 빡빡 우기고 있다.

민호는 그가 18세기 중반 선비 복장을 고증해서 맞추고 갓에 자수 갓신까지 구해 신고 왔던 것을 떠올렸다. 수학여행이라도 가는 것처럼 오만 준비물을 바리바리 갖춰서 보퉁이를 만들어 들고 왔었지. 아닌 척했지만 저 사람답지 않게 흥분하고 들떠 있던 것이 뻔히 보였었다. 그것을 떠올리자 더 이상 거절할 수가 없었다. 민호는 처량한 마음을 억지로 누르고 있는 힘껏 웃어 보였다.

"그래, 마지막으로 같이 가. 사나이가 약속을 했으면 지켜야지."

이완은 우울한 얼굴로 고개를 끄덕였다. 고맙습니다, 하고 고개를 숙여 정중하게 인사하는 것도 연인 시절에는 없던 일이었다.

그는 민호와 앉아 있는 것이 힘든지, 동벽을 만나 몇 가지 물어볼 게 있다며 2층으로 올라갔다. 민호는 그의 뒷모습을 한참 동안 바라보았다. 헐렁해진 셔츠 사이로 마른 등의 골격이 보이는 것 같다.

시간이 그대로 멈췄다.

'또, 또.'

진희는 민호를 보며 속으로 혀를 찼다. 막 2층으로 올라간 사내를 보며 민호는 그대로 돌처럼 굳은 채 그의 뒷모습만 보고 있었다.

민호의 상태는 대체로 정상적으로 보였으나, 평소의 윤민호를 생각한다면 정상이라고 하기는 어려웠다. 멀쩡하게 앉아서 텔레비전을 보고 있다가 창밖으로 조금 비치는 안락재의 기와지붕을 보고는 그대로 유체이탈 상태가 될 때가 있었다. 노랗게 핀 국화 한 송이를 보고 굳어 버릴 때도 있었고, 김치찌개나 떡, 토란탕 따위를 보며 국자를 든 채로 박제가 될 때도 있었다.

생전 음악 한번 듣지 않더니 갑자기 밤마다 음악에 심취했다. 민호를 생선 물 만난 것처럼 팔딱거리게 하던 각종 타령도 육자배기도 아닌 첼로 독주곡들이었다. 물론 한 소절도 지나지 않아 코를 박고 졸면서도 끈덕지게 들었다.

평소처럼 아침 일찍 일어나 덤덤한 얼굴로 부엌에 내려가 보스 여사가 10인분 식사를 준비하는 것을 도왔고, 청소기를 돌리기도 했다. 끼니를 거르는 일도 없이 밥도 잘 먹고 고기도 잘 먹고 디저트로 나오는 과일까지 남김없이 먹었었다.

소식을 들은 친구들과 전직 유치원 동료들, 오빠, 올케, 조카들이 여기저기서 불러내 각종 탄수화물과 단백질을 퍼먹였다. 민호는 거절하는 법 없이 넙죽넙죽 먹고 소화도 잘 시키는 바람에 차이기 전보다 얼굴에 기름이 반드르르 흐르게 되었다.

하지만 진희는 민호가 차라리 선정이처럼 밤새 울고 또 울고 연약한 실연자답게 죽과 미음을 퍼먹으면 안심이 될 것 같았다. 남자에게 받은 꽃들과 환금가치가 없는 편지들과 함께 찍은 사진이 박혀 있는 커플 티셔츠 따위를 태우고 친구를 붙잡아 앉히고 밤새 '이 사진은 언제 찍었고, 어디서 찍었고' 추억을 곱씹으며 사진 삭제를 하는 편이 오히려 속은 편하지 않겠나.

민호에게 선정 같은 용감무쌍은 없었다. 하지만 겉으로 한없이 무디고 돌처럼 보인다고 속까지 돌 같은 것은 아니었다. 민호는 그와 찍은 몇 장 되지 않는 사진을 끔찍하게 아꼈고 밤에 이불 속에서 가끔 열어 보며 이상한 얼굴로 웃고는 했다.

진희는 자신이 할 수 있는 일이 거의 없는 것이 안타까웠다. 3년을 넘게 사귀다 헤어진 자신보다 몇 달 남짓 연인이라기에도 웃기는 관계로 지낸 민호의 후폭풍이 훨씬 호되었다.

진희는 옥탑방 창에서 보이는 안락재의 지붕이 가려지도록 항상 커튼을 내려 두었다. 그리고 밤마다 스케줄을 만들어 함께 영화를 보러 다니거나 친구를 만나러 다녔다. 일이 없을 때는 치킨과 피자와 맥주, 케이크 따위를 들고 퇴근하기도 했다. 두나와 이레들도 진희와 비슷한 생각을 했는지 족발, 순대, 곱창, 닭발 따위를 밤마다 날라서 진희와 민호는 30 평생 가장 풍요한 밤을 보내게 되었다. 행복에는 당분과 지방 이상의 효험을 가진 것이 없었고 망각에는 바쁜 일상이

레드 썬 이상의 효과를 발휘했다. 백수가 된 민호가 여기저기 불려 다니느라 코피가 터질 정도로 바쁜 일상을 보내게 된 것은 그나마 다행이었다.

혼자 있을 때 민호는 토마스를 불러들여 방바닥에 함께 누워 만화책을 보거나 사극을 보았다. 악역을 맡은 배우에게는 사정없이 저년, 저 못된 년, 째 죽일 년, 가체에 모가지나 똑 부러져라, 하며 욕을 했다.

진희가 사 들고 간 영화 DVD를 한참 볼 때도 있었다. 마이 페어 레이디, 진희는 귀를 긁는 오프닝과 꽃 파는 아가씨의 시끄러운 코크니 사투리 정도는 참아 주기로 했다. 더 라인 인 스빠인, 목청을 돋우는 오드리 헵번을 보며 민호는 다시 유체이탈 상태였다. 더 라인 인 스빠인 스빠이스 마인리 인 더 쁠라인. 진희도 어느덧 그 대사는 외울 지경이 되었다. 진희는 유체이탈 상태의 친구를 현실로 끌어내리지 않고 그저 옆에서 가만히 앉아서 함께 영화를 보는 쪽을 택했다.

민호가 눈을 감고 싱긋 웃는 모습이 보인다. 민호의 시간에서, 그녀는 사랑하는 연인에게서 조각가 피를말리온과, 입싼 냉소주의자 극작가와, 바비 인형의 집에 사는 용감한 노라 아줌마, 그리고 원탁의 기사 가웨인과 슈렉을 닮은 라그넬 이야기를 듣고 있을 것이었다.

가끔 두나가 올라와 독신주의 포교 활동을 벌였다. 시월드 프리라이프의 삶이 주는 안락함과, 남편들이 장기출장을 가면 오늘부터 방학이라며 하이파이브를 하는 동네 아주머니들의 대화, 그리고 상담을 위해 학교로 온 학부모들의 '웬수 같은 자식새끼들이 벌이는 각종 사건, 사고'와 '무자식 상팔자' 타령을 실시간으로 전하는 것이 그녀의 전도 방식이었다. 독신이야말로 민호의 인생철칙인 '홀랄라

라이프'의 정점이라 큰소리를 치기도 했다. 진희가 가만히 있으면 옆구리를 냅다 찌르며 빨리 동조하라고 뱁새눈을 떴다.

하지만 같은 독신주의자인 진희는 동료의 의견에 동조할 생각이 별로 없었다. 두나의 말이 민호에게 딱히 위로가 될 것 같지도 않았다. 다만 두나의 말이 아주 틀린 것도 아니었기에 적당히 고개를 끄덕여 주었다.

진희가 기억하기로, 두나 역시 자신만큼이나 강력한 독신주의자였다. 걸핏하면 '나는 절대 결혼 안 한다, 혼자 산다'라고 공언을 해 주변의 빈축을 사곤 했다. 진희는 가끔 두나의 강력한 독신주의가 어디에서 기인했는지 궁금하기도 했다. 자신의 독신주의 기원은 어머니의 삶이었지만 두나네 집은 그렇지도 않았다.

두나 아버지가 죽을 때까지 철들기는 글러 먹은 한량인 것도 맞고, 두나 어머니가 그놈의 대책 없는 니나노 정열맨에 대해 노상 딸들에게 투덜대는 것도 맞지만, 두 사람의 사이는 퍽 좋았다. 동네 노인들에게 두 사람은 동네 물 흐리는 불륜 커플로 찍혀 있을 지경이었다.

그놈의 불륜 소리는 두나네가 빨간 지붕 집으로 이사 왔을 때부터 슬슬 돌기 시작해, 아직까지도 심심할 만하면 튀어나온다. 일단 알코올로 폭 삭은 영감님과 피부가 곱고 동안인 보스 여사가 나란히 서 있으면 아버지와 딸 정도로 나이 차가 나 보이는 데다, 나이 환갑이 넘어서도 커플 티셔츠에 손을 잡고 다니는 따위의 닭살 행각은 불륜 관계가 아니라면 있을 수 없는 일이라는 것이다. 예전 영감님들의 상식으로는, 그따위 만행을 공공연히 저지르는 커플이라면 남자가 돈이 무지 많거나 정력이 특별히 좋거나 한 게 아니고서야 빼도 박도 못하는 불륜이었다. 물론 주태백이 박 영감님이 꽃처럼 연약한 사나이인 것과 쇠전 한 푼 없는 거지 깡통인 것이야 토마스 폰 에디슨도

다 아는 사실이었다.

소문에 화가 잔뜩 난 두나가 주민등록등본을 들고 동네 영감님들과 크게 싸움판을 벌인 것이 고등학생 때였는데, 소문이 바로잡히는 대신 두나에게 천마산 행동대장이라는 예쁜 별명이 붙어 버렸다.

진희는 두나가 남자를 혐오하거나 혹은 대한민국의 진절머리 나는 시월드가 짜증나서 독신주의 노선을 걷게 된 것이 아니라는 것을 알고는 있었다. 어쩌면 좋아하는 남자가 있을지도 모른다는 생각을 가끔 했다. 정황은 없이, 그냥 느낌이었다.

진희는 가끔 두나나 그 집 자매들이 혈연처럼 가까이 느껴질 때가 있었고, 친구들이 느끼는 그 마음을 저절로 알게 될 때도 있었다. 두나는 사랑하는 사람이 있었다. 하지만 두나는 말하지 않았고, 진희는 묻지 않았다. 그래서 두나는 여전히 난공불락의 독신주의자이자 자신의 길을 함께 걷는 든든한 동지로 살아가는 것이다.

"민호야, 윤 진사님 집에 가는 거 말야."

"어…… 응?"

"나 이번 주말에 개교기념 재량휴업일 끼어서 4일 쉬어. 그때 갈까? 되도록 빨리 갔다 왔으면 좋겠어."

민호는 이완이 올라간 계단을 멍하니 보고 있다가 후드득 정신을 차렸다. 올라간 지 얼마나 지났는지 모르겠다. 민호는 요즘 사람들이 하는 말도 잘 못 알아들을 때가 있다. 그냥 정신이 뇌 속을 빠져나가서 허공을 붕붕 부유하는 것 같다. 치매가 오기엔 꽤 이른 나이이긴 한데, 뇌세포의 수효로 보면 조기 치매가 온다고 해도 딱히 이상할 것 같진 않다.

진희도 요새 이상하긴 마찬가지다. 그림도 도둑맞은 판에 장 화원에게 언제 가느냐 뜬금없이 재촉질이다.

"아무 때고 가면 되긴 되는데, 너도 어지간히 독촉이다."

진희는 눈을 동그랗게 떴다.

"내가 언제 독촉을 했다고 그래? 이번에 처음 말한 건데?"

"내 대가리로 기억하는 것만 열 번이다, 열 번."

"말도 안 돼."

진희는 단호하게 부인하다가 말꼬리를 흐렸다. 내가 그랬나?

"민호 네가 뭘 걱정하는지는 알겠는데, 그런 거 아니야. 정말 아냐. 그때 내가 처음 여행 따라가서 정신이 좀 없었던 것뿐이야. 그 사람이 하염없이 기다릴까 봐 신경이 쓰여. 빨리 그림만 해결하고 와서 신경 끄려고. 내가 가야 그림을 그려 준다 하잖았어?"

"뭔 말이야. 그림 없어졌잖아."

"아, 맞다.⋯⋯그럼 더 기다리지 말라고 인사라도 하고 와야지."

흥이다. 민호는 눈을 가느스름하게 뜨고 진희를 관찰했다. 귀가 아기 돼지의 피부처럼 핑크핑크로 물들고 있다. 민호의 기억으로 진희는 창피한 일이 있어도 얼굴이 빨개지는 법이 별로 없고 귀가 조금 붉어지는 정도였다. 그런데 장 화원 만나러 간다는 이야기를 할 때면 그놈의 귀가 요망하게 자진 납세를 한다.

생각해 보면 귀 하나뿐이랴. 일단 한숨이 많아졌다. 고민은 없단다. 무려 3년이나 사귄 세영 씨와 헤어진 것도 전혀 슬프지 않단다. 그런 것 같다. 일을 하다가 멈춰서 화석처럼 멍하니 서 있거나, 갑자기 풀썩 웃을 때도 있다. 그냥 장롱의 무늬가 재미있어서 웃었단다. 길쭉한 사각형 모양이 퍽 재미있기도 한 모양이다.

화장 분위기도 살짝 바뀐 것 같다. 얼마 전까지 분명 가을 분위기에 맞춰서 브라운 톤이었는데 지금은 뽀샤시한 핑크 볼 터치와 진달래색 펄이 들어간 입술연지를 바르기 시작했다. 어느 날 갑자기 브라운 톤이 칙칙해 보였단다.

생전 처음으로 한복이 예뻐 보인다는 망발도 했다. 진희와 민호는 비슷한 점이 별로 없었지만 종갓집 출신이면서 한복이라는 옷을 아주 싫어한다는 공통점이 있었다. 여자를 그렇게 힘들게 만드는 옷이 코르셋을 제외하고 둘이나 될까. 숨 막히고 불편하며 거추장스럽고 덥고 무겁고 화장실에 한번 가려면 각오를 단단히 하고 다녀와야 하고 앉아도 불편 누워도 불편, 뛰면 치맛자락 벌어질까 손들면 겨드랑이 보일까 음식을 하면 늘어진 소맷자락이 골치 아픈 주제에 제대로 걷어지지도 않고 걸핏하면 발에 걸리는 치맛자락에 그놈의 고름은 아무리 단단히 여며 묶어도 발로 한번 밟기만 하면 홀랑 풀려 버리니 도무지 편하지도 않고 안심도 되지 않는 옷이 아니던가.

불편하면 섹시하기라도 하든가, 벙벙하면 편하기라도 하든가! 명절만 되면 같이 쭈그리고 앉아 함께 한복의 뒷담을 까던 처자께서 이 색깔이 맞을까 저 색깔이 맞을까 인터넷 검색창을 뒤적이고, 사극을 보며 이 옷은 어떻고 저 옷은 나한테 색이 안 받을 것 같고, 상방기생처럼 품평을 하고 앉았다.

"그 노랑눈이 아저씨하고 약속한 게 걸리면 신경 쓰지 마라 레드 썬 걸어 줄까?"

"민호야, 고무줄 없는 치마를 입고 신경 쓰지 마라, 레드 썬, 하면 치마가 안 벗겨지니? 화장실 가서 볼일 보고 휴지가 없을 때 신경 쓰지 마라, 레드 썬, 하면 찝찝한 게 없어지니?"

"그 아저씨를 만나러 가는 게 치마 벗겨지는 거나 똥 못 닦는 것만큼이나 절박한 일이야? 기분이 그렇게 더러워?"

"말이 그렇다는 거지."

"어차피 그 아저씨 일이 다 끝나야 맘 편히 나올 수 있을 것 같은데. 너 보려고 궁궐에서 일하다 도망 나오면 바로 잘릴 거라고. 빠이야 알아, 빠이야? 진희 네가 '빠이야' 의 쓴맛을 못 봐서 그러는데, 그거 기분이 삼삼하니 엄청 엿 같단 말이야. 그러니 좀 기다렸다가 일 끝날 때쯤 가 보는 게 낫지. 그 아저씨도 월급은 받아야 밥이라도 먹고 살지 않겠어?"

"해고당해도 그 실력으로 밥 굶겠니? 백수 됐다고 겁먹을 사람이니? 오히려 좋아하겠지."

진희는 머리카락을 손가락으로 끌어 내려 빨개진 귀를 가렸다. 두 사람 사이에 한참 동안 어색한 침묵이 흘렀다.

"하여튼 빨리 갔다 와서 신경 껐으면 좋겠어. 속이라도 시원하게."

몇 번을 가더라도 속이 시원할 것 같지 않은 얼굴로 진희가 중얼거렸다.

❊　　❊　　❊

작고 흰 조각들이 노인의 주름진 손에서 짜그락대는 소리를 냈다. 동벽에게 알리바이를 확인하러 올라온 이완은 난데없이 알로하 영감에게 붙잡혀 골패라는 것을 배우게 되었다.

이완은 따지는 것은 잠깐 미루어 두고 일단 배워 보기로 했다. 이런 무형의 자료는 기회가 있을 때 배워 두는 게 제일 좋다. 사기꾼과 노상방뇨 경범죄사범 따위와 어울리는 것이 마뜩잖기는 했지만 그래도 기회를 봐서 동벽에게 알리바이도 확인해 볼 참이었다.

알로하 영감님은 안색도 좋지 않고 기운도 퍽 달리는 모양이었지만 워낙 목소리가 탑탑하니 큰 데다 동작이 요란하고 시끄러워 정신이 없었다. 물러 줘, 물러 줘, 한 번만. 똥벽이 이 나쁜 놈, 네놈이 그런 놈인 줄은 몰랐다! 팔십 노인은 일곱 살 사내놈처럼 떼를 쓴다. 안 됩니다. 노름에 무르는 게 어딨어요. 이거 판돈이 만 원이 넘어요. 일

수불퇴 모르세요. 무르시면 안 합니다. 너 안 물러 주면 동벽이 아니고 똥벽이라 불러 줄 테다!

점잖은 척을 있는 대로 하면서 어린애 달래듯이 살살 어르던 동벽은 똥벽이라는 말 한 마디에 이마에 힘줄이 쫙 솟았다. '똥'이라는 말까지는 괜찮지만 '똥'이라는 말은 그의 아킬레스건인 모양이었다.

"이거나 좀 드시고 하세요."

할머니가 사붓사붓 들고 온 것은 전복죽과 우유로 만든 타락죽, 안에 팥소가 든 두텁떡과 따끈한 국물에 동그란 찹쌀떡이 동동 떠 있는 고운 원소병, 그리고 새콤한 나박김치였다.

이완은 묻는 것을 잠깐 미뤄 두고 예의상 원소병 국물만 조금 먹어 보다가 그동안 밀렸던 허기가 한꺼번에 몰려오는 바람에 원소병 한 사발을 그만 다 비우고 말았다. 그러고도 입이 궁해서 두텁떡도 슬슬 집어 먹다 동을 내고, 나박김치도 한 모금씩 먹다가 '그러다 그릇 핥겠군.' 하는 동벽의 비아냥에 그제야 그릇을 황급히 내려놓았다.

"죄송합니다. 허기가 좀 져서 입에 붙네요. 좀 드시지 않고요."

"응응, 허허, 괜찮아. 난 요새 소화가 잘 안 돼서. 똥벽이 이놈은 다이어트 중이고."

"……다이어트요?"

"이젠 늙어서 좆 빠지게 운동해도 잘 들어가지도 않는 배를 가지고, 그냥 적당히 포기하고 맘대로 먹으면서 살지 누구한테 뭘 그렇게 잘 보일 일이 있다고. 맛난 걸 들이밀면 신경질부터 내고 아침이고 저녁이고 뜀박질을 하고 엉덩이를 흔들고 난리래. 그래 놓고도 허리는 끗발 좋은 38 광땡이여. 으하하하."

"그만하시죠. 남의 프라이버시를 그렇게 막 떠드실 겁니까. 그리고 38 아니고 36인치라고 몇 번 말씀드렸습니까!"

동벽은 눈썹을 잔뜩 찌푸린 채 못마땅한 듯 고개를 저었다. 허리치수 들통 난 걸 창피해하기 전에 교수직 사칭하고 다닌 것부터 부끄럽게 여기시지? 이완이 입술을 비틀고 웃자 동벽은 화난 목소리로 쏘아붙였다.

"웃음이 나오나? 자네도 나이 먹어 보게. 나잇살 안 붙는 사람 없어!"

"이놈아, 난 안 붙어 그런 거!"

"아, 하하. 죄송합니다만 저는 좀 예민한 편이라 살이 잘 찌는 체질이 아니라서요. 그리고 비웃은 건 아닙니다."

살이 찌기는커녕 민호 씨하고 헤어지고 나서 몇 주 되지도 않아 허리가 2인치나 줄었다. 저렇게 살이 잘 붙는 체질도 문제지만 신경 쓰이는 일이 있으면 살이 쭉쭉 빠지는 지랄맞은 체질도 문제는 문제였다.

"웃기지 마. 비웃었잖나!"

"아니라고 했잖습니까."

"웃는 꼬락서니를 보면 알지, 누굴 바보로 아나?"

언성이 확 높아졌다. 또, 또 트집이다. 아무래도 저 사람, 나한테 뭔가 껄끄러운 게 있거나 맺힌 게 있는 것 같은데. 이완이 눈썹을 찌푸리고 대거리를 할까 말까 하는데 옆에 앉아 있던 알로하 영감이 낄낄 웃었다.

"이놈, 꼬꼬마한테 화풀이 작작 해. 네놈이 마누라가 주는 대로 시도 때도 없이 처먹어서 뚱벽이가 된 걸 어디 나이 탓을 하고 그러냐."

대화를 듣던 이완은 고개를 갸웃했다. 두나 씨가 박동벽 저 인간을 분명 '할아버지'라 하지 않았나? 그러면 항렬상으로는 동벽이 알로하 영감님보다 위였다. 나이가 어려서 하대하는 걸까? 하지만 촌수가 위인데? 민호 씨나 진희 씨를 보면 그럴 수도 있긴 하지만 이 정도 연배의 영감님들은 촌수깨나 따질 텐데? 순간 알로하 영감님이 눈썹을 확 찡그리며 손을 저었다.

"잠깐만. 야야, 똥벽아아…… 아이고으으 배야, 박이완이 이놈아, 우리 좀 쉬었다 해."

동벽의 움직임이 멈췄다. 그는 영감님에게 다가앉아 다급하게 물었다.

"선생님, 교수님? 괜찮으십니까? 언제부터 아프셨어요? 약 드셨습니까?"

이완은 입을 벌리고 물러앉았다. 이건 또 뭔 소리지? 교수님? 두나 아버지가 교수님이라고?

"먹었어. 어저께 밤에 남은 거 다 먹었어. 점점 아파지는 게 빨라져서."

"예? 그럼 지금 약 남은 게 없습니까?"

"없는데. 아플 때마다 먹으라고 해서 아플 때마다 먹었더니 빨리 떨어졌나 봐."

노인은 장난스럽게 보이려 애써 킬킬 웃었지만 갑자기 격통이 일었는지 입을 딱 벌렸다.

동벽은 패를 던지고 아래층으로 뛰어 내려갔다. 여보, 여보! 윤이가 보내 준 약 여분 있나? 하는 소리가 들렸다. 알로하 영감님은 통증이 심한지 끙끙대며 머리를 쥐어뜯었는데, 그 서슬에 밝은 갈색 가발이 홀렁 벗겨지며 머리카락이 드러났다.

이완은 순간 입을 가리고 말았다. 몇 달 전쯤 염색을 한 건지 붉은 기가 든 머리카락과 흰 머리카락이 뒤섞여 있었는데, 그 머리카락조차 대부분 휑하게 빠지고 남은 가닥들이 시들어 빠진 잡초처럼 얼금얼금 뭉쳐 있었다.

이래서 가발을 쓰고 다녔던 거였구나. 항암치료라도 받은 걸까?

그나저나 이 백수 한량 같던 영감이 대체 무슨 교수란 말인가. 도무지 믿을 수도 없지만 저렇게 순진하고 속없는 성격에 거짓말을 할 것 같지는 않고. 이완은 그가 잠시 숨을 고르는 틈을 타서 조심스럽게 물었다.

"두나 아버님…… 예전에 교수님이셨습니까?"

순간 뒤에서 으르렁대는 소리가 들렸다.

"이봐, 지금 그게 중요한가? 아무리 철이 없기로 어째 그 모양이야? 저리 비키게! 선생님, 약 가져왔습니다. 여분이 몇 개 있어서 다행입니다."

이완은 얼굴을 시뻘겋게 붉힌 채 뒤로 물러섰다. 이 상황에 그런 것을 캐물었다는 것이 믿을 수 없을 만큼 부끄러웠다.

"앰뷸런스 안 불러도 되겠습니까?"

"별도로 드시는 약이 있네."

이완은 배를 안고 쓰러진 알로하 영감님을 간신히 안아 일으켰고 영감님은 비닐 팩에 든 알약을 간신히 삼킬 수 있었다. 가발과 호피무늬 안경을 벗겨 낸 노인은 시커멓게 혈색을 잃은 피부를 고스란히 드러내, 꼭 며칠 후 죽을 날을 받아 놓은 중환자처럼 보였다. 얼굴을 가까이 대 보니 희미하게 날숨은 느껴지는데 입에서 썩은 내가 확확 풍겼다.

이완이 알로하 영감님을 침대에 눕히는 동안 동벽과 도재 여사는 방문 밖에서 낮은 소리로 수군수군한다. 이완은 바짝 긴장해서 귀를 기울였다. 지금이라도 윤이한테 말해서 약을 받아 와야겠어. 여기 진통제는 약해서 전혀 효과가 없으니까. 얼른 다녀와요. 그동안은 괜찮으실 거야. 내 걱정은 하지 말고. 동벽이 노부인의 이마에 입을 맞추더니 이완을 보고 급히 아내의 등을 밀어 보낸다.

이완은 다시 울화가 솟았다. 아파서 쓰러진 건 저 영감님인데, 왜 당신을 걱정해야 하며, 대체 여기 병원도 아니고 아들에게서 무슨 약을 공수해서 먹이려고. 이완은 아까 영감님이 먹었던 약이 제대로 된 용기가 아닌 비닐 팩에 담겨 있던 것을 떠올렸다. 이완은 날이 선 어조로 쏘아붙였다.

"교수님, 아드님한테 무슨 약을 받으려고요? 뉴욕에 있다 하지 않았습니까? 대한민국 약은 왜 안 됩니까? 불법 아닙니까?"

"여기서는 그런 강력한 진통 효과를 가진 약이 없어. 나도 이러고 싶어 이러는 건 아냐."

동벽은 합법이라는 말을 교묘하게 피했다. 하지만 이완은 틈을 놓치지 않고 파고들었다.

"현행법상 합법은 아닌 거군요? 한국에서 현재 사용할 수 없는 강력한 진통제라? 지금 마약성 진통제를 불법으로 구하려고 하는 겁니까?"

동벽은 내키지 않는 듯 목소리를 낮췄다.

"큰 소리 내지 말게. 임상 시험 중인 약이야, 임상 2차고, 1차에서 결과가 정말 좋았어. 중독성도 심하지 않았고."

"왜 큰 소리를 내면 안 되는데요? 가족들이 동의 안 한 겁니까?"

"아직. 스승님께서 직접 말씀하시겠다고 가족들에겐 이야기하지 말라고 하셨네."

"기가 막혀서. 가족도 모른다고요? 가족 동의도 하지 않고 지금 무슨 짓입니까? 모르핀 같은 진통제가 금단현상이 얼마나 끔찍한지 모르십니까? 회복되고 나서 대체 어떻게 책임을 지실 겁니까?"

"잘난 척 깐죽깐죽 참견하지 말게! 네깟 게 뭐라고 감히 여기에 나서!"

수세에 몰렸다 생각했는지 동벽은 핏대를 올리며 고함을 질렀다.

"잘난 척이라고요? 지금 말이면 답니까? 당신이 하는 짓은 범죄야!"

"그럼, 자네 같으면 가족이나 가까운 사람이 고통으로 쇼크 상태가 되는 걸 눈만 빤히 뜨고 지켜볼 건가? 통증을 줄일 수 있는 약을 눈앞에 두고도?"

"여하튼 당장 두나 어머님께 알리고 신고할 겁니다!"

"제발 그 빌어먹을 주둥이 좀 다물어! 말을 해도 내가 해! 제발 여기서 좀 나가게."

순간 이완은 퍼뜩 정신을 차렸다. 아까 2층에 올라왔던 이유가 뒤늦게 생각났다. 그림에 대해서 이 사람에게 물어볼 게 있었다. 동벽은 그림이 없어진 데 대한 가장 강력한 용의자 중 한 명이었다. 게다가 두나 아버지가 동벽의 스승이었다는 것이 사실이라면, 그리고 마약성 진통제를 사용할 정도로 병이 위중한 사람이라면.

······맙소사, 그림을 구해 오라 한 사람이 알로하 영감님이었나?

이런 제기랄, 힌트가 이렇게 가까이 있는 걸 모르고 있었다니.

조각이 맞춰진다. 그림의 전 주인인 알로하 영감님이 죽어 가면서 그림을 다시 찾아 달라 동벽에게 부탁했고, 그래서 기회가 닿은 동벽은 안락재를 드나들며 기회를 봐서, 방법은 알 수 없지만 양쪽 집안 사람이 모조리 경찰에 끌려가 있을 때 안락재를 털었다. 그런 후, 민호 씨에게 이제 그림은 필요 없다고 이야기를 했던 것이다. 그림은 타이밍이니 어쩌니 하는 핑계를 대면서. 이완은 팔짱을 낀 채 건조하게 물었다.

"혹시 민호 씨가 보여 주었던 얼굴 없는 미인도를 기억하십니까?"

"······기억하네."

"그림이 없어졌습니다. 두나 아버님이 경찰에서 취조당하던 날이었죠. 저희도 안락재를 비우고 경찰서에 가 있었고요. 그날 어디 계셨는지 혹시 말씀해 주실 수 있습니까?"

"지금 내가 그림을 훔쳤다고 의심하는 건가? 그따위 시답잖은 소리 하려면 썩 꺼지라고 했네."

"저는 그 시각에 어디 있는지 여쭸습니다만."

"그래서 다짜고짜 와서 따지는 겐가? 자네가 뭔데? 민호 씨가 찾아 달라 부탁하던가?"

"그야, 제가 보관하다 잃어버렸으니까……."

"난, ……훔치지 않았네. 이따위로 건방지게 굴 거면 영장을 들고 와서 수색해!"

"제가 못 할 줄 아십니까? 수억 원을 호가하는 그림이 없어졌단 말입니다."

그는 이완을 노려보다가 고개를 수그리고 침통하게 말했다.

"스승님 간암일세. 두나 어머님껜 아직 말씀 못 드렸지만 의사가 몇 달 안 남았다고 했어. 남은 시간만이라도 통증 없이 편하게 지내게 해 드리고 싶네. 도망치지 않을 테니 자네도 어지간히 좀 하게."

순간 이완은 흠칫 놀라 고개를 돌렸다. 못 볼 것을 봐 버렸다.

동벽의 눈 가장자리가 축축하게 젖어 있었다.

❀　　　❀　　　❀

소식을 들은 딸들은 빠르게 귀가했다. 무슨 일인지 몰라 어리둥절한 모양이었지만 일단 진통제가 들어가고 지금 편하게 '곯아떨어지셨다'라는 말에 다들 안도의 한숨을 쉬었다. 내가 못 살아. 우리 아빠는 정말 자식들 심장에 안 좋아! 이렇게 술병으로 번개 소집이 대체 몇 번째야! 이러니까 우리 같은 조신한 아가씨들이 천마산 7공주 따위로 불리는 거야. 이레가 투덜거렸다.

이완은 알로하 영감님이 간암이라는 말은 동벽이 직접 말한다고 했으니 잠시 함구하기로 했다. 다만 알로하 영감님과 동벽에 대해서 확인할 것이 남아 있었다. 이완은 모여 있는 딸들에게 조심스럽게 물었다.

"두나 씨, 혹시 아버님께서 예전에 교수님이셨나요?"

"아 진짜, 누가 그래요? 할아버지가 그러세요? 뭐 그런 걸 자랑이라고."

두나가 투덜거렸다. 이레가 옆에서 시큰둥하게 대답했다.

"……맞아요. 그런데 오래 못 하고 잘렸다고 했어요."

"무슨 이유로요?"

"누가 낙하산으로 교수 자리에 꽂아 주셨는데 그런 주제에 근태가 아주 엉망이었대요. 뭐 아빠 성격에 뻔하죠. 술 먹고 수업 들어가고, 무단결근도 너무 많고, 학생들 다 앉아서 기다리는데 수업도 걸핏하면 째고, 일도 안 하고. 그래서 결국 잘리셨대요."

이레는 어깨를 으쓱했다. 뭐가 어째? 명색 교수가 돼서 그런 짓을 했다고?

"그런데 뭐, 아버진 월급도 더럽게 짜서 푼돈 벌려고 내가 잔소릴 들어야겠냐고 신경도 안 쓰셨대요. 그래서 교수 자리에서 잘린 날, 돼지고기 잔뜩 사 와서 마당에서 훌랄라 바비큐 파티하고 잊어버렸대요. 아빠가 하는 짓이 그렇죠, 뭐. 그래 놓고는 교수님 소리는 듣고 싶어서 교수님이라고 부르라고 제자들을 밤이고 낮이고 들들 볶고 그러시죠."

"아하."

"솔직히, 동벽이 할아버지가 제자 중에서 실력은 제일 없긴 한데 그래도 해 달란 대로 제일 잘 해 주고, 구박 좀 해도 끝까지 열심히 따라다녀서 제일 예쁘대요."

"우리 아빠가 할아버지 할머니 주례도 서 주셨는데 뭘. 또재 할머니가 살짝 얘기해 주셨는데, 아빠가 주례를 서 주셨는데 하객이 수

백 명 모인 앞에서 술 먹고 생쇼를 해 가지고 결혼식 엎으려고 했대.”

이완은 고개를 끄덕였다. 이제야 알로하 영감님이 촌수로는 낮으면서도 동벽에게 하대를 하던 이유를 알았다. 친척이지만 은사이고, 주례까지 해 준 사람이니 그랬던 것이다. 다만 동벽 부부가 제정신이 아니라는 생각은 지울 수가 없었다. 딸들도 비슷한 생각을 했던 모양이었다.

“미쳤어. 주례 설 사람이 그렇게 없었나? 우리 아빨 뭘 믿고.”

“지나가던 토마스 폰 에디슨이 주례를 서도 아빠보단 나을걸.”

여기저기서 딸들이 알로하 영감 성토대회에 한 마디씩 끼어들었다.

이완은 고개를 옆으로 튼 채, 민호를 곁눈으로 흘끔 바라보았다. 여자는 떠드는 데 끼어들지 않고 조금 떨어진 자리에서 발끝을 물끄러미 내려다보며 서 있었다. 왁왁대고 떠드는 것이 어울리는 여자가 저러고 있으니 퍽 이상했다.

“……!”

하필 민호도 이완의 옆모습을 흘끔거리다 눈이 딱 마주치고 말았다. 제기랄. 이완은 고개를 확 돌렸다. 순간, 여자가 이 모습을 보고 섭섭했으면 어쩌지 하는 생각이 들었다. 다시 고개를 돌려 아무렇지도 않은 척 웃어 보이려다 움직임을 멈췄다. 속이 부글부글 끓었다.

멍청한 놈. 뭐 하는 짓이야.

이완은 그쯤에서 생각하는 것을 집어치우고 옆에 서 있는 민호에게 천천히 눈길을 돌렸다. 이번엔 여자가 급하게 고개를 옆으로 돌린다. 이유도 모르게 굉장히 짜증스러운데, 괜히 눈가가 욱신했다.

"늦었는데 집에 바로 들어갈 거야? 저녁은?"

"지금 바로 나갈 겁니다. 입맛이 없어서 저녁은 생각 없으니 바로 안락재로 들어갈 참입니다."

민호는 잠시 망설였다. 저 사람 입맛 없는 것을 신경 써 줄 때는 지났다. 그깟 한 끼 굶는다고 같이 밥이나 먹자 할 일은 더더욱 아니다. 하지만 저 딱한 사내의 모가지가 아예 학처럼 말라비틀어지고 눈가가 시커멓게 가라앉은 꼴을 보니 태평하게 잘 가라는 소리도 나오지 않았다.

밥도 못 먹고 내내 곯고 있는 모양인데 그냥 아무 식당이나 데려가서 한 끼 같이 먹여 보내는 게 안 나을까? 무식하고 목소리 큰 바보 윤민호가 또 목통 세게 고함을 질러 댄다. 같이 가, 같이 가서 밥이라도 좀 먹여 보내, 같이 먹으면 뭐라도 배 속에 욱여넣을 거 아냐. 저거 굶어 죽게 생겼어! 이 바보야, 멍청아, 정신 차려. 헤어진 지 며칠이나 됐다고 자꾸 까먹어. 정신 차리란 말이야! 하는 소리는 자꾸자꾸 쪼그라들었다. 차라리 멍청한 생각을 아예 하지도 못하게, 저 사람이 막 화를 내고 욕도 하고 몹쓸 짓이라도 했으면 좋겠다.

다행인지 불행인지 마침 전화기가 요란하게 울렸다. 근숙이 아줌마라는 글자가 전화기에서 반짝이고 있었다.

❀　　❀　　❀

"여보 마누라, 우리 예쁜 마누라, 미리 말 안 했다고 쟤들한테 화내지 마. 내가 그러라고 했어. 안 그러면 내 얼굴도 못 볼 거라고. 얼마 남지도 않은 시간을 병원에서 바늘꽂이로 보내기 싫어서. 난 주사는 질색이고 아픈 것도 질색이야. 우리 꽃같이 예쁜 마누라, 우리 딸

내미들 얼굴만 보기도 아까운 시간에 내가 왜 그런 짓을 해야 해?"

얼굴을 찡그린 노인이 손을 저으며 히히 웃었다. 보스 여사는 침대에 누운 남편을 내려다보았다. 여자는 결국 긴 한숨과 함께 남편의 머리카락을 쓰다듬었다. 그녀의 주름진 얼굴에 부드럽고 의연한 미소가 나타났다.

"간암 말기라니 기가 막혀서. 술 좀 드시지 말라고 그렇게 이야기를 했는데도 고집 억세게 부리더니 아주 꼴이 좋습니다. 이봐요. 아프니까 그 멋진 스타일도 다 망가졌잖아요."

"글쎄 말이야. 이젠 조금만 마셔도 배가 아프고 뭘 먹지도 못하게 됐으니 고건 안 좋네."

"그런 주제에 주책은 있는 대로 다 부리고 있으니 다들 이팔청춘으로 알고 할머니들이 여기저기서 수작을 붙이지."

"그 할마시들 다 필요 없어. 우리 마누라 발가락의 주름보다 못난 주제에 예쁜 척하고 들이대다니 범죄야 범죄! 으허허, 그래, 내가 조금만 더 분발해서 마누라하고 같이 동방삭이 손오공이처럼 백 살이고 천 살이고 다 채워 볼까?"

남은 시간이 턱밑까지 차오른 노인은 이불을 끌어당겨 뒤집어쓰고는 히히 웃었다. 앓는 소리와 뒤섞인 웃음소리는 힝, 힝, 하는 어린아이의 울음소리와 비슷하게 들렸다. 보스 여사는 눈물이 그렁그렁한 눈을 깜박이지도 않고 동벽에게 물었다.

"수술은 안 하신다고 하셨나요?"

"예, 췌장이니 대장이니 주변으로 전이가 돼서 손도 쓸 수 없고, 연세가 워낙 높으셔서 이젠 예전처럼 수술을 버틸 체력이 안 되신다고 했습니다. 그래서 항암 치료만 해 보자고 하셨는데 아시다시피 항암치료가 더 고역스럽지 않습니까."

"그렇죠. 이 엄살쟁이 영감이 그걸 견뎠을 리가 없어……."

"집에는 여행 가신다고 나오셔서 항암을 받으신 건데, 한 번 받으시고 바로 안 하신다고 결정하셨습니다. 다행히 연세 때문에 전이 속도가 많이 늦다고는 했고, 마지막까지 여한 없이 재미있게 살다 가고 싶다고 하셨습니다. 그래서 가족한테는 당분간 알리지 말라고 신신당부하신 거고요. 이렇게 늦게 알려 드려서 정말 미안합니다."

보스 여사는 고개를 끄덕이며 말을 삼켰다. 명색 아내가 되어서 이 사실을 이제야 알게 된 것이 기가 막혔으나 제자를 을러 가며 입을 막은 남편의 마음도 이해는 갔다.

자신이 알았으면 조금이라도 미련이 남아 끝까지 치료를 받으라고 억지로 우겼을 것이다. 그리고 지금까지 이렇게 즐겁게 시간을 보내는 대신 침대에 누워 간신히 숨이나 쉬게 만들었을 것이다. 그것이 가장 가까운 사람들이 가지는 미련한 미련이었다.

여자는 그들을 비난하지 않기로 했다. 병원에 있다가는 차분히 인생을 정리할 시간도, 사랑하는 가족과의 소중한 시간도 얻지 못할 것이다. 무엇보다 그런 일로 싸우기엔 남은 시간이 너무 짧았다.

"그래요, 잘했어요. 잘했어. 안 그랬으면 나는 당신을 병원에 잡아넣고 돼먹지도 않은 고생을 시켰겠지. 되지도 않을 거라는 걸 못 받아들였을 테니까."

"응. 그래서 그랬어. 얘는 내가 시킨 대로 한 죄밖에 없으니까 야단치지 마. 아들놈한테 부탁해서 좋은 약도 받아 주고 그랬어. 약 먹으니까 안 아파. 정말로."

이불 속에서 꼬물꼬물 주름진 이마가 비어져 나왔다.

"내가 어떻게 그래요. 그동안 제일 힘들었을 사람한테요. 미안하고 고맙죠."

"맞아 맞아, 나 때문에 애들이 고생했어. 제일 많이 고생했어. 저

승 가서도 안 까먹을 만큼 예쁘고 착해."

"고생…… 아닙니다. 그런 말씀 마세요. 그동안 저희도 얼마나……."

사실, 야단칠 필요도 없어 보였다. 동벽은 노인의 옆에 엎드려서 그의 손을 잡은 채 소리 없이 어깨만 들먹이고 있었다. 보스 여사는 그를 안타까운 눈으로 내려다보다가 조용한 목소리로 부탁했다.

"우리 애들한테는 말하지 말아 주세요. 민호에게도, 진희에게도."

❀   ❀   ❀

아기 보퉁이도 없고 성길도 나오지 않았다. 근숙은 지난번보다 훨씬 창백해진 얼굴로 햄버거 가게에 앉아 있었다.

통유리로 벽을 해 놓은 덕에 사람들이 안에 앉아 있는 모습과 웃고 떠드는 모습이 다 보였다. 창가에는 여학생 두엇과 아주머니 몇몇이 얼려 앉아 햄버거와 콜라를 마시고 있었고, 양복을 입은 치들과 티셔츠에 청바지를 입은 건장한 사내 두엇이 커피를 들고 여기저기 흩어져 돼먹지도 않게 영어 신문을 거꾸로 읽고 있었다. 애써 가리노라 한 모양이지만 티셔츠 소매 아래쪽으로 용인지 지렁이인지의 꼬랑지가 꼬불꼬불 나와 있었다.

근숙은 불안정한 자세로 안쪽 탁자에 앉아 두리번거리며 시계를 들여다본다. 신문을 들고 있던 문신 사나이 두엇도 덩달아 시계를 들여다보며 지루한 듯 하품을 한다.

민호는 차에서 나가지 못하고 이완에게 잡혔다. 어딘가 분위기가 이상하다는 이완의 말에 민호는 고개를 끄덕였다. 생존 혹은 위험과 관련된 촉은 이완보다는 민호가 훨씬 좋은 편이었다. 이완은 민호가 고개를 끄덕이는 것을 보고도 영 미덥지 않은지 민호의 왼쪽 손을 움켜잡았다. 손바닥에 땀이 축축했다.

"안쪽에 주차해 둔 밴에도 사람들이 타고 있는 것 같습니다."

"근숙이 아줌마가 꼬리를 달고 온 거란 말이야? 설마. 그럼 하나 때문에 저런 어깨들까지 떴다고? 김성길 사장인지 그 영감탱이는 왜 안 보이고?"

"그림 때문이라기보다 김성길 사장이 돈을 안 갚았다는 게 문제겠죠. 질 낮은 추심업자들이 돈을 받아 내는 방법은 상상을 초월합니다. 불법이든 뭐든 돈 나올 만한 곳은 가족 말고도, 친구, 친척, 회사, 동창 모임, 연결된 곳은 다 쑤석이게 되어 있어요. 아무리 민호 씨가 상관이 없다고 해도 지금 얼굴을 보이면 저놈들하고 얽힐 가능성이 있습니다."

이완은 여자를 잡은 손에 힘을 꽉 주었다.

"사실 지난번에 민호 씨가 한 말이 맞긴 합니다. 드물게 신체포기 각서 따위를 써서 위협을 하는 경우가 있긴 있습니다. 위협 용도로만 쓰이는지 정말 그걸 시행하는지는 모르겠지만 지금 장기들이 음성 루트로 거래가 되고 있고, 그게 점점 공공연해지는 것도 사실입니다. 특히 한쪽을 제거하고도 생존에 지장이 없는 신장 같은 건 예전부터 시세까지 대략 정해져 있을 정도였으니까요."

"응. 그런데 아무래도 저 사람들 정말 재수 없이 똥을 밟은 모양이야."

"재수 없어서 그런 게 아니고 돈을 돌리고 안 갚고를 반복하다 보면 당연한 수순처럼 질 안 좋은 쪽으로 추심이 넘어가게 됩니다. 남의 돈 빌리는 게 얼마나 무서운지 그 나이가 되도록 몰랐으면 대가를 치러야죠."

"그야 그렇지만 저 아줌마는……."

"장근숙 씨도 자기 필요에 따라 이상한 남자를 고른 것에 대한 대가를 치르는 겁니다. 민호 씨가 신경 쓰실 일은 아닙니다."

"대가? 글쎄. 살면서 못된 짓을 해야만 날벼락을 맞는 건 아니던데. 엄한 놈 옆에 있다는 이유만으로 같이 날벼락을 맞는 일이 얼마나 많아. 하지만 적어도 그 사람을 옆에 둘 사람으로 선택할 때는 그게 최선이라고 생각하니까."

이완은 눈썹을 지그시 찌푸렸다. 그건 그렇다. 그 역시 손을 잡고 있는 이 여자와 만나고 헤어지고 얽혔다 풀리기를 반복하며, 삶에서의 선택과 대가란 함부로 말할 것이 아니라는 것을 배워 가는 중이었다. 고작 서른까지 살아온 알량한 경험으로 어떻게 타인의 굴곡진 삶을 함부로 재단하겠나. 미리 알았으면 좋았을 것은 자신에게도 무수히 많았다.

"일단 전화를 하세요. 그림이 없어져서 찾아봤는데 정말 도둑맞은 것 같다고. 경찰에도 신고를 하긴 했는데 증거가 아무것도 없어서 찾기 어려울 것 같다고. 다시 파는 건 없던 얘기로 하자고 해 보세요."

"저 여자가 위험한 건 아닐까?"

"일단 전화를 해 보시고 여자가 어떻게 행동하는지를 보면 짐작할 수 있지 않을까요?"

민호가 그의 말에 따라 전화를 걸었다. 잠시 후 햄버거 가게 안에 있는 근숙이 화들짝 놀라 전화를 받는 모습이 보인다. 영어 신문을 펴고 커피를 들고 앉아 있던 사내 둘이 어깨를 슬쩍 움직인다.

"아니 이봐요, 아줌마, 도둑맞은 거 진짜라니까. 서에 가서 물어보라고! 도둑맞은 걸 무슨 재주로 다시 찾아와서 안겨 줘? 그리고 일단 판 걸 다시 그 값에 팔아 주겠다는 건 내가 당신을 배려해 준 거지 당신이 땍땍거리고 따질 일은 아니란 말이야. 아 진짜, 이 아줌마가!"

이완은 가게 안에 있는 여자의 몸놀림이 화급해진 것을 눈치챘다.

근숙은 입술을 짓씹으며 쉴 새 없이 사방을 두리번거렸다.

"그러잖아도 당신들 덕에 나도 존나리 엿 같은 일을 당했어! 알기는 알아? 기분이 아주 개떡 같아 죽겠는데 아줌마 자꾸 그렇게 얘기할 거예요? 와, 진짜. 거기 가만있어 봐, 내가 진짜!"

전화기에 대고 화를 내던 여자가 전화를 주머니에 쑤셔 넣더니 냉큼 밖으로 나가려 한다. 이럴 줄 알았지. 여자의 행동패턴을 잘 알고 준비하던 이완은 맞춤한 타이밍을 놓치지 않고 여자를 잡아채 앉혔다.

"민호 씨, 잠깐만 기다려 보세요. 지금 나갔다간 죽도 밥도 안 돼요. 일단 동태를 살펴봅시다."

근숙은 손톱을 이로 물어뜯으며 잠시 앉아 있더니 잠시 후 발을 질질 끌며 걸어 나왔다. 얼굴은 하얗게 질려 있었고 눈은 어딘가 멍한 상태였다. 근숙이 기운 없이 걸음을 옮기자 구석에 주차되어 있던 검은색 밴의 문이 열렸다. 근숙은 때 묻은 헝겊 가방을 손에 꽉 쥐고 한참 동안 두리번거리다가 결국 어깨를 축 늘어뜨리고 느릿느릿 차를 향해 걸음을 옮겼다. 안에서 누군가 내려와 근숙의 팔을 잡아끌고 차에 올랐다.

"어? 어? 어! 잠깐만, 저거 왜 저래! 저거 누구야?"

잠시 후 안에서 신문을 보고 있던 사내 두엇이 시간 차를 두고 나와 밴에 올랐다. 이완은 민호의 입을 틀어막고 몸을 바짝 낮췄다. 몇 달 전 승용차에 짙게 선팅을 해 두어서 천만다행이라는 생각이 들었다. 그때만 해도 차에서 15금 정도의 사태가 종종 벌어질지도 모른다는 생각에 밖에서 전혀 보이지 않는 컬러로 선팅을 해 두었던 건데 이럴 때 쓸모가 있을 줄이야. 검은색 스타렉스. 이완은 그들이 주차장을 빠져나가는 모습을 카메라에 담았다.

"설마 진짜였어?"

민호는 검은 스타렉스의 뒤꽁무니를 바라보며 잔뜩 가라앉은 목소리로 중얼거렸다. 아까 이완의 말을 듣지 않고 그대로 뛰어 들어갔으면 어떻게 되었을까? 생각만 해도 어찔했다. 눈앞에 있는 사나이는 만사가 걱정이라 가끔 짜증이 났지만 지금은 용케 잡아 주어 천만다행이었다.

협박을 당한다는 이야기는 들었는데, 협박 수위가 생각한 이상인가 보다. 그 막되어 먹은 영감님은 저놈들에게 잡혀 있을지도 모른다. 십중팔구, 겁에 질린 영감이 그림을 판 가격에 돌려받으면 2억에 팔 수 있다는 이야기를 실토했을 것이고 저놈들은 자신들이 직접 그림을 회수해서 2억이라는 돈을 통으로 삼킬 생각이다.

"그럼 김성길 사장은 어떻게 된 거지? 근숙이 아줌마는 어떻게 되는 거고? 아기는?"

"잘 모르겠습니다. 하여튼 근숙 씨를 만나러 가지는 마세요. 연락도 안 받으시는 게 좋겠습니다. 누가 물으면 모른다고 하세요. 무조건, 무조건 모른다고, 기억 안 난다고 하세요. 그림도 없는데 민호 씨까지 협박을 당하고 싶지 않다면요."

이완은 민호가 바로 뛰어나가기라도 할까 봐 손을 꽉 잡고 있었다. 민호는 손이 아팠지만, 그는 손을 잡고 있다는 사실조차 모르는 것 같았다.

민호는 이제 그에게 "당신은 어떻게 사람이 그래?"라고 말하지 않았다. 나무람과 비난, 과하다 싶을 정도의 걱정, 이것들은 남의 일에 비정할 만큼 무심한 이 사내가 그녀에게만 보여 주는 사랑의 표현이었다.

저놈들이 지난번에도 이렇게 지켜볼까 봐 내가 끼어들지 못하게 했던 거였겠지. 미리 알았으면 좋았을 것들이 자꾸자꾸 튀어나와 미칠 것 같다. 결별을 고하고도 그의 감정이 여전히 남아 있음을, 민호는 손목이 부러지도록 자신을 잡고 있는, 핏줄이 불거져 나온 그의 손으로 느낄 수 있었다.

"신고라도 해야 하는 거 아닐까?"

"그냥 가죠. 신고 사유가 없……."

이완은 말을 끊고 고개를 저었다. 여자는 이번에는 주먹을 쥐고 대뜸 뛰어나가는 대신 자신의 말을 들어 주었다. 그리고 지금 상황은 분명 수상한 부분이 있었다. 이완은 고개를 끄덕이고는 조심스럽게 말했다.

"그래요. 사람이 위험할 가능성이 있으면 일단 신고를 해 두는 게 옳겠죠. 신고가 되든 안 되든, 지금 경찰서에 가서 이야기는 해 둡시다. 그래야만 당신 마음이 편하다면."

"응. 고마워. 난 이번에도 이완 씨가 상관없는 일이라고 내버려 두라고 딱딱거릴 줄 알았는데."

이완은 다시 한숨을 쉬었다. 분명히 그런 마음이 없지는 않았다. 하지만 그게 아주 옳은 것이 아니라는 것을 모르지도 않았다.

"민호 씨, 제가 좀 싸가지가 없어도 사람 사는 도리 자체를 모르는 건 아니에요. 다만 그때 그렇게 이야기를 했던 건, 민호 씨가 조금이라도 다칠까 봐 눈이 뒤집혔던 것뿐이에요. 신고 정도는 저도 할 수 있어요. 실제로 바로 신고를 하기도 했고요."

"응, 알아. 난 그래도 그저 내 가까운 사람이라면 어땠을까 싶으니까 뒤에서 기다리기만 할 순 없었을 뿐이야."

"나도 내 사람이 위험에 처하면 당연히 달려가요."

"알아. 그래서 그날 이완 씨답지 않게 스타일 다 구겨 가면서 뒹굴고 경찰서에 끌려갔던 거고. 그거 정말 고맙게 생각하고 있어."

이완은 그녀가 미안하다는 말 대신 고맙다는 말을 해 주어서 다행이라 생각했다. 다시 미안하다는 말을 들었으면 견딜 수 없었을 것이다. 어차피 다 말아먹은 사이였지만. 그는 쓸쓸하게 미소하며 말했다.

"민호 씨, 그런 일이 있을 때는 직접 뛰어들지 말고 경찰을 부르세요. 우리나라 경찰, 그래도 빨리 출동하는 편이에요."

"하지만 어지간한 일들은 경찰이 오기 전에 끝장이 나지. 사람이 죽도록 다치는 건 일이 분도 걸리지 않아."

"그래도 그 일마다 전부 민호 씨가 나설 필요는 없잖아요. 아무 상관도 없는 사람들의 일인데 '그저 옆에 있었다' 라는 이유만으로 나설 수는 없는 거예요."

지금은 아무 상관도 없이 생판 남이 된 여자지만 이완은 끈질기게 말했다. 민호는 한참 눈을 끔벅이다가 말했다.

"나는 그래도 그렇게 하고 싶어. 내가 그렇게 해야 나 같은 사람이 많아질 거라는 기대라도 하게 되잖아."

"왜 당신 같은 사람이 많아지길 바라나요?"

"나 같은 사람이 많아지면 내가 사랑하는 사람이 나 없는 곳에서 무슨 일을 당할 때, 아무 상관도 없는 사람들이 '그저 옆에 있었다' 라는 이유만으로 구해 줄 거 아냐. 뭐 꼭 그런 계산을 하고 몸이 뛰쳐나간 건 아니지만."

이완은 심장이 뒤틀리는 느낌에 숨을 죽였다. 여자가 근거하여 살아가는 생의 철학은 당당하며 깊이가 있었다. 이완은 아주 가끔 이런 것을 실감할 때가 있었는데 그때마다 가슴이 심하게 뛰었다.

"세상 모든 사람이 민호 씨처럼 생각하고 행동하면 세상이 어떻게 될 것 같습니까?"

"바보들의 왕국이 되겠지, 뭐."

하하하. 이완은 저도 모르게 웃음을 터뜨렸다. 하긴, 바보 이반이 다스리는 나라엔 바보들밖에 안 남았고, 그래서 악마의 유혹에 넘어

가지 않고 다들 행복하게 잘 살았다고 했었지. 세상 신맛 쓴맛 다 보았던 대문호의 결론이라기엔 너무 이상적이고 순진했으나 그 이상과 순진으로 톨스토이는 글쟁이에서 위대한 현자의 반열에까지 들게 되었으니 참 아이러니한 일이었다. 민호는 머리를 긁더니 풀풀 웃었다.

"나는 이게 옳을까 저게 옳을까 헷갈리는 일이 있으면 딱, 생각해 봐. 모든 사람이 나처럼 행동한다고 치면, 세상 사는 게 좋아질까 나빠질까. 세상이 좋아지고 사람들이 살기 좋아지는 쪽이 옳은 거야. 그럼 그렇게 행동하면 되는 거지."

"그러면 사람들이 분란이 날 때마다 말리려고 끼어드는 것도……."

"응, 만약 세상 모든 사람이 싸움이 났을 때 끼어들어 말리지 않고 집 안으로 들어가 버린다면, 세상은 분명 더 살기 나빠질 거야. 하지만 싸움이 났을 때 옆에 있는 사람 여러 명이 끼어들어 말려 준다면 적어도 길바닥에서 혼자 맞아 죽거나 강간당하고 살해당하는 여자들은 줄어들겠지. 그래야 하는 게 맞잖아."

간단하지만 강력하고 위대하다 할 만한 행동의 준거. '세상 모든 사람이 나처럼 행동한다면, 세상이 좋아질까 나빠질까.' 누구라도 이해할 수 있을 만큼 투명하고 단순하되, 단단하고 눈부시기로는 다이아몬드와 같았다.

매 순간 이것이 이 시대의 실정법상 위법이냐 합법이냐를 따지는 대신, 손해냐 이익이냐 계산하는 대신, 여자는 항상 정면으로 자문자답했다. 세상 모든 사람이 나처럼 행동한다면, 그래서 세상에 더 좋아지는 그림이 그려지면, 그럼 그렇게 행동하면 되는 거지. 렛츠 고 고! 그리고 여자는 지금까지 추호도 흔들림 없이 그렇게 행동해 왔다.

"Handle so, daß die Maxime deines Willens jederzeit

zugleich als Prinzip einer allgemeinen Gesetzgebung gelten könne."

이완은 세상에서 가장 사변적이고 도덕적인 사상을 빚어낸 위대한 철학자의 정언명령을 입속으로 뇌다가 허탈하게 웃고 말았다. 여자가 한 말과 동일한 뿌리를 가진 말이었다. 다만 여자에게 들어가면 아무리 복잡하고 어려운 철학도 단순명쾌해지는 것이 다를 뿐이었다. 민호는 코를 실룩대며 투덜거렸다.

"영어로 떠들면 몰라. 나 영어 잘 모르는 거 알잖아. 무슨 뜻이야?"

이완은 그 말이 독일어라는 이야기는 굳이 하지 않고 순순히 해석해 주었다.

"너의 의지의 원칙이 항상 보편적 입법의 준칙이 되게 행동하라, 정도의 뜻입니다. 어디서 나온 말인지 아세요?"

"알아. 구글이. 한국말인데도 못 알아듣는 말은 죄다 구글이한테서 나오는 말이야."

"……하하하하. 실천이성비판이라는 책에서 나온 말이에요. 독일의 유명한 철학가가 쓴 책이죠. 별말은 아니고 아까 민호 씨가 했던 이야기랑 똑같아요. 이 세상 모든 사람이 나처럼 행동한다면, 하는 거죠."

"우와, 그럼 내가 그 사람보다 먼저 태어났으면 내가 그거 선빵해서, 그 사람보다 더 위대한 철학자가 되었겠네?"

"음, 그건 모르겠네요. 유명한 철학가가 되려면 아주 쉬운 내용도 굉장히 어렵게 말하는 재주가 있어야 하거든요. 하지만 민호 씨는 아주 어려운 말도 아주 쉽게 하는 재주밖에 없으니 철학가는 못 될지도 몰라요. 그 책을 썼던 임마누엘 칸트의 철학은 읽기 어렵기로 유명해요."

"오호, 칸트는 내가 좀 알지. 너 자신을 알라. 악법도 법이다, 닭한 마리는 네가 대신 갚아라. 그건 원어로도 할 수 있다. 유 노우 유! 배드 로, 로 투! 아이 이트 치킨, 유 기브 머니."

여자가 어깨를 으쓱했다. 그러면 그렇지. 이순신 장군 최영 장군을 헷갈리는 사람이 칸트와 소크라테스라고 어찌 헷갈리지 않고 무사히 넘어가랴. 하지만 이완은 갑자기 유쾌해졌다. 이유도 알 수 없는데, 그냥 웃음이 나오고 기분이 붕 뜨는 것 같았다.

다만 의아하고 안타까운 것은 어쩔 수 없다. 나와 둘이서만 있을 때는 여자의 깊이 있는 삶의 철학, 당당한 태도와 박약한 지식의 간극이 이렇게 유쾌할 수도 있는데, 왜 사람들의 시선이 끼면 걷잡을 수 없는 사태로 치닫게 되는 걸까.

웃음기가 천천히 가셨다. 사실 울어도 시원찮을 일이지 웃음이 나올 일은 아니었다. 뼈아프게 결정해서 내린 결론을 다시 뒤집을 생각은 없었다. 어차피 변한 것이 없는 상태로 다시 시작해 본다 한들, 다람쥐 쳇바퀴 돌리듯 같은 문제에 똑같이 봉착할 것이고 똑같이 속을 난도질하며 거듭 결별하는 아픔을 겪어야 할 것이다.

"경찰서 가서 신고하고, 같이 밥이나 먹고 들어가자. 한참 정신없이 돌아다녔더니 배가 고프네."

이완은 아까와 달리 순순하게 고개를 끄덕였다. 민호는 머리를 이완의 어깨에 툭 기대고 피곤한 목소리로 말했다.

"기왕 이렇게 된 거, 경찰서에 갔다가 밥 먹고 집에 가기 전에 잠깐 어디 들렀다 가자. 이완 씨 만나면 같이 하고 싶은 게 있었어."

"예? 어디요? 뭘 합니까?"

"오늘은 특별히 핑크핑크 한 곳으로 모셔 가지. 내가 말이지, 그동안 세상 모든 커플의 저녁 시간을 홀랄라로 만들어 줄 서른한 가지 방법을 알게 되었거든. 진작 알았으면 더 좋았을걸."

민호는 눈을 반쯤 감은 채 의미심장하게 씩 웃었다.

이완의 등으로 진땀이 쭉 솟았다. 이 여자가 제정신인가? 헤어진 애인을 뒤늦게 유혹해서 어쩌려고. 유혹을 하려면 사귈 때 하지, 그때는 시마다 때마다 분위기 산통은 있는 대로 깨 먹더니 왜 지금 와서 이래? 헤어지고 나서 속이 허해서 야한 동영상들을 밤마다 돌려보기라도 한 건가? 지금 와서 서른한 가지 테크닉 따위 들이대 봐야 내가 반가워할 줄 알았나?

도무지 여자의 속을 알 수 없으니 허튼소리로밖에 들리지 않았는데 뇌의 지배력이 닿지 않는 치외법권 지대만 저 혼자 미친 듯이 발광하기 시작했다. 얼른 경찰서에 가서 신고를 하고, 밥을 먹고, 그리고, 제기랄. 이완은 눈을 부릅뜨고 운전대를 꽉 잡았다.

이완은 눈앞에 놓인 사랑스러운 분홍색 간판을 올려다보며 얼빠진 듯 웃어 대기 시작했다. 배스킨라빈스 31, 이것이 그녀가 말하는 '저녁 시간을 훌랄라로 만드는 서른한 가지 방법'이었다.

간판과 인테리어까지 문자 그대로 핑크핑크 달달한 곳, 훤히 들여다보이는 유리벽 너머로 머리를 맞대고 있는 커플들만 득시글대는 곳, 그동안 진희와 두나 이레들이 민호를 위로하기 위해서 열심히 출근 도장을 찍었던 그 가게였다. 이제는 도무지 웃음이 멈추지 않았다.

대체 난 이 여자한테서 뭘 기대하고 있었던 걸까? 사실대로 말하자면 이완은, 아니 아랫배에 기생충처럼 숨어 사는 음흉한 박이완은 야시시한 기대를 조금, 아니 많이 하고 있었다. 다만 뇌를 지배하고 있는 박이완만 머리통이 터지도록 고뇌하던 중이었다.

지금은 아무 상관도 없는 헤어진 연인 사이에서 '저녁 시간의 훌랄라', '에로 테크니컬 31' 따위의 상황이 벌어진다면, 그 상황과 요

구에 부응하는 것이 과연 옳으냐 그르냐. 이번 경우는 칸트의 정언명령을 백번 끌어와도 결론이 잘 나지 않았는데, 다행인지 불행인지 결론은 31가지 맛 아이스크림이었다.

여자는 둘이 먹기에 지나치게 큰 통을 고르더니 유리 진열대 앞에 코를 바짝 대고 서서 종업원을 조르기 시작했다. 많이 주세요, 가득 주세요, 꽉꽉 눌러 담아 주세요, 덤으로 한 주걱만 더요. 물론 그런다고 정해진 양보다 더 줄 리는 없지만 이완은 구태여 말리지 않는다.

여자는 네 가지 맛 아이스크림이 수북 솟은 사발을 들고 신이 나서 달려온다. 그냥 대놓고 달콤한 것, 진하고 느끼하게 달콤한 것, 새콤하게 달콤한 것, 혀가 빠지게 달콤한 것. 이완이 파악한 네 가지 홀랄라의 정체는 대략 그러했다.

주변을 둘러보았다. 이쪽저쪽 구석에 앉은 연인들이 머리를 맞대고 나직한 소리로 깔깔대고 있다. 그들의 뒤로 까맣게 물든 밤하늘이 보였다. 층이 높지 않은 아파트들이 겅성드뭇하고 시내의 건물도 야트막해서 하늘이 제법 잘 보이는 시골 읍내였다. 서울과 달리 별이 드문드문 보여, 머리를 맞댄 연인들이 조금 더 달콤하게 보였다.

우리도 한때 저런 사이였는데. 우리도 저렇게 앉아서 시시덕거리고 웃을 수도 있었는데. 좋겠다, 생각하던 이완은 결국 심통이 불쑥 일고 말았다. 흥, 좋기는 뭘, 지금이나 좋지. 나중에 호되게 쓴맛이나 볼 테니 미리미리 설탕이나 실컷 퍼먹어 두라고. 그는 주변의 엄한 연인들을 보며 속으로 이죽거렸다.

단맛은 네 가지만으로도 충분했다. 사실 아이스크림은 달다는 자체만으로도 충분한데 굳이 서른한 가지, 한 달 내내 새로운 단맛을 볼 필요가 있을까. 단 것을 썩 좋아하지 않는 이완은 한 숟가락씩만 맛을 보는 것으로도 충분했으나, 한창 인생의 쓴맛을 느끼는 중이라 조금 더 먹어 보기로 했다.

하지만 종류별로 세 숟가락씩 먹었을 때는 한 달 치 당분이 모조리 채워진 것 같아 결국 숟가락을 놓고 말았다. 물론 이완으로서는 선방하긴 했지만 그것만 먹고 후퇴하기엔 아이스크림의 양이 너무 많았다.

5분 후, 이완은 자신이 괜한 걱정을 했음을 깨달았다. 여자들이 원래 디저트나 달콤한 것을 잘 먹는다는 소문은 익히 들었지만 윤민호라는 여자는 잘 먹는 수준이 아니었다. 홀로 남은 용감무쌍한 처자는 분홍 숟가락을 높이 들고 아이스크림 백만 대군과 전투를 시작했다.

저 여자는 내 이상으로 인생의 쓴맛을 느끼고 있는 건가? 레드 썬이 여전히 잘 안 걸렸나? 그래서 저렇게 당분으로 뇌를 채우려는 건가? 여자가 세 치 혀로 강동 6주를 회복하고 빈 통의 바닥을 닥닥 긁기 시작한 것은 전투를 시작한 지 10분도 채 되지 않아서였다. 이완은 질린 목소리로 더듬거렸다.

"나 없는 동안 내내 이런 식으로 먹어 댔습니까? 배 안 나온 게 신기하네요."

"어, 살 안 찌는 체질인가 봐."

"저도 살 안 찌는 체질이긴 해도 그렇게 먹었다간 누구라도 배가 나올 거예요. 아니, 몸의 모든 세포가 설탕 젤리가 되어 버릴 겁니다."

"움, 나도 그렇게 생각해. 요새 땀에 소금 대신 설탕이 녹아 나오지 않을까 생각도 들어. 슈거우먼이 되면 배고플 때 옷 벗고 싹싹 핥아 먹으면 좋겠지?"

"아…… 진짜. 말 좀."

여자는 말을 할 때 여전히 부주의했다. 여자가 옷을 벗고 제 몸을 핥는 이미지는 꽤 강렬하고 선명해서 이완은 순간 아찔한 것을 애써 넘겨야 했다. 다른 사람 같으면 분명 땀이 혀에 닿는다는 상상을 하는 것만으로도 구역질이 났을 것인데, 알 수 없는 일이었다.

문제는 그것뿐이 아니었다. 그 이미지를 의식한 순간부터 여자에게서 달콤한 아이스크림 냄새가 느껴지기 시작했다.

이완은 고개를 저었다. 여자의 배 속에 들어간 아이스크림이 피부에서 냄새를 피울 리가 없다. 아마도 페로몬이 만들어 낸 환취일 것이다.

하지만 아무리 그렇게 생각해도 달달한 냄새는 점점 막무가내가 되었다. 시장통에서 파는 노점 앞을 지나갈 때마다 풍기던 달짝지근한 달고나 냄새, 핼러윈 때 받았던 사탕이 든 주머니에서 풍기던 새큼달큼한 냄새, 크림 케이크의 은은한 단내, 조금 아까 먹었던 달콤한 아이스크림의 내음.

그것이 뒤섞여 일렁이는 밑바닥에는 나른하고 묵직한 무엇인가 깔려 있었다. 젊은 나이에 내내 눌러 놓기만 한 욕구불만과 오랜만에 여자를 만난 데 대한 반작용까지 뒤얽히고 보니 냄새는 실제 존재하는 것보다 더욱 강렬해졌다. 페로몬과 싸우는 것은 지피지기 백전불패가 통하지 않는 허망한 싸움이었다.

이완은 서둘러 자리에서 일어났다. 정신 차리자. 헤어진 지 얼마나 되었다고 넋을 빼놓고 있어? 이런 상황에서 사고를 쳤다간 움막에서 사고를 쳤던 것 이상으로 후폭풍이 클 것이었다.

하지만 삼거리 집으로 운전을 해 가는 짧은 동안, 밀폐된 차 안에서 이완은 빌어먹을 단내로 거의 질식할 지경이었다.

"어, 이완 씨, 오늘 고마워. 난 이만 들어가 볼게."

두나네 집 앞에 도착한 민호는 고개를 돌려 인사를 하다가 멈칫했다. 이완은 차를 세워 놓은 채 민호를 바라보고 있었는데, 노려보는 것도 아니고 덤덤하게 응시하는 것도 아닌 조금 이상한 얼굴을 하고 있었다.

민호는 그의 눈빛이 점점 이글이글 들끓기 시작하는 것을 알아차렸다. 인식하는 순간 민호의 뱃속에서 무언가 꿈틀, 요동했다. 민호는 그 요동치는 것을, 이완이 알아차렸음을 알았다.

차 안의 공기가 갑자기 팽팽하게 날이 섰다.

이완은 여자 쪽으로 고개를 가까이 움직였다. 살짝, 눈에 띄지 않을 정도의 거리였다. 이완은 이 움직임이 자신이 의도한 것인지 우연히 그렇게 된 것인지는 스스로도 알 수 없었다. 하지만 까맣고 깊은 우물 같은 눈이 가까워지는 순간, 여자가 눈을 깜박하며 이완에게 몸을 조금 가까이 기울였다.

차에서 내리기 위해 몸을 움직인 건지…….

혹은.

1초도 되지 않는 짧은 순간, 엄청나게 많은 생각이 이완의 머릿속에서 폭발했다. 하지만 들리는 목소리는 괜찮아. 괜찮아. 미쳤어 너 뭐 하려는 짓이야, 단 두 가지뿐이었다. 너하고 헤어진 여자야, 미쳤어! 그만둬어어어어! 꼬리가 긴 고함이 수백 량짜리 열차처럼 굉음을 내며 머릿속을 지나간다.

여자가, 여자가 이상한 눈으로 바라보며 몸을 조금 더 움직였다. 용감한 여자는 조금 겁을 먹는 듯도 했는데, 새까맣고 꼬리가 긴 눈이 꿈틀거리며 움직이는 순간, 이완은 그녀도 자신과 같은 상태라는 것을 알아차렸다.

저 발간 입술이 먹음직하다. 투명한 캐러멜을 발라 둔 것처럼 윤이 흐르는, 미칠 것처럼 탐스러워서 날것으로 썹어 삼키고 싶을 만큼 볼록 튀어나온 저 입술 속은, 그 속에 든 것은, 아아, 제기랄. 환장하게 달착지근한 것이 고여 있을 저 속은. 여자가 가늘게 몰아쉬는 날숨이 뺨에 끈적하게 달라붙는다. 이완의 손이 자발의지를 가진 짐승처럼 저절로 꿈틀거렸다. 펑, 머릿속의 어느 부분이 결국 터져 나간다. 입술 속은, 저 붉고 촉촉한 입술, 속은.

새까만 눈이 훅, 지척으로 들이닥친다. 여자의 손가락이 이완의 허벅지에 닿는 순간, 이완은 여자의 허리를 와락 틀어잡았다. 머릿속에 든 것이 모조리 밖으로 동댕이쳐지는 기분이었다.

됐어! 당신도 원하고, 나도 원해. 그러면 된 거 아닌가?

미쳤어! 둘 다 뭐 하는 짓이야! 그만해! 그만!

귀청이 터져 나갈 듯한 순간, 이완의 코와 민호의 코가 맞닿았다. 온몸에 박힌 털이 모조리 곤두섰다.

제기랄!

두 사람은 누가 먼저랄 것도 없이 서로의 입에 입술을 틀어박았다.

이완은 넋이 반 너머 날아간 얼굴로 오랫동안 입을 맞췄다. 민호의 입속을 혀로 헤집고 쑤셔 댈 때마다 후욱, 후욱, 거친 날숨이 코와 맞붙은 입술 틈으로 밀려 나왔다. 민호의 머릿속에선 수십 명의 윤민호가 미친 듯이 고함을 질러 대는 바람에 무슨 말인지 하나도 알아들을 수 없었다. 처음 키스를 할 때만큼이나 정신이 없었다.

민호는 생각을 모조리 접고 눈을 감았다. 예전처럼 따귀를 때리고 화를 낼 수도 있었으나 차마 그럴 수가 없었다. 자신을 부서져라 끌어안은 사내의 몸이 예전보다 훨씬 말랐고, 맞닿은 입술이 훨씬 거칠어져서 그랬는지도 모르고, 자신을 끌어안은 팔과 등을 쥐어뜯는 손이 애처롭게 덜덜 떨려서 그랬을지도 모른다.

두 사람은 지금까지 키스했던 것을 모두 합친 것보다 훨씬 긴 시간 동안 키스를 했다. 민호는 입술을 떼고도 숨을 헐떡이며 발작적으로 몸을 짓이기듯 끌어안는 사내를 애처로운 눈으로 올려다보았다.

그는 한참 후에야 후드득 물러앉더니 믿을 수 없다는 듯 고개를 저었다. 무슨 말인가 하려고 입술을 떨었지만 결국 한마디도 하지 못하고 운전대에 고개를 박고 말았다. 그의 움츠린 어깨 안쪽에서 작은 중얼거림이 흘러나왔다.

"이런…… 미친."

민호는 입술을 손가락으로 더듬으며 멍청하게 눈을 껌벅거렸다. 꼭 꿈에서 일어난 것 같다.

우리가 대체 무슨 짓을 한 거지? 우리가 대체 왜 이런 거지?

귀신에 홀렸다 깨어난 기분이었다. 혓바닥 아래로 소태처럼 쓴 침이 가득 고였다.

"어……. 저기, 이완 씨."

"잠깐…… 잠깐만요."

이완은 눈을 꽉 감은 채 말을 막았다. 민호는 고개를 외로 튼 채 이를 꽉 물고 있는 저 딱한 사내가 미안하다고 하지 않기만을 바랐다. 그가 자신에게 미안하다는 말을 듣기 싫어했듯이, 자신도 저 사람이 미안하다고 하는 말이 듣기 싫었다. 하지만 결국은 그의 입에서 푹 가라앉은 목소리가 흘러나왔다.

"미안합니다. 제가, 잠깐 제정신이 아니었어요. 뭐에 홀린 것 같습니다. 정말 미안합니다. 앞으로는 절대 이런 일이 없도록 조심하겠습니다."

민호는 눈썹을 확 찌푸렸다. 제기랄. 당신 혼자 한 짓 아니잖아. 그따위 사과 하지 않아도 당신이 후회하고 있는 거 알고, 나도 미친 짓을 한 거 알고, 당신과 내가 헤어진 사이라는 것도 알아. 가슴이 찢어질 정도로 잘 안단 말이야.

갑작스럽게 쏟아지는 눈물을 막으려 민호는 눈을 커다랗게 부릅뜨고 이를 물었다. 그는 두 손으로 머리를 감싼 채 푹 가라앉은 소리로 길게 신음했다.

다음 날부터 앤드류는 백화점 식품매장에서 세일하는 것을 사 왔다며 이완이 말했던 토란탕이나 김치찌개, 잡채 따위를 이완의 앞에 펼쳐 놓기 시작했다. 이완은 모양새에는 크게 신경을 쓰지 않은 듯한 그 음식들이 유난히 입에 달라붙는 것처럼 느껴졌다. 이완은 그 음식을 어느 백화점 어느 매장에서 사 왔느냐 앤드류에게 따지는 대신 그릇을 깨끗하게 비우는 쪽을 선택했다. 앤드류는 조심스럽게 물었다.

"좋아? 입에 잘 맞아?"

"……그럭저럭."

세일은 하루도 거르지 않고 계속되었는데, 앤드류는 그 매장이 어디인지 끝까지 한마디도 하지 않았고, 이완 역시 끝까지 묻지 않았다.

❀   ❀   ❀

보름 후, 민호의 신고를 접수한 담당 경찰은 민호에게 전화를 했다. 김성길 사장과 그와 사실혼 관계에 있는 불법체류자 장근숙 씨가 연락이 되지 않는다는 소식을 전하고 조사에 협조를 요청하기 위해서였다.

하지만 윤민호는 전화를 받지 않았다. 함께 신고하러 왔던 안락재의 주인이라는 사내 역시 연락 두절이었다. 인사동의 갤러리 려에서 대신 전화를 받아, 두 사람이 당분간 여행을 떠났으며 언제 돌아올지는 정확히 알 수 없다는 대답을 남겼다.

경찰은 두 사람이 정말 여행을 간 것이 맞느냐, 납치 가능성은 없느냐, 연락이 왜 되지 않느냐 몇 가지를 물은 후, 김성길 부처의 실종과 안락재에서 도난신고가 된 그림이 혹시 무슨 관계가 있는지 물었다. 앤드류는 정확하게 알 수 없다고 대답할 수밖에 없었다.

전화를 건 형사는 민호와 이완이 신고한 검은 스타렉스가 속칭 대포차—도난 차량 혹은 채무자에게서 빼앗아 합법적 명의 이전 없이 운행되는 차량—로 밝혀졌다고 전해 주었다. 하지만 두 사람이 어떤 사람들에게 붙잡혀 있는지 현재로는 짐작하기 어려우며 강제로 납치된 것으로 보일 만한 증거도 없어 수사 인력을 제대로 투입하기 어려운 상태라고 덧붙였다.

14
재회

잠을 잘 수가 없다. 진희는 이불로 몸을 휘감은 채 오래된 뻐꾸기가 뻐덕, 뻐덕, 뻐덕, 우는 소리를 들었다.

천정점을 지나 한참 기울어진 노란 달이 눈에 들어왔다. 진희는 세상에 존재하는 색깔 중에서 황갈빛을 머금은 듯한 그 색깔이 가장 거슬렸다. 중천의 달이 아니라 막 지평선에서 솟은, 어둡고 위협적으로 보이는 큼직한 보름달의 색. 그러고 보니 어느새 다시 보름이었다.

눈을 감았다. 그의 거칠고 서걱서걱한 목소리가 귀에 달라붙었다. 모래를 귓속에 한 움큼 틀어넣고 흔들어 대는 것 같다.

"장 화원님."

진희는 천장을 올려다보며 조그맣게 중얼거렸다. 자신의 입에서 흘러나온 목소리에 진희는 작게 진저리를 쳤다. 오래전에 죽어서 먼지가 되어 버린 사람이었다. 이렇게 부르는 것이 정말 우스운 일이라는 것 정도는 잘 알았다. 진희는 다시 눈을 감았다.

우스워? 뭐가 우스워? 네 앞에 있던 그 사람은 썩어서 먼지가 된 사람이 아냐! 따뜻한 손으로 네 손을 잡고 울 것 같은 얼굴로 입을 맞추던 살아 있는 사람이란 말이야.

진희는 생소한 목소리에 조심스레 귀를 기울여 보았다. 뒤섞인 감정은 극도로 가늘어 입김을 부는 것만으로도 끊어질 실처럼 느껴졌다. 조심조심, 천천히. 진희는 복잡하게 얽힌 생각 뭉치를 엉킨 실 정리하듯 한 가닥씩 조심스럽게 당겨 가며 감아 들였다. 내가 가서 해야 할 말, 그리고 하지 말아야 할 말.

그 전에, 내가 절대 놓지 말아야 할 기준은?

나는…… 나 자신을 깨뜨리지 않는다.

진희는 그제야 간신히 입 밖으로 내놓아야 할 말을 정돈할 수 있었다.

"장 화원님. 오랜만이에요. 만나서 반가워요."

그는 어쩌면 자신의 손을 잡고 펄펄 뛰리라. 그는 속을 숨기지 못하는 사람이다. 기쁘면 기쁜 대로, 슬프면 슬픈 대로, 화나면 화나는 대로 열렬하게 반응하리라. 겉과 속이 투명하게 들여다보이는 사람이니까.

……그런 사람은 한심할 뿐이다. 진희는 억지로 되풀이했다. 한심해, 한심해, 한심해. 속을 다스리지 못하는 사람은, 그것을 헤프게 드러내는 사람은 이 세상을 살아 나가는 가장 기본적인 지혜조차 없는 사람이다. 그가 좋아서 펄펄 뛰고 나를 잡고 마당에서 날듯이 춤을 추면, 나는 그를 비웃을 것이다.

"많이 기다리셨나요?"

당연히 많이 기다렸다고 떼를 쓰듯 칭얼거리겠지. 그동안 왜 안 왔느냐 타박을 늘어놓을지도 모른다. 그래 놓고도 내가 왔다는 것만으로 입을 째져라 벌리고 웃어 댈 것이다. 그는 그런 사람이니까. 하지만 나는 그런 모습에 감동하지 않을 것이다. 그런 모습에 감동하지 않는 것을 그가 되도록 일찍 알아주었으면 좋겠다.

진희는 눈을 찡그렸다. 목 깊은 안쪽이 아릿하게 욱신거렸다.

"난 당신에게 어떤 감정이 있어서 온 건 아니에요. 오해하지는 말았으면 좋겠어요."

감정이 있다 해도 오래전 어리고 겁먹은 나를 구해 주었던 데 대한 사의나 호기심 정도예요.

정말 그것뿐?

그 이상 무엇이 있지? 나는 그의 일생을 안다. 이미 지나간 시간은 박제가 되고 움직이지 않는다. 그의 인생에 윤진희라는 이름은 없었다. 아니, 의미 있는 여자 자체가 거의 없었다. 박성녀라는 유일한 이름조차도.

그의 인생에서 여자란 길가에 예쁘게 피어 있는 꽃 이상의 가치는 없었고, 그것은 그가 익숙히 드나들던 기생집의 말하는 꽃들로도 충분했다. 그에게 여자란 한 병 술만큼의 가치도 없었다. 그것이 역사에 남은 그에 대한 기록이었다.

나는 무익한 것에 투자하지 않는다. 그와의 관계는 아무런 결과물이 없는 무익한 것으로 귀결될 것이 자명하다. 내가 민호 같은 시간 여행자가 아닌 바에야, 그리고 그가 윤진희라는 여자가 없는 인생을 살아 나간 것이 확실한 바에야 내가 그에게 감정이든 시간이든 소모할 이유가 없는 것이다.

하물며, 내가 가진 것을 모두 버리고 그와 사랑에 빠지라고?

······미친 소리.

많은 사람이 무익한 것에 투자하는 멍청한 짓거리를 '희생' 혹은 '헌신'이라는 낱말로 치장한다. 그곳에 덧씌워진 거룩하고 숭고한 허울에 속아 넘어가는 멍청한 인간들도 헤아릴 수 없다. 하지만 나는 그따위 허상에 속지 않는다. 그는 30분의 눈물을 끝으로 타인이 되어 버린 진세영이라는 인간보다 더 무익하다.

조선 최고의 화원이었다고? 그게 대체 나에게 무슨 의미가 있어?

그저 딱해서. 나를 하염없이 기다리고 있는 것이 불쌍해서.

……나는 가서 그에게 작별을 고할 것이다.

❀　　　❀　　　❀

"장 화원께서 어디 계시다고요?"

"우승지 민영환 영감 댁에 계십니다. 그곳에 머무신 지가 벌써 보름이 되어 가지요."

진희는 대답 대신 눈만 깜박였다. 민영환이라. 그는 시험문제를 위해 책 속에서만 존재하던 사람, 이제는 먼지가 되어 부스러진 사람이었다. 사실, 자신이 만나러 온 그 노란 눈의 화원도 현재 먼지 부스러기가 되어 있기는 마찬가지였다. 진희는 순간, 먼 미래로 가면 자신 역시 죽어 먼지 부스러기가 되어 있는 상태겠구나 싶어서 몸이 떨렸다.

시간 여행이란 정체성을 몹시 혼돈하게 만드는 일이었다. 나는 생각한다, 고로 존재한다는 말에 절박하게 매달리고 싶은 심정이었다. 민호는 이 혼돈을 어떻게 이겨 내며 그 숱한 시간을 오갔는지 알 수 없었다. 민호의 뇌 구조가 그렇게 단순하고 즉물적인 것도 시간 여행자들의 정체성 혼돈을 우려하여 조물주가 특별히 배려한 것인지도 몰랐다.

"장 화원께서는 규장각에서 어병 작업을 하고 계시지 않았습니까? 게다가 섣달에는 다른 세화 작업까지 들어가서 바쁘실 거라고 말씀을 들었습니다."

"그동안 오라버니한테 여러 가지 큰일이 있었습니다. 우승지 영감 덕에 무사히 넘어가긴 했습니다만. 이야기가 깁니다."

향이는 진희를 흘낏 곁눈질하고 잠시 말을 끊었다.

진희는 조심스럽게 사방을 둘러보았다. 몇 주 전 왔을 때하고는 크게 달라지지 않은 분위기. 맞다. 같은 흔적을 추적해 들어오면 동일한 시간이 흘러 있다고 했었지.

민호는 한쪽 구석에 앉아 눈을 끔벅끔벅하며 앉아 있었다. 바깥쪽을 자꾸 보는 것을 보니 이곳에 들어오자마자 윤 진사님이 계시는 사랑채로 불려 간 이완이 걱정되는 모양이었다. 하지만 지금으로선 뭘 어쩔 수 없으니 저렇게 속만 태우는 것이다.

그렇게 생존능력도 저질이라고 양껏 투덜거려 놓고, 이렇게 걱정을 사서 할 거면 왜 데려왔을까? 그것도 헤어진 남자친구를. 불편할 거라고 생각 못 했을까?

월죽도를 챙겨 들고 안락재에 도착하니 흑립에 갓신에 도포까지 새로 갖춘 사내가 커다란 보퉁이를 옆에 놓고 기다리고 있었다. 18세기 중엽에 맞춰 고증, 제작했다는 여자 한복 두 벌도 그 옆에 걸려 있었다.

민호가 늘상 얻어 입고 다니던 가비나 반빗어치의 허름한 치마저고리 따위가 아니었다. 화려하게 자수를 놓은 공단 치마저고리에 짙은 남색의 두루마기, 쓰개치마, 금사 자수가 놓인 홍댕기와 삼작노리개, 붉은 술이 달리고 돋을새김으로 꾸며진 은장도, 자수가 놓인 당혜까지 제대로 갖춘 반가 규수의 복장이었다.

이게 뭐야! 왜 쓸데없는 데 돈을 처들이고, 아, 아니, 퍼 들이고 이래, 돈이 썩었어? 필요 없다니까! 으르딱딱이던 민호에게 이완은 입술을 비틀고 내뱉었다. 돈이 썩어 나서 당신 옷에 돈을 처바른 건 맞습니다만, 그따위 무수리 복장을 하고 다니면 명색 약혼자라고 말해 둔 내 체면이 뭐가 되겠습니까? 아, 체면은 둘째 치고 사람들이 수상하게 생각할 게 분명하죠? 물론 치마 홀렁홀렁 걷어쥐고 망아지처럼 뛰어다니기에야 천년의 무수리 복장이 편하고 퍽 잘 어울리기도 하지만, 일단 같이 다니는 사람 생각은 좀 해 줘야죠?

옷을 갈아입은 민호는 뒤늦게 미안해졌다. 민호는 한복을 꽤 싫어하긴 하지만 이완이 맞춰 온 한복은 꽤 예쁘고 고급스럽기도 했다. 그래서 한 손으로는 진희의 손을 잡고 다른 한 손은 이완에게 내밀었으나 이완은 입을 꾹 다물고 고개를 돌리고 말았다. 뭐 그런 걸로 삐치고 그러냐? 아, 아니다……. 우리 손잡으면 안 되는 사이라서 그런가? 민호가 시무룩하니 손을 거두자 이완은 아예 두어 걸음 뒤로 물러선다.

"진희 씨가 손 안 잡고도 따라갈 수 있다고 해서 확인하려고 하는 겁니다, 확인!"

……사나이가 변명은.

진희는 이완이 자신과 마찬가지로 약간 흥분했지만 몹시 우울하기도 하다는 것을 알아차렸다. 저 사람 역시 작별 인사를 하기 위해 찾아가는 것이다. 두 번째 만남의 약속이 작별 인사를 위한 것일 줄 알았다면 아마 그도 나도 그 사람을 다시 만나겠다는 약속 따위는 하지 않았으리라.

그리고 이 여행은 그가 좋아했던, 그리고 아직도 몹시 사랑하고 있는 민호와 보내는 마지막 시간이 될 것이다. 처음 보았을 때는 그렇게도 냉소적이고 차게 보이던 사내는 사실 속이 무르고 정이 많은 사람이었다. 남에 대해서는 진저리 나도록 무심했지만 자기 사람에 대해서만큼은 미련하게 보일 만큼 헌신적이고 따사로웠다. 그래서 그가 비웃는 척 내뱉는 말이 더 딱하게 느껴졌다. 민호가 불쌍한 사람이라고 말하는 것이 조금 이해가 갔다.

손을 잡아끌며 앞서 걷는 민호의 표정은 보이지 않았다.

"오라버니는 당신이 오기를 많이 기다리고 계셨고 그 때문에 궁에서 몇 번이나 도망을 나왔었어요. 사실 기생집에 가서 술을 드시고 싶어서라고 핑계를 대기는 하셨지만 궁에서 일을 끝내고 술을 아주 못 드시게 한 것도 아니었거든요."

향이는 냉랭한 얼굴로 입술만 웃고 있었다. 말끝에도 은근히 옹이를 박으며 민호와 진희 일행에 대한 거부감을 보일 듯 말 듯 드러내고 있었다. 처음 만났을 때 오라버니와 아는 사람이라는 말에 반가워하던 것과는 완전히 달라진 태도였다. 하지만 매섭게 내치지도 않는 것이 어쩐지 자신을 조금 두려워하는 것이 느껴지기도 했다.

진희는 향이가 자신을 왜 두려워하는지는 알 수 없으나 자신을 싫어하는 이유는 수월하게 짐작했다. 민호에게 향이와 윤 진사, 그리고 장 화원의 관계에 대해 들었기 때문이었다. 향이가 윤 진사에게 오기 전, 장 화원이 원한다면 언제든지 갈 것이라 약속까지 했다는 말에는 기가 막혔다. 혼인을 애들 장난으로 아나.

사랑하는 사내를 두고 끌려와야만 했던 것을 생각하면 억지로라도 이해할 수 있겠지만 그래도 이런 짓은 자신의 고조부인 윤 진사에게 몹쓸 짓이었고, 두 아이의 어머니로서도 해서는 안 될 일이었다.

진희는 그 조건을 받아들인 윤 진사가 오히려 이해가 가지 않았다. 몸은 함께 삶을 이어 가는데 마음을 끝까지 주지 않겠다는 상대와 그래도 살고 싶을까? 혹시 저 여자가 낳은 아이들이 호적에 들어와 대를 이었을까? 저 여자의 이름도 족보 안에 실려 있을까? 진희는 그러지 않기를 바랐지만 알 수 없었다. 돌아가면 족보를 찾아봐야겠다는 생각이 들었다.

"장 화원님, 참 뵙기가 어렵군요."

"원래 뵙기가 쉬운 분은 아니었습니다. 워낙 바람 같은 사람이고, 딱히 거처를 정해 놓지도 않아서 어디로 연통을 넣어야 할지도 모르거든요. 하긴 지금만 해도, 우승지 영감 댁에 있는 건 알지만 연통은 전혀 넣을 수 없으니 사정은 비슷하군요."

향이는 연락을 할 수 없노라 다시 한 번 오금을 박았다.

향이는 눈앞에 있는 두 여자가 사내를 달고 안채에 나타난 것을 알고도 입을 꽉 다물고 침착했다. 윤 진사가 그들이 다시 이곳에 오면 소란을 피우지 말고 자신에게 보내라고 엄히 일러두기도 했거니와 사술을 쓰는 자가 집 안에 드나든다는 소문이 났다 하면 그야말로 큰일이었다. 어느 방에서 나왔는지는 알 수 없지만 대문을 열고 중문을 통해 안채로 들어오지 않았다는 것은 확실했다.

옷차림도 지난번에 왔을 때와는 완전히 달랐다. 지난번에는 옷이라 하기에도 몹시 이상한 것들을 걸치고 와서 기인이라 생각했으나 그리 두렵지는 않았다. 하지만 지금은 제대로 반가의 규수와 선비다운 옷을 갖춰 입고 나타났으나 지난번에 보았을 때보다 더 두렵고 이질적으로 느껴졌다.

현재 한양에는 서양에서 들여온 사교를 신봉하는 자들과 그들의 사술에 대한 소문이 이것저것 잡다히 퍼져 있었다. 새남터에서 그들을 가르치던 서양 오랑캐와 그 도당들이 헤아릴 수 없이 참형을 당했음에도 소문은 더 불붙은 듯이 퍼져 나갔다. 그중 제일 좋지 않은 것은 그들이 사람의 피를 마신다더라, 살을 나누어 먹는다더라 하는 것이었다. 그 이상한 가르침을 퍼뜨리는 양인들은 조선이나 청, 왜인들의 복장과도 달라 몹시 괴이쩍다 하였다.

향이는 그들이 처음에 입고 왔던 옷이 그 사교를 전하는 양인들의 옷과 비슷하지 않나 생각했으나 정확히 알 수는 없었다. 향이나 주변 사람 중에는 서양인을 제대로 본 사람이 없었다. 향이는 그들이 사교의 신봉자이거나 그들의 우두머리인 서양인들과 관계가 있는 자들임이 확인만 되면 윤 진사의 허락과 상관없이 관에 고변할 결심을 굳혔다.

"장 화원님께 무슨 일이 있으셨는지요."

"오라버니가 저지른 짓이 한양에 아주 파다하게 퍼졌더랍니다."

향이는 한숨을 푹 쉬었다.

도화서 화원들, 특히 규장각의 대령화원들은 섣달이 되자 천수관음이라도 손이 부족할 정도로 바빠졌다. 정월에 이루어지는 각종 행사에 필요한 그림은 물론이고, 세자의 관례에 필요한 각종 그림과 기명에 들어갈 도안, 입시하는 신하들에게 왕이 하사하는 세화를 그려야 했기 때문이다.

세화는 한 해의 무탈과 강녕을 기원하는 기복화(祈福畵, 복을 기원하는 그림)로 민간에서도 널리 퍼져 있었다. 종이를 파는 지전에서도 어사(御賜) 세화를 흉내 내어 그려 반가와 중인 집안, 엽전 낱냥이나 푼푼한 서민들에게 팔았다. 예전에 장 화원이 몸담고 있던 야주개의 지전도 섣달이면 세화를 그려 대느라 개발 소발이라도 빌리고 싶을 정도라 했다.

문제는, 대령화원 중에서도 최고 실력자라는 장 화원이 일을 거의 안 하고 있다는 사실이었다. 완수해야 할 어병이 열 개가 넘었는데 진도는 지지부진해 주변에서 애를 태우고 있었다. 빠른 그림으로 유명한 그로서는 참으로 이상한 일이었다.

그는 물감이 없어 붓이 안 나간다, 쓰던 먹이 아니라 생각대로 색이 나오지 않는다 노상 핑계를 댔고, 석채 탈주 사건으로 잡혀 온 후로는 이제 술이 없어 붓이 안 나간다 엄살을 부리기 시작했다. 시금시금 달달한 막걸리에 밥풀 동실 동동주, 따끈따끈 청주에 새콤달콤 매실주, 복숭아 맛 도화주에 진달래 향 두견이주, 화끈하니 안동 소주에 배 향이 솔솔 문배주로다. 아예 밤이건 낮이건 다리를 벌리고 퍼질러 앉아 술타령을 해 댔다.

목불인견이 따로 없었지만 도화서에서는 그의 신들린 듯한 솜씨를 아끼는 이들이 많았고, 조정 신료 중에서도 그를 옹호하는 이들이 적지 않아 그의 무리한 생떼가 좋은 말로 포장되어 임금에게까지 올라가게 되었다. 왕은 너그럽게 웃으며 저녁때 술을 한두 잔씩 마시도록 허락하고 어주까지 하사했다.

하지만 한두 잔으로 될 일이 아니었다. 그다음에는 잔잔한 호수에 돌을 던졌네, 혓바닥도 다 못 축이니 외려 기갈이 나서 고대 죽겠네, 예쁜 기생이 술을 안 따라 줘서 붓이 안 나가네 징징대며 졸라 대기 시작했다. 요는 나가서 한껏 술을 마시고 한껏 돌아다니고 원이 다 풀려야 다시 돌아와서 붓을 잡겠다는, 씨알도 안 먹힐 말을 씨불여 대는 것이었다.

주변 친구들과 동료들의 통사정, 그에게 잠시 그림을 가르쳤던 선배 화원인 유숙의 따끔한 일침, 도화서 제조인 예판대감의 불호령에도 그의 생떼는 수그러들지 않았다. 도화서에서 쫓아낸다, 곤장을 맞을 것이라는 위협도 먹혀들지 않았다. 쫓아내면 나가면 그만이고, 곤장을 친다면 궁뎅이 까고 얻어맞으면 그만이고, 맞다가 볼기짝이 터져서 형틀에서 고대 죽어도 마음이 안 내키면 안 나오는 게 그림인데 날더러 어쩌란 말이오, 응, 그러니 나를 죽일 거요, 살릴 거요, 하며 배를 내밀고 오히려 큰소리였다.

마음만 동하면 하룻밤 사이에 열 장의 그림도 그릴 수 있는 사내는, 하기 싫다는 마음이 들었다 하면 당나귀 노새보다 더 지독하게 고집을 부려 열흘 동안 획 하나 긋지 않고 규장각에 마련된 작업실에서 내처 뒹굴며 놀았다. 돈도 싫고 관직도 싫고 맞아 죽는 것조차 무섭지 않은 그 사내는 도화서 화원 중 나라님을 경외하지 않는 유일한 자였고, 그래서 오히려 주변 사람들이 더 겁을 내고 그의 기행을 쉬쉬하며 덮어 주었다.

하지만 결국은 터질 것이 터지고 말았다.

"지금 뭐라 했소? 대체 기한을 얼마나 주었는데 아직 완성을 못해? 몇 달이 가도록 정해 준 어병조차 완성하지 못하는 화원이 무슨 신필이더란 말이오. 이것은 일을 하고자 하는 성의가 없는 것을 넘어, 과인을 능멸하는 처사요. 고작 일개 화원 주제에 괘씸하기 그지없어!"

다른 사람도 아니고 왕이 특별히 임명한 장 화원의 일이라 문제가 컸다. 승업은 시험을 치르고 도화서로 들어가 차근차근 직급을 받아 오른 화원이 아니라 왕의 특명으로 바로 자리를 얻었다. 그런 자가 몇 달이 가도록 지시한 병풍들을 완성하지 못했다는 것은 왕으로서도 모양새가 우스운 일이었다.

"뭐라? 기생이 술을 따라 주지 않아 술맛이 나지 않는다는 망발을 지껄이고 도망 나갔다? 그걸 또 다른 사람들이 모르게 덮어 주었다고? 경들이 정녕 제정신이오? 당장 그 버릇없고 방자한 화원 놈을 잡아들여 삭탈하고 하옥하시오!"

도를 넘어도 너무 넘어섰다. 인내가 한계에 다다른 왕은 크게 진노했다. 곁에 시립한 우승지가 황급히 엎드려 이마를 바닥에 댔다.

"전하. 신 우승지 민영환 감히 아룁니다."

"우승지, 경이 장 화원을 아끼고 귀히 여기는 건 잘 아오. 그리고 그의 그림이 대단하다는 소문 역시 익히 들어 알고 있소. 하지만 이 번에도 또 봐 달라는 말을 하려는 거라면 그 입은 다무시는 게 좋을 게요. 과인의 인내를 시험하고자 하는 오만 방자한 화원 따위는 솜씨 가 아무리 좋다 한들 써먹을 수가 없소. 물고를 내서라도 제대로 버 릇을 가르치도록 할 것이오. 알겠소?"

"전하, 지당하신 말씀이옵니다. 주상전하의 너그러움을 배신하고 능멸한 자는 구족을 멸하여 마땅하오나."

"구족을 멸하기는 뭘 멸해. 어차피 난리 통 흉년 통에 가족이고 친 척이고 하나 없이 다 죽었다 하지 않았소? 혈혈단신 망나니에게 구 족을 멸하라 한들 눈이나 깜짝하겠소. 우승지, 경도 뻔히 알면서 말 장난하지 마시오."

왕이 다시 쏘아붙였다. 영환은 다시 고개를 바닥에 댔다. 열두 살 어린 나이에 즉위했던 왕은 총명하고 강단이 있으며 넉넉한 그릇의 군주였으나 어지러운 국제 정세와 주변의 이권 다툼으로 점점 과민 하게 변해 가고 있었다. 잘못 건드리면 불벼락이 떨어졌다.

하지만 이대로 장 화원을 잡아 물고를 내 버리면 그것처럼 아까울 일이 없었다. 민영환은 승업의 그림 그리는 모습을 눈앞에서 여러 차 례 보았고, 그에 대해 퍼진 소문이 헛된 것이 아님을 가장 잘 아는 사 람 중 하나였다. 승업의 작품을 적잖이 소유하고 있기도 했거니와, 그를 경제적으로 든든하게 지원하는 사람이기도 했다.

"전하, 말씀하오신 대로 그는 난리 통에 조실부모하고 불학무식으 로 자란 불쌍한 백성입니다. 천성이 어린아이 같아 그것이 몹쓸 말인 지도 모르고 잡류배처럼 행동하는 것밖에 배우지 못해 그러하옵니 다. 다만 하늘이 내린 놀라운 재주가 아까울 뿐이오니 통촉하시옵소 서."

"알 수 없군. 하늘은 어찌하여 그런 시정잡배 같은 자에게 놀라운 재주를 허락했단 말이오?"

"하늘이 그에게 재주를 몰아주다가 너무 공평치 못한 것을 깨닫고 다른 것들을 모조리 빼앗아 간 모양입니다. 그의 몹쓸 짓거리는 그의 그림 솜씨와 짝지어 하늘이 내린 것이오니."

"하, 나 참."

왕은 픽 실소했다. 영환은 엎드린 채 간신히 안도의 한숨을 쉬었다. 자칫했다간 자신에게까지 불벼락이 떨어질 뻔했다.

"우승지, 경은 말재간이 너무 승해. 경이 이러니 내가 화를 낼 수가 없지 않나."

"황공하옵니다."

왕은 젊은 영환을 아꼈다. 영환은 중전과 같은 여흥 민씨 일족이었는데, 영환의 아비인 민겸호는 중전의 사촌이었고, 영환은 그 집안의 장남이었다. 그는 복지부동하고 다른 이들에게 신망을 잃은 아비와 달리 총명하고 굳건한 심지를 갖고 있었고, 새로이 들어오는 외국의 문물에 대해 거부감이 없는 신진세력 중 한 명이었다.

왕은 그의 능력과 재기를 높이 사 절대적으로 신임했으며, 가끔은 친구처럼 격의 없이 대했다. 병이나 개인 사정으로 결근을 했을 경우, 왕의 패초를 받고도 입궐하지 못하면 파직과 장형 이상의 중형을 피할 수 없지만 영환에게는 그런 것도 없었다. 왕이 백성들의 동향과 민심에 대해, 나라의 미래에 대해 허심탄회하게 말할 수 있는 몇 안 되는 젊은 신하 중 한 명이 영환이었기 때문이다. 승업에 대한 소문을 알려 주고 그를 도화서에 직부하도록 추천했던 것도 다름 아닌 그였다.

"하지만 이대로 두었다가는 아무 일도 하지 않고 분위기만 흐리게 될걸. 여기는 무뢰배들이 술 마시고 내키는 대로 행동해도 되는 장터가 아니오. 내 명령도 듣지 않는 교수화원이 밑의 놈들에게 어지간히도 좋은 본이 되겠소그래. 추천한 우승지나 내 꼴이 무에가 되겠소?"

"신에게 한 가지 방법이 있사옵니다."

영환은 말을 조심스럽게 골랐다.

"신이 그를 데리고 가서 어병을 완성하여 오겠습니다. 도망가지 못하게 사랑에 가두어 두고 원하는 대로 술과 기생과 좋은 음식을 베풀어 주겠습니다. 장 화원은 빠른 그림으로 소문이 난 자이옵고, 흥취가 일면 하룻밤에도 열 장의 그림을 완성한다고 하옵니다. 잘 달래 보면 마음이 내켜 원하는 대로 일을 하게 될 것입니다."

왕의 콧잔등이 실룩거렸다. 웃음을 억지로 참고 있는 것 같았다. 듣기에는 우스웠지만 채찍이 도무지 먹히지 않는 당나귀를 끌고 가자면 먹을 것으로 꾀는 방법밖에 없는데 왕도 그것을 이제야 눈치챈 모양이었다.

"허, 참 내. 듣다 듣다 별소리까지 다 듣겠소이다. 그런 짓까지 해서 달래야 하오? 그 정도 실력이 되는 사람이 조선 팔도에 둘도 없더란 말이오?"

"없사옵니다, 전하. 그리고 그처럼 속없고 바보 같은 자 역시 둘도 없는 줄로 아뢰옵니다."

왕은 다시 픽 웃었다. 싸워 봐야 자신만 망신이 되는 어린애와 마주하고 있는 기분이었다.

처음 자신을 알현하러 어색하게 관복을 차려입고 입시했을 때 겁을 먹고 이리저리 두리번거리던 화원이 생각났다. 제 이름자도 제대로 쓸 줄 모른다는 자가 그림만은 기가 막히게 그린다 하여 궁금했었다.

체면을 차리는 법도 없고 어떻게 행동하는 것이 옳은지 몰라 쩔쩔매긴 했지만 제 속에 든 소리는 또박또박 잘도 떠들었고 고개도 숙이지 않고 큰 소리로 웃기도 했었다. 옆에서 기겁을 하고 고개를 잡아

누르며 퉁을 주자, 아니 왜 남의 대갈통은 잡아 누르고 난리요, 하고 큰소리를 치기도 했다. 대갈통, 대갈통이라니, 모여 있는 관료들은 사색이 됐지만 왕은 몹시 유쾌했었다.

생동감 있게 반짝이는 그의 눈동자가 생각났다. 그래, 눈의 색이 특이했었다. 짙고 투명한 호박처럼 고운 황갈색의 눈을 갖고 있었다. 나이에 어울리지 않는 장난기 어린 눈을 떠올리자 왕은 갑자기 전의를 상실했다. 세상 근심 시름 없이, 복잡하고 위태로운 줄타기 따위다 집어치우고, 눈앞에 놓인 하루하루를 저 좋은 대로만 사는 사람. 왕은 그가 조금은 부러워졌다. 그는 어좌에 등을 기대고 조금 느긋해진 목소리로 말했다.

"좋소, 좋아. 장 화원 그자를 붙잡아서 경의 집으로 끌고 가는 것을 허락하겠소. 춘부장인 형판이 기함할지도 모르겠군. 필요하다면 별감들을 데려가도 좋소. 무슨 방법을 쓰든, 그에게 맡겨진 어병을 무사히 완성해서 갖고 오도록 하시오."

하지만 그렇게 붙잡혀 간 뒤에도 장 화원의 파란만장 탈출기는 계속되었고, 그의 행각은 기방 통신을 타고 한양에 따르르 퍼져 버렸다. 궁에서 탈출이 세 번, 우승지 영감의 집에서 두 번. 그중 궁에서 두 번째 잡혀갔을 때는 장 열 대를 맞기도 했다. 물론 그를 아끼는 지인들이 집장사령에게 뇌물을 얼마나 먹였는지 두부도 뭉개지지 않을 만큼 살살 얻어맞기는 했더란다. 그래서 순진한 장 화원에게 이깟 정도라면 치도곤으로 백 대를 맞아도 괜찮으리라는 확신을 만들어 주고 말았다.

상복을 훔쳐 입고 도망친 사건에 뒤이어 벌어진 뒷간 탈주사건은 꽤 유명해서 기방에서 술집에서 아직 입방아에 오르내리는 중이었다. 도망질에 넌더리가 난 영환이 방에 가둬 두고 사람을 내내 붙여 두고 신발에 옷까지 모조리 숨겨 놓으니 새벽에 요강이 차고 넘치네, 뒷간에서 소피만 보고 오겠네, 하며 뒷간에 들어가서는 벽을 타고 기어 올라가 그대로 줄행랑을 놓은 것이다.

그 와중에 댓돌에 놓인 신발까지 훔쳐 신고 갔다가 뒷간 벽을 오르며 한 짝을 똥통에 빠뜨리고 말았다. 그는 홑저고리 잠방이 차림에 한 발은 맨발로, 관수동 윤 진사 집까지 깨금발로 앙감질을 해 가며 부리나케 뛰었다.

뒷간에 빠진 신은 하필 집주인이 궁에 입시할 때 신는 목화(木靴)라 여벌이 없었다. 당장 궁에 들어가야 하는 영환은 집 안을 발칵 뒤집었는데 행랑아범 배 서방이 뒷간에 둥둥 떠 있는 그의 목화 한 짝을 장대로 건져 들고 왔다. 다들 그제야 승업이 탈출했음을 알아차렸다.

영환은 직접 윤 진사의 집에 찾아와 장 화원의 멱살을 잡아 쥐고 펄펄 뛰었다. 이제 나한테까지 망신살이 뻗치게 할 게요! 어째 사람이 이래! 장 화원! 나 오늘 사모관대에 협금화(挾金靴)를 신고 입시했단 말이오. 또 도망질을 친 게 전하께 알려지면 어찌 될지 모르는 게요? 윤 진사! 당신이 자꾸 받아 주니 이러는 거 아니오! 도망 오면 받아 주지 마시오, 받아 주지 마! 평소 유쾌하고 넉넉하던 젊은 영감은 그동안 쌓인 것이 많았는지 펄펄 뛰며 노여워했다.

"영감, 그가 오란다고 오고 가란다고 가는 사람입니까. 오지 말고 어병 완성하라고 백번쯤 말한 것 같습니다."

"에이이, 에이! 무슨 고집이 나귀보다 더 승해! 아예 팔푼이로 모자라는 놈이라면 내가 말도 안 해, 에이이!"

영환은 발을 쿵쿵 굴렀지만 그래 봐야 저만 바보 되는 모양새인 것을 알고 발질을 멈췄다. 대청 기둥 뒤에서 눈이 노란 사나이가 맨발에 꾀죄죄한 꼴로 고개를 비쭉 내밀고 엿보고 있었다. 비 맞은 강아지가 따로 없다.

영환은 고개를 흔들며 피식 웃고 말았다. 좋아하는 사람이 지는 거라고, 장 화원 앞에서 그는 화를 오래 내지도 못했다. 영환뿐이 아니었다. 장 화원의 주변에 있는 사람들은 그가 눈앞에 있으면 이상하게도 화를 내는 것을 자꾸 잊어버리고 픽픽 헛웃음만 터뜨리다가 결국 자기가 포기하고 마는 것이다.

그렇게 열심히 도망질을 치는 것치고 장 화원은 가는 곳이 빤해서 놓친 사람이나 잡은 사람이나 허망하기 그지없었다. 윤 진사 집 아니면 평양루, 혹은 수표교 방향으로 밀집해 있는 술집 중 하나였다. 도망을 나왔으면 몸을 숨겨야 한다는 기본 개념조차 없는 도망자였다.

민호와 진희는 입을 멍하니 벌리고 듣고 있다가 더듬더듬 물었다.
"그, 그래서…… 지금 장 화원께선."
"지금 우승지 영감 댁 사랑채에 철통으로 갇혀 계십니다. 이제 그 집 하인들은 아무리 어르고 꾀어도 눈썹 하나 까딱하지 않더라지요. 두 분께서 번번이 헛걸음하시는 것이 안타깝지만 어병 작업을 끝내실 때까지는 아마 꼼짝도 못하실 듯합니다. 끝나는 것이 언제가 될지도 가늠하기 어렵구요."

향이는 두 번 세 번 거듭 연락할 방법이 없노라 오금을 박는다. 민호는 낙담했다. 앞에 앉은 진희의 어깨가 보일 듯 말 듯 아래로 가라앉는 것이 보였다.

❀　　❀　　❀

"그렇다면, 갇혀 있는 장 화원을 만나려면 어떻게 해야 합니까? 연락을 할 방법은 없겠습니까?"

윤 진사는 합죽선을 접고 이완에게 가까이 다가앉았다. 이완이 오
자마자 사랑채로 불러내고, 지난번과 달리 단둘이 독대하며 친근하
게 이야기를 하려는 것을 보니 꽤나 기다린 눈치였다. 이완은 그의
태도가 적잖이 부담스러웠다.

"지금 우승지 영감은 외부로부터 어떤 연통도 장 화원에게 전해
주지 않소. 하지만."

"……."

"그곳에 들어가는 기생들이 평양루 아이들이오. 그 아이들을 통해
전갈을 넣고 있소이다. 진희 낭자가 왔다 하면 수단 방법을 가리지
않고 이리 올 게요. 전해 드리리까."

윤 진사는 소식 전할 방법을 수월히 말해 주었다. 이완은 고개를
끄덕였다. 어차피 미인도는 없어졌고, 더 이상 올 일도 볼 일도 없으
니 인사라도 제대로 올리고 바로 돌아가야 했다.

얼마 전까지만 해도 좋은 일만 있을 것 같았는데. 민호 씨와 결혼
도 하고, 가끔 이곳에 여행 삼아 드나들며 전설의 화원에게 그림을
배우고도 싶었는데. 사람의 계획이라는 것이 참 부질없다는 생각이
들었다.

"장 화원이 박 선비 당신을 제자로 들였다고 들었소. 정말 알 수
없는 사람이야. 속이 훤히 보이는데도 무슨 짓을 할지 종잡을 수가
없지. 그림 좀 그릴 줄 아오? 당신이 장 화원의 그림을 좋아한다고
들었소."

"그렇습니다. 하지만 글이든 그림이든 실력이 미천하여 부끄러울
뿐입니다."

이완은 고유물, 특히 고서화를 전문으로 다루었지만 그림을 그리
는 것은 별문제였다. 고서화를 보는 것만으로 대략의 정보와 시세를

추정할 수 있고 석파란 한 점으로 한 시간 동안 강의를 할 수 있을 만큼 이론에는 해박한 이완이었지만 실기로 들어가면 난초 한 폭 제대로 치지 못했다. 까놓고 말하자면 민호가 졸라맨 스파이더맨 세일러문을 그려 대는 실력과 크게 차이가 나지 않았다.

물론 고서화 딜러가 실기에까지 능통할 이유는 없었지만 가끔 그림을 그릴 줄 아느냐, 화제 몇 자 써 줄 수 있느냐 묻는 이들이 없지는 않았다. 그래도 이완은 절대 붓을 쥐지 않았다. 굳이 창피를 자초할 일은 없었던 것이다. 그런 상황이니 오원 같은 화원에게 그림의 기초라도 어깨너머로 배워 둔다면 더 이상 호재는 없으리라 생각했었다.

이젠 다 부질없었다. 민호 씨와 인연 자체가 끊어진 마당에 이런 기연을 또 얻을 수나 있겠는가.

"장 화원에게 연통을 넣겠소. 아마 오늘 안으로 뭔가 기별이 있겠지."

윤 진사는 사람을 불러 그의 귀에 대고 조용조용 무엇인가를 지시했다.

하인을 물린 윤 진사는 작은 서안에 팔꿈치를 괴고 몸을 약간 앞으로 기울였다. 무심하고 나른하게 보이던 사내의 눈이 오늘따라 맑게 빛나고 있었다.

"가만있자, 박 선비 본이 반남이라 했었지요? 조부님께서 함자로 종 자 면 자를 쓰셨다 하셨던가요. 아버님 함자는 홍 자 영 자를 쓰시는데 동래에서 사신다 하셨고?"

"저희처럼 한미한 집안을 기억해 주시다니 황감합니다."

딜러댄 말을 그렇게 자세히 기억해 주는 게 고마울 턱은 없지만. 윤 진사는 당찮다는 듯 손을 저었다.

"한미하기는 무슨, 말씀대로라면 본가는 당상관을 2대째 배출한 승승장구하는 집안 아니오. 박홍수 영감과 항렬로 따지면 박 선비는 조카뻘이 되시는 거고."

박홍수, 박홍수. 박제순의 아버지이고, 사간원 대사간, 이조참판을 했었지. 이놈의 돌림자, 본관, 집안, 항렬, 족보, 정보, 정보들!

먼지라도 한 톨 끼어들면 금방 에러가 날 전산망 위에 걸려 있는 기분이었다. 촘촘히 직조된 천 같은 친인척 그물망에서는 익명과 프라이버시, 독자적 에고는 존재할 수 없다. 누구의 아버지, 할아버지, 누구의 아들, 손자, 증손자, 며느리, 누구의 사촌, 육촌, 팔촌, 서출 집안에 대한 애매모호한 예우, 하지만 그 와중에서도 서슬이 푸르렀던 항렬과 촌수, 그 속에 서 있으면 숨 막힐 듯 짓누르는 관계도와 머나먼 친척들에 대한 무수한 정보 덩어리밖에 보이지 않았다. 박부전, 박제순, 박홍수, 박종면으로 올라가는 조상들의 정보와, 친척 간 촌수와 항렬, 오만 데이터를 끌어 붙이는 것으로도 머리가 터질 지경이었다.

"예, 이조참판을 지내신 박홍수 영감께서는 항렬로는 숙부뻘 되시지만 저희 아버님이 서출이고 본가와 왕래는 하지 않고 지냅니다. 뵈온 적도 없지요."

"허허. 어쩨 이런 일이."

그는 눈썹을 찌푸리며 한참 혀를 차더니 한참 만에야 고개를 끄덕였다.

"본가와 무슨 일로 척을 지셨는지 모르겠지만 안타깝구려. 일전에 성균관에서 대과 준비를 하는 그 집안의 자제 중 한 분과 인사를 할 기회가 있었소이다마는, 혹시 불편한 관계일지도 몰라서 박 선비를 안다 인사를 하지는 못했소. 그래도 본가가 조정에서 점점 득세하고 있으니 박 선비에게는 좋은 일이겠지요."

윤 진사는 입 끝을 살짝 들어 올리며 웃었다. 이완은 바짝 긴장했다. 서류상 이완의 현조부가 되는 박종면은 실존인물이지만 그의 서자라는 박홍영은 이완이 지어낸 이름이다. 가짜 서자 계보를 만들지 않으면 빠져나갈 방법이 없었던 것이다.

적어도 선비 행색을 하는 자라면 적서 상관없이 집안에 대한 계보를 뚜르르 꿰고 있어야 하니 별수 없이 가장 익숙한 자신의 집안을 댔는데 이게 잘한 짓인지 아닌지도 모르겠다. 서자 집안이라 교류 없이 산다는 핑계를 저 사람이 믿어 주어야 할 텐데.

차라리 민호 씨처럼 일자무식으로 일관했으면 좋았을 것을. 진희 씨가 단발인 것만 해도 돈이 없어 잘라 팔았다는 민호 씨의 핑계는 쉽게 받아들여졌지만, 자신은 연대기 좀 안닿시고 일본 메이지 유신의 단발령 폐도령을 끌어댔다가 고생을 하지 않았나. 아무리 책으로 공부했다고는 해도 이 시대를 사는 사람만큼 생생하게 알 수는 없는 법, 조금이라도 사정을 아는 이가 나타났으면 단번에 들통이 났을 것이다.

그런 사정을 알 턱이 없는 윤 진사는 화제를 바꿀 생각이 없어 보였다. 사실 이 시대에 집안 친척 이야기는 현대의 날씨 이야기, 스포츠 이야기만큼 일상적으로 오가는 화제였을 것이다. 윤 진사는 잠시 생각에 잠기더니 가볍게 한숨을 쉬었다.

"그렇구려. 박홍수 영감이 이조참판으로 제수되신 게 벌써 까마득하다니, 원. 그게 언제였던가요? 궁에 출입하는 지인들 덕에 그 정도 풍문은 늘 듣고 있는데 나이가 먹다 보니 모든 게 다 가물가물합니다."

집안 이야기가 길어질 모양이었다. 이완은 눈앞이 캄캄해졌다. 무식은 무탈이요, 식자는 우환이니. 헛똑똑이 박이완, 앞으로는 절대 아는 척 잘난 척하지 마라, 생각해라 생각해. 박홍수가 이조참판으로 임명된 해가 언제인지.

그렇지. 노비세습을 폐하던 해로 기억했다. 그런 개혁안이 나오던 시기에 중책을 맡게 되어 골치 아플 거란 생각이 잠깐 들었었다. 노비세습 폐지된 해. 천만다행으로 기적처럼 연도가 연결이 되었다. 1886년, 그렇다면 고종 23년이고, ……광서 12년 으으, 갑을병에 자축인묘진사오미신유술, 병술년이다. 미친 듯한 속도로 연도와 연호 계산을 끝낸 이완은 간신히 더듬더듬 대답했다.

"영감께서 이조참판에 제수되신 게 광서 12년, 병술년이었습니다. 그때 전하께서 노비세습을 폐한다는 명을 내렸던 해여서 특별히 기억하고 있었지요."

"아, 예. 그랬었지요. 이거 원, 정신이 이리 흐려서야."

윤 진사는 민망한 듯 웃으며 합죽선을 펴 들었다. 이완은 속으로 크게 안도의 한숨을 쉬었다. 이번 지뢰도 무사히 넘겼다. 손바닥에는 땀이 흥건히 괴었으나 그래도 다행이었다. 윤 진사는 무심하게 고개를 끄덕였다.

"광서 12년이면 가만 보자, 병술년이 맞군요. 박홍수 영감이 이조참판에 제수되시고, 주상께서 노비세습을 폐하시고……."

되풀이하는 목소리는 평연하고 담담했다. 하지만 이완은 합죽선을 든 그의 손이 그대로 멈춰 있는 것을 발견했다. 손등에 굵게 핏줄이 돋아 있었다. 등 뒤로 스물스물 피어오르는 불길한 예감. 혀 아래로 신 침이 고였다. 연도도 정보도 틀림없을 텐데, 왜?

펄럭, 합죽선이 다시 바람을 일으켰다. 윤 진사의 웃는 표정이 선명해졌다.

"올해는 광서 7년, 신사년입니다. 박 선비."

사랑방 앞에서 엉거주춤 허리를 굽히고 서 있던 맨상투 바람의 중늙은이가 입을 커다랗게 벌린다. 헉, 하는 소리가 튀어나오려는 것을 입을 틀어막고 덜덜 떨며 뒷걸음질해서 댓돌에 내려섰다.

그는 소리 나지 않게 허둥허둥 안채로 들어갔다. 마님, 마님! 사내의 목소리는 우들우들 떨렸다. 손님들과 이야기를 나누고 있던 여자가 잠시 문을 열고 밖으로 나와 그를 손짓해 아무도 없는 찬광 쪽으로 끌고 갔다.

"그게 사실이냐?"

얼굴이 희고 작고 가면같이 웃는 여자가 싸늘하게 채근했다. 그녀는 한참 이야기를 듣더니 깊이 생각에 잠겼다. 잠시 후, 여자는 허리를 굽히고 서 있는 사내에게 짧게 말했다.

"한시도 눈을 떼지 말고 무엇을 하는지 빈틈없이 감시해라."

"예, 마님."

"이 집안의 안위가 걸린 일이다. 그 사람들에게 허투루 나서서 묻지 마라. 주인 나리께 피해가 가지 않게 하려면 속히 저들의 증좌를 잡아야 할 것이다."

"예, 마님."

사내는 떨리는 목소리로 간신히 대답했다.

❀　　❀　　❀

우승지 영감 댁의 작은사랑에서는 연일 흐드러진 잔치판 놀음판이었다. 오늘도 곱게 성장한 기생들이 금(琴)과 장구를 갖춰 들고 들어갔다. 반빗간의 찬모와 가비들이 원형의 커다란 두리반에 음식을 잔뜩 차려 들고 안으로 나른다. 명절 때나 간신히 맛볼 수 있는 기름진 고기에 떡과 면, 산자, 약과, 강정에 향긋한 술이 담긴 백자단지까지. 집주인은 하인들에게 손님이 원하는 대로, 기생이든 음식이든 술이든 부족 없이 대령하라 일러둔 참이었다.

하인들은 서슬 푸른 젊은 영감마님께서 이렇게까지 호구가 될 수도 있구나 하면서 혀를 찼다. 윗사람들의 말이라곤 쥐똥만큼도 들어먹지 않기로 유명한 화원을 좋아한 게 죄라면 죄였다.

마당 한구석에는 기생들이 타고 온 말들이 지루한 듯 히힝대는 소리를 내고 있었다. 두어 식경쯤 전에 들어간 기생들은 언제 돌아가게 될지 알 수 없었다.

평양루나 화양관 같은 곳의 기생들은 시, 서, 화, 무, 창과 악기 다루는 솜씨가 좋기로 소문이 나 있었지만, 사랑에 갇혀 있는 화원 나리 앞에서는 그런 고상한 것들이 아무짝에도 쓸모가 없었다. 공들여 배운 화관무 검무 다 집어치우고 엉덩이를 쌀랑쌀랑 흔들면서 추는 춤이 장땡이었고, 아무리 판소리 여섯 마당에 시조, 가사를 줄줄이 꿰고 있어도 장 화원 앞에서는 시장 바닥에서 유행하는 타령이나 잡가 말고는 부를 일이 없었다. 고집쟁이 화원의 기분을 붕붕 띄워 주고 그림을 얼른 그리게 달래는 것이 그네들의 임무였다.

하지만 그렇게 얻어먹고 진진 놀면서도 콧대 높은, 아니 철없는 화원 나리는 억지로 그려야 하는 병풍 따윈 지겨워서 죽어도 못 해먹겠다 생떼를 썼다. 한두 개도 아니고 열 폭짜리 병풍을 열 몇 첩이나. 싫어, 안 해, 응, 이젠 지겨워졌단 말이야. 행랑아치들은 오며 가며 사랑채에서 들리는 말을 엿듣고는 노상 혀를 찼다. 나 같으면 빨리 해치워 주고 나가련만.

화원 나리는 현재 방에서 한 뼘도 밖으로 나가지 못하는 상태로, 뒷간마저 못 가는 요강마님 신세였다. 물론 갇힌 것만 빼놓고는 부족한 것이 하나도 없었다. 방구석엔 칠보요강이요 아침에는 세숫물에 저녁에는 발 닦을 물, 끼니마다 구첩반상, 비단옷에 햇솜 금침, 덕국에서 들여온 오색 석채에 송연묵, 장 화원이 좋아하는 호피선지 옥판선지가 여러 묶음이요 새하얀 생명주가 곱게 말려 놓았고, 담배, 재떨이, 타구까지 모조리 방으로 대령이었다. 술타령을 하면 새로 담근 술을 항아리째로, 심심파적 기생 타령을 하면 유명하다는 기방에서 기생을 떼로 불러와 놀음을 하게도 해 주었다.

그래도 병풍은 나오지 않았다. 그러는 주제에 기생들의 치마폭에는 사군자를 번갈아 가며 그려 주었고, 기생들의 눈썹을 그려 주고 입술 옆에 애교점, 눈 아래 눈물점을 찍어 주기도 하며 붉은 석채분을 풀어 겨울철 봉숭아 물이라며 손톱마다 발갛게 칠을 해 주기도 하니 보고 있는 사람으로서는 웃을 수도 없고 울 수도 없고 그저 미치고 팔짝 뛸 일이었다.

사랑채 앞마당을 쓸면서 대기하고 있던 행랑아범 곰배 배 서방은 안에서 들리는 소리에 혀를 찼다. 기생들이 깔깔대고 웃는 소리가 들린다. 뭔가 장 화원이 웃기는 짓을 한 모양이다.

오늘도 그림 나오기는 글렀군그래.

한숨을 쉬던 배 서방은 그래서 기생들이 해도 떨어지기 전에 우르르 몰려나오는 것을 보고 깜짝 놀랐다. 화원 나리께서 오늘은 일을 해 볼 테니 일찍 파작하고 돌아가랬다는 것이다. 오늘은 해가 서쪽에서 뜨겠네. 기생들은 재잘재잘 연신 웃으면서 짐을 챙긴다.

배 서방이 싸리비를 든 채 사랑채를 흘끗거리는 동안 기생들이 돌아갈 차비를 한다. 곱게 분단장을 하고 머리를 한껏 꾸며 틀어 올린 위로 전모를 높이 쓰고 화려한 자수가 놓인 각색 두루마기를 휘감아 말에 오른다. 윤기가 매끄르르 하는 남색 공단 치맛자락엔 모란 장미 매화 자수가 자르르 깔렸고, 치마꼬리를 휘감은 손에는 금가락지 옥가락지, 칠보 장식 쌍팔찌, 치마허리에는 삼작노리개, 옥돌 노리개, 칠보 향낭까지 달랑이니 온통 황황하여 쳐다볼 수도 없다.

기생이나 행랑아치나 천것이라 불리기는 마찬가지였지만, 대우는 하늘과 땅 차이였다. 행랑것들은 기생들을 함부로 쳐다볼 수도 없었고, 말도 함부로 붙일 수 없었다.

그네들은 가지고 다니는 가야금이며 장구들을 수레에 싣고 서열 높은 기생은 말에 오르거나 가마에 타고 어린 기생은 옆에서 종종 걸어 따랐다. 선배 기생들이 우르르 앞장을 서고 후배들이 수레와 함께 길게 꼬리처럼 따라나선다. 가장 나중에 나온 기생이 쓰개치마를 바투 뒤집어쓰고 선배들을 따라가고서야 마당이 조용해졌다.

배 서방은 마당 청소를 다 마치고 마당에 널어 말리는 장작을 정리하고 말과 소에게 마른풀을 한 뭇 넣어 준 후에 여전히 조용한 사랑채를 흘끔거렸다.

너무 조용해서 이상하다. 혹시나 그림을 그리고 있는 걸까? 그러면 방해했다간 주인 영감에게 치도곤을 당할 것이다. 하지만 조용해도 너무 조용했다. 그림 그린다 해 놓고 주무시나? 그는 조심스럽게 사랑채 앞에서 킁킁, 기침을 해 보았다. 아무런 대답이 없어, 킁킁, 다시 기침을 해 보고는 화원 어르신, 하고 조심스럽게 불러 보았다.

아무 대답이 들리지 않았다. 그는 겁이 덜컥 나서 문을 열어 보고는 자리에 털썩 주저앉고 말았다. 질펀하게 늘어진 상, 한쪽에는 아무렇게나 벗어 놓은 옷가지와 버선, 창의 따위가 둘둘 뭉쳐 있을 뿐, 방에는 아무도 남아 있지 않았다.

이제는 도망질의 대가로 이름을 날리게 된 장오원 화원의 여섯 번째 탈출이었다.

※　　※　　※

"박홍수 대감은 작년 10월에 사간원 대사간으로 다시 제수되셨지요. 이조참판이라니, 알짜 보직으로 승승장구하실 모양이군요. 길 가다 뵙기라도 하면 축하 인사를 미리미리 드려야 할까 봅니다."

윤 진사는 사뭇 웃음기 어린 목소리였다. 이완은 사색이 되어 그 자리에 엎드렸다. 이 멍청한 짓거리를 대체 누구를 탓할까.

몇 주 전에 들어왔을 때 분명히, 대원군의 지지 세력이 일으킨 역모 사건이 얼마 전에 있었다고 했었지. 복잡한 연도 계산에 휩쓸려서 그 생각을 깜박했다. 이재선 역모 사건은 임오군란이 일어나기 한 해 전인 신사년에 일어났다. 장 화원도 분명 올해가 신사년이고 자신이 서른아홉이라 말하지 않았던가. 그때부터 시간이 얼마나 지났다고 그걸 까먹어.

"진사님."

"그래. 그래요. 처음 보았을 때부터 이상하다 했었소. 장 화원이 항아님이라 부르는 진희라는 처자나 당신의 정혼자는 예전에도 몇 번 왔다지? 장 화원 말로는 자기가 그린 월죽도의 달에서 살다 내려왔다 하더군요. 물론 그 말을 믿은 건 아니었지만 박 선비가 이렇게 재미있는 이야길 해 줄 줄은 몰랐소이다."

"진사님, 그게, 아, 제기랄. 내가 이런 실수를."

"박 선비, 당황하지 말고 편히 앉아요. 내가 무얼 어쩐다고. 설마하니 내가 관에 고변이라도 할까 봐 그러오? 앞으로 있을 일을 함부로 말하고, 전우치, 홍길동이나 양 오랑캐처럼 사술을 쓴다고?"

이완은 진땀을 흘리며 고개를 들었다. 윤 진사의 얼굴에는 놀람도 없고 경계의 빛도 없었다. 외려 지난번에 보았을 때의 나른함과 무심함이 사라진, 총기와 호기심이 어린 듯한 맑은 얼굴이었다. 그는 긴 수염을 쓸어내리며 재미있다는 듯 웃었다.

"정말 장 화원의 말대로 달에서 온 사람이오? 그림 속에서 살고 있는 게요?"

"……아닙니다."

"아니면 더 앞선 시대에서 온 게요? 그림을 타고?"

이완은 대답하지 않고 한참을 버텼다. 윤 진사도 채근하지 않고 기다렸다. 이완은 자신의 침묵이 그에게 긍정으로 받아들여졌음을 알고 무겁게 입을 떼었다.

"대답하지 않으면 어찌하시겠습니까?"

"아마, 내당에서 월죽도를 태우고, 당신들을 사술을 쓰는 자라 하여 고변을 할 게요. 지난번에 진작 고변한다는 것을 내가 알아보겠노라 말렸거든. 내 안사람은 그 그림을 무척 아끼던 사람인데 이젠 그걸 태우려고 호시탐탐하고 있지. 물론 나야 태우든 말든 상관할 일은 아니고 박 선비와 두 처자가 끌려가건 말건 알아서 하라 하면 그만이외다. 내가 딱히 오지랖이 넓은 사람은 아니라서."

민호 씨의 고조부는 민호 씨와는 전혀 다른 유형의 사람이었다. 어떻게 보면 진희 씨와 비슷한 것 같기도 하다. 그는 말로만 협박하는 것이 아니었다. 대답을 하지 않으면 저 사람은 정말 내당에서 고변을 하도록 내버려 둘 것이다.

그러면 우리는 어찌 되는 거지?

물론 민호 씨가 혼자 왔으면 그림을 태우든 말든 무사히 돌아갈 수 있을 것이다. 그는 이제 민호의 생존을 위한 본능적인 감각과 귀환 능력을 믿었다. 다른 시간으로 들어온 순간, 그녀의 능력은 헤아릴 수 없이 귀한 가치를 갖게 된다.

하지만 이번에는 진희 씨와 자신이 꼬리로 달려 있었다. 안전하게 빠져나가기가 쉽지 않을 것이다. 항상 조심해라 겁도 없이 사고만 저지르고 다닌다 잔소리하던 자신이 이따위로 민호 씨의 발목을 잡아챌 줄은 몰랐다.

"솔직히 답만 해 주면, 내가 앞서서 적당한 변명을 마련해 주고,

그림을 태우지 못하게 막아 줄 수도 있소. 나를 같은 편으로 만드는 게 좋을 텐데? 예전에 서학도당을 너무 많이 죽여서 염라대왕으로 불렸던 이경하 영감이 조만간 좌포청 포도대장으로 다시 올 거라는 말이 있습니다. 당연히 밑의 것들은 알아서 분위기를 잡을 것이고, 당신들을 고변하도록 내버려 둔다면 열에 아홉은 새남터행일 게요. 거기까지 끌려갈 지경이 되면 거의 사람 형상이 아니게 되지. 어찌하시려오?"

"……."

"말을 내거나 할 생각은 없소, 내가 짐작한 미래가 맞는지 알고 싶을 뿐이오. 그저 호기심이지. 어찌할까? 돌아갈 수 없도록 그림을 태우게 내버려 두겠소?"

순간 이완의 머릿속으로, 그 그림이 태워지지 않으리라는 생각이 떠올랐다. 그렇다. 그림은 남을 것이다. 그래서 윤 진사의 후손들과 김성길이라는 사람에게 전해질 것이다. 그제야 이완은 간신히 한숨을 쉬고 조금 용기 있는 대답을 할 수 있었다.

"앞으로 일어날 일을 알아서 무엇을 하시겠습니까? 부질없는 일입니다."

"내가 짐작한 것이 틀리기를 바라서 묻는 것뿐이오. 헛되고 부질없는 건 알지만 무언가 그래도 기대를 해 보려는 것? 사실 나는 앞으로 벌어질 일에 대해 궁금한 것이 적지 않아요. 미래를 안다면, 바꿀 수도 있지 않겠소?"

"바꿀 수 없을 겁니다. 그러니 모르고 사시는 게 더 낫습니다."

이완은 자세를 바로잡고 앉았다. 윤 진사는 여전히 평온한 낯으로 검고 긴 수염을 쓰다듬고 있다. 시간 여행자를 처음 보았을 때의 상식적인 반응은 아니다. 다만 부채 끝이 가끔 흔들리는 것만이 지난번의 윤 진사와 다른 점이었다. 저 사람은 이미 우리가 다른 시간에서 온 것을 짐작하고 있었다. 그래서 저렇게 의연할 수 있을 것이다.

"미래를 알고 살아가는 사람이 얼마나 불행할지 생각해 보셨습니까? 자신의 의지와 지혜를 동원해 판단하고 행한 일들이 정해져 있다는 건, 자신의 자유의지가 거세된 채 평생을 살아야 한다는 뜻입니다. 궁금하신 것, 제가 아는 대로 말씀은 드릴 수 있지만, 그것이 윤 진사님의 삶을 불행하고 단조롭게 만들 수도 있습니다."

"미래를 아는데 어째서 피할 수 없소?"

"과거는 고정되어 있습니다. 현재란 시간은 미래에 사는 사람에게는 확정된 과거가 됩니다."

"지금 나는 내 뜻대로, 내가 선택해서 행동을 하는데, 그것 하나하나가 다 정해져 있는 것이란 말이오?"

이완은 고개를 흔들었다. 대답하기 어려웠다. 민호 씨는 이렇게 복잡한 시간의 인과와 모순에 휘말리는 대신, 자신에게 부딪친 그 상황에만 집중해서 행동했다. 이완은 이제 그것이 더 큰 지혜로 느껴졌다. 그는 자신이 겪은 일, 자신이 아는 것만 말할 수밖에 없었다.

"제 정혼자의 어머니도, 제 부모님도 사고를 피하지 못하고 돌아가셨습니다. 저희는 그것을 눈앞에서 보면서도 되돌릴 수 없었습니다. 그것이 이미 정해진 것을 알았고, 저희가 알든 모르든 상관없이 일어날 일은 일어나게 되어 있습니다. 아무것도 모른 채 스스로의 행동을 결정하며 사는 것이야말로 현재를 사는 사람들에게 주어진 권리입니다. 왜 그 권리를 포기하십니까?"

시간의 패러독스에 대해서는 깊이 생각해 보지 않았는지, 윤 진사는 눈썹을 찌푸리고 한참 생각에 잠겼다. 펄럭, 그림이 그려진 합죽선이 움직이자 길게 늘어진 검은 수염이 살짝 흔들렸다. 그는 조용히 물었다.

"박 선비는 대체 언제 사람이오?"

"……말씀드릴 수 없습니다. 모르시는 게 좋을 겁니다."

이완은 숨을 길게 쉬며 대답했다. 그는 눈을 가늘게 뜨고 이완을 한참 관찰하더니 싸늘한 목소리로 말했다.

"좋소. 당신이 끝까지 대답하지 않는다면, 나 역시 당신들을 보호할 이유가 없지. 부디 스스로 알아서 조심하길 바라오."

이완의 등으로 한기가 흘렀다. 윤 진사가 직접 고변을 하지는 않아도 누군가가 자신을 수상히 여겨 관에 찔러 넣기라도 하면 골치 아픈 일이 생길 것이다. 물론 그 전에 진희 씨와 내가 장 화원을 만나 인사를 하고 돌아가거나, 만날 가능성이 없다면 지금이라도 바로 돌아가면 된다. 연락만 제대로 된다면 시간이 오래 걸릴 일은 아니었다. 이완은 무겁게 고개를 끄덕였다. 한 가지만 더 물읍시다. 윤 진사는 아쉽다는 듯 혀를 차며 말했다.

"박 선비는 누가 미래를 알게 해 준다 해도 듣지 않겠다 할 거요? 가령, 복잡할 것도 없이 당신의 정혼자와 오래오래 행복하게 잘 살건지 알고 싶다거나, 특별히 피해야 할 위험한 일이 있다거나. 결말이 좋지 않다면 그 길을 피할 수도 있지 않느냐 이 말이오."

이완은 그가 스스로의 이야기를 하고 있음을 알았다. 짐작하건대 지금 내당의 주인인 향이와의 삶이 기대와는 달랐던 게다. 마음을 얻지 못하는 결혼 생활에 이제 회의가 드는 걸까? 이렇게 살 줄 알았다면 예전에 그 길을 피하려 했을까?

나 역시 마찬가지. 민호 씨와 나의 미래가 이 꼴이 될 줄 알았다면 애써 피하려 했을까? 그래서 결과가 달라졌을까? 이완은 고개를 약간 수그려 그의 시선을 피했다.

"정혼자와는 파혼했습니다."

윤 진사의 눈썹이 찌푸려졌다. 미안하오, 같이 와서 몰랐어. 무슨 일이 있었소? 하는 그의 목소리는 조심스러웠다. 이완은 구구절절 이유를 댈 수 없어 그저 고개만 저었다.

"박 선비 역시 정혼자와 파혼할 줄 알았더라면 그 길을 피하지 않았겠소이까?"

과연 그랬을까. 알 수 없었다. 학부 첫 수업에서 들었던, 가장 부질없는 가정법들이 생각났다. 알렉산더가 열병에 걸려 죽지 않았더라면. 정조가 20년만 더 버티어 주었더라면. 케네디가 총에 맞지 않았더라면.

역사에서 가정이 금기라는 가르침은 그것이 부질없는 짓이기 때문이다. 내가 로또에 당첨된다면, 으로 시작하는 상상보다 더 부질없는 짓. 이완은 그 사실을 시간 여행 중에 문득문득 실감하곤 했다.

"정혼한 아가씨와 인연이 오래도록 깊었고, 또 많이 좋아했습니다."

목이 메었다. 혀를 차던 사내는 이완의 눈가가 붉어지는 것을 보고 입을 다물었다. 이완은 한참 만에야 낮은 목소리로 대답했다.

"미래를 아는 사람이 내 앞에 나타난다면."

미리 이따위 결말을 캐묻고 민호 씨를 좋아하는 마음을 막을 수 있었을까. 하지만 미래에서 온 사람이 보면 우리의 파국도 이미 정해진 것일 터이다. 부질없는 미래, 부질없는 가정. 모르고 이렇게나마 사랑하는 것이 그래도 좋았다. 파국이 오기 전까지 아무것도 모르는 채 이렇게 열심히 사랑하는 것이. 이완은 목멘 소리로 대답했다.

"미래를…… 묻지 않고, 마음 가는 대로 똑같이 연모할 겁니다."

진사의 눈이 가늘어진다. 미련한 사람, 왜 그리하는가. 왜. 왜, 왜.

나는 이럴 줄 알았으면 시작도 하지 아니했을 것인데, 왜. 그의 바늘 끝 같은 시선은 그렇게 묻고 있었다.

시선을 내린 곳에 그의 합죽선이 있었다. 넓게 펼쳐진 종이 위에는 노란 달이 뜨고 구멍이 숭숭 뚫린 괴석을 바탕으로 추국이 흐드러지게 피었다. 크지 않은 작품이었지만 엄연히 오원의 솜씨였다. 부채를 쥐고 있는 희고 긴 손, 길고 옹이가 없는 손가락이 파르르 흔들렸다. 긴 한숨이 흘러나왔다.

"알겠소. 내 더는 묻지 않……."

갑자기 이야기가 툭 끊어졌다. 밖에서 와당탕 퉁탕 요란한 소리가 들리더니 행랑아범의 목소리가 크게 울려 퍼졌던 것이다.

"아니 저년은 또 누구여! 어떤 년이 사랑채에 함부로 들어가, 네 이년, 감히 거기가 어디라고! 안 내려와?"

잠시 투닥투닥 드잡이를 하는 소리가 들리더니 쿵쿵쿵 마룻장이 울렸다. 이완이 고개를 기웃하며 일어서는 순간 문이 벌컥 열렸다. 깡똥한 치마를 두른 여자가 헐떡이며 서 있었다. 윤 진사가 눈썹을 찌푸리며 조용히 나무랐다.

"누구요? 예가 어디라고 함부로……."

말을 잇던 진사가 갑자기 말을 멈추었다. 여자의 얼굴을 확인한 이완은 눈을 커다랗게 뜨고 한 걸음 뒤로 물러섰다. 툭, 집주인의 손에서 부채가 떨어지는 소리가 크게 울렸다.

여자는 머리에 뒤집어쓰고 있던 쓰개치마를 집어 던지더니 경중경중 뛰어와 진사 앞에 너부죽이 엎어져서 절을 했다.

"진사님, 기체후앙망강, 어, 그보다 진희 항아님이 오셨다면서요? 제가 뒷간에도 못 나가는 신세로 갇혀 있을라니 원 방뎅이가 가려워서 산해진미 삼천 기생 다 소용없더만요. 으이구, 어떤 년의 옷인지 지랄 같기는. 아이고, 박 선비님 오셨습니까."

반짝반짝 개구지게 빛나는 황갈색의 눈, 큼직한 코, 겅중겅중 뛰는 걸음새, 상투를 풀어 버리고 곱슬기가 잔뜩 든 머리카락으로 억지로 쪽을 지은 머리.

그 유명하신 장 화원이었다.

그는 화려한 모란 자수가 놓인 푸른 치마를 되는대로 둘러 입고 겨드랑이가 짧은 저고리를 소매가 터지도록 끼어 입은 참이었다. 몸통이 다부지고 굵다 보니 가늘가늘한 기생들이 입던 치마 뒷자락은 여며지지도 못했고 속치마를 챙겨 입을 겨를도 없었는지, 한 걸음 디디거나 엉덩이를 움직일 적마다 맨고쟁이가 다 드러났다.

저고리 꼬락서니는 더 심해서 우람한 가슴살이 다 보이게 훌쩍 벌어져 놓으니 짧고 좁은 고름은 고도 제대로 맺지 못해 끄트머리만 달랑 묶은 시늉만 내고 말았다. 길이는 짧고 품은 밭고 겨드랑이 도련은 바짝도 파였고, 맨살을 가려 줄 가슴가리개는 어디로 갔는지 알 수 없는 데다 소매통까지 좁다 보니 절을 하고 팔을 들썩일 때마다 시키면 겨드랑이가 다 드러났다.

그런 주제에 위장은 제대로 해야겠다 싶었는지 온갖 노리개는 허리춤에 주렁주렁 매달아 놓고 머리에 달강달강 나비 화잠이 달린 족두리까지 얹었다. 색동으로 끝동을 댄 한삼까지 소맷부리에 착실히 끼운 꼬락서니를 보니 기생들이 춤을 출 때 입는 옷을 훔친 모양이었다. 윤 진사의 입술이 비틀어지며 실룩실룩한다. 장 화원은 주먹으로 자신의 머리를 딱 때렸다.

"아니지, 박 선비 너 내 제자 하기로 했지. 하마터면 까먹을 뻔했네. 잘 왔다, 이놈아. 박, 박, 어, 이완이 이놈. 아직도 자를 안 지었어? 오냐, 내가 이참에 지어 주지. 아, 그래 얼마나 기다렸는데 이제 와, 이 나쁜 놈아. 그래, 술은 가져왔느냐? 그래그래, 잘했다. 응, 예쁜 놈이다. 항아님 모셔 와서 그것도 참말로 예쁘다. 야 이놈아, 선생님 왔는데 절

안 하고 뭐 하냐."

이완은 반쯤은 넋이 나간 상태로 비실비실 일어나 스승에게 절을 했다. 스승은 머리에 꽃 한 송이만 꽂으면 완벽해질 모습으로 양반다리를 하고 앉아 제자에게 절을 받았다. 와하하, 아하하하하하! 아하하! 어지간한 일에는 표정 한 자락 변하지 않던 윤 진사에게서 파안대소가 터졌다.

❀　　❀　　❀

그가 오고 있다.

진희는 눈썹을 가만히 찡그렸다. 이상하게 가슴이 술렁거리더니 뜬금없는 목소리가 다시 울렸다.

그가 와, 그 사람이.

진희는 가만히 숨을 들이쉰 후 고개를 들어 좌우를 곁눈질했다. 방은 조용했고, 옆에 앉은 민호 그리고 맞은편에 앉아 있는 안주인 말고는 아무도 없었다. 그녀가 웃으면서 이야기를 이어 나가고 있는 모습이 보인다. 하지만 그가 오고 있어, 이리로 오고 있어, 하는 맹렬한 목소리 때문에 여자의 말이 잘 이해가 되지 않았다.

진희는 앞의 여자가 오라비의 탈출기와 감금 상황에 대해 열심히 설명하는 모습을 빤히 바라보았다. 오실 수 없어요. 소식도 넣을 수가 없답니다. 답답할 따름이죠. 여자의 말이 되풀이되는데, 뱃속은 점점 흥성흥성한다.

아니, 저 여자는 거짓말을 하고 있어.

그가 오고 있어. 내가 왔다는 이야기를 듣고, 나를 보러.

목소리는 점점 크고 날카로워진다. 피가 끓는다는 말은 서툰 수사법이 아니다. 혈관을 도는 피는 단숨에 비등점으로 뛰어올랐다. 시선을 내리자 파르르 떨리고 있는 자신의 손끝이 보인다.

진희는 눈을 깜박거렸다. 자신의 감각을 믿을 수가 없었다.

잠시 후 거짓말처럼 대문이 쾅쾅 울리더니 누군가 집으로 들이닥치는 소리가 들렸다. 조용하던 사랑채에서 수런수런하는 소리가 들리기 시작했다. 여러 사내의 낮고 웅웅대는 목소리는 분별할 수 없는 파장 덩어리로 뒤엉켜 있었다. 하지만 진희는 그중에 한 가닥의 목소리를 정확하게 인지했다.

그가 왔다.

진희는 그 자리에서 얼음처럼 굳은 채 눈을 크게 떴다. 다른 사람의 목소리일 수 없다. 그것은 검은 털실이 돌돌 말려 있는 타래 중에 노란색 실이 한 가닥 섞여 있는 것처럼 선명했다.

진희는 그의 목소리가 실처럼 허공을 타고 들어와 자신에게 달려드는 것처럼 느꼈다. 소름이 끼쳤다. 그에게서 나오는 것은, 향이든, 소리든, 색이든, 지독하게 선명하고 고유의 감각 영역을 뛰어넘어 자신에게 와 박힌다. 진희는 향이를 응시하며 조심스럽게 말했다.

"저, 지금 장 화원께서 오신 게 아닌가 싶습니다만."

"그럴 리가요. 우승지 영감 댁의 하인들은 궁의 수문장보다 서슬이 퍼렇답니다. 촌각이라도 자리를 비우지 못하게 엄명을 내리셨다지요."

하지만 정말로 장 화원이 오셨다는 안잠의 말을 듣자마자 향이의 얼굴이 싸늘하게 변했다. 그녀는 푸르게 질린 얼굴로 진희를 노려보다가 허리를 수그린 안잠에게 날카로운 목소리로 쏘아붙였다.

"그럴 리가 없다. 확실하냐? 어찌 나오셨다더냐? 대체 누가 연통을 했더란 말이냐?"

진희는 여자가 방법이 있으면서도 부러 연락을 넣지 않았음을 알아차렸다. 거짓말을 하고 있더라는 목소리가 맞았다. 진희는 자리를 떨치고 일어난 안주인을 싸늘하게 올려다보았다.

"어쩌자고 겁도 없이 다시 빠져나와. 지난번에 별감들에게 잡혀가서 장을 열 대나 맞고 풀려난 것을 그새 잊으셨더란 말이냐? 못 만나면 할 수 없는 게지 왜 이렇게 야단법석이신지. 오라버니도 참, 지금 한번 나가 봐야겠구나."

향이는 간신히 입술 끝을 올려 웃었지만 눈에는 파란 불이 이글이글했다.

"희한하군요. 오라버니께서 오신 걸 어떻게 아셨나요? 그건 또 무슨 사술입니까?"

"사술이라뇨. 목소리가 들렸을 뿐입니다. 귀가 밝은 것도 사술입니까?"

침착한 대답에 여자의 비틀린 입술이 달싹거렸다. 개새끼도 쥐새끼도 아닌 것이 귀가 밝기는 무슨. 여자는 치마꼬리를 확 말아 쥐고 바람을 일으키며 나가 버렸다.

"진희 너, 잠깐 기다려 봐."

급히 따라 나가려던 진희는 민호에게 팔을 붙잡혔다. 손목을 쥔 민호의 악력이 무시무시했다. 평소 속없이 떠들어 대던 민호는 오늘따라 조용했다. 지금도 무거운 눈으로 자신을 바라보고 있었다.

"너 괜찮아?"

"괜찮지 않을 게 뭐가 있어?"

민호는 눈을 부릅뜨고 말의 마디마디에 오금을 박았다.

"진희 너 말야, 잘 들어. 지금 여기 데려다 달라는 네 부탁을 굳이 들어준 건 앞으로 못 오겠다는 인사를 제대로 하라는 뜻이야. 더 이상 저 사람이 기다리면서 마음 졸이게 하지 말라고. 내가 앞으로 여기 몇 번을 더 오게 될지 모르겠지만, 너는 절대 데리고 오지 않을 거야."

진희는 고개를 끄덕였다.

"그건 내가 더 잘 알아. 걱정하지 마."

순간 진희는 갑자기 말을 멈췄다. 눈가가 뜨끈하고 속에서 울컥, 뜨거운 덩어리가 치밀었다. 당황스러웠다.

이상하다. 이건 울 일도 아니고 마음이 싱숭생숭할 일도 아니다. 이 사람에게는 현재지만 나는 그가 살아가게 될 미래를 알고 있다. 그와 나는 인연이 없을 것이다. 마음을 뺏기고 휩쓸리면 휩쓸리는 만큼, 그것은 내 생살을 파내는 결과가 될 것이다.

나는, 감정에 휩쓸려서 멍청한 선택을 하지는 않아. 절대.

진희는 이맛살을 찌푸리고 다리에 힘을 주어 일어섰다. 몸과 머리가 따로 노는 것 같다. 팔다리는 흥분해서 뛰어가려 하는데, 인사를 해야 하는 머리와 입은 자갈이 들어찬 것처럼 무거웠다.

하지만 중문을 열자마자 진희는 입을 멍하니 벌리고 말았다. 치마 저고리를 껴입고 패물을 주렁주렁 매단 채 겅중대고 뛰어오다가 치맛자락에 걸려 엎어지는 턱석부리가 보인다. 순간 머릿속에서 베수비오 화산이 폭발했다.

"항아님! 진희 항아님, 내 왔어, 내가 왔어요. 아이구, 이 빌어먹을 옷자락이."

간신히 일어나 옷을 터는 화원의 입성과 머리 꼬락서니는 차마 형언할 수 없었다. 쪽을 간신히 찐 뒷머리에선 비녀가, 앞머리에선 족두리가 흘러내려 왼쪽 오른쪽 머리 꽁지에 매달린 채 덜렁덜렁 흔들리기 시작했다.

진희는 민호와 함께 허리를 고부리고 앉아 미친 듯이 웃었다.

"항아님, 진희 항아님, 내가 그래서 어떻게 했느냐 하면 고년이 갈 아입으려고 빼놓은 옷을 말이지, 발가락으로 살살 이불 속으루다 밀어 가지군, 궁뎅이로 답싹 깔구 앉았지. 그다음엔 아무리 찾아도 알게 뭐야. 평양루에 아마도 놓고 온 게라고 한참 야단야단을 하는데 고만 됐다구 찾으면 내일 또 오라구 술이나 석 잔씩 후루루 돌린 담에 쫓아냈지. 아 근데, 빼돌린 옷을 입을라 했는데 아 요, 요 뱃아묵을 팔뚝이 안 들어가는 거야!"

빼돌려도 하필이면 몸집이 작은 기생의 옷을 빼돌리신 모양이었다. 척 봐도 여기 울근 저기 불근 알통이 옷을 터뜨릴 듯이 튀어나오려 한다. 세상에, 어떻게 저러고 와. 여자에게 붙었으면 곱고 화려했을 노리개와 족두리들이 아주 그냥 광년이의 소품이 되어 버렸는데, 그러면서도 천연덕스럽게 앉아 있는 품이 당사자는 아무렇지도 않은 모양이었다.

아아, 저 꼬불꼬불한 머리로 비녀 꽂은 것 좀 봐. 저 삐딱한 꼴 좀 봐. 어떡해, 어떡해. 빼 주고 싶어 미치겠어. 다시 땋아서 틀어 주고 싶어 죽겠어. 진희가 숨도 제대로 쉬지 못하고 웃어 대자 그도 뻘쭘한 듯 머리를 긁었다.

"내가 그래도 항아님 생각만 하면서 알통들을 살살 달랬지. 네 이놈, 요 흉악한 알통들아, 나 항아님을 좀 만나러 가야 하는데 니들이 협조를 해 주어야 하지 않겠냐, 손으로 찰싹찰싹 때려 주니 요것들이 말귀를 알아듣고 신통방통하게 쏙쏙 들어가지 않겠어? 내 알통들도 항아님을 얼마나 좋아하는지 이제 알았지, 응?"

그래 놓고는 갑자기 심통이 났는지 밖을 향해 꽥, 소리를 질렀다. 아 글쎄, 누구든 나 옷 한 벌만 갖다 달라니까! 내가 누군지 알아? 한양 최고의 멋쟁이인 장오원 오라버니, 도화서 교수화원에 규장각 대령화원 나리란 말씀이야! 하지만 모처럼 좋은 구경거리가 난 행랑것들과 찬모, 안잠들은 입을 틀어막고 킬킬대기나 할 뿐이지 허드레 저고리 한 장 갖다 주는 사람이 없었다.

그는 옆에 놓인 쓰개치마를 툭툭 두드렸다. 그 밑에는 이완에게 받은 술병 세 개가 소중하게 갈무리되어 있었다. 술을 한 모금씩 마셔 보고 입맛을 다셔 가며 감탄한 뒤였다. 이 술 덕에 반남 박씨 제자놈에 대한 점수가 껑충 뛰었다.

"그래도 요 쓰개치마가 참말로 착하지. 안 그랬으면 똑 들켰을 게야. 근데 이걸 푹 뒤집어쓰고 나오는데두 마당쇠 곰배 영감이 나를 힐끔힐끔하는 거라. 아이코, 내가 수염을 들켰구나 싶었어. 내가 다른 덴 반반허구, 말끔허구 그래도 이놈의 수염은 어쩔 수 없잖어? 어마 뜨거라 냅다 뛰기 시작했지. 종로 시전 통 난전 통 다 지나서 수표교까지 오는데 오만 장사꾼에 각설이놈들, 꼬꼬마 애놈들이 다 나만 쳐다봐. 근데 뒤에서 언놈의 자식이 휘파람을 부는 것이야, 어떤 미친놈이!"

사내에게 추파를 당한 것이 영 분했는지 그가 붕붕 팔을 휘둘렀다. 결국 그 서슬에 좁아터진 저고리의 겨드랑이가 북, 터졌다. 그는 황급히 겨드랑이를 가리더니 고리눈을 부릅뜨고 으름장이다.

"보지 마! 항아님은 이런 거 보면 안 돼. 눈 버려!"

눈은 광년 모드의 화원님을 볼 때부터 진작에 버렸사옵니다, 지금 가려 봤자 그곳의 무성한 잡초며 시꺼먼 땟자국이 대륙지도를 그리고 있는 것까지 모조리 봐 버렸사옵니다, 이걸 어쩌나요, 무를 수도 없고. 진실은 그러하지만 진희는 자신을 좋아한다는 알통들에 대한 예우 차원에서 살짝 돌아앉는 시늉을 해 주었다. 찢어진 소매에서 팔뚝을 빼낸 그는 조막만 한 저고리를 들어 올리며 머쓱하게 웃었다.

"햐, 거참 신기한구. 요렇게 좁아터진 데 어떻게 팔을 끼워 넣나? 기지바이들이란 본디 팔뚝이 요래 가늘가늘한가? 고 조고만 몸으로 갓난이들은 어떻게 낳고 고 대꼬챙이 같은 팔뚝으로 쌀 서 말 지기 갓난이들을 어떻게 안고 업고 그 많은 기장구 빨래까지 해 가면서 키우는지 참말 모르겠어."

"여자들이 본디 남자보다 더 강하답니다. 눈치도 빠르고 인내심도 강하고 적응력도 강하고 더 오래 살지요."

"맞다 맞다. 사난들은 알통 큰 거 빼놓고는 순 허깨비 쭉정이라니까! 기런 거 보면 옥황상제가 힘 없구 철딱서니두 없는 엄살쟁이들만 골라서 알통이나 몇 짝 붙여 주구 사난으로 만드는 게 틀림없어. 요, 요 장승업이 요놈아. 너는 게을러 빠지고 잠두 많구 애 낳을 만한 참을성두 없구, 갓난이 서넛씩 안고 업고 빨래를 할 힘두 없구나. 이런 한심한 놈, 그림 그리구 술 처먹는 거 말구는 할 줄 아는 것도 없으니 밑천이라두 두 알 달구 사난으로 태어나거라. 그래서 내가 사난으로 태어나서 진희 항아님을 만난 거야!"

진희는 다시 웃기 시작했다. 웃다가 죽게 만드는 가스를 들이마신 고담 시 시민처럼, 몇 시간 내로 이 사람과 작별하고 돌아가야 한다는 결말을 알고 있으면서도 웃음을 멈출 수 없었다.

저 유쾌하고 세상 시름없는 광대가 대책 없이 좋았다. 애틋하고 보호해 주고 싶고 저 어리광을 다 들어주고 싶을 만큼 귀엽고 사랑스러웠다. 귀여워, 아 정말 귀여워 미치겠다. 고개를 돌리고 옆에 앉은 민호를 향해 입을 뻐끔거리자 민호는 되려 시큰둥이다. 야야, 진희 너 눈이 옹이구멍이냐. 지금 저 아저씨 나이가 몇인데 귀엽냐, 귀엽 긴. 저 욕하는 건 귀신같이 들었는지 그가 불쑥 끼어든다.

"내 나이가 어때서! 서른아홉이 어때서! 내가 그림 그리고 술 마시는 거 다음으로 잘하는 게, 나이를 입으로 먹구 똥구녕으로 싸는 거라고. 아마 절반도 안 남아 있을걸? 그러니 분명 이팔 춘향이 몽룡이 정도 될 거라고, 응!"

진희는 고개를 돌려 맨어깨 바람으로 앉아 있는 사내를 바라보았다. 그는 흘러내린 비녀, 족두리를 집어 던지고 머리를 대충 동여 하나로 묶었다. 단정한 미형은 아니었지만 선이 굵은 얼굴에 다부진 몸을 갖고 있었다. 두드러진 맨어깨가 바로 눈에 들어왔다.

진희는 눈썹을 찌푸렸다. 그의 맨어깨를 인식한 순간, 실낱처럼 향이 스며들었다. 15년 전, 자신을 질식시킬 듯이 휘감았던 그 향.

······어지러워.

눈을 들었다. 짙은 황갈색 보석 같은 눈동자가 빛이 나고 있다.

이상하다.

가슴이 술렁술렁, 어린 시절 롤러코스터를 타고 이제 막 천천히 높은 오르막을 오를 때처럼 온몸이 흥성흥성한다. 온몸의 털이 곤두서고 세포 하나마다 긴장하며 아래로 미친 듯이 떨어져 내릴 그 순간을 기대하고 있는 것처럼. 옆에 민호가 없다면 당장 무슨 짓이라도 저지를 것 같다.

이상해.

두 사람 사이의 공기는 점점 팽팽하게 긴장한다. 자신의 속을 알아챘는지, 자신을 뚫어지게 응시하는 사내의 눈이 조금씩 벌어진다. 그는 눈도 깜박이지 않고 진희의 눈을 바라본다. 공기가 젤리처럼 반고체 형태가 되어 간다. 황금색 물결이 젤리 같은 공간 메우고 꿀럭, 꿀럭 소리를 내며 움직인다.

순간, 끈끈하게 가라앉은 공기를 뚫고 희미한 소리가 흘러들었다. 마당 쪽에서 웅성이는 소리가 들린다. 행랑아범의 왕왕 울리는 비명 같은 고함, 맞은편의 사내에게 흠뻑 취해 있던 진희는 그 소리를 제대로 분별할 수 없었다. 난독증 환자들이 글자를 보되 인식하지 못하는 것처럼 목소리 조각들이 멋대로 분해되어서 공기 중에 스며든다.

옆에 앉아 있던 민호가 눈을 크게 뜨고 벌떡 일어나 뛰쳐나간다. 문이 요란한 소리를 내며 닫힌다. 민호의 움직임이 이상하게 현실감이 없다. 소리 역시 왜곡돼서 들린다. 콰당탕, 문 닫히는 소리, 마님, 사술입니다. 나와 보십시오. 행랑방에서, 저 사람이 손가락에서 불을, 사술이다, 하는 소리가 귀를 막고 들리는 소리처럼 먹먹하고 아스름하게 들린다.

반대로, 후우, 후, 거칠게 내뿜는 사내의 숨소리는 지독하게 크고 생생하다. 시익, 시익, 식. 고막을 벨 것처럼 날카로운 숨소리, 그의 숨소리. 아니, 숨소리뿐 아니다. 쿵쿵쿵쿵, 쿵쿵쿵쿵, 쿵쿵쿵쿵쿵. 가슴에서 시작된 빠른 북소리가 거대한 울림이 되어 몸을 달린다. 그의 숨소리, 심장 소리를 제외하고는 진공처럼 고요한 공간만 남았다.

"진희야, 항아님. 네 눈에서 파도가, 파도가 친다."

굵고 탁한 목소리가 눈앞에서 갈라졌다. 다시 질식할 것처럼 향이 짙어졌다.

진희는 앞으로 팔을 쭉 내밀어 그의 맨어깨에 두 손을 댔다. 땀으로 살짝 젖은 살갗이 느껴지는 순간, 전기라도 오른 것처럼 등으로 소름이 쭉 솟았다.

여긴 아무도 없어. 우리 둘뿐이야.

진희의 손이 그의 입술로 올라간다. 이건 내 의지일까, 아닐까? 갈팡질팡하는 중에 손끝이 그의 입술을 더듬는다. 손이 독자적인 의지를 갖고 있는가, 진희는 잠시 혼란해졌다. 그는 눈을 커다랗게 뜬 채그대로 굳어 있었다. 진희는 입술을 떼었다.

"……달콤한 냄새가 나요."

두 사람의 입술이 순식간에 달라붙었다.

15
이 또한 지나가리라

윤 진사는 우승지 영감에게 바로 가서 장 화원이 온 사실을 이야기하고 일을 수습하겠노라며 급히 자리에서 일어섰다. 이완은 고랑내 풍기는 일가 백수 노옹들이 똬리를 틀고 앉은 작은사랑 대신 행랑채의 끝 방에 우두커니 앉아 진희와 민호가 오기만 기다렸다.

나는 스승님께 무슨 인사를 해야 하려나. 술을 받고 그렇게 춤을 추며 좋아하셨는데 그까짓 술 가끔 들러서 전해 드리면 얼마나 좋아하실까. 하지만 부질없는 마음이었다. 간신히 닿은 인연이 아깝기는 하지만 민호 씨와의 관계도 끊어진 마당이니, 어차피 길어질 수는 없었다. 그림을 도둑맞아서 얼굴을 완성할 기회를 놓치게 된 것도 아까워 미칠 지경이었지만 그 역시 방법이 없었다.

"오늘도 자고 가야 하려나, 아니면 저녁 늦게라도 바로 돌아가게 되려나. 이 방에서 잠이나 잘 수 있으려나."

그는 보퉁이에서 벌레잡이 캔을 꺼냈다가 고개를 젓고 더 깊이 감추었다. 조금이라도 깨끗한 곳에 앉아 보려고 바닥과 벽을 샅샅이 살

폈으나, 시선 닿는 곳마다 거무스름한 얼룩처럼 변한 핏자국이 널려 있다. 몸서리가 났다.

그나마 행랑채에 기와를 이어 준 것이 천만다행이었다. 초가지붕이 아니니 지붕에서 굼벵이 구더기들이 떨어지는 일만큼은 없지 않겠나, 쓴웃음을 짓는 순간 왼쪽 어깨 위로 무언가가 툭 떨어졌다.

이완은 불에 덴 듯 튀어 일어났다. 새까만 몸체, 새빨간 머리와 새빨간 다리가 자글자글 붙은 놈으로 손가락보다 긴 녀석이 어깨에서 꿈틀거리고 있었다. 그는 입을 틀어막고 소맷자락으로 어깨를 미친 듯이 털어 냈다. 벌레는 방구석으로 날아갔고, 정신이 반쯤 빠진 이완은 방을 빙빙 돌아, 구석에 놓인 목침을 집어 들었다.

피처럼 새빨간 수많은 발을 자르르르 움직이며 도망치는 벌레를 보니 눈이 뒤집혔다. 이놈을 놓치면, 오늘 밤 이놈은 온 가족을 이끌고 내 몸 위를 기어 다닐 것이다. 그는 때에 잔뜩 찌든 목침으로 벌레를 미친 듯이 두들겨 댔다.

붉고 다리가 많은 벌레가 형체도 알아볼 수 없을 만큼 짓이겨진 후에야, 이완은 그 벌레와 지네라는 이름을 연결할 수 있었다. 지네라니. 사람 사는 방에 지네라니. 그것도 이렇게 큰 놈이라니.

두 번 생각할 것도 없이 조금 전 깊이 감추어 두었던 놈을 꺼냈다. 연막살충제. 가져오길 천만다행이다. 혹시나 해서 최후의 순간에 써 보려고 가져왔던 건데 최후의 순간이 너무 일찍 찾아와 버렸다.

큰 걱정은 되지 않는다. 연기는 잠깐 피웠다가 바로 빼면 되는 거고, 아까 일가 노옹들이 군식구로 차지하고 앉은 작은사랑 꼴을 보니 간데없이 연초 연기로 너구리 굴이라 연막탄의 연기 정도는 양호할 지경이었다.

이완은 잠시 망설이다가 캔을 내려놓고 밖으로 나갔다. 그래도 조심해서 나쁠 것은 없었다.

그는 마당을 쓸고 있는 행랑아범에게 말을 붙였다. 방에 앉아 있는데 벌레가 좀 보인다, 벌레도 좀 잡고 방도 청소하고 싶은데 괜찮겠느냐. 김 서방은 어리둥절해서 손까지 휘휘 저었다.

그가 아는 양반나리 중에서 그런 걸 제 손으로 하겠다는 이도, 그런 일로 아랫것의 허락을 받는 사람도 없었다. 아이고, 선비님께서 그러실 것까지는요. 그 방이 계시기엔 좀 더럽긴 하죠. 저희 같은 천것들이 막 쓰는 방이라. 왜 작은사랑에 계시잖구요. 뭐, 그래도 해 주신다면야 저야 황송하구 고맙지요. 김 서방은 순박하게 웃으면서도 정말로 황송한 듯 고개를 숙이고 쩔쩔맸다. 이완은 연기가 좀 날 것인데 별일은 아니니 들여다보지도 말고, 신경도 쓰지 말라 거듭 당부했다.

아마 김 서방도, 그 방을 쓰는 다른 사람도 벌레 한 마리 없이 깨끗해진 방을 보면 고마워할 것이다. 아무리 위생 관념이 없는 시대라고 해도 잘 때 벌레가 바닥을 기어 다니는 것을 좋아할 사람은 없을 것이니. 빈 통은 눈에 띄기 전에 얼른 짐 속에 깊이 숨겨 두면 된다. 누군가 작정하고 내 짐을 뒤지지 않는 한 들킬 일은 없을 것이다.

그는 준비해 온 딱성냥을 벽에 문질렀다. 라이터처럼 증거물이 남지 않는 간편함이 마음에 들었다. 따르륵, 손가락 끝에서 불이 붙었다.

"몇 번이나 말씀드렸잖습니까. 불난 거 아니라고, 일이 있어 연기를 피워 둔 거니 신경 쓰지 말라 하지 않았습니까! 제 말은 듣지도 않고 물부터 부으면 어떡합니까!"

이완의 예상은 보기 좋게 빗나갔다. 김 서방은 연기가 나자마자 기다렸다는 듯 소리를 질러 사람들을 불러냈고, 온 집안 하인들이 몰려들어 물부터 들이부었던 것이다.

마당에 모인 사람들은 기가 막힌 얼굴로 물에 쫄딱 젖은 나리님을 아래위로 째렸다. 방귀 뀐 놈이 성을 내도 유분수지 멀쩡한 방에 불을 지르고 사람들을 정신 쏙 빠지게 만들어 놓고 외려 큰소리네? 같은 행랑것이었으면 당장 멍석에 말아 쥐어 팼으리라마는 신분이 깡패요, 하는 얼굴이었다.

"아무리 그래도 방에서 부엌 아궁이처럼 연기가 빽빽이 나오는데 그걸 어떻게 두고 봅니까……요? 장초 백 대를 한꺼번에 피워도 그 정도는 아닐 게구만요."

"만에 하나 정말루 불이 난 거면 어쩌게……요? 스물닷 칸 기와집 홀랑 태워 버리기 전에 물벼락을 때려 부어서라도 꺼야 하는 거 아냐……요?"

"대체 방에서 뭔 짓을 하신 거야……요? 예?"

명색 선비님이랍시고 '요' 자는 꼬박꼬박 붙여 주었지만 분위기는 험악하기 그지없었다. 손가락으로 불을 일으켰대. 김 서방이 봤다는구만. 응? 손가락으로? 불을? 틀림없더라니까, 세상에 저 연기 나는 것 좀 봐, 수군거림이 계속 흘러 다녔다.

이완은 어찌 설명해야 할지 난감해 눈썹을 찌푸렸다. 뒤통수가 묵지근한 것이 느낌이 좋지 않았다.

"이게 대체 무슨 일입니까?"

뒤에서 싸늘한 목소리가 울렸다. 내당의 주인, 향이가 치마꼬리를 말아 쥐고 나섰다.

"일이 있어 연기를 피우셨다? 이상한 사술이나 비급으로 사람을 놀래켜서 무슨 일엔가 끌어모을 생각이 아니고? 지난번에 흔적 없이 돌아가실 적에도, 이곳 안채에 갑자기 나타나실 때에도 그런 사술을 쓰셨을 테지요?"

"비급? 사술요? 그게 무슨 말씀이십니까?"

"아까 사랑방에서 진사님께 재미있는 이야기를 하셨다더군요? 앞으로 일어날 일을 함부로 말하는 것도, 사술을 쓰고 민심을 현혹하는 자들이 으레 하는 짓이지요."

이완은 앞으로 나서서 설명하려다가 말을 멈추었다.

사랑에서 윤 진사와 자신이 하던 이야기를 누군가 엿들어 전해 주었구나!

둘러선 사람들이 갑자기 크게 술렁이기 시작했다. 문제가 점점 커지고 있다. 이완은 지금 대사헌이 몇 년 후 이조참판에 오르리라 따위의, 예언처럼 들리지도 않는 말을 향이가 왜 트집하는지 쉽게 알아차렸다.

이 시기에는 앞으로 일어날 일에 대해 예언하는 것은 위험한 짓이었다. 특히 조선 말기, 많은 민란의 정신적 뿌리가 되었던 비서 정감록에서는 분명, 이씨 왕조를 뒤엎을 정씨 성의 진인을 말하고 있다. 당연히 권력자들 눈에는 미래를 말하는 자들이나 감결이나 참서의 내용을 언급하는 이들, 혹은 눈에 띄는 비술을 행해 사람들을 홀리는 이들이 역성 반란의 잠재적인 세력으로 보이게 마련이었고, 날을 세워 반응할 수밖에 없었다.

잊을 만하면 피바람에 휩쓸려 끔찍한 고문과 떼죽음을 당하는 천주쟁이들은 차치하고라도 갖은 사교, 밀교, 무속신앙에 온갖 비방과 헛된 눈속임으로 개칠한 자들이 군도(群盜)를 이끌고 여기저기 횡행하며 백성을 괴롭히던 세기말 아니던가.

그런 이유로, 사교나 비술, 예언 등에 대한 이야기만 나오면 분위기는 금세 흉흉해졌다. 집안사람 하나라도 휘말렸다 하면 삼대 삼족이 멸절할 판이었다. 사교로 지목되었던 천주쟁이 수백 수천이 신분 여하를 막론하고 참수당하던 기억을 고스란히 갖고 있는 사람들은 꼬리를 말고 숨죽여 살아야 했다.

문득 윤 진사에게 들었던 말이 떠올랐다. 저 여자가 그림을 태우겠다, 고변을 하겠다 야단을 했노라고.

물론 대충 짐작은 하고 있었다. 저 여자는 우리가 오는 것을, 특히 진희 씨가 오는 것을 싫어한다. 한 사내의 아내로서 갖지 말아야 할 감정을 가슴에 뭉쳐 두고 질투를 하고 있는 것이다.

설마, 그래서 지금 기회를 잡았을 때 우리와 진희 씨를 한꺼번에 해코지할 생각인가?

여전히 미소 짓고 있는 여자의 얼굴에 이완은 눈썹을 찡그렸다. 저 여자는 주물을 떠서 주조해 둔 듯 웃는 것 외에는 다른 표정이 존재하지 않았다. 저 여자의 웃음은 호의를 나타내지 않는다. 등으로 서늘한 기운이 미끄러진다.

"김 서방, 내가 분명 저들이 이상한 사술을 쓰며 사라지고 나타나고 할 터이니 두 눈 부릅뜨고 감시하라 했지? 지금 저 사람이 무슨 짓을 했는지, 자네가 본 대로 한 가지도 빼놓지 말고 말하게. 추호라도 거짓이 있으면 네놈도 사교를 옹호한 죄로 함께 포청에 끌려가 장살이나 참수를 당하게 될 게야."

"아이고 마님, 제가 마님께 거짓을 고할 리가 있습니까요."

김 서방이 허리를 굽신한다.

행랑아범과 바깥일을 하는 머슴들, 안채에서 일을 돕는 안잠, 반빗, 사랑채의 영감들과 안팎의 일가 푸네기들까지 모조리 몰려나온 마당은 사람은 많은데 섬뜩할 정도로 조용했다. 사교, 사술이라는 말이 나올 때부터 다들 얼굴에서 핏기가 가셨다. 행랑아범 김 서방은 겁에 질린 얼굴로 고개를 폭 숙이더니 더듬더듬 이야기하기 시작했다.

"말도 안 되는 핑계를 대면서 방에 들어오지 말라 하시는 것부터 영 수상하긴 했습니다요……."

박 선비는 혼자 방에 들어가서도 기척 없이 조용했다. 김 서방은 그들을 빈틈없이 감시하라는 마님의 추상같은 명령을 떠올리고 몸을 부르르 떨었다. 마님의 말씀이 아니더라도 행색이며 말이며 오가는 방법이 수상한 사람들임에는 틀림없었고, 그 역시 사술을 쓰는 사람들이 무서웠다. 그는 손가락에 침칠을 해서 창호지에 조그맣게 구멍을 냈다.

작은 구멍 속에서 갓끈을 풀고 짧은 머리를 그대로 드러낸 선비님이 커다란 보퉁이를 뒤져 보고 있었다. 그 안에 몹시 중한 것이 들기라도 한 듯 사방을 둘러보고 눈에 띄지 않는 구석에 놓더니 이번에는 짐 속에서 동그랗고 알락달락한 통을 꺼냈다. 선비님은 그것을 잠시 들여다보더니 혀를 차며 고개를 젓고는 다시 짐 속으로 밀어 넣었다.

선비님의 행동은 시간이 갈수록 점점 이상해졌다. 얼굴을 거의 바닥에 붙을 정도로 하여 온 바닥을 기는 시늉을 하고, 벽에 붙다시피 하며 알 수 없는 말을 중얼거렸다. 대체 무슨 짓을 하려는 걸까, 김 서방이 맘을 졸이며 보고 있노라니, 선비님은 자리에서 펄쩍 뛰어 일어나 큰 소매를 휘두르고 발을 굴러 가며 맹렬하게 춤을 추기 시작했다. 짧고 강렬한 춤이 끝나자 선비님은 방 한가운데서 한 바퀴 빙글 돌더니 목침을 집어 들고 바닥을 쾅쾅 내리쳤다.

이쯤 이르게 되자 나름 온갖 사람을 만나 봤다 자부하던 김 서방도 얼이 빠졌다. 한참 미친 사람처럼 발광하던 선비님은 황급히 보퉁이 속을 뒤져 알락달락한 통을 다시 꺼냈다. 그리고 손가락을 펴고 벽을 더듬었다.

파지짓, 벽을 더듬던 손에서 갑자기 불꽃이 튀었다.

김 서방은 입을 딱 벌렸다. 부시쌈지 따위를 꺼낸 것도, 화로나 아궁이에서 불을 옮겨 붙인 것도 아니었다. 하다못해 불꽃 튄 것을 살리려고 후, 입으로 바람을 부는 일조차 하지 않았다. 그저 손가락으로 벽을 더듬었을 뿐인데, 손가락 끝에서는 선명하게 붉은 불꽃이 타오르고 있었다.

입을 틀어막았다. 안방마님의 말이 맞았다. 지난번부터 귀에 못이 박히게 들었던 말. 그 손님들이 오면 촌각이라도 눈을 떼지 마라, 어디서 무슨 말을 하는지, 무슨 짓을 하는지 바로 나에게 알려라. 사술을 쓰는 자들이다. 자칫하면 자네 집안사람까지 전부 모가지가 잘려서 효수가 될 게야. 정신 똑바로 차리게. 행랑아범은 덜덜 떨었다. 다리 사이가 찌르르한 것이 금방이라도 오줌을 지릴 지경이었다.

선비님은 불붙은 손가락 두 개를 알락달락한 통의 끝에 갖다 댔다. 잠시 후 알락달락한 통에서 연기가 빽빽하게 올라오기 시작했다. 선비님은 급히 문을 열고 나와, 엉거주춤 진땀을 흘리고 있는 행랑아범에게 다가왔다. 아까 말씀드렸다시피 방에서 연기가 좀 날 겁니다. 몸에 해로우니 제가 환기를 시킬 때까지 조금만 기다리세요. 금방 없어집니다. 자신을 보며 멀끔하게 웃어 보이는 선비님은 안에서 미친 망나니 춤을 추었던 사람답지 않게 멀쩡해 보였다.

하지만 김 서방은 속지 않았다. 대체 무슨 방자를 하려고 겁까지 주어 가며 들어오지 말라고 하나. 김 서방이 흘끔 곁눈질한 행랑방은 이미 초열지옥의 유황 연기가 빽빽하게 들어차고 있었다.

향이는 둥근 통을 막대기로 굴려 보았다. 눈썹이 절로 찌푸려졌다. 물벼락을 맞고도 아직 연기를 가늘게 흘리고 있는 통에는 이상한 글자들이 어지럽게 적혀 있었다. 언문도 알고 한문도 알고 왜인들이 쓰는 이상한 글자도 본 적이 있지만 그와는 전혀 다른, 글자인지 무늬인지 알 수 없는 것들이 박혀 있었다.

더듬이가 큰 벌레가 그려져 있는 것도 괴이하기 짝이 없었다. 사술을 사용하는 자가 무슨 이상한 그림을 못 그리겠는가마는, 하필이면 하고많은 그림 중에 이런 큰 벌레란 말인가. 마당에 서 있는 사내가 눈썹을 곤두세우고 다시 고함을 친다.

"사특한 사술이나 비급 같은 게 아닙니다! 방에 있는 벌레를 잡으려 했던 것뿐입니다!"

여자의 입에서 실소가 터졌다. 모여 있는 사람들의 입에서도 어이없는 웃음이 핑핑 흘러나왔다.

"설마하니 지금 그 말을 믿으라는 건 아니겠지요? 한여름 모깃불도 아니고, 방구석에 숨은 벌레들이 연기 따위로 죽는다? 그것들이 숨 막혀 죽을까요, 앞이 안 보여 벽에 부딪쳐 죽을까요?"

"어이구 참말루. 허우대는 번듯한 나리님이 별짓을 다 하지."

배가 퉁퉁하게 나온 안잠자기 아낙이 끼어들었다. 작은사랑에서 튀어나온 호호 영감들도 캥캥하는 소리로 말을 보탠다.

"견문발검(見蚊拔劍)이라더니, 모기 보고 칼을 휘두르는 것도 모자라서 불까지 질렀대?"

"어허, 아우님. 쓸데없는 데 문자 쓰지 마시오. 왜, 그런 말도 있잖소. 빈대 잡다 초가삼간 다 태운다고."

"아이고 나리님, 그럼 자기 집이나 태우지 왜 멀쩡한 남의 집에 불을 놓습니까요."

"죽어도 불이 아니라 연기라지 않소. 아니 연기가 불에서 나지 물에서 나나. 거 생긴 건 멀쩡한 선비님이 성미 한번 고약타."

그녀는 손을 저어 사람들을 조용히 시켰다.

"아무 연관도 없는 우리 집에, 더욱이 호의를 베풀어 정성껏 대접까지 해 드렸더니 대체 무슨 짓입니까? 사술을 부리지 않나, 이상한 예언을 하지 않나. 혹시 저희 집에 오래된 원한이라도 있어 이러시는 겝니까?"

이완은 설명을 다시 한 번 되풀이했으나 반응은 점점 싸늘해졌다. 말이 길어질수록 이상한 사람이 되어 가고 있었다.

암담했다. 사람 사는 방에 벌레들이 횡행한다 해서 요란을 떨며 잡는 것이 이상한 시대. 나는 이 시간에서 팔푼이처럼 모자란 사람이었다. 몸에 지저분한 것이 묻으면 피부가 벗겨지든 말든 박박 문질러 소독을 해야 하고, 잔디밭에 침을 뱉는 것도 견디지 못해 소독약을 들이부어야 하는 사람, 벌레가 오가는 것이 발견되면 강력한 연막탄을 터뜨려서라도 몰살을 시켜야 하는 사람, 그런 사람을 그래도 정상 범주 안에 넣어 주는 곳은 내가 몸담고 있던 시대의 몇몇 선진국뿐이었다.

"하긴, 양 오랑캐나 천주쟁이들이 믿는 사교에서도 머리에 저절로 불이 붙고, 사람들이 물 위로 걸어 다니고, 바다도 갈라서 길을 내어 다닌다 하더군요. 손가락의 불이 이상할 것도 없겠군요. 당신도 천주쟁이 일당입니까?"

"아닙니다. 절대 아닙니다."

"물론 아니라고 잡아떼야겠지요. 그자들은 인육을 먹고 사람의 피를 마신다는 흉흉한 소문도 들리는 판이니까요."

"그건 천주학의 교리가 잘못 알려진 겁니다. 피기 아니라 포도로 만든 술을 마시는 거고, 사람의 살이 아니고 빵, 아니 떡 같은 것을 나누어 먹는 거고……."

말을 하던 이완은 입을 다물었다. 이미 미래의 일을 말한다는 것 자체만으로도 충분히 사교 소리를 들을 만한데, 거기에 천주학에 대해 아는 것이 많다는 것이 알려지는 건 절대 좋은 일이 아닐 것이다.

지금 이곳은 광서 7년 신사년, 천주교 박해가 끝난 시점은 한불조약이 체결된 광서 12년 병술년, 얼마 남지 않아서 분위기가 많이 유해진 줄 알았는데 아직은 몸을 사려야 할 때인가. 텍스트와 현실 간의 간극은 너무 커서 이 시기의 분위기를 짐작하는 데 거의 도움이 되지 않았다. 작은 여자의 입술이 비틀리는 것이 보였다.

"역시. 아니라고 하면서 잘도 알고 있군요."

❀ ❀ ❀

민호는 헐떡이며 사랑채 앞마당을 둘러보았다. 행랑의 바닥과 거친 멍석 위엔 물이 흥건했다. 물동이와 바가지를 들고 모인 사람들은 얼굴이 시퍼렇게 되어 수군거리고 있었다. 손가락에서 불, 연기, 사술, 사교 따위의 말이 아직도 술렁술렁 파도치고 있었다.

문이 열린 행랑방엔 아직도 뿌연 연기가 차 있고, 마당 한가운데서도 연기가 희게 솟고 있었다. 민호는 이를 꽉 물었다. 물벼락을 맞고도 아직 허연 연기를 실처럼 올리고 있는 그것은 알록달록한 색깔의 '연막살충제'였다. 이완이 빈 캔은 까먹지 않고 꼭 챙겨 올 테니 걱정하지 말라 으르딱딱이던 그 물건이었다.

아오, 오라질. 저걸 결국 피우셨구만.

저 빌어먹을 깔끔쟁이가 아주 웬수다, 웬수. 동지섣달 코앞에 두고 벌레가 나와 봤자지. 공기 반 벌레 반의 오뉴월 삼복도 아니지 않느냐. 내가 저놈의 깡통을 몰래 빼 두고 왔어야 하는 건데.

대체 이 인간은 사고를 쳐 놓고 어디 있는…….

두리번거리던 민호는 입을 딱 벌리고 말았다. 물벼락을 맞은 듯 몸이 흠뻑 젖은 사내가 두 명의 건장한 하인들에게 양팔을 잡힌 채 마당에 무릎을 꿇고 앉아 있었다. 온 집안사람들이 모두 몰려와 이완을 둘러싸고 서 있었다. 이완이 앉아 있는 맞은편에 향이가 허리를 꼿꼿이 펴고 서 있었다.

민호의 머릿속이 온통 하얗게 터져 버렸다. 130년 후의 연막살충제고 나발이고 아니 저 땅콩 같은 오사리잡년이 어디 감히 우리 이완 씨를 맨바닥에 꿇어앉히고 지랄이냐. 나는 저 남자가 너무너무 귀해서 저 귀한 엉덩이에 먼지 한 톨 안 묻게 얼마나 신경을 썼는데! 하다 못해 헤어지고 그 집을 나오기 직전까지도 마룻장 의자 소파가 구멍이 날 때까지 빡빡 닦아 놓고 나왔단 말이다! 나는 똥 밭 거름더미에서 구르며 살아도 별 상관이 없지만 저 사람은 그러면 안 된단 말이다. 어디서 감히! 향인지 똥인지 이 아줌마, 너 죽었어, 내 손에 죽었다.

"이거 뭐 하는 거예요. 아저씨, 아저씨 거기 손 안 떼요! 엉! 손 안 떼냐고!"

민호는 마당 구석에 놓인 기다란 싸리비를 움켜쥐고 달려갔다. 목통 하나만큼은 명불허전, 열 명의 사나이 찜 쪄 먹을 정도였다. 치맛자락과 속치마를 한꺼번에 몰아 잡고 속바지 맨정강이를 횡하니 드러낸 채 싸리비를 붕붕 휘둘러 대는 여자는, 장익덕 장팔사모 휘두르는 듯 위세가 등등했다.

민호는 사람들이 주춤대며 물러선 틈을 타서 냉큼 이완에게 달려들어 일으켜 세웠다. 빙빙 돌아가며 옷을 털어 주고, 얼굴을 두 손으로 만져 보고, 옷자락을 펄럭펄럭해 가며 상태를 확인한다. 왜, 왜 이래요, 민호 씨. 뭐 하는 겁니까. 그가 황급히 몸을 빼자 민호는 소리를 꽥 질렀다.

"아, 가만 좀 있어 봐, 어디 덴 데 없어? 다친 데도 없고? 저놈들이 쥐어 패거나 그런 건 아니지?"

"아니에요! 데긴 뭘 데요. 불낸 것도 아닌데. 지붕에서 지네가 떨어져서 벌레 잡으려고 연기 낸 것뿐이에요. 벌레가 기어 다니는 방에선 앉아 있을 수도, 잠을 잘 수도 없잖습니까. 일일이 잡을 수도 없고, 손을 더럽히고 싶지도 않아서……. 설명도 다 했는데 저 사람들이 안 믿는 것뿐이에요. 아, 좀 빙빙 돌지 좀 말라니까!"

오 마이 갓. 지네라니, 그것도 독이 제일 짱짱한 늦가을 지네라니. 이 사람으로선 상상 못 했을 괴수가 출현하긴 했구나. 이완을 잘 아는 민호는 작금의 사정이 충분히 이해가 되었다.

이해는 되는데…….

민호는 향이의 발 앞에 놓인 알록달록한 깡통을 보고 일이 녹록지 않으리란 예감이 들었다. 연막탄을 터뜨린 것 자체는 그럭저럭 둘러대면 그만인데 저 깡통을 회수하지 못할 경우 일이 아주 엿 같아진다. 이완이 이 시대를 빠져나가지 못하게 되는 것이다.

괜찮아. 걱정 없어. 조금 이따가 눈치껏 저 여자의 발치에서 굴러다니는 저 깡통만 주워서 숨기면 돼. 뒤에서 붙잡는 것만 없으면 도망치는 것은 어떻게든 방법을 만들어 낼 수 있다. 저 깡통만. 저놈의 것만. 민호는 애가 달아 향이와 연막캔을 번갈아 바라보며 동동거리는데 주변에서는 픽픽 코웃음 소리가 터지기 시작했다.

"허이고 세상에, 선비님도 유별이시네. 벌레 좀 기어 다닌다고 왜 못 앉아 있어? 벌레 없는 데서 살려면 저 구름 위에 신선처럼 둥실 앉아서 살아야지. 잠을 또 왜 못 자? 온 세상에 별일도 다 봐."

"나라님도 중전마마도 그런 유별은 없을걸."

"손을 더럽히기 싫어? 허허, 살다 살다 별소릴 다 들어 봐. 콧구멍에 먼지 들어갈까 봐 숨은 어떻게 쉬고, 똥구멍 더러워질까 봐 똥은 어떻게 싸고 다니누."

아니나 다르랴. 경멸이 서린 말이 여기저기서 튀어나온다. 속에서 욱하고 치밀었다.

"아니, 왜 웃어요! 지네 잡는 게 뭐가 우스워요? 그럼 독 잔뜩 오른 가을지네한테 물려서 몸이 팅팅 부어도 어이구 시원하다 하고 앉아 있으란 말이에요? 얘기도 미리 했고 허락도 받았다는데 대체 왜 이래요! 왜 말도 제대로 들어 보지도 않고 콧방귀나 뀌면서 사람을 잡으려고 이래요!"

목소리가 얼마나 컸는지 사람들은 입을 딱 다물고 여자의 눈치를 살살 보았다. 사실 행랑아범 말만 듣고 사술이니 비급이니 밀어붙이는 건 좀 위험하기도 했고, 마님께서 너무 과잉 반응하는 것 같기도 했다. 한 사람 말만 듣고 엄한 선비님을 함부로 잡을 수도 없는 것 아닌가.

민호는 잘하면 파작하고 넘어갈 것 같은 분위기에 저놈의 깡통을 자연스럽게 잡아 숨길 요량으로 발끝으로 살금살금 향이 쪽으로 다가갔다.

하지만 아뿔싸, 한발 늦었다. 향이가 허리를 굽혀 발밑에 있는 캔을 집어 드는 것이 보인다. 민호는 이를 아득 갈아붙이며 발을 굴렀다. 향이는 캔을 쥐고 이리저리 한참 둘러보다가 행랑아범에게 말했다.

"행랑방에 있는 저자의 물건을 모조리 가지고 나오너라."

이완과 민호의 얼굴이 희게 질렸다.

……일이 수월하게 끝나지 않겠구나.

사람들은 아직도 연기가 빠지지 않은 행랑방으로 달려가 이완의 짐 보퉁이를 끌고 나왔다. 엽전꿰미나 노리개, 은비녀, 은 덩어리 따위는 미래의 물건이라는 표시가 나지 않으니 괜찮았다. 그것이 쏟아질 때마다 에이구메, 에이구메 하는 부러움 어린 소리가 쏟아져 나왔다. 천연염료로 염색된 진드기 방지용 베개 커버 따위도 사람들이 보기에 딱히 수상해 보이지는 않는 눈치였다.

하지만 살충용 연막탄과 성냥이 들어있는 것이 결정적이었다. 이것이 어디에 쓰이는 물건인지는 설명할 수 있었으나 어떻게 구했는지는 두 사람 모두 대답할 수 없었다. 손가락에서 불을 일으킨 것이 사술이 아니라는 것을 보여 주기 위해 딱성냥을 돌에 대고 불을 일으켰을 때 사람들은 그대로 비명을 지르며 뒤로 물러섰다. 왜국, 청국에서 들여온 귀한 물건이라는 말로 해명이 되기는커녕 사술을 사용한 것에 대한 증인만 늘린 꼴이 되고 말았다. 향이는 모여 선 사람들에게 싸늘한 목소리로 명령했다.

"진희라고 했나? 사랑방에 장 화원과 함께 있는 그 작은 년도 끌어내라. 장 화원께서는 알지 못하도록 여자만 밖으로 불러내서 끌어내라. 내가 직접 좌포청에 가서 고변할 것이다."

"진희는 또 왜? 뭔지 다 설명했잖아요! 딴 나라에서 가져온 거라니까! 대체 왜 이래! 뭐가 궁금한데!"

민호는 화를 버럭 내며 따졌지만 소용없었다. 작은 여자는 여전히 한결같은 표정으로 두 사람의 입을 틀어막으라 명령했다. 이완은 눈을 꽉 감았다.

……잘못 걸렸다.

저 여자가 왜 이렇게 생트집을 잡으며 걸고넘어지는지 안다. 장 화원이 진희 씨에게 열렬히 빠져 버린 것을 눈치챈 순간부터 저 여자는 진희 씨를 거슬려 하고 있었다.

은애하는 사내가 기생집을 전전하는 것과 진심으로 연모하는 여자가 생긴 것은 천지 차이일 것이다. 아마 저 작은 여자는 이렇게 맹렬한 증오를 처음 겪어 보는 건지도 모른다. 남편이 있으면서도 여전히 다른 사내를 연모하는 여자는 역겨웠으나, 지금 그 말을 발설했다간 이 자리에서 맞아 죽을 것이다.

이완은 고개를 숙였다. 미칠 것 같다. 나 때문에 엉뚱한 민호 씨와 진희 씨까지 고생을 하게 생겼다. 그 속을 읽기라도 한 듯, 민호가 그의 손을 꽉 잡아 주었다. 괜찮아. 정신만 똑바로 차리면 돼. 걱정하지 마. 내가 어떻게든, 어떻게든 해.

"마님! 마님! 사랑채에 아무도 안 계십니다요. 손님으로 오신 아가씨도, 장 화원도 안 계십니다요."

"뭐? 아니 조금 아까까지 있었는데 어디로 갔다는 거냐? 집 주변을 샅샅이 찾아봐! 당장!"

소란을 듣고 몸을 피한 건가? 민호는 안도의 한숨을 쉬다가 일이 그리 만만치 않다는 것을 깨달았다. 진희가 눈치 빠르게 도망친 건 좋은데 나하고 떨어져 있으면 집에 어찌 돌아가려는 걸까? 장 화원이 숨겨 주려나? 혹시 나중에라도 장 화원 편으로 연통을 넣으면 되는 건가? 하지만 그러기엔 장 화원도 어느 대감님 집에 붙잡혀 있느라 꼼짝 못한다 했는데. 가만, 그러고 보면 노랑눈이 아저씨는 집도 없다!

순식간에 여러 가지 생각이 폭포수처럼 쏟아져 내렸다. 장 화원과 함께 있으면 안전할지 위험할지조차 알 수 없었다. 민호는 마음이 갈팡질팡하여 어지러웠다. 곁눈질하니 이완은 고개를 폭 수그리고 있었는데 이마에서 진땀이 줄줄 흐르고 있었다. 향이는 싸늘하게 명령했다.

"멀리는 가지 못했을 게다. 잡아 와, 당장 잡아 오너라!"

향이는 민호와 이완을 묶어 앞장세웠다. 그 뒤로 이완이 가져온 증거물품을 든 하인들이 뒤를 따랐다. 벌써 사방이 어둑해져 사람들은 홰에 불을 붙였다. 두 사람이 끌려가는 옆으로 향이가 탄 이인교가 따랐고, 그 뒤로 윤 진사 댁의 행랑아범과 머슴들, 그리고 가비들이 횃불을 들고 줄지어 뒤를 이었다.

"우승지 영감 댁에서 진사님께서 돌아오시면 사정을 자세히 말씀드리도록 해라. 직접 사술을 쓰는 장면을 목격하여 당장 발고하지 않으면 우리 집에도 해가 갈 것 같아 이리하였다고. 그리고 진희라는 처자도 속히 수소문하여 잡아 오도록 해라."

이완은 그녀가 윤 진사가 잠시 자리를 비운 틈을 놓치지 않고 일을 벌인 것을 알았다. 윤 진사가 고변하지 못하도록 막아 두고 있다던 말이 사실이었던 모양이다.

혹시 그가 구하러 와 줄까? 우리에게 도움을 주려나?

그는 절망하여 고개를 저었다. 아까 알아서 몸조심하라 경고까지 했지 않나. 무심하고 방관자다운 그의 성향을 생각할 때 그가 앞장서서 민호와 자신을 구해 줄 것 같지 않았다.

아까 내가 미래에서 온 자임을 들켰을 때, 솔직하게 털어놓고 도움을 구하는 게 나을 뻔했나?

부질없다. 부질없어. 일어난 일은 바뀌지 않는다.

이완은 걱정스러운 듯 자신을 자꾸 돌아보는 여자를 보고 고개를 숙였다. 여자의 눈에 원망이나 질책의 빛이 없다는 것을 믿을 수가 없었다. 내가 대체 무슨 짓을 한 건지. 치가 떨릴 정도로 한심했다. 향이의 차가운 목소리가 울렸다.

"앞장서지 않고 무엇하느냐. 지금 당장 좌포청으로 간다."

❀   ❀   ❀

깜박. 깜박.

짙고 무겁고 나른한, 형체 없는 손이 자신을 더듬어 대고 있는 것 같다. 소름이 끼친다기보다 마약에 취한 것처럼 몽롱하고 황홀했다. 눈앞에 보이는 것은, 짙은 색의 호박처럼 투명하게 빛나는 그의 홍채뿐이었다.

그는 눈을 크게 뜨고 자신의 뒤통수를 강하게 끌어당기고 있었다. 그의 혀가 입속으로 들어와 무시무시한 기세로 헤집어 댄다. 정신이 하나도 없다. 단단하고 투박한 팔은, 물감이 얼룩덜룩 얽힌 굵은 손가락은 진희의 허리를 으스러뜨릴 정도로 세게 움키고 있다.

밖에서 무슨 일이 일어났는지는 알 수 없으나, 민호가 사람들과 꽥꽥대며 싸우는 걸 보면 정말로 불이 난 것은 아닌 모양이다. 그렇다면 아무래도 좋았다.

두 사람은 한참 동안 입술을 붙이고 서로를 더듬었다. 몸에서 불이 활활 붙는 것 같다. 간신히 헐떡이며 입술을 뗐을 때, 그가 거칠게 끌어안고 뺨에 입술을 대고 말했다.

"우리 나가자."

"예? 어디로?"

"아무 데나. 잠깐만, 잠깐만 나갔다가 들어오자. 내가 항아님한테 할 말이 있어. 아주 중요한 말, 저번부터 꼭 하고 싶었던 말. 근데 여긴 사람이 너무 많고 저 꺽실한 기지바이도 있구, 저 바보 제자 놈도 자꾸 대가리 들이밀어 쌓구, 할 말도 못 하겠다."

그는 대답도 듣지 않고 진희의 손목을 잡아 일으켰다. 진희는 얼결에 따라 일어났다. 그는 다시 진희의 허리를 틀어잡고 한참 입을 맞추더니 옷장 반침을 뒤적여 큼직한 바지와 저고리를 찾아냈다. 크기로 보아하니 아마 집주인의 것이라 생각이 되는데, 그는 그런 것은 전혀 개의치 않고 옷을 입은 후 소매와 바짓단을 둥둥 걷어 올리더니 커다란 두루마기까지 풍덩풍덩 꺼내 입었다.

그는 진희에게 자신이 뒤집어쓰고 온 쓰개치마를 씌우고 뒤의 들창을 열더니 몸을 버둥버둥하며 빠져나갔다. 그러고는 입을 함빡 벌린 채 진희에게 나오라고 손짓 발짓을 다 한다. 진희는 홀린 것처럼 창문으로 몸을 빼냈다. 그는 진희의 운혜를 챙겨 와 댓돌 아래 쪼그리고 앉아 발을 꼭꼭 오므려 주며 신겨 주었다.

진희는 그에게 손을 잡힌 채 뒷문으로 허둥지둥 뛰어나왔다. 정신은 반쯤 날아간 것 같고, 자신이 무슨 짓을 하고 있는지도 믿을 수 없었다. 앞마당에 사람이 모조리 모인 덕에 안채와 뒷문 쪽엔 오가는 사람이 한 명도 없었다.

수표교 인근은 도성 안이라 크고 작은 와가와 초옥들이 줄지어 늘어서 있었다. 아직 해가 떨어지지 않아 오가는 사람도 적지 않았다. 손을 잡힌 채 한참을 뛰던 진희는 숨을 할딱거리며 커다란 적송 아래 쪼그려 앉고 말았다. 심장이 터질 것처럼 뛰었는데 숨이 차서 그런 것 같지는 않았다. 입김이 하얗게 밀려 나오는데도 추운 것을 모르겠고, 편하지 않은 운혜를 신고 뛰었는데도 발이 아픈 것도 몰랐다.

그는 진희의 앞에 쪼그리고 앉아 발이 아프냐 다리가 아프냐, 주물러 줄까 업어 줄까, 추우냐 아프냐 야단이 났다. 이 바보가 괜히 진희 항아님을 뛰게 했다. 업자, 업자, 내가 업고 뛰어가면 되지! 그는 진희의 앞에 등을 들이대고 업히라고 성화를 부렸다. 속을 한 푼도 숨기지 못하는 사내의 얼굴에는 감격과 희열이 넘칠 것처럼 출렁거렸다.

결국 두 사람이 마주 앉은 곳은 평양루였다. 제일 좋은 방, 제일 맛있는 것! 이 느려 빠진 에미나이들이! 궁뎅이 빨리 떼고 후딱 못해! 얼른 얼른! 우리 항아님 배고프다, 우리 항아님 춥다고! 군불 쩔쩔 때 줘! 그는 진희에게 얼굴도 보이지 못하도록 쓰개치마를 푹 둘러씌우고는 야단야단을 했다.

정홍은 장 화원이 기생이 아닌 여염 규수를 기방에 끌고 온 것을 신기해하면서도 눈만 찡긋하고는 가장 안쪽에 있는 조용한 방을 내주었다.

세상에, 여자를 기껏 데리고 나와서 기생집에 데리고 오다니.

진희가 눈을 동그랗게 뜨고 그를 살짝 흘겨보자 그는 어깨를 움츠리고 눈을 껌벅였다. 조용한 방이 있고, 먹을 것이 있고 둘이서 재미나게 놀기 좋은 곳, 하면 그에게는 떠오르는 곳이 평양루뿐이었다. 밖에서 콧물을 찍찍 흘리면서 뭔 짓을 할 수는 없잖은가. 에이 바보, 바보 같은 놈. 이건 그림 그리는 거 하나 빼면 온통 맹추 머저리야. 그는 머리를 쥐어박았다.

"장 화원님, 그런데 왜 자꾸 기생집에 오시고 그러세요. 술 자꾸 마시면 몸에도 안 좋고, 기생들이 이춘풍 홀랑 벗겨 먹는 것처럼 뒤로 옴팡 바가지나 씌우면 어떡해요."

"술은 괜찮아. 내가 말술인데 잘 취하지 않아. 그리구 기생집은 내 집처럼 내 손처럼 훤한데 바가지 쓸 게 뭐 있어. 난 그림으로도 조선 최고, 놀기로도 조선 최고인 장오원 오라버니라고. 응! 고깟 에미나들이 속여 봤댔자 개미 똥구멍이지. 까짓것 다 알면서 속아 주는 거야. 그리고 아무리 많이 먹고 신나게 놀아도, 일어나서 그림 하나 그려 주면 계산 끝인걸. 내가 인기가 좀 많단 말이야."

아이고, 저놈의 왕자병. 세상없는 물렁 허당 주제에 허세와 큰소리는 빼먹지도 않는다. 진희는 다리를 모아 팔로 둥글게 껴안고는 고개를 숙이고 킬킬거렸다. 이런 상황에서 웃음이 나온다는 것이 신기했다. 현실이 아니고 꿈속에 있는 것 같다. 한바탕 재미있게 놀다가 눈을 번쩍 뜨면 아쉽게 끝나 버리는 그런 꿈.

그는 흐드러지게 차려 나온 주안상에서 이것저것을 골라 진희의 입에 하염없이 넣어 주었다.

"여게가 요리 솜씨가 괜찮아. 아주 맛난 건 아니지만 평양 음식하구 한양 음식하구 맛난 것만 골라서 해 줘. 요거 먹어 봐! 고기하고 푸성귀하고 같이 다져서 빚은 건데 입에서 살살 녹아. 입에다가 넣구, 혓바닥으로 고걸 꾹 누르면 향긋한 고기즙이 쭉, 나오면서 냥냥 냥 몽그러지지. 신기하지, 신기하지? 항아님 이런 거 먹어 본 적 있누? 얼른 먹어 봐라, 응? 에구 먹는 입도 예쁘다, 예쁘다!"

제사 때마다 물려서 못 먹는 동그랑땡은 이곳에서 입에서 살살 녹는 천상의 맛으로 통했다. 그는 이것저것 정신없이 집어 주면서 얼이 빠진 듯이 웃었고 하염없이 주워섬겼다.

"양반님네 그림 그려 주러 가면 솔직히 노는 게 영 재미가 없구. 난 일자무식이라고 백번 이야기해도 내 앞에서 자꾸 문자를 쓴단 말이야. 그러니까 맨날 좋은 고기 먹고도 껙껙 트림이나 해 쌓고 실방귀나 풍풍 뀌어 대는 거지. 게다가 오래 앉아만 있는 양반님들 방귀는 독하기가 말도 못해!"

그가 갑자기 격분한 듯 외쳤다.

"나처럼 바로 나올 때마다 풍풍 내보내야지 덜 구리지, 배 속에서 한 달을 묵혔다가 실방귀로 내보내니 얼마나 지독하겠어. 천자문깨나 떼고 나면 슬슬 독한 내가 나기 시작하고, 우승지 영감님 정도 되면 아주 그냥 꼬려서 죽어. 점잖게 앉아서 소리도 안 내고 퓨슉, 하는데 냄새가 십 리 밖으로 퍼져도 사라지지 않아, 응. 그래 내가 뭐라 했더니 영감이 하는 말이, 영상이나 우상 대감보단 자기 것이 그래도 낫다는 거야. 아니라고, 영감의 방귀가 내가 맡아 본 중 독하기로 천하제일이라 했더니 그럴 리가 없다고 펄쩍 뛰지 않겠어? 양반님네는 잘 몰라. 누구나 자기 방귀는 좀 구수하고 맡을 만하다 생각을 하는 법이거든."

"하하하, 그래서요?"

정말 별것 가지고 다 흥분을 하는구나. 이러니 주변 사람까지 저 엉뚱함에 잠식이 되지 않겠는가.

"그래 나중에 영상 대감 우상 대감을 만나게 해 달라 했지. 세 사람의 방귀 냄새 품평을 해 주겠다고. 그런데 다시 생각해 보니 그런 방귀를 세 종류나 맡았다간 내 코가 썩어 죽지 않겠어? 그래서 안 되겠다 취소하고 말았지. 기생들은 그래도 방귀를 안 뀌니까 고거 하난 좋더란 말이야."

"아하, 하하, 아하하하하. 기생들이 방귀를 안 뀐다고 누가 그러던 가요?"

진희가 묻자 그의 고리눈이 더 동그래졌다.

"당연하지. 여자들은 안 뀌어! 여기 기생들한테 다 물어봤더니 여자들은 원래 안 뀐대. 난 지금까지 방귀 뀌는 기생은 한 번도 보지 못했어. 향이도 안 뀐대. 뭔가 나온다 해도 아마 꽃향기 비슷한 걸 거야."

사악한 것들. 이렇게 빤히 들통날 거짓말을 떼로 하고 있담. 하지만 자신 역시 이 자리에 민호가 없는 것이 다행이라는 생각이 들었다. 민호가 있었다면 정의롭게 엉덩이를 들이대고 진실을 규명해 주었을 테니까. 물론 사람을 기만하는 것이 좋은 것은 아니지만, 그렇다고 이런 상황에서의 진실을 밝혀 주는 것이 옳은지는 딱히 알 수 없었다. 진희는 그냥 이 사람이 여자들의 방귀에서 꽃향기가 난다고 평생 그렇게 알고 살았으면 싶었다.

참 이상도 하다. 그래도 나이 마흔이 다 되어 가는 사람인데 어떻게 저리 천진할 수가 있지. 다른 사람이 저런 이야기를 한다면 분명히 모자란 놈이라 생각했겠지만 저 사람에게는 그렇게 말하기 어려웠다. 조선에서 세 손가락 안에 꼽히는 천재 화원, 제대로 교육만 받았으면 단연 첫손에 꼽혔을 것이 분명하다. 하지만 그 재능과 세상을 살아가는 능력과의 간극이 너무 커서 이 사람의 삶 자체가 희극으로 보인다.

아니, 사람들의 삶이란 어차피 멀찍이 떨어져서 보면 희극, 가까이 들여다보면 비극이라 하지 않던가. 이 사람의 삶이 코미디로 보이는 것은 멀찍이 떨어져서 보았기 때문이다. 이 사람의 옆을 지키는 사람이라면 아마 이 사람의 우스꽝스러운 인생의 낭비는 피눈물 나는 비극이 될 것이다.

"진희 항아님, 내가 할 말이 있다."

진희는 웃음을 멈추고 눈을 깜박였다. 섣달의 한양은 매섭게 추웠고, 평양루의 작은 방은 군불을 많이 넣어 절절 끓었다. 그의 이마로 땀방울이 잔뜩 맺힌 것이 보였다.

"진희 항아님, 난 네가 좋다. 난 처음 볼 때부터 알았다. 네가 좋아."

그의 거칠고 두툼한 손이 진희의 손을 잡더니 손이 짓눌릴 정도로 힘을 주었다.

"내 각시가 되어 줘. 난 처음부터 알고 있었어. 항아님은 내 각시고, 내 사람이고, 나는 항아님 사람이다."

얼음으로 만든 송곳이 난데없이 심장에 박힌 것 같다. 방은 절절 끓는데 몸은 와들와들 떨리기 시작했다. 두 주먹을 움켜쥐고 온몸에 힘을 주어도 멈추지 않는다. 그는 진희가 덜덜 떠는 것을 보자 가까이 다가와 꽉 안아 주었다. 억세게 안겼음에도 떨림은 잦아들지 않았다.

……좋아.

어깨가 넓고 근육이 단단한 사내에게 힘껏 안긴다는 것은 생각보다 훨씬 아프고 숨 막히는 일이었다. 그런데 좋아, 그래도 너무 좋아. 진희는 숨이 막히고 떨려서 한마디도 할 수 없었다. 귓가와 목덜미로 그의 목소리가 석청처럼 흘러내렸다.

"나도 내가 제정신이 아닌 거 알아, 진희야. 그런데 네가 좋아서, 너무 좋아서 숨이 막혀. 이런 적은 없었고, 앞으로도 없을 거야. 나는 나를 잘 안다. 너는 내 사람이야. 너도 그거 알아. 내가 네 사람이라는 거, 너도 알지."

그는 진희를 꽉 끌어안은 채 잔뜩 갈라진 잠긴 소리로 중얼거렸다.

"지금이라두, 내일이라두 당장 항아님 집에 찾아가서 어머님 아버님한테 넙죽 절하고, 항아님을 데려가겠다 할게. 지금 가진 건 없어두 돈은 벌면 그만이지. 어머니 아버지두 장오원이한테 시집보낸다 하면 그래도 싫다구 하시지는 않을 거야."

"화원님……."

그는 진희의 말이 이어지기도 전에 다시 깊이 입술을 댔다. 길게 헐떡이는 소리가 얽힌 혀를 타고 전해졌다.

"진희야, 내가 요 인근에 예쁘장한 집을 하나 사 줄까? 솜씨 좋은 목수한테 향이네처럼 예쁘게 스물닷 칸 반듯한 기와집 하나 만들어 달라 하자. 나무도 심고, 연못도 파고, 괴석도 많이 얻어다 둘러놓지. 항아리도 많이 사서 장독에 쭉 늘어놓고 종류별로 술을 담아서 저녁마다 항아님하고 나하고 맛나게 나눠 마시고. 응?"

"……."

"이제 나도 제대로 자리 잡고 살면 되지. 내가 그림을 많이 그리면 된다. 하루 열 장씩 그려서 팔면 보름만 되면 백오십, 한 달만 채우면 그림이 삼백 장인데 그 정도면 요 근처에 예쁜 집 하나 사구말구."

"장 화원님. 화원님, 잠깐만……."

진희는 간신히 입을 뗴었다. 그 한마디를 내기가 너무 어려웠다.

그래요, 화원님. 그렇게 해요. 예쁘장한 스물닷 칸 기와집에서, 나무도 연못도 있고 방도 많은 집에서, 저녁마다 당신하고 나하고 마주앉아서…….

너 미쳤니?

진희는 후드득 몸서리를 쳤다. 최면에 걸렸다 간신히 깬 것 같다. 나는 분명히 인사만 하러 왔다. 다시는 오지 못할 것이니 기다리지 말라 확실히 말해 준 후에 집으로 돌아가야 한다. 가끔 장승업이라는 이름이 검색어에 걸릴 때마다 속이 지끈거리고 눈앞에 가득하던 황금색 물결을 추억하기는 할지언정 이런 말을 듣고 있으면 안 되었다.

지금, 지금이라도 빨리 인사를 해서, 인사를…….

하지만 입이 떨어지지 않는다.

그는 눈을 꽉 감은 채 진희를 안은 팔에 힘을 주었다. 그의 목소리는 점점 깊이 가라앉아 진희의 몸속으로 스며드는 것처럼 느껴졌다. 그는 그녀를 끌어안은 채 들뜬 목소리로 계속 중얼거렸다.

"하늘의 해도 달도 따 주는 건 고짓부렁이지만, 항아님한테 해 줄 수 있는 건 다 해 주마. 봄가을마다 항라 능라 갑사 비단에 여름엔 한산세모시를 진진 둘러 주구, 옥가락지 금가락지 내전 상방에서 흘러나온 금사로 수를 놓은 삼작노리개까지 전부 구해 주지. 철마다 맛난 과일 고기 생선을 실어 나르고 쌀독에 쌀도 그득그득 담아 놓고 살면 되지. 무엇이든 말만 해라. 내가 해 줄게, 다 해 줄게. 진희야, 다른 데 가지 말고 여기서 나랑 살아 응? 항아님. 내 아이두 낳구, 많이많이 낳구, 나는 하루 종일 예쁜 내 항아님 얼굴만 보고 살 테니. 항아님만 내 사람이 되어 주면 나는 기생집엔 얼씬도 안 하고 기생들 치맛자락 신발 코 한 조각도 안 보고, 맘 잡고 열심히 돈 벌면서 재미있게 살 거니."

심장을 녹여 내놓는 진심. 진희는 이 약속이 여자 하나 호리기 위한 발린 말이 아님을 안다. 그는 오래전 자신을 처음 보았을 때 제 속에 자신을 각인했고, 긴 세월 후, 두 번째 보았을 때 자신의 사랑을 바로 인정했다. 생에 단 한 번 주어지는 운명을 바로 알아차리고 잡아챈 것이다. 그는 남은 평생을 걸고, 자신의 모든 것을 걸고 진실하게 약속하고 있었다.

눈가가 욱신거린다. 지금 말해야 해. 더 이상 물릴 수 없는 말이 나오기 전에. 내가 아직 의지가 남아 있을 때 말해야 해. 나는 다시는 못 온다고, 안녕히 계시라 인사를 하러 온 거라고.

하지만 진희는 이 말을 하는 데 굉장한 용기와 모진 마음이 필요하다는 것을 깨닫고 당황했다. 진희는 떨리는 손으로 그의 머리카락을 쓰다듬었다. 이렇게 엉망으로 뻗친 머리카락까지 어쩌면 이리 사랑스럽고 귀여워 보일까.

"안 돼요. 저는 먼 데서 살아요. 여기에 와선 못 살아요."

그의 눈이 커다래졌다. 진희가 거절할 거라고는 조금도 생각하지 않은 모양이었다. 하지만 이내 고개를 확확 흔들더니 진희의 앞으로 바짝 다가앉아 손을 조심스럽게 잡았다. 그의 두껍고 거친 손이 진희의 손을 감싼 채 바르르 떨리고 있었다.

"항아님, 난 진희 항아님이 지금 어데서 살고 있는지는 잘 몰라. 달에서 사는지 별에서 사는지도 잘 몰라. 가끔 항아님이 여게 사는 사람은 아닐지도 모른다 생각은 했다. 하지만 아무 상관 없다. 항아님은 내 사람이고, 하늘이 내 각시가 될 사람이라고 찍어 준 사람이다."

"그걸 어떻게 알아요? 정해진 건 없어요."

"없긴 왜 없어! 그건 그냥 아는 거야. 진희 너도 알잖아. 네가 내 각시라는 거, 내가 네 사람이라는 거, 너도 알잖아! 뻔히 알면서 왜 아니라고 해!"

그는 여전히 진희의 반응을 믿을 수 없다는 듯 손으로 방바닥을 펑 펑 쳤다.

"항아님 집이 어딘데? 항아님이 못 오면 내가 거게 가서 살면 돼. 항아님이 사는 데라면 제주에두 가구 함흥에두 가구 왜국이든 청국 이든 어데든 간다."

그는 웃기 하나 없는 얼굴로 단호히 말했다.

"항아님이 달에 산다면, 그래서 잠시 내려온 거라면 내가 거기 간 다. 단 하루를 살고 죽는다 해두 거게루 간다. 버리지 말고 데려가기 만 해. 응?"

"화원님."

천천히 눈물이 고였다. 누군가 심장에 꽂힌 얼음송곳을 휘적휘적 돌리는 것 같다. 이 순간이 이리 아플 줄 알았으면 차라리 편지를 보 낼 걸 그랬다. 아니, 그냥 못 온다고 민호 편으로 전해 줄 걸 그랬다. 예의고 나발이고 다 필요 없이. 이럴 줄 알았다면.

그동안 내 뱃속에는 장 화원에겐 직접 얼굴을 보고 인사를 하는 게 예의라 집요하게 주장하던 윤진희가 있었다. 알고 보니 그것은 예의 나 상식, 염치 따위를 신경 쓰던 윤진희가 아니었다. 그것은, 그저 이 사람을 한 번이라도 더 만나고 싶어 미친 것처럼 안달하던 윤진희였 다.

내가 나를 속였구나. 내가 나를.

"저는 정말로 화원님한테 인사를 하러 온 거예요. 이곳에서 살 수 없어요. 살고 싶지도 않고요."

진희는 눈물이 흘러내리지 않기를 빌며 한 자 한 자, 또박또박 말했다.

나는 나 자신을 망치지 않는다. 내가 계획한 평생의 안온한 삶을 망치지 않는다. 잠시만, 이 한고비만 참으면 나는 이 사내가 존재하지 않는 곳으로 되돌아가, 풍파 없이 짜인 나의 안정한 삶 속으로 스며들게 될 것이다.

"화원님은, 나에 대해서 무얼 안다고 이렇게 겁도 없이 사랑 같은 걸…… 저지르고 그래요……."

속에서 울부짖는 소리가 들린다. 너한테 정말 중요한 게 뭔데? 알량한 철밥통 직장에 꾸역꾸역 출근해서 그 지긋지긋한 한문을 매일 가르치는 거? 좋아하지도 않는 애들과 동료들 사이에서 평생 부대끼는 거?

너는 그 시간이 좋았니? 네 맛도 내 맛도 아닌 밍밍한 맛으로 평생을 살다가 평생 꿈꾸던 대로 실버타운에 들어가서 죽을 날을 기다리면서 앉아 있으면 어지간히도 행복하겠구나.

그렇게 살 거니? 그렇게 살 테야? 세상에 이런 감정도 있구나. 이런 행복도 있구나, 하는 사랑을 한 번쯤은 해 보고 싶지 않아? 사는 게 뭔데? 사는 게 뭔데! 한 번쯤은!

순간, 낯익은 목소리가 온몸을 징, 울린다.

'우리 진희가 모든 것을 버릴 수 있을 만큼 열렬히 사랑하는 사람을 만나고, 결혼도 해서 오래오래 행복하게 살게 해 주세요.'

'살면서 한 번쯤은 그 바보 같은 2년짜리 페로몬에 푹 빠져 보는 것도 괜찮아…….'

한 번쯤은 모든 것을 버릴 만큼 열렬한 사랑에.

……그 얼빠지고 남는 것 하나 없는 사랑에?

진희는 눈을 치뜨고 입술을 짓씹었다.

나는 그날, 그 소원을 억지로라도 물렀어야 했다.

이 사람의 인생에 나는 없다. 스쳐 지나간 뜨내기 여자만 있으나 그나마 내가 아니다. 그래서 다행이다. 다행이어야 한다. 이 사람은 조선 최고의 화원이 될 것이나, 평생 집도 절도 없이 길에서 나그네로 떠돌다가 어디선가 보는 이 하나 없는 곳에서 객사할 운명이다.

만약 내가 지금 생각을 달리해서 이 사람 곁에 남으면, 미래가 달라질까?

달라지지 않는다. 나는 선택하지 않을 것이고, 이 사람의 미래는 바뀌지 않을 것이다. 이 사람의 곁을 스쳐 지나가는 여자는 박성녀, 이름도 얼굴도 알지 못하는 기생 출신의 그 여자뿐일 것이다.

진희는 눈을 똑바로 떴다. 이불 속에서 가늘게 들리던 흐느낌이 점점 선명해진다. 한겨울 밤 귀청을 찢던 바람 소리보다 더 무섭고 슬프던 그 소리. 잊으면 안 된다. 한때의 사랑에 취했던 여자들에게 남는 것은 고작 그런 것이다.

미래를 안다는 것은 다행스러운 일이다. 인생을 낭비할 선택을 막아 주니까. 미래를 몰랐더라면 나는 지금 무슨 짓을 할지 모른다. 하지만 미래를 아는 나는, 2년짜리 열에 취해 앞뒤 모르고 울부짖는 목소리 따위에 굴복하지 않는다. 이 모든 열렬한 감정은, 아픔은, 슬픔은 때가 되면 지나갈 것이다. 진희는 손을 들어 그의 뺨을 부드럽게 쓰다듬었다.

"이젠 못 와요. 앞으로는 못 와요."

황금의 달이 서서히 물에 잠기기 시작했다. 끔벅, 끔벅, 그의 눈꺼풀이 천천히 움직였다. 그는 진희의 태도가 단호해진 것을 알아차렸다. 그는 갈라진 목소리로 더듬었다.

"정말? 참……말로 다시는 못 와?"

"못 와요. 다시는, 다시는."

달 아래로 출렁출렁 고인 물이 툭, 터져 흘러내렸다. 진희의 손바닥과 사내의 거친 뺨 사이로 뜨뜻미지근한 갯물이 스며들었다.

그는 진희의 손을 두 손으로 감싸 안은 채 그대로 고꾸라졌다. 으어어, 으허어어! 들먹거리는 그의 어깨 안쪽에서 짐승이 울부짖는 것 같은 소리가 터졌다.

진희는 고개를 들고 눈을 감았다. 울지 않을 것이다. 나는 나를 파괴하지 않을 것이며, 따라서 이것은 울 일이 아니다.

짧지만 강렬했던 감정도, 이 아픔도, 지독한 슬픔도 지나갈 것이다.

그리움도 또한 지나갈 것이다.

지나갈 것이다.

❀　　　❀　　　❀

한양의 동쪽과 남쪽, 그리고 경기도 동부 지역 치안을 관할하는 좌포청은 종묘 인근에 있어 청계천 수표교 어름의 윤 진사 집에서 걸어갈 만한 거리였다. 이완과 민호는 입이 틀어막히고 새끼줄에 묶인 채 윤 진사 집의 하인들과 가비들에게 둘러싸여 질질 끌려갔다.

다만 그들이 발고하는 내용이 종사관의 귀에 들어가기까지는 숱한 관문을 넘어야 했다. 문을 지키는 입직 나졸과 포교에게 일차로 자초지종을 말해야 했고, 야간 순찰을 돌기 위해 나온 부장과 순라군 패거리에 둘러싸여 한참 곤욕을 치러야 했다. 그러고서도 정청의 넓은 뜰에서 매운바람을 맞으며 한참을 기다리고서야 심문을 담당하는 종사관을 볼 수 있었다.

종사관은 누른색 철릭 위에 자주색이 나는 반소매의 방령을 걸치

270

고 허리띠를 두른 후 긴 칼을 절그럭거리며 나타났다. 오십이 될까 말까 한 얼굴로, 키는 작았지만 몸집이 다부지고 단단한 인상을 주었다. 그 뒤로 푸른 철릭을 걸친 포교 두 명과 지필을 든 서원이 따랐다.

널찍한 뜰의 이곳저곳에 형틀이 즐비하게 놓여 있어 보는 것만으로도 섬뜩했다. 가장 높직하게 지붕을 올린 넓은 건물이 좌포청의 본채였는데 종사관은 그곳의 한가운데 놓인 의자에 올라앉아 사람들이 열심히 고변하는 이야기를 들었다. 그는 여러 사람이 번갈아 떠들 때면 버럭버럭 소리를 질러 댔는데, 꿋꿋한 외양에 비해 이해력은 살짝 부족한지 같은 내용을 되풀이하여 물어보고 곁에 시립한 포교와 서원들에게 몇 번씩 확인하기도 했다.

미래에 어떤 일이 일어나리라 예언을 하고, 사술을 쓰기 위해 연기를 피우다가 들켰으며, 갑자기 사라졌다가 갑자기 나타나고, 손가락 끝에서 저절로 불을 내더라, 그리고 나라에서 여전히 법으로 금하고 있는 가장 큰 사교 세력인 천주쟁이들의 가르침에 대해 잘 알고 있는 데다 그들의 무시무시한 풍습을 변호하기까지 했다는 것이 고변의 주 내용이었다.

이완은 그들이 말하는 사이사이 아니라 반박했으나 그때마다 종사관의 불호령과 함께 등으로 육모방망이가 떨어졌다. 통증도 통증이지만 속이 타는 것처럼 아팠다. 이게 대체 무슨 일인가, 나는 그렇다 쳐도 민호 씨는 대체 무슨 죄로 이 꼴을 당해야 하나. 그는 자신이 가져온 물건들이 집장사령과 포교들의 손을 거쳐 종사관의 손에 들어가는 것을 암담한 눈으로 지켜보아야 했다.

종사관은 그들이 고변한, 사술을 행할 때 사용한다는 둥그런 통을 탁자에 올려 두고는 옆의 포교에게 이리저리 돌려 보도록 시켰다. 통을 붙잡은 포교는 새파랗게 질린 얼굴이었다. 그들은 그곳에 적힌 한

글조차 한글로 제대로 연결하지 못했고, 영어와 일본어는 당연히 이상한 무늬로만 생각했다. 종사관은 두 사람에게 몸을 돌린 후 엄한 목소리로 운을 떼었다.

"고변하는 자들의 말이 사실인가? 후대에 일어날 일을 예언한 것이라? 내용이 무엇인가?"

이야기를 들은 종사관은 코를 실룩거렸다. 지금도 승승장구하는 대사헌 영감이 몇 년 후에 이조참판이 되리라는 게 나라를 위협하는 예언 축에 들 턱이 없다. 희망 사항이 잔뜩 깃든 덕담 아니었을까? 하지만 다른 죄목과 겹치고 보니 그리 가볍게 넘길 수가 없었다.

"나라에서 금하는 사교를 신봉하고, 사술을 써서 민간의 사람들을 현혹하고 놀라게 하며 장차 일어날 일을 함부로 말하여 민심을 교란하게 한 것은 작지 않은 죄이며, 방화 역시 작은 죄로 치지 아니한다. 이 말이 모두 사실이냐?"

그래도 양쪽 말을 모두 들어 보려는 태도였다. 사실 종사관으로 말하자면 이 늦은 저녁에 들어온 고변이 정말 위에 보고할 만한 큰일이라면 귀찮은 것은 자신이었기에, 이들이 사소한 오해로 두 사람을 끌고 온 것이고 두 사람이 의문을 풀어 줄 정도로 변명을 해 주기를 바랐다.

이완도 바로 그것을 눈치챘다. 변명할 말은 충분했다. 왜국과 교류를 하면서 얻은 물건들이다. 왜국은 외국과 교류한 지 조선보다 오래되어 구미의 신기한 물건들이 많이 들어와 있다. 대감들께 보여 드리고 좋은 값에 팔고자 가져와 본 것이다, 충분히 납득이 갈 만한 이유였다. 하지만 이완은 저 물건이 사술에 쓰이는 것이 아니라는 것을 말할 기회조차 얻지 못했다.

"자네의 이름과 나이가 어찌 되는가. 집은 어디이며 본적이 어찌 되는고. 그리고 대조하여 확인할 수 있도록 호패를 내놓아라."

이완은 자신의 이름과 집안을 댈 수 없었다. 이 시대에 속한 사람이 아니니 호패 따위는 애당초 없었고, 진짜 이름이건 가짜 이름이건, 혹은 기껏 꾸며 놓은 가짜 족보건 아무것도 끌어 댈 수 없었다.

가짜 족보를 댔다간 바로 확인절차가 들어갈 것인데, 하필이면 과거 자신의 집안은 당상관을 연이어 배출한 대제학의 집안이었던 것이다. 그렇다고 진짜 이름을 댔다간 끝장이었다. 이름이 기록에 남았다간 자신은 빼도 박도 못하게 이 시간에 묶여 버린다. 이완과 마찬가지로 민호 역시 입을 꼬막처럼 꼭 다물고 모르쇠로 버텼다.

몇 번 되풀이해도 이름을 대지 않자, 종사관의 이마에 완강하게 주름이 팼다. 괘씸한 것들. 감히 심문하는 종사관을 무시해? 심문에 제대로 응하지 않는 자들에게 호의를 베풀 만큼 포도청이란 곳은 너그러운 장소가 아니었다.

종사관은 애초에, 그들이 가져온 보퉁이에 든 은괴들과 금반지들, 그리고 갖가지 노리개들을 압수한다는 조건으로 적당히 그들의 핑계를 믿어 줄 생각이었다. 좌포청 종사관 자리를 따내기 위해 중전마마님 일가에 퍼 들인 돈을 생각하면 이렇게 기회가 닿는 대로 부지런을 떨어야 했던 것이다.

하지만 그런 자비도 어디까지나 고분고분하게 묻는 것에 대답하고 죄를 실토하는 놈들에 한해서였다. 의금부에서든 포도청에서든 시골 마을의 현청에서든 가중처벌의 가장 큰 죄목은 괘씸죄였다. 그는 바로 집장사령을 불렀고 두 사람은 곧 의자 위에서 무릎과 발목을 묶이게 되었다.

이완은 몸을 후드득 떨었다. 덜, 덜덜덜, 주체할 수 없이 몸이 떨리기 시작했다. 맞닿은 두 정강이 사이로 긴 막대기 두 개가 빠듯하게 끼어 들어간다. 막대기에 묻은 거무스름한 얼룩의 정체를 짐작하는 순간 온몸에 소름이 쫙 돋았다. 제기랄, 제기랄. 시작도 하기 전에 사지가 경련하기 시작했다.

말하면 안 되는데, 이름을 말하면. 옆에 묶인 민호도 똑같은 생각을 하고 있는지 이완을 향해 눈을 부릅뜬다. 이완 씨, 말하면 안 돼. 조금만 버텨, 조금만! 내, 내가 밤에. 내가 밤에 어떻게든.

결심이 채 끝나기도 전에 무릎이 튕겨 나갈 것 같은 통증이 일었다. 아악, 아아악, 아오 씨부랄, 아오오 아파아아. 옆에서 여자가 온갖 욕설을 퍼부으며 비명을 질러 대기 시작했고, 이완은 아랫입술이 터지도록 짓씹었다. 이러다 생짜로 뼈가 박살이 나겠구나 싶을 정도로, 다른 아무 생각도 못 할 만큼 순수하게 지독한 통증이었다. 민호의 욕설이 너무 지독하고 시끄러워 사령이 여자의 머리를 후려치느라 형신은 멈췄다 이어지기를 반복했다.

무릎 뼈가 부서져 나가기 직전쯤 정신을 놓았던 것 같다. 모여 있는 다른 이들이 와글와글 떠들어 대는 소리가 아스라하게 멀어졌다. 제가 듣기로는 박 선비님이라 들었는데, 반남 박씨라 하지 않았던가? 서출이라고. 이름이? 성함을 들었던 것 같은데? 그들은 머리를 맞대고 수군거렸다.

안 돼, 아니야, 말하면 안 돼. 이완은 안간힘을 쓰며 고개를 저었다. 하지만 말이 입 밖으로는 나오지 않았다. 입속이 부어터졌는지 입술을 들썩일 때마다 쇠 비린내가 났고, 혀를 움직일 때마다 입속이 찢어지는 것처럼 아팠다.

밤이 늦었으니 내일 아침 다시 형신과 심문을 재개하겠다, 증좌가 될 물건들을 잘 추려 창고 안에 넣어 두어라 하는 종사관의 목소리가 얼핏얼핏 들리다 사라졌다.

정신을 차려 보니 온통 깜깜한 옥사였다. 긴 나무가 얼금얼금 박혀 있는 사이로 찬바람이 정신없이 들어왔다.

"……이건 꿈이야."

이완은 정신이 반쯤 빠진 상태로 중얼거렸다. 사방 썩어 가는 냄새와 피비린내가 얽힌 좌포도청 옥사의 짚북데기 위에 앉아 있는 것이 현실일 리가 없다. 내가 과거로 와서 벌레 한 마리 튀어나왔다고 현대의 물건을 꺼내 드는 멍청한 짓을 할 리가 없다. 간신히 사제지연을 맺은 화원에게 인사를 하겠다고 헤어진 여자를 따라 덜렁 과거로 오는 덜떨어진 짓을 할 리도 없다.

이가 딱딱 부딪치는 소리가 남의 소리처럼 들린다. 너무 추워서 피부를 칼로 도려내는 것처럼 아리다. 흐윽, 윽. 그는 갑자기 소스라치는 통증에 무릎을 감싸 쥐고 비명을 삼켰다. 짧은 시간 가해진 형신(刑訊)이었지만 통증은 평생 잊을 수 없을 만큼 강렬했다.

맞은편 옥사에 길쭉한 인영이 엎드려 있는 게 보인다. 긴 머리가 귀신처럼 산발이 되어 있고, 붉은 치맛자락이 엉망으로 흐트러진 채 나동그라져 있다. 같이 형신을 당하고 갇힌 민호였다.

주변 옥에는 갇혀 있는 사람이 없었다. 하긴 이런 감옥에 며칠이고 갇혀 있다간 그대로 송장이 될 것 같은 날씨이긴 했다. 이완은 우들우들 떨리는 목소리로 여자를 불러 보았다.

"민호 씨, 민호 씨?"

옥사를 감시하는 옥리들은 원래는 옥사 밖에서 붙박이로 서 있어야 하는 것이 원칙이었지만 이렇게 추운 동지섣달 칼바람이 부는 밤에 얼어 죽으려고 그런 바보짓을 하는 이들은 없었다. 저녁 인정 때 죄수들을 점고하고 중간에 두어 번 순찰을 돈 후 파루 때 다시 점고하는 것으로 눈가림을 할 때가 많았다. 나머지 시간은 입직실에 불을 절절 피워 놓고, 투전판을 벌여 엉덩이를 지지고 있는 것이 대부분이었다. 아무도 없는 것을 확인한 이완은 좀 더 큰 소리로 불러 보았다.

"민호 씨, 민호 씨! 괜찮아요? 괜······."

여전히 대답이 없다. 말이 컥 끊어졌다. 이완은 고개를 푹 수그리고 주먹으로 가슴을 쿵쿵 두드렸다. 죽고 싶을 만큼 미안했다. 항상 부족하고 어수룩하다 생각했던 여자였지만 자신이 뿌리박힌 시간과 장소에서 한 발짝만 떨어져 나오면 가장 한심하고 어리숙한 것은 자신이었다.

민호 씨가 혼자 왔으면 이렇게 잡힐 일도 없고, 잡혔더라도 내가 꼬리로 달리지만 않았으면 분명 빠져나갔을 것이다. 도망질과 무사 귀환 능력 하나만큼은 발군이라 하지 않았던가.

내가 족쇄였다. 바보 같고 한심한 내가. 내가.

민호 씨, 민호 씨. 애타게 부르는 목소리에 맞은편에 있던 그림자가 부스스 일어나 앉는다. 귀신같이 산발한 머리를 푸들푸들 흔들고 치마를 훌떡 걷어 다리를 한참 만져 보더니 중얼중얼 욕질을 해 댄다. 씨붐바 새끼들, 오라질 놈의 새끼들, 이름 안 댄다고, 아오오오, 존나 아파. 멍든 거 봐, 아오 쌍. 그렇게 아프다고 소리 지르면 좀 살살 하지. 역시 그놈의 벌레들이 사달이었어. 우라질레이션, 아오, 천대를 빌어 처먹을 지네 새끼들 같으니. 잡히기만 해 봐라, 능지처참을 해 줄 테다. 다리 많다고 능지처참 못 할 줄 알지, 엉? 이완은 그녀의 욕설이 눈물이 나도록 반가웠다.

"이완 씨, 괜찮아? 다리 괜찮아? 어디 부러지지 않았어?"

"미안해요. 저, 정말 미안해요. 제가 제정신이 아니었는지, 이 지경이 될 거라고는 생각도 못 하고, 미안해요."

"사과는 나중에 하고! 다리 괜찮냐고!"

여자가 화난 목소리로 고함을 팩 질렀다. 저 고함마저도 눈물 나게 고마웠다. 고함지를 만큼의 여력이 있다는 뜻이고, 생각보다 덜 다쳤다는 뜻이니까.

"타박상은 있지만 뼈가 잘못된 것 같진 않아요. 아까 많이 아팠죠. 일어나시는 건 괜찮으세요?"

"어, 그거 내가 일부러 소리 뒈지게 질러서 그래. 그거 죽겠다고 소리 지르면 그래도 아주 조금 봐주는 사람도 있댔거든. 잠깐만 기다려 봐. 지금 할 일이 있어."

민호는 한참 동안 산발이 된 머리를 뒤적이더니 무언가를 끄집어 냈다. 실핀이었다. 그녀는 그것을 이리저리 구부리더니 열쇠가 걸린 쪽으로 바짝 다가앉았다.

"뭐 하시는 겁니까?"

"조금만 기다려."

잘그락, 잘그락, 잘각. 철컹, 민호는 일 분도 되지 않아 커다란 자물통을 따고는 조심스럽게 몸을 빼냈다. 우라질레이션, 무릎탱이 뼈 걱대는 거 봐. 부러지진 않았나 본데 그래도 뒈지게 아프네. 한참 투 덜대던 여자는 이완이 갇힌 옥사의 자물쇠도 한참 덜그럭거리더니 그것마저 열어 버렸다.

이완은 멍청한 얼굴로 여자의 신출귀몰한 솜씨를 바라보았다. 영어나 역사적 소양 따위는 없어도 천하를 평정하는 생존 능력이었다. 여자는 얼른 옥문을 열고 들어와 이완의 앞에 쭈그리고 앉더니 다짜고짜 그의 바지를 걷어 올렸다. 무, 무슨 짓입니까. 그가 뒤로 물러앉자 민호는 그의 입을 틀어막으며 야단을 쳤다.

"잠깐만 기다려 봐, 확인 좀 해 보자."

시커멓게 멍든 자리가 불이 난 듯 아팠지만 여자의 손이 닿는 곳마다 통증이 가라앉는 것 같았다. 여자는 흉하게 멍든 이완의 정강이를 쓰다듬며 다시 지네와 향이와 이름도 모르는 집장사령을 향해 욕설을 퍼부었다.

"이완 씨, 조금만 기다려. 내가 저 창고 속에 처박힌 것들을 찾아 올게. 그 벌레잡이 깡통하고 보퉁이만 가져와야겠어. 그다음에 진희를 찾아서 월죽도를 타고 얼른 돌아가야지."

민호는 자리에서 벌떡 일어났다. 이완이 붙잡을 새도 없이 치마를 꽉 묶더니 날렵하게 옥사를 빠져나갔다. 민호 씨! 그는 기가 막혀서 그 자리에 멍하니 주저앉고 말았다.

"민호, 민호야, 민호야! 괜찮아?"

천만다행으로, 밖에서 귀에 익은 목소리가 조그맣게 들렸다.

"이완 씨? 미, 민호는? 민호는 어디 있나요? 이완 씨는 괜찮으세요? 세상에!"

"진희? 진희 씨가 여기 어떻게……?"

이완은 진희의 희고 자그마한 얼굴을 보는 순간 헛것을 보는 거라고 생각했다. 순간, 길쭉한 그림자가 옥사 복도로 늘어졌다. 폭이 넓은 갓을 쓴 사내의 그림자였다.

"쉿. 조용히."

굵고 낮은 사내의 목소리가 들렸다. 윤 진사였다.

❀　　　❀　　　❀

"내가 자리를 비운 사이 이런 일이 일어나서 정말 미안하오. 두 분 모두 괜찮소? 옥리들은 걱정 마시오. 식가를 낸 포교를 시켜 밤새 놀라고 술하고 돈을 두둑하게 쥐여 주었더니 지금 입직실에서 술판 투전판을 벌였소. 죄수를 점고하는 파루 때까지는 괜찮을 게 고."

"진사님. 여기 어떻게 오셨습니까?"

"북쪽의 물이 빠져나가는 곳으로 들어왔소. 엄동이라 물이 얼어서 더러운 물에 옷을 적시지 않아도 되었고, 본 사람도 없었으니 걱정 마시오. 당신들도 사술을 쓰는 자라 고변이 되어 있으니 사술로 사라졌다 하면 오늘 숙직한 포졸들도 크게 죄를 당하지는 않을 게요."

윤 진사는 빠르지만 조용한 목소리로 말을 이었다. 진희는 뒤에서 하얗게 질린 얼굴로 부들부들 떨며 서 있었다.

윤 진사가 영환의 집에 도착해서 제일 먼저 한 일은 장 화원을 놓친 행랑것들을 쥐 잡듯 취조하는 영환을 뜯어말리는 일이었다.

장 화원 지금 우리 집에 와 있다, 사실 장 화원에게는 꽤 중요하고 급한 일인데, 내가 곧바로 보내도록 할 테니 제발 마음 좀 진정하시라, 장 화원이 지금 혼인하고 싶어 하는 처자가 우리 집에 와 있다, 귀띔을 하고야 영환의 격노가 가라앉았다.

아니, 대체 어떤 처자가 그 제멋대로 화원의 마음을 잡아챘소그래? 영환은 펄펄 화내던 것도 까맣게 잊고 몹시 흥미로워했다.

윤 진사는 진희에 대해 자세히 설명하는 대신 장오원 화원의 탈출기와 그의 전무후무한 여장 입성을 자세하게 묘사하는 것으로 영환의 폭소를 자아냈다. 그는 한참 박장하더니 그럼 장 화원은 잠시 그 낭자와 회포를 풀도록 두고, 우리는 여기서 친구들이나 불러 우리끼리 한잔합시다, 장 화원 장가들일 의논이라도 해야 하잖겠소! 맹탕으로 보냈다간 첫날밤부터 술 마시고 헛다리만 짚다가 밤새 새각시한테 꼬집히고 말 텐데! 하고 윤 진사를 잡아 앉혔다.

그래서 두어 식경이 지나기도 전에 장 화원이 제 발로 영환의 집으로 돌아와 방문을 닫아걸고 큰 소리로 통곡하는 것을 보고 두 사람은 깜짝 놀라고 말았다. 그는 밖에서 누가 불러도 대답하지 않고 피를 토하는 것처럼 울부짖기만 했다. 진희야, 항아님, 진희야, 진희야, 내 항아님. 진희야. 그에게서 나오는 말은 딱 두 마디뿐이었다.

무슨 일이 생겼으리라 짐작한 윤 진사는 황급히 관수동 집으로 돌아왔다. 집에 도착하자마자 그가 목격한 것은 향이가 집안사람들을 이끌고 횃불을 높이 든 채 진희를 묶어서 질질 끌고 가는 모습이었다.

그는 행렬을 세우고 김 서방에게 자초지종을 들었다. 사술을 쓰다가 현장에서 걸린 박 선비와 정혼자라는 처자를 고변하고 오는 길에 집 밖에 숨어 있던 이 여자도 잡아서 다시 좌포청에 가던 길이라 했다.

향이가 서슬이 푸른 눈으로 바닥에 꿇린 여자를 노려보고 있었다. 진희라는 여자는 정신이 멍한 듯, 초점 없는 눈을 허공으로 향하고 앉아 있었다. 기가 막혔다. 향이가 무슨 생각으로 이런 일을 벌였는지 너무 훤히 보였다. 목을 졸라 버리고 싶을 정도로 분노가 일었으나, 그는 이를 지그시 물고 참았다.

향이는 오랫동안 기방에서 감정을 표현하지 않는 법을 배우고 자라 이렇게 감정을 흘리는 일이 드물었다. 아마 자신의 표정이 어떤지 자각하지 못하는 모양이었다. 윤 진사는 무겁게 입을 열었다.

"고변? 내 분명 부인께 기다리라 했을 텐데요. 알아보고 결정하겠다고. 내 허락도 없이 내게 온 손님들을 고변을 해?"

"나, 나리."

향이가 그제야 아차 싶은 얼굴로 더듬었다. 그는 낮은 목소리로 덧붙였다.

"내 인내를 어디까지 시험할 참이오? 당신이 무슨 생각으로 이런 짓을 벌이는지 모를 줄 알았소? 당장 풀어 주시오. 내가 진희 낭자에게 묻고 싶은 것이 있으니."

진희는 두 사람이 잡혀갔다는 말과, 윤 진사가 어지간한 내용을 추측하고 있다는 말에 크게 놀란 기색도 없이 묻는 대로 대답을 해 주었다.

윤 진사는 장 화원과 있었던 일을 묻지 않았다. 사정을 알게 되니 장 화원이 왜 그런 행동을 했는지 자연스럽게 이해가 되었다. 난생처음으로 연모하게 된 여자가 다른 시간의 사람이라는 것이 그의 불행일 뿐, 이 여자의 잘못은 아니었고, 여자 역시 침착을 가장하고는 있었지만 제정신은 아닌 것 같았다.

이야기를 종합해 보건대, 사정이 급했다. 그는 진희와 함께 좌포청으로 향했다. 내일 아침이 되기 전에 사태를 수습해야 했다. 진희는 창황 중에도 월죽도를 챙겨야 한다는 것을 잊지 않았고, 윤 진사는 내당으로 들어가 문제의 그림을 챙겨 왔다. 진희 낭자는 돌아갈 것이오, 아마 다시는 오지 않을 것이외다, 하는 말에 향이는 석고 같은 표정으로 그림을 내주었다. 나리, 송구합니다. 큰 실수를 했습니다, 하는 아내의 말은 차라리 듣지 않는 편이 좋았을 거라 생각했다.

그건 실수가 아니었다. 살면서 한 번은 반드시 터질 일이었다.

툭, 투툭, 타타타탁, 낮고 빠른 발걸음 소리가 들렸다. 윤 진사는 진희를 뒤로하고 그늘로 바짝 몸을 숨겼다. 순간 민호가 옥사 안으로 성큼 들어섰다.

"민호 씨!"

"민호야! 민호야!"

진희가 달려가 왈칵 끌어안았다. 민호는 가져온 보퉁이를 손에 쥔 채 진희를 꽉 끌어안았다. 이완은 멍하니 서서 민호가 찾아온 보퉁이를 들여다보았다. 문제가 되었던 연막캔과 성냥들이 보인다. 믿을 수는 없었지만 증좌로 빼앗긴 보퉁이가 맞다. 이제 집에 갈 수 있게 된 것이다.

이완은 자리에 털썩 주저앉았다. 다리에 기운이 다 빠진다. 그동안 다른 시간에서 길을 잃었다가 민호에게 구원을 받았던 많은 사람의 심정이 어땠을지 짐작이 간다. 한때 자신은 민호를 아테나 여신처럼 생각하기도 했지만, 지금은 다른 의미에서 여신처럼 보였다.

"그림을 타고 가는 겁니까? 월죽도가 필요합니까?"

민호는 고개를 끄덕였다. 윤 진사는 품속에서 그림을 꺼내 내주었다. 이완과 민호는 그에게 깊이 고개를 숙여 고맙다고 인사를 했다. 아무 상관도 없으니 알아서 하라는 말과 달리 그래도 윤 진사는 가장 절박할 때 큰 도움을 주었다. 윤 진사는 아무 감흥 없는 얼굴로 부채를 툭툭 치다가 이완에게 물었다.

"가는 길에 하나만 물어봅시다. 당신은 언제 사람이오?"

이완은 잠시 망설이다 결국 긴 한숨을 쉬었다. 어차피 그림을 타고 가게 되는 것까지 보게 될 것을.

"130년 후의 사람입니다."

"허허, 130년 후라. 그때도 사람들이 여전히 태어나고 살아가는구려. 당신들은 여전히 조선인이오?"

"……아닙니다. 하지만 조선이란 나라가 없어질지라도, 사람들은 여전히 태어나고 살아갈 겁니다. 혼돈기에 출사한 제갈량은 시대를 바꾸지 못했으니, 어쩌면 당신의 선택이 현명한 건지도 모르겠습니다."

윤 진사의 얼굴이 흐려졌다. 짐작은 하고 있었겠지만 별로 듣고 싶지는 않았을 말. 하지만 그는 비분강개하지도 않고 요란하게 슬퍼하지도 않았다. 그렇구려. 역시. 역시 그렇구려. 그는 조용히 중얼거리며 고개만 끄덕였다.

"뒷일은 걱정 말고 돌아가시오. 나도 그림을 챙겨 빠져나가야 하니 서두르시오. 그리고."

"……."

"만나서 반갑고 좋았소만, 앞으로 만에 하나 다시 오게 된다 해도 우리 집에는 오지 마시오. 이유는 아시리라 믿소."

이완은 고개를 끄덕였다. 위험하리라는 걱정이기도 하고 내당에 더 이상 분란을 일으키지 말라는 경고이기도 하다. 물론 다시 올 일은 없을 것이다. 민호는 뒤에 선 두 사람을 확인한 후 윤 진사에게 고개를 숙이고 인사를 했다.

"어쨌든 이제 다들 가 보자. 윤 진사님, 여러 가지로 정말 고맙습니다. 저는 나중에 또 올 수도 있으니 거리에서 만나도 놀라거나 하진 마세요. 두 사람은 못 올 거지만 저는 또 올 수도 있거든요."

윤 진사는 고개를 끄덕였다. 시간을 타고 다니는 능력은 저 여자만 갖고 있는 능력인 듯싶었다. 그는 잠시 그들을 붙들고 싶은 충동에 시달렸으나 마음을 눌렀다. 저 사내의 말대로 미래의 일을 시시콜콜히 묻는다 한들 자신이 그 미래를 바꿀 수 있는 것도 아니었다. 미래를 아는 것이 자신을 불행하게 만들 것이라는 장담도 딱히 이해가 가지 않았으나 그것도 그러려니 내버려 두었다.

윤 진사는 옥사 바닥에 그림을 내려놓았다. 장 화원이 처음으로 그려서 자신의 아내에게 선물한 그림, 노란, 황금 덩어리처럼 노란 보름달, 자신의 아내는 이 그림을 지독하게 아꼈었다. 다른 사내의 흔적을 항상 눈에 띄는 곳에 놓아두는 것을 옆에서 보는 기분이 어떠하리라는 것을, 아내는 아마 알지 못하는 듯싶었다. 윤 진사에게 단

한 가지만 결핍되었던 결혼생활은 달콤함과 괴로움이 혼재된 긴 시간이었으되, 아내에게는 무슨 의미였을지 알 수 없었다.

여자가 그림에 한쪽 손을 댄다. 진희가 키 큰 여자의 손을 잡고 이완은 진희의 손을 잡고 섰다. 한동안 집중해도 공기의 일렁임이 느껴지지 않는다. 여자가 눈썹을 찌푸리고 중얼거렸다.

"어…… 길이 안 열려. 이상하다?"

이완은 들들 떨리는 것을 참으며 진희와 잡은 손을 떼 보았다. 한 걸음, 두 걸음 물러서 본다. 진희가 눈을 동그랗게 뜨고 고개를 갸웃한다. 순간 펄럭, 희미한 바람이 일었다.

두 여자의 모습이 희미해진다. 이완은 급히 한 발을 내디뎠다. 분명 이곳에 올 때는 손을 잡지 않고 따라왔다. 이대로 따라가면, 이대로.

이완은 눈을 깜박였다. 여자의 목소리가 희미해진다. 이완 씨! 박 실장님! 어어! 왜 손을, 왜 안 따라 와아아……. 두 여자의 형체와 목소리가 여러 겹의 공기가 겹쳐지는 것처럼 일렁일렁 희미해지더니 툭 끊어진다.

……어?

이완은 자리에 주저앉았다. 자신이 손을 잡고 있는 동안 길이 막히고, 손을 놓는 순간 길이 열렸다는 말은 자신이 이 시대에 묶였다는 말이었다. 윤 진사는 두 여자가 공간 속으로 스며들듯 사라지는 모습을 보고 눈을 크게 떴다. 하지만 이완이 자리에 남아 주저앉는 것을 보고 한참 동안 말을 붙이지 못했다.

"박 선비는…… 왜 남았소?"

"모, 모르겠습니다. 왜, 왜 저만?"

그는 덜덜 떨리는 목소리로 대답했다. 온몸이 걷잡을 수 없이 떨렸다. 민호 씨가 옆에 있고 없고의 차이. 나는 이 시대에 혼자 버려진 걸까? 민호 씨는? 지, 진희 씨가 돌아간 것은 다행인데, 하지만 나는? 나는?

지난번에도 잠시 길이 막히긴 했지만 그건 화각함이 이동하면서 생긴 일시적인 일이었다. 게다가 그땐 민호 씨가 옆에 있었다. 하지만 지금은 상황이 다르다. 일단, 현대의 물건을 전부 다 회수했는데도 자신만 돌아가지 못하는 이유조차 알 수 없었다.

어떻게 일이 이렇게 작정하고 꼬일 수가 있지? 아무도 없는 다른 시간에 나 혼자, 나 혼자 남다니! 땅 밑이 붕괴하는 것 같다. 그는 입을 틀어막고 벽에 머리를 박았다. 윤 진사가 그를 황급히 붙잡아 제지했다.

"잠시, 잠시만 기다리시오, 박 선비. 박 선비!"

"이완 씨! 뭐 하는 거야, 이완 씨!"

이완은 벼락을 맞은 것처럼 움직임을 멈추었다. 민호가 숨을 헐떡이며 그림 앞에 서 있었다. 진희를 현재에 되돌려 놓은 그녀가 이완이 오지 않은 것을 보고 바로 되돌아온 모양이었다. 아아, 돌아와 줬구나. 이완은 폐가 녹을 듯이 한숨을 쉬었다.

"왜 안 따라와!"

진희 씨는 무사히 돌아갔구나. 이완은 덜덜 떨리는 것을 필사적으로 참으며 말했다.

"민호 씨, 제, 제가, 길이 막힌 모양입니다."

"왜? 짐 보퉁이랑 물건은 남김없이 갖다 놨는데!"

"혹시, 아까 그 사람들이 떠든 이야기 중에 제 이름 나왔던 걸 적은 게 아닐까요?"

그는 덜덜 떨리는 목소리로 대답했다. 여자는 이를 꽉 물고 씹어 뱉었다.

"아오, 빌어먹을. 뭐 그렇게 도나캐나 떠드는 것까지 일일이 적고 지랄이래. 그러라고 만든 한문이 아닐 텐데!"

"무슨 말이오? 지금 박 선비는 되돌아가지 못한다는 말이오?"

"네, 문제가 생겨서 여기에 묶인 모양이에요."

"그럼 어떻게 해야 합니까?"

"적힌 부분을 없애 버리면 돼요. 예전에도 이런 사고 친 사람들 수습해 준 적이 있었어요. 박 실장님, 괜찮아. 제발 정신 좀 차려. 그 뭐시냐, 상소에 올라가서 그게 무슨 일기? 무슨 임금님 일기에 쓰인 것만 빼놓으면 실패한 적이 거의 없었으니 너무 걱정하지 말고, 엉?"

"승정원일기……. 농담이라도 그런 끔찍한 말씀 좀 하지 마세요. 지금, 그럼 정청으로 들어가서 그 책을 찾아 없애야 한다는 말입니까?"

"응. 괜찮아. 내가 이완이라는 한문은 모르지만 박이라는 한자는 알고, 제일 나중에 적힌 부분일 테니까 찾기가 그렇게 어렵진 않을 거야. 헷갈리면 다 집어 오지 뭐. 따라오지 마, 둘이 다니면 신경 쓰여서 도망도 못 쳐. 나 혼자 금방 갔다 올 테니."

이완은 벽에 머리를 댄 채 이를 꽉 물었다. 내 이름자조차 잘 모르면서 어떻게 찾아오려고 해요. 가지 마, 그렇게 위험한 짓 하지 마세요, 고함이라고 지르고 싶었다. 당신은 목숨이 백 개쯤 되느냐, 지금까지 매번 살아 돌아온 건 당연한 게 아니고 기적이라고, 나는 괜찮으니 하지 말라고 말려야 했다.

하지만 입이 떨어지지 않았다. 자신은 할 수 없는 일, 누구도 해줄 수 없는 일. 이 여자마저 포기하면 자신은 이 시대에 눈먼 고아처럼 떨어지게 되는 것이다. 그러면 안 되는 걸 알면서도 그녀의 놀라운 능력에 간절히 기대고 싶은 마음이 들었다. 동시에 경멸스러웠다. 이완은 낮은 목소리로 물었다.

"그, 그 승정원일기에 상소가 올라갔던 사람은 어찌 됐습니까?"

"압송되어 올라가는 중에 내가 일단 **빼내서** 산속 동굴에 숨겨 주긴 했는데, 결국 적응 못 하고 두어 주 있다가 자살했던 것 같아. 숨어 있던 토굴 속에 시신이 있었어. 무덤을 만들어 주고 왔지만 굉장히 마음이 무거웠어. 그냥 살면 많이 힘들지만 또 나름 살아진다고 단단히 이야기를 해 주었어야 했는데."

민호는 덤덤하게 대답했다. 이완은 눈을 꾹 감았다. 나름 살아진다고? 천만에. 그건 당신이나 그렇겠지. 죽음을 택했던 사람의 기분이 충분히 이해가 되었다. 다만 그와 다른 점은, 지금 자신에게는 이 여자가 자신의 손을 꽉 잡아 주며 이렇게 말해 주고 있다는 점이었다.

"조금만 기다려 봐. 어떻게든, 내가 어떻게든 찾아서 안락재로 보내 줄게."

"민호 씨."

"여러 가지 생각하지 마. 지금 눈앞의 문제만, 한 번에 하나씩만 생각해. 매듭이 열 개 스무 개 얽혀 있어도 하나씩 하나씩 풀다 보면 다 풀리게 돼 있어."

민호는 산발이 된 머리카락을 단단히 묶고 길게 치렁대는 치맛자락과 속치마를 툴툴 걷어 올려 허리춤에 바투 묶었다. 윤 진사는 조용히 뒤로 물러섰다.

"제가 도울 수 있는 일은 예까지로군요. 저는 이만 돌아가야 하겠소이다. 파루가 되기 전에 얼른 일을 마무리하시기 바라오."

이완과 민호는 고개를 숙여 절을 했다. 윤 진사는 조용히 물러서서 손을 흔들었다.

"그림은 내가 집으로 가져가겠소. 오늘 밤에 문제가 해결이 되면 알아서 **빠져나와서** 집으로 오시오. 내 아랫것들에게는 단단히 일러

두리다.”

“예. 고맙습니다.”

윤 진사는 대답 없이 뒤를 돌아 천천히 걸음을 옮겼다. 차가운 밤
공기 속으로 표연히 사라지는 그의 뒷모습은, 민호가 예전에 말했던
것처럼 티끌 한 점 묻지 않은 백학처럼 보였다.

민호는 두 번째로 옥사를 벗어나 어둠 속으로 사라졌다. 정말 옥
졸들끼리 제대로 투전판이 섰는지 옥리들이 오가는 기척은 보이지
않는다.

이완은 옥 안에서 초조하게 기다렸다. 자신이 이렇게 무기력하게
느껴질 수가 없었다. 하지만 자신이 따라가 봐야 별다른 도움도 되지
못하고 거치적거리기만 한다는 말이 맞을 것이다. 그것을 인정할 수
밖에 없어 더욱 뼈가 저렸다.

이완은 머리를 박은 채 실소했다. 나는 이기적인 짐승이다. 나 역
시 민호 씨에게 아무것도 아닌 사람이다. 가족도 아니고 연인조차 아
닌 사람. 기껏 따라와서는 발목이나 붙잡은 귀찮은 존재일 뿐이다.
내가 지금 민호 씨에게 기댈 수 있는 단 하나의 이유는 아무 관계 없
는 타인을 구하기 위해 팔을 걷고 나서는 그녀의 태도 덕이었다. 내
가 이해할 수 없고 경멸해 마지않던 ‘오지랖’은 누군가에게는 천하
와도 바꿀 수 없는 생명줄이었다.

나는, 나밖에 모르고 생각까지 짧은 못난 놈이다. 나는 내 여자의
진짜 가치를 판단하지 못하고 여자의 겉모습만 보고 경멸했다. 여자
는 나와 다른 차원에 올라가서 어리둥절한 눈으로 나를 내려다보고
있었던 거였다.

이완은 초조하게 기다렸다. 민호 씨가 물건을 제대로 찾아오기를.
아무 탈 없이 무사히 돌아오기를. 그래서 안락하고 편안한 집으로 돌

아가 다시는 이런 곳에 오지 않기를. 기다리는 시간이 길어질수록 온몸의 피가 말라붙는 것 같다.

희미하게 통탕거리는 소리가 들린다. 이완은 자리에서 벌떡 일어났다. 정확히 어디에서 들리는 소리인지 방향을 가늠할 수 없다. 목소리 몇 개가 엉긴다. 투당투당 하는 소리, 요란한 발걸음 소리, 누군가를 큰 소리로 부르는 소리, 민호 씨의 목소리가 섞인 것 같다. 아니, 목소리가 아니라.

……비명?

"민호 씨, 민호 씨!"

그는 위로 뚫린 작은 창으로 얼굴을 내밀고 발을 동동 굴렀다. 무슨 일인가, 들킨 건 아닐까?

"제발, 제발 도망쳐요. 나 신경 쓰지 말고, 제발 도망쳐."

민호가 돌아왔다. 간절한 바람도 무색하게 옥리 세 명에게 머리채를 붙잡혀 끌려왔다. 의식이 있는지 없는지 짐짝처럼 질질 끌려온 여자는 아까 앉아 있던 옥사에 내팽개쳐졌는데도 꼼짝도 하지 않는다. 개 같은 년, 죽일 년, 어디 우리가 시퍼렇게 눈을 뜨고 있는데 어딜 빠져나와서, 겁도 없이 뭘 훔치려고. 때려죽여도 시원찮을 년. 그들이 발로 후려칠 때마다 껑충하게 드러난 맨다리가 마리오네트처럼 덜렁덜렁 흔들렸다.

"민호 씨, 민호 씨! 괜찮으세요? 민호 씨!"

그가 외마디로 내지르는 고함에 옥졸 하나가 눈에 쌍심지를 돋우고 고함을 질렀다. 입 닥쳐, 조용히 안 하면 그 주둥이를 찢어 놓을 테니까. 민호 씨, 제발, 제발. 괜찮은 겁니까. 민호 씨, 민호 씨! 여전히 여자에게선 대답이 없었다. 대신 포졸이 짜증을 벌컥 내며 열쇠로 문을 열고 들어와 육모방망이로 이완을 내리치기 시작했다. 입 다물어, 다물라고 했지. 내 말이 말 같지도 않아? 저년이 빠져나가서 휘젓고 다니는 걸 들키는 바람에 내일 우리까지 치도곤을 당하게 생겼어. 씨발, 이 삭풍을 다 맞으면서 밤새 서 있다간 얼어 죽을 판인데 저년은 왜 쓸데없이 분탕질은 쳐서! 입 안 다물어? 너도 죽여 버린다, 엉?

이완은 등을 둥글게 구부리고 엎드린 채 온몸으로 소나기처럼 쏟아지는 매질을 견뎠다. 뱃속이 이미 찢어지는 것처럼 아파서, 몸으로 느껴지는 것은 무겁고 둔탁한 진동뿐이었다. 민호 씨, 민호 씨, 괜찮아요? 괜찮아? 제발 뭐라고 말 좀 해 보세요.

"이완 씨."

거미줄 가닥처럼 가늘고 희미한 목소리가 맞은편에서 흘러나왔다. 손이 꿈틀거린다. 여자는 지저분한 짚더미 위에서 꿈틀꿈틀 몸을 일으켰다. 얼굴은 피멍투성이고, 여기저기 찢어진 옷에도 핏자국이 여기저기 얼룩덜룩 남아 있었다.

이완은 등으로 떨어지는 통증을 잊었다. 눈물이 쏟아졌다. 미안해요. 미안해, 나 때문에. 이제는 도무지 미안하다는 말조차 나오지 않는다. 미안하다는 말로 넘기기엔 일이 너무 커져 버렸다.

"미안……. 책이 너무 많아서 못 찾았어."

여자가 다시 흐느적거리며 옆으로 툭 쓰러진다. 왜 당신이 사과를 해. 왜! 이완은 엎드린 채 소리 없이 울부짖었다.

❀　　　❀　　　❀

잡혀 들어간 지 닷새째 되는 날, 두 사람은 간신히 풀려났다. 조사에 제대로 응하지 않아 죽을 때까지 시달릴 거라 생각했는데 불행 중 다행이었다. 증좌 물건이 없어진 데다 끝까지 이름자 하나 제대로 대답하지 않아 종사관뿐 아니라 좌포장까지 나와 무섭게 얼러 대지 않앉던가.

하지만 포도대장은 닷새째 되는 날 아침, 두 사람을 단하에 꿇려
놓고 언짢은 목소리로 선고했다. 근본도 알 수 없는 자가 감히 당상
관 대제학 집안의 사람임을 사칭하여 신분을 속이고 돌아다닌 것과
외국에서 들여온 물건으로 사술을 행해 민심을 교란시키고 앞으로의
일을 예언한답시고 백성들을 소요케 했다는 죄목으로 이완에게는 중
곤으로 장 30도를, 조사에 제대로 응하지 않고 탈옥을 해서 관아에
들어가 소란을 일으킨 괘씸한 계집에게는 소곤으로 장 30도씩 집행
하는 것으로 사건을 종결하겠다고 선언했다. 원래대로라면 50도가
넘을 중형이로되 특별히 감하여진 것이니 상의 은혜에 감읍하라는
말이 덧붙었다.

형은 그들이 취조당하던 좌포청 앞마당에서 동시에 집행되었다.

이완은 윤 진사 댁 사랑채의 작은 방에 엎드려 하염없이 빈 벽만
바라보았다. 앉아 있을 수가 없어 자리에 누워만 있는 것이 벌써 이
레째였다.

30대밖에 맞지 않았음에도 내리치는 힘이 얼마나 무시무시했는
지, 살이 모두 터져서 피범벅이었다. 변변한 소독약도 없는 상태라
장독이 올라 열이 무섭게 치솟았다. 상처 부위는 손조차 대지 못할
정도로 아팠다.

하지만 정말 아픈 것은 상처의 통증이 아니었다. 이완은 정신이
들 때마다 머리를 감싸고 신음했다. 속이 갈가리 찢어지는 것 같다.
이대로 열이 치솟아서 그대로 죽고만 싶다.

벽에는 장 화원이 그렸다는 월죽도가 걸려 있었다. 여전히 아무
런 시도 씌어 있지 않은 그림이었다. 조선이 아닌 대한민국 나의 시
간으로 돌아갈 수 있는 통로. 하지만 물건들을 모조리 찾아왔음에

도 불구하고 그림으로 연결되었던 길은 더 이상 열리지 않았다. 아니 저 그림뿐 아니라 어느 통로든 마찬가지였다. 이완은 눈을 감았다.

민호는 안채에서 치료를 받고 있는 중이었으나 첫날 피투성이가 된 꼴로 사랑채까지 기어와서 이완이 무사한 것을 확인한 후로는 한 번도 얼굴을 보이지 않았다.

오기는 매일 아침저녁으로 오는 모양이다. 이완은 작은 소리만으로도 그녀가 오는 것을 알 수 있었다. 마루가 살짝 삐걱대는 소리만으로, 부스럭대며 댓돌에 신발을 벗는 소리만으로, 아니, 중문이 열리는 소리, 아니아니 민호 씨가 방에서 불편한 걸음으로 어정어정 신발을 끌고 나올 때부터 그냥 알 수 있었다. 오는구나. 내가 걱정돼서 나를 보러 오는구나. 여자가 가까이 올 때마다 가슴이 무섭게 뛰었다.

하지만 여자는 들어오지 못했다. 민호 씨, 들어오지 마세요. 오지 마. 괜찮아. 보고 싶지 않아요. 가세요. 이완은 필사적으로 들어오지 못하게 막았다. 민호는 그 후로도 계속 찾아왔으나 들어오지도 않고 그를 부르지도 않았다. 방문 앞에서 한참 서성이다가 살그머니 돌아갈 뿐이었다.

주먹을 꾹 움켜쥐고 바닥을 콱콱 내리찍었다. 보고 싶었다. 혼이 빠져 죽을 정도로 보고 싶었다. 하지만 이완은 힘없이 고개를 저었다.

민호 씨가 너와 무슨 상관이라고.

보면 더 죽고 싶을 것이다. 네가 무슨 낯짝으로. 입이 백 개가 있다 한들 할 말이 없었다. 내가 저지른 짓, 내가 감당해야 할 일. 결론적으로 내가 민호 씨에게 해야 할 말. 이완은 눈을 감은 채 입술을 달싹거렸다. 해야 할 말을 연습해야 했다. 억지로 연습이라도 하지 않으면 그 말이 입에서 튀어나올 리가 없다. 이기적이고 여자의 사정 따위 이해할 생각도 안 하는 이 못된 인간에게서.

"민호 씨, 돌아가세요."

"……"

"나는 그냥 여기 두고 돌아가세요. 당신까지 여기 있을 필요는 없잖아요. 돌아가세요. ……돌아가세요."

말이 한 마디씩 허공에 흩어질 때마다 소름이 쭉쭉 끼쳤다. 그 말 한 마디 한 마디는 그의 죽음과 연결된 것이었다. 이완은 이곳에서 자신이 홀로 살아남지 못할 것이라 확신했다.

하지만 민호 씨는 보내야 한다. 민호 씨가 이곳에 묶여 있을 이유는 없었다. 아무리 시간 여행에 익숙한 여자라도 환경이 이렇게 열악하고 힘든 곳이 반가울 리가 없다. 더러운 뒷간 대신 편안한 수세식 화장실이 있고, 오물범벅인 진흙 골목 대신 깨끗한 포장도로가 있고, 두 시간씩 힘겹게 물을 길어 와야 하는 대신 수돗물이 콸콸 쏟아지는 욕실과 부엌이 있는 곳, 냉장고와 세탁기와 가스레인지, 에어컨과 보일러가 있는 곳이 여자가 서 있어야 할 곳이다. 더욱이 이제는 아무런 상관도 없어진 사내 따위를 위해서임에야.

이완은 고개를 수그렸다. 진했던 여자의 그림자가 천천히 희미해졌다.

윤 진사는 언제 돌아가게 될지 모르지만 당분간 밖으로 나다니는 일은 조심하는 것이 좋겠다고 주의를 주었다. 그리고 장 화원 말이오, 그는 편치 않은 기색으로 덧붙였다.

"지금 거의 폐인이 다 되었다 하오. 먼저 돌아간 그 진희 낭자만 찾고 있는데, 이러다 사람 못쓰게 될 것 같다고 주변에서 걱정이 자자합니다. 우승지 영감도 결국 어병 작업을 포기하고 내보냈다 들었소."

"……."

"진희 낭자가 올 방법은 없겠지요."

"와서는 안 됩니다. 진희라는 아가씨는 그곳에서의 삶이 있고, 그곳에서 살아야 할 사람입니다. 장 화원은 이곳에서 끝까지 살게 될 거고요. 아시지 않습니까."

"그래도 나는 장 화원이 저러는 건 처음 보오. 아마 평생에 한 명뿐이라는 그의 말은 사실일지도 모르지."

이완은 엎드린 채 힘없이 웃었다. 이, 이 징그럽고 부작용이 많은, 유통기한조차 짧은 감정 같으니. 이완은 힘겹게 말했다.

"한때겠죠. 지나갈 거고, 장 화원은 다시 작품 활동을 하게 될 겁니다. 곧 나이 마흔이니, 전성기를 맞게 될 테지요."

"그럼 장 화원은 영영 혼인도 아니하고 평생을 저리 살게 되오?"

"왜 자꾸 미래의 일을 알려고 하십니까?"

"나는 알고 싶은 것이 많지는 않소, 박 선비. 어지간한 것은 한 걸음 떨어져서 미루어 짐작하면 대략 답이 나오니까. 물론 그곳에 발을 담을 생각은 없으니 안다는 것이 큰 의미는 없소."

"……."

"하지만 그게 안 되는 게 몇 가지 있소. 포기가 안 되는 것들이 그래. 원하는 마음이 너무 강하면 앞일이 짐작이 안 돼."

이완은 엎드린 채 씁쓸하게 웃었다. 그가 무엇을 알고 싶어 하는지 짐작은 된다. 세상 돌아가는 것에 냉소적인 저 총명한 허무주의자는 정말 작은 것 한 가지만 바랐음에도 그 작은 것을 얻는 것마저 녹록하지 않았다.

"그래서 저를 겁박해서 끝내 원하는 대답을 들으실 겁니까? 그래도 대답 안 하겠다면요? 그림이라도 태우시게요? 쫓아내실 겁니까?"

"겁박이 아니라 하면 안 믿겠지? 좋을 대로 생각하시오. 하지만 이 엄동에 지금 몸으로 쫓겨나면 길에서 반나절도 못 버티고 얼어 죽을 게요."

윤 진사는 맞은편에 앉은 채 합죽선만 건들건들 흔들었다. 이완은 엎드려서 이마를 바닥에 대고 웃었다. 지금도 바닥 상태라 생각했는데 더 굴러떨어질 데가 남았구나. 스스로는 밥풀 한 알 얻어먹을 수 없지 않던가.

이제 모든 게 다 귀찮았다. 정신 차려 봤자, 죽고 싶을 만큼 한심하고 비참한 꼬락서니만 선명하게 보이니 이대로 정신을 놓고 싶기도 하다. 이완은 푸슬푸슬 웃고는 고개를 끄덕였다. 그래도 자신을 성의껏 도와준 사람이기도 하고, 지금도 신세를 지고 있는 중이니 그를 안심시켜 줄 이야기 하나쯤은 해 주어야 할 성싶었다.

"그림을 태우시든, 저를 쫓아내시든 마음대로 하셔도 됩니다. 당신이 원하는 미래는 알지 못하지만, 장 화원에게 저나 윤 진사님이 알지 못하는 다른 여자가 생긴다는 말씀은 드릴 수 있겠군요. 그 정도로 만족하시는 게 어떠실지요."

다른 여자 이야기에 윤 진사는 일순 멈칫하더니 눈을 가느스름하게 뜬다. 그러더니 합죽선으로 얼굴을 가리고 짧게 웃었다.

"다행이군. 그래도 그의 마음을 사로잡는 여자가 있기는 했던 모양이구려."

다행이겠지. 그래야 당신 여자도 포기하고 마음을 접지 않겠나.

"누굴까, 그 대책 없는 제멋대로 화원의 마음을 사로잡은 여인은. 혹시 알고 있소?"

"장 화원에게 끝까지 비밀을 지켜 주신다면, 말씀드리지요."

어차피 일어날 일은 일어나게 되어 있는 것을. 장 화원은 새로운 여자를 사랑할 것이고, 지금 폐인처럼 변해 있던 시절을 잊을 것이고, 나는 이곳에 혼자 남을 것이고, 민호 씨는 현재 있던 곳으로 돌아가 나를 잊을 것이다.

"장오원 화원의 여인으로 기록에 남아 있는 유일한 여자는 '박성녀'입니다. 기생 출신으로 알려져 있고 동대문 근방에 살고 있었다고 기록에 남아 있지만 그것 말고는 아무것도 알려져 있지 않습니다. 정실이었는지 소실이었는지 삼패 기생이 장 화원을 붙잡았는지, 혹은 몇 살에 죽었는지, 그런 것도 전혀 안 알려져 있습니다."

투둑, 합죽선이 바닥에 떨어졌다. 이완은 엎드린 채, 바닥에 떨어진 합죽선을 물끄러미 바라보았다. 윤 진사는 부채를 집을 생각도 없이 한참 동안 침묵했다.

"박성녀……라. 그……렇군."

길고 흰 손가락이, 옹이가 거의 없는 매끈한 손가락이 두루마기 자락에서 나와 천천히 부채를 잡는다. 덜, 덜덜덜, 덜덜덜덜. 이완은 그의 손이 떨리는 것을 알았으나, 고개를 들어 그의 얼굴을 볼 순 없었다. 왜인지 그의 얼굴을 보면 안 될 것 같다는 생각이 들었다.

"박 선비."

"예."

"정해진 미래를 바꿀 수는 없다는 것이 사실이오? 절대?"

이완은 그의 목소리에 살얼음처럼 끼어 있는 긴장감과 자디잔 파동이 의아했다. 조금만 생각해 보면 당연한 것을.

"정해진 미래를 바꿀 수 있다면 그건 정해진 미래가 아니겠지요. 바뀌지 않습니다."

"음, 생각해 보니…… 당연……히 그렇겠구려."

이완이 그의 얼굴을 올려다볼 수 있을 정도로 용기를 냈을 땐 한참 시간이 지나 있었다. 그는 평소보다 조금 더 희어진 얼굴로, 평시와 다름없이 초연하게 앉아 있었다.

"그렇다면, 내가 받아들일 수 없는 미래가 예정되어 있다면, 어찌 행동해야 하오? 그 사건이 닥치기 전까지 평생 슬퍼하며 포기하고 지내야 하는 게요, 아니면 부질없는 줄 알면서도 그것을 막기 위해 최선을 다해야 하는 게요?"

이완은 길게 한숨을 쉬었다. 그것을 내가 안다면 얼마나 좋을까. 내가 니체라면, 용감한 생의 철학자들이라면, 바꿀 수 없는 결말을 알면서도 비장한 최후를 맞는 영웅들처럼 당당히 싸워 보라 할 테지만, 인간은 그것이 가능하게 만들어진 존재가 아니다. 특히 시간 여행에서의 결말은 절대적이므로 그 싸움은 절대적으로 허망하고 부질 없을 것이다.

하지만 정말 받아들일 수 없는 결말이라면. '나 혼자 이 시대에 남아야 한다.' 따위의 결말이라면 그저 허망하고 부질없다 해서 넋 놓고 앉아만 있을 것인가. 이완은 고개를 저었다. 과거에 홀로 떨어진 것을 알게 된 후 죽음을 택했던 이름 모를 누군가는 더 이상 남이 아니었다. 미래를 모른다는 것은 여러 가지 의미에서 축복이다.

"잘 모르겠습니다."

"그러면 당신의 약혼자, 아니, 전 약혼자인 윤 낭자께선 어찌 생각할까요."

그거라면 대답해 줄 수 있다. 내가 알고 있는 유일한 짜라투스트라. 이완은 희미하게 웃으며 대답했다.

"그 여자에겐 과거도 미래도 없습니다. 오로지 길게 이어지는 현재, 그리고 과거와 미래에 동시에 존재하는 현재뿐이죠. 과거의 사건을 잘 알지 못하고, 미래에 일어날 일을 계산하지 않습니다. 그 상황에서 자신이 옳다 믿는 일에 자신을 내던집니다. 시대마다 장소마다 관습과 법이 다 다르니, 근거는 오직 자신의 기준 한 가지뿐이죠. 다행히, 그 아가씨의 기준은 사람이 사는 곳이라면 기본적으로 통용될 만큼 바르고 인간적이며 정의롭습니다."

"……."

"저는 이제 와서야, 그게 시간 여행을 하는 사람으로 가장 현명하고 바른 처신이 아니었을까, 하는 생각이 듭니다."

누구도 그 어떤 사람도 민호 씨보다 더 올바르게 행동하지 못할 것이다. 맞닥뜨린 곳에서 자신이 옳다 믿는 신념대로 최선을 다해 행동하는 것. 그것이 긴 시간을 아우르면서 공통으로 통용되는 단 하나의 판단준거였다.

"대우즉대지(大愚卽大智)……인 게로군요."

윤 진사는 부채를 폈다. 그는 한참 후 조용히 물었다.

"박 선비는 왜 그런 처자를 놓으셨습니까."

바닥은 절절 끓고, 천장이 높은 방의 공기는 차가웠다. 이완은 대답할 수 없었다. 손으로 눈을 가린 채 엎드렸다. 윤 진사는 부채로 얼굴을 가리고 천천히 손을 움직였다. 바람, 가늘게 바람이 일었다.

❀   ❀   ❀

"진희야, 내 말 잘 들어."

민호는 안락재에 도착하자마자 뒤를 돌아보고는 이완이 따라오지 못한 것을 알아차렸다. 얼굴이 바로 허옇게 변했다. 민호는 보퉁이를 내려놓고 진희의 어깨를 잡고 급하게 말했다.

"진희야, 나 지금 다시 가 봐야 해. 이완 씨가 거기에 묶인 것 같아. 얼른 가서 문제를 해결하고 데려와야겠어."

"민호야, 괜찮아? 정말 다시 돌아올 수 있어?"

"나는 걱정하지 마. 이런 일이 한두 번도 아니고. 그래도 이완 씨는 지금 멘붕 상태일 거야. 얼른 가 봐야 해. 넌 걱정 말고 두나네 돌아가 있고."

민호는 다시 그림으로 들어가려다 말고 문득 뒤를 돌아 진희에게 다가왔다. 민호는 진희의 손을 꼭 잡고 속삭였다.

"장 화원 아저씨하고는 인사 잘 하고 왔지? 알아듣게 말 잘 하고 왔지?"

"응. 확실하게 하고 왔어."

"진희 넌 괜찮아?"

"얘는 그럼. 별걸 다 걱정하고 있어."

진희는 고개를 끄덕였다. 아무 일도 아니야. 지나갈 일. 지금은 나를 질식시킬 것처럼 짓누르고 있지만 조만간 희미하게 없어질 냄새 같은 감정. 민호는 진희를 안은 채 등을 두드려 주었다.

"노랑눈이 아저씨는 잊어, 어차피 다시는 만날 일이 없을 테니까. 그리고 내가 만약 한동안 못 오면 토마스, 우리 아기 좀 부탁할게. 미안해. 너 개 별로 안 좋아하고 두나네도 개 좋아하는 사람 없는 건 아는데 지금 시간이 없어서. 만약 일이 길어질 것 같으면 토마스 데리러 올 테니까 조금만 부탁해."

진희는 눈썹을 찌푸렸다. 민호는 이상한 이름을 갖고 있는 검정 슈나우저를 애지중지했다. 안락재에서도, 그리고 지금 있는 두나네 집에서도 토마스 폰 에디슨은 민호를 그림자처럼 따라다녔다. 민호가 무슨 생각을 하는지 몰라도 개까지 데려갈 생각을 하는 걸 보니 왈칵 걱정이 되었다.

"그래. 너무 걱정하지 마. 민호 너야말로 조심하고 얼른 돌아와."

민호는 고개를 끄덕이고 다시 그림을 향해 돌아섰다. 기다리지 말고 먼저 자, 하는 말이 채 끝나기도 전에 민호는 방에서 사라졌다.

연휴 동안 이완의 수행 비서이자 조카뻘이 된다는 앤드류가 계속 드나들며 죽을상을 했고, 두나와 이레가 시시때때로 전화를 해 댔다. 진희는 앤드류에게 들어간 곳에서 있었던 일을 설명해 주었고, 앤드류는 진희에게 이완이 묶인 이유가 아마 그곳에 시대에 맞지 않는 물건을 두고 왔거나 기록이 남아서일 거라 말해 주었다.

두 사람이 할 수 있는 일은 없었다. 진희는 두 사람 다 무사히 돌아올 테니 걱정 말라고 하기는 했지만 그녀 역시 속으로는 걱정이 태산이었다. 그저 민호를 지금까지 무사하게 귀환시켜 주었던 믿을 수 없는 서바이벌 능력을 믿어 보기로 했다. 하지만 연휴가 다 지나도록 두 사람은 돌아오지 않았다.

진희는 정신이 반쯤 빠진 상태로 출퇴근을 반복했다. 머릿속은 두 가지 생각밖에 없었다. 하나는 민호가 제대로 올까 하는 걱정이고, 하나는 장 화원, 그는 지금 잘 버티고 있을까, 어찌 지내고 있을까, 하는 생각이었다.

거울을 들여다보면 꼭 술에 취한 것처럼 몽롱하고 얼빠진 여자가 자신을 노려보고 있었다. 수업도 제대로 되지 않고 무슨 말을 하는지도 알 수 없었다. 수업이 없을 때는 멍하니 창밖을 보며 앉아 있었다.

추석이 엊그제 같은데 며칠 전 새벽에는 무서리가 내렸고 주말에는 첫눈 소식이 있었다. 출퇴근길에는 은행잎과 플라타너스 잎들이 바닥에 여러 겹으로 쌓여 있었는데 바람이 불 때마다 버적버적 우는 소리를 냈다.

진희는 길을 가다가 문득 서서 곱게 물든 갈색 낙엽들을 바라보았다. 플라타너스 잎의 색에 은행잎을 하나 얹어 놓으면 그의 눈이 바로 연상되었다. 눈동자 속에 깃든 노란 달. 반짝이는 황금빛 한 자락. 변성기가 지나 굵어진 학생들의 목소리들 들을 때마다 그의 목소리가 떠올랐다. 거칠고 툽툽하지만 정겨운 그 목소리. 텔레비전을 보면 그의 춤추는 모습, 노래하는 모습이 떠올랐다. 사방 천지에서 그가 어른거렸다.

지나갈 것이다. 지나갈 것이다. 짧은 감정, 긴 후회로 이어질 감정 따위, 나에게 가장 무익한 감정 따위. 나는 괜찮아. 괜찮아. 민호에 대한 걱정과 잦아들지 않는 감정 때문에 거의 초주검 상태였으나 진희는 이를 악물고 버티고 또 버텼다.

문득 엄마가 너무 보고 싶었다.

"에이구, 감기도 잘 안 걸리던 애가 무슨 일이라니."

진희는 주말 내내 일산 집에서 앓았다. 머리를 쓰다듬는 엄마의 손은 예전이나 지금이나 한결같았다. 항상 기대고 싶은 냄새가 났다. 어머니는 사랑 따위에 눈이 멀어 아버지와 결혼한 것을 평생 후회하긴 했지만 자신과 두 동생에게는 헌신적이고 책임감 있는 어머니였다.

자식의 입장에선 고마운 일이었지만 진희는 어머니에게 자신이 큰 족쇄였을 것이라는 생각을 떨칠 수가 없었다. 결혼에 임박해서 남자 집안이 가진 것 없고 의무만 태산 같은 종가라는 것을 알게 되어서, 외갓집에서는 결혼 직전까지 파혼 이야기가 돌았다고 했었다.

내가 태어나지 않았으면 엄마는 아빠와 헤어져서 자신의 인생을 찾았을 텐데, 하는 생각 때문에 진희는 아주 어릴 때부터 엄마에게 누가 되지 않으려 필사적으로 노력했다. 그 덕에 초등학교에 입학하기 전부터 애늙은이 소리를 듣게 되었다. 진희는 그것을 어른스럽다는 칭찬으로 생각했으나 엄마는 그 말을 들으면 얼굴을 찡그리곤 했다.

"엄마, 엄만 내가 종손이랑 결혼한다고 하면 시킬 거야?"

"이 계집애가 미쳤나. 차라리 수녀님이나 삭발 비구니로 혼자 살아! 그런 놈 끌고 오면 너부터 다리몽둥이를 분질러 놓을 거야."

아아, 단호해. 이런 대답이 나와야 옳다. 하나 더하기 하나는 둘이 되는 것처럼 엄마에게서 당연하게 나와야 할 대답이 나와서 진희는 안심하고 웃었다.

"엄마 그러면 내가 아주 먼 외국이나, 음, 하여간 엄마 못 보는 곳에 사는 사람이랑 결혼하면?"

머리를 쓰다듬던 손이 갑자기 멈췄다. 진희도 조금 어리둥절했다. 내가 왜 그런 질문을 했을까? 내 속의 다른 내가 생각나는 대로 집어던진 것 같다. 어머니가 목소리를 잔뜩 낮추고 물었다.

"너 혹시 인터넷으로 외국 남자 사귀니? 세영인가 그 남자하고 헤어지고 전에 여행 가서 만난 사람한테 연락해 보고 그런 거야?"

"아냐, 그냥 물어보는 거야! 진세영 그 인간은 또 왜 튀어나오는데."

"얘, 깜짝 놀랐다. 좋은 직장 좋은 환경 다 버리고 왜 고생을 사서 하려고 해. 대한민국에 종손 아니면 남자가 없니? 하필 말 설고 물선 곳에서 남자를 고른다니?"

어머니는 당치 않다는 듯이 혀를 찼다. 이 역시 예상하고 기대했던 대답이라 안심이 되었다. 그런데 엄마는 고개를 바짝 들이대고 눈을 가늘게 뜨더니 이내 콧방귀를 뀐다.

"요게 지금 누굴 속여. 누구냐? 어떤 남자야, 좋아하는 놈이?"

"아니라니까. 없어요."

"세상 사람 다 속여도 나는 못 속이지. 그 남자가 너 좋아하니?"

"아 진짜, 아니라니까."

"아니긴 뭐가 아니야. 돈 잘 벌어? 잘생겼니? 혹시 정말 외국에 살아? 말은 잘 통해?"

진희는 고개를 들이댄 엄마를 물끄러미 바라보았다. 다시 한 번 아니라고 말해야 하는데, 말 대신 눈물이 나오려고 했다. 엄마, 엄마. 나 좋아하는 사람 없……지 않아. 있어요. 그냥 좋아하는 게 아니고 보는 것만으로도 숨 막히게 좋은 사람.

그런데…… 결혼은 안 할 거예요.

엄마라면 내 생각이 맞다고, 안 하는 게 맞다고 말해 줘.

순간 그 말을 듣기라도 한 것처럼, 어머니가 진희의 머리카락을 부드럽게 쓸어내렸다.

"미련퉁이야. 좋아하는 사람 있으면 엄마 아빠 떠나서 결혼해야지. 나이 다 찼는데 뭐가 아니라고 펄쩍 뛰어. 그게 제일 행복해. 야야, 요새는 젊은 남자들이 다 그렇게 여자 힘들게 하는 건 아닌가 보더라. 딸들 여읜 애들 얘기 들어 보면."

눈이 매웠다. 무언가 이상하다.

엄마가 왜 그런 말을 해요? 오래전 나를 올려다보며 연기가 매워 빨갛게 된 눈으로 "그래, 하지 마라, 너만은."이라고 단호하게 말해 주어야 하잖아. 스무 시간 진통 끝에 딸을 낳았는데, 그래도 첫딸 낳아서 시아버지께 죄송하다고 하라던 남편의 말에 먹던 미역국을 벽에 집어 던진 어머니라면, 이 집 대들보를 찍어 내고 불을 질러서라도 이 집구석에서 벗어나겠다 이를 갈던 어머니라면.

"엄마 결혼한 거 후회한다면서?"

"결혼한 건 수만 번 후회했지. 하지만 이혼 안 한 건 후회 안 해."

진희는 천천히 일어나 앉았다. 머리로 차가운 물이 한 컵 쏟아진 기분이었다.

"엄마 뭐야…… 이 얍삽한 배신자 같은 결론은?"

"그럼 뭔 결론이 나야 되는데? 내가 왜 너한테 배신자 소릴 들어야 하나?"

어머니는 태연한 얼굴로 진희의 머리를 통통 두드렸다.

"그래도 뭐 이 나이쯤 되니 이제 살 만하다. 너희도 이렇게 뿌듯하게 잘 자랐고, 말끝마다 이러쿵저러쿵 씹어 대던 친척들도 이제는 내 앞에서 주둥이질 조심할 줄도 알고, 네 아빠가 말아먹은 집안 건사한 거 조금은 고마워하잖냐."

진희는 더 이상 말을 잇지 못했다. 저런 말은 엄마한테서 나오면 안 되는 말이다. 적어도 내가 지금 들어서는 안 되는 말이다. 하지만 진희는 따지지 못했다. 엄마에게서 듣지 말아야 할 말이 더 많이 나올 것만 같아 두려웠다.

열렬한 감정이 지나가듯, 절절한 후회 역시 지나가는 것일까?

그 역시…… 지나가는 것일까?

엄마, 그러면 결국 무엇이 남나요?

진희는 침대에 누워서 가만히 눈을 감았다. 사방이 천천히 어두워진다. 하지만 눈을 감기만 하면 온 세상이 태양 빛을 받은 대지의 빛깔로 바뀐다. 거름을 먹고 빗물이 흠뻑 스며 풍요로운 땅에 눈부시게 낙조가 내려앉는다.

그의 눈. 떠올리는 것만으로도 벅차서 견딜 수 없는 그의 눈빛.

점점 어두워지는 대지 위로 달이 떠오른다. 금덩이 같은 달, 깜깜한 어둠 속, 그의 눈동자에 금덩이 같은 달이 덩그러니 들었다. 노란 달, 화폭을 가로지른 긴 대나무, 기이할 정도의 향, 자신을 갈고리처럼 잡아끄는 그 향. 그리고 그 옆으로 길게 버들가지처럼 늘어진 여덟 줄의 글씨.

굳건한 산의 향기는 천년의 무게에 있고

큰 강의 아름다움은 만세의 깊음에 있는데

얽힌 대나무 잎은 흐르는 바람을 잡기 어려우며
흩어지는 구름은 달빛을 지킬 수 없구나

젊고 아름다운 미인의 얼굴은 헛되이 흩어져 사라지고
사랑하고 아끼던 사이도 덧없이 황폐하여지는도다

명을 다한 예는 쓸쓸하게 보름달을 쳐다보는데
눈부신 달 궁전에서는 다시 맑은 옥피리 소리가 들리네

물 흐르듯 미끄러지던 아름다운 초서체 뒤에 숨어 있는 사내의 모습이 보인다. 표연하고 우아한 학과 같은 사내. 그런 자도 열병 같은 사랑을 했고, 그런 자도 잡을 수 없는 마음에 눈물을 흘렸다. 하지만 이 시에 남아 있는 것은, 이제 투명하게 맑아져 흔들리지 않게 된 감정이었다.

슬픔 또한 시간이 지나면 이리 담담하니 맑아지는 것을, 항아의 남편이었던 예는 어째서 죽기 직전까지 보름달을 올려다보았던 것일까. 윤 진사는 어째서 다른 남자를 평생 애모했던 여자 따위를 흘려보내지 못하고 그리워했던 것일까.

……장 화원, 당신도 혹시 나를 평생 이렇게 그리워했나.

내가 당신을 놓아두고 온 것이 과연 잘한 일일까.

이제는 먼지와 흙으로 돌아가 버린 당신을, 그렇게 놓아두고 온 것이, 과연.

진희는 그대로 주저앉아 머리를 숙였다. 그가 떠오르자마자 가슴을 칼로 다지는 것 같았다. 가슴을 움켜잡고 중얼거렸다. 지나간다,

이 또한 지나간다. 댓잎을 치고 지나는 바람처럼, 젊고 아름다운 미인의 얼굴처럼, 이 또한 지나가고, 이 또한 황폐해진다.

두 손으로 얼굴을 감쌌다. 바람과 달빛이 떠난 세상은 온통 탁하고 깜깜했다.

16
승정원일기

    장독으로 한참 앓고 있으리라는 이완의 예상과 달리 민호는 열흘이 되기도 전에 자리를 털고 일어나 앉았다. 누가 오거나 말거나 엉덩이를 까 놓고 민간요법대로 된장을 처덕처덕 바르고 엎어져서 말리고 있는 꼴이 흉하긴 했지만 서바이벌 황녀의 씩씩한 신체답게 곪지도 않고 열도 크게 오르지 않았다.

    그녀는 정신을 차리자마자 이완의 상태부터 확인했고, 이완이 어쨌든 무사한 것을 알게 되고부터는 아침부터 저녁까지 이 집의 안주인 욕질을 해 대기 시작했다. 피딱지가 잔뜩 앉은 사나이의 엉덩이를 생각할 때마다 여자의 머릿속에서 화산이 펑펑 터졌다. 물도 제대로 못 마시고 시름시름 시들어 가는 이완과 달리, 민호는 밥도 잘 먹고 소화도 잘 시켜서 하루 종일 주먹을 휘두르며 욕설을 퍼부을 기운이 차고도 넘쳤다.

    향인지 똥인지 마님 불러와! 고 얌통머리 없는 주둥이를 쫑쫑 꿰매 놓을 테다, 감히 이완 씨 엉덩이에 피딱지가 앉게 해? 죽었어, 네년

엉덩짝에도 양쪽으로 솥뚜껑만 한 피딱지가 앉게 만들어 줄 테다. 일어나기만 해, 일어나기만! 머리카락을 모조리 뽑아 놓겠어, 엉! 내가 그 시키면 속을 모를 줄 알아? 진희가 눈꼴셨다 이거지! 그래서 모조리 작살을 내 주고 싶었다 이거지? 너 남편 있는 여자가 그딴 짓 하면 뒷간에서 벼락 맞아! 아, 생각난 김에 말인데 왜 밥 안 가져와? 박선비님한테는 밥 줬어, 안 줬어? 얼른 안 갖다 줘? 엉! 밥 안 주면 이동네 아줌마들한테 동네방네 다니면서 밥 얻어먹고 소문 다 내 줄 테다! 죄도 없는 사람 꼰질러서 쥐어 패 놓고 사과 한 마디 없지. 너 죽었어, 우라질레이션. 다들 죽었어어어!

안잠이나 반빗들은 저 말이 주인마님 귀에 들어갈까 질겁하며 민호의 입을 틀어막거나 욕설로 맞불을 놓으려 했으나, 그녀의 통통 같은 말질에는 도무지 손을 쓸 수가 없었다. 결국엔 쉬쉬하며 망나니 여전사를 달래게 되었는데, 그나마 맛있는 것을 들이대면 그것을 먹는 동안은 주둥이를 나불댈 수 없기 때문에 그들은 매일 강정에 약과, 타래과, 매작과, 다식 따위를 환자 방으로 실어 날라야 했다. 사실을 알게 된 주인마님은 화를 내는 대신 가볍게 한숨을 쉬었다.

"이상한 물건으로 남의 집에서 수상한 짓을 했으면 고변을 당하는 것이 당연한 것을, 사죄는 고사하고 엉뚱한 말까지 하는구나. 놔두어라, 내가 가서 알아듣게 이야기할 터이니."

"그래도 말도 안 되는 소릴 지껄이지 않습니까. 마님께 이상한 소문이 퍼질까 걱정됩니다. 지금이라도 끌어 내려서 저 주둥이가 다물릴 때까지 태질을 할까요?"

"됐다. 떠돌이긴 해도 아주 천것은 아닌 모양이고, 떠돌아다니며 뒤에서 소문 퍼뜨리는 것보다 대놓고 욕하는 게 차라리 낫다."

"아이구, 대놓고 욕하는 게 낫다뇨. 그게 무슨 말씀이세요, 마님?"

"······적어도 멍석 정도는 깔아 주는 꼴 아니냐."

그녀는 들릴락 말락 혼잣말을 하더니 다시 무표정한 얼굴로 돌아갔다.

"그래요. 나는 장 화원을 오래전부터 마음에 담아 놓고 있었습니다. 하지만 오라버니와 손 한 번 잡은 적도 없고 남의 입에 오르내릴 만한 어떤 짓도 한 적이 없습니다. 저는 장 화원이 제 감정을 짐작조차 하지 못할 정도로 행동을 잘 갈무리하고 살아왔습니다. 그런데 제가 왜 그런 비난을 받아야 할까요?"

사람들을 물리고 민호와 마주 앉은 향이는 대뜸 그렇게 말했다. 이 모든 사태가 진희에 대한 질투에서 비롯된 것임을 부인할 생각은 없어 보였다. 민호는 잡아떼지 않는 것 하나는 마음에 들었다. 물론 그렇다고 저 조그만 여자가 못된 년이라는 사실이 달라지는 것은 아니지만.

"야아, 이 아줌마 열라리 뻔뻔하세요? 그게 남편 있는 여자가 할 말이죠?"

"애초 윤 진사님께 끌려올 때부터 나는 마음은 드릴 수 없겠노라 했습니다. 내 마음대로 되는 것이 아니기 때문이에요. 그것 빼놓고는 진사님께 드릴 수 있는 건 다 드렸습니다. 몸도, 자식도, 시간도, 정성도 드렸고, 시와 문장을 주고받는 말벗과 의논 상대도 되어 드렸습니다. 수백 명의 문중 사람이 모이는 시제와 명절, 일 년 열다섯 번 치르는 제사에 온갖 집안 행사, 며느리 소리도 못 듣는 주제에 뒤에서 정성을 다해서 준비했습니다. 진사님께서 입으시는 옷들은 밤을 새워서라도 제 손으로 지었고, 빨고 다리고 자수 하나 놓는 것까지 일일이 제가 다 했습니다. 입맛이 까다로우신 진사님이 드시는 음식들은 전부 제가 맛을 보아 만들었습니다. 그래도 부족합니까? 끝까지 드릴 수 없다고, 내 마음대로 되지 않으니 어쩔 수 없다 한 그 한 가지까지 악착같이 내드려야만 직성이 풀린단 말입니까?"

민호는 조용히 앉아 있는 작은 여자를 노려보았다. 같이 머리끄덩이를 잡고 싸우게 될 줄 알았는데, 이 아줌마가 뭔가 수준 높은 작전을 쓰고 있다.

"이런 말을 듣고도 사람들은 기생 출신이라 저럴 줄 알았다, 화냥것이라 목매달아 죽이라 돌을 던지겠지요. 욕을 하려면 얼마든지 해도 좋아요. 그래도 욕을 하려면 한 번쯤은 뒤집어 생각해 봐야 하지 않나요? 이 조선 팔도에는 애모는커녕 남편을 증오하고 저주하면서도 평생을 함께하는 여자들이 얼마나 많습니까. 그네들은 왜 내버려 두고, 어째서 남편을 존경하고 정성으로 섬긴 나를 치죄합니까?"

"아줌마, 말하지 마요! 나한텐 말하지 마요! 그따위 변명 듣지 않을 거니까! 통할 것 같은 사람한테 가서 하란 말이에요! 난 정의롭게 끝까지 욕을 할 거니까 나한테 똥 같은 변명 투척하지 말라고!"

"변명? 내가 왜 변명을 해야 하나요? 내가 실제로 무슨 짓이건 저질렀어야 변명을 하지, 아무 짓도 안 한 사람에게 왜 변명이 필요한가요?"

향이는 고개를 저으며 쓸쓸하게 웃었다.

"그 오라버니가 나를 화적 떼로부터 구해 줄 때부터, 제게 다른 사람은 없었습니다. 함께 고된 떠돌이 생활을 하면서, 또 그가 놀라운 재능을 갖고 있다는 것을 알면서 그가 내 마음에 단 한 명 허락된 남자라는 것을 알았습니다. 의지할 사람, 존경할 만한 사람, 연모하는 사람으로 여러 감정이 덧붙어 가긴 했지만 내 마음에 다른 사내가 들어올 일은 없으리라 진작부터 확신했어요. 그래서 윤 진사님의 제안이 눈물겹고 더할 나위 없이 고마운 것임을 알면서도 끝까지 거절할 수밖에 없었던 거예요."

향이는 눈을 반쯤 감았다. 아득하게 멀리, 잉잉대는 소리가 귓가에 감긴다.

'오라바이, 내래 세상에서 오라바이가 젤로 좋아요.'

그를 잡은 손, 내 작은 손에 힘을 꼭 주었다. 타박타박타박, 큰물과 기근이 연속으로 이어진 황해도 대원에서 한양까지 사백 리 길을 우리는 손을 꼭 잡고 오래오래 걸었다.

화적 떼에게 딸을 팔기 위해 흥정하는 아버지 따위는 잊었다. 너여게 기양 있으면 죽겠구나야. 따라오라, 내래 누이라고 해 줄 테니끼니. 퍼뜩 오라우! 날래 오디 않구 무얼 하네? 검고 두툼한 손과 웃을 때 환히 드러나는 하얀 이가 좋았다. 크고 따뜻한 손이 내 작은 손을 꽉 붙잡고 끌어당겼다. 가슴이 미친 듯이 두근거렸다.

'요 잔망한 에미나이 말하는 거 보라. 입 다물고 밥이나 먹으라, 날래 안 먹으면 쉬어서 못 먹으니끼니.'

내가 아직 이렇게 어린 것이 너무 분했다. 내가 열 살만 더 먹었으면, 아니 다섯 살만 더 먹었으면 나를 각시 삼아 달라 조를 수 있을 텐데. 밥을 양보한 오라버니는 배를 움켜쥐고 찬물을 표주박으로 들이켰었다. 철없던 나는 양보도 사양도 않고 주먹밥을 뜯어 먹으며 물어보았었다.

'오라바이, 나중에 커서 어떤 각시한테 장개들 게요?'

'장개는 무슨 장개. 내 꼴에 비럭질 면하구 살기만 하믄 됐지. 고조 기생집에 구경 가서 고운 기생 에미나이들이나 한 번 보면 참말로 원이 없갔어. 해주의 어떤 꼭지딴이 기러는데, 기생들은 월궁항아만큼이나 곱고, 땀내도 안 나고, 방귀도 아니 뀐다더라.'

311

'오라바이, 내래 기렇 기생 될 기야요.'

'이건 또 무슨 바보 소리네? 요 되바라진 에미나이 보래, 와 하필 기생이야. 너는 너만 이뻐해 주는 힘센 서방님하구 혼례 올려서 갓난이들 쫄쫄 낳고 잘 살아야디.'

'싫어요. 나는 기생이 될 기야요. 응. 한양에서 최고로 고운 기생이 될라요.'

'이런 바보야! 기생은 뭐 아무나 되는 줄 아네?'

'오라버니, 제가 며칠 후면 머리를 얹게 됩니다.'

'기레, 이야기 들었다. 어렸을 때 나 따라다니며 비럭질 구걸질 하느라 고생 많았디? 참말로 미안타. 원 이렇게 고운 츠네가 될 줄 누가 알았갓네? 한양 사난들을 호르르 모조리 녹이겠구나야. 길찮아두 저 까다로운 행수님두 네 칭찬이 자자하디 않네? 참말 곱다. 향이 너는 황진이 같은 최고의 일패 기생이 될 기야.'

'그래서 말씀인데 오라버니, 며칠 후 짬 나실 때 잠시만 뵐 수 있을까요. 드릴 말씀이 있습니다······.'

민호는 눈을 둥그렇게 뜨고 눈앞의 자그마한 여자를 바라보았다. 여자의 눈이 빛나고 있었다. 여자는 장 화원에 대한 이야기를 하는 순간부터 표정에 생기가 돌기 시작했다. 지금까지의 모든 표정이 생긋 웃는 얼굴로 찍혀 나온 바비 인형이나 게이샤 같았다면, 지금 이 순간만큼은 정말 살아 있는 사람 같았다. 민호는 애써 고개를 흔들고 불퉁하게 물었다.

"그래도 사람이 누군가하고 결혼을, 음, 혼례를 치렀으면 포기할 건 포기해야 하지 않나요?"

"혼례? 장에서 물건 사 오듯, 우시장에서 소 골라 오듯 돈을 주고 사 와 집에 앉혀 두는 게 기생첩인데 혼례는 무슨. 오래전 평양루에서 강제로 끌려왔다 말씀드리지 않았습니까? 진사님이 무슨 이야기를 하건, 기방 출신인 저는 본부인이 되지 못할 겁니다. 기첩은 언제든지 버려질 수 있는 존재고, 진짜 남원의 춘향이는 정경부인은커녕 한양 가는 이 도령 말을 붙잡고 버티다가 이 도령 발에 걷어차였다지요. 몰랐나요?"

하긴. 민호는 윤 진사가 향이를 데려갈 당시의 일을 소상히 들어잘 알고 있었다. 하지만 윤 진사의 입장에서만 들었던 모양이다. 향이가 강제로 끌려와 억지로 함께 살게 되었다는 생각은 한 번도 해본 적이 없었다.

하지만 그때 향이는 분명 절대 가지 않겠노라, 치맛단이 다 찢어지고 저고리 고름이 떨어져 나갈 때까지 필사적으로 버텼다고 했었다. 아이도 보낼 테니 자신만은 놓아 달라 애걸했다고도 했었다. 하지만 윤 진사는 용납하지 않았고, 여자의 의지와 상관없이 속신을 치르고 데려온 것이다.

물론 향이의 팔자는 그것으로 확 펴졌다. 더 이상 남자들에게 울면서 치마를 들쳐야 할 일도 없고 억지로 웃음과 몸을 팔 일도 없게되었다. 번듯한 기와집에서 마님 소리도 듣고, 아이도 있고 먹고사는데 지장 없을 정도로 잘살고 있다.

하지만 그때 향이는 그렇게 호사를 누리며 살게 될 것을 알면서도 거절했다. 마음에 담아 두고 있는 사람이 있어서 당신에게 의탁할 수 없노라고. 그건 분명히 경우에 맞는 거절이었다. 민호는 눈썹을 찌푸렸다. 하지만 그렇다고 해서 지금 이 여자의 태도가 옳다는 생각은 들지 않았다. 향이가 차분하게 물었다.

"당신은 기생이 사람이라 생각합니까, 물건이라 생각합니까."

"그걸 말이라고 해요? 사람이지."

향이는 고개를 저으며 웃었다.

"기생은 오래전부터 해어화(解語花)라는 이름으로도 불렸습니다. 말을 알아듣는 꽃이라니 얼마나 어여쁜가요. 다만 꽃은 사람이 아니라 사물일 뿐입니다. 기방의 꽃은 용도가 있는 사물이지요."

"......"

"기방에 오는 사람들은 춤추고 노래하는 물건, 아랫도리를 풀 수 있는 '물건'을 돈 내고 사용하러 오는 거랍니다. 어여뻐하는 감정이 있다 한들 돈 내고 물건을 산다는 생각 자체가 달라지지는 않아요. 그리고 기생들 역시 스스로를 사람 아닌 말하는 물건이라 생각하지 않으면, 그 치욕스러운 긴 시간 동안 살아남을 수 없습니다. 고관대작의 첩이 되어 노후를 보내는 선배 기생들도 죽을 때까지 자신이 용도가 있는 물건으로 태어나거나, 팔려 온 것을 잊지 않습니다. 그걸 잊고서 사랑이라도 바라고 구차히 매달렸다간 결국 비참하게 내쳐지기 때문이에요. 처음 손님을 받던 순간, 모든 아기 기생이 제일 먼저 배우게 되는 게 너는 용처가 있는 물건이라는 뼈아픈 사실이죠."

민호는 향이가 여러 남자에게 둘러싸여 신참례를 치르던 장면을 떠올리고 말문이 막히고 말았다. 향이의 말은 사실이었다. 그 사내들이 향이를 사람으로 생각했으면 그렇게 취급할 리가 없었다.

"그래서 진사님은 저를 제 의지와 상관없이 사 오실 수 있었던 겁니다. 저는 진사님께서 다른 분들처럼 몸만 밝혀서 끌고 온 거였으면 차라리 나았으리라 생각했어요. 그 정도는 얼마든지 드릴 수 있었습니다. 굳이 첩으로 오지 않는다고 해도 얼마든지."

"......"

"하지만 진사님께선 제 마음을 바라셨고, 저는 그것 단 하나만 드릴 수 없어서 그것이 내내 죄스러웠습니다. 하지만 다른 것은 다 드렸습니다. 제가 해 드릴 수 있는 모든 것을 다. 저는 진사님을 진심으로 존경하고 정성을 다해 받들고 섬겼습니다. 앞으로도 큰 이변이 없으면 그리할 것이고요. 다만, 마음만 드리지 못했을 뿐입니다.”

“…….”

“저는 장 화원을 은애하는 이 마음으로 인해 물건이 아닌 사람으로 살았습니다. 저는 언제라도 그 사람이 날개 쉴 곳을 원할 때 그에게 갈 것입니다.”

“만약 그 아저씨가 죽을 때까지 가정 따위 안 두려고 하면 어쩌실 건데요?”

“물론 그럴 수도 있겠지요. 그렇다면 저는 평생 이 상태로 그분만 바라만 보면서 살 거고요. 하지만 적어도 그가 혼인을 하려 마음을 먹는다면 저 말고 다른 여자는 있을 수 없습니다. 나만큼 그분을 이해해 줄 수 있는 여자는 천지간에 아무도 없을 테니까요.”

미저리다, 미저리. 이 아줌마가 대갈통 속에서 혼자 미저리를 찍고 있다. 민호는 몸을 부르르 떨었다.

“하지만 지금 노랑눈이 아저씨는 당신이 아니고 다른 여자를 좋아하잖아요. 떡 줄 사람은 생각도 않는데 김칫국부터 마시고 있는 거예요?”

“그분은 여자에게 묶일 사람이 아닙니다. 그 사람을 속박하지 않고 울타리를 쳐 줄 수 있고, 힘들 때 편안하게 쉬어 갈 수 있는 지붕이 되어 줄 수 있는 건 나 혼자만 할 수 있는 일입니다. 아마 제가 기생이었으면 그분께 진작 이 마음을 고하고 그런 존재가 되어 주었겠지요.”

“당신은 그럼 이 안방마님 자리보다 기생으로 사는 게 더 좋았을 거란 말인가요?”

"그분과 함께할 수만 있으면 아흔아홉 칸 본가의 안방마님 자리보단 방 한 칸 부엌 한 칸 초옥이 더 낫고, 비참한 기생으로 평생 살아도 좋습니다."

민호는 속이 답답해서 한숨을 쉬었다. 저 여자의 평생은 대체 무엇을 위한 걸까? 사랑, 사랑, 저 징그러울 정도로 강력한 족쇄 같으니. 어떻게 사람들은 저렇게 무지막지한 감정에 겁도 없이 휩쓸리고, 어떻게 저리 살을 생으로 찢는 아픔을 견디며 사는 걸까.

"진희라는 분은 돌아오시나요?"

"못 올 거예요. 내가 데리고 오지 않는 한 진희는 오지 못하고, 저는 진희를 데려올 생각이 없어요."

"……그렇군요."

향이의 가면 같은 표정은 여전했으나, 민호는 여자의 낯빛이 미묘하게 달라진 것을 알아차렸다. 민호는 불퉁한 목소리로 덧붙였다.

"그렇게 대놓고 좋아하진 마세요. 진희가 오지 않는다고 그 환쟁이 아저씨가 아줌마를 좋아하게 되는 건 아니니까. 아무리 이러니저러니 떠들어도, 난 당신이 하는 짓이 옳지 않다고 생각해요."

세상에 아픈 사정 힘든 사정이 없는 사람이 어디 있겠냐마는 그것과 별개로 옳고 그른 것은 분명히 존재했다. 향이는 눈을 가늘게 하고 웃었다. 기생들은 모든 감정을 웃음으로 표현하도록 배우는 모양이었다.

"명심보감 사서삼경을 모두 배웠어도 저는 제 행동이 옳은지 그른지 판단할 수 없습니다. 아니, 옳고 그름이 무슨 의미가 있는지도 잘 모르겠네요. 차라리 사랑 따위 모르고 돈만 밝히는 못된 계집이면 더 좋았을 텐데요. 그러면 돈 없고 무식하고 바람 같은 화원 따위를 마음에 담았을 리가 없지 않습니까? 돈 많고 어여뻐해 주는 분께 진작 몸이든 마음이든 얼마든지 다 드리마고 고하고, 간 쓸개 다 빼 줄 것처럼 알랑거렸겠지요. 부귀영화를 담보로 한 거래라 생각한다면 어려울 게 없지요. 하지만 저는 존경하는 진사님께 그리하지도 않고, 입에 발린 거짓을 고하지도 아니했습니다."

"그렇게 생각하고 있다는 자체가 못돼 처먹은 거라고요! 엉?"

민호가 빽빽 소리를 지르자 향이는 다시 비죽 웃었다.

"나라고 장 화원님을 버리고 진사님을 연모하려는 노력을 안 했을 거 같아요?"

향이는 드디어 웃음을 멈추었다. 간신히 가면이 벗겨진 여자는 여전히 가면을 쓰고 있는 것처럼 보였다.

"되지 않는 걸 어찌합니까. 노력해도 되지 않는 것을. 대체 연모하는 사람을 벌레처럼 싫어하고 밀어내리면, 연모하지 않는 사람에게 연모의 감정이 생기게 하려면 대체 무슨 노력을 얼마나 어떻게 해야 하는 겁니까?"

민호는 눈썹을 찌푸렸다. 사랑하는 사람을 남남처럼 밀어내리면 무슨 노력을 어찌해야 하는지 나도 알았으면 좋겠다. 시간이 해결해 준다는 말만 믿고 기다려 보려고도 했었다. 하지만 향이를 보면 그 말은 거짓말인지도 모르겠다.

"당신이 대놓고 욕을 해 주어서 외려 고맙더군요. 속에서 구더기가 다글다글 들끓고 있는 것 같았는데 털어 내라고 멍석을 펴 준 것 같았어. 털고 나니 환한 햇빛 아래로 떨어진 벌레들이 끔찍하긴 한데……."

향이는 서글픈 얼굴로 덧붙였다.

"속은 시원하네요. 지금까지 이런 말을 할 사람이 없었어요."

민호는 말을 멈추고 자그마한 여자의 얼굴을 물끄러미 바라보았다. 이상했다. 옳고 그름을 따질 경황조차 없는, 크고 무거운 파도에 휩쓸린 기분이었다.

문득 향이가 끔찍하게 외로웠을지도 모르겠다는 생각이 들었다.

❀　　　❀　　　❀

민호는 어정어정 사랑채 쪽으로 걸음을 옮겼다. 자신은 워낙 타고나기를 강골 무수리로 태어나서 엉덩이조차 강인하기 짝이 없었지만 저 사나이는 윤민호가 아닌지라 어느 부위의 세포든 연약하기 짝이 없어서 한겨울에도 덧나고 짓무르기를 되풀이하고 있었다.

민호는 신발을 벗고 발끝으로 살금살금 사랑채로 들어섰다. 이완의 치료를 위해 윤 진사가 작은 방을 하나 비워 주라 명했고, 이완은 대부분 혼자 그 방에 있었다. 첫날 엉금엉금 기어 이완의 상태를 확인한 후, 민호는 그 방에 다시는 들어가지 못했다. 이완이 민호를 절대 방에 들이지 않았던 것이다. 물론 억지로 문을 열고 들어갈 수도 있었다. 하지만 민호는 차마 그렇게는 하지 못했다.

'괜찮습니다. 들어오지 마세요.'

이완은 민호가 문밖에 서 있는 것을 귀신같이 알아차리곤 했다. 아무리 도둑괭이처럼 살금살금 기어가도, 아무리 숨을 죽여도, 민호가 왔다는 것을 알아내고야 만다.

그 말을 듣고서도 들어갈 용기는 나지 않았다. 예전에 방에 들어오지 말라고 하는데 억지로 들어갔다가 보지 말았어야 할 모습을 보았다. 민호는 그의 눈물을 자신이 잘 견디지 못한다는 것을 그때 처음 알았다. 그가 흉한 꼴을 보이기 싫어하는 것과는 별개로, 민호 자신부터가 너무 괴로웠다.

상처의 통증이나 불편함은 외려 큰 문제가 아니다. 나에 대한 죄책감, 스스로에 대한 분노, 돌아갈 일에 대한 막막함, 영영 돌아가지 못한다면, 하는 불안. 이런 것을 제정신으로 버틸 만한 사람이 몇이나 되겠나.

지난번과 상황이 다르다는 것은 저 사람이 가장 잘 알고 있다. 지난번엔 화각함이 이동 중이어서 다른 출구를 찾아오기만 하면 되었지만, 이번엔 이곳의 기록에 그의 이름이 남아서 발이 묶인 것이다. 뺏긴 물건을 집어 오는 일까지는 수월했지만, 포도청 어딘가에 있는 책까지 찾아내 예전처럼 먹칠을 하거나 종이를 찢어 증거를 없애는 일은 어려웠다. 일단 쌓인 책이 너무 많은 데다 한문은 전혀 모르고 새로 쓴 부분도 알 수 없게 되었으니 찾는다 해도 어느 부분을 없애야 하는지 알 수 없게 된 것이다.

예전에 야광귀 중학생을 구해 주었을 때도 여러 가지로 운이 좋았던 것뿐이었다. 도망치는 것이 한발만 늦었으면 그 소년을 구하기는 고사하고 민호는 그 자리에서 물고가 나고 말았을 것이다.

그때의 운수를 아껴 놨다가 이 사람 구하는 데 썼어야 했는데. 저축을 못 하는 빌어먹을 습관이 지금처럼 한탄스러울 때가 없다. 안돼, 이 멍청아. 이런 생각 하면 안 돼. 민호는 주먹을 쥐고 머리를 쿵쿵 때렸다. 말과 생각에는 이루어지는 힘이 있으니 나쁜 말이나 나쁜 생각은 함부로 하면 안 되는 것이다.

이완 씨, 너무 걱정하지 마. 내가 무슨 짓을 해서라도 이완 씨만큼은 꼭 돌려보낼게. 포도청인지 사과청인지, 내가 당신 이름이 들어간 책을 찾아내면 되는 거야. 정 안 되면 거기 있는 책들을 모조리 쌓아 놓고 통째로 태워 버리면 되는 거잖아. 한 번 해서 안 되면 열 번에 나눠서 하면 되잖아. 제발 기운 좀 내.

민호는 문 앞에서 한참 서 있다가 하릴없이 댓돌 아래로 내려섰다. 눈이 펄펄 날리고 있었다.

늦은 밤, 대문이 열리는 소리가 난다. 이완은 문풍지에 뚫린 작은 구멍으로 얼굴을 가까이 가져다 댔다. 행랑아범이 작은 등을 들고 문을 열더니 허리를 굽신거린다. 집주인인 윤 진사다. 머리를 단정하게 틀어 올리고 폭이 넓은 갓을 쓴 사내는 취해서도 남과 싸우거나 크게 비틀거리는 일이 없다.

검은 말총 갓 위와 솜을 두껍게 넣어 누빈 푸른 두루마기 어깨에는 눈이 소복하게 쌓여 있었다. 그는 마당 한가운데 멈춰 서더니 하늘을 보고 껄껄 웃기 시작했다. 우습소이까? 사람들이 알건 모르건 속수무책으로 당하고 살아가야만 하는 것을 구경하는 것이 우습소이까. 재미도 있으시겠소.

그는 오랫동안 웃었다. 제정신이 아닌 것 같았지만, 목소리는 광기 없이 담백하고 맑았다. 그는 큰사랑방으로 들어가려다가 문득 발걸음을 돌려 이완이 있는 방으로 향했다.

"박 선비, 주무시오? 내 들어가리다."

그는 문을 열고, 반쯤 송장이 되어 누워 있는 사내를 내려다보았다. 그는 선 채로 아래를 내려다보며 말을 이었다.

"박 선비. 내가 오늘 장 화원을 만나러 갔소. 그 사람도 반쯤 송장이 되어 있더군. 다른 여자를 만나서 살림 차리기 전에 말라 죽을 것 같던데. 당신 말이 틀린 것 아니오?"

이완은 대답하지 않고 가만히 누워만 있었다. 최근 윤 진사는 며칠에 한 번씩 술을 마시고 들어올 때마다 똑같은 말로 사람을 괴롭혔다. 하지만 이유는 알 수 없었다. 점잖은 줄 알았던 윤 진사는 남에게 트집을 잡는 것으로 주정을 삼는가 보다. 이럴 줄 알았으면 장 화원이 박성녀라는 얼굴도 모르는 기생이 아니라 장녹수 양귀비 왕소군을 번갈아 만나며 행복하게 잘 살았다 이야기해 줄 것을 그랬다.

그는 한참을 내려다보다 방문 앞에 털썩 주저앉았다. 희미한 불빛으로 보이는 그의 얼굴은 무섭도록 창백했다.

"아, 그래 맞아요. 오늘 우승지 영감을 만났는데 재미있는 이야기를 합디다. 지난번에 포청에 잡혀갔을 때, 사건이 길어질 것 같았는데 닷새 만에 장 30도만 맞고 바로 풀어 주어서 다들 이상하다고 하지 않았소? 그게 다 이유가 있었던 게요. 그가 당후일기를 승정원일기로 정리해 올린 것을 검수하다가 이런 내용을 읽었다 하더이다."

"우승지 영감이라 하시면, 장 화원을 데리고 계셨던 민영환 영감 말씀이십니까."

윤 진사는 고개를 끄덕이며 말을 이었다.

"섣달 초에, 주상전하께서 경한 범죄를 저지르고 하옥된 자들을 방면하라는 영을 내리셔서 의금부에서 품의가 올라왔는데, 아무래도 어디서 들은 사람들 이야기 같더라는 게요. 좌포청에 백성들이 고변하기 위해 끌고 온 죄인들의 형량에 대한 계였소."

"그게…… 무슨 말씀이신지요."

"들어 보시오."

그는 길게 늘어진 호박 갓끈을 만지작거렸다. 갓 위에 쌓인 눈이 툭툭 마루 위와 이완이 누운 방바닥으로 떨어졌다.

동래 사는 박이라 하는 자가 사술을 행한다 하여 백성들에게 현행범으로 잡혀 들어왔습니다. 그들이 발고한 바에 의하면 박이라 하는 자는 동래포를 통해 왜국을 드나드는 장사치인 듯한데, 외국에서 들어온 신기한 물건으로 불과 연기를 내며 사람을 미혹하였다 하옵니다. 그리고 사교로 금지된 천주학의 교리를 애써 변호하려는 것이 그 사교의 도당들과 연좌되어 있음을 드러내고 있는 것으로 보였사옵니다.

물론 그가 큰 소요를 불러일으킨 것도 아니고 역당을 만든 것도 아니오나 그는 종사관의 심문에 끝내 불응하고 천한 떠돌이로 신분을 속이고 대제학 집안의 일가붙이 행색을 한 죄가 작지 않다 사료되옵니다.

게다가 증좌로 압수한 물건들이 그 밤중에 감쪽같이 사라진 것으로 보아 무슨 사술을 썼는지 의심스럽기 짝이 없습니다. 또한 함께 다니는 떠돌이 여인 역시 형신을 당하면서도 심문에 토설함이 없었고, 밤에는 탈옥하다 잡혀 오기까지 하였으니 법도의 지엄함을 무시하는 방자함이 끝 간 데 없습니다.

하지만 주상전하께서 며칠 전에 경범죄자들에 대한 대사면령을 내리신 참이라 법도대로 50도 이상의 중형을 내리기 황공하옵고, 며칠 전 풀려나간 자들과 형평성을 고려할 때 어찌 처결해야 할지 기준을 세우기 어려워 이에 품의하옵니다.

이완은 움직임을 멈췄다. 의금부에서 왕에게 올라간 품의 장계? 그게 어디에 기록되었다고?

갑자기 몸이 얼어붙는 것 같다.

상께서 그자의 이름이 무엇이던가, 하문하시기에 이름자를 제 입으로 토설치는 아니하였으나 고변한 이들의 말로는 박이완이라 한다 하였고 본은 반남 박씨라 하였습니다. 상께서 하교하시기를, 중궁전이 홍진(홍역)을 앓다가 위중한 고비를 간신히 넘겼고, 세자의 가례를 앞두고 있는 데다 민심이 흉흉하여 하늘의 긍휼을 바라 경범죄자들을 며칠 전 사면까지 했거늘, 뿌리도 근본도 알지 못하는 백성의 억울함을 공연히 다시 늘릴 일이 있겠느냐, 박이완이라는 자는 30도 정도의 장형으로 감하여 방면하고 떠돌이 여인 역시 비슷한 형량으로 하여 놓아 보내라.

증좌 물건을 잃은 것은 수직하는 자의 책임이거늘 어찌 그것을 그들에게 다시 씌우려 하느냐. 그 밤에 입직한 수직자들에게 장 10도씩을 쳐서 훈

계하라.

"우승지 영감이 직접 확인한 것이니 틀림없을 게요. 당신들 두 사람이 30도 장형으로만 끝난 걸 천행으로 알라고 전해 주라 하였소. 원래대로 50도가 넘어가는 장형을 받았으면 굴신조차 못 하고 앓았으리이다."

이완은 덜덜 떨기 시작했다. 운이 좋다고?

천만에. 이건 생각하기도 싫은 최악의 수였다. 왕의 비서실이라 할 수 있는 승정원에 적을 두고 있는 우승지 민영환. 승정원의 관료들이 기록하는 일지는 왕의 일과를 가장 자세하게 기록하는 승정원 일기다. 그 말은 포도청에서 의금부를 통해 올린 질문이 승정원일기를 통해 영구히 기록으로 남았다는 뜻이었다.

승정원일기에까지 올라갔다면 끝장이다. 이완은 고개를 수그리고 입을 가렸다. 기가 막히니 웃음밖에 나오지 않는다. 승정원일기는 소실되어 없어진 부분도 있지만, 고종 시기의 승정원일기는 화재로 한 차례 개수를 거치긴 했을망정 현대까지 전해지고 있다. 이완은 담당 교수를 따라가서 실물을 직접 본 적도 있었다.

그런데, 그곳에 내 이름 석 자가 정확하게 적혀서 들어갔다고?

민호가 시간 속에서 길을 잃어버린 사람을 데리고 올 때 실패한 경우가, 승정원일기에 기록된 케이스라고 했었다. 그래서 결국 그 사람은 귀환하지 못하고…….

……몇 주 안 가 동굴에서 목숨을 끊었다 했지.

이완은 구역질이 치미는 것을 간신히 누르고 문밖에 정좌하고 앉은 사내를 올려다보았다. 그의 뒤로 툭 트인 대청 너머로, 새하얀 눈이 펄펄 날리는 것이 보였다. 새하얀 눈을 배경으로 앉아 있는 푸른 옷의 사내는 모든 것을 초탈한 선계의 인간처럼 보였다.

이제는 끝났다. 어떤 가능성도 남아 있지 않다.

이완은 천천히 눈을 감았다. 모든 가능성이 차단되고 나니, 오히려 천천히 마음이 가라앉는 것 같다.

이제는, 이제는 민호 씨에게 말할 수 있을 것 같다.

❀　　　❀　　　❀

간밤에 눈이 함빡 왔다. 민호는 자리에서 벌떡 일어났다. 열이 깨끗하게 떨어졌고 몸은 가벼웠다. 이 정도 컨디션이라면 다시 포도청에 가서 담을 타고 지붕을 넘나들 정도는 될 것 같았다.

방에 군불을 집어넣고, 장작을 다시 한 뭇 안고 와 이완이 자는 방에도 아궁이가 오그라들 정도로 불을 붙이고 솥에 물도 얹었다. 다른 놈들은 다 얼어 죽든 말든 알 게 뭔가. 뒤에서 이러쿵저러쿵 떠들어 대는 똥감들이 득시글대는 작은사랑방이나 이완 씨를 곤지른 행랑아범이 있는 행랑채에 군불 따위 넣어 줄까 보냐. 이완 씨 방만 쩔쩔 끓으면 그만이었다.

마당에는 눈이 담요처럼 새하얗게 쌓여 있었고, 그 위로 아슴푸레하게 달빛이 내리치고 있었다. 섣달의 새벽은 코가 쨍하게 매웠으나 그림처럼 고왔다.

"우와. 이거 이완 씨 봤으면 좋겠다. 일어날 수 있으려나?"

민호는 그 그림에 발자국을 남기지 않으려고 담 가장자리로만 까치발로 종종 뛰었다. 이완의 방 앞까지 가서 민호는 다시 한참 망설였다.

이 부엉이 총각은 분명히 자고 있을 거야.

그래도 사람들이 밟고 다니기 전에 한번 보여 주고 싶은데.

민호는 댓돌 앞에 서서 마당을 한참 내려다보았다. 문득 자신이 바보 같다는 생각이 들었다. 대체 왜 저 사람에게 보여 주고 싶다는 생각이 들까. 아무 이유도 없이, 그냥 이런 거 하나만 봐도 저 사람이 생각난다. 맛있는 것이 생겨도 아무것도 못 먹고 누워 있을 저 사람이 생각난다. 그저 막무가내로 저 사람이 옆에 있었으면 좋겠다.

민호는 이완의 방문 앞까지 천천히 걸어갔다. 한 군데가 살짝 주저앉아 삐걱대는 마룻장을 오늘은 요령껏 피했다. 안에서 부스럭대는 소리가 들리더니 이내 으음, 하는 긴 한숨 소리로 바뀌었다. 자고 있는 모양이었다.

민호는 방문 앞에서 한참 망설였다. 매일 이 앞에 와서 서 있었지만 그가 들어오라고 한 적은 한 번도 없었다.

보고 싶다.

이완 씨. 나 이완 씨 보고 싶어.

이완 씨가 못 돌아갈까 걱정하는 거, 괜찮다고 말해 주고 싶어. 나 이제 다 나았으니까, 조금만 더 기다려 줘. 내가 무슨 수를 써서라도, 응. 내가.

민호는 문틀에 손을 대고 고개를 숙였다. 얇은 종이로 발라진 미닫이문 한 겹. 그 너머에 있는 사람.

자고 있다면 살짝 문을 열고 얼굴이라도 보고 싶다. 많이 말랐을까.

민호는 가만히 쪼그리고 앉아 조그맣게 벌어진 종이 틈으로 눈을 가져다 댔다. 하지만 방이 너무 어두워 얼굴은커녕 누워 있는 윤곽조차 제대로 보이지 않았다. 한참 눈을 깜박이던 민호는 한숨을 쉬며 돌아섰다.

나도 참 미련하다. 내가 최선을 다해서 이 사람을 돌려보내면, 그것으로 나하고 이 사람의 인연은 끝인데. 내가 대체 무슨 영화를 보겠다고.

생각해 봐라. 이 사람도 나와 엮이는 것이 얼마나 진절머리가 나겠는가. 이 사람은 이번 일이 순전히 자기 때문에 벌어진 일이라 생각하지만, 따지고 보면 이 사람이 알지도 못하던 시간 여행 따위를 하게 된 것은 순전히 윤민호라는, 뇌세포가 모자라는 바보 사람 때문이다.

민호는 코를 문지르며 돌아섰다. 조금만 더 기다려 줘. 며칠만. 당신이 있을 곳은 여기가 아니잖아. 돌아가서, 당신이 이룩한 것이 쌓여 있는 곳에서, 꿀리는 거 하나 없이, 이따위로 비참한 꼴을 당할 일도 없는 곳에서 멋지고 당당하게 살아야지. 그게 박이완이잖아. 거기서는 벌레가 나온다고 연막탄을 터뜨려도 정신병자 취급할 사람 아무도 없고, 이렇게 엉덩이 내놓고 피 터지게 얻어맞을 일도 없을 거고. 내가 차라리 방망이에 맞아 죽는 한이 있어도 당신만은 꼭. 꼭.

살금살금 돌아 나오는데 갑자기 방 안에서 나직한 목소리가 들렸다.

"민호 씨."

"……."

"……민호 씨."

잠을 못 자고 있었구나.

민호는 아궁이에서 불을 댕겨 등에 불을 붙인 후, 조용히 방문을 열고 들어섰다. 이제 막 불기가 돌기 시작했는지 바닥은 미지근했고 공기는 차가웠다. 역한 화농 냄새가 공중에 떠돌아서 공기는 비리고 탁했다.

그는 환부에 수건 한 장을 대고 지저분한 이불로 어중간하게 다리를 가린 채 엎드려 있었다. 기운도 의지도 안 남아 있어 허깨비가 엎어져 있는 것으로 보였다.

"괜찮아?"

"괜찮죠. 다 나았어요. 오늘내일 중으로 돌아다닐 수 있을 것 같아요."

민호는 그가 말짱하게 거짓말을 하고 있는 것을 알았다. 민호는 옆에 쪼그리고 앉아 조심스럽게 상처를 덮은 수건을 들춰 보았다. 그는 몸을 꿈틀거렸으나 제지하지는 않았다.

상처를 확인한 민호는 얼굴을 찌푸렸다. 딱지가 간신히 얹히고 조금 아물기는 했으나, 여전히 짓무른 자국과 고름집이 더께로 얹혔고 열이 가라앉지도 않았다. 오늘내일 돌아다니는 건 고사하고 민호처럼 회복되려면 올해를 넘겨야 할 모양이다.

그나마 지금이 겨울이니 망정이지 여름철에 이 지경이 되었다면 목숨이 위태했을 것이다. 민호는 여름에 장형을 받아 장독이 오른 사람들을 여럿 본 적 있었는데, 소독약이 없던 시대의 감염이란 끔찍해서 상처에서 벌레가 끓다가 그대로 죽는 사람들도 숱하게 많았다.

저고리도 땀에 젖었다가 다시 마르기를 되풀이했는지 지저분하고 버석버석했다. 병 수발 드는 사람들이 어지간히 성의 없어 보였다. 화가 잔뜩 나서 저고리를 잡아당기자 갈빗대가 바짝 올라온 상체가 슬쩍 드러났다. 제대로 먹지 못한다는 말이 사실인 모양이었다. 제대로 먹지 못하니 낫지도 않는 것이다.

왜 이래요. 무슨 여자가. 그는 푸들푸들 떨리는 손으로 급히 옷을 추슬렀다. 민호는 먹먹하게 이완을 내려다보았다. 그가 간신히 웃으며 말을 붙인다.

"민호 씨는 아프지 않나요? 다 나았어요?"

"응."

민호는 억지로 대답했다. 한바탕 욕을 해 주고 싶은데 목이 메서 목소리도 제대로 나오지 않았다. 이완은 싱긋 웃었다. 입 양쪽으로 힘없이 주름이 팼다.

"역시 민호 씨가 최고예요. 잘 나아서 예뻐요."

"응. 내가 좀 맷집이 좋아……. 이럴 줄 알았으면 이완 씨 것도 내가 반쯤 나눠서 맞았으면 더 빨리 나았을 건데."

"그러면 안 되죠. 나 때문에 민호 씨까지 이렇게 고생하고 있는데."

민호는 너무 속상하고 울음이 터질 것 같아 침만 꿀렁대고 삼켰다. 그는 이 더럽고 지저분한 꼬락서니에 대해 한 마디도 이야기하지 않았다. 원래대로라면 이 까탈종자 깔끔쟁이가 하루 종일 불평을 해 대고 있어도 모자랐다. 하지만 지금 이 사람은 무언가 이상했다. 눈은 텅 비어 있고, 웃고 있는 꼴도 허깨비가 웃는 것 같았다. 민호는 입술을 꽉 깨물었다.

민호는 밖으로 나가서 나무 대야에 뜨거운 물과 수건을 담아 방으로 식식거리며 들어왔다. 행랑채를 발칵 뒤집어 놓을 테다. 누구 때문에 이 지경이 됐는데 사람을 먼지 구덩이에 내버려 두고 닦아 주지도 않아. 죽었어. 니들 다 죽었어.

민호는 수건에 뜨거운 물을 적셔서 얼굴을 문질러 주고, 몸도 깨끗하게 닦아 주었다. 아무리 깔끔을 떨던 사람이라 해도 씻지 않고 내처 누워 있으면 똑같이 냄새가 나고 더러워졌다. 그는 민호가 닦아 주는 것을 몹시 거북해했다. 괜찮아요. 아 민호 씨, 제발, 나중에 제가 닦을게요. 하지 마세요. 제가. 예전 같으면 더러운 것을 견디지 못하니 씻어 주는 것을 펄쩍 뛰며 반가워했을 텐데 지금은 완전히 다른 사람이 된 것 같다. 민호는 화를 벌컥 냈다.

"인간아, 어차피 예전에 꼬추고 엉덩이고 볼 거 다 봤는데 뭘 그렇게 쪽팔려 하고 그러냐! 손 좀 떼라고! 물 끓인 김에 좀 닦게!"

"민호 씨, 전에 볼 거 다 봤다고 해도, 지금 우리가 그래도 되는 사이는 아니잖아요."

갑자기 입이 턱 막혔다. 하지만 민호는 잠시 후 퉁명스럽게 내뱉었다.

"그렇게 말 안 해도 나도 잘 알거든? 하지만 생판 남인 간호사 간병인들도 이 정도는 해. 정 불편하면 당직 간호사 3 정도로 생각하든가. 어쨌든 이완 씨 환자 맞잖아. 이렇게 골골한 주제에 밥도 제대로 안 먹는 불량 환자. 빨리 나아서 일어날 생각을 해야지, 언제까지 민폐 끼칠 건데?"

민폐라는 말까지 나오고서야 이완은 눈을 감고 얌전히 몸을 맡겼다. 얼굴에서부터 발가락 끝까지 구석구석 수건으로 목욕을 시켜 주는 데는 시간이 꽤 오래 걸렸다. 그사이 아궁이에 제대로 불이 붙었는지 방은 후끈후끈하게 열이 올랐다.

나신으로 누워 있는 사내의 몸은 껍데기만 남은 것 같았다. 예전에 보았을 때와 비교하면 전혀 다른 사람 같다. 목이 메어서 한마디도 나오지 않았다.

민호는 이완의 상처를 조심스럽게 닦아 내고 준비해 두었던 긴 무명으로 잘 감아 주었다. 땀에 푹 절어 시큼하고 비린 냄새가 나던 저고리를 치워 버리고 옷장을 거칠게 뒤져서 누구 옷인지도 알 수 없는 새 저고리와 바지를 꺼내 입혀 주기도 했다. 이완은 말 한 마디 없이 시키는 대로 얌전하게 팔을 움직였다.

민호는 지저분한 방바닥을 물걸레로 박박 닦고, 요강을 비운 후 뜨거운 물로 소독했다. 먼지가 풀풀 이는 이불을 갖고 나가 밖에서 펑펑 소리를 내며 털기도 했다. 이완은 여전히 말 한 마디 없이 옆으로 누워 있었다. 민호는 먼지를 한 가마니쯤 털어 낸 이불을 갖고 들어와 이완의 몸을 꼭꼭 여며 주었다. 사람이 며칠 새 너무 말라서 이불 주름 속에서 술래잡기를 해도 될 지경이었다.

"어때, 목욕하고 새 옷 갈아입고, 먼지 구덩이에서 탈출했으니 그래도 기분이 좀 나아졌지?"

"최고로 좋아졌어요. 고마워요. 민호 씨."

이완은 정말로 기쁜 듯이 환하게 웃었다.

민호는 입을 다물고 눈을 껌벅거렸다. 이 사람이 이렇게 대답하는 게 너무 이상했다. 불평불만이 나와야 했다. 스스로에 대한 욕설이라도 나와야 했다. 불안하다, 나는 어찌하느냐, 어떻게 돌아갈 수 있느냐 따지는 말이라도 나와야 했다. 이따위 상황에서라면 죽었다 깨어나도 기분이 최고로 좋다는 말을 할 리가 없다. 내가 아는 박이완이라면.

"이완 씨, ……왜 그래?"

"제가 뭘요? 기분 좋기만 한데요. 이렇게 멀쩡하고 잘 낫고 괜찮아지고 있는데."

"왜, 왜 그래. 왜……."

"괜찮다니까 왜 자꾸 그래요? 나 일어나서 돌아다닐 수도 있어요. 정말."

이완은 억지로 몸을 일으켜 앉았다. 하지만 웃는 표정을 석고로 뜬 것 같은 이상한 얼굴이었다. 민호는 겁이 더럭 났다.

"이상한 생각 하지 마. 지금 내가 컨디션이 존나리 좋으니까, 오늘내일 중으로 그 빌어먹을 책을 찾아서 불을 싸지르고 올게. 걱정하지 말고 기다리기만 하라고. 정말이야. 난 한다면 해. 내가 생판 모르는 사람도 다 구해 줬는데, 정작 제일 좋아하는 사람을 못 구해 낸다는 게 말이 돼?"

아차.

민호는 말을 끊고 입을 틀어막았다. 이 말은 해서는 안 됐는데. 이놈의 대갈통은 우리가 헤어졌다는 사실을 너무 잘 까먹는다. 내가 이 사람을 좋아하는 감정이 도무지 손톱만큼도 줄어들지 않으니 이렇게 시도 때도 없이 지뢰를 터뜨리는 것이다. 민호는 머리통을 다시 열심히 후려치다가 중얼거렸다.

"아니 뭐, 우리가 헤어졌다는 걸 딱히 잊어버린 건 아니고, 그냥 꼭 구해 주겠다는 뜻이야."

"알아요, 알아. 그런데요."

이완은 고개를 수그렸다. 웃어 보이는 게 한계에 다다랐다.

어제까지만 해도 여자가 방에 들어오지 않기를 바랐다. 저런 말을 들으면 나는 그러면 안 된다는 걸 알면서도 한 가닥 기대를 하고 여자를 사지로 보냈을 것이다. 나를 구해 달라고. 한 번만 더 나를 위해서 위험을 감수해 달라고. 사실 민호 씨가 도와주는 것 말고는 내가 돌아갈 방법이 전혀 없으니까.

하지만 그래서는 안 된다는 것도 가장 잘 알고 있었다. 내 입에서, 그따위 말이 내 입에서 튀어나올까 봐, 그런 생각을 하게 될까 봐, 나는 당신을 들어오라고 할 수 없었던 것이다.

이제는 그런 생각을 하지 않는다. 그래서 난 당신을 들어오라고 할 수 있었던 거였어.

이제 그럴 필요 없으니까.

이완은 고개를 들지 않은 채 손가락을 꿈틀거렸다. 웃는 표정 짓는 것을 포기했다. 석화된 표정이 부서지자 차마 보여 줄 수 없는 맨얼굴이 나와서 얼굴을 보일 수 없었다. 민호는 아무 말 않고 그의 손을 잡아 주었다. 그는 다른 한 손도 뻗어 민호의 손을 꽉 감싸 잡았다.

한참 동안 무거운 침묵이 흘렀다. 이완은 민호의 손을 움켜잡은 두 손에 힘을 주었다. 하지만 기운이 아주 바스러졌는지 그 손마저 벌벌 떨리기만 할 뿐이다. 그는 한참 만에야 간신히 입술을 뗐다.

"미안해요. ……미안합니다, 민호 씨."

어깨가 저절로 움직이기 시작했다. 말해야 하는데, 그렇게 열심히 연습한 말은 나오지 않고 어깨만, 가슴만 움직인다. 들썩, 들썩, 작은 진동처럼 시작된 움직임은 나중에 걷잡을 수 없이 커졌다.

이완은 고개를 들지 못한 채, 소리를 죽이려는 노력도 포기한 채, 숨을 헐떡헐떡 몰아쉬며 흐느꼈다. 미안해. 미안해요, 민호 씨. 이런 일을 당하게 해서 미안해. 당신 손으로 이런 일을 하게 해서 미안해. 나도 내가 한 짓을 믿을 수 없어요. 미안해요.

민호는 주먹을 꽉 움켜쥐었다. 형틀에서 주리를 틀리고 장 30대를 맞을 때보다 지금이 더 괴롭다. 저 울음만 그치게 할 수 있다면 염통 허파라도 잘라 팔고 싶다. 민호는 손을 꽉 붙잡고, 아니 나중에는 그를 꽉 끌어안고 등을 두드리며 달랬다.

"나는 괜찮아. 이완 씨, 난 정말 괜찮아. 난 원래 무수리 과라 몸으로 하는 일은 다 잘한다니까. 붕어가 물을 찾은 거라니까! 그러니까 걱정하지 말라고! 아냐! 아니라고! 내가 더 미안하지. 내가 어떻게든 그 빌어먹을 책을 찾아와서 돌아가도록 할게. 괜찮아. 그냥 돌아가면 된다니까? 나만 믿어, 엉? 나 믿지?"

그건 남자들의 대사라는 것을 어디선가 들은 것 같은데 민호는 그 출처마저 까먹어 버렸다. 이완은 고개를 저었다.

"이제 그만두세요. 포도청에 또 갔다가 무슨 봉변을 당하려고 그래요."

"안 찾으면 어쩔 건데? 도선생이라도 고용할 생각이야? 이완 씨 집에 안 갈 거야?"

"안 가요."

여자의 입이 크게 벌어졌다. 이완은 한참 동안 말을 망설였다. 그렇게 오랫동안 연습을 했건만 말이 나오지 않는다. 이를 물고, 고개를 젓고 힘겹게 버티다가 다시 고개를 수그리고 나가지 않으려는 말을 억지로 밀어냈다.

"민호 씨는 이제 가세요. 이제 민호 씨가 없어도 상관없어요. 일이 길어지기 전에 가세요. 가서, 다시 오지 마세요."

그게 무슨 말이야! 대체 왜 이래! 여자의 눈이 동그래졌다. 이완은 팔을 벌려 여자를 천천히 마주 안았다. 키가 큰 여자였지만 품에 안으면 언제나 가볍게 쏙 들어왔다. 부드럽고 따뜻하고 사랑스러운 여자. 내가 평생에 유일하게 사랑했던 여자. 하지만 천칭이 맞지 않는다는 이유로 내가 놓아 버렸고, 이제 다시는 보지 못하게 될 여자. 눈물이 줄줄 흘러나왔다.

민호는 딱딱하게 굳은 채 한참 동안 안겨 있었다. 이완의 입에서 무슨 말이 나왔는지 믿을 수가 없다. 민호는 손을 늘어뜨리고 천천히 물었다.

"뭐라고 말했어? 다시 말해 봐."

"돌아가시라고요. 가서 이제 오지 마시라고요."

"왜?"

민호는 이완의 등짝을 콱콱 후려치기 시작했다.

"왜…… 이 씨발라마야, 왜, 왜 맘에도 없는 소릴 해? 이렇게 처울면서 왜, 왜? 박이완! 그걸 말이라고 해? 엉? 야아아!"

이완은 자신이 눈물을 쏟고 있다는 사실도 알지 못했다. 하지만 이제 어차피 상관없었다. 저 여자가 여자로서 나에게 창피한 꼴을 모조리 보였던 것처럼, 자신 역시 사내로서 창피한 꼴은 모조리 다 보였다. 이제 이 여자 앞에서는 창피한 것이 아무것도 남지 않았다. 그는 손등으로 눈가를 문지르며 내뱉었다.

"욕하지 마세요, 듣기 싫다고! 욕하는 거 듣기 싫으니, 가서, 가서 오지 마시라고요. 아 정말이지 징그러워 죽겠어. 끝까지, 최후의 순간까지 욕을 하고 갈 겁니까? 가요, 가시라고. 제발."

연습을 그렇게 했는데 이 말이, 왜 이렇게 안 나와서. 왜. 그는 히득히득 웃으면서 눈물을 쏟기 시작했다.

"안 해! 안 할게, 싫으면 욕 안 하면 될 거 아냐! 죽어도 안 하면 될 거 아냐! 그러니까 당신도 같잖은 소리 집어치우고 얼른 나랑 집에 가서 팅팅 부어터진 엉덩이 치료할 생각이나 하라고! 엉? 알았냐고! 엉!"

민호는 발을 구르며 외쳤다. 저놈의 우는 것만 그칠 수 있다면 염통 허파가 아니라 이제 우주를 팔아먹어도 좋다고 생각했다.

"또 재랄 같은 소릴 해서 사람 속을 뒤집기만 해! 어떻게 내가 이완 씨를 덜렁 버리고 갈 거란 생각을 하냐? 내가 어떻게든 해결할 테니 기다리란 말이야. 울음 그치고 코 풀고 얼굴 맨들맨들하게 해 놓고 기다리란 말이야! 우는 거, 미안하다고 하는 거 꼴 보기 싫단 말이야, 골룸 같다고! 알아들어? 이완 씨!"

"이봐요, 민호 씨. 대체 내가 당신한테 뭔데? 당신이 나한테 뭔데 이래? 우리 남이잖아. 왜 이렇게 설레발이에요? 가라면 좀 가라고. 내 말 좀 들어요!"

이야기를 해 주어야 했다. 이제 이 문제는 우리가 손을 댈 수 없는 곳으로 올라가, 그냥 고정이 되어 버렸노라고. 이순신 장군이 노량해전에서 죽고 카이사르가 공화주의자들에게 암살당한 것을 바꿀 수 없는 것처럼, 과거의 사람으로 못 박힌 내 이름을 빼 버릴 순 없을 거라고. 민호 씨, 민호 씨. 이렇게 예쁘고, 곱고, 이렇게 사랑스러운 민호 씨. 이완은 여자가 자신의 얼굴을 보지 못하도록 있는 힘껏 끌어안았다.

"당신을 걷어차길 정말 잘했어. 내가 지금까지 한 짓 중에서 그게 제일 쓸 만했어."

"……뭐?"

"제 기록이 승정원일기에 올라갔어요."

여자의 움직임이 멈췄다. 다행히도, 여자는 그 말의 의미를 바로 이해했다. 이완은 천천히 웃었다. 흰 저고리를 입은 여자의 동그란 어깨가 흥건하게 젖어 들기 시작했다.

❀   ❀   ❀

민호는 두리번두리번 주변을 살폈다. 깜깜한 어둠. 한참을 기다리며 서 있으니 눈에 익숙한 것들이 보인다. 며칠 만인가? 날짜도 제대로 헤아릴 수 없다.

"민호야! 민호야!"

확, 불이 켜지더니 누군가 와서 왈칵 끌어안는다. 민호는 자리에 주저앉았다. 진희의 방이었다.

"너 언제 올지 몰라서, 월죽도 두 개 다 벽에 붙여 놓고 매일 기다리고 있었어. 정말, 얼마나 걱정했는지 알아? 다행이야. 이렇게 와서 정말 다행이야!"

손을 잡고 어쩔 줄 모르던 진희는 뒤를 한참 보더니 무거운 목소리로 물었다.

"……이완 씨는?"

"일이 처리가 안 돼서 못 왔어. 어, 그리고 지금 이완 씨가 좀 아파. 나하고 이완 씨하고 좌포도청에 끌려가서 곤장 맞았거든. 30대 씩."

민호는 엉덩이를 내밀고 펑펑 쳐 보였다. 나는 지금 다 나았는데,

이완 씨는 장독이 올랐어. 지금 약국에 들러서 약 사 가야 해. 이완 씨가 많이 아파서. 진희는 놀라서 말을 잇지 못했다.

"너, 다시 가야 해?"

"당연하지. 이완 씨가 거기 있는데."

"언제까지 있을 건데? 물론 네가 지금 직장에 다니는 건 아니지만, 그래도 너무 오래 있으면 안 되잖아."

"안 될 건 또 뭐야. 어쨌든 이완 씨를 내가 끌고 나와야 하는데 일이 좀 골치 아프게 돌아가서 시간이 얼마가 걸릴지 모르게 됐단 말이야."

민호는 자신 없는 얼굴로 중얼거렸다. 진희는 불길한 예감에 더듬더듬 물었다.

"혹시…… 이완 씨 평생 못 나올 수도 있어?"

"음, 잘 모르겠어. 그럴지도 모르고 아니면 다행이고."

그럴지도 모르는 게 아니라 일이 불가능하게 되었음을 알아차렸다. 조금이라도 가능성이 있으면 민호는 저런 식으로 말하지 않는다. 진희는 새파랗게 질려서 말했다.

"민호 너 왜 이렇게 태평인데? 이완 씨가 끝까지 못 오게 되면 넌 어떡할 건데?"

민호는 맹한 얼굴로 고개를 갸웃했다. 최선을 다해 봐야지, 무슨 수를 써서라도 데리고 나와야지, 하는 평소의 패기만만은 찾아볼 수도 없었다.

"모르겠어. 하지만 확실한 건 이완 씨를 혼자 두고 올 순 없다는 거야. 그 이상은 나도 모르겠어."

민호는 자리에 앉아서 가만히 머리를 긁었다. 진희는 민호가 무슨 생각을 하는지 알아차리고 경악했다.

"무슨 말이야. 이완 씨가 못 나오면 너도 거기서 살 거니?"

"……."

"민호야. 너 엉뚱한 생각 하지 마. 그 사람은 그 사람이고 너는 너야! 네가 그 사람의 행동까지 책임져 줄 건 없어."

"책임? 진희야. 나 책임지려고 그러는 거 아니야."

"그러면 왜?"

"그냥, 그 사람을 혼자 거기 두면 안 될 것 같아서."

미쳤어! 너 정말 거기서 영영 살 거야? 그 사람 하나 때문에? 진희는 물으려다가 입을 다물었다. 민호는 딱히 비장할 것도 없는 표정으로 심상하게 짐을 챙기고 있었기 때문이다. 물었다간 영영 안 올 거라는 대답이 태연히 나올 것 같다. 그 말도 안 되는 사실을 확정하여 듣고 싶지는 않았다.

그래서는 안 된다. 누구나 각자의 삶이 있고, 타인으로 인해 자신의 삶이 침몰하는 것을 방치해서는 안 되었다. 진희는 다른 사람의 인생에 감 놔라 배 놔라 참견하는 것을 싫어했으나 민호에게만큼은 그럴 수 없었다. 진희는 그림 앞으로 달려가 몸으로 막아섰다.

"민호야, 가지 마. 넌 가면 안 돼."

민호는 짐을 챙기다 말고 일어서서 진희를 빤히 내려다보았다. 키가 자그마한 진희는 민호를 올려다보아야 했다. 민호의 얼굴엔 그림자가 져 있어 자세한 표정이 보이지 않았다.

"뭔 얘기야. 지금 그 사람 기다리고 있어. 얼른 가야 해."

"그 사람은 남이야! 헤어진 사람이라고! 네가 그 고생을 해도, 데리고 나와 봐야 어차피 남이 될 사람이야! 상관도 없어질 사람이라고."

민호의 눈썹이 확 솟구쳤다.

"야, 사람이 어떻게 그러냐? 그 사람이 입장이 돼서 생각해 봐. 아무도 아는 사람도 없이 자기 혼자 덜렁 남아 있는데, 얼마나 끔찍하겠어? 그런데도 그냥 버려두고 오라는 거야?"

"바보야! 그 사람 끔찍한 것만 생각하고, 네 인생까지 끔찍해지는
건 생각 안 해? 가서 잘 데리고 나오면 좋아. 그런데 영영 못 나오게
되면? 너도 영영 거기 있을 거야? 지금 넌 늪에 빠진 사람 붙잡으려
다 같이 빠지는 거라고. 둘 중 하나라도 빠져나와야 할 거 아냐! 아무
리 네가 시간 여행자고 이곳저곳 많이 다녔지만 네가 태어나고 자란
시간은 여기라고!"

"그건 내가 제일 잘 알아. 난 괜찮아."

진희는 천천히 심호흡을 했다. 미래도 현재도 계산하지 않고 영원
히 이어지는 현재 위에만 서 있는 민호에게는 덫처럼 기다리고 있는
암담한 미래에 대한 예상도 없고, 그에 따른 낙망도 좌절도 없었다.
그것은 민호의 강점이자, 현재를 사는 윤민호의 삶을 바닥으로 끌어
내린 원인이기도 했다. 이거 한 가지는 알아 둬, 민호야. 진희는 그림
을 막아선 채 단호하게 말했다.

"네가 가서 이완 씨를 데리고 나오려고 최선을 다하는 건 좋아. 그
런데 만약 이완 씨가 영영 못 나오게 되면."

"……."

"돌아와. 너만이라도 돌아와. 지금 네 감정이 어떻든 간에, 아무리
좋아하고 사랑하는 사람이라도 너 자신보다 중요한 사람은 없어. 나
도 그 사람 놓고 왔어. 나도 지금 속이 찢어지는 것 같아. 당장에라도
다시 돌아가고 싶어, 하지만!"

민호는 입을 꽉 다물고 자신을 붙잡고 있는 진희를 내려다보았다.
장 화원은 진희가 그동안 만나고 사귀었던 어떤 남자들과도 달랐다.
그는 진희의 마음을 움켜잡은 처음이자 마지막 사람일 것이고 진희
도 그것을 알고 있다. 하지만 진희는 그를 잘라 내는 데 조금도 망설
임이 없었다. 아무리 지독하고 강력한 감정이라도 네 인생보다 중요

한 것은 없어. 진희는 마지막으로 덧붙였다.

"사랑은 너무 짧고, 남아 있는 네 인생은 너무 길어."

❀   ❀   ❀

눈이 오래 내렸다. 눈은 이제 무릎에 차일 만큼 쌓였다. 행랑아범이 반나절마다 마당을 쓰느라고 씨불이는 소리가 들린다.

이완은 백치가 된 것처럼 누워 있었다. 이틀 전, 민호는 돌아갔다. 안 간다고, 나을 생각이나 하라, 약이나 가져오마, 걱정 말고 기다리라 큰소리를 치던 여자는 한밤중에 몰래 방으로 들어와 그림을 타고 돌아가 버렸다.

이완 씨, 이완 씨, 자신이 자고 있는지 깨어 있는지 확인하기 위해 몇 번이나 불러 본 여자는 자신이 자고 있는 머리맡에서 한참 동안 얼굴을 바짝 들이대고 살폈다. 여자의 숨결이 뺨과 이마에 느껴질 정도로 가까웠다. 하지만 이완은 끝까지 깨어 있는 내색을 하지 않았다.

여자가 이 밤에 몰래 들어온 이유를 안다. 월죽도가 이 방에 있기 때문에.

아니나 다를까. 한참 그렇게 쭈그리고 앉아 있던 여자는 이불을 꼭꼭 여며 주고, 수건으로 이마의 땀을 닦아 주더니 그림 쪽으로 다가갔다.

여자는 두 번 돌아보았다. 이완은 가늘게 뜬 눈으로 여자가 그림으로 들어가는 것을 희미하게 지켜보았다. 억지로 깨우지 않아서 고마웠다. 아마 깨웠으면 나를 주체하지 못하고 꼭 돌아오라고, 절대 하지 말아야 할 말을 했을 게 뻔하니까.

공기의 층이 펄럭이는 소리가 들린다. 여자의 말로는 무수하게 많은 길이 거미줄처럼 방사형으로 얽혀 있다 했다. 어떤 길은 투명하고, 어떤 길은 금빛으로 찬란하다고도 했다. 길이 금색이든 은색이든 투명하든 이제 나에게는 아무런 의미가 없다. 나는 이곳에 못 박혔고 더 이상은 저 여자를 따라 돌아갈 수도 없을 것이다.

놓고 온 것들이 많아서 헤아리기 어려웠다. 내가 한국으로 귀화할 때, 옮겨 온 짐만 해도 대형 트레일러로 다섯 개였다. 이사할 때 여자처럼 짐이 여행용 가방 한두 개 정도로 끝날 정도였다면 지금보다는 덜 고통스러웠을 것이다. 떠나온 나의 시간과 공간, 그리고 소유했던 것들을 회상하면 회상할수록 모조리 고통으로 연결되었다.

여자는 오지 않을 것이다. 오지 말아야 하고. 하지만 한쪽에서는 바로 온다고 걱정 말라고 외치던 여자의 목소리에 간절하게 기대고 있는 자신이 있었다. 한심했다.

오세요. 제발 다시 와 주세요. 나는 이곳에 혼자 있는 것이 끔찍해요.

오지 마세요. 민호 씨, 이제 오지 마세요. 나 때문에 당신까지 묶이면 내가 무슨 낯으로 당신을 봐. 오지 마세요. 그냥, 그냥 거기 있어. 오지 마.

제발 와 주세요. 민호 씨.

오지 마세요. 오시면 절대 안 됩니다.

절대 떠나지 않을 것처럼 이야기하던 여자는, 가면서도 몇 번이나 돌아보던 여자는 돌아오지 않았다. 새벽이 되어서도, 다음 날 아침, 점심, 저녁때가 다 되어 방이 싸느랗게 식을 때까지도. 그리고 다음 날 새벽, 다음 날 새벽이 될 때까지 오지 않았다. 이완은 멍청하니 천장을 바라보며 중얼거렸다.

그래요. 잘했어요. 오지 마세요. 당신은 그곳에서 당신의 삶을 살아요. 잘했어요.

새해가 다가와 사람들은 천마산의 본가로 출발했고, 집에 있는 사람은 행랑아범 하나와 안채를 지키는 안잠 한 명뿐으로 집 안이 텅비어 있었다. 시제 때와 명절 때만큼은 수백의 손님을 치러야 했기 때문에 이곳에 있는 사람들이 모두 본가로 간다고 하였다.

사흘 내내 폭설이었다. 닭이 우는 소리가 희미하게 들릴 지경이었다. 민호가 있을 때는 새벽마다 절절 끓던 방이 이제는 냉골이었다. 숨을 쉴 때마다 하얗게 입김이 흩어졌다. 움직일 기운도 여력도 없었고, 배고픈 것도 별로 느껴지지 않았다. 머리맡에 성의 없게 놓인 밥과 김치 조각들은 종잇장처럼 수분을 잃고 얼어 가고 있었다.

아, 사람이 이렇게도 죽을 수 있구나.

이완은 자신이 이렇게 허망하고 간단하게 죽어 간다는 것을 믿을 수 없었다. 그 동굴에서 자살했다던 그 사람도 자신과 비슷했던 건지도 모른다. 뿌리가 있는 곳에서는, 멀쩡한 사람이 죽으려면 적극적으로 무슨 짓거리를 해야 하지만, 뿌리가 없는 곳에서는 특별한 짓을 하지 않아도 오래지 않아 죽게 되는 모양이다.

민호 씨, 보고 싶습니다.

눈꼬리로 눈물이 툭 터졌다. 보고 싶었다. 돌아가고 싶다는 생각은 이제 정말로 접었다. 그저 여자의 얼굴만이라도 보고 싶었다. 막무가내로, 아무 생각도 없이 그냥 보고 싶었다. 민호 씨. 보고 싶습니다. 보고 싶습니다. 한 번만 더 보고 싶습니다.

한때 나는 꿈을 꾸었다. 여자가 나의 아이를 낳고, 예쁜 딸들을 많이 낳고, 나는 여자와 그녀를 닮은 예쁜 딸들에게 둘러싸여 있는 꿈이었다. 나는 제대로 말한 적은 없지만 여자가 해 주는 음식을 정말 좋아했고, 여자가 사슴처럼 뛰어다니는 모습을 사랑했다. 긴 다리로 날렵하게 뛸 때마다 등 뒤에서 춤을 추며 나풀거리는 싱싱하게 빛나는 머리카락을 생각만 해도 심장이 뛰었다.

나는, 그녀를 닮은 딸들이 머리를 곱슬곱슬하게 말고 예쁜 리본으로 장식하고 퇴근하고 집에 들어서는 나에게 달려와 아빠, 아빠 하며 매달리는 꿈을 꾸었다. 한때는, 그녀의 친구들인 일곱 딸이 있는 집보다 더 많은 딸을 낳아서, 내가 지은 집의 대청과 바람 잘 드는 2층 누각과 내가 꾸민 정원에서 아이들이 참새처럼 지저귀는 꿈을 꾸었다. 그리고 나는, 머리가 하얗게 될 때까지 사슴처럼 예쁜 여자와 함께 살며 오래오래 사랑하는 꿈을 꾸었다.

이완은 자리에 엎드린 채 동창이 부옇게 터 오를 때까지, 베갯잇이 푹 젖을 정도로 울었다.

❀　　　❀　　　❀

진희는 끝내 민호를 막을 수 없었다. 민호가 대답 한 마디 없이 짐을 챙기는 것을 바라만 보아야 했다. 애초에 민호의 짐은 생활감이 없다 할 정도로 적은 편이었는데, 그나마 지금 작은 보퉁이에 챙기는 것은 의약품이 대부분이었다.

"토마스 폰 에디슨. 그 녀석을 데려가야 해."

진희는 무슨 말을 어찌해야 할지 알 수 없었다. 토마스는 민호가 가는 곳이면 어디든 따라다녔고, 민호는 토마스를 가족으로 생각했다. 지금 그 녀석을 데려가겠다는 의미는 이곳에 영영 오지 않을 수도 있다는 뜻이었다. 진희는 발을 굴렀다. 이건 아니다. 이래서는 안 된다. 그깟 한때로 지나가 버릴 감정 때문에.

"토마스 어디 있어? 이레가 데리고 있나? 이놈이 엄마가 왔는데도 나와 보질 않아."

"지금 동벽 할아버지 방에서 자고 있어. 이레가 바빠서 못 챙길 때가 많아서. 두 분도 토마스를 좋아하시는데, 애가 머리가 좋다고, 조만간 미적분하고 궁중요리를 가르치실 거래. 토마스도 종일 졸졸 따라다니면서 간식 얻어먹고."

"의리도 콧심도 없는 자식이! 내가 잠깐 없다고 맛있는 거 주는 데 가서 붙어! 내 이걸 그냥!"

민호는 할아버지 할머니가 주무시는 방으로 향했다. 간신히 잠든 이완 씨 몰래 월죽도를 타고 오긴 했지만 어쩌면 내가 가는 것을 보았을지도 모른다. 빨리 돌아가야 한다. 애타게 기다리고 있을 것이다. 내가 없는 것을 알게 되면 얼마나 겁이 나겠나.

민호가 돌아온 이유는 간단했다. 과거에 붙박인 이완의 곁에서 있으려면 정리할 것과 챙길 것이 있었다. 이완 씨를 치료할 약, 민호의 가족인 토마스. 그리고 가족과 친구들에게 어떤 방식으로든 인사를 해야 했던 것이다. 아무리 말도 없이 휙휙 오가는 삶을 살았다 해도 지금 떠나는 것은 예전에 가는 것과는 사정이 달랐다.

토마스, 야, 토마스 폰 에디슨 이놈, 너 어딨니. 민호는 두 사람이 머물고 있는 2층 작은방 앞에서 소곤소곤 불러 보았다. 방문 아래에서 닥닥닥, 복복복, 하는 긁는 소리가 났다. 민호는 방문을 빼꼼 열어 보았다. 깜깜한 방에서 새까만 털 뭉치가 돌돌돌 튀어나와 왈칵 안겼다. 민호는 고자 양아들을 끌어안고 한참 볼을 비볐다. 두 분이 강아지를 좋아하신다더니 정말 할아버지가 누워 있는 요 옆으로 폭신한 작은 담요가 놓인 것이 희미하게 보였다. 풍채 좋은 동벽 할아버지와 또재 할머니가 누워 있었는데, 깊이 잠이 들었는지 깨지는 않았다.

민호는 갑자기 뻘쭘해서 눈을 돌렸다. 보지 말아야 할 광경을 본 것 같다. 그게, 두 분이 입고 있는 잠옷이라는 게, 민호가 생각하는 것보다는 좀 많이, 뭐랄까 점잖지 못했다. 민호가 생각하는 할머니 할아버지들의 잠옷이란 늘어진 러닝셔츠나 내복, 트레이닝복, 몸뻬가 정석이었다. 저렇게 반드르르한 감촉과 야시시한 색깔의 커플 잠옷 따위를 입은 할머니 할아버지란 상상만 해도 망극한 일이었다.

아이고 교수님, 아이고 할머님, 죄송합니다. 민호는 얼른 백배사죄하고 문을 닫았다. 아니 나오려 했다. 하지만 나오려는 순간, 방구석에 큼직한 수건으로 덮여 있는 상자가 눈에 들어왔다. 상자의 한쪽 귀퉁이로 길쭉한 기둥 같은 것이 삐죽하게 나와 있었다. 민호는 눈을 가늘게 뜨고 고개를 갸웃거렸다.

"어, 저기 말야, 토마스, 저거 어디서 좀 많이 본 것 같지 않냐?"

보면 볼수록 돌돌 말린 윤곽이나 꼭지가 눈에 익숙하다. 색깔도 그렇고 크기도……

민호는 두 분에게 죄송한 것을 무릅쓰고 살금살금 어두운 방 안으로 들어갔다. 갑자기 부스럭대는 소리가 나더니 동벽 할아버지의 낮고 으스스한 목소리가 들렸다.

"……민호 씨?"

민호는 기겁하고 책상 밑으로 납작 엎드렸다. 무시무시한 침묵이 흘렀다. 천만다행으로 동벽은 잠에 취한 상태로 일어나 한참 두리번거리더니 할머니의 어깨에 이불을 덮어 주고는 다시 잠들고 말았다.

어이구, 십년감수했다.

민호는 등을 동그랗게 구부리고 수건과 잡동사니 여러 겹으로 가려 놓은 물건을 끄집어냈다. 돌돌 말린 그림을 펼치는 손이 덜덜 떨렸다.

"……!"

민호는 입을 틀어막았다. 맙소사. 어떻게 이런 일이.

이럴 수는 없다. 저 두 사람이 어떻게 나한테 이럴 수가 있어!

민호의 손에 들린 것은 안락재에서 도난당한 미인도였다.

"우와, 이놈이 은행에서 머리 디밀고 나오던 놈이에요? 아이고, 이렇게 솔솔 자는 것 보래요. 대체 누구 닮은 거예요? 얘 머리가 완전 병아리 같아요. 귀여워라. 아기야, 나 좀 봐 봐, 응!"

"가, 갓난이 자꾸 얼르고 건딜지 마시라요. 어제 삐씨지 주사 맞고서는 밤새 울구, 새벽에야 간사이 재운 기야요. 죠금만 흔들면 울고 지랄이야요."

"아, 그렇구나. 아기 이름은 뭐예요?"

"……아직 안 지었시요. 그 가이새끼한테 물어볼까 했는데 오데로 도망쳤는지."

근숙은 여전히 얼빠진 얼굴로, 맞은편에 앉아 있는 여자를 바라보았다. 이상한 여자. 이해할 수 없는 여자. 하지만 눈물 나게 고마운 여자가 맞은편에 앉아 갓난아기에게 손짓 발짓 광대짓을 하고 있었다.

"저, 전화한 게 참말입네까? 그림을 찾아서 다시 팔아 준다고……."

"맞다니까요. 여기 가져왔다고요."

근숙은 덜덜 떨며 여자의 옆에 놓인 검은 배낭을 곁눈질했다. 믿을 수 없었다.

근숙은 현재 그 무엇도 믿을 수 없는 상태였다. 애초에 한국에 들어올 때부터 사방 거머리처럼 뜯어먹으려는 놈들투성이였다. 근숙은 숱해 걸려 넘어지고 속고 뒤통수를 맞느라 만신창이가 되어 있었다.

이 여자가 그림을 잃어버렸다는 것도, 도난 신고를 했다는 말도 믿지 않았었다. 그림을 팔기 아까우니까 그따위 거짓말을 하는 것이 분명하다 생각했다. 그래서 여자가 그림을 되찾았다, 산 가격으로 되팔겠다는 말을 할 때 도깨비에 홀린 것 같은 기분이었다.

그동안 근숙이 추심업체 직원들에게 시달린 것은 이루 말할 수도 없었다. 그들에게 남편의 빚은 당연히 아내의 빚이었다. 하필 작정이라도 한 듯, 성길은 실종되기 직전 구청에 가서 혼인신고를 해 놓았다. 나는 도망가니 너는 내 대신 덤터기 좀 써 주고 엿이나 먹어라 하는 심보가 아니면 이럴 수가 없었다.

정말 개 같다는 말로도 모자랄 개새끼. 장기를 떼였건 어디서 뒈졌건 더 이상 신경 쓰고 싶지 않은데 그놈의 혼인신고 덕에 실종된 그 인간이 당해야 할 모든 험한 협박이 죄다 근숙에게 쏟아지는 중이었다. 그네들의 위협이 아닌 듯한 말 한마디는 심장을 저밀 만큼 두려웠다.

'아주머니, 지금 배 째라고 하시는 건가요. 허허, 우리가 그러면 정말 못 쨀 거라고 생각하시나 보네요.'

'아아, 아드님이 아주 잘생겼던데요. 장군감이더군요. 지나가다가 아기 데리고 나오시는 걸 우연히, 봤습니다. 댁이 퇴촌 쪽이시던가.

광주 시청 인근이었죠, 아마? 아 저런, 협박이라뇨. 무슨 말씀이세요. 아기가 귀여워서 칭찬한 건데, 칭찬도 못 합니까. 하하하.'

'이거 원, 바깥어르신을 빨리 찾아야 할 텐데 말입니다, 요새 세상이 얼마나 험한데요. 인신매매 장기 매매를 체계적으로 하는 곳도 있다던데요. 글쎄 김 사장님은 평소에도 배 째라는 이야기를 입버릇처럼 하셨는데 사실 그런 얘기는 함부로 하면 안 되죠. 말이 씨가 된다지 않습니까.'

그들은 여자를 앞에 앉혀 두고 둘러앉은 채, 이런저런 이야기를 씨불이며 하루하루 늘어 가는 이자 액수를 알려 주고 그 이자가 원금이 되어 새로운 이자를 무서운 속도로 양산하는 과정까지 친절하게 중계했다.

신고하면 된다고? 너희가 당해 보았느냐. 신고로 얻을 수 있는 보호란 손바닥으로 하늘을 가리는 것보다도 더 비루했고, 그렇게 경찰에 신고를 해 대던 남편은 실종된 지 벌써 몇 주가 지나간다. 최근 근숙은 자다가도 벌떡벌떡 일어나 곁에 누워 있는 아기를 확인하는 버릇이 생겼다.

근숙은 매일 밤이 하얗게 되도록 고민했다. 아기와 함께 죽을까, 아기는 시설 앞의 빈 상자에 넣어 두고 나 혼자 죽을까, 혼자 도망칠까. 다만 그럴 수 없던 것은, 아기가 엄마를 보고 손을 흔들며 방그레 웃어 주는 모습만 보면 모질게 쥔 주먹에 힘을 줄 수 없었던 때문이었다.

아이는 예쁘고 순했다. 잘 먹기만 하면 엄마를 향해 손을 벌리고 벌쭉벌쭉 웃다가 수월하게 잠이 들었다. 그 빌어먹을 인간의 씨라면 끔찍하게 미울 거라는 생각과 정반대로, 믿을 수 없을 만큼 사랑스러웠다. 아기가 너무 예뻐서 근숙은 매일 밤 아기를 안고 울었다. 이런 아기와 함께라면 힘들어도 세상 살아 볼 재미가 있을 것 같은데. 나는 왜 어쩌다가.

"저, 아주머니, 아저씨가 지금 갚아야 할 금액이 얼마라고 하셨죠?"

"아, 기 째 둑일 놈이 말이디요…… 그 나이 되도록 사채 무서운 것두 모르구……."

남편이 강원도 정선에서 당겨쓴 돈은 3,400만 원이라, 참사랑신용정보의 직원들은 점잖게 운을 뗐다.

'아, 물론 이자를 못 갚으면 그 이자가 원금에 포함됩니다. 저희도 흙 퍼서 장사하는 건 아니니까요. 기본이율은 연 34.9%로 저희는 법정 이율을 잘 지킵니다. 때가 어느 땐데요.'

'하지만 저희가 분명히 특약으로 적었지요, 제때 못 갚고 잠적하면 저희도 관리비용이 들어가야 하니까 그것만큼은 추가로 더 받을 수밖에 없다고. 댁의 남편처럼 꼬리 끊고 도망가는 분들을 쫓아다니기 위한 인건비와 관리비 등으로 추가되는 금액이 사실 엄청납니다. 그렇잖습니까.'

근숙은 그들의 설명을 아무리 들어도 3,400만 원이 어떻게 1년도 되지 않아 1억 2,400만 원으로 늘어났는지 이해할 수 없었다. 다만 그들은 성길에게 그림에 대한 이야기를 들었는지, 그 얼굴 없는 여자 그림만 제대로 받아 주면 바로 채무변제증서를 써 주겠다고 했다.

근숙은 그 그림에 2억씩 부르는 사람이 있다는 말을 듣기는 했지만, 그 루트는 알지 못했다. 이제는 제발이지 그 빌어먹을 인간이건 그림이건 인생에서 다 집어던져 버리고 적당한 식당에 취직해서 아기와 함께 남들 사는 것 비슷하게만 살아 보고 싶었다. 하지만 남편이 뜬금없이 혼인신고를 해 주신 덕에 은행을 털든지, 염통이든 눈깔이든 떼서 내주든지 하지 않으면 평생 불안에 떨며 쫓겨 다닐 일만 남은 상황이었다.

"여기 그림들 가져왔으니 보고 확인하세요. 아줌마가 저한테 판 그림들이에요. 그 대나무 달 그림이랑 그림책은 문제가 좀 있어서 안 되겠고, 나머지는 다 가져왔어요. 여기 얼굴 없는 미인도도 있고요."

그런 참에 그림의 주인에게서 그림을 찾았다, 산 가격에 다시 팔아 주겠다, 하는 연락이 왔으니 믿을 수 없는 것은 당연했다. 근숙은 민호가 펼치는 족자들을 멍청한 눈으로 바라보았다.

"다른 그림은 필요 없시요. 이 여자 그림 하나면 됩네다. 틀림없시요. 딴 건 몰라도 가장자리에 이 얼룩 튄 거 보면 알 수 있시요."

근숙은 그림의 진위를 구별하는 법은 전혀 몰랐지만 자신이 준 그림이라는 것은 바로 알아볼 수 있었다. 오래된 비단 족자에는 땟국이 얼룩얼룩했는데, 그중에는 자신과 성길이 싸우다가 집어 던진 그릇에서 튄 된장국 얼룩도 있었다.

근숙의 눈에 눈물이 그렁그렁 고였다. 이 여자는 이 그림을 2억 원에 팔 수 있다는 것을 알고 있다고 했다. 이 사람의 약혼자, 오래된 그림을 다루는 전문가라는 그 남자는 절대로 팔지 않겠다고 못을 박았다고도 했다. 하지만 이 여자는 그런 계산이니 약혼자의 말이니 다 물리치고 자신과 약속대로 40만 원이라는, 정말 자신이 팔았던 금액만 받고 가져가라고 하는 것이다.

이 나라에 와 일을 하기 시작하면서, 이곳에서 사람들을 만나기 시작하면서 이렇게 절대적인 호의를 받아 본 적이 없었다. 저 여자는 생전 처음 보는 자신과 아기를 위해 몸까지 던져 가며 싸웠고, 엄청난 손해를 보면서도 약속대로 그림을 다시 팔아 주고 있는 것이다.

"고맙습네다. 고맙습네다. 지금까지 이년의 팔자가 오뜧게 매번 요따우로만 돌아가나 기런 생각밖에 안 들었는데. 참말로 고맙습네다. 살면서 은혜 갚을 일이 있으면 내래 평생 식모살이를 해서라도 꼭 갚갓시요."

"아 진짜, 고만하세요! 안 갚아도 돼요, 아기랑 잘 살면 그걸로 끝이지! 약속을 지킨 것뿐이라고요. 이제부터라도 편히 사시란 말이에요!"

말투는 퉁명스러워도 꽉 붙잡아 준 손은 무척 따뜻하고 든든하게 느껴졌다.

"다시 고향으로 돌아가실 건가요? 여기서 이렇게 불안하게 사느니 다시 고향으로 가서 마음이라도 편하게 사시는 게 안 나은가요?"

근숙은 고개를 흔들었다. 눈물이 후두둑 떨어졌다.

"돌아가도 갈 곳이 없습네다. 방값만 마련해 오믄 간병일 하면서 국적 만들어 준다 기레서 살던 집도 팔고 주변 돈까지 다 긁어 왔는데, 이모란 년이 홀랑 털어먹고 환갑쟁이 영감한테 조카를 팔아 치우지 않았갔시요? 천벌을 받았는지 그년은 얼마 안 가 뒈지긴 했지만, 기럼 뭐합네까. 그년이 삼킨 돈을 받을 길이 없으니끼니 고향에 가두 여게처럼 빚 독촉에 쫓길 일만 남았는데. 기레서 못 돌아가는 기야요. 이년의 팔자가 어드러게 일케 작정하고 꼬인 것 같은지 모르갔시요."

민호는 근숙의 신세 한탄을 한참 들어 주었다. 그녀는 수많은 위장 국제결혼과 이혼, 그리고 거기서 파생되는 문제 정도는 어느 정도 알고 있었다. 유치원에서도 가끔 그런 문제와 맞닥뜨렸고, 민호는 국적만 취득하고 무책임하게 아이를 버리고 가는 사람들에 대해 치를 떨었다. 물론 절박하게 도움이 필요한 사람을 외면하면 안 된다 생각은 했지만 불쾌한 것은 어쩔 수 없었다.

근숙도 그런 줄 알았다. 그래서 그녀를 보는 눈이 마냥 곱지는 않앉다. 하지만 생각 밖으로 저 아기 엄마는 사기결혼의 피해자 쪽이었고, 책임감 있게 아기를 지키려고 최선을 다하고 있었다. 도와주기로 결심하길 정말 잘했다는 생각이 들었다.

"자, 여게 돈 받으시라요. 40만 원. 고조 한 푼도 에누리 없이 가져왔시요."

근숙은 코를 휑하니 풀고는 주머니에서 지갑을 꺼내 오만 원짜리 여덟 장을 차례로 세어 내주었다. 민호는 그 자리에서 영수증을 써 주었고, 근숙은 그림을 소중하게 말아 가방에 넣었다.

속이 뻥 뚫리는 것 같으면서도 미친 듯이 가슴이 뛴다. 그 추심업체 직원들은 30분 후 신사동의 약속 장소에서 그림을 받아 갈 것이고, 미인도를 원하는 이들에게 전화를 넣어 그림값을 새로 흥정할 것이다. 그들이 그림을 얼마에 팔건 이젠 상관없다. 중요한 건 오늘부로 드디어 이 지긋지긋한 협박에서 풀려날 것이라는 사실이었다.

"아줌마, 아기랑 행복하게 잘 사세요. 이제 괜찮을 거예요. 다 털어 냈으니 좋은 일만 있을 거예요."

"기럼요. 기레야지요."

키 큰 아가씨의 말이 아니라도 이제는 정말 좋은 일만 겪으며 살고 싶었다. 여자는 허리를 굽혀 자는 아기의 이마에 뽀뽀를 해 주고 근숙의 손을 꾹 잡아 주었다. 근숙은 여자의 손이 생각보다 훨씬 따뜻하다는 것을 알았다.

저 여자는 이걸 몇 억에 팔 수도 있다는 걸 알면서 왜 나에게 40만 원에 되팔았을까? 사람이 모자라고 멍청해서? 어리숙해서? 근숙은 자신은 절대 저 여자를 이해할 수 없으리라 생각했다.

시간을 확인한 민호는 서둘러 주차장으로 뛰어가 운전석에 앉았다. 얼른 이완 씨에게 가는 일만 남았다. 원래는 어제 바로 이완에게 돌아갈 생각이었지만 그림 때문에 조금 지체했다.

"이완 씨, 미안, 조금만 기다려. 내가 시속 500 밟고 금방 갈게."

계기판 위로 V12라는 글자가 반짝인다. 이 12기통 엔진의 승용차는 이완이 몰고 다니던 것으로, 차 열쇠는 앤드류가 내주었다.

민호가 그림을 찾았으며, 내일 시내에서 근숙 아주머니를 만나 도로 팔기로 했다는 말을 듣고 앤드류는 한숨을 푹푹 쉬었다. 하지만 그림의 주인은 엄연히 민호인지라 딱히 말리지는 않았다. 다만 그 비싼 그림을 들고 버스와 전철을 타고 약속 장소인 종로로 나가겠다는 말에 기겁했다.

'몇 억짜리 그림을 그렇게 배낭에 덜렁덜렁 지고 대중교통을 이용하는 사람이 대체 어딨어요! 차고에서 차 끌고 나가세요! 열쇠 드릴게요.'

'긁으면 어떡해. 아니, 뭐 내가 운전을 좀 잘하는 편이기도 하고, 대형트럭 운전하면서도 한 번도 긁어 본 적은 없지만 그거 12기통이라며. 그럼 비싼 거 아냐?'

'12기통이든 120기통이든 벤츠든 포르셰든 얼마든지 긁어도 됩니다. 그저 안전하게 얼른 다녀오셔서 이완이 좀, 실장님 좀 얼른 데리고 와 주세요. 제발 부탁입니다.'

민호는 교수님 내외가 그림을 훔친 범인이라는 말을 끝까지 하지 않았다. 앤드류가 아무리 따져 물어도 고개만 젓고 말았다.

맘 같아서는 그림을 발견한 자리에서 두 연놈을 깨워 멱살을 쥐고 경찰서로 질질 끌고 가고 싶었지만 그 일로 며칠간 지체할 시간도 없었고, 두나네 아버지가 언제 돌아가실지 모르는 상태인데 두 사람을 경찰서로 보내 두나네 집안에 시름을 보태고 싶지도 않았다.

아무래도 좋다. 이제 빨리 윤 진사님네로 돌아갈 일만 남았다.

"제로백 4.6초여 달려라! 네 주인에게로!"를 외치며 액셀을 밟던 민호는 백 킬로미터가 아니라 백 미터도 못 가 차를 멈췄다. 아기를 앞으로 안고 산더미 같은 기저귀 가방을 어깨에 메고 그림이 든 배낭을 뒤로 멘 여자가 뒤뚱거리며 전철역으로 가고 있었다. 영화에 나온 흥남철수 피난민을 보는 것 같은데, 그 와중에 머리가 뎅그런 아이는 조그만 발을 달랑달랑 흔들며 엄마 가슴에 고개를 박고 자고 있었다. 민호는 다시 20미터쯤 가다가 한숨을 쉬고 차를 세운 후 창문을 내렸다.

"아줌마, 타세요. 태워 드릴게요."

❋   ❋   ❋

민호는 눈을 가느스름하게 뜨고 구석에 주차된 까만 스타렉스를 노려보았다. 대포차라고 했던 그 차가 너무 멀쩡하게 카페 앞에 주차되어 있었다. 여자를 내려 준 곳은 신사동 가로수길 입구로, 그곳에 있는 화랑인지 그 옆의 카페인지에서 그들을 만나기로 했다 하였다.

카페로 들어서려던 여자는 그곳에서 막 나온 덩치 큰 사내 둘과 마주치고는 한 걸음 물러섰다. 두 사람은 반가운 척 손을 내밀어 악수를 하는데, 민호는 그중 한 사람이 지난번 롯데리아에서 영어 신문을 거꾸로 읽던 능력자라는 것을 알아보았다.

민호는 창문을 조금 열고 천천히 그 앞을 지나갔다. 사람 많은 데서 이야기하긴 좀 조심스럽죠. 같이 가시면서 그림이 진짜인지 확인도 하고, 약속대로 채무변제증서도 써 드리겠습니다, 하는 사내의 목소리가 창문 틈으로 흘러들어 왔다.

여자가 차를 타는 것을 보고 민호는 눈썹을 찌푸렸다. 느낌이 영

좋지 않았다. 여자는 타면서 불안하게 두리번거렸다. 안겨 있던 아기가 바동바동하더니 이애애, 하고 울기 시작했다.

민호는 코를 있는 대로 우그리고 그 차의 뒤를 따라 큰길로 나갔다. 신고할까? 무슨 명목으로? 그러면 어제 그림을 찾았다는 것도 경찰에 이야기를 해야 하고, 그 교수님과 할머니가 도둑이라는 것도 말해야 하는데 어떡할까. 망설이는 동안 검은 스타렉스는 복잡한 차들을 헤치고 큰길로 나가 한남대교 방향으로 달리기 시작했다.

이상해. 아무래도 무언가가.

민호는 이를 꾹 물고 뒤를 따랐다. 예감이 틀렸던 적은 별로 없었다. 지금까지 숱한 여행에서 무사히 귀환할 수 있었던 것은 민호의 감 덕분이었고, 크고 작은 사건이 끝없이 밀어닥친 것도 그놈의 감 덕분이었다. 아무래도 저 아주머니를 그냥 둔다면 무슨 일이 날 것 같다.

평일 오전 가로수길은 차가 적지 않아 민호는 사이에 차를 두 대 정도 끼고 눈치 안 채이게 미행을 할 수 있었다.

검은 스타렉스가 휘청, 흔들리기 시작했다. 사이에 끼어 있는 택시가 신경질적으로 빵! 하고 경적을 울렸다. 스타렉스는 다시 제대로 방향을 잡는가 했더니 다시 휘청, 휘청, 크게 갈지자를 긋는다.

민호는 바짝 긴장하고 운전대를 틀어잡았다. 아아, 역시나. 이 빌어먹을 예감은 틀리는 법이 없다. 혹시 저 아기나 아기 엄마에게 무슨 일이 일어나고 있는 건 아닐까? 민호는 마음이 급해졌다. 아무래도 신고를 해야 하려나. 붉은 신호등에 걸려 버린 스타렉스가 횡단보도를 반쯤 먹고 들어간 채 급정거를 했고, 민호는 한 손으로 운전대를 잡은 채 한 손으로 전화기를 들고 초조하게 앞을 노려보았다.

초록불이 깜박, 들어온다. 검은 스타렉스가 쏜살같이 뛰쳐나간다. 앞으로 한남대교가 길게 뻗어 있고, 다리 위에는 차가 많지 않았다. 부아악, 스타렉스는 총알 같은 속도로 멀어졌다. 그 와중에 차의 꽁무니가 덜컹덜컹 진동하는 것이 보였다.

"빌어먹을, 안에서 대체 뭔 일이 난 거야?"

민호도 바로 액셀을 밟고 옆으로 빠져나와 스타렉스의 뒤를 쫓았다. 멀끔하니 점잖고 느려 보이는 이완의 세단은 사양 하나만큼은 스포츠카를 방불케 했다. 민호는 까마득하게 멀어지는 밴을 순식간에 따라잡았다. 한남대교로 올라가서도 검은 스타렉스는 정신없이 좌우로 휘청휘청했고, 다리 위에는 차가 많지 않은데도 빵빵 소리가 여기저기서 터졌다.

끼아아!

스타렉스의 옆으로 달리던 자동차에서 운전대를 잡고 있던 여자가 비명을 지르더니 황급히 급정거를 한다. 스타렉스는 크게 휘청하더니 옆 차선으로 밀려 들어갔다.

때를 기다린 듯 뒷문이 벌컥 열리면서 사람의 손이 불쑥 튀어나왔다. 차는 80km 이상의 속도로 달리고 있었다. 민호는 기겁하고 브레이크를 밟았다. 순간 스타렉스 안에서 사람이 한 명 훌쩍 뛰어내렸다.

"아줌마! 미쳤어! 여기서 뛰어내리면 죽어…… 어?"

민호는 아슬아슬하게 급정거를 했지만, 민호의 앞에서 달리던 차는 멈추지 못하고 스타렉스를 그대로 들이받았다. 콰자작, 하는 소리가 요란하게 들렸고, 여기저기서 끼익 끽, 타이어 미끄러지는 소리, 빠빠빵, 요란한 경적이 터졌다. 민호는 운전대를 잡은 채 입을 멍청하게 벌렸다.

"아줌마……?"

아니, 아줌마가 아니었다. 달리는 차 안에서 뛰어내린 사람은 머리가 허옇고 몸이 바짝 마른 노인이었다. 물론 제대로 뛰어내릴 수는 없었다. 시속 80km 속도로 달리던 차에서 뛰었으니 그 속도대로 도로에 부딪치며 무지막지 나동그라질 수밖에 없었던 것이다.

노인은 땅에 텅, 부딪치고는 몸이 붕 떠서 인도와 차도를 막고 있는 난간에 세게 부딪쳤고, 그것으로도 모자라 몸이 홀떡 뒤집혀 인도로 넘어가 호되게 굴렀다. 굴렀다기보다 주욱, 밀려 머리와 얼굴을 아스팔트에 된통 뭉개 버렸다.

여기저기서 비명이 터졌다. 하지만 스타렉스에서는 사람들이 나오지 않았다. 스타렉스의 뒤쪽은 아직도 들썩거리고, 그 차 안에서 욕설이 터지는 것도 들린다. 어차피 대포차이니 그대로 뺑소니를 놓고 차를 버릴 궁리를 하는 모양이었다.

민호는 황급히 전화기를 들어 112를 눌렀다. 여기 한남대교 강북 방향인데요, 사고가, 사람이 달리는 차에서 뛰어내렸어요. 검은 스타렉스요, 차 번호는 2374번이에요! 다쳤냐고요? 당연하죠! 사람이 시속 80km 속도로 머리를 박고 굴렀는데요!

민호는 자세히 설명하려다가 입을 멍하니 벌리고 말았다. 비틀비틀 일어서는 노인의 얼굴이 정면으로 보였다. 저렇게 부딪쳤는데 어떻게 일어날 수가 있지? 민호는 소름이 끼쳐서 말을 잇지 못했다. 사람의 형상 같지 않았다. 술에 취해 항상 얼굴이 불그레하고 이가 시커멓던 그는 이제 얼굴에 하얀 페인트를 끼얹어 놓은 듯 창백했는데, 한쪽 얼굴이 완전히 갈리고, 어디가 깨졌는지 한쪽 얼굴로 피가 줄줄 흘러 이까지 시뻘겠다.

아아, 맙소사. 민호는 그의 너덜너덜 찢어진 손에 둥글게 말린 족자가 쥐여진 것을 보았다. 미인도, 미인도였다. 족자는 이미 피로 흠뻑 젖어 있었다.

피투성이가 된 노인이 중얼거린다. 민호는 그가 욕설을 퍼붓고 있음을 알았다. 씨발, 씨발, 이제 그림을 팔게 됐는데, 씨발, 교수는 2억, 여의도에선 5억, 한 회장님은 10억까지 불렀다는데 저년은 왜 그림을 통째로 준다고 해서! 우라질, 씨발, 내 손에는 왜 아무것도. 왜! 왜! 엿같아. 다 죽어 버려. 씨발!

그의 얼굴을 자세히 확인하려던 민호는 입을 틀어막고 말았다. 그의 한쪽 눈이 이상했다. 큼직한 살구색 반창고로 덮여 있었던 것이다. 부딪치고 구르며 너덜너덜 찢어진 겉옷은 이미 피투성이인데, 안쪽에서 말려 올라간 셔츠 속은 이미 붕대로 친친 감겨 있었다. 사고가 나기 전부터 이미 몸 상태가 정상이 아니었다는 뜻이었다. 달리는 차가 아니라 서 있는 차에서 뛰어내렸어도 제대로 걸었을 성싶지 않다. 놈들한테 콩팥 따이고 눈깔이 파여 봐야 정신 차리겠냐 악을 쓰던 목소리가 생각났다.

설마, 그러지는 않겠지. 정말 그러지는 않았을 거야. 나는 그냥 천에 하나 만에 하나 끔찍한 일을 방지하려고 그림을 돌려준다고 했던 것뿐이야.

그런데 저게 뭐야, 돌려줬는데도 저게.

내가 돌려줬는데도 아무 소용이 없었던 거였어?

아니…… 그나마 아기와 엄마라도 구하긴 한 건가?

생각은 길게 이어지지 못했다. 민호의 손에서 전화기가 떨어졌다. 다리의 난간에 비스듬하게 기대선 사내가, 쓰러져서 한 걸음도 옮기지 못할 것 같던 사내가 난간을 붙잡고 웃기 시작했다. 피에 젖은 얼굴로, 검은 이를 한껏 드러내고 웃다가 악을 썼다.

무어라고 하는지는 잘 들리지 않았다. 민호는 눈을 깜박이며 멍하니 귀를 기울였다. 깜박, 나도, 나도, 나도 너희처럼, 희미하게 바람에 실려 들려온다. 깜박깜박, 나도, 나도 잘나갈 수 있었어. 들리지 않는다, 들린다. 나도 왕년에는! 이따위 그림보다 더 훌륭하고 멋진, 비싼 그림을 그릴 수 있는 사람이었어. 내가 누군데, 김성길 하면 모르는 사람이 없었어, 알아? 이따위 그림보다 훨씬 비싼 그림을, 그릴 수 있었다고! 이상범이, 박수근이, 이중섭이, 김기창이, 그런 놈들보다, 훨씬 더 비싼 그림을!

성길이 그림을 움켜잡고 활짝 펼친다. 얼굴 없는 여자의 그림은 이미 피에 젖어 있다. 드디어 꼼짝 않고 멈춰 있던 스타렉스에서 사내들이 우루루 뛰어나온다. 하지 마, 김성길 씨! 이봐! 죽으려고 그래?

새끼들아, 이 사고 안 나도 어차피 난 조만간 뒈질 거였잖아! 이 씨발 새끼들아! 찢어 죽일 새끼들아! 장기 기증 신청서 따위 내가 쓴 거 아냐. 아니라고!

찌익.

그의 손에서 그림이 반으로 갈라진다. 분해, 왜 내 팔자는, 왜 뭐가 되려고만 하면 이 모양이야, 엉! 찌이이좌악! 이 빌어먹을 팔자는 왜! 찌이익, 왜, 이 모양이냐고오오! 다시 반으로, 다시 반으로, 그림은 순식간에 몇 조각으로 갈라져 두세 조각은 도로 위로, 두어 조각은 나풀나풀 날아 한강으로 떨어지기 시작했다.

"저 그림, 저 그림! 아아! 그림! 저거 잡아! 이어 붙이면 돼!"

"저 새끼 그림 못 찢게 잡아아아아!"

몇몇 사내들이 차도를 뒹구는 종잇조각에 달려들었다. 앞좌석에서 사내 한 명이 새로 뛰어나와 인도와 차도를 가르는 낮은 난간을 훌쩍 뛰어넘는다. 그는 피투성이 좀비처럼 변해 버린 노인을 붙잡았다. 아니 그의 손에 쥔 그림의 나머지 부분을 끌어 잡아당기려 한다.

성길은 끌려가지 않으려 버둥거리며 바깥쪽 난간을 붙잡고 그림의 남은 부분을 잡고 있는 오른손을 난간 밖으로 쭉 내밀었다. 그가 피거품이 이는 입으로 목에 핏대를 세운다.

"나 붙잡으면 정말 죽어 이 새끼들아! 경찰 불러와, 다 죽어어! 내가 죽으면 죽었지 억울해서 이 그림 못 넘겨 새끼들아! 난 1억 2천만 갚으면 돼! 나머지 8억 8천은 내 돈이야 새꺄, 내 돈이야아아! 이 그림은 내 거야, 새끼들아아아!"

민호는 운전석 문을 열고 밖으로 나섰다. 고함을 지르고 싶은데 입이 얼어붙어 움직이지 않는다. 다들 왜 이래요, 대체 왜 이래. 그림 갖다 줬으면 영감님 아줌마 놓아주어야지 무슨 짓을 한 거야. 당신들은 그림 가져가서 다시 얼굴 안 보고 살면 되잖아, 영감님! 그림이 뭐가 중요해서! 당신 목숨보다 중요해? 당신 마누라나 아이보다 더 중요해? 대체 무슨 짓이야! 다들 왜 이래요! 이러지 마세요.

내가, 그림 갖다 줬잖아요. 다들 왜 이래요, 무엇 때문에! 민호는 가슴이 터질 것 같아 속을 콱콱 쥐어질렀다.

⋯⋯이런 일이 생기지 말라고, 그림 되찾자마자 바로 갖다 드렸잖아요⋯⋯.

나라고 2억이, 10억이 큰돈인 거 몰라서 그랬겠어요?

머리가 하얀 노인이 무엇인가를 휘두른다. 씨발, 새끼 칼 들었어! 소리와 함께 사람들이 확 물러나는 순간, 노인은 어적어적 몸을 움직여 난간 위를 타고 올랐다.

대체 저 꼴로 어떻게 몸을 움직일 수 있는지 이해가 되지 않았다. 노인의 오른손에는 여전히 찢다 만 그림이 구겨져 있다. 순간 문신 사내가 다리를 붙잡는다. 놔! 놔! 노인은 손에서 벗어나기 위해 마지막 힘을 짜서 발버둥을 쳤고, 문신 사내는 노인이 떨어지지 못하도록 억세게 다리를 잡아 끌어당겼다. 씨발, 이 미친 영감이 죽으려고! 여기서 이러면 진짜로 죽어! 하는 소리가 채 끝나기 전에 노인의 몸이 훌떡 뒤로 넘어갔다.

문신 사내의 얼굴이 멍청해졌다. 그의 손에는 회색 운동화와 양말이 덜렁덜렁 남았다. 도로 주변을 뛰어다니며 찢어진 그림 조각을 줍던 양복 사내들도 멍청한 얼굴로 움직임을 멈췄다. 민호는 인도로 넘어가지도 못한 채, 노인이, 피투성이가 된 노인이 교각 아래로 사라지는 모습을 지켜보아야 했다. 눈앞의 광경은 정지화면을 툭툭 연결한 것처럼 조각조각 끊어져서 들어왔다.

노인은 꼴렁, 하는 이상한 소리와 함께 자취를 감추었다. 하느작하느작 바람을 타고 유영하던 피 묻은 그림 조각이 강 위에 뒤늦게 내려앉는다.

꺄아아악! 아아악! 여기저기서 고함이 터져 나왔다. 민호는 휘청대는 다리에 간신히 힘을 주었다. 전화, 전화기. 이건, 이건 대체 무슨!

순간 옆에서 덜컥, 하는 작은 소리와 헐떡이는 숨소리가 난다. 민호는 차 옆에 서 있다가 아래를 내려다보고 눈을 크게 떴다.

"……어! 아줌마?"

"살려 주시라요. 제발, 살려 주시라요."

아기를 안은 여자가 자동차 뒷좌석 문을 열고 들어가서 바닥에 잔뜩 웅크렸다. 맙소사. 이런 제기랄, 빌어먹을! 정신이 번쩍 들었다. 성길이 다리 아래로 떨어지면서 시선이 모조리 쏠린 사이, 스타렉스에서 눈치 안 채이게 빠져나온 모양이다.

민호는 얼른 운전석으로 되돌아가 차 문을 잠갔다. 밖에서 아무것도 보이지 않게 짙게 선팅을 해 둔 이완이 선견지명을 가진 것처럼 느껴졌다. 여자는 패닉에 빠진 듯 눈에서 초점이 사라진 상태로 정신없이 떠들었다.

"사, 살려 주시라요. 내, 내래 기림을 줬어. 줬시요. 그런데 저, 저

그림 못 찾으면, 나, 나도 저, 저 꼴로 만든다고…… 자, 장기기증 뭔
가를 좀때 어, 억지로 쓰게 했댔시요, 고, 고짓말이 아니었시요, 아아
아, 죽갓다, 흐어, 허으으, 어어어! 나는 오떡합네까. 살려 주시라요,
아가씨, 아즈마이이! 제발!"

"아줌마, 입 다물고 고개 잔뜩 숙이고 있어요. 밖에서 안 보이게
해요! 아기, 아기도 안 울게 해 줘요!"

민호도 목소리가 덜덜 떨렸다. 여자는 아기의 입을 틀어막고 고개
를 아래로 박은 채 소리 없이 울부짖었다. 제발, 살려 주시라요, 내래
여지껏 어드레 살아왔는데, 이따위로 죽고 싶디 않아, 우리 갓난이는
또 어떡해, 갓난이는! 운전석 옆에 떨어뜨린 전화기에서는 띠띠띠띠
하는 단조로운 기계음만 이어졌다.

운전석에 앉아 있던 사내가 밖으로 나오더니 난간에 매달려 있는
사내들을 향해 고래고래 고함을 지른다. 그러자 난간 옆에 서 있던
사람 몇은 거기 남고, 몇 사람은 사방을 두리번거리더니 스타렉스에
다시 황급히 올라탄다. 하지만 검은 스타렉스는 자리에서 바로 벗어
나지 못했다. 적지 않은 차들이 그 주변을 가로막고 정차한 상태인
데다 여기저기서 스마트폰을 들이대고 사진을 찍어 댔기 때문이었
다.

민호는 황급히 시동을 켜고 다른 차들 틈에 섞여 사고현장에서 빠
져나왔다. 한남대교를 지나 강변북로를 타고서야 간신히 속도를 낼
수 있었다. 뒤에서는 헐떡이는 소리 말고는 아무 소리도 들리지 않았
다.

민호는 운전대를 잡은 채 때때로 입을 틀어막았다. 자신과 멱살을
잡고 드잡이를 하던 추한 영감이었지만 그가 피투성이가 되어서 난
간에서 떨어지는 장면을 떠올릴 때마다 구역질이 치밀었다.

한참 달리던 민호는 눈썹을 찌푸리며 사이드미러를 확인했다. 느

낌이 좋지 않았다.

"아오 쉣."

주황색 택시 한 대가 맹렬하게 쫓아오고 있는 것이 보였다. 조수석에서 창밖으로 손을 내밀고 흉흉한 기세로 앞차를 손가락질하고 있는 사내가 보인다. 아까 스타렉스에서 뒤늦게 튀어나왔던, 검은 양복 차림에 검은 선글라스를 끼고 있는 덩치 큰 사나이였다.

근숙은 여자가 손을 꽉 잡고 신신당부하는 소리를 제대로 듣지 못했다. 경찰서로 갈까요, 저 사람들이 경찰서까지 따라오진 못할 테니 들어가서 신고하고 보호를 요청하셔야 해요, 하는 말에 그녀는 덜덜 떨며 소리를 질렀다. 경찰이 해 주기는 뭘 해 준단 말이오. 그 개새끼 뒈진 거 못 봤습네까, 그 새끼가 신고를 안 한 줄 아십네까, 고조 일만 생겼다 하면 신고딜이었는데 결국 그 지경이 되디 않았습네까. 제발 저놈들 안 보이는 데로 숨게 주시라요, 아즈마이, 아가씨, 아즈마이, 아무 데고 놈들 안 뵈는 데서 내려 주시라요. 놈들에게 잡히믄 내래 갓난이하고 죽은 목숨이야요. 이 꼴 저 꼴 다 본 나를 그냥 둘 리가 없시요.

김성길이 그렇게 죽지 않고, 그림이 무사히 팔렸으면 얼마나 좋았을까. 그러면 새 인생이 시작되는 거였는데. 분하고 억울해서 숫제 통곡을 해도 모자랄 지경이었다. 하지만 지금은 눈물을 보일 경황조차 없었다. 당장 목숨을 구하려 눈앞의 저 사내들을 피해 도망치는 것 말고는 아무 생각도 할 수 없었다. 운전대를 잡은 여자에게는 이미 너무 많은 신세를 졌지만 더 이상 기댈 데가 없어서 매달릴 수밖에 없었다.

운전대를 잡고 있던 여자가 앞을 똑바로 보며 심각하게 말했다.

"아줌마, 제 말 잘 들어요."

"예."

"지금 차가 따라오는데 꼬리를 뗄 수가 없어요. 경찰서에 가기도 전에 잡힐 것 같아요."

"예? 예? 그럼 저는 어드렇게 되는 기야요? 안 돼요, 제발 저, 저 좀 살려 주시라요! 더 빨리 가면 안 되겠시요?"

근숙은 민호의 시트를 붙잡고 애걸했다. 민호는 한참 고민하다 무겁게 입을 뗐다.

"제가 아줌마를 아주 잠깐, 저 사람들 눈에 안 보이는 곳에 숨겨 드릴 순 있어요. 그런데, 조건이 있어요."

"예? 그게 뭔 말이에요?"

"묻지 마세요, 설명 못 해요. 어쨌든, 절대 다른 곳에 가시지 않겠다고 약속만 해 주시면 제가 잠깐 숨겨 드렸다가 저 사람들 따돌리고서 원하시는 곳에 모셔다 드릴 순 있어요. 아니면 이대로 경찰서 앞으로 가서 내려 드릴게요. 경찰서 앞에서 내리면 저 사람들도 따라 들어오진 못할 거고 혼인신고도 됐으면 불법체류로 잡혀 들어갈 일도 없지 않나요? 어떻게 하시겠어요?"

근숙은 고개를 맹렬하게 저었다. 근숙은 경찰의 보호 따위는 믿지 않았고, 패닉에 빠진 그녀에게는 선택의 여지가 없었다.

키가 큰 아가씨는 운전을 잘했다. 이리저리 몰린 차를 물리치고 거의 곡예처럼 도로를 헤치고 다녔다. 근숙은 밖에서 보이지 않게 고개를 바닥으로 바짝 처박은 채 우들우들 떨었다.

지금 위치가 어디고 어느 방향으로 가는지조차 알 수 없었다. 다만 여자가 어딘가에 잠시 차를 세우고 근숙이 흘끔 위를 보았을 때, 옅은 갈색 건물에 현대 102, 하는 글자가 씌어 있던 것과 잎을 모조리 떨군 가로수 꼭대기가 보였던 것까지 기억했다.

운전을 하던 여자는 차를 잠시 세우고 가방에서 무언가를 끄집어

내 펼쳤다. 다리가 긴 학이 서 있는 그림이 눈앞에 나타났다. 자신이 예전에 팔았던 그림, 오늘 여자가 다시 되사려느냐 가져온 그림이었다. 근숙은 어리둥절해서 눈을 껌벅이며 지켜보았다. 왜 이 급박한 상황에 저 그림을 꺼내 드는지 이해할 수 없었다.

"아줌마, 눈 감아요. 손잡으시고, 아기 꼭 잡으세요."

근숙은 덜덜 떨며 여자가 내민 손을 꽉 잡았다. 손에 땀이 차서 뚝뚝 흘러내리는 것이 느껴졌다.

"……?"

빵빵거리던 소리가 거짓말처럼 사라졌다. 코끝이 쨍하게 춥던 것이 사라지고 거짓말처럼 뜨거운 햇볕이 얼굴로 내리쬐었다. 시원한 바람이 뺨을 스치고 지나갔다.

창문이 닫혀 있는데…… 바람?

키 큰 여자가 손을 꼭 잡고 몸을 일으킨다. 근숙은 얼결에 몸을 따라 일으키고서야 자동차 안에서 어떻게 일어설 수 있을까, 하고 생각하며 눈을 떴다.

"……이게!"

근숙은 크게 소스라쳤다. 눈앞에는 별천지가 펼쳐져 있었다. 여자와 자신은 울창한 대나무 숲 속에 있는 정자 한가운데 서 있었다. 푸스스 파사사사, 댓잎이 바람에 부딪치는 소리가 났다.

정자에는 자신이 여자에게 팔았던, 그리고 다시 되사지는 않겠다고 했던 그림이 걸려 있었다. 여자는 사방을 둘러보더니 가까이 보이는 커다란 나무와 바위 무더기를 가리켰다.

"아줌마, 저 뒤에서 숨어 계세요. 금방 올게. 10분만, 10분만 절대다른 데 가지 말고 기다리세요. 절대, 다른 곳에 가시면 안 돼요."

근숙은 아기를 안고 황급히 정자 밖으로 뛰어내려 여자가 말한 바위 방향으로 뛰었다. 이게 대체 무슨 도깨비놀음인지 생각할 경황도 없었다. 바위 뒤로 몸을 숨기고 뒤를 돌아본 근숙은 헉, 외마디 소리를 내며 자리에 주저앉았다.

그림 앞에 서 있던 여자는 자취도 없이 사라졌다.

❀　　❀　　❀

민호는 황급히 다시 운전석에 앉았다. 진땀이 등 뒤로 줄줄 흘러 내렸다. 바로 앞쪽으로 차를 세워 민호의 차를 막고는 기세등등하게 다가오는 사내들이 보인다.

아아, 천만다행이다. 조금만 늦었어도. 뒤에 펼쳐진 것은 여자가 되사지 않은 그림 중 하나, 소나무와 학과 바다가 그려진 그림이었다. 누구의 그림인지, 어느 시대의 그림인지 그런 건 모르지만 하여간 그 그림과 연결된 장소가 인적이 없는 정자라서 천만다행이었다. 민호는 그림을 황급히 말아 배낭 안에 집어넣었다.

택시에서 내린 선글라스 사내가 다른 말라깽이 사내 한 명과 함께 흉흉한 얼굴로 다가왔다. 화가 나서 얼굴이 시뻘겋게 되어 있었다. 누구라든 때려잡고 싶겠지. 눈앞에서 거금이 찢어져서 물에 빠지는 꼴을 보았고, 사람을 납치해서 끌고 다녔던 것도 중인환시에 드러났다. 대포차를 버리고 도망친다 해도 그 사람들이 탄 차에서 사람이 도망 나와 투신하는 것을 본 증인이 한둘이 아닐 터이니 경찰의 추적을 피하기는 글러 먹었고, 사람이 죽은 데 대한 조사에 시달릴 것이니 거짓말로 입도 맞춰 두어야 하고, 아주 엿 먹은 기분일 것이다.

문제는 제일 먼저 입을 틀어막아야 할 여자가 줄행랑을 놓은 것이다. 거짓말로 무죄를 주장하려 해도 등 뒤의 시한폭탄이 도망쳐 버렸으니 눈이 뒤집힐 만도 했다. 두 사람은 민호의 차 앞까지 와서 거칠게 문을 두드렸다.

"어이 이보쇼, 아저씨! 거기 타신 아줌마 좀 내려 주시죠. 범죄자를 막 태워 주고 그러면 안 되시죠. 무슨 짓을 하고 도망치는 줄 알고."

"장근숙 씨? 이봐요 아줌마, 댁의 남편이 지금 우리한테 거대한 똥을 투척해 놓았는데 말이지."

"아줌마, 이렇게 말도 없이 가시면 우리가 좀 섭섭합니다. 네? 남은 일을 해결해야지."

"중국이든 미국이든 도망친다고 끝나는 게 아니지. 이봐요, 남편 어떻게 됐는지 걱정도 안 돼요? 지금 우리 직원들이 댁의 남편 때문에 얼어붙은 한강에서 헤엄치게 생겼다고. 얼른 내리라니까?"

민호는 생전 써 보지도 않던 남의 선글라스를 찾아 쓰고 유리창을 조금 내리고는 인상을 확 구겼다.

"아저씨들 지금 뭐 하는 거예요? 왜 남의 차는 툭툭 치고 이 난리예요? 그리고 저 아저씨도 아니고 아줌마도 아니에요!"

날카로운 목소리로 소리를 지르자 두 사람은 고개를 쭉 빼고 코웃음을 쳤다. 이건 또 무슨 망둥이냐 하는 얼굴로 민호의 얼굴을 아래위로 훑더니 툭 내뱉었다.

"뭐 좋아, 좋아요. 아까 한남대교에서 봤을 텐데 말이죠, 우리 차에서 어떤 아줌마가 내려서 이 차에 탔을 건데, 아가씨가 뭔가 잘못 생각한 거예요. 그 아줌마가 범죄자거든. 우리한테 갚을 게 있는데 배 째라 하고 도망을 다니더라고. 그렇게 범죄자를 은닉해 주면 큰코 다쳐요."

"아오 씨, 멀쩡하게 길 가다가 이건 또 무슨 소리래요? 아저씨들, 지금 대체 뭔 말을 하는 거예요? 아줌마는 누구고 지금 이 차에 또 누가 있다고 그래요?"

민호는 인상을 북북 쓰며 내뱉었다. 걱정병 환자인 이완 덕분에, 그들은 그림의 주인이었던 민호의 얼굴을 단 한 번도 본 적이 없었다. 허 참, 선글라스를 낀 사내가 코웃음을 쳤다.

"아까 그 아기 엄마가 뒤로 내빼는 거 봤대도 그러네. 우리가 한남대교에서부터 이 차 한 번도 놓치지 않고 쭉 따라온 거 모르셨나 본데, 하여간 뒷문이나 좀 열어 봐요."

"있기는 누가 있다고 지금 이러세요? 저 혼자 타고 있는데?"

민호는 뒷좌석의 유리창을 내려 주었다. 뒷좌석은 텅 비어 있었다. 열린 틈으로 눈을 박고 차 안을 확인한 두 사내의 눈이 둥그레졌다. 목소리가 순식간에 훅 줄어들었다.

"어? 어어? 왜 아무도 없어. 엉?"

"씨발아, 이게 어떻게 된 거냐, 엉? 분명 이 차라며? 우리 뒤에 따라오던 벤츠로 도망쳤다고 하지 않았어?"

"그게, 형님, 분명히 아까 운전하던 칠성이가, 그년이 뒤에 오던 벤츠 타고 토낀 거 같다고 했는데요. 고 차 근처에서 그년이 엉금엉금 기는 걸 본 것 같다는데요. 칠성이 이 좆같은 새끼, 아무도 없잖아."

"병신 같은 새끼들, 확인도 안 하고 쫓아가 보라고 한 거야? 당장 전화해 봐!"

"트렁크에 숨은 거 아닐까요?"

"새끼, 전화부터 해 보라니까. 아, 아가씨 미안한데 트렁크 한번 봅시다."

민호는 눈썹을 찌푸리고 화를 벌컥 냈다.

"아저씨들 지금 뭐 하시는 거예요? 경찰도 아닌데 지금 남의 차를 뒤져 본다고? 나 집에서 나올 때부터 이 차 혼자 타고 혼자 운전하고 있었거든요? 귀신 유령도 아니고 왜 아줌마가 뒷좌석에서 트렁크에서 막 튀어나와야 하는데요? 그리고 내가 왜 아저씨들한테 트렁크를 열어서 보여 줘야 하는데요?"

뒤에서 전화기를 붙잡고 있던 말라깽이가 허리춤에 손을 얹고 씨불였다.

"아 씨이발, 어지간히 깽깽거리네. 우리가 별짓 하는 거 아니고, 잠깐만 사람 찾자고 보자는데 젊은 여자가 왜 이렇게 까칠해? 이 여자가 진짜."

"너 지금 욕했어?"

말라깽이는 순간 찔끔했다. 싸움이란 첫 방이 굉장히 중요한데, 아무래도 젊은 여자니 남자와 시비가 붙었을 때 흉흉한 분위기를 조성해 주면 쫄아서 시킨 대로 트렁크 정도는 열어 줄 수도 있으리라 생각했다. 그리고 대충 사과하는 척하고 물러나면 좋게 해결되는 것이다. 어차피 대포차는 버릴 판이라 해도, 도망친 여자는 반드시 찾아야 했다. 돈도 돈이지만 그년의 입을 막는 게 급선무가 되어 버린 것이다.

선글라스는 뒤에 팔짱을 끼고서는 코를 찡그렸다. 운전대를 잡고 있는 여자는 꿀리고 쪼그라든 얼굴이 아니라 화산이 터질 것 같은 얼굴로 바뀌어 버렸다. 어째 잘못 걸렸다는 예감이 들었다. 아니나 다를까.

"씨발? 씨이이발? 지금 나한테 욕했냐? 좋아! 경찰 불러!"

민호는 얼른 전화기를 켜 들고 번호를 눌렀다. 누르는 그 짧은 시간 동안 부다다다 반격이 시작됐다.

"이 엿 같은 아저씨가 어디 초장에 욕질이야? 엉? 여자라고 만만해 보이냐? 씨발? 씨발이라? 너만 욕할 줄 알아? 멀쩡한 사람 붙잡아 놓고 차를 여네 마네 하는 것도 열 받아 죽겠는데! 계속해 봐! 계속해 보라고! 이거 녹음하고 있으니까!"

선글라스는 혀를 차며 앞으로 나섰다. 차를 잘못 따라왔나? 하긴, 그렇다면 시꺼먼 남자들이 튀어나와 차를 열어 달라 트렁크를 보여 달라 하고 욕을 하면 당연히 경찰을 부르겠다 할 것이다. 지금 제일 피해야 할 일이 경찰과 맞닥뜨리는 일이었다. 그는 일단 고개를 수그리고 신고 전화부터 막았다.

"이봐요. 아가씨, 잠깐, 잠깐만. 우리 일행 중 한 명이 분명 봤다고 해서 따라온 거예요. 아무래도 이 차에 몰래 탄 것 같다고 하는데 이 트렁크에 몰래 숨은 게 아닌가 해서."

"미치겠네. 내내 시속 80으로 달리던 자동차 트렁크에 무슨 재주로 기어들어 가요? 그리고 대체 왜 남의 트렁크 속 사정이 궁금하냐고요, 엉?"

여자는 생각보다 성질이 다혈질인 모양이었다. 그리고 겁도 없었다. 물론 창문을 다 열어 놓지 않고 얼굴이 조금만 보일 정도였지만 저 정도 젊은 여자한테는 어지간히 어깨 들이대고 협박하면 쫄아서 꼼짝 못할 텐데 그런 눈치조차 없는 것 같았다.

성질 같으면 끌어내서 곤죽을 만들어 놓고 싶은데 잘못하면 정말 경찰이 달려올 판이었고, 게다가 이 정도 차를 타고 다니는 사람을 잘못 건드리면 골치 아픈 일이 벌어질 수도 있다. 천둥벌거숭이 동생 한 놈이 카페에서 검사 마누라인지 모르고 시비 좀 걸다가 '허벌나게 엿이 된' 기억이 아주 생생했다. 선글라스는 일단 자신이 낼 수 있는 목소리 중 최대한 부드러운 목소리로 살살 달랬다.

"아가씨 정말 미안한데, 잠깐만 트렁크 한 번만 봅시다. 우리도 너무 급해서 그러는 거예요. 정말 미안한 건 우리도 알거든? 그리고 야이 새꺄, 너 나와서 얼른 아가씨한테 빌어."

민호는 말라깽이 녀석이 삼고구궤를 하는 꼴을 지켜보다가 못 이기는 척하고 트렁크를 열어서 잠시 보여 주었다. 트렁크 콘솔 박스가 두 개, 그리고 비상용 소화기가 하나. 그 외에는 아무것도 없었다. 주인의 깐깐한 성질머리를 반영해 머리카락 한 올 먼지 한 톨 없이 깨끗했다. 그들은 한참 동안 대가리를 들이박고 찾다가 귀신에 홀린 듯한 얼굴로 물러섰다.

씨발 새끼야, 니 눈깔엔 저기 있는 빨간 소화기가 여자로 보이냐! 뭐, 그쪽 차로 살금살금 엎드려 걸어간 것 같다고? 그게 다야? 탄 걸 확실하게 본 게 아니고? 이 씹새끼가 대체 무슨 말을 그렇게 희미하게! 야 새꺄, 지금 차에 아무도 없어, 새꺄! 씨발, 그림도 작살 나고 여자도 놓쳤으니, 여자가 우리 얼굴 다 아는데 대체 어쩔 건데, 엉?

민호는 그들이 욕설을 퍼부으며 택시를 잡아 사라지는 것을 보고서야 안도의 한숨을 몰아쉬었다. 시간을 확인하니 10분 남짓 지나 있었다.

여자와 아기를 얼른 다시 데리고 나와서 안전한 곳에 숨는 것까지 보고 가야 하나? 하지만 숨는 것이 능사는 아니다. 평생 쫓겨 다니면서 불안하게 살 수는 없잖은가. 경찰에 연락해서 안전하게 지낼 만한 무슨 방법을 알아보게 해야 하나?

민호는 이맛살을 찌푸리고 운전대를 잡았다. 상황이 좋지 않았다. '참사랑신용정보'라는 곳은 대부업체인지 추심업체인지의 탈을 쓰고 있는 폭력조직이 분명해 보였다. 이완이 성길과 엮이지 말라고 버럭버럭 화를 내던 것은 다 이유가 있었다. 놈들은 지금 눈앞에서 몇 억짜리 현금을 놓치고 부부한테 멋지게 엿을 먹은 데다 한 놈은 한강 투신까지 한 상태라 경찰 조사를 피할 수가 없을 것이다. 입막음을 위해서라도 아기 엄마를 잡을 것이고, 당연히 무사히 돌려보내지 않을 것이다.

제기랄, 이런 상황이면 어떡해야 하지?

민호는 한숨을 쉬고 몸을 비스듬히 꺾어 그림에 손을 가져다 댔다. 일단 다른 시간에 떨어져 있는 여자를 데려오기부터 해야 했다. 여자가 어떻게 결정하든 그것은 나중에 생각할 문제였다. 그리고 무엇보다 이완에게 가 보아야 했다.

지금 눈이 빠지게 나만 기다리고 있을 텐데. 몸도 좋지 않고 승정원일기에까지 이름이 올라간 판이면 되돌아올 가능성은 거의 없다고 봐야 했다. 얼마나 끔찍할까. 그가 나쁜 마음을 먹기 전에 되돌아가 무슨 방법이라도 강구해야 했다.

민호가 손을 그림에 대는 순간, 차 속의 공간이 일렁일렁 물결치듯 흔들리기 시작했다. 조금 전 길을 내어 들어갔던 자취가 보인다. 펄럭펄럭, 민호는 공기의 층을 헤치듯, 그 자취를 따라 몸을 어슷하게 틀어 움직였다.

그날 밤, 앤드류는 이완의 휴대전화로 전화를 한 통 받았다. 불법 주차해 둔 차를 빨리 치우지 않으면 당장 견인하겠다는, 욕설 반 짜증 반의 경고였다.

민호는 길가에 차를 세워 둔 채 자취를 감추었다.

❀　　❀　　❀

진희의 앞에는 검은 하드커버의 두꺼운 책이 놓여 있었다. 파평 윤씨 소양공파라는 글자가 금박으로 박혀 있었다. 진희가 동생 진경에게 부탁해서 우편으로 막 받은 족보 중 한 권이었다. 별일이네, 누나는 족보에 올라가지도 않는다고 신경도 안 썼잖아. 수화기 너머에서 동생 진경이 낄낄 웃었다.

예전에 진희는 그 책에서 가족들의 이름을 찾아본 적이 있었다.

그곳에는 아버지 어머니와 두 동생의 이름만 있었다. 민호와 자신은 이름조차 없었다. 그래서 지금까지 그 책은 자신에게 아무 의미가 없었다.

몇백 년 전부터 뿌리를 내리고 퍼져 살다가 죽었을 숱한 사람들의 이름. 이 중에서 서로 열렬히 좋아해서 결혼해 가정을 이루고, 서로 사랑하며 죽을 때까지 의좋게 해로한 사람이 대체 몇이나 되겠는가? 모르긴 해도 대부분의 사람은 서로 알지도 못하고 좋아하지도 않는 상태로 결혼해서, 성욕이 싸질러 놓은 대로 애를 낳고, 지겨워도 죽지 못해 같이 살고, 헤어지지 못해 같이 살았을 것이다.

그따위 기록이 뭐가 그렇게 자랑스럽다고 금박까지 박아 치장을 하고, 몇십 권 분량으로 줄줄이 남겨 둔단 말인가. 진희는 이 속에 있는 많은 이름을 들여다볼 때마다 밤새워 교미하고 알을 까서 번식에만 최선을 다하는 자글자글한 벌레 떼가 연상되어 가끔 구역질이 나기도 했다.

그럼에도 굳이 족보를 보내 달라 한 것은 아버지의 고조부인 윤 진사님과 첩이었던 향이의 결말이 궁금해서였다. 우리에게 몹쓸 짓을 한 작은 여자가 무척 괘씸했다. 한 남자의 부인으로 사는 주제에 다른 남자를 넘보다니. 맏아들을 낳았으니 어쩌면 이름이 족보에 실려 있을지도 모르겠지만 그렇다면 그 이름 석 자를 도려내야 직성이 풀릴 것 같다.

박향이랬던가. 윤형순, 박향이, 향이.

진희는 한참 위로 거슬러 올라가 한문으로 **빽빽**한 책장을 한참 뒤적였다. 자신이 한문을 전공했다는 것은, 이럴 때만 편리했다.

"아, 찾았다. 윤형순……. 호는 허당, 자는 서관……."

진희는 책을 무릎에 놓은 채 움직임을 멈췄다.

처, 김해 김씨, 송설, 기미년, 장질부사로 졸

계처, 평양 박씨, 성녀, 자, 윤우진 윤우성······.

"이게 무슨 말이야. 두 번째 부인이 평양 박씨······ 성녀? 박성녀라고?"

진희는 넋이 빠진 얼굴로 글자들을 들여다보았다. 문득 오래전 평양루 행랑채에서 무섭게 앓으며 들었던 이야기가 떠올랐다. 이야기를 하던 사내의 목소리는 몹시도 맑고 담담해서 슬프게 들렸다.

'예전에 기명으로 쓰라고 이름자라도 내려 준 건 그 애의 본이름이 석녀(石女)와 비슷하게 들려 기방에 어울리지 않는다고 생각을 했었고, 그날따라 그 아이에게 새벽에 핀 분꽃 향이 나는 것 같아서 생각나는 대로 글자를 주었을 뿐이야.'

오 이런, 맙소사. 왜 이게 이제야 기억이 나는 걸까? 박향이 원래 이름이 박성녀였던 거구나. 평양 박씨, 박성녀.

박성녀는 평생 부평초처럼 떠돌던 장승업의 생애에 유일하게 이름이 남아 있는 여자다. 하룻밤의 본처였는지 소실인지 혹은 그가 드나들던 술집의 삼패 기생인지 알 수 없지만 이름 석 자만은 확실했다.

"그렇게 지극한 사랑을 받아 놓고 결국······ 장 화원에게 갔단 말이야?"

걷잡을 수 없이 분노가 치솟았다. 그 여자의 발고로 민호가 고생하는 것도 화가 났고, 여자가 첩이 아닌 본처로 족보에 올라가게 된 것도 화가 났지만, 그녀가 장 화원을 차지하고 말았다는 것에 가장 화가 났다. 어떻게 남편의 그 큰 사랑을 받고도 마음을 못 접어! 지금까지 호의호식하고 아이까지 낳고 함께 살았으면, 그래도 진사님에게 남아서 함께 여생을 지켜 주고 보답해야 하는 것 아니냐고!

순간 진희는 허탈하게 웃으며 고개를 저었다.

"……내가 화를 낼 일은 아니지. 그가 누구와 결혼하건 말건, 헤어지건 말건 참견할 자격도 없으면서."

하지만 적의는 이성과 관계없이 점점 맹렬해졌다. 그 여자는 장 화원과 쌓아 왔던 인연의 끈이 있고, 내가 모르는 장 화원에 대해서 많이 알고 있다. 속에서 불이 들끓기 시작했다.

"아냐, 차라리 얼굴도 모르는 여자라면 모르겠지만, 당신은 안 돼. 애를 둘이나 낳았으면, 그쯤이면 포기하고 살아야 하지 않아? 당신이 뭔데?"

진희는 후드득 몸서리를 쳤다. 이거 질투인가?

정말 미쳤나 보다. 진희는 이를 꽉 물고 글씨를 다시 훑어 내렸다. 윤형순, 처, 평양 박씨, 성녀, 자, 윤우진 윤우성.

"이건…… 무슨 글자지?"

뒤에 작은 글자가 붙어 있었다. 진희는 눈썹을 찌푸리고 조그맣게 날려 쓴 글자를 천천히 해독했다.

"평양 박씨 성녀, ……임오년, 호환(虎患)으로 졸……? 임오년이면, 내가 있을 때가 신사년, 그럼 내년이잖아."

진희의 손가락이 푸르르 떨렸다.

"내년에 호랑이에…… 물려 죽는다고?"

아버지가 장난삼아 읊어 주던 이야기가 떠올랐다. 한밤중에 인왕산 호랑이에게 잡아먹혀 돌아가신 고조할머님의 이야기였다.

그게 정말 있었던 일이었다고?

이런 맙소사. 본가는 천마산에 있는데 왜 인왕산 호랑이인가 했더니만. 지금 따로 살림을 내서 사는 곳이 관수동 수표교 어름이니 인왕산 호랑이라 해도 딱히 어색하지 않다. 맞다. 조선 시대 말기까지만 해도 호랑이가 사람을 잡아먹는 일이 드문 일이 아니라 하지 않았던가.

"이게 뭐야. 기껏 도망가서 장 화원을 차지했으면 둘이서 행복하게 살아야지 그것도 못 하고 고작 호랑이에게 잡혀? 당신 이거 뭐야."

심장이 무섭게 쿵쾅거렸다. 속에서 미친 듯이 외치는 소리가 들렸다.

'가, 진희야, 가서 말려! 향이를 보내선 안 돼. 둘 다 불행해져! 보내면 안 돼!'

진희는 눈앞에 있는 종이를 구겨 잡으며 고개를 확확 저었다.

'가면 뭐해? 알려 주면 뭐해? 그러거나 말거나 두 사람은 함께 살을 맞대고 살 것이고, 여자는 호랑이에게 잡아먹혔다고 결과가 나와 있잖아! 이제 네 일이 아니야! 눈감아! 귀 닫아! 잊어! 잊으라고!'

'아니, 내가, 내가 말을 하지 않아서, 내가 가서 말리지 않아서 그런 일이 벌어진 거야. 내가 말을 했더라면 두 사람은 불행하지 않아!'

'가지 마! 넌 지금 질투하고 있는 것뿐이야!'

'가야 해! 둘 다 불행해진단 말이야! 이대로 가만히 있으면 넌 네 손으로 장 화원을 불행에 밀어 넣고, 살인을 방조한 게 되는 거라고!'

머릿속은 무섭게 혼돈했다. 진희는 허물어지듯 주저앉아 눈을 가렸다. 캄캄한 어둠 속에서 그녀는 30년 넘게 자신을 지배하고 지켜 왔던 이성과 의지가 사정없이 물어뜯기는 모습을 보았다.

"윤진희. 진희야."

깜깜한 어둠 속에서 낮게 깔린 목소리가 들린다. 침대에 누워 있던 진희는 멍하니 목소리가 나는 방향으로 고개를 돌렸다. 문이 삐걱이는 소리가 들리더니 문틈으로 그림자가 스며들었다. 누구? 민호인가? 민호 아닌데. 그럼 누……구? 진희는 후드득 몸을 떨었다.

검은 그림자는 진희의 침대로 미끄러지듯 스며들었다. 진희는 여전히 비몽사몽에서 벗어나지 못한 채 몸을 꿈틀거렸다. 침대 위에 놓여 있던 무거운 책이 쿵, 소리를 내며 바닥에 박혔다. 낮고 무거운 목소리가 다시 스며든다.

"나야. ……너한테 고백할 게 있어."

❋   ❋   ❋

이완은 천천히 눈을 떴다. 눈을 뜨면 밝거나 어둡거나 했고, 환부는 아프거나 무감각하거나 했다. 보고 싶거나, 죽고 싶거나, 또 보고 싶거나, 혹은 다시는 보고 싶지 않았다. 먹고 싶지 않았고 움직이고 싶지 않았다. 그리고 내내 추웠다.

……덥다?

이상하다. 밖은 아직도 깜깜한데 바닥이 절절 끓고 있었다. 행랑아범은 본디 아침잠이 많아 주인이 없을 때 새벽부터 부지런을 떨며 일어나는 일도 없었고, 이렇게 절절 끓도록 군불을 지펴 주는 일도 없었다.

눈을 느리게 깜박였다. 심장이 크게 벌떡거렸다. 그런데 왜 뛰는지 생각이 이어지지 않는다. 무언가를 제대로 연결해서 생각할 수가 없었다. 한 가지 자극에 한 가지씩 반응하는 원생동물이 된 것 같다.

입술을 달싹거리는데 말이 나오는 대신 말라붙은 혀에서 쩍 소리가 났다. 목이 마른 건가? 물이라도 마셔야 하나? 의식하는 순간 갑자기 목구멍까지 쩍쩍 붙어 있다는 것을 깨달았다. 그는 물그릇을 더 들어 끌어당겼다가 다시 내려놓았다. 물에서 비린내가 났다.

머리맡의 그릇에 맑은 물이 있으리란 기대는 별로 하지 않았다. 행랑아범은 자리끼라고 놔둔 물에 먼지가 들든 머리카락이 둥둥 떠 있든 사람이 마실 수만 있으면 된다고 여겼다. 악의가 있어서 그런 건 아닐 것이다. 이완에 대해 마님께 고하고 포청에서 적극 고변한 것도 악의가 있어서는 아니었을 것이다. 행랑아범은 자신부터가 그런 물을 잘 마시기도 했고, 그의 기준에서는 마님의 명령이 백번 옳은 일이었을 뿐이다.

"목말라?"

옆에서 조용한 목소리가 들렸다. 이완은 멍하니 고개를 끄덕였다. 어둠 속에서 부스럭부스럭 움직이는 소리, 문을 여닫는 소리를 듣고서야 이완은 여자가 왔다는 것을 인식했다. 이완은 눈을 크게 뜨고 숨을 몰아쉬었다.

……왜 왔을까?

목이 아프다. 아니, 목이 마른 거야. 컥, 아프다, 목이 말라 아픈 것이다. 컥컥, 이완은 뒤늦게 목을 움켜잡았다. 목구멍이 아픈 것이 이제 점점 위로 올라와 콧속과 눈까지 짓눌리는 것처럼 쑤셨다. 컥, 커헉. 민호 씨, 헉, 민, 민호 씨.

잠시 후 문 열리는 소리와 함께 생소한 공기가 뺨에 닿았다. 상반신이 벽에 기대졌다. 차가운 그릇이 입술에 닿았다. 물은 맑고 시원했다. 이완은 천천히 달게 마셨다. 한 사발을 다 비울 때까지 숨도 쉬지 못하고 마셨다. 달고, 달았다.

이완은 그릇을 내려놓고 여자가 받쳐 주는 팔에 등을 기댔다. 그립고 시원한 냄새가 났다. 이완은 숨을 깊게 들이쉬며 여자에게서 나는 냄새를 필사적으로 맡았다. 한결같은 바람 냄새. 어둠 속이라 아무엇도 보이지 않았지만 이완은 부스럭하는 소리 한 자락으로도 여자가 움직이는 모습을 알 수 있었다. 이완은 천천히 손을 뻗어 여자의 뺨을 만졌다. 손에 미뢰가 있다면 이 따뜻한 감촉을 꿀처럼 달다 인식했을 것이다. 달다. 따뜻하다. 부드럽다. 아아, 달다. 민호 씨.

"민호 씨. ……민호 씨."

오랜만에 목구멍을 통과한 목소리는 자갈밭을 달리는 수레처럼 덜그럭거렸다. 여자는 아무 대답도 하지 않고 그저 고요히 앉아만 있다. 여자가 며칠 만에 온 것인지 따져 묻고 싶었다. 가지 않을 것처럼 말하더니, 아니 금방 약만 가지고 오면 되지 않느냐 자신만만하게 말하더니 왜 이제야 왔는지도 묻고 싶었다.

하지만 물을 수 없었다. 헤어져 남이 된 사이에는 그런 식으로 따져선 안 되었다. 여자 역시 긴 침묵이 이어지는 동안 한마디도 하지 않았다. 견디지 못한 건 이완 쪽이었다. 그는 억지로 퉁명스럽게 말했다.

"……오지 말랬는데 왜 왔습니까?"

이완은 여자가 갈등에 시달렸으리라 짐작했다. 오고 싶지 않았을 것이다. 오지여행은 안전하게 집으로 되돌아갈 수 있다는 전제하에서만 즐거운 것이다. 그리고 아무리 즐거운 여행이라도 결국은 집에 돌아가게 되어 있다. 그 전제가 깨진 순간부터 여행은 생존을 위한 처절한 사투가 되는 것이다. 그것은 여행 초보자인 이완은 물론, 여행 전문가인 이 여자에게도 똑같이 적용되는 말이었다. 여자는 흠칫 놀라더니 맥없이 중얼거렸다.

"기다릴 줄 알았는데 아니었나 봐. 못 올 뻔했다가 겨우 왔구만."

등으로 한 줄기 송곳 같은 바람이 흘러든다. 예상했던 대답이었지만 그것을 초연하게 받아들일 수 있는 것은 아니었다. 이완은 사납게 쏘아붙였다.

"그러게 오지 말라고 말씀드렸잖습니까! 누가 오랬다고! 누가 반갑다고 했습니까?"

왜 돌아왔는지는 안다. 아마 약을 갖다 주겠다는 약속 때문일 것이다. 몸이 좋지 않은 것이 걱정이 되기도 했을 것이다. 여자의 인정상, 오지랖 넓은 성격상, 인사도 없이 훌쩍 떠나지는 못할 것이다. 여자는 속이 너무 물러 터졌다.

"약 따위 필요 없어요. 여기 사람들도, 당신도 그런 거 없이 다 나았잖아! 누가 그렇게 오지랖 부리라 했습니까? 못 올 거라 생각했으면 오지 말았어야지, 온다고 내가 춤추면서 고마워할 거라고 생각했습니까? 그렇게 속이 헤프고 물러 터져서 뭐에 써!"

"이완 씨. 왜 이래? 내가 온 게 싫어?"

"좋을 게 대체 뭐가 있는데요? 어차피 떠날 거잖아요. 싸구려 동정 때문에 당신 인생을 쓰레기통에 갖다 버릴 건 아니잖아요. 내가 당신을 족쇄로 묶어 둔 것도 아니고, 그렇다고 우리가 애인도 아니고 남보다도 못한 사이라는 거 까먹었어요? 이르거나 늦거나 언제가 됐든 갈 거잖아요. 그럴 거면 차라리 오지 말란 말이에요."

이완은 말을 뱉어 놓고 몸을 후드득 떨었다. 차라리 오지나 말지, 하는 빈말은 자신이 감당할 만한 내용은 아니었다. 다만 이런 기다림을 헛되이 되풀이하는 것보다는 죽는 것이 덜 끔찍하리라는 것만은 확실했다. 월궁항아가 마음이 독하여 달로 도망치고 다시 되돌아오지 않았던 것은 예에게 오히려 축복이었을 것이다.

손이 천천히 다가왔다. 여자는 같이 화를 내는 대신, 손을 내밀어 그의 어깨에 얹었다. 두 사람의 몸이 천천히 가까워진다. 여자는 조심스럽게 몸을 움직여 그의 바짝 마른 몸을 끌어안았다.

이완은 여자가 자신의 뺨에 입술을 대는 것을 믿을 수 없었다. 입술이 그의 입으로 미끄러진다. 여자의 입술은 차고, 자신만큼이나 건

조해서 입술끼리 맞닿을 때 버석하고 각질이 부스러지는 느낌이 났다. 이완은 있는 대로 힘을 짜내 여자의 고개를 잡아당겼다. 잡아먹을 것처럼, 입맞춤이 깊어졌다.

"왜 늦었어요······."

이완은 입술을 떼고 헐떡거렸다. 속에서 뜨거운 것이 북받쳤다.

"왜 이렇게, 왜! 내가 이렇게 기다리는 거 알고 있었잖아요. 민호 씨, 내가 이렇게!"

이완은 고개를 여자의 어깨에 박은 채 입술이 터지게 깨물었다. 이런 말은 하면 안 되는데 화산이 터지듯 쏟아져 나온다. 통제할 수 없었다. 나는 무서웠어, 두려웠습니다. 이대로 의식을 놓고 죽고 싶었습니다. 무서웠어요, 민호 씨! 따위의 말은, 천만다행으로 입술 밖으로 쏟아지지 않고 혀 밑으로 짓눌렸다.

아주 이기적이고 몹쓸 어린아이가 된 것 같다. 나를 위해서 당연히 네 모든 것을 희생해 달라 조르는, 온 우주에 자기 자신의 욕구밖에 존재하지 않는 갓난 어린아이가. 속에서 당위와 이성이 피거품을 일으키며 본능과 난전을 벌이고 있었다.

느릿느릿, 여자에게서 꺼져 가는 목소리가 흘러나왔다. 미안해. 미안, 이완 씨. 많이 기다렸지. 미안해. 미안.

"나는, 선택을 해야 했어. 둘 중 하나를."

이완은 눈썹을 찡그렸다. 여자의 목소리가 떨리는 것이 마음에 들지 않았다.

"선택하면서도 그래선 안 된다고 생각했어. 그래선 안 되는데."

"그래서요. 그래선 안 된다면서 왜 왔는데요? 누가 오는 걸 선택하라 했습니까? 지금이라도 가세요! 가서 다시 오지 말란 말입니다."

"이완 씨, 나한테 당신만큼 중요한 사람은 없어. 아마 앞으로도 없을 거야. 하지만."

이완은 얼음처럼 굳은 채 여자의 입술만 바라보았다. 당신만큼 중요한 사람은 없다는 말이 나와서는 안 된다. 그렇지만 그 뒤에 따라붙은 '하지만'이라는 말은 더 듣고 싶지 않았다. 이완은 허리를 구부리고 두 손으로 입을 틀어막았다. 민호는 무거운 목소리로 말을 이었다.

"난 여자와 아이가 죽는 것을 아무렇지도 않게 결정할 수 없었어. 난 그런 걸 결정할 권리가 없어. 여기 얼른 돌아와야 하는 것을 알면서도 어떻게 해야 할지 몰랐어. 어디로 가야 할지 기준을 정할 수도 없었어. 그래서⋯⋯."

이완은 움직임을 멈췄다. 민호의 횡설수설을 이해하기 어려웠지만 거슬리는 부분이 있었다. 여자, 아이, 기준, 죽는 것을 결정할 권리. 죽는 것을⋯⋯.

당신, 여기 오느냐 마느냐 하는 것을 고민한 것이 아니었나?

"민호 씨, 무슨 일이 있었습니까? 그 여자와 아기가 누굽니까?"

"⋯⋯."

"장근숙 씨 말입니까? 이제 당신과 아무 상관도 없는 사람 아닙니까. 그림도 없어졌고⋯⋯."

"미인도 찾았어. 교수님 방에서."

한참 동안 침묵이 흘렀다. 하하, 이런이런. 하하하. 이완은 허탈하게 웃기 시작했다. 놀랍지 않다. 역시 그러리라 생각했다. 동벽은 자신이 가져간 게 아니라고 잡아뗐지만, 역시나 처음부터 끝까지 사기행각이었다. 그날 사정 보지 말고 경찰에 신고해서 그림을 찾았으면 좋았을걸. 그러면 지난번에 올 때 장 화원에게 가져와 완성은 시킬 수 있었을 텐데.

순간 다시 웃음이 터졌다. 지금 이 꼴이 된 판에 그 그림 완성해서 뭐 하게?

이완은 숨이 조금씩 가빠지는 것을 느꼈다. 오래 앉아 있을 수 없었고, 오래 웃을 수도 없었다. 환부의 통증 때문이 아니라 앉아 있는 것 자체가 힘이 들었다. 이번에는 민호가 그를 끌어안은 손에 꽉 힘을 주었다.

"김성길 사장이 죽었어."

민호의 두서없는 중얼거림은 닭이 울 때까지 한참 이어졌다. 신체포기각서인지 장기기증동의서인지 그 영감님이 무얼 써 주었는지까지는 알 수 없지만 뛰어내리기 전부터 정상이 아니었던 그의 모습, 그림을 너희에게 주느니 없애 버리겠다는 절규는 여전히 이해할 수 없었다. 스스로의 목숨보다 더 중요한 것이 있단 말인가.

한남대교 위에서 벌어진 난투극은 듣는 것만으로도 끔찍했다. 광기와 욕망으로 얼룩진 그림이 결국 피에 흠뻑 젖어 강물에 잠겼다는 것은 어쩌면 가장 어울리는 듯했지만, 60년이라는 풍랑의 세월을 살아 낸 한 인간의 결말로는 너무 허무하고 어이가 없었다.

하지만 이완은 그의 이상하고 비참한 최후를 연민할 수는 없었다. 자신과 악다구니를 하며 싸우던 노인은 이제 멀리 떨어진 시공에서 죽어 아예 사라졌고, 시공의 격차는 허무한 죽음에 의당 따라야 할 연민을 휘발시켰다. 전직 대통령이 암살을 당했다거나, 조선 시대 왕이 독살을 당했다거나, 왕후였던 여자가 저자에 끌려 다니며 돌에 맞아 죽었다는 이야기를 책으로 읽고 있는 것 같다. 다른 시간에 와서 맞이하는 주변인의 죽음에는 현실감이 결여되어 있었다.

이완은 머리를 깊이 수그렸다. 병원에서 만났던 노화백의 전 아내의 웃음소리가 저주처럼 들러붙는다.

'잔소리 말고 당장 가서 태워 버려. 세상에 그런 몹쓸 물건이 없지.'

'이상한 말이 나는 게 당연하지. 재수 없는 그림이니까 어딜 가든 사고를 일으키는 게야.'

'깨끗하게 태워 버려. 아니면 당신이나 당신 여자도 그림에 미쳐서 평생을 말아먹을지도 몰라.'

노파의 경고에 귀를 기울여야 했다. 그림은 관련된 사람들을 늪처럼 집어삼키고 있었다. 민호는 음울한 목소리로 중얼거렸다.

"그림 때문에. 고작, 그림 하나 때문에."

대체 그의 스승인 장 화원은 그 그림을 언제 그리게 되는 걸까? 왜 그리게 되는 걸까? 누구를 모델로, 어떤 끔찍한 감정을 담아서 그렸기에 그림을 접하는 사람마다 그 지경이 된 걸까?

됐어요. 잊으세요, 민호 씨. 그림이 그런 식으로라도 멸실된 것은 차라리 좋은 일이니까. 이완은 중얼거리다가 고개를 들었다.

"당신은 그림을 주는 것으로 할 수 있는 일을 다 했습니다. 아무도 그 정도의 무조건적 호의를 베풀 수 없었을 겁니다. 그런데, 아까 민호 씨가 한 말은 뭡니까. 뭐가 신경 쓰여서 그러십니까."

여자는 깊게 가라앉은 눈빛으로 이완을 바라보았다. 맑게 빛나던 눈동자에서는 빛이 소멸해 있었다. 여자는 무겁게 중얼거렸다.

"남편 대신 쫓기던 여자를 다른 시간으로 급하게 피신시켰어. 꼼짝 말고 10분만 숨어 있으라고 했는데."

"……."

"여자가 없어졌어."

❀　　❀　　❀

민호는 사흘 내내 귀환도 하지 못하고 아기 엄마를 찾아 헤맸다. 다른 데 가지 말라고 그렇게 신신당부를 했건만, 아무리 그놈들이 쫓아올까 봐 이성을 잃었다 해도 그 10분간의 부탁도 못 들어줄 정도였단 말인가. 다른 곳에 간다면 어디 간다고 메시지라도 남기지 못한단 말인가.

정자에 인적이 든 흔적은 없었다. 바닥과 탁자에는 먼지가 소복했고, 누군가의 발자국이 새로 찍혀 있지도 않았다. 정자에 들지 않은 사람이 일삼아 정자 뒤의 대숲과 바위 무더기를 쑤석이며 다닐 것 같지도 않다.

바위 뒤에서 민호는 망연자실 서 있다가 축축한 바닥을 들여다보았다. 젖은 흙은 군데군데 여자의 운동화 자국을 보여 주었지만 많지 않고 깊지도 않았다. 여자는 이곳에서 쪼그리고 앉아 10분을 버틴 것은 고사하고 바로 자리를 벗어난 모양이었다.

민호의 등으로 진땀이 흘렀다. 눈앞에 있으면 멱살을 붙잡고 흔들고 싶었다. 겁이 난 건 이해하지만 그래도 고작 10분을 참지 못해? 왜! 대체 무슨 똥배짱으로.

여자가 며칠 동안 생존할지 알 수 없다. 아이까지 딸려 있으니 혼자 힘으로 살 수 있을 턱이 없다. 이곳이 다른 시간인 것조차 모를 텐데.

민호는 미친 듯이 주변을 돌아다니기 시작했다. 하지만 그날 밤이 다 되어 가도록 민호는 그 여자에 대한 단서를 전혀 찾을 수 없었다.

민호는 그동안 다른 시간에서 길을 잃은 사람을 숱해 추적해서 찾아 주었지만 그것은 동물적인 감과 사냥꾼 같은 눈썰미가 아니면 해내기 어려운 일이었다. 근처에서 만나는 사람들을 붙잡고 수소문과 탐문을 하는 것도, 다른 사람에게 섞여 드는 데 천부적인 재능을 가진 민호가 아니었다면 불가능했을 것이다.

끝까지 찾으려 하면 불가능하지는 않을 것이다. 아기까지 딸린 여자이니 사람 눈을 피해 그렇게 오래 잠적할 수는 없을 것이다. 하지만 그것은 시간이 많을 때 가능한 일이었다.

민호는 자리에 주저앉아 머리를 쥐어뜯었다. 여기서 이럴 시간이 없었다. 돌아가야 했다. 다른 시간에 떨어져서 자신만 기다리고 있는 사람이 한 명 더 있었다. 좌절과 통증 속에서 끔찍한 시간을 보내고 있을 사람이.

여자를 추적하며 민호는 쉴 새 없이 자문자답했다. 누가 더 급한가. 누구를 돕는 것이 더 우선순위인가. 아주머니가 더 급한 거 아니야? 이완 씨는 그래도 자신이 처한 상황도 알고 그 시간에서 등을 붙일 수 있는 한 가닥 뿌리는 있는 상태 아니던가. 하지만 아기를 데리고 있는 그 아주머니는 실뿌리 하나 없이 다른 시간에 동댕이쳐진 것 아니던가.

그 지경이 된 것이 누구 책임인가를 따지는 것은 이런 상황에서 아무런 의미가 없었다. 자신의 실수로 험난한 일을 겪는 것이라 해도 그 고통이 경감하는 것은 아니다. 사람이 살면서 겪는 힘든 일은 내 탓일 때도 있고 남의 탓일 때도 있고 혹은 누구도 탓할 수 없는 일일 때도 있지만, 고통스럽다는 것은 동일하다.

민호는 여자와 아기가 사라진 바위에 돌아와 털썩 주저앉았다. 정자는 여전히 인적 한 자락 없이 먼지가 쌓여 있었고, 바위 뒤에도 여전히 글자 하나 남아 있는 것이 없다. 민호는 자신이 너무 멍청하고 무기력하게 느껴졌다.

누구에게 가야 할지 기준을 정할 수조차 없다니.

누가 도움이 더 필요한가, 누가 더 고통스러운가. 누가 더 억울한가, 누가 더 도덕적인가, 누가 더 가치 있는 사람인가. 누구의 사정이 더 급한가. 생각할수록 모든 기준은 부질없고 천칭은 맹렬하게 춤을 추었다. 민호는 이를 부득 갈았다.

고통스럽지 않은 사람은 없어. 다 각자가 자신의 짐을 지고 사는 거잖아. 사람이 죽고 살아도 되는 가치를 내가 결정할 수도 없어. 그리고 내가 모든 사람을 다 구할 수도 없어. 다 책임질 수 없어.

민호는 자리에서 일어섰다. 마음 가는 대로. 내 마음이 간절히 원하는 대로. 이완 씨, 내 몸과 마음이 완전히 쏠려 있는 곳으로.

이완은 벽에 등을 기댄 채 눈을 감았다. 속이 울렁거려 터질 것 같았다.

지금 내 입에서 한마디라도 나온다면 그것은 무슨 말이든 분명 평생 후회할 말일 것이다.

사실 무슨 말을 해야 할지도 알 수 없었다. 여자가 아니면 구할 수 없는 두 생명을 두고 마음 가는 대로 자신에게로 와 버린 여자. 하지만 여자의 속이 어떠하리라는 것은 짐작하고도 남았다. 속이 뭉그러지도록 녹아내리는 것을 참고, 자신에게 와 있는 것을 모르지 않는다.

그런 여자를 붙잡고 싶은 추악한 마음. 돌려보내야 한다는 당위. 동쪽으로 난 쪽창으로 희미하게 빛이 들기 시작했다. 여자의 윤곽이 어스름하게 보였다. 얼굴은 평소와 달리 그늘지고 음울해 보였다. 하지만 이완은 여전히 한마디도 할 수 없었다.

낑낑거리는 소리가 희미하게 들렸다. 이완은 눈을 가느스름하게 뜨고 여자의 발치에 둥글게 말려 있는 검은 뭉치를 바라보았다.

"……토마스 폰 에디슨?"

귀에 익은 이름을 들었는지 여자의 발치에 있는 털 뭉치가 끙끙 소리를 내며 몸을 일으켰다. 검은 강아지는 비척비척 걸어 이완의 허벅지에 앞다리를 올리고 말끄러미 올려다보았다.

이완은 홀린 듯 강아지를 안아 올렸다. 토마스와는 여전히 데면데

면한 사이였지만 토마스는 살갑게 그의 턱과 손을 핥아 주었다. 이완은 천천히 강아지를 끌어안았다.

여자가 개를 데리고 온 이유를 모르지 않는다. 작은 가방 한두 개로 이사를 할 수 있을 정도로 뒤가 단출한 여자지만 그녀가 거주지를 옮길 때 가장 먼저 챙기는 것이 그녀의 유일한 가족인 이 강아지였다. 강아지를 이곳에 데려왔다는 것은.

흐, 흐, 흐흐. 이완은 고개를 수그리고 강아지의 자그마한 머리에 뺨을 문지르며 웃음인지 무엇인지 알 수 없는 신음을 뱉었다. 강아지는 고개를 가만히 들고 이완의 눈가를 핥아 주었다. 여자는 여전히 정물처럼 앉아 있었다.

"민호 씨, 다녀오세요."

"……?"

"나중에 평생 후회하지 말고. 난 괜찮아요. 연고는 요 종지에 담아 두고 케이스 잘 챙겨 가는 거 잊지 마시고요. 저는 이제부터 약 잘 먹고, 연고 잘 바르고 밥도 잘 챙겨 먹을게요."

"싫어. 난 이완 씨 옆에 있을 거야."

여자는 쓸데없이 고집을 부렸다.

"우리, 나중에라도 후회할 일은 하지 마요. 내가 민호 씨에게 후회할 짓도 하지 않게 해 주세요."

"……싫어. 난 내가 원하는 대로 할 거야. 백번을 생각해도, 나한테는 이완 씨가 제일 중요해."

이완은 목젖이 쓰려서 말을 제대로 할 수 없었다. 나한테는 이완 씨가 제일 중요해, 라는 말을 연인 시절에 들었으면 참 행복했을 텐데. 연인 시절, 나는 그녀의 우선순위에서 항상 밀린다고 생각했고, 그것이 우리 두 사람의 파국에 마지막 돌을 보탰다. 물론 지금처럼 붙잡을 수도 없게 된 이 상태에서 저 말을 들으면 마음만 아플 뿐이다. 이완은 여자의 매끄럽고 윤기 나는 머리카락을 가만히 쓰다듬으며 천천히 말했다.

"민호 씨가 구하러 가지 않으면, 제가 구하러 가게 해 드리죠. 제가 지금부터 물 한 모금 마시지 않고 있으면 이삼일 내로 여기 있을 필요가 없어질 것 같은데. 어떤가요?"

"야, 이, 박이완 이 나쁜 새끼야! 지금 그게 나한테 할 소리야! 그게 나한테!"

여자의 얼굴이 실룩실룩 허물어지는 것이 보인다. 펑펑 울까. 버럭 화를 낼까, 소리를 지를까. 이완은 드디어 웃기 시작했다. 강아지가 뺨을 열심히 핥고 있는 것을 내버려 둔 채, 소리를 내며 웃었다.

"민호 씨가 그 사람들을 구하러 가면, 민호 씨가 걱정할 만한 짓은 하지 않겠습니다. 약속할게요."

이완은 새끼손가락을 내미는 대신 팔을 벌렸다. 민호는 천천히 다가와 그의 팔 안으로 들어갔다. 이완은 여자를 끌어안고 뺨을 댔다. 일을 다 해결하고 올 때까지 다 나아서 민호 씨를 기다리고 있을게요. 기다리고 있을 테니, 라는 말이 끈덕지게 흘러나가려는 것을 이완은 깊은 입맞춤으로 막았다.

좋아한다 해야 할까, 얼른 다녀오라 해야 할까, 사랑한다 해야 할까. 하지만 어느 것이든 남이 된 사이에서 해도 괜찮은 말들은 아니었다. 그래서 이완은 이렇게만 말했다.

"유서를 작성해 드릴 테니, 앤드류한테 실종신고를 해 달라고 전해 주세요. 어느 정도 기한이 지나면 사망 처리될 겁니다. 설마 안락재의 전 재산이 국고로 환수되는 걸 바라는 건 아니겠죠?"

"이완 씨……?"

"상속세 문제는 안락재 전속 세무사하고 그때 안락재에서 만났던 김앤정의 변호사와 상의하시면 됩니다. 어벙해 보여도 실력은 대단한 사람이죠. 세금 폭탄을 합법적으로 피할 수 있는 모든 방법을 찾아 줄 겁니다."

이완은 오래전부터 마음의 결정은 내려놓고 있었다. 돌아가지 못하게 된 것이 확정되었으니, 남겨 놓고 온 것에 대해 정리를 해야 했다. 뉴욕의 자택과 뮤지엄마일에 있는 려 매장은 어차피 앤디에게 줄 생각이었고, 안락재와 유물, 각종 부동산과 현물들은 민호 씨에게 상속할 생각이었다.

어느 관계든지 주변을 남기지 않고 울타리를 치며 살아온 이완에게는 유산을 물려줄 가까운 사람조차 거의 없었다. 앤드류와 이 여자 외에는 단 한 명도. 이 여자가 남보다 못한 사이가 되었음에도 그 사실이 변하지 않음이 아이러니했지만, 이완의 머릿속에서는 그것이 너무 당연한 결론이라 두 번 생각할 일도 아니었다.

재산을 받고 살아가면서 여자는 가끔 내 생각을 하려나. 그러면 고맙지만 또 아니라도 할 수 없는 일이었다. 이완은 여자의 뺨에 가만히 입술을 댔다. 마르고 푸석푸석한 소리가 났다. 여자의 눈이 둥그레지는 것이 보인다. 왜 자신이 상속에 대한 이야기를 듣고 있어야 하는지 이해가 안 가는 모양이었다. 그러리라 생각했다. 이완은 웃으면서 다시 입을 맞추었다.

"민호 씨, 세상엔 멋지고 좋은 남자들도 정말 많아요. 나처럼 까다롭지 않고 예민하지도 않고 남을 무시하지도 않고 민호 씨의 진가를 알아줄 사람이 정말 많죠."

"무슨 말이야! 지금 무슨 헛소릴 하는 거야! 이완 씨! 내가 지금 여기 왔잖아! 그런데 왜 그런 소리를 해!"

인생을 지옥으로 모는 것은 한순간의 싸구려 동정, 한순간의 판단 실수, 한순간의 안일함. 기회는 두 번 오지 않는다. 이완은 여자를 아래로 내려놓았다. 드디어 마음이 편안해졌다.

"가세요. 기다리지 않을 거니 그리 아시고요. 행복하세요."

쩍! 한쪽 뺨에서 불길이 일었다.

18
온달공주와 평강왕자

이완은 천천히 문을 열고 밖으로 나왔다. 어스름한 달빛에 소복하게 쌓인 눈이 눈부셨다.

눈이 유난히 많은 겨울이었다. 설이 지나는 내내 한양에는 폭설이 내렸고, 우수 경칩이 다가오는데도 걸핏하면 눈발이 날렸다. 그리고 왔다 하면 무릎이 넘게 쌓여 꼼짝도 못 할 지경이 되곤 했다.

이완은 허름하게 매 놓은 비를 들고 손바닥만 한 마당을 쓸고 장작더미가 있는 곳으로 가서 묶어 놓은 나무를 내렸다. 딱, 따그르딱, 곱아든 손가락으로 불을 붙이는 일은 여전히 쉽지 않았다.

캉캉, 캉! 캉캉캉! 왕왕! 새까만 강아지가 이리 뛰고 저리 뛰며 그를 반긴다. 이완은 강아지의 머리를 두어 번 쓰다듬어 주고 강아지의 물그릇을 뒤집어 딱딱하게 얼어붙은 물을 떼어 낸 후 커다란 물지게를 지고 자리에서 일어섰다. 양쪽으로 달린 무거운 나무통 두 개가 덜렁덜렁 흔들렸다. 검은 강아지는 짤막한 꼬리를 살랑살랑 흔들며 이완을 따라나섰다.

마을에서 공동으로 쓰는 우물 대신 이완은 목멱산 초입에 있는 샘에서 물을 떠 오곤 했다. 우물에서 물을 긷는 것은 여자들의 일인지라, 아무리 일찍 나가도 우물터에는 여자들이 항아리를 이고 서성이곤 했다.

막노동에 설익은 몸은 새벽에 두 번 물지게를 지고 오가는 것조차 힘겨워했으나 이제 천천히 나아지고 있었다. 부엌 옆에 마련해 둔 커다란 항아리에 물이 가득 차 있는 것을 보면 쌀이 가득 차 있는 것만큼이나 든든했다.

여자와 약속한 대로 식사를 제대로 하고 약을 챙겨 바른 후부터 상태는 급격히 호전되었다. 상처의 통증보다 자신에게 닥친 상황을 받아들이는 것이 훨씬 힘들었다. 이완은 상처가 아물고 방 밖을 출입할 수 있게 된 후부터 집 안의 허드렛일을 하나씩 돕기 시작했다.

본가에서 대보름까지 치른 후 다시 관수동으로 돌아온 윤 진사는 이완이 혼자 남아 있는 것을 보고도 아무 말도 하지 않았고, 그가 행랑아범을 도와 이런저런 일을 하는 것을 보고도 아무것도 묻지 않았다.

그는 예전보다 훨씬 더 무심하고 모든 일에 흥미를 잃은 듯한 분위기였다. 다만 아내가 저지른 짓 때문에 난데없는 봉변을 당한 사내에게 힘자라는 대로 보상하려 했다. 미안하다는 사과와 함께 이곳에서 할 수 있는 일을 찾아볼 때까지 뒷배를 봐주겠다며 큼직한 은괴 열서너 덩이를 내놓기도 했고 나가서 혼자 살겠노라는 말에 별말 없이 행랑아범을 보내 볕 잘 드는 초옥을 알아보게도 했다.

행랑아범은 자신 때문에 고생한 불쌍한 선비에게 보속이라도 하려는 듯 열심히 발품을 팔아, 숭례문과 선혜청 인근의 닷 칸짜리 남향 초가집을 골라 주었다. 시전으로 장 보러 다니기도 편하고 인왕산 쪽으로 나무를 하러 다니기에도 썩 나쁘지 않은 곳이라, 이런 물건

잡아 주기 쉽지 않다며 조금 공치사를 하기도 했다.

물은 어디에서 길어 먹어야 하는지, 자신이 나무를 하러 다니는 장소가 어딘지, 쌀과 소금과 장작, 그리고 포목의 시세를 꼼꼼하게 알려 주었다. 시장에서 은괴를 팔아 지게와 항아리, 솥단지 두어 개, 소반을 갖다 주고, 부엌에서 귀때기가 나간 사발과 나무그릇 몇 개를 챙겨 온 것도 행랑아범 김 씨였다.

"저 그림은 가져가지 않아도 되겠소이까."

윤 진사는 인사를 하러 들른 이완에게 월죽도를 가리키며 물었다. 이완은 고개를 저었다.

"가져가지 않겠습니다. 만약 민호 씨가 온다고 해도 제가 있는 곳은 절대 알려 주지 마셨으면 합니다."

"허? 기다리고 있던 게 아니었소? 이유가 무언지 말해 줄 수 있겠소?"

"동정심과 맞바꾸기에 한 사람의 일생이 아깝습니다."

여자가 개를 데려가고 싶어 한다면 사람만 보내서 돌려보내겠다는 말에, 윤 진사는 이해할 수 없다는 얼굴로 천천히 손을 움직였다. 여전히 쌀쌀한 공기 속에서 그의 부채는 새로 바람을 일으켰다.

"내 박 선비가 가기 전에 몇 가지만 물으리다."

"예."

"조선의 여인들은 연모하는 사내와 혼인하지는 않소. 부모가 정해 준 사내와 혼인하는데, 혼인하고서도 모두 자신의 남편을 연모하게 되는 것도 아니오. 당신네 시대의 여인들도 그러하오?"

"아닙니다. 부모의 의사와 관계없이 사랑하는 사람과 혼인하는 경우가 많은 편입니다. 남자와 여자 본인의 의사와 선택이 가장 중요합니다."

"여인들도 스스로 나서 제 짝이 될 사내를 택한단 말이오? 부모들은 그것을 그냥 두고 본다고? 천인 금수도 아닌데? ……놀라운 일이군. 그렇다면 혼인한 부부들이 평생 행복하게 해로하겠구려."

"그렇지는 않습니다. 중도에 헤어지는 경우도 많습니다."

"왜? 연모하는 이와 뜻대로 혼인한 이들이 어찌 그리 많이 헤어진단 말이오? 우리 시대의 부부들은 얼굴 한 번 보지 못하고 처음 만나 부부의 연을 맺어도 대부분 평생 해로하는데?"

"거개의 사내들이 첩을 두고 기방에 드나들면서, 본처를 평생 눈물짓고 속병 들게 하며 그것을 해로라고 한다면 세상 그 어느 사내가 백년해로를 약조하지 못하겠습니까. 제가 사는 시대에선, 사랑이 사라지고 증오와 폭력밖에 남지 않은 이들이 부부라는 아름다운 이름으로 묶여 있는 것을 더 가증한 일이라 생각하는 사람들이 적지 않은 것 같습니다."

"……당신도 그리 생각하오?"

이완은 대답하지 않았다. 그가 무슨 대답을 원하는지 짐작할 수 없었고, 그런 속마음까지 말해 줄 생각도 없었다. 윤 진사는 눈썹을 찌푸리고 말을 덧대었다.

"특별한 감정이 없이 혼인해도, 함께 아이를 낳아 기르며 오랜 시간 동고동락한다면, 그 자체만으로도 특별한 의미가 생기지는 않겠소? 대부분의 여인은 그렇게 살고 있소."

"혼인을 해 본 적이 없어서 잘 모르겠습니다. 다만 말씀하신 그런 일들은, 제가 사랑하고 저를 사랑하는 여인과 하고 싶습니다."

이완은 등에 지게를 짊어지고 다시 몸을 일으켰다. 어깨 위에서 다시 나직한 말이 흘러간다.

"다른 사내를 마음에 두고도 평생 내색 없이 아이를 낳아 기르고 헌신적으로 내조를 한 여자들은 그 인내로 칭찬을 받아야 할까, 아니면 더럽다 하여 돌을 맞아야 할까."

이완은 입술을 비틀며 냉소했다. 당신 여자의 험담을 하고 싶었나? 그전에 당신이 한 짓이나 돌아보시지. 적어도 나는, 내 여자를 놓아 보냈다. 당신은 당신의 여자가 다른 사람을 품고 있다는 것을 알면서도 끌고 왔고, 마음이 끝내 변개치 못하리라는 것을 알고도 놓아 보내지 못했다. 미련하고 속수무책인 그 감정을 모르는 바는 아니나, 당신은 놓아 보냈어야 했다. 내당의 여자는 평생 당신이라는 감옥 안에서 살았던 것이다.

"한 여인의 인생을 허깨비로 만드셨던 분이 하실 말씀은 아닌 것 같습니다."

얼굴을 반쯤 가리고 있던 합죽선의 움직임이 멈췄다. 신랄하군. 그는 고개를 흔들었다.

"당신이 상사로 열병을 앓아 본 적이 있으면 그리 야멸차게 말하기는 어려울 터인데."

"그런 병은 앓아 본 적이 없어서 모르겠습니다."

합죽선 뒤에서 짧은 냉소가 터졌다.

"당신을 찾으러 오는 여인도 허깨비로 만들 작정이오? 무어라 말해 주면 좋겠소?"

"허깨비가 될 일은 없을 겁니다. 조금만 참으면 세상의 절반을 차지하고 있는 사내들이 보일 것이니, 저를 찾지 말고 돌아가라고 전해 주시면 고맙겠습니다."

윤 진사는 댓돌 아래서 어색한 모습으로 지게를 짊어지고 있는 사내를 내려다보았다. 그간 얼마나 죽도록 앓았는지, 얼굴은 시커멓게 혈색이 죽고 광대뼈가 쑥 튀어나왔다. 맑게 빛나던 눈은 탁하게 빛이 죽어 있었다. 윤 진사는 한참 후 고개를 끄덕였다.

"그리 전하지. 그리고 당신이 어디 있는지 수소문해도 알려 주지 않겠소. 그러니."

"……."

"당신도 더 이상 이곳에 오지 마시오. 당신 말이 맞았어. 미래를 안다는 것은 인간이 감당할 만한 일은 아니오. 하지만 원하는 것이 강렬할수록 미련한 짓인 줄 알면서도 미래를 묻게 될 테지. 나는 들은 것만으로도 충분히 버거우니."

이완은 고개를 숙였다. 자신이 말한 것 중 그렇게 버거운 것이 무엇이었을까 생각해 보았으나 정확히 알 수는 없었다.

"부디 강녕하시길 바라오."

긴 도포 자락이 펄럭였다. 이완은 문득 내당의 주인이 보이지 않는다는 것을 깨달았다.

❀　　　❀　　　❀

바닥에 미적지근하게 불이 들었다. 이완은 방을 정리하고 어제 눈을 녹인 물에 빨아서 바닥에 펼쳐 말려 둔 속고의를 끌어당겼다. 아직 꾸덕꾸덕해서 입을 만한 상태는 아니었지만 입고 말리는 수밖에 없었다. 여벌이 없었고, 시장에 가서 천을 끊고 바늘, 실을 사서 옷을 해 입을 생각도, 동네 삯바느질 집을 물어물어 찾아 맡길 의욕도 없었다.

몸을 두를 만한 것이라야 자신이 입고 들어온 옷, 그리고 민호가 새벽에 억지로 갈아입혀 준 옷과 나갈 때 얻어 입게 된 솜을 넣어 누빈 두루마기, 솜버선 두어 켤레가 전부였다. 그나마 솜이 들어 있는 누비옷은 한 번 빨았더니 삭풍에 대엿새를 꼬박 말려야 했고, 마르고 나니 솜이 푹 죽어서 영 못 쓰게 되었다. 세탁기에 넣고 돌려 하루 만에 바짝 말려 입을 수 있는 오리털 패딩 따위가 아니었다.

이완은 하루걸러 한 번씩 살에 닿는 옷들만 맹물로 빨아 말리고 그동안은 겉옷 한 장을 입고 이불을 뒤집어쓰며 버티다가 이내 포기했다. 될 일이 아니었다. 행랑아범이나 머슴들이 그렇게 땀에 절어 붙은 옷을 입고 쉰내를 십 리씩 풍기며 다니는 것도 그들이 코가 무디거나 태어날 때부터 불결하기 때문이 아니었다. 돌려 입을 여벌이 없다는 이유 한 가지였다. 기계로 직조된 섬유가 풀린 역사는 고작 100년 남짓이고 그전에는 옷감이란 곡식 이상으로 귀하고 비싼 것이었다. 세 벌 옷을 돌려 입을 정도면 호사라는 말이 있을 정도로.

도정도 제대로 되지 않은 누런 쌀은 솥 안에서 가끔 숯덩어리가 되었고, 가끔은 덜 익어 입속에서 자갈처럼 굴렀다. 반찬 따위는 아무것도 없었다. 이완은 강아지에게 맨밥에 물을 말아 담아 주면서, 강아지와 자신은 조만간 괴혈병에 각기병에 오만 잡스러운 병은 다 걸릴 거라 생각했다. 여자 없이 사내 혼자 사는 집은 이웃 아낙들조차 들여다보지 않아, 이완이 거하는 닷 칸 초옥은 그야말로 망망대해의 섬 같았다.

병에 걸려 몇 해 안에 죽게 된다 한들 또 아쉬울 게 있을까. 평균수명 35세 미만의 시대. 서른 살은 이미 지났으니 이 시대에서 5년만 더 버티면 남들 사는 만큼은 산 게 되는 것이다.

이 시대 사람들은 서른다섯까지 살면서 배울 것 다 배우며 제 몫의 일을 다 감당하고, 사랑할 것 다 하고 아이 낳고 손주까지 보면서 인생의 한 사이클을 마무리 짓고 떠났다. 그런 걸 보면 현대인들보다 어지간히 밀도 높은 삶을 살았나 싶다. 혹은 백 세 시대를 바라보는 현대 사람들의 삶이 훨씬 성글고 푸석한 것일 수도 있겠다.

윤 진사가 준 은괴를 팔면 얼마나 버틸 수 있을까? 그것이 다 떨어지면 여기서 무엇을 하며 먹고살 수 있을까? 생각하던 이완은 풀썩 실소를 터뜨리고 말았다.

여기서 본격적으로 자리 잡고 오래오래 살 생각이야?

오래 살아 무엇하게?

이완은 자신이 뿌리가 뽑혀 다른 곳에 날아와 거꾸로 박힌 나무와 비슷하다고 생각했다. 뿌리는 뙤약볕 아래 하루가 멀다 하고 말라비틀어지고 있으니 조만간 속에 숨은 알량한 물기 한 방울까지 바짝 증발하게 될 것이다.

구태여 살 이유는 모르겠는데, 여하튼 배가 고프니까 밥은 먹고, 먹었으니 배설은 하고, 잠은 자야 하니 인왕산까지 꾸역꾸역 올라가 나무를 잘라 와서 불은 때고, 목이 마르니 새벽에 샘물은 길어 와야 했다.

그냥 가만히 있으면 얼어 죽든 굶어 죽든 결판이 날 것도 같은데 질긴 목구멍이 쉼 없이 몸을 다그쳤다. 배고파, 배고프다, 춥다, 목마르다, 또 배고프다, 또 또 배고프다. 다른 시대로 넘어왔다는 것만으로도 이완은 자신이 존재 가치를 알 수 없는, 먹고 싸기만 하는 벌레처럼 느껴졌다.

다만, 벌레는 자괴감이나 자살 충동, 극도의 무기력증 따윈 느끼지 않는다. 그것만이 다를 뿐이었다.

이완은 개와 마주 앉아 간장 종지만 놓인 밥상을 차려 먹었다. 단백질이고 비타민이고 보충해 줄 반찬이 아무것도 없으니 영양부족을 인식한 몸의 반란으로 갈수록 허기는 지고 밥의 양만 점점 늘어 가서, 매끼 밥을 먹는 것이 구역질 날 정도로 고역이었다. 토마스 폰 에디슨은 타든 설었든 아무 불평 없이 덩어리 맨밥을 먹었다.

"네가 있어서 다행이다."

이완은 설겅거리는 밥을 천천히 씹어 삼키며 토마스 폰 에디슨에게 말을 걸었다. 이놈이 없었으면 하루 종일 말 한마디 할 일도 없었을 것이다.

"이봐, 토마스 폰 에디슨, 엄마 안 보고 싶으냐? 내가 윤 진사님 집에서 널 괜히 끌고 와서 원망이 되냐?"

"……."

"토마스 인마. 네가 그렇게 머리가 좋다며. 네 엄마가 그렇게 칭찬이 자자하던데."

"……."

"너 그럼 나한테 미적분이나 배워 볼 테냐? 아니면 천자문에 소학이라도 가르쳐 줄까? 영어나 중국어, 아니 라틴어는 어떠냐. 나 요새 시간 많은데."

검은 강아지가 눈을 말똥말똥 뜨고 그를 올려다본다.

어르신, 주인님, 명심보감 사서삼경 가르쳐만 주시지요. 삼 년 주야 면벽 수업, 초시 복시 합격하여 춘당대에 차고 올라 일필휘지 장원급제, 어사화를 입에 물고 금의환향하옵지요.

깜박이는 눈은 그렇게 말하고 있는 것 같았다. 이완은 한숨을 푹 쉬고 말았다.

……내가 뭐 하는 짓인지.

토마스 폰 에디슨은 하루 종일 그를 따라다녔다. 나무라도 하러 작은 손도끼와 소금 뿌린 주먹밥을 지게에 달고 갈 양이면 지게 작대기에 치이지 않을 정도의 거리를 두고 졸랑졸랑 부지런히 쫓아다녔고, 물을 뜨러 샘에 갈 때도 긴 털로 온 동네 먼지는 죄다 쓸어 가면서 낮이건 밤이건 기어코 따라붙었다.

털을 제대로 깎아 주지 못해 멀리서 보면 검은 미역 뭉치가 굴러다니는 것처럼 보였다. 가까이 있으면 미역 짠 내가 풀풀 올라오니 그것도 나름 잘 어울렸다. 부엌에서 군불을 넣거나 밥을 할 때도 옆에서 눈을 말똥거리며 지켜보고 있었고, 심지어 볼일을 보러 잿간에 갈 때도 기어코 따라와 진지한 얼굴로 그를 관찰했다.

어떻게 보면 자신이 보디가드쯤 된다고 생각하는 것 같았다. 무슨 몹쓸 생각을 하지 않을까 따라다니며 감시하는 것 같기도 했다. 이놈의 강아지를 도무지 좋아한 적이 없었지만 지금은 이 녀석이 없었으면 외로워서 미쳐 죽었겠다 싶을 정도였다.

"사서삼경은 됐고, 너 봄 되면 청계천 가서 목욕 좀 하자. 지금 같은 겨울에, 드라이도 없는데 목욕 따월 했다간 감기 걸리니 미역 짠내는 내가 좀 참아 주마."

비누도 무엇도 아무것도 없이 열흘 만에 맹물로 머리를 감은 이완은 옷으로 머리를 닦고 이불 속에 파묻혀서 미역 뭉치를 보고 중얼거렸다.

시간은 무심무심 흘렀다. 엄동이 지나고 마당이 질퍽질퍽해질 즈음 동네 어귀에 있는 주막집 울타리에 노랗게 개나리가 피었고, 조금 더 지나자 나무를 하러 오르내리는 길에 진달래가 무더기로 올라와 산등성이에 발그레한 안개를 만들어 냈다. 산다 하는 나리님들의 와가 근처 높직한 목련 나무엔 하얀 꽃이 달덩이처럼 폈다가 썩은 바나나 껍질처럼 시들어 갔다.

도성 인근의 야산은 대부분 붉은 민둥머리를 흉하게 드러내고 있었는데 봄꽃이라도 피어 주니 그래도 볼만하게 되었다. 목멱산은 이미 쓸 만한 나무가 전혀 없는 벌거숭이 산이었고, 장작이 될 만한 나무는 인왕산까지 가야 얻을 수 있었다. 높은 곳까지 올라가야 했고, 야트막한 곳엔 목재로는 쓰지도 못할 관목뿐이었다. 그나마 윤 진사 집의 행랑아범 김 서방이 자신이 다니던 영역을 조금 양보했으니 망정이지 왈패 같은 나무장수들과 구역싸움이라도 붙으면 고스란히 치도곤을 당할 뻔했다.

김 서방은 '선비님'에서 갑자기 머슴 사촌으로 몰락한 이완을 딱한 눈으로 바라보며 도끼질을 하는 방법과 장작을 넣어 말리는 법을 알려 주기도 했고, 윤 진사와 마님의 냉전과, 무슨 일인지 장 화원이 갑자기 폐인이 되다시피 했다는 소문을 지나가는 말로 전해 주기도 했다.

여기서 할 수 있는 일이 무엇이 있을지 이제 진지하게 생각해야 할 것 같다. 겨울이 시작될 무렵에 여기 들어왔는데 벌써 봄이 한창이다. 이대로 굶어 죽을 생각이 아니라면 무엇이든 해야 했다. 장사를 할까, 머슴을 살까, 아니면 누군가를 가르쳐 볼까.

"영어 선생을 하면 육영공원이 생길 때까지 영어교육 독과점은 확실하겠군."

……배운다는 사람이 있을지는 모르겠지만.

이완은 어깨를 움츠리고 낄낄 웃다가 고개를 기우뚱했다.

"음, 아니지. 올해가 임오년이면 올봄에 조미수호통상조약이 체결되니까, 지금 영어를 할 줄 안다고 나서면 천금처럼 귀한 대접을 받을 텐데. 조선 팔도에 영어를 할 줄 아는 사람이 단 한 명도 없다고 청나라에 사정을 할 필요도 없고, 청 관리의 이중통역으로 조약을 체결할 필요도 없잖아."

아아, 그래. 괭이 쟁기 한 번 잡아 본 적 없는 주제에 머슴질 날품 팔이로 나서는 것보다는 영어 선생이 낫지 않을까? 윤 진사의 친구이자 장 화원의 후원자인 역관들에게 말 한 마디만 튕기면 눈을 번쩍하고 모셔 가려고 할 텐데. 어쩌면 사역원에 교사 자리가 생길지도 모르고.

이완은 보얗게 먼지가 앉은 툇마루에 걸터앉아 발을 건들대며 하염없이 웃었다. 어차피 되지도 않을 일. 어차피 조미통상조약은 청나라 역관의 이중통역으로 체결되었으니, 박이완이라는 사람은 그 판에 끼어들지 않을 것임이 분명하잖아.

"내가 조금만 마음을 바꿨으면 그 조약의 통역자가 청의 관리가 아닌 박이완이 되었을 수도 있었겠다. 그럼 박이완은 여기서도 밥걱정 안 하고 죽을 때까지 나름 호의호식할 수 있었을 텐데. 토마스, 안 그래?"

이완은 햇빛을 받으며 계속 웃었다. 입을 벌리고 있으니 따가워진 햇볕이 입속으로 밀려드는 것 같다. 무슨 생각을 하건 그저 우습고 하찮기만 하다. 무언가를 바꿀 엄두는 털끝만큼도 나지 않았다. 그래서 임오년의 박이완은 통역자로 나서는 대신 계속 이 닷 칸짜리 초가에 살면서 나무 하고 물 긷고 맨밥을 하염없이 퍼먹고 자고 싸고 하면서 한세상 목숨을 부지하려나 보다. 히드라, 지렁이, 유글레나, 아메바, 하나의 자극에 한 가지로 반응하는, 왜 사는지 이 세상에 왜 존재하는지 알 수 없는 그들처럼.

"나는 지금 사람으로 산다고 할 수 있을까, 토마스?"

발치에 굴러 와서 꼬리를 흔들어야 할 미역 뭉치가 보이지 않는다.

"토마스, 야, 토마스 폰 에디슨."

이완은 엉덩이를 털고 자리에서 일어났다. 자신이 있는 반경 10미터 안에서 한시도 떨어지지 않던 강아지가 사라졌다.

"어딜 간 거야?"

시대가 시대이니만큼 길거리에 돌아다니는 개는 상비 식량으로 취급되어 납치당할 가능성이 매우, 매우 높았다. 더욱이 지금은 보리 이삭이 막 패기 시작하는 시기로, 집에서 먹을 것이 떨어져 바가지 하나만 들고 마을 곳곳을 떠돌거나, 선혜청에 딸린 미곡 창고 근처를 얼쩡거리며 비럭질하는 아이들의 숫자가 부쩍 늘어난 때이기도 했다. 망망대해에서 표류하는 통나무처럼 그는 이 마을에서도 홀로 겉돌았기에, 미아가 된 강아지를 동네 사람들이 찾아 줄 가능성은 쥐뿔만큼도 없었다.

동네에서 그와 얼굴을 마주하고 인사라도 한 사람은 동리 밖 멀찍이 떨어진 토막에 사는 귀머거리 계집 하나뿐이었다. 귀머거리 계집은 잿간에 모인 인분과 개똥을 얻어 쓰려고 한 달에 두세 번 이완의 집에 똥장군을 지고 나타나 고개를 꾸벅, 했다. 귀한 거름 퍼 가는데 공짜는 없는지, 시커멓게 묵은 된장 한 움큼이나 골마지가 허옇게 낀 흐물흐물 김치를 한 포기 갖다 주기도 했다. 하지만 이완이 없으면 사립을 열고 몰래 들어와 멋대로 인분을 퍼 갔다. 그것이 이완과 이 동네 사람들 간에 이루어진 유일한 교류였다.

"토마스! 토마스! 어디 있어! 토마스!"

자신의 옆에서 떨어진 적이 없는 놈이다. 무슨 기사라도 된 것처럼 따라다니던 놈이 왜 갑자기 없어졌을까? 혹시 정말 누군가가 잡아먹으려 끌고 간 것은 아닐까? 불길한 예감이 솟구치자 진땀이 훅 돋았다.

밖으로 뛰쳐나가 마을을 가로질러 뛰었다. 어느 구석에서 검은 털 뭉치가 박혀 있는 건 아닌지, 깽깽대는 소리라도 나지 않는지 신경을 곤두세우고 두리번거렸다. 토마스! 너 어디 있어. 당장 안 나와? 토마스! 토마아아스!

마을을 몇 바퀴를 돌아도 어느 구석에 박혀 있는지 털끝 하나 보이지 않는다. 동네 사람의 절반이 삼순구식을 하는 보릿고개의 시작인데, 이 멍청한 놈이 겁도 없이! 어떻게 잠깐 사이에 이렇게 감쪽같이 없어질 수가.

이완은 발을 질질 끌며 집으로 되돌아왔다. 툇마루에 주저앉아 두 손으로 머리를 푹 감쌌다.

……토마스.

여자가 남겨 놓고 간, 여자와의 생활을 공유한 유일한 흔적이었다. 이 지경이 되었는데도 지금까지 밥이라도 먹고 숨 쉬고 버틸 수 있었던 것은 여자가 남겨 놓고 간 그 작은 흔적 때문이었다.

"민호 씨, 미, 민호 씨. 어떡해요. 토마스가……."

목소리가 덜덜 떨렸다. 흙투성이가 된 짚신이 일렁일렁 찌그러져 보인다. 그는 발을 거세게 털어 신을 마당으로 날려 버렸다. 어디에 랄 것도 없이 화가 났고, 기가 막혔고, 무엇을 해야 할지 알 수 없었다.

캉캉, 캉캉, 왕왕왕!

멀리서 익숙한 소리가 들린다. 이완은 자리에서 벌떡 일어났다.

"토마스! 토마스!"

이완은 맨발로 급하게 뛰어내렸다. 캉캉, 왕왕왕! 캉캉! 짖는 소리가 점점 가까워진다.

멀찍이, 골목 끝에서 강아지가 뛰어오고 있었다. 미역 줄기처럼 덩어리져 뭉친 검은 털로 흙길을 줄줄 쓸어 대며 미친 듯이 뛰어오고 있다. 왕왕 캉캉캉! 개가 흥분했다. 미친 듯 짖고 정신없이 앞으로 뛰었다가 뒤로 돌아가서 뛰었다가 다시 이완을 향해 맹렬히 달려온다.

"토마스! 너, 너 이 자식! 어디 갔던 거야!"

이완은 맨발로 골목 중간까지 뛰어가 강아지를 왈칵 끌어안았다. 미역 짠 내와 개 비린내가 코로 왈칵 쏟아져 들어오지만 지금은 그저 눈물 나게 반갑기만 했다. 이완은 짚북데기 같은 개의 털에 얼굴을 묻고 부비면서 떨리는 목소리로 마구 야단쳤다. 또 한 번만 말도 없이 나가 봐. 너 새끼줄에 꽉꽉 매 놓을 테다. 말도 없이 또 나가기만 해! 너, 토마스 폰 에디슨, 너.

안긴 개가 다시 발버둥을 친다. 낑낑끙끙, 내려놓아 달란다. 이완은 허리를 굽혀 개를 천천히 땅에 내려놓았다. 순간 커다랗게 헐떡대는 소리가 가까워지더니 짚신을 신은 두 발과 때 묻은 허연 치마가 이완의 눈에 들어온다. 검은 강아지가 뛰어가서 허연 치맛자락에 매달린다. 툭, 땅바닥으로 지저분한 보따리가 떨어진다.

이완은 고개를 들 수 없었다. 몸이 덜덜 떨렸다. 갑자기 속에서 무엇인가 울컥 쏟아져 올라오려 한다. 그는 고개를 푹 수그린 채, 흙바닥에 그대로 쭈그리고 앉았다. 털썩, 맞은편에 있는 인영이 그대로 주저앉는다.

"야, 박이완 이 쌰발놈아아아!"

그러더니 갑자기 소리가 뚝 끊어진다. 퍽퍽퍽, 뭔가 줴지르는 소리가 나더니 다시 와장창 고함이 터졌다.

"야, 이 때려잡을 놈아아아아! 왜 도망가니! 왜애애! 사람 속을 이렇게 새카맣게 태우고 홀랑 숨어 버리니 좋으니? 좋아? 엉? 내가 겨울 내내 얼마나 찾았는지 아니? 아무리 붙잡고 물어봐야 진사님이든 향이든 하인들이든 다들 시치미 딱 떼고 어디 갔는지 모른다 하고! 말하지 말랬다고 김 서방이 귀띔해 주지 않았으면 어디 가서 죽은 줄 알았을 거라고! 왜 이렇게 사람 피를 말려 죽여! 이 나쁜 놈아아아아! 영영 못 찾으면 나두 길바닥에서 칵 죽으려고 했단 말이야, 이 나쁜 자식아아아아아!"

여자는 한 손으로는 검은 강아지를 끌어안고 발을 쭉 뻗고 주저앉아 대성통곡했다. 절반은 욕설이고 절반은 울음이었다. 이완의 발치로도 미지근한 물이 줄줄 흘러 떨어졌다. 여자는 발을 퍼덕이며 악을 썼다.

"내가 못 찾을 줄 알았어? 내가 누군데! 천하 없이 깊은 산골짝에 숨어도 다 찾아내는 윤민호다, 이 새끼야! 네놈 자식이 숨어 봤자, 까투리가 대가리만 처박고 궁뎅이 쳐들고 있는 꼴이지, 엉? 그걸 내가 못 찾을 줄 알았니? 늙어서 꼬부랑깡깽이가 되어도 내가 너는 찾아내 이 개새야! 이 나쁜 놈아, 혼자서 이게 무슨 개고생이야. 이 바보 똥멍청아, 이 맹추 팔푼아, 꼴이 이게 뭐야, 어, 으어, 으어! 어어어어어!"

민호는 강아지도 옆으로 집어 치우고 이완을 끌어안고 숫제 눈물을 폭포수처럼 쏟으며 울었다. 조용하던 골목 여기저기서 울타리 위로 고개들이 비죽비죽 솟아올랐다.

❁   ❁   ❁

얼굴이 퉁퉁 붓고 얼룩덜룩하게 된 사내와 계집은 닷 칸 초옥 툇마루에 걸터앉아 한참 동안 멍하니 햇볕만 쬐었다. 동네 아낙들이 물단지를 이고 혹은 바지게를 지고 오가면서 비죽비죽 고개를 들이밀었다. 혀를 끌끌 차는 꼴을 보아하니 도망친 남편을 잡으러 온 마누라의 대활극 정도로 비춰지는 모양이었다.

"나 안 보고 싶었어?"

"글쎄요. 살 만해서 딱히."

"나쁜 놈. 입만 살았지."

두 사람의 얼굴로 따가운 저녁 햇볕이 쏟아졌다. 한참 후 민호가 사방을 두리번거리더니 다시 툭 내뱉는다.

"밥은 잘 먹고 있었어?"

"매일 세 그릇 고봉밥으로 얹어 먹고 지냈습니다. 얼굴에 개기름이 줄줄 흐르죠."

"흥, 개기름은 개뿔, 버짐, 눈곱, 침버캐가 줄줄 붙은 주제에. 진짜 골룸이 다 됐어. 그러셔. 밥도 혼자 잘 지어 먹고, 물도 잘 길어 오고, 나무도 해 오고, 집도 장만하고, 일등 신랑감 다 됐네."

"뭐 제가 좀 그렇지요. 사실 오래전부터 일등 신랑감이었습니다."

"저놈의 왕자병은 어떻게 된 게 낫지도 않아. 머리도 길고, 수염도 좀 올라오고? 하여튼 그 뭐냐, 영화에서 나오는 망치 대장처럼 터프해졌어."

더럽게 꾸질꾸질한 망치 대장, 여자가 퉁명스럽게 덧붙였다. 이완은 '망치 대장'이 영화에 나오는 토르를 말하는 것을 알아차리고 오랜만에, 정말 오랜만에 크게 소리 내서 웃었다.

"근숙 아주머니 찾았어요?"

"아니. 아무리 찾아도 없었어."

"그럼 안 찾으러 가실 건가요?"

여자는 한참 동안 발끝만 내려다보았다.

"찾으러 오지 말라고 써 있었어."

"……예?"

"믿을 수가 없어. 애도 있는데. 아무것도 모른 상태로 혼자 떨어져서 그렇게 말하는 사람, 한 번도 본 적 없어. 직접 찾아내서 확인하고 데려와야 한다고 생각했어. 그런데……."

여자는 다시 말끝을 흐리며 입을 다물었다. 여자의 가는 눈 속에서 눈동자가 깊이 어둠에 잠겼다.

이완은 더 이상 묻지 않았다. 그리고 이제 가라는 말 따위도 하지 않기로 했다. 여자가 어떤 마음으로 이곳에 돌아와서 자신을 찾아 헤맸는지 알 수 있었다. 이젠 돌아가라는 말이, 여자에게 해서는 안 될 말이 되어 버렸음도 알았다. 이완은 여자의 등을 가만히 쓰다듬었고,

여자는 희미하게 웃었다.

민호는 두 칸짜리 안방, 한 칸짜리 마루, 한 칸짜리 골방, 그리고 한 칸짜리 작은 부엌과 밖에 마련해 둔 한뎃부엌과 조그만 장독대를 이리저리 둘러보고 항아리를 들춰 보고 물독 뚜껑을 열어 보았다. 지게에 걸려 있는 조그만 도끼를 보고 붕붕 휘둘러 보기도 했다.

이완은 갑자기 맹렬하게 배가 고팠다. 맛있는 것이 먹고 싶었다. 지금까지 겪어 왔던 허기, 배를 채워 봤자 자괴감밖에 남지 않는 암울한 허기와 종류가 다른 배고픔이 느껴졌다. 여자하고 마주 앉아서 같이 따뜻한 밥을 먹고 싶었다. 김이 모락모락 나는 밥을 수북하게 담아서, 간장에 찍어서 마주 보고 같이 먹고 싶었다.

민호가 쌀독에서 쌀을 퍼서 씻고 조리로 이는 동안 이완은 아궁이에 앉아 부시로 불을 붙였다. 초보 불쟁이 티는 진작 벗었는데 급한 김에 덜 마른 장작을 허둥허둥 넣다 보니 작은 부엌은 빽빽한 연기로 가득 차고 말았다. 검정 강아지는 의리 없게 도망쳤지만 민호는 캑캑대면서도 옆에서 웃어 댔다.

반벙어리 계집이 가져다 둔 군동내 작렬하는 김치는 옆의 큰솥에 풍덩 들어가 펄펄 끓었다. 된장이 한 숟가락, 그리고 간장이 한 종지. 날래게 밖으로 뛰어가 민들레를 한 무더기 뜯어 온 민호는 푸닥푸닥하며 줄기와 잎을 씻더니 슬쩍 데쳐서는 또 된장을 집어넣고 신나게 주무르기 시작한다. 맛있어져라, 맛있어져라 노래를 한다.

귀퉁이가 떨어져 나간 작은 소반에 처음으로 반찬다운 반찬이 놓였다. 수북하게 고봉으로 얹힌 누런 밥이 두 그릇, 이가 나간 커다란 사발에 심심한 된장 김칫국이 한강수처럼 담겼고, 된장으로 간을 한 민들레 나물은 솥뚜껑에 놓였다. 그리고 작은 종지에 담긴 간장. 숟가락과 젓가락은 한 벌밖에 없어 두 사람은 숟가락 젓가락을 나눠 들고 번갈아 가며 주거니 받거니 밥을 먹었다. 여자는 여전히 복스럽게 많이 먹었다.

따끈따끈한 기운이 배 속 가득히 확 퍼졌다. 맛있다, 맛있다, 맛있다. 달고 배부르다. 지금까지 먹어 본 모든 밥 중에 지금 이 밥이 가장 맛있었다. 밥도, 국도, 나물도, 지금껏 소태처럼 느껴지기만 하던 간장까지도.

치우고 들어앉으니 어둑어둑해졌다. 방에는 등잔 하나 없었고 방은 금방 어두워졌다. 군불을 한껏 지펴 놓아서 거적과 낡은 돗자리가 깔린 방바닥은 자그르르 끓었다.

이완은 하나밖에 없는 이불과 베개를 여자에게 내주었다. 민호는 피곤했는지 옷을 입은 채 이불을 덮고 이완을 올려다보았다. 눈이 가물가물하고 있는 것이 보인다.

이완은 여자의 머리를 가만히 쓰다듬었다. 여자가 눈을 반쯤 뜨고 웃는다. 이완도 같이 웃어 주려 했지만 입술이 실룩거려 얼굴이 흉하게 일그러진다. 여자가 손을 내밀어 일그러진 입술 끝을 살그머니 올려 주고 다시 벙긋 웃었다. 이완은 얼굴에 닿은 여자의 손을 자신의 손으로 덮어 감쌌다. 여자는 여전히 몸에 열이 많아 손바닥이 따끈따끈했다.

형언할 수 없이 행복하고 미안하고 슬프고 벅차고 죄스럽고 고마웠다. 목이 메고 자꾸 눈물이 스며 나온다. 이런 감정을 무엇이라 하는지 알 수 없었다. 아마 지금까지 이름 붙지 않은 감정일 것이다.

"진희 씨는 별일 없나요? 앤디는요?"

"잘 모르겠어. 둘 다 인사도 제대로 하지 못하고 왔네. 별일 없겠지."

민호는 이완이 이제 돌아가지 못하는 시간에 대해서는 최대한 말을 삼갔다.

"그보다 우리 내일 장이나 보러 갈까? 이완 씨가 알랑가 모르겠지만 여기서 시장 대박 가까워."

이완은 쓸데없는 짓 하지 말라고 퉁을 주려다 푸스스 웃고 말았다. 쓸데없긴, 사실 가장 필요한 일인데.

지금까지 그렇게 생각한 자신이 이상하게 느껴진다. 지금 필요한 것, 당장 들여놓아야 할 것 천지인데 왜 시장에 갈 생각조차 안 하고 있었는지 모르겠다. 민호 씨를 만나기 전까지는 이런저런 물건이 필요하다, 불편하다, 라고 인식해도, 사 와서 뭐 하게, 뭐 그리 중뿔나게 잘 먹고 살겠다고, 하는 생각과 극도의 무기력증으로 내버려 두고 있던 참이었다.

"그럴까요? 윤 진사님한테 은괴 받아 온 게 좀 있는데 팔면 장을 쏠쏠하게 봐 올 수 있을 거예요."

"그래그래. 우리가 저번에 가 봤던 운종가하고 분위기가 아주 달라서 재미있을 거야. 양복쟁이나 왜놈들은 없을 거고, 허여둥둥한 옷을 입은 사람들이 흰개미 떼처럼 바글바글할걸? 옷감 파는 데도 있을 거고, 쌀이랑 생선 파는 데랑, 그릇 파는 데, 솜 가게 다 들러서 필요한 거 사 오자."

여자는 꽤나 들뜬 목소리를 냈다. 그래요. 우리, 내일 커다란 지게 짊어지고 종로의 시전 구경, 바글바글 사람 구경이나 갈까요. 아기자기 신혼집도 아니고, 돈 모아 가구 장만하는 것도 아니고, 그저 젓가락 숟가락 나부랭이, 그릇 몇 개, 옷감 몇 폭 사러 가는 거지만 그래도 아침 일찍 손잡고 같이 나가요.

이완은 여자와 함께하고 싶어 준비해 두었던 많은 것들은 더 이상 생각하지 않기로 했다. 손에서 떠난 것들은 곱씹을수록 괴로움만 더

할 뿐이었다. 그리고 여자가 중간에 지치고 질려서 문득 떠난다고 해도 실망하지 않고, 놀라지도 않기로 결심했다. 그전까지 이어지는 하루하루가 소중하고 행복한 것이니 그것을 최대한 지키고, 누릴 수 있을 때까지 누리기로 했다.

미래를 모른다는 것은 가끔은 화가 나지만, 대부분은 좋은 일이라는 생각이 들었다.

여자는 바로 잠이 들었다. 무방비하다기보다, 이젠 이완과 함께 무슨 일이 벌어지든 다 받아들이겠다는 의미였다. 이완은 자리에 돌처럼 박혀 여자의 손을 가만히 붙잡은 채 고스란히 밤을 보냈다.

당신이 온 것만으로, 옆에서 같이 숨을 쉬고 있다는 것만으로 난 갑자기 벌레에서 사람이 된 것 같다. 먹고 치우고 자고 하는 일과가 변한 건 아닌데, 모든 무의미한 일과 하나하나에 갑자기 눈부신 의미가 생긴 것 같다.

당신이 옆에 있는 것만으로.

그것만으로 충분히 행복했다. 지나칠 정도로.

❀　　❀　　❀

숭례문과 선혜청 인근에 있는 이완의 닷 칸 초가는 시전이 있는 운종가까지 어렵잖게 걸어갈 만한 거리였다. 윤 진사의 집이 있는 관수동, 평양루가 있는 수표교도 다 시전 거리와 연결되어 있었다.

경복궁에서 쭉 내려온 육조거리의 끄트머리에서 시작되는 시전은 어용 상가인 육주비전(육의전)을 필두로 흥인문까지 길게 연결된 대형 상설 시장거리였다. 조선 팔도의 온갖 물화와 사람들이 모인 만물 집하장 같은 곳이라 한꺼번에 여러 가지 물건을 사 들고 오기엔 시전 쇼핑만큼 좋은 것이 없었다.

지금까지 이완은 무언가를 사 오겠다는 의욕도 없이 밥만 먹는 시체처럼 지내던 중이라 시장이 그렇게 가까움에도 아직 가 본 적은 없었다. 처음 이 집을 샀을 때 행랑아범 김 서방이 시전에서 쌀을 한 섬 지고 와서 부엌에 부려 놓고 간 것이 전부였다.

두 사람은 김칫국과 된장뿐인 아침을 일찌감치 먹고 지게와 큼직한 광주리를 챙겨 들고 길을 나섰다. 민호는 이완에게서 받은 은괴를 베보자기에 둘둘 말아 허리에 차고 치마허리를 조금 잡아 내려 나름 위장을 했다. 제법 멀끔하게 이발을 한 검정개도 졸랑졸랑 따라나섰다. 민호가 아침 일찍부터 어느 집에선지 마름질 가위를 빌려 와 개털을 깨끗이 잘라 주었던 것이다.

소풍이라도 가는 줄 아는 건지 앞서서 벙벙 뛰던 여자가 문득 돌아서서 뛰어오더니 손을 앞으로 쭉 내민다. 이완은 이런저런 생각 다 집어치우고 손을 꽉 맞잡았다. 갑자기 발이 솜 위를 딛는 것처럼 붕붕 뜬다.

바야흐로 봄이 한창이었다. 산의 봉우리 골짜기마다 붉은 영산홍 철쭉이 흐드러진다. 민들레도 길 구석 바위틈마다 질기게 얼굴을 내밀어 멀찍이 보면 금가루를 훨훨 뿌려 둔 것 같다. 길목마다 솟은 버드나무에 찰랑찰랑 연초록 물이 오르고 아래로 떨군 긴 치맛자락이 요염하게 살랑거린다.

농투성이들이 겨우내 녹아 허물어진 논두렁 밭두렁에 말뚝을 박고 진흙을 그러모아 제방을 돋울 때, 울이 허물어진 어느 초가의 손바닥만 한 퇴청에선 늙은 아낙이 다리를 벌리고 앉아 밭에 뿌릴 실한 종자를 골라내고 있다. 멀찍이 밀짚모자를 쓰고 웃통을 벗어젖힌 노인 하나가 밭에서 큰 소리로 이러 이러, 소리를 낸다. 겨우내 간신히 등짝에 살을 붙인 두 마리 소가 등허리에 쟁기를 둘러쓰고 허덕허덕 돌덩이처럼 굳은 땅을 갈아엎는다. 이러 이러, 이러 이러, 빨리 가자 이놈의 소야, 어이 아냐 안소야, 빨리 가자 마라소야, 이놈의 소야 이러 이러 디야.

앞선 여자가 사슴처럼 나풀거리며 뛴다. 날이 풀려서 그러는지 청계천 여기저기에 함지박을 이고 와 너럭바위에 쪼그리고 앉아 빨래를 두드리는 여자들이 많이 눈에 띄었다.

수표교를 건너 조금만 더 지나가면 운종가, 사람들이 바글거리는 시전 거리에 와 닿는다. 민호와 이완은 잡았던 손을 풀고 크게 한숨을 쉬며 좌우를 둘러본다. 좌우로 넓게 펼쳐진 큰길에 2층짜리 기와집과 초가집이 양쪽으로 줄줄이 늘어서 있는데, 육의전이 있는 종각 방향의 건물이 좀 더 으리으리 '때깔'이 좋고, 흥인문 방향으로 갈수록 건물이 납작하고 추레해진다.

조선 제일 만물집하장답게 사람들이 바글바글하다. 등짐을 산더미처럼 진 지게꾼들과 달구지에 물건을 잔뜩 싣고 밀고 끌고 하는 일꾼들, 패랭이를 쓰고 등짐을 잔뜩 메고 있는 보부상, 큰 수레를 끌고 와 목기를 들여다보며 흥정하는 나이 먹은 아낙, 머리를 찌그러뜨릴 것 같은 커다란 함지박을 용케 이고 애를 업고 손에 달고 잰걸음으로 지나가는 여자들이 보였다. 여기저기서 호객을 하는 사내들의 고함과 흥정하는 소리, 싸움판과 말리는 판이 뒤엉켜 시끌벅적했다.

한두 평이나 될까 말까 하는 좁은 점포가 닥지닥지 연결된 중에 군데군데 오색 꼬리를 단 깃발이 군데군데 늘어져 펄럭이고, 지전, 어물전, 면포전, 선전, 망문상전 따위의 상호만 깃발 속에서 멋을 부렸다. 입구 쪽으로 난 퇴청에는 팔뚝 반만 한 주판과 동그란 통에 꽂힌 산가지, 척(자), 저울 따위를 앞에 둔 가게 주인들이 죽립이나 폭이 좁은 흑립을 쓰고 앉아 지나가는 사람을 훑어보고 있다.

"무얼 사러 오셨습니까. 천을 사러 오신 거면 제가 좋은 가격으로 흥정을 해 드리지요."

여기저기 손님들을 호객하는 여리꾼이 이완의 빈 지게를 보고 다가와 수작을 건다. 여리꾼들은 붉은 철릭에 커다란 깃을 꽂은 빨간 초립까지 얻어 쓰고 길 복판을 휘젓고 있으니 눈에 안 띌 수가 없다. 한 걸음 두 걸음 디딜 때마다 햇솜이 필요하냐, 오늘 좋은 어물이 들어왔다, 자꾸 들러붙어 추근추근한다. 옆에서 민호는 손을 잡아채며 수군거린다. 넘어가지 마, 이완 씨. 저 아저씨 삐끼야 삐끼. 몇 번 와 봤는데 여기 순 삐끼 천지야. 직접 흥정하면 더 싸게 살 수 있어.

이완은 집에 없는 살림살이와 식재료를 생각하며 살 것의 물목을 하나하나 헤아렸다. 사실 집에 물건이라곤 아무것도 없으니 보이는 대로 다 필요하긴 했다. 민호는 큰소리친 것이 무색하게 길가의 작은 평상에 펼쳐진 어물과 포목, 나무 그릇, 쇠로 만든 연장들을 구경하며 침을 줄줄 흘리기 시작했다. 어머, 이건 사야 해! 어머, 저것도 사야 해!

민호와 이완은 두리번두리번 사방을 가로지르며 보이는 대로 지게에 얹는다. 면포전에 먼저 들러 은붙이를 바꾼다. 그곳의 면포전에선 은붙이를 팔기도 하고 사기도 한다. 이완의 은괴가 묵직한 엽전 뭉치로 교환이 된다.

면자전이라 쓰인 곳에서는 이불에 넣을 목화솜을 둥덩산처럼 사서 안고, 염상전에 가서는 소금을 흥정한다. 긴긴 운종가의 수많은 매장 중 옷가게라고는 의전이라 써 붙인 한 군데뿐이었는데 그나마 넝마가 다 된 것들만 넌줄넌줄 걸려 있어 돈 주고 살 생각은 쥐뿔만큼도 들지 않았다. 철물전에서는 무쇠로 만든 가위와 식칼, 호미, 작은 삽, 망치와 못, 자귀와 대패 따위를, 시저전에서는 숟가락, 젓가락, 국자 따위를 총총 사들인다. 어물전에선 말린 갈치, 자반전에선

절인 고등어 두 손을 사 새끼로 묶어 지게꼬리에 달랑달랑 달아맨
다.

허리에 묵직하던 엽전 두름이 줄어드는 대신 먹을 것 입을 것 마
실 것 쓸 것들은 흐뭇하게 쌓여 가고, 두 사람은 지게와 함지박에
얹힌 것들이 으르르 뚝딱, 만한전석이 되어 나타날 것처럼 신이 났
다.

쌀에 보리에 콩에, 군입을 다시는 여자를 위해서 약과도 한 줄, 마
지막으로 옹기점에 들러 작은 항아리를 두 개 사서 지게 꼭대기에 얹
어 새끼줄로 간신히 묶고 보니 두 사람의 짐이 태산처럼 높아졌다.
다리에 있는 대로 힘을 주고 지게 작대기를 짚고 일어나니 무릎이 후
들후들한다. 하지만 이완보다 머리 하나 반은 작은 노인이 자신의 키
높이 정도 되는 나뭇단을 지게에 얹고 짱짱하게 걷는 것을 보며 이완
은 젖 먹은 힘을 다하여 다리에 힘을 주었다.

기우뚱기우뚱 비틀비틀 다리를 옮기며 땅바닥을 보니 검정 강아
지가 정말 걱정이 된다는 듯 고개를 빤히 들고 쳐다본다. 괜찮아? 이
완 씨? 콩이랑 쌀은 내가 질까? 괜찮아? 괘으은챠나요, 으으, 괘은찬
타니까으으, 왜 이래요오. 나를, 물로, 뭘로 보고으으. 자존심이 상한
이완은 고집 세게 걸음을 옮겼다. 비틀비틀 갈지자로 걷다 보니 어느
새 요령이 생겨 제법 똑바로 걷게 된다. 커다란 광주리를 머리에 진
여자가 뒤에서 웃으면서 따라오는 것이 느껴진다.

"민호 씨, 우리 여기까지 온 김에 장 화원이나 한번 보러 갈까요?
이 시전 거리에서 남쪽으로 조금만 내려가면 도화서 건물이 있는데
재수 좋으면 얼굴을 볼 수도 있을 거예요."

"응? 노랑눈이 아저씨? 도화서에 출근해?"

"차비대령화원은 원래 규장각인가? 하여간 창덕궁으로 출근을 하
는데, 교수화원이기도 하니까 도화서로 제자들을 가르치러 나오기도

할 거예요. 무단결근이 잦으면 그것도 벌을 받는데 시말서 감봉 그런 게 아니고 매를 맞으니까 만년 농땡이는 못 칠 거고요. 스승님이 감봉은 신경 안 써도 매 맞는 건 아프니 싫을 거 아니에요. 어쨌든 새해도 넘겼으니 세화용 병풍은 지나갔을 거고, 계시는지 한번 들러나 보죠."

"으으, 가면 진희 데리고 오라고 나를 들들 볶을 텐데. 아님 이완 씨 안 보는 틈에 때려잡을지도 모르는데."

"하하하, 설마요. 옆에 기사가 있는데 때려잡긴 누가 잡아요."

기사는 개뿔, 하는 글자가 동그란 이마에 떴지만, 이완은 못 본 척했다.

"괜찮으실까 몰라. 노상 술만 퍼마시고 있으려나. 진사님 집 아줌마 아저씨들한테 듣기로 폐인이 다 되었다고 했는데."

"저도 들었습니다. 속으로 앓고 자연히 삭히는 게 안 되는 분이니 당연히 병이 났겠지요. 가서 안부라도 여쭙고 상태도 좀 보고 와야 하지 싶은데요."

민호는 한참을 꾸물거렸으나 결국 고개를 끄덕였다. 힘들어도 얼른 털고 다시 자리 잡고 일어나게 해 주어야 옳지. 진희에 대해 물으면 대답해 주고, 잘 지내고 있다고 말해 주고, 질질 짜고 울면 술이라도 받아 가서 집에서 밤새 대작이나 해 주어야겠다. 민호는 수긋하게 따라나섰다.

이완은 도화서의 위치를 어렵잖게 가늠했다. 기억하기로 도화서 터는 두 군데였는데, 인사동과 맞닿은 우정총국 근방에 한 군데였고, 장 화원이 활동하던 시기의 도화서는 아마 을지로 입구 쪽에 있던 것 같다. 그는 으리으리한 솟을대문이 높직하게 솟아 있는 의금부 맞은편, 전옥서와 조금 전에 초와 실을 샀던 망문상전 사이에 있는 널찍한 골목을 가리켰다.

"이 길이에요. 요기로 조금만 내려가면 골목 끝 큰길 나오는 곳의 왼쪽에 있을 거예요."

"우와, 이완 씨 여길 몇 번이나 와 봤다고 그렇게 잘 알아? 도화서가 본 적 없잖아."

민호는 진심으로 감탄했다. 아무리 네이롱의 검색창이라도 어떻게 이 정도까지 알 수 있을까. 결벽증으로 깎아 먹은 생존력을 능히 커버하고도 남을 능력이다. 이완은 앞에서 비틀비틀 걷다가 조용히 말했다.

"민호 씨, 여기 이 자리에서 느긋하게 걸어서 5분 거리에 갤러리려 매장이 있었어요. 모를 리가 없잖아요."

순간 민호는 목이 턱 막히는 것 같았다. 생각해 보니 저 사람이 매일 출근해서 돌아다니고 식사하고 사람을 만나던 곳이었다. 다만 시간이 달라졌을 뿐이다.

이완은 아무 말도 없이 골목 쪽으로 걸음을 옮겼다. 민호는 그의 얼굴을 확인할 수 없었다.

"물럿거라, 병판 대감 행차시다. 후여어어, 물럿거라! 후여어어!"

큰길 어귀에서 위풍당당 울리는 고함이 큰길을 가득 채운다. 도화서로 가려던 이완과 민호는 엉거주춤 멈춰 서서 뒤를 돌아본다.

화려하게 치장한 긴 초헌이 큼직한 외바퀴를 들들거리며 시전 한복판을 가로지른다. 가장 앞에서 짤막한 갓을 쓴 별배가 목통이 터져라 연신 소리를 질러 대고 채를 잡은 건장한 사내가 넷, 채를 잡지 않은 채잡이 넷이 길게 꼬리처럼 따라 재게 걸으며 어깨를 우쭐거린다.

"썩 비켜라 이것들아. 물럿거라아아. 후여어어. 물럿거라."

아홉이나 되는 건장한 사내들이 한꺼번에 길을 훑어 지나가는데 주변의 행인과 장사꾼들 따윈 안중에도 없다. 위에 올라앉는 나리님은 커다란 사모를 쓰고 붉은 단령을 입은 반백 사내로, 부채로 의자 손잡이를 딱딱 치며 왜 이리 걸음이 느리냐 타박을 한다. 평평 넓적한 얼굴에 눈은 쥐눈이콩처럼 점만 찍었고 중동이 죽은 콧부리도 영 볼품이 없는 데다 온몸에 살집까지 푸짐해 좁은 의자에 엉덩이를 욱여넣은 꼴이었다.

"훠이 물럿거라, 용암 대감 행차시오. 물럿거라. 후어어잇! 호판대감 행차시다. 훠어잇!"

옆의 골목에서도 화려하게 투각 장식된 사인교가 나타났다. 점주들은 길가로 내놓았던 알량한 매대를 황급히 건물 안으로 거두어들이고, 길을 가던 지게꾼과 수레꾼들은 황급히 길 양옆으로 붙어서 엎드려 고개를 박는다.

널찍한 길을 빡빡하니 채웠던 인파가 좌우로 슬렁슬렁 갈라진다. 허연 옷을 입은 사람들이 등을 거북처럼 구부리고 한꺼번에 엎드리는데, 멀찍이 보면 길이 허여스름하여 목화밭처럼 보일 지경이다. 짐을 태산처럼 지게에 얹은 사람들은 쉽게 고개를 숙이지도 엎드리지도 못하니 발 빠르게 시전 건물 뒤에 있는 좁다란 골목, 피맛길로 숨어 버린다. 초보 지게꾼인 이완은 무거운 짐에 눌려 휘청휘청하다가 뒷골목으로 들어갈 타이밍을 놓쳤다. 두 사람은 게처럼 어정어정 옆으로 물러나 벽에 지게를 대고 흙바닥에 엎드렸다.

사인교와 초헌이 길 한가운데서 맞닥뜨렸다. 가마꾼들은 어느 쪽도 양보하지 않고 배를 내밀고 버틴다. 두 사람 모두 위에서 부채를 펄럭이며 딴청이다. 두 주인의 품계가 비등하니 먼저 피하면 낯이 깎이는 일인지라, 위에서 아무 말이 없을 땐 그야말로 가마꾼들의 싸움이었다. 가마 싸움에서 밀리면 일 년 내내 재수가 없다는 소문이 있어 놓으니, 가마꾼 두 팀은 한 치의 양보도 없이 육주비전 한복판에서 배를 내밀고 비키네 못 비키네 시비를 시작했다.

일이 커지리라 짐작한 눈치 빠른 상인들은 무릎으로 살살 뒷걸음 질하며 싸움판에서 멀어진다. 아니나 다를까, 교꾼들이 멱살잡이에 이어 바로 주먹다짐을 시작했다.

"네놈들이 정녕 호판이신 김병시 대감도 몰라보고 이러더란 말이 냐."

어쩐지. 그럴 줄 알았다. 이완은 그제야 천한 신분인 채잡이들마 저 위세등등한 이유를 알아차렸다. 김병시라면, 병자 항렬의 안동 김 씨 가문이겠다. 잠시 기세가 죽었다고는 해도 아래위 좌우로 정승판 서가 포진한 권문세족이다. 하지만 맞은편에 있는 이들은 더욱 기고 만장 소리를 지른다.

"김병시 대감이 뉘신지 나는 무식해서 잘 모르겠지만, 네놈들이 아무리 무식해도 조선 팔도 세 살 먹은 애새끼들도 따르르 알고 있는 민겸호 대감 성함 석 자는 모르지 않겠지?"

김똘똘이든 민똘똘이든 뭔 그지 깡깽이냐, 중얼대는 민호를 잡아 누르며 이완은 손가락을 입술에 댔다. 쉿, 조용히 해요. 잘못하면 끌 려가서 경을 쳐요.

상대가 민겸호라면 김병시 쪽이 힘이 달리겠다. 민겸호는 현재 중 전과 가장 가까운 척족으로 병조판서뿐만 아니라 선혜청과 통리기 무아문 당상을 맡고 있으니 모든 요직을 독차지하고 있는 실세 중의 실세라 할 수 있었고, 맏아들인 영환도 왕의 신임을 듬뿍 받으며 승 승장구하는 중이었다. 아니나 다를까, 승패는 잠시간에 갈리고 말았 다.

"이런 고이헌 것들을 봤나! 주상 전하의 급한 패초를 받고 입시하 는 자의 길을 막다니! 당장 물고를 내야 길을 트겠느냐!"

사인교에 앉은 김병시는 코를 실룩이다가 가마꾼에게 큰 소리로 명령했다.

"어허허, 병판 대감께서 주상 전하의 급한 부르심을 받고 가신다지 않느냐. 얼마나 급한지 몰라도 판서쯤 되는 이가 채신머리없이 길바닥에서 소릴 지르게 할 수는 없으니. 길을 내 드려라."

채신머리없이 길바닥에서 소릴 지르게, 하는 부분의 목소리가 유난히 컸다. 초헌에 앉은 뚱뚱보의 얼굴이 붉으락푸르락했지만 승패는 어쨌든 결정이 되었다.

김병시의 가마꾼들은 잔뜩 찌그러져 이완과 민호가 엎드린 쪽의 길가로 붙어 욕설을 집어삼킨다. 후여어, 병판대감 행차시다 물럿거라! 목통 큰 별배의 고함이 더욱 오만해진다. 앞장을 선 별배는 구태여 상대편 가마꾼들이 몸을 피한 쪽으로 꼬리를 확 틀었다. 그 서슬에 초헌의 긴 채가 뒤로 크게 돌았고, 고의인지 실수인지 뒤채를 잡고 있던 가마꾼들과 뒤따르는 하인들이 김병시 쪽 가마꾼들과 엎드린 사람들 몇몇을 발로 치고 지나간다.

투그럭, 퉁팅! 파삭!

이완의 지게가 땅바닥에 처박히면서 꼭대기에 묶어 놓은 항아리가 산산조각 나고 말았다. 어물전의 평상도 함께 엎어지면서 바구니에 놓인 북어와 말린 홍합, 소금에 절인 생선 따위가 땅바닥으로 와르르 쏟아졌다.

"게 좀 조심하지! 대감 행차에 걸리적거리게."

얼굴이 시커먼 가마꾼은 남의 물건을 깨 놓고도 사과 한 마디 없이 재게 걸음을 옮긴다. 초헌에 앉은 대감님이 깨진 항아리를 힐끗 돌아보지만 키잉, 헛기침만 하고는 "늦었는데 얼른 가지 않고 뭘 꾸물대는 게냐!" 하고 호령이다. 김병시 쪽 가마꾼들은 울근불근하지만 주인의 명이 있어 놓으니 이를 갈며 흉흉하게 노려보기만 하고, 결국 민호가 엉거주춤 쭈그린 채 고개를 들었다.

"어? 어? 저기, 아저씨가 건드려서 이거 항아리 깨지고 물건 다 엎어졌는데요!"

외려 어물전의 주인이 질겁을 하고 휘휘 손을 저어 민호를 말린다. 이런 일이 한두 번이 아닌 듯, 어물전의 주인은 흩어진 바구니에 마른 생선을 허둥허둥 주워 담고 흙으로 뒤발한 염장 생선들은 바구니에 담아 가지고 들어간다.

생선은 씻을 수 있다지만 옹기는 고스란히 깨져 버렸다. 민호의 목소리가 좀 컸는지, 갑자기 행렬이 멈췄다. 얼굴이 시꺼먼 가마꾼은 기도 안 찬다는 듯 콧방귀고, 앞에서 고함을 뻑뻑 지르던, 하인들의 우두머리쯤으로 보이는 별배가 행렬을 멈추고 다가왔다. 몸집은 통통한데 색깔 있는 철릭에 반들반들 윤이 나는 초립으로 멋을 냈고, 꼭 제 주인 같은 쥐눈이콩 눈에, 몽당붓 같은 염소수염이 달랑거렸다.

"이거 봐라? 그래서 지금 네년이 옹깃값을 내놓으라는 게냐? 미친 게 아니고서야. 네년이 정녕 병판대감 집까지 끌려가서 물고가 나고 싶으냐?"

"항아리를 깼잖아요! 물어 달라는 게 왜 미친 거예요? 가만히 있는데 저 아저씨가 찼잖아요."

"민호 씨, 그만해요. 다시 사면 됩니다."

이완이 막고 나섰다. 하인이 어이가 없다는 듯 픽 웃는다. 위세 높은 주인을 모시다 보니 백성들이 그리 따지는 것들을 생전 본 적이 없던 모양이다. 그는 시커멓게 삭은 앞니 사이로 침을 퉤, 뱉더니 소매를 둥둥 걷어붙였다.

"네년이 우리 대감마님께 이깟 항아리 깨진 값을 달라고 하는 거냐? 허, 네년이 맞아 죽고 싶은 모양이구나. 그렇다면 그따위 자발 없는 소리가 나오지 못하도록 항아리 다음으로 주둥이를 박살 내 줄까?"

이완은 민호를 황급히 잡아채 귓속말을 했고, 민호는 눈을 동그랗게 뜨고 입을 다물고 말았다. 주변 상인들은 꼼짝없이 엎드린 채 무슨 불똥이 튈지 몰라 달달 떨고 있었다.

항아리값을 내 달라는 소리가 쏙 들어가자 분이 조금 풀린 사내는 이완이 받쳐 놓은 지겟작대기를 발로 확 걷어차고 쏟아진 물건들에 발길질을 하는 것으로 분풀이를 끝내고 몸을 돌렸다.

"한 번만 봐주는 줄 알아, 어디서 감히 대들어 대들길."

"아니, 보자 보자 하니, 저 개씹쌍놈의 새끼가!"

하고 말이 튀어 나가려는 입을, 이완이 간발의 차로 틀어막았다. 1초만 늦었어도 대형 사건으로 비화했을 것이다.

제대로 흑기사 노릇에 성공한 것을 확인한 이완은 물건을 급히 주워 담으며 길게 안도의 한숨을 쉬었다. 자신이야 어차피 이 바닥에 눌어붙어 살게 되었으니 맞거나 말거나 마음을 비웠지만 저 여자가 또다시 형틀에 묶여서 얻어맞는 꼴은 두 번은 못 볼 성싶었다. 그들이 조금 멀어진 후에야 민호는 눈을 둥그렇게 뜨고 이완에게 물었다.

"근데 정말이야? 저 뚱뚱보 영감이 정말 곧 죽어?"

"그럼요. 얼마 안 남았어요. 그러니까 민호 씨도 괜히 화내고 얻어맞지 말고 천벌받는 꼴을 구경이나 하세요. 시체도 못 추릴 정도로 비참하게 죽을 테니까요. 하인들도 거반 죽어 나갈 거구요."

"아니, 대체 무슨 일로?"

"불쌍한 백성들 항아리를 깨고도 미안한 줄 모르니 천벌을 받는다고 해 두죠."

민호는 눈을 껌벅이며 멀찍이 멀어지는 가마꾼들을 쳐다보았다.

"자네 지금 그게 무슨 말인가?"

갑자기 옆에서 낮고 무거운 목소리가 흘러나왔다. 옆으로 길을 비켜 주었던 사인교에서 눈이 가늘고 날카로운 인상의 사내가 내려섰다. 호판 김병시는 민겸호와 달리 눈빛이 시원하고 몸이 가벼웠다. 그는 무심하고 느른한 목소리로 묻는다.

"지금 내가 이상한 소리를 들은 것 같은데."

"호판대감, 별다른 말을 한 것은 없습니다만."

"아하. 내 입으로 네놈이 말한 것을 그대로 읊고 끌고 가야 하겠느냐?"

이완은 그대로 시치미를 뗄까 정면 돌파를 할까, 잠시 고민을 하다가 한숨을 쉬고 자리에서 일어섰다. 이런 자리에선 무지렁이 백성으로 보여서 좋을 것이 하나도 없었다. 그는 옷을 털고 허리를 편 후 고개를 들고 말했다.

"용암 대감, 관자께서 이르기를 선죄신자는 민부득죄야요 불능죄신자는 민죄지(善罪身者 民不得罪也 不能罪身者 民罪之)라, 자신에게 죄를 돌리는 자는 백성이 벌할 수 없고, 자기 죄를 알지 못하는 자는 백성이 벌한다 하지 않습니까. 민심은 곧 천심이니 백성의 뜻이 그러하면 능히 천벌이 임한다 하는 것이 어찌 이상한 결론이겠습니까? 시일하시상(是日何時喪)이라, 백성이 저 해가 언제 질 것이냐 한탄할 때 50년 치세의 폭군 걸왕이 고꾸라지기도 했지요."

어허? 모여든 자들의 눈이 둥그레졌다. 입성이 추레하지만 과시 준비라도 하던 선비라면 일단 함부로 대할 수 없는 법, 몰락한 반가의 자제이나, 중얼대며 이완을 훑는 호판의 목소리가 다소 무르춤했다. 이완은 점잖게 고개를 숙여 보였다.

"쓸데없는 오해를 하게 해 드려서 송구합니다. 선현들의 말씀대로, 저렇게 백성을 불쌍히 여기지 않고 안민하는 자로서의 도리가 없으면 하늘이 벌을 내리지 않겠느냐 한 것뿐입니다. 그리고 그에 빌붙어 호가호위하는 천한 자들도 그러하지요. 그것을 말한 것이니 배움이 짧은 자의 중얼거림에 크게 마음 두지 마시길 청합니다."

판서의 가는 눈이 더욱 가늘어진다.

"재미있군."

그는 풀썩 웃으며 다시 사인교에 오르더니 잠시 후, 작은 주머니를 창밖으로 떨어뜨렸다. 민호는 주머니를 받아 들고 어리둥절한 얼굴로 눈을 끔벅거렸다. 주머니에서는 엽전 소리가 절그럭거렸다. 안에서 심드렁한 목소리가 들렸다.

"어느 집안 선비인지는 모르겠으나, 앞으론 병판이나 그 집 하인들의 눈에는 안 띄는 게 좋을 걸세. 벼락이 칠 때는 바닥에 납작 엎드려야 목숨을 부지한다는 것 정도는 알고 있어야지. 그 집 뜰에서 맞아 죽으면 하소연할 데도 없을 테니."

이완은 애매하게 웃으며 고개를 숙였다.

"감사합니다, 호판대감. 대감께서도 부디 조심하시기 바랍니다."

사인교가 다시 멈춰 섰다. 건방지게 들렸을까? 하지만 그는 눈을 가늘게 뜨더니 고개를 끄덕였다. 기억해 두지. 이완은 정중하게 허리를 굽히고 덧붙였다.

"살펴 가십시오."

❀　　　❀　　　❀

민호는 눈앞의 사내를 보고 심한 배신감을 느꼈다. 황갈색 눈은 예전과 다름없이 생기 있게 반짝반짝 빛나고 있었고, 입성은 더욱 말끔해졌다. 상투도 웬일로 기름을 잘 먹여 반드르르 정리해서 단정히 틀었고, 망건도 똑바르고 허리띠도 반듯하다. 폐인이 다 되었다는 소문이 무색하게, 말짱하기 그지없는 얼굴로 벌쭉대고 웃고 있었다.

다만 농땡이 치는 것은 여전한지, 서리에게 장 화원 어르신을 만날 수 있느냐 했더니 영 못마땅한 얼굴로 퇴청에서 꼬닥꼬닥 졸고 있는 사내를 가리킨다. 녹봉을 도적질하는 것도 하루 이틀이지. 양심이 있으면 예를 나가야 옳지 않아? 입속말로 중얼중얼, 콧방귀까지 핑핑 뀌는 것이 저놈의 땡땡이가 아주 이력이 났는가 보다.

"꺽실이는 또 언제 왔누? 오면 나한테 바로 인사를 오지! 에이 내가 막 붙잡고 달달 볶을까 봐 못 왔구나. 이 바보야."

그러더니 또 흙바닥에 엎드려서 절하는 이완을 보며 우물쭈물 묻는다.

"별일 없었지? 잘 지냈지? 예까지 잘 찾아온 걸 보니 볼기짝 맞은 건 그래도 잘 나았나 보다, 응? 많이 아팠지? 꽤 고생했다더니."

"예, 염려해 주신 덕분에 무사히 나았습니다."

"염려 안 했어. 안 했고말고."

민호는 팔짱을 끼고 있다가 툭 내뱉었다.

"뭐예요. 명색 제자라고 절까지 받았는데 걱정을 안 했다고요?"

"내가 시키면 사내놈까지 걱정해 줄 정도로 걱정이 차고 넘치지는 않아. 걱정해 줄 여자가 한둘인가, 응."

"흥, 사람 죽어 간다고 해서 걱정해서 와 봤더니만 멀쩡하죠, 아주?"

"말짱하지! 내가 비리비리 죽어 갈 줄 알았지? 웃기시네. 나는 아주 좋아. 술 먹고 평양루에 가서 밤새워 놀고 또 여게 와서 하루 종일 자고 가끔 내키면 그림 그리고 또 알딸딸하니 한잔 걸쳐 주고. 세상에서 내 팔자가 제일 좋아. 매일매일 좋은 일들뿐이야."

예상 밖으로 그는 진희에 대해서는 일언반구도 하지 않고 작정한 듯 다른 이야기만 한다. 이완은 걱정스럽게 물었다.

"정말…… 괜찮으십니까, 스승님?"

"그렇다니까? 안 괜찮을 게 뭐가 있어? 접때도 아주 신나는 일이 있어서 술을 한 말 마셨고, 오늘도 조금 신나는 일이 있어서 반 말쯤 마실 생각이었고, 내일도 또 신나게 마실 일이 생길 거라고."

이해할 수 없는 그의 반응에 이완과 민호는 얼빠진 듯 서 있었다. 과장해서 저러는 걸까. 일종의 도피일까. 너무 허탈해서 억지로 저러는 걸까. 감정을 도무지 숨기지 못하는 사람이 저렇게까지 되었다니, 대체 중간에 무슨 일이 있었던 걸까.

하지만 당사자가 구태여 말을 하지 않는데 굳이 진희의 이야기를 끄집어낼 일도 아니었다. 그는 두 사람을 멀뚱히 세워 둔 채 빙빙 돌다가 뭔가 말을 할까 말까 수십 번 흘끔거리다가 후, 한숨을 쉬며 물었다.

"박이완이 너, 본디 있던 데로 못 돌아가게 되었다면?"

"누가 그럽니까?"

"뉘긴 뉘야. 어 그게…… 윤 진……사님 댁에서 들었지. 말하지 마! 진사님한테 절대 말하면 안 돼! 비밀로 하기로 했단 말이야!"

그는 허둥허둥 소매를 펄럭펄럭, 주둥이를 내밀고 퍽퍽 줴지르다가 고개를 쭉 빼고 묻는다.

"너 근데 정말 그림 타고 달나라 비슷한 데서 왔다면서? 조 꺽실이가 달고 온 거라면서?"

윤 진사 그 인간, 입이 무거운 사람인 줄로만 알았더니 죄다 나불거렸다. 이완은 코끝을 찡그리며 대답했다.

"……좀 비슷합니다."

"신기하구나야. 그래서 저 꺽실이가 나한테 떠돌이 나그네 그림을 그려 달라 한 게구나. 그렇게 떠돌아다니니까."

그는 여전히 알쏭달쏭한 얼굴로 눈을 반짝이더니 옆에 세워 둔 지게를 보고 벌쭉 웃는다.

"지금 시전에서 장을 잔뜩 봤구나? 집이 가까이 있어?"

"예, 청계천 건너서 조금만 걸어가면 됩니다. 숭례문하고 선혜청 중간쯤에 있습니다."

"좋구나, 좋아. 나도 지금 구경 가도 돼? 술이랑 고기랑 사 갈 거니 고기나 구워 먹을까?"

"물론입니다, 스승님."

"맨입엔 안 돼요. 짐을 좀 나눠 지고 가면 고기 구워 드릴게요."

장 화원은 그림을 빼놓으면 종류 여하를 막론하고 일하기를 싫어했다. 특히 지게질은 죽어도 안 하겠다 똥고집이었다.

"너희가 몰라서 그러나 본데, 내가 꼬꼬마 때부터 지게를 너무 많이 져서 스무 살 되니까 벌써 평생 져야 할 지게를 다 져 버렸어! 내가 저놈의 지게 꼴 보기 싫어서 점(占)집도 복(卜)집도 안 가고 박(朴)씨도 내가 좀 안 좋아했어, 아, 너도 그러고 보니 박 씨구나, 응!"

그래서 그는 배접과 표구를 담당하는 배첩장을 달달 볶아 종이와 표구용 비단, 병풍용 목재 등을 나를 때 쓰는 달구지를 얻어 냈다. 그걸로도 모자라 해가 중천에 떠 있는데도 퇴청을 하겠다며 서리에게 무슨 핑계든 대서 글로 적어 달라 당부하고는 멋대로 대문을 열어젖힌다.

화원 나리! 제발 조금만 기다렸다가 퇴청하시면 안 됩니까요? 아니면 제발 이런 거라도 소인 좀 시키지 마세요. 이런 거 대신 써 주었다가 나중에 문제 되면 저까지 치도곤을 당합니다! 지금이라도 제발 글 좀 배우셔서 직접 쓰세요! 일부러 안 배우시는 거죠! 장 화원! 화원 어르신! 아이고 죽겠네. 불쌍한 서리의 목소리가 멀어진다.

이완은 앞에서 수레를 끌고 민호는 뒤에서 밀었다. 가끔 덜컹대긴 하지만 아까보다 훨씬 편했다. 편안하게 만들어 주었으니 한 마장만 수레에 앉아서 가고 싶다 조르는 노랑눈이 화원에게 윤민호의 이단 옆차기가 작렬했고, 이완은 스승이 얻어맞는 것을 보고도 얼른 고개를 돌리고 못 본 척했다. 스승은, 이런 말을 하면 안 되었지만 가끔 좀 맞아 주어야 했다.

에헤라 놓아라, 아니 못 놓겠네 능지를 하여도 못 놓겠네. 푸른색 창의에 양태가 좁은 갓을 쓴 스승이 수레를 탁탁 두드리며 노래를 한다. 얼씨구절씨구 자진 방아로 돌려라, 아하아 에헤요 에헤여라 방아 흥아로구나, 무슨 잡가 메들리처럼 끝도 없이 흘러나오는 흥겨운 노랫가락, 중간중간 끼어드는 춤사위와 웃음. 그의 마음엔 근심이나 슬픔이 티끌만큼도 뵈지 않는다.

이완은 이해할 수 없었다. 한눈에 반해서 그렇게 사랑하던 여자와 헤어져서 거의 폐인까지 되었다던 사람이, 어떻게 저렇게 말끔하게 털어 버리고 노래하고 춤을 출 수 있을까?

사람의 마음이란 원래 그리 간사한 건가?

나는 민호 씨가 옆에 없는 순간부터, 살아도 사는 게 아니었다. 당신도 진희 씨가 떠난 다음에는 그러지 않았던가? 당신의 감정이 그렇게 가볍고 값싸게 생각이 되지는 않았는데.

작은 언덕바지에 수레를 끌고 오르자 그것도 한나절 일을 한 거라고 다리가 질질 끌렸다. 그새 저질 체력이 된 것 같아 한심했다. 조금 힘에 부치는 기색을 보이자 뒤에서 미는 힘이 갑자기 강해졌다.

이완은 피곤한 티를 내지 않으려고 이를 악물고 수레를 끌었다. 농땡이 제왕께서는 같이 수레를 밀어 줄 생각은 안 하고, 창의 자락을 붙잡고 껑충껑충 앞질러 뛰기 시작했다. 목이 칼칼하니 평양루나 바침술집에서 술이라도 두어 병 받아 와야겠다, 단골 정육상에서 고깃근이라도 끊어 오겠노라, 조 버드나무 아래서 튀지 말고 기다리라 꽥꽥대는 소리가 순식간에 멀어졌다.

이완은 버드나무 아래 수레를 대 놓고 나무에 기대고 앉았다. 아직 점심도 먹지 못해 배가 고팠고, 오전 내내 힘든 일을 겪어 진이 빠졌다. 길게 한숨이 나왔다. 땀이 줄줄 나와 옷이 등짝에 찰싹 달라붙어 있었는데 그늘에 들어가니 그래도 시원하게 바람이 들었다.

뒤에서 수레를 밀던 여자가 옆으로 냉큼 뛰어와 다리를 쭉 뻗고 앉았다. 손에는 아까 시전에서 샀던 시커먼 약과가 들렸다. 이완은 눈을 반쯤 뜨고 여자를 바라보았다. 길고 갸름한 얼굴이, 가늘고 새까맣게 반짝이는 눈이 자신의 얼굴을 요리조리 살피다가 시선이 딱, 마주치자 이를 드러내고 벙긋 웃는다.

눈을 꽉 감았다. 안 그러면 눈물이 쏟아질 것 같다.

당신이 옆에 와 줘서 행복하고, 행복하다. 이 하루하루를 최선을 다해서, 열심히 이 행복을 만끽하고 누리고 기억해 둘 것이다.

하지만 당신이 마음이 떴을 때 떠날 거라는 것도 다 각오하고 있다. 어차피 동정심이나 정의, 책임감만으로 자신의 평생을 버리고 남의 곁에 남을 수는 없을 것이다. 여자가 시간 여행의 경험이 많고 적응을 잘한다 해서 이 시대에 편안하고 위생적인 수세식 변기와 가스보일러, 오븐이 생겨나는 것도 아니고, 한겨울 손이 얼어 터지도록 산더미 같은 손빨래를 해야 하는 사실이 없어지는 것도 아니니까.

불편함과 자신의 인생에 대한 아까움이 나에 대한 동정을 넘어서는 시기는 늦든 이르든 반드시 찾아올 것이다. 하여 내가 간절히 바라는 것은 여자와 함께하는 시간이 조금이라도 더 길어지는 것, 다른 생각하지 말고 매일매일 이어지는 행복을 충분히 누리는 것뿐이다.

여자의 감정이 저 스승의 감정처럼 휘발하기까지 며칠이나 걸릴까. 그나마 그 감정이 끈끈한 애정도 아닌 동정심이면 얼마나 더 빨리 휘발하게 될까.

나는 내 감정이 그보다 더 빨리 휘발하기를 빌어야 할까. 아니면 몇 달 만에 간신히 찾아온 이 생명의 빛이 내 마음속에서라도 영원히 살아 있기를 빌어야 할까. 나는 당신을 보낼 수 있을까. 나는 당신에게 가라고 할 수 있을까. 가는 뒷모습을 다시 버틸 수 있을까.

잘 알 수 없다. 이완은 머리를 나무에 기대고 풀풀 웃었다.

여자가 큼직한 약과를 반으로 갈라 한쪽을 이완에게 주고 입맛까지 다셔 가며 먹기 시작한다. 이완은 약과에 묻은 흙 부스러기를 소매로 털고 먹기 시작했다. 약과는 여자가 만든 것만큼은 아니었지만 달고 끈적하고 맛있었다.

여자가 옆에서 흥얼흥얼 콧노래를 하기 시작한다. 배고프다, 배고프다. 노랑눈이 아저씨 오면 얼른 가서 밥해 먹자. 된장 넣어 국 끓이고 파 썰어서 계란찜 하고, 갈치에 소금 뿌려서 노랗게 구워 먹자. 여자는 흥얼거리며 꽃들을 따기 시작했다. 노란 민들레가 여자의 손에 차례로 모여 소복하게 무리를 이룬다. 황금빛이 선연한 덩어리가 여자의 손안에서 점점 크게 자란다.

"난 있잖아, 어릴 때부터 두나네가 참 부러웠다?"

"왜요?"

"나이 터울이 많은 오빠들하고 놀기가 너무 재미없었어. 그나마 진희가 있었지만 나머지는 다 남자뿐이었거든. 그것도 장가간 오빠들하고 놀 순 없잖아."

"하하하."

"난 그래서 동기가 일곱이나 되는 두나네가 정말 좋아 보였어. 너무너무 재미있을 것 같았어. 언니하고 여동생하고 서로 옷도 골라 주고 머리도 같이 해 주고 옷도 나눠 입고, 같이 놀러 다니고. 그러면 얼마나 좋을까, 그랬지. 뭐 실상은 아침마다 옷하고 양말 스타킹 전쟁이라고 그러더만."

"아, 하하하. 그랬군요."

"그 집 엄마가 얼마나 힘들까, 하는 생각 따윈 알 게 뭐야. 그래서 난 어릴 때 '결혼하면 두나네처럼 딸을 많이 낳아야겠다' 결심했지. 보스 여사가 두나네 일곱 명을 쫙 줄 세워서 데리고 다니는 게 그렇게 재미있고 멋져 보였다? 그래서 두나네보다 더 많이 낳아서 여자 축구단도 만들 생각이었어. 축구는 공 하나만 사면 하루 종일 같이 마당에서 놀 수 있잖아."

"······."

그쯤 되자 이완은 더 웃지도 못하고 입술 끝만 실룩거렸다. 그는 한참 후에 간신히 한 마디씩 대답할 수 있었다.

"그래요. 저도 사실 딸들을 많이 키우고 싶었어요."

그 넓은 안락재에 우리 아이들이 가득하도록 많이 낳아서 키우고 싶었는데, 하는 말까지는 차마 나오지 않았다. 이야. 이완 씨도 그랬구나. 이런 건 또 완전 딱딱 맞네. 여자가 시원시원 웃었다. 이완은 다시 멋대로 실룩대는 입술을 꽉 누르고 억지로 따라 웃었다. 여자의 모습이 조금 굴절되어 일렁일렁 흔들렸다. 이완의 입술이 조금 더 심하게 경련했다.

여자가 손을 앞으로 내민다. 눈앞이 노랗게 밝아진다. 여자가 따 모은 노란 민들레 더미가 얼굴 앞으로 다가들었다. 여자는 조금 긴장한 얼굴을 하고 있었다. 여자의 입술이 달싹거렸다.

민호 씨?

······왜?

"이완 씨, 우리 결혼하자."

그는 눈을 커다랗게 뜨고 자리에서 일어섰다.

"……미쳤어요?"

민호는 고개를 들고 그를 물끄러미 올려다보았다. 손에 쥔 노란 꽃이 조금 주춤거린다.

"미쳤어, 당신이, 나, 나를 불쌍하게 생각해서 이러는 거 알아. 하지만, 하지만 이러면 안 되는 거 알잖아! 당신은 당신 인생을 어떻게 생각하는 거야? 당신 인생이 그렇게 하찮아? 싸구려 동정심으로 쓰레기통에 던져도 좋을 정도로?"

"이완 씨, 난 내 인생을 쓰레기통에 던져 버리려고 그러는 거 아냐. 내 인생이 귀한 것도 알고, 그래서 내가 제일 좋아하는 사람하고 있는 힘껏, 행복하게 살고 싶어서 그러는 거야."

이완의 눈에 억지로 고여 있던 것이 한쪽에서 툭 터졌다. 한쪽 뺨으로 뜨끈한 것이 죽 밀려 내려갔다.

"그런 말 하지 마세요! 내가, 내가 어떻게 지금 버티고 있는지 알잖아! ……민호 씨, 이러지 마세요. 나한테 이렇게 기대를 하게 하지 마세요."

"……"

"나중에, 나중에 당신이 떠나고 싶어지면 어떡할 건데! 나는, 나는 그때는 어떡하라고! 차라리 지금 포기하게 놔두란 말이에요. 왜 쓸데없이 기대하게 해요! 나를 나중에 얼마나 추하게 만들려고, 제발, 제발 이러지 마세요. 이런 말 할 거면 지금이라도 돌아가세요. 다시 도망쳐 버리기 전에."

이제 양쪽 뺨으로 짠물이 걷잡을 수 없이 쏟아졌다. 그는 뒤에 버티고 선 나무를 붙잡고 악을 썼다. 여자의 새까만 눈동자에 천천히 습기가 차오르는 것이 보였다.

"나 어차피 여기 다시 올 때부터 안 돌아가려고 작정했는데 뭐. 아예 돌아가지 못하게 물건도 가져와서 땅에다 몰래 파묻어 놨는데."

"……미쳤어요? 왜 이래, 왜애애! 당신, 나중에 반드시 후회할 거야, 제발 그러지 마세요."

"나 머리 나빠서, 한번 하기로 한 건 후회 같은 거 잘 안 해."

"……."

"솔직히 말하면 이완 씨하고 헤어져야 한다고 결심했던 때부터 지금까지 계속 죽고 싶었어. 난 이완 씨가 이렇게 좋은데, 얼굴도 못 보고 평생 살 생각을 하니까, 매일매일 정말 죽고만 싶었어. 숨도 못 쉬게 아팠단 말이야. 어떻게 하면 그 마음이 없어지는지도 모르겠고, 어쩌다 이렇게 되었는지 모르겠는데, 도무지 손쓸 수 없을 만큼 좋기만 한데 어떡하란 말이야."

"……."

"아침에 일찍 일어나서, 옆에서 이불에 파묻혀서 자고 있는 당신 얼굴을 계속 보고 싶어. 잠꼬대하는 것도 듣고 싶고, 부스스하게 눈을 끔벅거리는 것도 보고 싶어. 난 아마 그것만으로도 너무 행복하고 기분 좋을 거야. 밥해 먹는 것도, 혼자 해 먹고 사는 건 세상 재미없고 맛없어도 당신이 먹어 준다고 생각하면 너무너무 신이 날 거고, 연기가 아무리 심하게 나도, 반찬이 한두 개밖에 없어도 너무너무 밥맛이 좋을 거야. 내가 원할 때 고개 돌리면 당신 얼굴 볼 수 있고, 뽀뽀해 줄 수 있고, 안아 줄 수 있고, 나는 그 정도면 더 바랄 것도 없이 행복할 거야. 당신만 좋다면."

"민호 씨, 제발……."

"나, 이완 씨 아이도 낳아서 축구단, 야구단, 어린이집 차릴 만큼 많이많이 낳아서, 예쁘게 예쁘게 키우고 싶어. 다른 남자 아이는 낳고 싶지 않아. 그리고 머리가 하얗게 될 때까지 이완 씨하고 손잡고 같이 살고 싶어. 그게 꼭 2015년은 아니어도 되잖아. 200년 전이면 어떻고 500년 전이면 어때? 이렇게, 이렇게 좋은데! 이렇게! 이완 씨는 안 그래? 난 이렇게나…… 좋은데!"

결국 여자의 눈에서도 맺힌 것이 아래로 주르르 흘러내렸다. 노란 민들레를 들고 있는 손이 이제는 바들바들 흔들렸다.

이완은 노란 민들레 더미를 두 손으로 받아 들었다.

그는 민들레 더미가 짠물에 흠뻑 잠길 때까지 대답 한 마디 하지 못하고 울었다.

청주 두 병, 호박잎에 싼 돼지고기 두 근을 들고 달려온 장 화원은, 분위기가 요상해진 두 사람을 보고 눈을 동그랗게 떴다.

눈이 시뻘겋게 퉁퉁 부은 제자 놈은 한참 더듬대며 '오늘 저녁 두 사람이 간단하게 혼례를 올릴 참이니 주례를 서 줄 수 있겠느냐' 물었다. 산전수전 공중전 다 겪은 장 화원도 턱을 한 발이나 떨어뜨리고 말았다. 평소에 그리도 용감무쌍하던 여자는 십 리는 떨어진 곳에서 딴청이었고, 검정 강아지만 옆에서 맹렬히 꼬리를 흔들고 있었다.

❈　　　❈　　　❈

민호는 결혼을 하게 된다면 아는 사람 모조리 불러 모아 대대적으로 하기를 바랐다. 그동안 뿌린 것이 너무 많았다. 일단 무슨 시대인지는 알 수 없으나 수라간 상궁마마님이 된 친구에게 요리책을 삥뜯기로 내기를 해 두었었다. 평생 수절이 예약된 그 친구는 민호가 결혼하고 싶다 남녀상열지사 찍고 싶다 타령을 하면 그 성격, 그 꼴로는 남자 배꼽 한 번 구경 못 하고 노처녀로 늙어 죽을 거라 악담을 했고, 네가 결혼을 하게 되면 열 손가락에 장을 지지는 걸로도 모자라 수라간 비방으로 내려오는 요리책을 갖다 바치겠다 장담을 했던 것이다.

그리고 다른 일은 젬병이지만 바느질과 수놓는 솜씨만큼은 천하 제일이었던 구월이는, 너 결혼하면 혼례식 때 입을 활옷과 금사 자수를 놓은 큰댕기 도투락댕기며 꽃수가 자잘하게 놓인 족두리, 조선 팔도에서 제일 화려한 붉은 스란치마에 녹색 저고리, 첫날밤에 입을 반투명 속적삼에 '情(정)' · '愛(애)' · '戀(연)' 자가 수놓인 단속곳, 속속곳, 다리속곳 3종 세트까지 모조리 만들어 주겠다 약속했었다.

평양루의 정홍 행수님만 해도 너 결혼하면 애들 데리고 가서 자진 방아타령에 가루지기타령 춘향이 이 도령 요철 맞추는 대목까지 읊어 주고 멋지게 놀음 한판 벌여 주겠노라 반농조로 약속하지 않았더냐. 결혼하는 친구들에게 축의금 뿌리고 사진 찍을 때 병풍 역할을 해 준 것은 얼마이며, 연애 기간 동안 졸음을 참아 가며 고민 상담을 해 준 것이 얼마인가. 친척 집에 뿌린 금품은 얼마이며 집안의 공식 무수리로서 뽑혀 나간 등골 파워는 또 얼마인가.

숱한 유치원에 포진하고 있는 옛 직장 동료들은 결혼하면 각 유치원 최고 선남선녀 어린이를 화동으로 초빙해 축가까지 책임져 주겠다 번호표를 뽑고 있고, 대학 동기들은 그런 세기말적 현상이 벌어진다면 부산에서든 미국에서든 날아가서 역사적인 사건의 증거 사진을 촬영해 SNS에 뿌려 역사적인 증거로 남겨 줄 거라 장담했었다.

천마산 7공주는 들러리에 화장에 메이크업에 촬영도우미, 가방도우미까지 풀 세트 노가다를 예약하고 있었고, 하다못해 언제 가 보았는지 기억도 나지 않는 '시간여행연구회 카페'에도 무보수 도우미를 자원한 미지의(?) 추종자들이 넘친다고 하였다. 그들은 만약의 사태에 대비해 머리를 깍두기처럼 깎고 검정 양복을 입고 와서 밀착 보디가드를 맡아 줄 것이며, 신혼여행 출장 가이드와 풀타임 운전기사까지 해 줄 거라는 소문도 있었다.

"……그러니까, 만약, 내가 결혼을 한다면 말이지."

이완은 그네들의 허랑한 호언장담을 들으며 썩은 미소를 지었다. 친구인지 친척인지 웬수들인지, 하여간 그 잡인들은 민호 씨가 결혼할 가능성을 눈곱 크기만큼도 요량하지 않았던 게 분명하다. 이완은 그렇게 까서 말하는 대신 이렇게 돌려 말했다.

"동네에 아는 사람도 없고, 지금 사람을 불러올 수도 없게 되었잖아요."

"……그렇지."

"나중에 제가 돈 많이 벌고, 여기서 자리 잡으면 민호 씨, 그때 제대로 동네 사람 다 모아서 잔치해요."

민호는 입술을 조금 내밀고 부루퉁했지만 이내 고개를 끄덕였다. 이완이 잠든 새벽에, 이완의 방에서 가져온 현대 물건을 아궁이 속에 꾹꾹 숨겨 두며, 민호는 그의 곁을 절대 떠나지 않으리라 결심했었다. 이완은 무엇이 그렇게 미안한지, 손을 꼭 잡고 조그만 소리로 자꾸 중얼거렸다.

"미안해요. 나중에 잔치를 벌일 정도로 여유가 되면 그때 제대로 크게 혼례식을 할게요. 민호 씨 말대로 혼례란 게, 사람들이 많이 와서 증인이 되어 주어야 의미가 있는 거 알아요. 그때는 장 화원님께도 다시 연락 넣고, 윤 진사님네도 연락 넣고, 동네 사람도 다 모으고, 평양루 행수님도 초청하고, 길 가던 멍멍이까지 모조리 불러들여서, 크게, 아주 크게, 승정원일기뿐 아니고 왕조실록에 올라갈 정도로 크게 잔치를 해요. 그때는 민호 씨도 세상에서 제일 화려한 활옷이든 원삼이든 입어 봐야죠."

"응."

"그러니까 오늘은 이렇게만."

"응."

민호는 활짝 웃으며 열심히 고개를 끄덕였다. 저 사나이 눈에서 저놈의 눈물만 안 나게 한다면 정말이지 활옷에 원삼에 드레스를 한 꺼번에 껴입고 마당에서 춤을 출 수도 있을 지경이었다.

눈치가 바닥인 민호도 이완의 로망 정도는 대충 눈치채고 있었다. 저 사나이가 멋지게 프러포즈를 하면, 꽃다발이든 반지든 받아 들고 '어머나 이게 뭐야, 난 어떡해애애, 난 몰라아아앙, 훌쩍훌쩍'으로 이어지는 좀 미스테랄로피테쿠스 같은 로망이었다. 물론 민호는 죽 어도 그렇게 할 자신은 없었지만, 저 사람이 원한다면, 온몸의 유전 자를 갈아엎어서라도 해 줄 의향이 있었다.

어쨌든 결과적으로 로망은 이루어지지 않았나? 꽃다발은 누가 주 든 주기만 하면 되는 거고, 누가 울든 울기만 하면 되는 거지. 물론 저 인간이 저렇게 하루 종일 펑펑 울 줄은 몰랐지만, 무슨 계획이든 약간의 오차는 있게 마련 아니던가.

민호 역시 다른 사람들이 두 사람을 바보 온달과 평강공주처럼 볼 거라 생각은 했었다. 조금 순서가 바뀌어서 평강왕자와 바보 공주가 되면 또 어떤가, 동화책처럼, 바보는 훗날 대장군이 되어 울보와 행 복하게 살면 되는 것 아니던가.

바보 온달이 아닌 바보 공주는 그 탁월한 생명력으로 장수 만세를 찍으며 울보 왕자의 딸들을 열 손가락 꽉 차도록 낳고, 가늘고 길 게—그렇지, 그것이 중요한 것이다. 대장군 따위는 엿이나 먹으라 지—오래오래 행복하게 살면 되는 것이다.

방에 깔려 있던 가장자리가 까스러진 돗자리가 마당에 펼쳐졌고,

귀퉁이가 나간 작은 소반이 그 위에 놓였다. 이완은 새로 산 작은 칼로 오늘 사 온 무를 닭 모양으로 깎았다. 골동품 복원에 탁월한 재능을 보였던 이완이지만 깎아 놓은 것은 닭인지 타조인지 알 수 없었다. 아침에 샘에서 떠 온 깨끗한 물을 정화수 삼아 오늘 사 온 그릇에 가득 담고, 작은 초 두 개는 켰지만 소나무 가지 대나무 가지를 꽂을 화병까지는 없어서 그냥 옆에 비스듬히 놓아두었다. 술잔 대신 작은 종지가 하나, 물 마실 때 쓰는 작은 표주박 한 쌍, 그리고 평양루에서 받아온 술병이 맞춤하게 놓였다.

작은 상을 사이에 두고 두 사람은 손을 모으고 마주 섰다. 둘 다 꾀죄죄한지라 더욱 품이 나지 않았지만 그것까지 어쩔 수는 없었다. 그리고 두 사람의 북향 자리에, '나름 지역 유지이자 조선의 명망 있는 예술인'이 주례 자격으로 섰다.

애석하게도 주례 선생은 아직 혼례라는 것을 치러 본 적이 없었다. 민호 역시 마을에 혼례식이 있으면 가서 구경하고 떡 얻어먹는 일에만 정신이 팔려 있었지 뭐가 어찌 돌아가는지 순서를 다 외우는 건 아니었고, 순서를 외우고 있는 검색창 사나이는 얼굴이 퉁퉁 붓도록 눈물 콧물을 빼고 있느라 사회자에게 그때그때 귓속말로 코치할 상태가 아니었다.

"야야, 이놈들아, 내가 장가를 아직 한 번도 못 가서. 응, 빼먹는 게 있을지도 몰라."

"괜찮아요."

"나중에 너희 제대로 크게 잔치할 땐, 내가 그사이에 장가도 가 보고, 제대로 연습해서 멋지게 해 주지. 그러면 되겠지?"

"그래 주시면 저희야 고맙지요."

"물론 공짜로는 안 돼. 그때는 저놈이 가져왔던 불이 포르르 붙는 그 술 꼭 가져와야 해. 알았지?"

"걱정 붙들어 매시고, 아, 얼른 좀 안 해요? 달이 중천까지 올라오겠네! 우리가 좀 급하거든요?"

"이것 봐? 이것 봐! 급하긴 뭐가 급해! 밤은 길단 말이야!"

노총각 주례가 큰 소리로 껄껄대며 웃었다. 새신랑이 예전에 장담했던 하룻밤 다섯 건을 채우려면 이 밤에 부지런히 달려야 한단 말입니다. 민호는 조신 모드를 집어치우고 눈을 부라렸다. 결국 무얼 해야 하는지 영 기억해 내지 못한 '나름 지역 유지 주례'는 조금 쩔쩔매다가 큰 소리로 버럭, 한다.

"양가 부모님도 안 계시고, 내가 절을 받을 수도 없으니까, 둘이 일단 절해라, 절!"

민호는 이완을 향해 엉거주춤 큰절을 올린다. 큰절하는 법이야 잘 알지만 옆에서 잡아 주는 사람 없이 하는 큰절은 쉬운 게 아니다. 일단, 오리 엉덩이가 되지 않게 폼 나게 앉으려면 무게중심을 잘 맞춰야 하는데, 잘못하면 어이쿠 하는 새 엉덩이로 주저앉고, 재수가 없으면 방귀가 새기도 한다. 민호가 끙끙하며 절을 하고 일어섰는데 주례 스승께서는 두리번두리번 멀뚱멀뚱하고, 이완은 절도 하지 않고 수건으로 콧물 닦아 내느라 정신없다. 민호가 멀거니 서 있자 그가 조그맣게 중얼거린다.

"흐으, 미, 민호 씨, 절 한 번 더 해요. 흐으……."

어리둥절한 민호가 한 번 더 엉거주춤 절을 하다 엉덩방아를 찧은 후에야 이완은 민호에게 큰절을 한 번 했다. 민호는 '너는 왜 한 번이냐! 너도 한 번 더 해야 공평하지!'의 의미로 눈을 부라렸으나, 이완은 여전히 훌쩍이면서 중얼거렸다. 원래 그래요. 흐, 원래 그런 걸 내가 어떡하라고. 민호는 저놈의 울음만 그치게 할 수 있으면 한 번이 아니라 108배를 더 해 주어도 괜찮을 거라 생각하고 따지는 것을 포기했다.

"자자, 절 다 했나? 그럼 이제 술 나눠 마시자."

두 사람은 장가도 못 가 본 주례가 따라 주는 대로 술을 한 종지씩 마셨고, 또 표주박에 한가득 따라 준 술도 모조리 마셨다. 원샷 원킬! 캬아아 좋다! 그리고 확인사살!

민호는 맞은편에 서 있는 얼굴이 퉁퉁 부은 사나이가 울던 것을 멈추고 입을 멍하니 벌리는 것을 보고 무언가 잘못되었다는 것을 알았다. 뭔가 이게 아닌 것 같은데? 그러고 보니 새신부가 이렇게 많은 술을 원샷하던 것 같지는 않고? 민호는 잠깐 고개를 갸우뚱했지만, 술은 이미 배 속으로 사라졌는데 어쩌란 말인가. 주례도 비슷한 생각을 했는지 눈만 껌벅껌벅하다가, 황급히 하늘을 향해 외쳤다.

"오늘부터 이 두 사람, 박이완과 꺽실이, 어, 윤민호는 부부가 되었습니다!"

해가 언덕 너머로 사라져 어둑어둑해졌고, 이완의 흉하게 얼룩진 얼굴은 더 이상 보이지 않게 되었다. 민호는 안도의 숨을 쉬었다. 긴 하루가 끝났다. 뭔가 엉터리 같은 식을 치렀지만 그래도 이제 우리 두 사람은 서로를 벗어날 수 없는 사이가 되었다. 그거면 돼. 다른 건 어찌 되든 다 괜찮다. 그거 하나면.

이완은 고개를 들고 민호에게 천천히 다가와 어깨를 가만히 끌어 안았다. 민호 씨. 민호 씨. 민호 씨. 그는 잔뜩 잠긴 목소리로 하염없이 중얼거렸다.

"이젠…… 다른 데 가지 말라고…… 말해도 되는 거죠."

민호는 목이 아픈 것을 참고 고개를 끄덕였다. 이완은 이를 악문 채 흠뻑 잠긴 소리로 더듬기 시작했다. 등을 움켜잡은 손이 덜덜 떨리는 것이 느껴졌다.

"그, 그럼, 이젠, 이제 가지, 가지 마세요. 나, 다른 거 안 바라. 그거 하나만, 민호 씨, 가지 마, 절대 가지 마! 다시는 다른 데 가지 말고, 내, 내 옆에 있어 주세요. 미안해, 민호 씨, 미안해. 그래도, 내 옆에 있어 주세요. 약, 약속해 주세요…….”

민호는 그의 귀에 대고 속삭였다.

“약속해, 절대 안 가. 이제 옆에서 절대 안 떠나. 죽을 때까지, 질릴 때까지 내 얼굴을 보게 될 거야. 당신을 다른 시간에 두고는 절대 혼자 떠나지 않을 거야.”

“미안해, 민호 씨. 미안해. 내가 이런 사람이라서 미안해요. 민호 씨. 미안해. 내가, 내가 당신한테 해 줄 수 있는 게 없어서, 미안해! 죽을 때까지 사랑하는 것 말고는, 아무, 아무것도 해 줄 게 없어서, 미안해…….”

허으, 윽, 흐윽, 욱, 토막토막 구르는 외마디 소리 때문에 그의 말은 제대로 들리지 않았다. 민호는 손을 뻗어 그의 머리카락을 부드럽게 쓰다듬어 주며 대답했다.

“걱정도 팔자야. 당신 같은 사나이한테 평생 사랑을 받다니, 난 세상에서 제일 행복한 마누라가 될 건데?”

“…….”

“이완 씨. 난 당신 아이를 낳고, 많이많이 낳고, 머리가 하얀 할머니가 될 때까지 당신하고 오래오래 행복할 거야.”

갑자기 사방이 고요해졌다. 맞닿은 그의 가슴이 크게 울렁거린다. 팔에 무시무시한 힘이 들어가, 민호는 몸이 바스러질 것 같았다. 그의 얼굴과 맞닿은 뺨이, 귓가가 흠뻑 젖어 들었다.

❀　　　❀　　　❀

이완은 어둑어둑해진 뒤에도 신방(?)에 들지 못하고 밖에 마련된 한뎃부엌 아궁이에 솥뚜껑을 얹고 돼지고기를 구워야 했다. 장 화원에게도 고기를 먹을 만한 나름 좋은 소식이 있다 하였으니, 그 멍청하고 맹꽁한 서른 명 삐악이들—도화서 학생화원들을 가르치는 일에서 오늘 드디어 해방되었다는 것이다.

도화서 교수화원이란 보통 문자향서권기(文字香書卷氣)가 넘치는 사대부 문인화원 중에서 임명되지만 장 화원의 경우는 예외였다. 경복궁 중건 때 단청 작업을 감독한 공로도 있는 데다, 워낙 실력이 월등하고 임금의 특명까지 있어 그야말로 승승장구하던 중이었다. 그 어렵다는 도화서의 정식 시험이고 수습 기간이고 아무것도 없이 일사천리로 6품 감찰직에, 대령화원으로 뽑힌 것도 모자라 화학교수화원(畵學敎授花園) 직까지 받았으니, 그저 실력이 깡패였다. 도화서가 아닌 궁궐에서 근무하게 된 것도 다랍게 영광인데, 일자무식 주제에 교수화원님 소리를 들어 가며 학생들이 굽신거리는 꼴을 보고 나니 그놈의 콧대가 하늘을 찌르게 된 것은 당연했다.

하지만 그것을 자랑삼아 주둥이질을 해 대는 것은 해 대는 것이고, 실상 가르치는 것은 귀찮아서 오만 주리는 다 틀 따름이었다. 농땡이는 기본이요 무단 식가는 애교, 근무 중 음주와 가무는 당연지사, 투전 골패 쌍륙 판을 번갈아 벌여 놓는 것도 모자라 대놓고 낮잠까지 오관왕 기록을 찍다 보니 그걸 위에서 곱게 봐 줄 리 없다.

그는 '도화서에서 자신을 예우해 준 것이다', '조선 제일의 화원이 삐악삐악 병아리 교육에 재능을 낭비할 순 없지 않느냐' 빡빡 우겼지만 그가 말하는 도화서의 예우는 '교수화원 직은 오늘부로 당장 집어치워!' 라는 제조영감의 노호가 분명했다.

당사자가 좋다면 좋은 일이니 공짜로 고기나 얻어먹자. 냉장고가 없는 시대, 두툼한 고깃덩이는 오늘내일 새로 다 먹어 치워야 한다. 오랜만의 단백질이라 절로 군침이 돌았고 하루 종일 제대로 먹은 게 없어 허기가 심했다. 무엇보다, 오늘 밤은 단백질의 힘이 절실히 필요했다. 이완은 마당에 반쯤 허물어져 가는 한뎃부엌 아궁이에 섶과 나무를 넣어 불을 피우고, 솥뚜껑을 뒤집어 돼지고기를 굽기 시작했다.

솥에서는 물이 절절 끓었다. 수도시설이 없는 곳에서의 목욕은 고스란히 물을 퍼 오는 노동으로 연결되는, 아무나 누릴 수 없는 사치였지만 그래도 오늘은 특별한 날이니 제대로 목욕을 하고 싶었다. 제대로 몸을 씻었던 것이 언제인지 제대로 기억도 나지 않았다. 여자도 아마 오늘 정도는 목욕을 하고 싶지 않을까.

안에서도 요리가 시작되었다. 달이 중천에 떴는데, 옆으로 빠진 작은 굴뚝과 뒤꼍으로 빠진 한뎃부엌의 굴뚝에서 연기가 모락모락 솟고, 스승은 툇마루에 앉아 벌써 술병 뚜껑을 까셨다. 제자 놈이 선생보다 먼저 장가를 가다니 괘씸하다 못됐다. 아, 노랑눈이 아저씨가 노총각인 거지요! 능력도 있다면서 왜 장가를 못 가요? 나도 장가갈 거다! 나도 간다면 간다, 이게 나를 뭘로 보고 옹! 여자나 만들고서 이야기하라고요. 왜 이래? 나도 좋아하는 여자 있어. 지금도 평양루에서 나만 기다리고 있는 예쁜 아가씨가! 옹! 아 정말 있대도 이게 안 믿네! 민호가 갑자기 소리를 빽 지른다. 이래서 남자를 못 믿는 거지. 금방 잊어버려서 다행은 다행인데, 아저씨를 불쌍하게 생각한 내가 등신이다! 어이구! 구시렁대는 소리가 뒤꼍까지 따라붙는다.

너 꺽실이 요 기지바이 요거, 남편이 내 제자 놈인데 그따우로 놀지? 너 나한테 스승님 소리 안 하면 저놈을 구박할 테다, 엉? 마구 구박할 테다, 엉! 물론 저놈의 얼치기 협박이 먹힐 리가 없다. 스승이고

444

나발이고 누가 누굴 구박해요! 그따위 소리 할 거면 나가아아아! 이제 내가 안주인이야아아! 밥 안 쥐어어어어! 동네를 떵떵 울리는 아마조네스의 일갈이 터졌다.

이완은 고기를 굽다 말고 눈썹을 찡그렸다. 어디서 매캐하게 고무 타는 냄새가 난다.

……고무? 누가 고무신을 아궁이에 박아 놓았나?

설마. 고무신 들어온 게 순종 때 일인데?

이완은 고개를 갸웃하며 기다란 막대기로 아궁이 속을 뒤적였다. 뜨거운 열기 속에서 무언가 매캐한 냄새가 강해진다. 고무뿐 아니고 뭔가 비닐이나 그런 화학 용기 타는 냄새가……. 나뭇가지에 뭔가 끈적한 것이 끌려 나오는 것을 집어 올린 순간, 이완의 입이 덜컥 아래로 떨어졌다.

맙소사. 이게 뭐야.

민호가 가지고 와서 땅에 파묻어 두었다는 것이, 한뎃부엌 아궁이에 숨겨 놓은 거였나? 하긴 이 아궁이는 꽤 허물어져서 한 번도 쓰지 않았었다. 여기까지 불 피울 일이 없을 거라 생각한 모양이다.

이완은 열기가 아직 남아 있는 숯덩이를 들여다보며 고개를 절절 흔들었다. 희미한 잔해밖에 남지 않았지만, 자신이 에로틱 로맨틱 프러포즈를 할 때 패기만만하게 사 두었던 100개들이 콘돔 박스와 내용물이라는 것을 모를 수가 없었다. 박스는 종이니까 타도 별다른 냄새가 안 났겠지만, 안의 라텍스와 겉의 포장재가 홀랑 녹으면서 들통이 났던 것이다.

이완은 남아 있는 것이 더 있는지 보려고 뜨거운 아궁이 속을 계속 쑤석였다. 있었다. 속옷 세트의 잔해……로 추정되는 까맣게 녹다 남은 자주색 레이스 조각이 추가로 나뭇가지에 걸려 나왔다.

가장 나중에 나온 것은 지폐 뭉치였다. 천 원권, 오천 원권, 만 원권 열댓 장 정도가 돌돌 말려 묶여 있어서 가장자리는 탔지만 일부가 살아남을 수 있었다.

민호 씨는 애초 여기 올 때부터 현대로 되돌아갈 생각 따윈 하지 않고 온 거였다. 그리고 자신과 함께 끝까지 살 생각까지 했다. 시간 역행을 가장 확실하게 보여 주는 물건들을 가져와서 묻어 버림으로 스스로에 대한 족쇄로 삼으려 했다.

이런 바보 같으니, 그래 봐야 당신이 돌아가려 마음먹으면 얼마든지 파내서 갈 수 있잖아.

다만 골라 온 물품만큼은 실소가 나왔다. 지폐는 그렇다 쳐도, 콘돔에 섹시한 속옷이라면, 대체 무슨 생각을 했던 걸까. 그리고 묻어 놓으려면 깊이 묻을 것이지 왜 이걸 아궁이에 숨겨 놔.

"으악! 깜박 잊어버렸다! 이완 씨! 이완 씨! 으아악! 불이 오지게 붙어 버렸네!"

여자가 부엌문을 덜컹 열고 부리나케 달려오더니 활활 타고 있는 아궁이를 미친 듯이 쑤석이다가 대가리를 마구 후려치기 시작했다. 그러더니 이완의 얼빠진 표정을 보고 벌떡 일어나 다가온다.

"저기, 내가 저 속에다가!"

"이거…… 말입니까?"

여자는 이완의 손에 들린 숯덩이를 보고 아예 울상을 한다.

"깜박 잊었어! 이걸 땅에 묻어 숨겨 두려 했는데, 집에 삽도 없고 호미도 괭이도 아무것도 없어서 장에 가서 사 온 다음에 다시 파묻으려고 했는데! 으어어어! 그 속옷은 내가 한 번 입어 보기라도 한 다음에 묻으려고 했는데! 뽕이 두둑하게 든 브라도 세트였는데! 망했다! 으아아, 콘돔 그것도 백 개라 20일은 버틸 수 있는 거였는데! 두 개밖에 안 남았어? 대박 망했어어어! 그사이에 돼지 창자는 어떻게 구하지? 어떡해!"

민호는 숯덩이가 된 레이스 조각과 고무 조각을 붙잡고 줄줄 짰다. 아이를 많이 낳을 거라면서 이건 왜 챙겨 오나. 저 단순여제의 머릿속이란 두 번 생각할 것도 없이 뻔하다. '첫날밤=안전모자'라는 상황에 입력된 공식처럼 냉큼 집어 들고 온 게 분명하다. 이완은 웃어야 할지 울어야 할지 알 수 없었다.

"으악, 이게 뭐야! 고기 다 탄다! 이완 씨 고기 안 뒤집고 뭐 해!"

여자는 다시 벌떡 일어나서 맹렬히 고기를 뒤집고 나뭇가지로 장작을 확확 끌어내 불을 줄였다.

이완은 손에 잡힌 것을 꽉 쥐었다. 손이 가늘게 떨리기 시작했다. 접착테이프로 동그랗게 묶인 지폐 뭉치는 손바닥 안에서 단단했다. 이것이 자신의 손에 들어온 의미가 무엇인지 바로 알 수 있었다.

여자가 돌아갈 능력이 내 손에 묶였다!

천재일우의 기회다. 말로만 돌아가지 않겠노라 하는 약속은, 마음이 뒤집힐 때 얼마든지 번복될 수 있다. 땅에 백번 파묻는다 한들, 자기가 숨긴 곳을 아니 나중에 집에 가고 싶을 때 다시 파내서 가져가면 그만 아닌가.

하지만 이걸 내가 직접 숨긴다면, 그리고 그 장소를 절대 알려 주지 않는다면.

당신은 돌아갈 수 없게 된다. 정말 내 옆에 있게 될 것이다.

그래, 난 당신을 보내지 않아. 내가 이젠 묶어 놓을 거야.

이완은 문득 고개를 흔들었다. 여자는 선녀와 나무꾼에 대해서 이야기를 할 때, 나무꾼을 맹렬히 비난했었다. 여자의 옷을 훔치고, 속여서 유인하고 납치한 후에 사기 결혼이라. 나 역시 윤 진사를 자신만만하게 비난하지 않았던가. 윤 진사 당신이 여자의 삶을 허깨비로 만들었다고.

……여자가 내 곁을 떠났다 생각했기에, 나는 그렇게 자신만만한

소리를 했지.

이제는 알 것 같다. 정말 소중한 것, 잃으면 안 되는 것을 품에 둔 사람은 그렇게 자신만만할 수 없다.

평생을 내 곁에 남아 결혼을 유지하느냐 마느냐는 민호 씨가 스스로 결정할 문제다. 자의로 머물러야 하지 타의로 억지로 머물게 되어서는 안 되는 것이다. 나는 지금 이것을 불에 넣어 태워 버려야 해. 여자가 원할 때, 돌아갈 수 있도록.

그게 무슨 말이야? 왜 안 돼? 이제 우린 부부야. 엉터리든 나발이든 어쨌든 결혼을 했으니, 못 돌아가게 하는 게 맞잖아. 민호 씨도 그럴 용도로 이 물건들을 가져온 거잖아. 다만 장소를 나만 아는 곳에 내가 숨겨 놓는 것뿐이야.

그렇다면 민호 씨는 떠나고 싶어도 못 떠나게 되는 거잖아.

나는 이제 민호 씨의 남편이야. 그럴 권리가 있어.

이완은 쭈그리고 앉아 고개를 미친 듯이 흔들었다. 추하다, 자기만 아는 이기적인 짐승. 이완은 머리를 감쌌다. 더럽고 구역질이 났다. 너는 다른 시대에서 탐욕의 끝을 보여 주고 세상을 등진 어떤 노인과 다를 게 하나도 없어.

그는 그것을 불에 던지려 손을 내밀었다. 여자는 아무것도 눈치채지 못하고 정신없이 고기를 뒤집는다. 고개를 잠깐 돌린 여자가 벙긋 웃어 보인다. 심장이 꽉 쥐여 짜이는 것 같았다. 이완은 이를 물고는 움켜쥔 주먹을 뒤로 물렸다. 나를 위해 웃어 주는 저 얼굴을 다시 잃는다면.

나는 그때는 정말 살 수 없을 것이다.

이기적인 벌레라고 해도 좋다. 이완은 손을 조심스럽게 돌려 손에 쥔 것을 신발 속에 감추었다.

먹자판은 달이 중천에서도 한참 기운 다음에야 끝이 났다. 스승은 제가 사 온 술 두 병을 모조리 비우고 고기도 배가 팽팽히 당기도록 먹은 후 배가 쑥 꺼질 때까지 마당에서 춤을 추고 노래를 했다. 나름 축가라면 축가였고, 축하 공연이라면 축하 공연이었다. 춤은 솔직히 말하자면 그저 그랬지만, 노래와 사설만큼은 화원인지 소리꾼인지 모를 정도였다.

뒤늦게 방해꾼이라는 자각이 든 사내는 냉큼 꺼져 주는 대신 혀 꼬부라진 소리로 호령했다. "두 연놈이 혼례를 치렀으면 냉큼 신방에 들어가 볼일을 보지 않고 무얼 하느냐!" 그러더니 툇마루에 벌렁 뻗어 코를 골기 시작했다. 새 신부는 콧구멍을 벌렁대며 화를 냈다. 아오 저 인간을! 머리털 다리털을 다 뽑아 놓을라! 모쏠 둘이 뭔가 좀 해 보겠다는데 끝까지 방해질이야! 다섯 판 뛰려면 시간 없어 죽겠는데. 고기만 안 갖다 줬으면 칵 길바닥에 갖다 버렸다. 아오 칵, 고기가 뭔지! 여자의 구시렁거리는 소리를 들으니 모골이 송연했다.

이완은 스승을 작은방으로 옮기고 데운 물을 함지박에 담아 부엌으로 날라 주어 여자가 목욕을 할 수 있도록 해 주었다. 여자가 부엌문을 걸어 잠그고 노래를 하며 철벅거릴 때, 그는 뒷정리를 깨끗하게 해 놓고 오랜만에 배가 땅땅해진 검정개를 안고 툇마루에 앉았다.

손으로 부채질을 하며 땀을 식히는 중에, 찰그락, 찰박, 찰박, 퐁, 부엌에서 흘러나오는 소리가 희미하게 들린다. 새벽이 다 되어 가는 시각, 아무리 부채질을 세게 해도 땀이 도무지 식지 않는다. 개는 안긴 채 꾸벅꾸벅 졸았다.

달빛이 희미하게 드는 방으로 들어서니, 퀴퀴한 이불을 둘러쓰고 있는 여자의 윤곽만 희미하게 보였다. 이완은 손을 뒤로 돌려 문고리를 걸어 잠그고, 문가에 서서 옷을 벗었다. 여자의 시선이 자신을 쓰다듬는 것처럼 느껴졌다.

그는 아무 말 없이 이불 속으로 들어가, 이제 아내가 된 여자의 얼굴과 몸을 찬찬히 더듬었다. 여자는 웃고 있었다. 눈을 꽉 감아도, 아무런 소리가 들리지 않아도, 몸의 어느 곳이든 입술을 대는 것만으로 여자가 웃고 있다는 것을 느낄 수 있었다.

여자를 보고 싶었지만, 불을 켜지 않아도 좋을 거라는 생각이 들었다. 밤은 여전히 길고, 자신은 충분히 탐욕스러웠다.

맞은편 골방에서 코를 골던 사내는 한밤중에 일어나 더듬더듬 잿간으로 나선다. 불이 꺼진 신방에서는 무언가 흥겨운 소리가 계속 흘러나온다. 거 좋네, 좋겠네, 참말 좋겠네. 그는 씁쓰레하게 웃다가, 하늘을 보고 맨흙에 벌렁 누웠다. 별이 몸 위로 고스란히 쏟아지는 것만 같다. 그는 킬킬 웃으며 노래하기 시작했다.

글자 타령 하여 보자
우리 둘이 만났으니 만날 봉(逢) 자 잘 썼구나
우리 둘이 마주 섰으니 좋을 호(好) 자 잘 썼구나
백년가약 이루었으니 즐길 낙(樂) 자 잘 썼구나
달 밝은 한밤중에 둘이 벗으니 벗을 탈(脫) 자 잘 썼구나
오늘 잠자리 즐거우니 잘 침(寢) 자 잘 썼구나
한 베개를 둘이 베고 누웠으니 누울 와(臥) 자 잘 썼구나
두 몸이 한 몸 되어 안고 틀어졌으니 안을 포(抱) 자 좋구나
두 입이 마주 닿았으니 법중 려(呂) 자 좋구나
네 아래 굽어보니 오목 요(凹) 자 좋구나
내 아래 굽어보니 내밀 철(凸) 자 좋구나

남대문이 개구멍이요 인경이 매방울이요
선혜청이 오 푼이요 호조가 서 푼이요
하늘이 돈짝만 하고 땅이 뱅뱅 돈다

스승님이 잠이 깼나? 이완은 눈썹을 찌푸렸지만 움직임을 멈추는 대신 여자를 안은 팔에 힘을 주고 소리가 새 나가지 않도록 입술을 꽉 깨물었다. 여자의 턱이 뒤로 넘어가며 희고 길게 뻗은 목의 선이 희미하게 윤곽을 드러낸다. 야한 노래로 포문을 연 까막눈 광대님이 목청을 조금 더 돋운다.

여봐라 춘향아 저리 가거라 가는 태를 보자
이만큼 오너라 오는 태를 보자
빵끗 웃고 아장아장 걸어라 걷는 태도 보자
너와 나와 만난 사랑 연분을 팔자 한들 팔 곳이 어디 있어
생전 사랑 이러하고 어찌 사후 기약 없을쏘냐

그러면 너 죽어 될 것 있다
너는 죽어 경주 인경도 되지 말고 전주 인경도 되지 말고
송도 인경도 되지 말고 장안 종로 인경 되고
나는 죽어 인경 치는 마치 되어
삼십삼천 이십팔숙을 응하여
길마재 봉화 세 자루 꺼지고 남산 봉화 두 자루 꺼지면
인경 첫마디 치는 소리 그저 뎅뎅 칠 때마다
다른 사람 듣기에는 인경 소리로만 알아도
우리 속으로는 춘향 뎅 도련님 뎅이라 만나 보자꾸나
사랑 사랑 내 간간 내 사랑이야

아니 그것도 나는 싫소

그러면 너 죽어 될 것 있다
너는 죽어 방아확이 되고
나는 죽어 방앗공이 되어
경신년 경신월 경신일 경신시에 강태공 조작 방아
그저 떨꾸덩 떨꾸덩 찧거들랑 나인 줄 알려무나
사랑 사랑 내 사랑 내 간간 사랑이야

싫소 그것도 내 아니 될라오……
나는 항시 어찌 이생이나 후생이나
밑으로만 되라는지 재미없어 못 쓰겠소

그러면 너 죽어 될 것 있다
너는 죽어 명사십리 해당화 되고 나는 죽어 나비 되어
나는 네 꽃송이 물고 너는 내 수염 물고
춘풍이 건듯 불거든 너울너울 춤을 추고 놀아 보자
사랑 사랑 내 사랑이야 내 간간 사랑이지
이리 보아도 내 사랑 저리 보아도 내 사랑
이 모두 내 사랑 같으면 사랑 걸려 살 수 있나
어화둥둥 내 사랑 내 예쁜 내 사랑이야……

춘향과 도련님과 마주 앉아 놓았으니 그 일이 어찌 되겠느냐
석양을 받으면서 삼각산 제일봉 봉학 앉아 춤추는 듯
두 활개를 구부정하게 들고 춘향의 섬섬옥수 빠듯이 겹쳐 잡고
옷을 공교하게 벗기는데, 두 손길 썩 놓더니

춘향의 가는 허리를 담쏙 안고 치마를 벗어라 하니

춘향이가 처음 일일 뿐 아니라 부끄러워 고개 숙여 몸을 틀 제

이리 곰실 저리 곰실 녹수의 홍연화가 미풍 만나 나부끼듯 한다

도련님 치마 벗겨 젖혀 놓고 바지 속옷 벗길 적에 무한히 실랑이를 한다

이리 굼실 저리 굼실 동해의 청룡이 굽이를 치는 듯한다

아이고 놓아요 좀 놓아요 에라 안 될 말이로다

실랑이 중 옷끈을 풀어 발가락에 딱 걸고서

끼어 안고 진득이 누르며 기지개를 켜니 발길 아래로 떨어진다

옷이 활딱 벗겨지니 형산의 백옥덩인들 이에 더할쏘냐

옷이 활씬 벗겨지니 도련님 춘향의 거동을 보려 하고

슬그머니 놓으면서 아차차 손 빠졌다

춘향이가 이불 속으로 달려든다

도련님 왈칵 쫓아 드러누워 저고리를 벗겨 내어

도련님 옷과 모두 한데 둘둘 뭉쳐 한편 구석에 던져두고

둘이 안고 마주 누웠으니 그대로 잘 리가 있나 단단히 힘을 낼 제

삼승 이불 춤을 추고 샛별 요강 장단 맞추어 청그렁 쟁쟁

문고리는 달랑달랑 등잔불은 가물가물

맛이 있게 잘 자고 났구나

그 가운데 진진한 일이야 오죽하랴

파루를 알리는 서른세 번의 종이 희미하게 들린다. 이완은 그제야 얽힌 몸을 풀고 늘어졌다. 스승의 목소리가 언제부터 사라졌는지도 기억나지 않는다. 요와 이불은 땀에 젖어 물에 푹 담갔다 빼낸 것 같았다. 지쳐서 손가락 끝을 까닥이는 것도 힘들었다.

이완은 한 손으로 머리를 괴고 옆으로 비스듬히 누워 여자를 내려

다보았다. 어둠에 길든 눈에 들어온 여자의 길고 날렵한 윤곽이 예뻤다. 볼수록 눈이 시릴 만큼 사랑스러워 그는 손으로 눈두덩을 꾹꾹 눌렀다.

손가락으로 유려한 능선을 천천히 더듬어 보았다. 여자의 몸도 물을 뒤집어쓴 것처럼 미끄러웠다. 손가락이 여자의 몸에 대고 속삭인다. 사랑한다, 사랑한다, 사랑한다, 사랑한다, 사랑한다. 아하, 아하, 아하하하, 간지러워! 간지러워! 여자가 맑게 웃는 소리가 어둠 속에서 흘러 다닌다.

여자의 손가락이 그의 코를 통통 치더니, 축축한 것이 입술 위로 가볍게 와 닿았다. 여자의 날숨이 그의 들숨이 되어서 그의 폐 속으로 깊이 들어온다. 자신을 안고 쓰다듬는 여자의 움직임에선 어떤 구김도 후회도 없었다. 창으로 빛이 희미하게 들어올 때쯤, 까무룩 다시 세상이 깜깜해졌다.

❀　　❀　　❀

"일어났어?"

새까맣게 반짝거리는 눈이 바로 앞에서 실처럼 가늘어진다. 이완은 손을 뻗어 여자의 뺨에 손을 댄다. 민호 씨, 음, 민호 씨. 으응. 눈이 통통 부었는지 아니면 졸려서 그런지 도무지 눈이 떠지지 않는다. 눈을 비비며 꾸물꾸물 사방을 살펴보니 벌써 날이 훤해졌는데 문은 여전히 잠겨 있다. 여자가 킬킬 웃으며 옆구리를 찔렀다.

"지금 점심때 지났다?"

제대로 늦잠을 잤구나. 이완은 떠지지 않는 눈을 힘겹게 끔벅거렸다. 눈이 따끔거리고 아팠다.

문가에 벗어 둔 옷이 허물처럼 먼지 속에서 구르고 있었다. 옷 입기 싫어. 이대로 여자를 끌어안고 하루 종일 이불 속에 파묻혀 있으면 좋겠다. 어깨부터 종아리, 발목까지 뻐근하면서도 꿀에 절여진 것처럼 나른한데, 맨살이 닿는 감촉이 기가 막히게 좋았다.

아쉽게도 여자는 눈을 비비적비비적하더니 바로 부스럭대며 일어나 앉았다. 그렇지, 종달새족인 여자는 눈 뜨고 일어나면 이불 속에서 오래 있지 못하고 벌떡 일어난다고 했었다.

이완은 이불 속에 파묻혀서 여자가 긴 머리를 낑낑거리며 땋고 어떻게든 뒤통수에 돌돌 뭉쳐 쪽을 지으려 애쓰는 뒷모습을 바라보았다. 환한 빛에 비친 여자의 뒷모습은 곡선이 예쁘고 부드러웠다. 동그란 어깨에서 팔로 이어지는 선은 길고 수려했고, 머리를 뒤로 묶느라 위로 들어 올린 팔 아래쪽의 완만한 굴곡과 어깨 안쪽으로 깊게 파인 날개 뼈의 그늘, 그 옆의 겨드랑이에서 가슴의 조그만 봉우리로 연결되는 매끈한 선이 미칠 것처럼 사랑스러웠다.

빗도 없고, 머리 묶을 끈도 사 왔어야 했는데. 은비녀도 은가락지들도 하나쯤 사 올걸. 어제 드팀전에서 색깔 좋은 비단을 몇 폭 더 사 올 걸 그랬다. 여자는 무슨 경우에서건 불편하다 꼴이 이게 뭐냐 불평하는 법이 없었지만, 이완은 가진 걸 모조리 팔아서라도 여자를 예쁘게 장식해 주고 싶다는 충동이 일었다.

이완은 자리에서 일어나 여자의 등 뒤에 앉아 비죽비죽 땋은 머리를 다시 풀어 내렸다. 여자는 처음 만날 때부터 머리가 길었고, 머릿채는 흐르는 물결처럼 부드럽고 매끄러웠다.

"제가 해 드릴게요. 원래 결혼하고 첫날밤 지내면 신랑이 머리 얹어 준다고 하잖아요."

"응 그런가? 그럼 예쁘게 잘해 줘."

여자가 등으로 웃는다. 목덜미가 조금 불그레하게 변한다. 이완은 머리를 옆으로 잠시 밀고 붉어진 그곳에 입술을 살짝 갖다 댔다. 여자의 뒷목에 있는 잔털과 솜털이 한꺼번에 느껴졌다. 눈을 감고 입술을 조금 더 문질러 보았다. 결혼하지 않으면, 함께 살지 않으면 알지 못할 것 중에는 목덜미에 있는 잔털과 솜털의 감촉 같은 것도 포함이 될 것이다.

"저도 해 본 적은 없지만 그래도 신랑이 해 주는 거니까, 제가 꼭 꼭 해 드릴게요. 가락지도 하나 사 오고, 금비녀 은비녀 옥비녀 하나씩 사서 매일 돌아가면서 꽂아 드릴게요."

매일매일, 이 머리카락이 하얗게 될 때까지 제가, 제 손으로 해 드릴게요. 그는 손가락을 갈퀴처럼 구부려 긴 머리카락을 부드럽게 쓸어내렸다. 머리카락이 일렁일 때마다 여자의 동그랗고 하얀 어깨가 조금씩 올라갔다 내려갔다 하는 것이 보인다.

"그러다가 금방 파산하면 어떡해."

"저도 이제 돈 벌어야죠. 이제 농번기라 일할 곳은 많을 거예요."

"농사일 한 번도 안 해 봤잖아. 대박 힘들어."

"나무는 이제 잘해요. 일도 금방 잘할 거고요. 정 안 되면 사역원에 가서 영어 선생이라도 시켜 달라고 할게요. 저 중국어도 잘하고 영어도 잘하고 일본어도 꽤 해요. 민호 씨는 내가 어떻게든 먹여 살릴 수 있어요."

"이야. 이완 씨 어딜 가나 능력자였네."

"제가 좀 그렇죠. 그러니까 밖에 나가지 마시고 꼭꼭 집에 붙어 계세요. 어디 빨빨거리고 다니면서 돈 벌 생각 안 하셔도……."

이완은 자신 없이 말끝을 흐렸다. 속주머니에 깊이 숨겨 둔 지폐 뭉치 몽당이 가슴을 짓누른다. 그는 머리카락이 손가락 사이에서 빠져나가지 않도록 신경을 쓰며 꼭꼭 길게 땋아 내렸다. 끄트머리까지 꼼꼼하게 쫑쫑 땋고 묶여 있던 끈으로 끝을 꽉 매 주었다.

쪽을 만드는 방법은 두 사람 모두 알지 못했지만 그래도 한참 동안 풀었다 묶었다 진땀을 빼다 보니 어찌어찌 뒤통수에 둥글게 사과 크기의 머리카락 덩어리가 맺혔고, 이완은 놋젓가락 한 짝을 가져와 임시방편으로 꽂아 주었다.

"내가 이제 이완 씨 머리 상투 한번 틀어 줄게!"

"저요? 상투요? 길이가 안 될 거예요. 민호 씨? 아, 민호 씨!"

하지만 여자는 무릎걸음으로 돌아앉아 이완의 머리를 손가락으로 끌어 올려 본다. 여기선 이렇게 상투건 꽁지건 만들지 않으면 다들 망나니 백정으로 알 거라고. 대머리라도 주변머리 속알머리 죄다 동원해서 뭔가를 틀어 올려야 해.

하지만 아무리 끌어 올려 봐야 모양이 안 잡히고 봉두난발이 되다 보니 끙끙거리면서도 히, 킥킥 하고 웃어 댄다. 결국 이완의 머리를 까치집으로 만들어 놓고는 바닥을 데굴데굴 구르며 박장대소한다. 뭐가 그렇게 웃겨요. 사람 도깨비 만들어 놓고! 예뻐, 예뻐, 이완 씨는 대머리든 오크든 그냥 다 예뻐! 남자한테 예쁜 게 뭐예요! 잘생겼다고 해야지! 거기 안 있어요? 민호 씨, 민호 씨! 이완은 이불 속에서 몸을 빼내 여자에게 왈칵 달려들어 몸으로 덮어 버렸다. 날렵한 여자는 있는 대로 바르작거려 몸을 쏙 빼더니 등 뒤로 왈칵 기어 올라가 타고 누른다. 맨몸으로 씨름하듯 한참 엎어지고 젖혀지며 뒹굴다가 두 사람 다 큰 대자로 뻗어서 깔깔 웃었다.

"이완 씨."

"왜요."

"자기 머리가 만화영화 주인공들처럼 펄럭펄럭 휘날릴 만큼 길어지면."

이완은 입을 조금 벌리고 눈을 굴렸다. 지금 자기, 라고 했나? 처음 들어 보는 말이었다. 여자의 목덜미가 아주 조금 더 붉어진 기분이 들었다.

"내가 아침마다 상투를 아주 뽄새 나게 틀어 줄게. 그리고 장에 가서 전국에서 제일 비싼 망건하고 동곳하고 옻을 빤드르르 입혀 놓은 새 갓을 사 줄게. 새 신발도 사고 옷도 사고 팬티, 아니 속곳도 하루에 하나씩 갈아입을 수 있도록 일곱 개 사 줄게 일곱 개. 아 맞다 남자들은 속곳 안 입지 참. 그럼 속고의로, 요일별 속고의 좋다! 내가 매일 알바 열심히 해서."

저 여자는 대체 누가 남편이라고 생각하는 걸까? 저건 남자들의 대사라는 생각이 안 들까?

이완은 오늘부터 잡소리 말고 돈을 열심히 벌어야겠다고 생각했다.

❀　　❀　　❀

장 화원은 어느새인지 돌아갔다. 비어 있는 작은방 앞에서는 아침을 걸러 배고픈 검은 강아지가 맹렬히 꼬리를 흔들고 있었다.

이완은 작은방 앞에 서서 방바닥에 놓인 것을 물끄러미 내려다보았다.

가로로 길쭉한 그림 한 장이 문 앞에 반듯하게 놓여 있었다. 작은 상 위에 무로 깎은 닭이 놓였고 그 옆에 작은 초와 솔가지, 그리고 정화수가 놓인 그릇과 술병이 보인다. 허름한 옷을 입은 두 남녀가 마주 보고 서 있고 얼굴이 붉은 사회자가 그 가운데 서서 정면을 보고 있다. 옆에서 꼬리를 휘두르고 있는 검은 강아지, 작은 초가와 살림살이 하나 없는 마당. 어제 혼례식 장면을 고스란히 그려서 그것을 결혼 선물 삼아 방에 놔두고 간 것이다.

"스승님……."

이완은 입을 틀어막았다. 목구멍으로 매캐하게 통증이 일었다.

그는 이 그림을 알고 있었다. 아주 잘 알고 있다. 민호 씨가 샀던 화첩에 있던 혼례식 그림 중 서민의 혼인을 그린 한 장의 그림. 화려한 옷도 잔칫상도 없이 그저 물 한 그릇만 떠 놓고 하는 혼례식 그림.

그 주인공이 자신이었을 줄은 몰랐다.

나는 그 그림을 보면서 무슨 생각을 했더라. 사람들은 이런 식으로라도 다 결혼을 하고 사는구나. 당시 내가 상상하던 결혼식과 가장 동떨어져 있던 그림. 나는 당연히 이들의 결혼생활이 따뜻하고 행복할 거라 상상하지는 않았었다.

나는, 누구도 잊지 못할 화려하고 인상적인 결혼식을 계획하고 있었다. 인정하기 부끄러워 늘 필사적으로 숨겨 두지만 나는 속에 허세가 덕지덕지 붙은 속물이다. 남보다 잘나 보이고 싶고 찬탄을 받고 부러움과 질시를 받고 싶은 욕망이 있다.

결혼을 하게 되면, 5성이나 6성급 호텔의 가장 웅장하고 큰 홀에서, 신부에게는 가장 화려한 꽃길을 만들어 주고 가장 능력 있고 위풍당당한 신랑의 모습으로 그곳에 서 있으리라 계획했던 것 같다. 그래서 어쩌면 이 사람들을 불쌍하게 여겼을지도 모른다.

스승님은 우리 모습을 썩 비슷하게 그려 준 것 같지는 않다. 일단 사내는 울어서 눈이 퉁퉁 부어 있지도 않고 여자는 술을 퍼마시고 눈을 부라리고 있지도 않다.

내가 어제 민호 씨를 저런 시선으로 바라보고 있었던가?

그림 속에서 두 사람은 서로 시선을 맞대고 웃고 있었다. 보일 듯 말 듯 살짝 올라간 입술, 상대를 향해 조금 앞으로 기울인 몸은 처음 그림을 보았을 때 느끼지 못한 것을 말하고 있었다. 부드럽고, 따스하고 애틋한 시선이 이제는 보인다. 그 눈길에선 상대가 떠날까 하는 불안함이나 이 시대에 영원히 붙잡힐까 하는 고뇌 같은 것은 보이지 않는다.

스승은 진희 씨를 데리고 간 우리에게 원망이 없지는 않을 것이다. 말이 그렇지 난생처음으로 마음에 담았던 사람을 어찌 그리 쉽게 놓겠는가. 하지만 천성이 선량하고 속없는 광대는 그래도 우리 사정을 짐작하고 딱히 여겨, 우리 두 사람의 처량하고 쓸쓸한 혼례식이 그래도 끝까지 처량한 것이 되지 않도록 선물을 남겨 준 것이었다.

"어? 이게 뭐야? 이거 어디서 좀 본 것 같은데?"

뒤로 다가온 여자가 고개를 갸웃한다.

"민호 씨가 샀던 그 혼례화첩에 있던 그림이에요."

"응? 이게 왜 여기 있어? 혹시 이완 씨가 그 그림책에서 이거 떼서 가져온 거야?"

"그럴 리가 없잖아요."

그는 조금 먹먹한 소리로 말했다.

"이거 어제 우리 혼례식 그림이에요. 스승님이 그려 주신 거예요."

"노랑눈이 아저씨가 그린 그림이었던 거야? 이야! 우린 결혼식 사진 대신 그보다 훨씬 더 비싼 결혼식 기록 그림을 선물로 받은 거네. 이럴 줄 알았으면 어제 구박은 조금만 할 걸 그랬다."

이게 우리였구나! 완전 신기해! 이야! 토마스 폰 에디슨도 있어! 이 놈도 출세했네! 신기해하며 그림을 한참 뜯어보던 여자가 고개를 반짝 쳐들었다.

"그럼 앞으로 우리가 딸들을 많이많이 낳을 건데, 그때마다 가족 사진, 아니 가족 그림 하나씩만 그려 달라고 부탁해 볼까? 그리고 걔들이 시집갈 때도, 그리고 우리 결혼 10주년, 30주년, 50주년, 회갑 진갑 팔순 백 세 잔치 하는 것도 다 그려 달라고 부탁해 봐야지."

이완은 물끄러미 여자를 내려다보았다. 딸들을 낳고, 시집을 보내고, 우리 결혼 10주년, 30주년, 회갑, 칠순, 백 세 잔치?

……당신 정말 그때까지 같이 있어 줄 겁니까?

"아, 물론 공짜로는 말도 안 되지. 열심히 돈 벌고, 매해 맛있는 술 잘 담아서 올 때마다 언제든지 술을 드린다고 꾀면 될 거야. 노랑눈이 아저씨 그 정도면 충분히 그려 줄걸?"

이완은 손가락 끝에서 굴러다니는, 돌처럼 단단해진 지폐 뭉치를 손끝으로 지그시 눌러 보았다.

정말, 당신이 생각하는 미래에는 항상 내가 옆에 서 있습니까?

……영원히? 죽을 때까지?

"당연하잖아. 그러려고 결혼한 건데."

내가 속마음을 입 밖으로 말했던가? 이완은 눈을 깜박이지도 못한 채 여자가 싱그레 웃는 모습을 바라보았다.

이완은 부엌으로 내려가 여자가 늦은 점심을 만들고 있는 모습을 내려다보았다. 두 개의 아궁이에선 불이 따닥따닥 소리를 내며 타고 있고, 뚜껑을 닫아 둔 두 개의 솥에선 무덕무덕 연기가 솟아오르고 있었다.

연기 사이로 달큼하고 고소한 밥 냄새가 난다. 여자가 뚜껑을 들어 올리고 어제 사 온 국자로 국을 퍼서 맛을 본다. 그리고 한쪽 손의 엄지손가락을 척 들어 올리며 '이런 말 하긴 쑥스럽지만 맛이 죽입니다요!' 하는 표정을 지어 보인다.

당신은, 내가 당신을 가두어 버린 것을 알면 나에게 배신감을 느끼려나? 날개옷을 돌려 달라 눈물로 애걸할 것인가 아니면 큰소리로 욕을 하고 증오할 것인가, 혹은 매일 가면처럼 웃고 있던 어떤 여자처럼 마음을 제외한 나머지라도 나에게 줄 것인가.

이완은 잠시 눈을 감고 생각에 잠겼다. 이제는 결정을 해야 할 것 같다.

결혼을 했다고 해도, 나는 여자를 강제로 가둘 권리까지는 없다. 세상의 어느 인간도 다른 인간을 강제하여 옆에 둘 수는 없을 것이다. 사랑에 기반한 희생은 그것을 스스로 선택했을 경우에만 의미를 가지는 것이다.

희생이 강제가 되어 버릴 때, 사랑은 존재 가치를 잃는다.

내가 선택해야 할 것은.

이완은 천천히 다가가 손에 쥔 것들을 불이 타오르고 있는 아궁이에 밀어 넣었다. 고무 타는 냄새, 옷이 타는 냄새 비슷한 것이 잠시 흘러나오다 사라졌다.

"뭐 해?"

여자가 갑자기 뒤에서 고개를 들이밀고 묻는다. 이완은 나뭇가지로 장작을 뒤집어 그것들이 완전히 타 버린 것을 확인하고서야 대답했다.

"아, 어제 아궁이에서 나왔던 그 지폐랑, 다른 것들 그냥 다 태웠어요."

"아? 어제 그 돈 쪼가리 남은 거? 똘똘이 패션 모자도?"

"예? 똘똘이……? 아, 예."

"아, 이런. 그거 살짝 빨아서 햇볕에 말리면 다시 쓸 수 있지 않나 생각했는데."

이런 맙소사. 이완은 멍한 얼굴로 여자를 올려다보았다. 이 무슨 엽기적인 말이지? 여자의 머릿속에는 그것들이 자신을 잡아매는 도구가 되는지 아닌지, 자신이 이 순간 자유로워졌는지 아닌지는 생각조차 하지 않고 있었다. 저도 모르게 목소리가 빽 올라간다.

"빨아 쓰긴 뭘 빨아 써요. 내 아이 낳아 준다면서. 많이 낳아 준다면서. 그리고 패션 모자는 또 뭐예요."

"디자인이 요란했잖아. 어떻게 남자가 골라도 형광 핑크를 고르냐? 아침에 일어나서 뒈지게 놀랐잖아. 이제 돌아갈 일도 없으니 한 두 개쯤 비상용으로 남겨 놔도 되는데. 아, 유통 기한이 있나? 가늘 고 길게 자르면 고무 밴드처럼 쓸 수도 있을 건데. 머리 묶을 때나 상 투 틀 때 하나쯤 있으면 얼마나 편한지 알아? 똘똘이를 묶든 상투 꽁 지를 묶든 하여간……."

"여, 엽기적인 소리 좀 그만해요! 고무 밴드는 또 뭐야! 그런 데서 창의력 좀 발휘하지 마세요! 그걸로 머리를 묶고 싶어요? 나는 싫어! 아 진짜! 아 진짜 내가……!"

이완은 너무 기가 막혀 쭈그리고 앉은 채 미친 듯이 웃기 시작했 다.

모든 심각하고 힘든 일이, 여자에게 들어가기만 하면 한껏 가볍게 희화화된다. 사는 것은 지금도 충분히 무거우니, 문제를 가볍게 만들 어 주는 능력도 퍽 좋으리라.

이런 나날이 하루하루 길게 이어진다면 그 역시 더 바랄 수 없이 좋은 일이겠다. 하루에 열 번쯤 빵빵 웃을 일이 터진다면 일 년이면 3,650번, 50년이면 182,500번. 앞으로 남은 반생 동안, 20만 번 가 까이 크게 웃을 수 있는 일이 생긴다면 그 정도면 충분히 행복한 인 생을 살았다고 할 수 있지 않겠는가.

이완은 일어서서, 국자를 들고 서 있는 여자의 허리를 틀어잡고 깊게 입을 맞췄다. 여자의 눈이 실처럼 가늘어지다가 꼭, 감긴다. 힘 주어 감느라 미간과 이마에 주름이 잡히는 것이 보인다. 여자의 손에 서 국자가 떨어지고, 손이 이완의 등을 타고 부드럽게 감긴다.

이 사랑의 끝이 어떤 형태로 마감이 될지 알 수 없지만,
나는 자유의지로 사랑을 선택한 당신의 뜻을 존중한다.
미래를 모른다는 것은, 내가 현재 최선을 다해서 당신을 사랑해야

한다는 뜻이다.

딸깍.

째깍째깍째깍째깍.

멈춰 있던 삶이 조금 달라진 형태로, 하지만 예전과 같은 소리를
내며 다시 돌아가기 시작했다.

〈3권에서 계속〉